LES DAMNÉS
DU POUVOIR

Nyguen RUBERNIC

CRÉPUSCULAIRE
- Tome I -
Les Damnés du pouvoir

nyguen.rubernic@gmail.com

SOMMAIRE

Aux derniers de la liste.
Aux victimes d'un monde cruel.
À ceux qui rêvent de ce qui existe
Comme on aspire à l'irréel.
Aux laissés-pour-compte.
Aux écorchés vifs qui, de leurs larmes, n'ont nulle honte,
Pas plus honte que les émotifs.
Il y a un ailleurs pour les fous :
Un monde d'espoir en chacun d'entre nous.

N. R.

Chapitre I
SUNSET GIRLS

V irgil s'appuya quelques instants contre le tronc d'un frêne commun pour retrouver son souffle, tout en se demandant comment il pourrait éviter de perdre davantage de sang. Son cœur battait à tout rompre dans sa poitrine, et les veines de ses tempes trempées de sueur martelaient ses oreilles à intervalles réguliers, l'empêchant d'entendre distinctement les propos de Silène. Par un regard interrogateur, il le lui fit comprendre, bien incapable d'arrêter de reprendre sa respiration pour le lui signifier de vive voix.

— Je te disais qu'on a pris de l'avance, répéta le jeune dieu, mais nous savons tous les deux qu'ils ne nous lâcheront pas avant de nous avoir massacrés. On doit repartir ! Comment va ta jambe ?

— Ne t'inquiète pas pour moi, lâcha Virgil entre deux inspirations.

Silène avança d'un pas vers son ami blessé et posa un genou sur les feuilles dorées et humides de rosée pour inspecter la blessure. Ce faisant, il se laissa envelopper par le parfum de l'humus dont les exhalaisons ne purent toutefois détourner son attention.

— Tu as de la chance que Max t'ait raté, murmura-t-il alors que Virgil se concentrait pour ne pas hurler de douleur, bien qu'il en eût connu d'autres. Cinq centimètres plus à gauche et tu aurais perdu ta jambe. Mais c'est quand même une sale blessure : ton artère tibiale est indemne mais ton muscle long fibulaire saigne continuellement !

— Sous-entends-tu que je devrais m'estimer heureux ?

Le visage de Silène s'illumina d'un sourire crispé.

— Pas tant qu'on ne les aura pas semés. Viens !

À peine eurent-ils fait un pas qu'une lointaine voix stridente leur parvint dans leur dos :

— Virgil ! Silène !

Tous deux se regardèrent, comme figés.

— Ils ont l'air proches ! s'exclama Silène tout bas. Comment ont-ils pu réduire si vite la distance entre eux et nous ? Ils ne doivent être qu'à deux-cents mètres, peut-être cent-cinquante. Heureusement qu'ils sont trop fatigués pour se téléporter !

— On va vous massacrer ! poursuivit la voix qui termina par un rire sarcastique à vous glacer les sangs.

— Max a l'air en forme, ironisa Virgil. Allons-y !

Il s'appuya d'une main sur le tronc de l'arbre contre lequel il s'était adossé et Silène se hâta de passer sa tête sous son bras pour l'aider à marcher. Ils ne progressaient que trop lentement et la soif qu'ils n'avaient pu étancher depuis que cette cavale avait commencé deux heures plus tôt n'arrangeait guère leur état.

L'immense forêt de l'Âme Blanche se dressait en hauteur dans un dédale de branchages feuillus aux couleurs automnales, et la cime des arbres ne pouvait être visible depuis le niveau du sol, tant leur houppier créait un manteau dense et opaque. Il était pratiquement impossible ne serait-ce que d'apercevoir le ciel, et seuls quelques endroits un peu plus dégagés laissaient filtrer la lumière en halos diffus qui traversaient l'air de leur éclat et caressaient le sol dont l'humidité finissait par s'évaporer dans une brume éthérée comme les voilages d'une aurore boréale. Faune et flore, abondantes dans le paysage merveilleux et coloré d'une forêt qui isolait les animaux des autres régions de Diadem 13 et dissuadait par son obscurité et sa superficie quiconque de s'y aventurer, constituaient pour les deux fugitifs autant de dangers que de moyens de tromper leurs poursuivants.

Si Virgil n'avait pas été blessé à la jambe, il aurait pu courir sans discontinuer et même se servir de ses aptitudes cérébrales bien singulières pour retarder ou terrasser Max et Wilfried, mais sa plaie le lançait constamment et il craignait de se vider de son sang avant que son ami et lui ne soient en sécurité. De plus, des taches et des coulées écarlates ruisselaient sur les larges feuilles des buissons qu'ils traversaient et laissaient ainsi une piste de premier choix pour les deux autres dieux.

— Silène, supplia Virgil d'une faible voix qu'il ne se connaissait pas, ne laissant aucun doute sur son état d'esprit. Silène, arrêtons-nous ! Je n'en peux plus...

L'un aida l'autre à se déplacer en silence vers un mur de fusains d'Europe et de viornes obier au sommet d'un talus à dix-sept mètres de leur position, et s'y blottirent après s'être enfoncés dans l'obscurité des tiges et des feuilles.

— Tu es mal en point, mon ami, tu as besoin de soins. Il faut que j'essaie d'ouvrir un passage vers les monts de Sheeba pour t'emmener d'urgence chez Magdalena afin qu'elle te soigne...

— Malgré toute ta volonté, tu n'y parviendrais pas ; tu n'es pas prêt ! Tu ne maîtrises pas encore la pétulance et risquerais de te retrouver dans un monde d'où tu ne pourrais sans nul doute jamais revenir. Il vaut mieux que ce soit moi qui l'ouvre.

— C'est hors de question ! Il te reste à peine assez de forces pour tenir debout. Si tu utilises les quelques ressources qu'il te reste, tu y laisseras la peau !

Virgil transpirait à grosses gouttes et tenta malgré tout de cacher du mieux qu'il put les symptômes qui trahissaient sa faible condition physique. Silène et lui avaient grandi ensemble ; ils se connaissaient comme deux frères qui ne s'étaient jamais quittés. Leur amitié qui relevait presque de l'amour fraternel s'était établie sur le respect mutuel et la sincérité. Mais aujourd'hui, tout était différent : Virgil sentait qu'il ne pouvait laisser transparaître davantage de signes de faiblesse.

— Silène, vieux frère, soupira-t-il alors qu'ils avaient le visage à quelques centimètres seulement l'un de l'autre, il faut que tu me laisses ici.

— Tais-toi !

— Tu diras à Améthyste que je l'aime...

— Je ne veux pas entendre ce genre d'ineptie. Tu lui diras toi-même !

Virgil s'était attendu à cette réaction, mais ne trouvant rien de convaincant à dire pour rassurer son ami, il lui susurra simplement :

— Nous nous retrouverons...

Soudain, une lumière verte projetée d'un endroit qu'ils ne purent localiser derrière eux frappa le tronc d'un aulne glutineux qui vola aussitôt en éclats à une dizaine de mètres dans une détonation qui affola la faune environnante et envoya de saillants morceaux de bois humide dans un rayon de dix-huit mètres. Le blessé ne prit pas la peine de s'épousseter les cheveux et s'enfonça bien davantage dans les buissons du talus tandis que d'autres arbres à proximité explosaient à leur tour dans un incessant grondement qui dressait autour d'eux une atmosphère de chaos. La saveur âcre de la fin du monde.

Et le parfum de la mort.

Virgil s'appuya plus fermement sur son ami tandis que la partie supérieure des troncs sectionnés s'inclinait dangereusement dans de lourds craquements de branches accompagnés d'une pluie de feuilles ; les ramifications se coincèrent les unes dans les autres au-dessus d'eux, créant une voûte qui obscurcissait plus encore le périmètre. Silène pivota vers l'arrière, avança son visage dans les buissons de sorte à pouvoir regarder à travers les feuilles et vit les menaçantes silhouettes des deux dieux qui s'approchaient peu à peu dans la pénombre et pulvérisaient les arbres séculaires qui auraient pu constituer une cachette idéale.

— Max et Wilfried, souffla-t-il. Je les vois...

Virgil ferma aussitôt les yeux et tendit le bras droit.

— Qu'est-ce que tu fais ? entendit-il dans l'obscurité de ses paupières baissées.

Silène le secoua frénétiquement par les épaules pour tenter de le déconcentrer, mais il était trop tard : le point dans l'espace que Virgil avait fixé dans son esprit se matérialisa pour former une sphère vide d'oxygène qui se développa dans le prolongement de son bras en une grandissante boule orange qui lévitait et donnait l'illusion de faire danser tout ce qui se trouvait de l'autre côté. Les menaçants poursuivants ne pouvaient désormais plus douter de la présence de leurs proies à proximité.

— Ils sont par là ! vociféra Max qui aperçut la porte sphérique à quelques dizaines de mètres.

Virgil rouvrit les yeux et tenta de reprendre une nouvelle fois son souffle.

— Ne les rate pas ! s'écria Wilfried d'une voix grave et posée qui contrastait avec celle de son complice, plus aiguë. Nous devons les exécuter.

Le blessé sentit ses forces décliner à mesure que son visage se ternissait d'une couleur blafarde ; il estima à quatre minutes le temps qu'il lui restait à vivre avant que ses veines exsangues ne puissent plus alimenter ses organes vitaux. En conséquence de quoi il s'épuisait toujours plus au moindre de ses mouvements et n'ignorait pas que dans un tel état, il était plus un fardeau qu'une aide.

— Tu vas franchir ce portail. Je vais rester ici pour tenter de les retenir, dit-il en se relevant, obligeant Silène à se redresser aussi pour le soutenir.

— Arrête ça, Virgil ! Je vais te porter et on va y aller tous les deux !

— Il est trop tard, s'exclama la voix tranchante de Max derrière eux, résonnant dans la tête de Silène comme le glas de sa dernière heure.

Vous n'irez nulle part !

Ils se retournèrent de concert pour faire volte-face au dieu qui se dressait de toute sa hauteur au sommet d'une pente, bras croisés comme pour asseoir sa supériorité. Derrière lui, Wilfried apparut à son tour, taciturne et visiblement agacé.

— Max ! Soit tu les tues maintenant, soit c'est moi qui m'en charge, mais nous n'avons guère de temps à perdre en sarcasmes !

— Non, laisse-moi savourer cet instant de jouissance extrême. Ces renégats vont payer pour la haute trahison à l'égard de notre Seigneur Capella. Il faut qu'ils aient le temps d'expier leur insoumission. Qu'ils paient leur impudence !

Le blessé regarda son ami droit dans les yeux et lui murmura :

— Nous nous reverrons dans l'Æther.

— Non !

Soudain, Virgil rassembla les ultimes forces dont son corps disposait encore et pivota sur un tour complet qui lui prodigua assez d'énergie cinétique pour pousser Silène dans le portail, à l'image d'un athlète dont le lancer de disque dégagerait une puissance herculéenne.

Max, pris de court, n'eut que le temps de se jeter en avant pour tenter de lui ceinturer les jambes, mais il était trop tard ; il s'écroula sur un lit de feuilles mortes sans avoir pu empêcher Silène de franchir le passage malgré lui. Néanmoins, avant de chuter sur le tapis végétal qui se trouvait devant lui, il eut le temps d'apercevoir une boule verte projetée par Wilfried foncer vers le fuyard et le percuter avant que celui-ci ne disparaisse avec la porte.

— Maudit sois-tu !

Silène avait disparu. Max se releva alors que Virgil, épuisé, s'effondra de tout son long à côté de lui, tout juste assez conscient pour savoir que rien ni personne ne le sauverait plus. Il sourit néanmoins à ses deux ennemis en pensant à Silène qui, par monts et par vaux, parcourrait le monde pour le venger.

Wilfried se joignit à son complice et tous deux fixèrent l'homme qui gisait à terre et n'avait désormais plus la grandeur d'un dieu digne de ce nom, ni même de l'ami qu'ils avaient tous les quatre été par le passé. Max leva le bras droit et ouvrit son poing pour y faire apparaître une boule d'énergie verte semblable à celles dont il s'était servi pour réduire à néant les quelques hectares de forêt dont les arbres pulvérisés exhibaient leur écorce éventrée et le liber de leurs troncs sectionnés qui vomissaient leur sève. Loin d'être impressionné par la posture dominante de son bourreau au-dessus de lui, l'homme était prêt à subir son exécution, résigné à mourir depuis que le seigneur de Diadem 13, souverain incontesté y régnant en despote, asservissait tous les natifs qui venaient au monde sans le moindre pouvoir. Sans la pétulance qui faisait d'eux des dieux.

— Le Foëhn, hurla Max, aussi maudit que toi, pauvre chien, dispersera les ossements de ta carcasse au gré de ses caprices une fois que les vautours auront dévoré ton cadavre.

Les rares animaux restés dans les environs malgré le vacarme des explosions et la force de la déflagration des coups portés par Max, détalèrent en entendant le rire caustique qui s'ensuivit en se perdant dans les hauteurs des cimes, et nul autre que les deux complices ne fut témoin du terrible coup qu'asséna le plus jeune d'entre eux.

Wilfried se recueillit quelques instants auprès du corps de leur ancien ami sous le regard perplexe de Max qui, perdu dans l'extase de son crime, posa alors ses yeux sur le visage apaisé d'un homme qui jamais plus n'aurait à le craindre. Il narguait encore, dans le monde de paix qui l'avait sans nul doute accueilli, son assassin par un dernier sourire dont la sincérité puisait son énergie dans le sens du sacrifice.

Et dans la satisfaction de mourir en sachant qu'il serait vengé.

***

Le soleil venait de disparaître à l'horizon, englouti dans l'intervalle laissé par les gigantesques tours du sud de Sanlys-sur-Mer, ville moyenne bâtie sur le territoire landais entre l'océan et Saint-Julien-en-Born au nord et Vielle-Saint-Girons au sud, couvrant la commune de Lit-et-Mixe qui avait partiellement disparu. Érigée dans ces terres d'une incroyable horizontalité, elle profitait de neuf kilomètres de littoral. Ses quatorze quartiers, eux, avaient emporté au loin les stigmates des routes et des pins maritimes qui avaient marqué le secteur au fer rouge, et rien de ce qui avait précédemment existé dans les cinq-mille-cinq-cent-dix hectares couverts par la ville ne subsistait.

Le ciel embrasé par la flamboyance du crépuscule écarlate avait laissé place à une infinitude céleste constellée de myriades d'étoiles plus scintillantes les unes que les autres, illuminant la voûte bleutée des cieux sur laquelle elles se détachaient, comme au-devant d'un rideau que de microscopiques lucioles par kyrielles auraient pris pour domicile. Pas un souffle de vent n'avait daigné s'opposer à la lourdeur de l'air au cours des vingt-quatre dernières heures, et même la lune semblait hésiter à se montrer, comme si elle angoissait à l'idée de ressentir les désagréables effets de la chaleur. Pourtant, le mercure était descendu de quelques degrés, passant de la fournaise du milieu de l'après-midi à la tiédeur de cette nuit déjà plus douce.

Il était 21 h 56 lorsqu'une légère brise courba enfin les platanes de l'avenue de la Plage et fit onduler les flots de l'océan Atlantique avant qu'ils ne se meurent sur le sable en légères vagues mousseuses. Le premier coup de vent de la soirée. L'été serait chaud. Telles étaient les prévisions météorologiques annoncées par les médias en ce mardi 5 juin 1990.

Les deux tours jumelles dont l'ensemble constituait ce qui avait été baptisé les Colombes, semblables et identifiées par les noms de Charybde et de Scylla [1], se dressaient du haut de leurs cent-trente mètres aux abords des autres buildings qui les côtoyaient et dans lesquels avaient été aménagés de nombreux bureaux et appartements. Dans ces deux constructions identiques de béton et de verre, une multitude de lumières allumées témoignait des vies qui s'animaient à l'intérieur de ces domiciles rigoureusement construits sur les mêmes plans. Les rideaux tirés derrière les vitres, donnant à chacune des tours l'apparence d'un sombre rectangle vertical aux carrés de différentes nuances, masquaient la singularité des appartements et ne laissaient voir que de furtives silhouettes, telles des ombres chinoises qui se mouvaient au gré de leurs envies, sinon de leurs besoins. Derrière des stores abaissés pour préserver l'intimité des occupants.

Des familles qui, au mieux, avaient emménagé aux Colombes il y avait un an de cela, suite à l'inauguration officielle de la ville. C'est à cette occasion que le maire, Hubert Lastaux, s'était distingué avec un discours emphatique qui avait prouvé, si besoin était, qu'il était assurément aussi bon orateur qu'élu local. Les membres des conseils municipaux ainsi que les maires des villes voisines de Saint-Julien-en-Born, Lit-et-Mixe et Vielle-Saint-Girons qui l'avaient régulièrement côtoyé avant qu'il ne soit dévolu à la tête de la ville nouvelle de Sanlys-sur-Mer avaient estimé qu'il s'était magnifiquement bien exprimé lors de cette allocution.

Résolument tourné vers l'avenir et la jeunesse qui le symbolise, monsieur Lastaux avait beaucoup apprécié l'idée de l'un de ses conseillers consistant à surnommer sa commune *Sunset City* ; il trouvait que cela sonnait parfaitement moderne à l'aube de la décennie qui commencerait l'année suivante et que cet anglicisme donnerait de jolies consonances à la vie quotidienne dans un lieu ostensiblement tourné vers l'internationalisation. Une ville nouvelle dont les gens qui lui donnaient vie, les Sanlymarins, étaient fiers et qu'ils considéraient comme étant le havre de paix auquel tous avaient rêvé sans jamais avoir osé y croire. Une commune dont la moyenne d'âge de la population n'excédait pas les trente-quatre ans.

Parmi eux figuraient deux époux, Bénédicte et Jacques Lucas, qui avaient donné naissance à Stéphane, un digne fils qui ne souhaitait que croquer la vie à pleines dents. Seulement vingt-deux ans d'expérience ici-bas. Et l'avenir devant lui.

Résidents au quatorzième étage de la tour Scylla, appartement quatre-vingt-quatre, tous trois étaient arrivés dans la ville quelques semaines après l'inauguration, bénéficiant d'un providentiel concours de circonstances qui les avait hissés au sommet de la liste des familles désireuses d'acquérir un appartement aux Colombes. Ainsi, quittant Arcachon où ils avaient vécu pendant de nombreuses années, ils avaient emménagé le dimanche 16 juillet 1989 dans leurs nouveaux quartiers.

Stéphane avait été aux anges : lorsque son père lui avait annoncé leur déménagement prochain pour prendre leurs quartiers à Sanlys-sur-Mer, il s'était aussitôt laissé transporter par une incommensurable euphorie qui l'avait hissé jusqu'aux cimes du bonheur, comme si cet emménagement marquait le début d'une nouvelle vie qui le mènerait assurément sous les meilleurs auspices, lui offrant les plus belles promesses, lui octroyant tous les espoirs. Rêveur et imaginatif, il ne faisait ni plus ni moins que figure d'idéaliste qui ne s'était pas encore révélé à lui-même. D'ailleurs, lorsqu'il avait été enfant, les institutrices et instituteurs qui lui avaient fait la classe l'avaient souvent trouvé perdu dans ses pensées. *Stéphane, ne t'éloigne pas dans les nuages. Reviens parmi nous*, lui avaient-ils demandé à maintes reprises. Mais le besoin – ou l'envie – de rester dans un ailleurs que lui seul connaissait était plus fort que tout. Et s'il était parvenu à remettre les pieds sur terre, il n'avait pas pour autant décroché sa tête des nuages.

Et voilà qu'il pensait encore. Il songeait à ce tout premier travail qu'il allait commencer le lendemain : assistant boulanger-pâtissier. En effet, malgré les résultats prévus pour le 6 juillet prochain, il avait passé l'examen du Bac professionnel correspondant et savait d'ores et déjà qu'il l'avait réussi : son diplôme était assurément en poche. Il avait donc décidé, pour trouver un emploi et acquérir ainsi une première expérience du terrain, de passer cette journée à placarder des annonces ici-et-là dans les principales pâtisseries de la ville ou en s'adressant directement au personnel lorsqu'ils étaient présents et disponibles. De fait, Stéphane espérait ardemment en finir avec les allées et venues entre Sanlys-sur-Mer et Arcachon où il avait étudié sa discipline : il comptait bien travailler sur place dans cette ville qu'il aimait tant et par là même faire de substantielles économies sur les frais inhérents aux transports qui, tout au plus, se limiteraient dorénavant au bus.

C'était un peu plus tôt, au moment où il s'était entretenu avec le gérant du Salon des Petits Pains, un jeune homme se nommant Jack Saïyes, que ce dernier lui avait proposé un contrat d'assistant afin de se faire aider dans les différentes tâches qui lui incombaient. Stéphane n'avait su cacher sa joie, faisant sourciller, devant cette exubérance impromptue, son nouvel employeur. Celui-ci, d'ailleurs très jeune pour être responsable d'un tel commerce, âgé de vingt-trois ans seulement, l'avait alors fait venir dans le fournil pour poursuivre cette entrevue et s'occuper des papiers, les parents de Jack, propriétaires, lui faisant suffisamment confiance pour le laisser gérer leur affaire. Stéphane et lui avaient donc réglé ensemble les détails et observé les procédures d'embauche, tous deux assis autour d'une table dans la salle principale, bénéficiant de la chaleur dispensée par le four alentour : ils n'avaient pourtant pas eu besoin d'être soumis à des températures plus importantes que celles qui s'élevaient à l'extérieur. Aussi fut-il convenu que Stéphane travaillerait trente-neuf heures hebdomadaires pour un salaire net de plus de cinq-mille-neuf-cent francs : une opportunité en or pour lui qui vivait toujours chez ses parents et aspirait néanmoins à économiser suffisamment pour louer un studio dans les quartiers du nord de la ville. Les meilleurs prix du mètre-carré, exorbitants malgré cela, ne l'avaient guère dissuadé de jeter son dévolu sur ce secteur particulièrement calme et verdoyant.

Après ces formalités, Stéphane était retourné en bus chez lui en début de soirée et s'était jeté dans la cuisine pour en parler à ses parents. Son père venait de rentrer de son travail et s'entretenait avec sa femme de choses et d'autres concernant sa journée lorsque leur fils leur avait balancé la nouvelle comme un cheveu sur la soupe. Certes, ils avaient été contents pour lui, mais le moment était mal choisi : les deux tourtereaux aimaient se retrouver seuls en fin de journée pour parler de leur petite vie familiale et professionnelle. *Tu prends ta douche et on passe à table ensuite ou tu préfères manger maintenant ?* lui avait demandé sa mère après les réjouissances dues à son contrat d'embauche. Stéphane avait préféré dîner de suite pour continuer à faire profiter ses parents de son excitation, au grand dam de ceux-ci qui le trouvaient pourtant adorable. Puis il avait enfin pris sa douche.

À présent, le voilà qui sortait de la salle de bain avec pour seule tenue son peignoir bleu clair acheté par correspondance l'hiver précédent chez La Redoute. Il passa dans le couloir avec détermination en diffusant un léger parfum de savon de Marseille dans l'air et atteignit sa chambre. *On est si bien chez soi*, se dit-il en refermant la porte derrière lui. Il s'approcha de la fenêtre laissée entrouverte et regarda la place des Colonnades en contrebas, le temps de laisser passer un ange, avant qu'il ne se mette en pyjama. La chaîne hi-fi Amstrad [2] qu'il n'avait pas éteinte non plus avant d'aller prendre sa douche, rivée sur les ondes FM d'une station de radio nationale, crachait du haut des vingt watts de ses enceintes placées çà-et-là *Enjoy the Silence* [3], l'un des derniers *singles* de Depeche Mode. *Pierce right through me...*

Stéphane coupa la musique, éteignit la lumière et s'installa dans son lit, fatigué par cette longue journée qui s'achevait enfin. Le ciel d'été tapissait de bleu marine toute la pièce, créant un jeu d'ombres sur les murs affublés de posters et qui faisaient contraster les douces teintes des crépuscules flamboyants avec les sombres couleurs de chanteurs sur la scène d'une salle de concert. Cette nuit serait sans aucun doute plus supportable que l'après-midi, mais assurément pas suffisamment fraîche pour lui permettre de fermer l'œil.

Alors, sentant bien qu'il ne rejoindrait pas les bras de Morphée aussi aisément qu'il l'avait espéré, il jeta la couverture sur le côté, passa le revers de sa main gauche sur son front en sueur et alla à la fenêtre qui lui renvoya l'image de ses cheveux sombres aux reflets vert vif sur un visage marqué par de grands yeux aux pupilles d'un étrange violet. Il ouvrit les vitres antagonistes puis amena sa chaise derrière lui pour s'y asseoir, le regard noyé dans les constellations aux feux scintillants. Une étoile filante trancha furtivement en deux la tenture de l'infini et Stéphane se félicita d'avoir pu la voir disparaître dans la Voie Lactée, sans pour autant prendre la peine de faire un vœu : il ne portait pas le moindre crédit à ces fadaises.

En face de lui, à trente-deux mètres, se tenait la tour Charybde, aussi semblable que sa sœur Scylla : toutes deux, dressées au cœur de la Cité Métallique, s'élevaient au-delà des hauteurs des autres quartiers de la paisible ville dans laquelle étaient attirés, à cette heure déjà, les noctambules qui semblaient vouloir investir les boulevards et leurs magasins, se déversant également sur les plages comme des vagues successives provoquées par d'inexorables tremblements de terre sous-marins. Naturellement, pour les précéder, le visage angélique de la lune avait diffusément fait son apparition avant de se montrer, fière et fabuleuse. Les paillettes de la toile céleste, toujours plus brillantes les unes que les autres, s'étaient présentées aux quatre coins du pays et leur éclat pouvait se refléter dans les yeux des curieux et des rêveurs. Sauf que Stéphane, lui, ne les admirait déjà plus ; il somnolait. Un vent frais fit repousser ses cheveux en arrière, le tirant ainsi de sa douce léthargie. Il releva la tête, battit des paupières, écarquilla les yeux et regarda autour de lui.

Soudain, dans la tour Charybde, la lumière de l'appartement face à celui de la famille Lucas s'alluma et Stéphane ne put l'ignorer malgré sa torpeur. Bien que des voiles suspendus à une tringle fussent tirés derrière les vitres panoramiques du salon, il devina bien vite d'après la silhouette qui se détachait au-devant d'une lampe en arrière-plan et les longs cheveux de la personne qui l'occupait, qu'il s'agissait d'une femme. Ce détail piqua plus encore sa curiosité lorsqu'elle entra dans sa chambre dont il pouvait distinctement voir l'intérieur entre les deux rideaux ouverts. Il décida donc de rester sur sa chaise derrière son garde-corps, convaincu que le spectacle vaudrait le coup d'être vu, et se promit de ne pas en perdre la plus infinitésimale miette. De plus, la femme rousse faisait écho au fantasme que Stéphane nourrissait depuis quelques années pour les Irlandaises à la crinière flamboyante, et cette créature, perchée sur de longues jambes fuselées, se présentait ornée d'une chevelure qui tombait en cascade sur ses épaules, ce qui mettait en exergue le magnifique contraste entre la clarté de sa peau et la vivacité de la teinte ardente que revêtaient ses cheveux.

Elle prit du linge de corps dans une armoire jouxtant son lit avant de se rendre dans la salle de bain d'une démarche veloutée qui semblait conférer à ses pieds nus sur la moquette bleu azur la légèreté des pas d'une svelte et gracile féline. Le regard de Stéphane ne put l'y suivre, mais il attendit patiemment, avant-bras sur le rebord du garde-corps, tête posée sur le revers de ses mains jointes, tenté de s'endormir ainsi, soumis au poids de l'inactivité et au joug de la fatigue accumulés.

Cependant, la femme réapparut à ses yeux au moment où il allait se laisser glisser en pente douce dans un léger sommeil, et il se redressa alors afin de l'observer plus en détail : sa poitrine se dessinait parfaitement bien sous son tee-shirt en coton, ses hanches proches de la perfection ultime portaient amoureusement la chute de ses flancs en une somptueuse courbe que sa taille mettait en évidence, et ses cuisses longilignes finirent de l'émoustiller, réveillant l'adolescent aux hormones effervescentes qui sommeillait encore en lui sous l'écorce. Ignorant le regard scrutateur qui la dévisageait et la mettait à nu, cette belle inconnue se glissa dans ses couvertures et se plongea dans le livre qui, quelques secondes plus tôt, trônait encore à ses côtés sur la table de chevet.

Stéphane, contre toute attente, sentit qu'elle lui plaisait infiniment, bien plus qu'il ne l'eût souhaité et encore bien davantage qu'il ne l'eût imaginé. Mais il n'ignorait pas que ce sentiment platonique n'était qu'un amour passager et physique, bien qu'il ait toujours cru au coup de foudre. Et alors qu'il visualisait dans son esprit une folle histoire d'amour entre elle et lui, le temps passait, le rapprochant à chaque minute, à chaque seconde, du royaume des songes. Toutefois, son endormissement ne fut avorté que parce que de ses yeux étrécis, il remarqua la lumière qui s'éteignit dans la chambre de l'inconnue. En conséquence de quoi il n'avait à présent plus aucune raison de rester à sa fenêtre qu'il ferma en basculant en arrière, se levant ensuite et replaçant la chaise derrière son bureau. Il se coucha enfin. Et c'est tout en pensant à cette somptueuse Leucosie [4] qui l'avait envoûté de ses grâces les plus pures qu'il s'endormit paisiblement en emportant dans ses rêves la beauté innée de cette sirène qui, bien malgré elle, l'avait conquis.

***

À l'aube, Stéphane était déjà prêt à partir à la boulangerie. Sur un geste de la main, il salua brièvement ses parents et alla pour sortir de l'appartement lorsque sa mère le rappela pour lui expliquer que son père et elle avaient appris la veille dans le *19/20* sur FR3 que le sud de la France était plus touché par le chômage que la moitié nord du pays [5]. Elle conclut en lui disant qu'ils étaient heureux qu'il ait trouvé un travail si vite malgré ces inquiétantes statistiques.

Sans plus tarder, il quitta l'appartement en chassant de son esprit ce constat de l'INSEE et repensa un instant à la jeune rousse de la tour voisine : la sensualité qu'elle avait dégagée l'obsédait autant que la douceur qu'il avait ressentie – ou imaginée – en elle. Il devait néanmoins se concentrer sur sa priorité actuelle qui lui intimait de se mettre dans des dispositions propices à son premier jour de travail sous la responsabilité de Jack.

Au fond du couloir de l'étage, il eut à peine le temps de voir les portes de l'ascenseur se refermer devant quelqu'un qui venait d'y entrer qu'il se précipita sur le bouton pour le rappeler avant qu'il ne change d'étage. Un son aigu de cloche plus proche de la harpe que du tintement métallique retentit aussitôt et les deux masses qui avaient bloqué l'accès à la cabine s'ouvrirent à nouveau, offrant au regard de Stéphane une jeune femme qui posa brièvement ses yeux sur lui, accompagnée de son chien, un boxer imposant à l'attitude plus proche du compagnon tendre que du molosse. Il entra rapidement en lui faisant un timide sourire qu'elle lui renvoya sans attendre, appuya sur la touche du rez-de-chaussée et joua des miroirs pour observer cette charmante blonde qu'il avait déjà croisée à plusieurs reprises et qui, en cet instant, semblait avoir le plus grand mal à calmer son quadrupède. Il ne lui fallut pas plus de quatre secondes pour détailler l'ensemble bleu clair de la jeune femme qui l'avait assorti à ses escarpins unis à hauts talons.

Dès que les portes se rouvrirent, le boxer précéda sa maîtresse en tirant sur sa laisse, l'obligeant presque à courir dans le hall, mais elle eut le loisir de faire un nouveau sourire à Stéphane en lui souhaitant une bonne journée. Pris de court, il n'eut que le temps de bredouiller d'inintelligibles mots qu'il ne comprit pas lui-même et de voir les portes de l'ascenseur se refermer devant lui.

Après avoir pris le bus et couru de longues minutes dans les artères de la ville dont les surfaces baignées par le soleil s'en trouvaient couvertes d'une pellicule dorée, Stéphane arriva enfin à l'intersection des avenues du Général Leclerc et d'Alexandre Dumas, au cœur d'une circulation déjà effervescente.

De l'autre côté du trottoir, devant une magnifique façade de pâtisseries et de viennoiseries se tenait un jeune homme de grande stature, aux cheveux teintés de reflets roses et qui fixait Stéphane avec impatience, mains dans les poches ; Jack n'avait pas son pareil pour paraître peu amène lorsque tout en lui n'était que magma bouillant. Le jeune apprenti traversa la rue sur le passage piéton avec entrain et arriva auprès de lui.

— Tu as deux minutes de retard, vieux ! cracha Jack.

— Excusez-moi !

— Et si tu ne veux pas m'agacer, il vaudrait mieux pour toi que tu me tutoies !

— Je m'en souviendrai.

Ils se serrèrent la main et entrèrent de suite parmi les croissants et les baguettes viennoises qui se présentaient au centre d'un intérieur spacieux, lequel dégageait une délicieuse odeur chaude et sucrée qui se répandait diffusément dans la salle. Des petites tables circulaires pour deux ou trois personnes et quelques chaises assorties trônaient à l'attention des clients désireux de consommer sur place au cœur d'un ensemble de jeunes *Yucca elephantipes* [6] et de *Dracaena marginata* [7] placés en pots, se dressant alentour sur le beau carrelage d'une couleur mandarine qui donnait l'impression d'octroyer plus d'espace qu'il n'y en avait. Les meubles faisant office de comptoir n'étaient autres que trois vitrines chauffantes dans lesquelles étaient disposées des rangées de chaussons aux pommes, de pains aux raisins et d'autres gourmandises dorées et appétissantes ainsi qu'une quantité massive de flancs, tartes, gâteaux, de toutes sortes de desserts qui achevaient d'enjoliver ce charmant paysage gastronomique.

À deux mètres à droite de l'entrée, les parents de Jack avaient fait installer une ouverture à battant horizontal pour passer de l'autre côté du comptoir et descendre également dans le fournil qui se découvrait depuis les quatre marches qui y menaient. Sur les murs maculés d'une peinture jaune canari étaient accrochés divers tableaux montrant des paysages printaniers et des ustensiles de pâtissier formant un ersatz de natures mortes tandis qu'au plafond, des néons régulièrement fixés ajoutaient en clarté dans la boulangerie déjà bien lumineuse. Une clochette suspendue au-dessus de la porte d'entrée sonnait l'heure de saluer les clients et de prendre leur commande : un son que Jack vénérait plus que lui-même. Et sur l'une des vitrines de la façade avait été placardée une pancarte métallique avec, sur fond rouge, le message « INTERDIT DE FUMER ». Jack était formel là-dessus : tabac formellement proscrit dans le Salon des Petits Pains.

Vue de l'extérieur, la boulangerie-pâtisserie revêtait un style moderne auquel Jack trouvait une froideur aseptisée qui contrastait savamment avec un intérieur beaucoup plus intimiste et chaleureux qui se devait de mettre à l'aise le chaland. Les offres promotionnelles de viennoiseries qu'il avait inscrites en blanc sur les vitres ne cessaient d'attirer l'attention des passants ; cet énorme attrait remplissait son office et faisait tourner le commerce du feu de dieu, si bien qu'en-dehors des heures de grande fréquentation, c'est-à-dire en début et en fin de matinée et d'après-midi, il pouvait se permettre d'ouvrir ou de fermer l'établissement avec dix minutes de battement. Pour le coup, les gourmets attirés par ces offres alléchantes franchissaient presque systématiquement le pas et se retrouvaient aussitôt dans un décor couleur éclairs au café, charmés par le parfum savoureux des cannelés, des financiers, des Paris-Brest et des croissants au beurre.

L'école maternelle Marie Laurencin se trouvant à proximité de l'établissement, il était fréquent de voir déferler, à l'heure de la sortie des élèves en fin d'après-midi, une ribambelle d'enfants accompagnés d'un parent et conquis par l'envie de se mettre quelques bouchées d'une gourmandise dans la panse pour les faire patienter jusqu'au dîner. C'était pour Jack un quart d'heure de bonheur, jubilant intérieurement en constatant chaque jour que son commerce demeurait prospère et ne désemplissait pas ; d'ailleurs, dans ces moments-là, loin de lui étaient les regrets qui l'avaient étreint deux mois plus tôt lorsqu'il s'était résolu à reprendre le commerce que ses parents, en définitive, n'avaient ouvert que pour lui.

Mais le prix du succès exigeait néanmoins plus de travail chaque jour et c'est la raison pour laquelle il avait embauché Stéphane pour le remplacer à certaines occasions et pour l'aider à maintenir la réputation de l'établissement dont la qualité des produits n'était plus à démontrer pour tous les habitants de *Sunset City*. Et si rien ne semblait jamais définitivement acquis, Jack se figurait que, pour sa part, il serait toujours à l'abri du besoin tant que tous deux feraient tourner son affaire ; du moins l'espérait-il.

Stéphane et Jack s'affairaient à leurs tâches respectives dans le fournil, et du simple ménage aux listes d'ingrédients à acheter en passant par la préparation des produits, la vérification du fond de caisse et le reste de la comptabilité, chacun savait ce qu'il avait à faire et quelles étaient ses responsabilités. En effet, Jack, dont le sens du commerce était aussi aiguisé que son esprit pédagogue était efficace, avait enseigné à Stéphane, pour qui les rudiments du métier n'avaient plus aucun secret, toutes les connaissances supplémentaires à assimiler et celui-ci avait bien retenu les instructions, bien qu'il sût qu'il se perfectionnerait surtout sur le tas.

***

Un peu avant la fermeture de mi-journée, Jack, sans doute autant pour encourager la bonne volonté de son apprenti que pour éviter d'être accidentellement mis à nu, lui parla de ce qu'il appelait son « péché mignon » : en effet, dans un mur du fournil se trouvait un hublot qui donnait à l'extérieur au niveau du sol, sur le trottoir, et par lequel il s'amusait à regarder les jambes des passantes. Lorsque les femmes portaient une jupe courte, il parvenait même à reluquer leur lingerie fine. Il refusa toutefois d'admettre que Stéphane avait eu raison quand il lui avait rétorqué que c'était du voyeurisme, mais Jack savait malgré tout au fond de lui qu'il était le sujet d'une réelle pathologie d'addiction sexuelle. Pourtant, plus qu'un ignoble vicieux, il avait le défaut d'être narcissique et ne démordait que trop rarement de son ignoble sourire en coin qu'il jugeait enjôleur alors qu'il n'était rien de plus que narquois. C'est ainsi que tous les matins, en se coiffant devant son miroir, il se repaissait de sa propre expression de suffisance et d'assurance. Il se croyait bien plus beau que n'importe qui, et bien que ce défaut le perdait quelquefois, il n'en tirait jamais aucune leçon.

Ils allèrent déjeuner dans un restaurant du centre-ville sur l'avenue Leclerc, très fréquenté des jeunes : le Sunset. Ce mot à consonance anglo-saxonne témoignait autant d'une ouverture d'esprit envers les pays étrangers que d'une carte aux mets venus d'Outre-Manche ou des États-Unis d'Amérique. De plus, les serveuses qui y travaillaient en rollers étaient magnifiques et Jack aurait souhaité pouvoir toutes les mettre dans son lit s'il avait osé. Or, il avait une réputation à préserver en tant que patron de boulangerie-pâtisserie et, de plus, il était un client fidèle qui venait fréquemment. Cela ne l'avait pourtant pas empêché de se faire remarquer une semaine plus tôt quand il avait caressé les fesses de l'une d'entre elles qui passait à côté de sa table. Longiligne, bien plus grande que lui et ornée d'une chevelure d'un roux criard, cette serveuse l'avait giflé sans préavis avant de l'inviter à s'en aller sur le champ.

Stéphane profita de ce déjeuner pour lui parler de la rousse, justement, qu'il avait épiée la veille depuis sa chambre. Jack qui, jusqu'à cet instant, n'avait pas daigné se détourner de son assiette, releva la tête et planta ses yeux dans ceux de son apprenti qu'il considérait autant comme un ami potentiel que comme son petit frère, ce qui avait bien évidemment beaucoup plu à l'intéressé qui s'en était aperçu et, par conséquent, se sentait bien plus à l'aise. Il osait lui parler de choses qui n'avaient aucun rapport avec le travail, comme l'avait d'ailleurs fait Jack avec son prétendu péché mignon. Mais lorsque Stéphane lui dit que sa voisine d'en face s'était laissée observer en petite tenue et qu'il était convaincu de la revoir le soir-même dans le même accoutrement, Jack continua de s'enfermer dans un incompréhensible mutisme et sembla plus encore se désintéresser de ce qu'il entendait.

— Écoute... Je t'invite ce soir à la maison si tu veux, proposa Stéphane. Ça te tente ?

— Ouais, répondit l'homme après avoir embroché sur sa fourchette trois frites à la suite d'un bout de *ribs* de porc caramélisé. Mais j'y mets une condition, Chris Lecce [8] !

— Une condition ? s'écria Stéphane. Ne trouves-tu pas que de m'imposer une condition alors que je t'invite chez moi relève d'un toupet bien mal avisé ? Et pourquoi m'appelles-tu Chris ?

Jack resta silencieux quelques instants, le temps pour lui d'avaler ce qu'il avait en bouche, et posa sans ménagement ses couverts sur le bord de son assiette ; le tintement de l'argent et de la faïence stoppa net les conversations alentour.

— C'est toi qui me paies ce repas, vieux !

Il avait pris l'habitude d'appeler Stéphane, de moins de deux mois son cadet, en utilisant cet adjectif qualificatif qui n'était donc guère de rigueur et qui était toujours mieux que ces autres surnoms qu'il lui donnait parfois et qui faisaient référence à des sources qu'il ne connaissait pas. Qui donc était ce Chris Lecce ?

Stéphane, en tout cas, savait suffisamment bien lire entre les lignes pour comprendre que ce « vieux » était également et surtout une manière pour Jack de lui témoigner son affection.

— Quoi ? protesta Stéphane en se redressant sur sa chaise. Non seulement je t'invite chez moi pour te montrer une fille magnifique, mais en plus, tu voudrais que je paie ton déjeuner ? J'espère que tu plaisantes !

— Ok... Ok, ne t'énerve pas comme ça, fit Jack sans lever les yeux de son assiette. Je vais me le payer, mon repas. Ce n'est pas grave... Mais il serait dommage pour toi que cette fille apprenne que tu l'espionnes. Hein, vieux ?

— Comment ça ? Tu ne la connais même pas ! Et quand bien même, tu n'oserais pas !

— Tu veux parier ?

Malgré cette sympathie apparente entre eux, Jack semblait se servir de l'aval qu'il avait sur Stéphane – en vertu de son statut de patron – pour asseoir sa position dominante. Mais le cadet, loin d'être dupe à ce point, chercha à comprendre de quoi il retournait avant de se laisser convaincre.

— Pourquoi te croirait-elle, toi, un parfait inconnu ?

— Parce que je la connais ! Eh ouais, je t'ai menti, vieux !

— Et tu en es fier ?

Sans répondre à cette question, Jack avança son visage au-dessus de son assiette.

— Elle a confiance en moi.

— Tu veux rire ?

— Ai-je une tête à plaisanter ?

Jack se laissa de nouveau aller en arrière pour s'appuyer sur le dossier de sa chaise. Stéphane soupira, joua quelques secondes avec les cuticules de ses doigts et regarda Jack.

— Es-tu bien sûr que nous parlons de la même personne ?

— Certain ! Tu m'as bien dit hier que tu habitais au quatorzième étage de la tour Scylla aux Colombes, n'est-ce pas ?

— Ouais...

— Alors cette rousse est ma sœur !

Stéphane resta bouche bée un court instant en laissant les paroles de Jack résonner dans sa tête. Ce n'était qu'une fraction de seconde, mais ce fut suffisamment flagrant pour que ce dernier remarque l'effet de surprise qu'il avait volontairement ménagé.

— Tu mens ! s'exclama Stéphane en se reprenant.

— Assurément pas... Elle se nomme Émmanuelle, elle a 23 ans et c'est un canon de beauté. Si tu la voyais de plus près...

— Jack ! J'ai pu en voir assez d'elle pour supposer de manière quasi certaine que vous n'avez pas le même sang. Vous n'avez d'ailleurs pas l'air de vous ressembler, tous les deux.

— En effet... En fait, elle n'est pas ma sœur de sang, mais tout comme puisque nous nous connaissons tous deux de longue date.

— Alors tu m'as menti, hein ? s'exclama Stéphane. Comment pourrais-je te croire désormais ?

— C'est à toi de me faire confiance, vieux !

Tous deux finirent de déjeuner dans un silence religieux. Néanmoins, ils se regardèrent de temps à autres et Stéphane ne tenait désormais plus compte du statut de supérieur dont Jack jouait. Il le considérait comme son égal, ce que l'aîné n'avait pas manqué de remarquer sans toutefois le souligner.

Stéphane rompit le silence d'un coup sec.

— Tu as gagné, Jack ! Je t'invite...

— À la bonne heure, Picsou [9] !

***

Un peu plus tard, à la sortie du Sunset, ils décidèrent d'aller aux

Colombes pour que Jack se rende mieux compte de la vue qui semblait dévoiler les moindres recoins de l'appartement d'Émmanuelle. Stéphane, à défaut d'avoir su refuser de payer l'intégralité de l'addition des deux déjeuners, se sentait toutefois excité par cette apparente fraternité qui commençait peu à peu à le lier à son patron au fur et à mesure que tous deux passaient du temps ensemble. Et pour lui-même qui était un incorrigible casanier et qui considérait sa chambre comme une sphère intime, inviter son supérieur à y venir revêtait un sens bien particulier dont Jack n'avait malheureusement pas l'air de mesurer la portée.

Ainsi, c'est en se posant nombre de questions que Stéphane prit le bus et arpenta nonchalamment les rues de la ville avec lui. La boulangerie-pâtisserie n'ouvrait qu'à 15 h 00 et ils avaient suffisamment de temps libre devant eux pour ne pas se presser. Mais la vitesse habituelle de leur marche instituée par leurs grandes foulées tout autant que la circulation fluide les firent arriver sur place plus vite qu'ils ne l'avaient prévu. Ils étaient seuls dans l'appartement, monsieur Faure étant au travail et son épouse, professeure de philosophie au lycée Henri Poincaré, n'étant visiblement pas encore rentrée.

Là, dans la chambre de son subordonné, Jack remarqua :

— Il est vrai que la vue sur la chambre d'Émmanuelle est de toute évidence parfaite, dit-il en laissant son regard se perdre de l'autre côté de la vitre. Mais il faut que tu saches quelque chose de très important, vieux...

Il se détourna de la fenêtre qui lui faisait face et posa ses yeux sur Stéphane.

— Je ne viendrai pas ce soir !

— Comment ça ? Tu n'es pas sérieux ! implora Stéphane.

— Bien sûr que si ! assura Jack comme si la réponse coulait de source.

— Mais ? Et le repas que je t'ai offert ce midi ?

— C'était un cadeau d'amitié. Autant pour prouver ta reconnaissance envers ton patron que pour me témoigner ta sympathie et ta générosité.

Stéphane devint furibond.

— Ah, parce que c'est ça, ta conception de l'amitié ? Bravo Jack ! Merci beaucoup !

Jack alla vers la porte d'entrée de la chambre, gagné par un calme olympien malgré le courroux de Stéphane.

— Tu croyais vraiment que j'allais espionner ma petite sœur chez elle, et en tenue légère de surcroît ? demanda Jack. Pour qui me prends-tu ? Un mufle ? Maintenant, je dois rentrer chez moi. On se voit à 14 h 30 à la boulangerie ! On a du boulot avant l'ouverture.

Stéphane se sentait trahi : il avait accordé sa confiance et estimait avoir été trompé en retour, abusé comme le jeune adolescent que son physique juvénile montrait aux autres et dont il tentait tant bien que mal de se débarrasser. Bien qu'il ait agi conformément à ce que son cœur lui avait intimé de faire, il savait très bien, pourtant, qu'il aurait commis la même erreur s'il avait pu revenir dans le temps. Il sentit à cet instant qu'il ne se le pardonnerait jamais.

— Tu sais quoi, Jack ? C'est parce qu'il y a des hommes comme toi, peu scrupuleux, sans aucune vertu et faisant fi des principes moraux que le monde court à sa perte. Tu serais du genre à planter un couteau entre les deux omoplates de ta mère pour un profit qui n'a pas plus de valeur que des queues de cerise. J'ignore ce qui t'a rendu aussi aigri, aussi imbu de ta personne, ni ce qui a brisé ton cœur pour que tu sois devenu ce menteur aussi perfide, dédaigneux et irrespectueux que celui qui se tient devant moi, mais tu ferais mieux de rectifier le tir avant de sombrer dans les eaux noirâtres de ton propre déclin. Tu devrais y réfléchir sérieusement !

— Jolie tirade, monsieur Ingalls [10]. Alors ça y est, tu en as fini avec tes pathétiques capucinades ? Je te rappelle quand même que je suis ton patron et j'exige en tant que tel que tu me parles autrement que de cette manière. Je ne te le dirai pas deux fois.

Jack, pour sa part, ne réalisait pas l'outrecuidance dont il avait fait preuve, et s'avérait bien loin de se douter de l'envergure de cet affront. Cela lui semblait normal ; il était même fier de lui et laissa naître sur son visage un sourire asymétrique qui creusa d'une fossette sa joue gauche. Il saisit enfin la poignée de la porte ouverte avant de s'arrêter sur le seuil et de se retourner vers Stéphane pour lui dire :

— Eh vieux ? À 14 h 30 ! Si tu es en retard comme ce matin, tu te retrouves au chômage, vu ?

Et il s'en alla en la claquant, faisant par là même voler en éclats le bel enthousiasme de Stéphane à l'idée de retourner travailler. Il entendit au loin la porte d'entrée de l'appartement se refermer et s'assit sur son lit avant de soupirer. Il se dit aussitôt qu'il avait bien fait de réagir de la sorte, motivé en lui-même par des années passées à courber l'échine pour mieux subir sans prêter attention à cette boule de nerfs remplie de rancœur qui avait grandi en lui à mesure que les gens de son entourage ne lui accordaient pas les égards dus à quelque individu que ce soit. Le jeune homme passif et introverti qui avait suscité tant de brimades par le passé détenait désormais une belle occasion de changer les choses. Cette première année passée à Sanlys-sur-Mer l'avait au moins vu s'extérioriser un peu, à défaut d'être un peu plus avenant auprès des adultes. Et ni Jack, ni personne ne gâcherait les efforts considérables qu'il avait accomplis au cours de ces douze derniers mois pendant lesquels il avait ardemment travaillé sur lui-même.

Soudain, la porte d'entrée pivota une nouvelle fois sur ses gonds et la voix de sa mère se fit entendre.

— Stéphane ! Tu es là ?

— Oui, maman ! Dans ma chambre !

Elle referma la porte d'entrée et il entendit très distinctement les mouvements qu'elle faisait pour retirer manteau et chaussures, ainsi que le bruit qui s'ensuivit, lequel lui fit penser à un sac de courses qu'il imagina avoir été posé sur le plan de travail de la cuisine.

— J'ai vu ton ami dans le hall de l'immeuble, lança-t-elle en enfilant ses chaussons de l'autre côté du mur sur lequel il avait placardé un magnifique poster de Pink Floyd qu'il regardait sans vraiment le voir.

— Tu as vu Jack ?

Elle frappa deux fois à la porte de sa chambre et l'ouvrit sans attendre de réponse. C'est alors qu'il se tourna vers elle, décrochant son regard de Roger Waters [11] pour le poser sur elle. La femme qui se trouvait dans son champ de vision se dépeignait comme une créature sans âge, ne portant visiblement qu'une bonne trentaine d'années mais en accusant pourtant quarante-deux.

Bénédicte avait eu Stéphane avec Jacques alors que tous deux n'étaient pas encore mariés. Les origines de la grossesse avaient été accidentelles, suite aux fougues des premières nuits d'amour passées à s'aimer passionnément du soir au matin. Mais lorsqu'ils avaient appris qu'elle portait un enfant, ils avaient décidé de le garder, d'un commun accord, malgré les circonstances inappropriées pour l'arrivée d'un bébé : elle n'avait pas fini ses études de philosophie et Jacques n'était pas encore le cadre en assurances qu'il était à présent. À l'époque, il se battait surtout pour se faire une place au soleil dans la société qu'il venait d'intégrer afin de pouvoir rapidement subvenir aux besoins de son foyer, et tout restait encore à faire pour avoir suffisamment de confort et prétendre endosser les responsabilités qui incombent à un chef de famille. Néanmoins, l'un comme l'autre avait vécu séparément jusqu'à la fin des années soixante et ils avaient ensuite décidé de louer un petit appartement à Morcenx, à proximité de la famille de Bénédicte qui leur donnerait un coup de main pour s'occuper de temps à autres du nouveau-né.

Ils en avaient bavé pour avoir une situation propice à l'éducation d'un enfant, malgré l'aide que leurs familles leur apportaient, et jusqu'à ses quatre ou cinq ans, Stéphane avait vécu dans une atmosphère si instable que ses parents furent contraints de se saigner aux quatre veines pour atténuer leur vie décousue. Par chance, il ne se souvenait plus de sa prime jeunesse et avait l'impression de n'avoir jamais manqué de rien. C'était le souvenir qu'il gardait de ses premières années et Bénédicte et Jacques s'estimaient heureux qu'il en soit ainsi.

Stéphane avait bien grandi, et malgré son caractère introverti, il était très affectueux et parfois expansif à ses heures, et particulièrement perspicace et doué pour percevoir les émotions de son entourage. Par empathie, il ressentit d'ailleurs très distinctement l'inquiétude que sa mère se faisait quand elle lui répondit :

— Oui, je l'ai croisé ! Il avait l'air pensif...

Néanmoins, Stéphane ne réagit pas. Sa mère n'avait vu Jack qu'une seule fois lorsque, la semaine passée, elle avait pris une baguette au Salon des Petits Pains dans le secteur de l'hypermarché Le Coq Étoilé où elle avait fait quelques courses. Évidemment, elle avait été bien loin de se douter que six jours plus tard, ce jeune homme prendrait son fils sous son aile.

— Tu as mangé ? lui demanda-t-elle.

— Oui, j'ai déjeuné, merci !

— Quelque chose ne va pas ?

Sa suite de questions n'avait pas la moindre logique et Stéphane le voyait bien. Cela prouvait qu'il avait raison, qu'elle s'inquiétait pour lui, elle qui se rendait compte du contraste d'humeur entre la veille et aujourd'hui. Naturellement, elle avait envie de savoir ce qu'il s'était passé dans la matinée mais préféra ne pas insister. De toutes manières, elle n'aurait pas eu le temps de lui poser une seule question car il trancha net la conversation.

— Je ne souhaite pas en parler, maman.

Stéphane ne pouvait pas lui mentir : comme à son habitude, il joua franc-jeu avec elle sans pour autant expliquer les raisons pour lesquelles il ne désirait guère s'étendre sur le sujet.

— Par contre, tu veux bien fermer la porte derrière toi, s'il-te-plaît ?

Bénédicte obéit à la requête de son fils, comprenant bien qu'il lui demandait implicitement de le laisser seul, et s'en alla ranger les courses dans la cuisine. Stéphane, écœuré par ce pied de nez du destin qui le contraignait soit à démissionner, soit à mettre à genoux une année d'efforts pour être respecté, se tourna alors machinalement vers la fenêtre, se leva de son lit et s'avança de deux pas vers son bureau à proximité avant de s'arrêter, le regard fixé de l'autre côté des vitres qui, même fermées, semblaient s'ouvrir vers l'extérieur, ne laissant aucun doute sur ce qu'il voyait.

Émmanuelle était dans sa chambre.

***

D'une main assurée, Émmanuelle décrocha le combiné pour le plaquer dans le creux de son épaule afin de la passer négligemment dans ses cheveux, et pianota de l'autre sur le clavier du téléphone Digitel 2000 [12] orange qui siégeait sous l'abat-jour de sa lampe de chevet à côté d'un livre de cuisine. Assise sur le bord de son lit, elle lissa ses longues mèches rousses de ses doigts écartés tout en écoutant la tonalité d'une oreille impatiente.

Suzanne, petit bout de femme au côté masculin bien prononcé, à la limite du garçon manqué qui avait été l'une de ses épithètes les plus fréquentes par le passé, répondit à l'autre bout du fil d'une voix qui semblait trahir un récent réveil. Émmanuelle, sa meilleure amie, passa outre l'effet de surprise en l'entendant bâiller aux corneilles et lui proposa d'entrée de jeu de venir la voir chez elle pour faire ensuite les magasins au centre-ville. Son amie accepta bien volontiers.

Émmanuelle se rendit en bus à l'agence Crédit Agricole de la rue des Érables à l'ouest du quartier du Centre-Ville pour y retirer de quoi financer ses prochains achats avant de se diriger vers la rue des Jardins Dorés via les transports en commun, en prenant son temps, quelque peu éprouvée par la chaleur qui régnait sur la ville et alourdissait l'atmosphère de son humidité atlantique.

Un instant plus tard, elle sonna à l'interphone en appuyant sur le bouton situé à gauche d'une plaquette blanche marquée d'un « S. Labille » noir, et Suzanne la fit entrer sans mot dire dans l'immeuble situé au vingt-trois de la rue, deuxième étage, porte numéro huit.

Suzanne, dont les grands yeux aux reflets violets et aux longs cils trahissaient sa féminité, portait néanmoins une coupe à la garçonne qui, bien qu'elle lui allât à ravir, la masculinisait au possible. Ses cheveux noir corbeau qui obscurcissaient son visage lui conféraient un air sombre qu'elle entretenait par goût du mystère, mais les formes de son corps, dont sa généreuse poitrine, montraient bien à ceux qui la croisaient qu'elle était assurément une fille qui ne manquait pas d'appas. Elle n'avait pourtant connu que très peu d'hommes pendant les vingt-trois années de son passé, ayant sans cesse été d'échecs en déconfitures jusqu'à un long célibat assumé qui perdurait encore. Mais elle assumait parfaitement cet état de fait et préférait être seule que mal accompagnée. En outre, elle demeurait taciturne et avait l'habitude d'être isolée des autres, solitude à laquelle elle s'était accoutumée et qui ne présentait pas – au moins pour elle – que des inconvénients.

L'intérieur de l'appartement, très hétérogène, s'avérait sommairement meublé bien qu'il revêtît malgré cela une certaine élégance qui faisait montre d'un bon goût doublé d'une fraîche originalité. Sur la platine vinyle intégrée à la chaîne hi-fi du salon tournait l'album *Killers* [13] dont *Genghis Khan*, l'un des deux titres instrumentaux, imprimait un rythme effréné qui contrastait étrangement avec la lenteur des $33^{1/3}$ rotations de disque à la minute. Suzanne était passionnée de ce qu'elle appelait des musiques agressives depuis qu'elle était tombée quatre ans plus tôt par hasard sur un morceau de Metallica intitulé *Motorbreath* [14] grâce à la radio de son *walkman* dont les piles usées ne lui avaient plus permis que de se repaître de ce qui passait sur la bande FM. Malgré l'intérêt naissant pour le groupe de *metal* américain, elle avait plus encore apprécié les mélodies d'Iron Maiden dès que Vincent, l'un de ses ex, lui avait fait découvrir, trois ans plus tôt, leur deuxième album qu'elle écoutait d'ailleurs en cet instant. Elle ne souhaitait désormais plus démordre du quintette britannique qui lui apportait tout ce qu'elle pouvait attendre du Quatrième Art.

Le volume étant à une hauteur qu'Émmanuelle jugeait trop importante, elle voulut éteindre complètement la hi-fi, mais Suzanne s'y opposa fermement lorsqu'elle la vit s'approcher dangereusement du meuble où les albums de musique sous forme de cassettes et de vinyles, ainsi que quelques rares disques compacts, s'alignaient comme les livres d'une bibliothèque ancienne tout autour de la chaîne. Tout en sortant de sa douche, elle l'invita plutôt à venir la rejoindre dans la salle de bain avant de s'emmitoufler sans pudibonderie aucune dans une épaisse serviette en coton pour se sécher. Émmanuelle fut légèrement intimidée lorsque la petite brune qui se tenait devant elle, un instant plus tard, enfila culotte et soutien-gorge ; elle garda néanmoins sa gêne pour elle. Suzanne poursuivit naturellement en mettant un simple tee-shirt marron imprimé, passa un jean bleu clair usé et déchiré au genou droit et à hauteur de la fesse gauche, et des baskets montantes Adidas [15] noires à bandes blanches par-dessus des soquettes grises. Elle se donnait un coup de peigne lorsque Émmanuelle lui demanda :

— Au fait, tu as trouvé un travail ?

— Oui ! Je commence lundi prochain comme caissière chez Euromarché.

— C'est génial !

— Si tu veux, répondit Suzanne sans grande conviction. J'aurais personnellement préféré être actrice dans des films d'horreur ou porno, mais je sais heureusement me contenter de peu...

— Des films pornographiques ?

— Détends-toi le derrière, je plaisante. Et toi, tu as trouvé quelque chose ?

Émmanuelle fit un signe de victoire en souriant.

— Un type des 3 Suisses m'a remarquée et m'a proposé de poser pour leurs catalogues.

— Quoi ? Tu déconnes ou tu es sérieuse ? Tu sors à peine de tes études que tu es déjà promue à une carrière de mannequin ! Il faut fêter ça !

— Mannequin ? N'exagérons rien : je vais juste faire quelques photos et après on verra. Il n'y a rien de définitif pour l'instant mais il est vrai que j'ai pris une bonne initiative en me faisant un portfolio. J'ai ma première séance mardi prochain dans un studio en ville, mais je devrai d'abord passer un entretien. Si tout se passe bien, ils enverront des photos de moi à leur siège social à Roubaix et me donneront une réponse quelques jours après.

— Tu as vraiment de la chance, veinarde ! Alors que je ne me ferai offrir tout au plus qu'un café au distributeur de la salle de pause d'Euromarché, toi, tu décrocheras la lune et gagneras une belle place au soleil.

— Je ne sais pas encore... On verra bien ! Tu es prête ?

— Ouais ! Allons-y !

Suzanne éteignit la chaîne hi-fi du salon pour le plus grand bonheur d'Émmanuelle, mais cette dernière allait à présent affronter le brouhaha du centre-ville. Elle se demanda avec consternation et résignation s'il existait une justice en ce bas monde.

***

C'est aux environs de 15 h 15, soit quarante-cinq minutes après l'heure de retour convenue, que Stéphane arriva à la boulangerie-pâtisserie ; délibérément en retard pour être viré et faire savoir à son ancien patron qu'il n'était pas du genre à se laisser manipuler, il escomptait bien récupérer le peu d'affaires personnelles qu'il avait laissées au moment d'aller en pause-déjeuner précédemment et passa à cet effet derrière le comptoir sans lancer un seul regard à Jack. Celui-ci servait les clients et se débrouillait comme il pouvait pour gérer le flux, sans prêter aucune attention au jeune homme lorsque, soudain, le téléphone à l'entrée du fournil sonna. Il s'excusa auprès des clients et s'empressa d'aller décrocher en se faufilant derrière Stéphane sans piper mot.

Alors le jeune apprenti boulanger assura l'intérim de bon cœur tant au service qu'à la caisse, laissant à son ancien patron le temps de répondre. Jack, qui se rendit immédiatement compte de ce que faisait son cadet, admit en lui-même qu'il n'avait pas à s'inquiéter, sachant sa boulangerie-pâtisserie entre de bonnes mains. Il fut toutefois tiré de cette pensée objective par la voix de madame Faure qui le rappela à l'ordre quand il décrocha le combiné téléphonique.

Ingrid et Célestin Faure étaient des amis de la famille Saïyes et tous deux avaient traversé l'essor du rock'n roll, la démocratisation de la pilule et les débuts de la révolution sexuelle avec Rijkaard et Deidre, les parents de Jack, ce qui avait soudé les deux couples qui s'étaient initialement rencontrés à Groningen aux Pays-Bas. Aussi, parce qu'ils y avaient toujours demeuré depuis leur enfance, ils avaient pris la résolution de déménager tous les quatre pour aller s'installer en 1965 sur la côte occidentale à Harlingen où Jack était né deux ans plus tard. Mais presque huit ans après leur emménagement dans la ville portuaire que bordait la Mer du Nord, Rijkaard et Deidre avaient décidé de quitter les froides latitudes néerlandaises pour s'expatrier sous le soleil aquitain de Soorts-Hossegor dans les Landes, ce que Jack avait accueilli avec une stupeur sans égale à laquelle s'ajoutait la joie de savoir qu'il aurait bientôt un petit frère.

C'est la raison pour laquelle, en entendant la voix d'Ingrid au téléphone, Jack eut l'impression d'être submergé de réminiscences mais n'eut en revanche d'autre choix que de brutalement revenir à la réalité lorsqu'elle lui apprit qu'elle avait quelque chose de très important à lui confier : son mari et elle souhaitaient qu'il s'occupe de leur fille unique, Sabine. Jack ne comprit pas tout de suite de quoi il retournait.

— Expliquez-vous, s'il-vous-plaît !

— Voilà. Depuis que tes parents, ton frère et toi avez quitté le pays, Sabine n'a plus le moindre ami de confiance, à part Marielle. Tu étais le seul garçon dans sa vie.

— Mais voyons... Cela fait dix-sept ans que nous avons quitté Harlingen et que nous nous sommes installés à Soorts-Hossegor. Pourquoi me demander ce service aujourd'hui ?

— Parce que outre le fait que notre fille n'ait plus que Marielle comme amie, elle souffre aussi de son statut de célibataire. Or, nous estimons que cela doit changer. Nous nous inquiétons beaucoup pour elle, souligna-t-elle.

— Écoutez Ingrid, je peux le comprendre, certes, mais je ne pense pas que ce soit à vous d'organiser sa vie privée. À mon avis, si elle a besoin de quoi que ce soit, elle vous en fera part d'elle-même. Et puis, sauf votre respect, je ne suis pas certain que vos méthodes vieux jeu soient du goût de votre fille.

— Peut-être, concéda madame Faure, mais elle se sent seule, nous le savons. Elle est toujours aussi timide qu'avant et ne sort que pour aller faire les courses ou arpenter les vide-greniers ; autrement, elle reste enfermée à la maison. Elle ne fréquente personne à l'exception de Marielle qu'elle ne voit que trop rarement. Et elle ne semble pas vouloir changer ses habitudes. Cela ne peut pas continuer ainsi : elle vient de finir ses études et maintenant, elle doit penser à vivre sans nous. Nous avons donc pensé que tu pourrais nous aider à prendre le taureau par les cornes.

— Carrément ! s'exclama Jack. Et de quelle manière procéderions-nous ?

— Nous comptons la faire venir à Sanlys-sur-Mer afin qu'elle s'y installe ; les deux tiers de la population de la ville ne sont que des jeunes comme elle et toi. Aussi, nous aimerions qu'elle y trouve un bon parti et qu'en attendant, tu veilles sur elle. Nous sommes conscients que cela ne se fait pas et que la démarche est aussi peu conventionnelle que si nous lui choisissions un mari. Mais nous ne savons pas quoi faire d'autre.

— Je comprends vos raisons mais qu'est-ce qui vous fait penser qu'elle acceptera ma compagnie ? Il y a presque trois mois, lorsque vous nous avez invités, mon frère, mes parents et moi à venir passer Pâques pendant trois jours chez vous, souvenez-vous, les relations entre Sabine et moi étaient plutôt conflictuelles.

Un long silence gêné s'ensuivit, donnant à Jack l'impression que madame Faure ne se souvenait plus de cela. Elle ne laissa pourtant pas le plus petit doute s'installer davantage entre eux et répondit avec une hâte déjà trop tardive, mais non sans sincérité :

— Lorsque vous avez déménagé pour aller à Soorts-Hossegor, Sabine et toi aviez six ans. Au cours des années qui ont suivi, elle n'a eu de cesse d'espérer ton retour, mais elle ne voulait pas que tu reviennes à la demande de qui que ce soit ; elle souhaitait que ce soit de ton plein gré. Mais tu n'es jamais revenu : seuls tes parents nous rendaient visite et nous écrivaient. Ton frère Émeric, lui, n'a jamais eu d'affinités avec elle quand ils venaient tous les trois nous voir au pays. Mais toi qui étais son ami d'enfance, tu l'avais complètement oubliée. Je pense donc qu'elle t'en tenait encore rigueur lorsque vous êtes venus le trimestre dernier.

Jack serra les dents, créant des reliefs ici-et-là dans ses joues tirées, conscient du mal qu'il avait fait à celle qui avait été sa meilleure amie ; des remords creusaient profondément son âme en sillons à vif et la grignotaient comme d'insidieuses cochenilles farineuses.

— Vous avez raison, conclut-il. Mais alors, que pensez-vous que je doive faire ?

— Célestin et moi-même y avons pensé et nous avons une idée. Vendredi ou samedi, tu devrais recevoir à la boulangerie un chèque bancaire à ton ordre et un aller-retour pour Paris avec réservation à ton nom : nous avons dû faire la route jusqu'à Douai pour trouver une gare SNCF et l'acheter : un vrai périple ! Enfin bref, nous aimerions que tu viennes à la Gare du Nord dimanche matin pour accueillir Sabine et la ramener dans les Landes. Il y a dans le nord de la ville une résidence au carrefour de l'avenue Leclerc et de celle de Victor Hugo, et nous en connaissons très bien le propriétaire : il s'appelle Guy Barnier et c'est un ami. Tes parents ne le connaissent pas. Il a été l'un des premiers à acheter une propriété à Sanlys-sur-Mer. Un jour que Célestin était au téléphone avec ton père, il lui a rapporté les éloges que Guy nous avait faites sur la qualité de la vie qu'elle offre. Il y a donc de fortes chances pour que cette ville ait été un choix de tes parents largement influencé par Guy, indirectement.

— Je m'en doutais, mais je n'en avais aucune certitude, mes parents ne m'ayant jamais dit de quelle manière ils avaient entendu parler de *Sunset City*. Mais quel rapport entre monsieur Barnier et Sabine ?

— Lorsque nous avons passé un coup de fil à Guy pour lui exposer le problème que nous avions avec elle, il a déclaré pouvoir nous aider en mettant à votre disposition sa résidence afin que Sabine, quelques amis et toi puissiez y vivre ensemble. Il comptait justement déménager, mais n'avait néanmoins aucun besoin urgent de revendre sa propriété qu'il n'avait de toutes manières achetée que pour avoir un pied-à-terre dans les Landes, escomptant bien la louer tôt ou tard pour en faire une colocation.

— Et vous avez parlé de *quelques amis* ?

— Absolument. Cette résidence est sans doute l'une des plus grandes de Sanlys-sur-Mer d'après lui, en tout cas au niveau du nombre de chambres puisqu'elle en compte neuf. Comme Sabine déteste la solitude bien qu'elle s'y soit accoutumée ces dernières années, je compte sur toi pour trouver avec elle quels seront vos futurs colocataires. Rien ne t'empêche donc, comme je te le disais, d'y faire venir des amis à toi, d'ailleurs... Quant à Guy, il est revenu s'installer aux Pays-Bas avec nous à Harlingen à proximité de là où tes parents ont vécu, et nous pourrons nous occuper ensemble de tout l'administratif ; vous n'aurez que les charges à payer, c'est-à-dire vos consommations d'électricité, de gaz et d'eau, ainsi que vos communications téléphoniques. Aucun loyer ne vous sera demandé. Nous vous enverrons à chacun d'entre vous, une fois que vous serez tous deux installés, deux baux rigoureusement identiques, expédiés par recommandé, et il faudra nous en retourner un exemplaire signé. Pour ce qui est du chèque que tu vas recevoir, il vous permettra d'effectuer des réparations que Guy a laissé traîner : vous pourrez également acheter quelques bricoles qui pourraient vous manquer. L'argent vous aidera en premier lieu à déménager. Nous vous enverrons peut-être plus tard, si nous le pouvons, un autre chèque.

— C'est incroyable ! s'exclama Jack. Merci à vous trois.

— Ne nous remercie pas. En tout cas, tu devrais normalement recevoir tout ça d'ici ce week-end.

— Vous devrez également envoyer d'autres baux pour les colocataires.

— Nous nous y prendrons en temps et en heure. Pour l'heure, je te demande d'accepter d'aller chercher Sabine à Paris dimanche matin et nous nous chargeons du reste. Si tu as des questions, n'hésite pas !

— Oui, j'en ai une : Sabine est-elle au courant que je viens la chercher à la Gare du Nord ?

— Non, nous ne lui avons rien dit. Cela te permettra de ménager à ta convenance tes retrouvailles avec elle. L'effet de surprise devrait jouer en ta faveur. De plus, elle ignore aussi que la résidence compte autant de chambres : nous te laissons donc le soin de lui présenter la chose.

Jack passa une main dans ses cheveux pour faire montre d'un sang-froid qui n'en était pas moins factice : des émotions qu'il ne pouvait réprimer, sous le poids de l'effervescence qui prenait possession de tout son être, mettaient en désordre ses pensées et ses sensations. Il n'en était pas moins lucide, pourtant, et souligna en jouant avec le fil en torsades du combiné téléphonique :

— Je ne sais pas quoi dire... Je suis surpris de l'offre que vous me faites et c'est plutôt alléchant...

— N'y vois aucune faveur ; c'est plutôt un échange de bons procédés. Je me sens même honteuse de te demander ce service.

— Hon hon, murmura Jack. Mais dites-moi donc : la résidence de monsieur Barnier est-elle libre en ce moment ? Vous comprenez... J'aimerais la visiter !

À l'autre bout du fil, Ingrid Faure esquissa un sourire que Jack devina sans problème.

— Je comprends, bien sûr ! Guy est parti hier et a laissé la résidence telle quelle : il n'a pris que quelques affaires personnelles. Vous ferez ce qu'il vous plaira de ce qu'il n'a pas pris. Les volets sont fermés et vous aurez un sacré ménage à faire mais les clefs et l'adresse précise sont d'ores et déjà à ta disposition à la gare, dans la consigne numéro vingt-deux ; le code est quatre-mille-quatre-cent-cinquante-six. Tu peux y aller dès maintenant.

Jack, combiné bloqué entre son épaule et sa joue, enregistra dans un coin de son esprit les deux nombres et frappa d'un poing la paume de sa main en souriant irrépressiblement. Madame Faure l'interrompit dans ses exultations portées à leur paroxysme.

— Mais souviens-toi de ton engagement, Jack ! Tu dois veiller sur elle jusqu'à ce qu'elle rencontre quelqu'un de sérieux ; en attendant, tu seras seul responsable d'elle. À toi de voir si tu le lui dis ouvertement ou si tu passes sous silence cet accord entre nous. Ensuite, lorsque Sabine pensera être sûre de vivre une relation épanouissante et réciproque, tu auras rempli ta part de contrat. Mais le temps que cela se fasse, tu nous appelleras toutes les deux semaines pour nous rapporter un compte-rendu superficiel de l'évolution de sa vie : tu seras pour nous un baromètre. Évidemment, il te sera possible de déménager si tu le souhaites lorsqu'elle aura quelqu'un, mais tu auras également tout le loisir de rester à la résidence si tu préfères.

— Très bien, l'affaire est entendue.

— Bon, s'exclama l'interlocutrice, je ne vais pas te retarder davantage...

— Oh mais...

Jack repensa soudainement à ses clients et à Stéphane qui s'occupait d'eux.

— Madame Faure, vous remercierez Célestin et monsieur Barnier pour tout ce qu'ils font pour nous. Et merci à vous aussi !

— C'est nous qui te remercions ! Nous savons notre fille entre de bonnes mains. Mais tiens-nous au courant !

— Soyez sans craintes. Je vous rappellerai dans quelques jours.

— Célestin devrait t'appeler demain soir chez toi ; il se renseigne ces jours-ci pour trouver à Sanlys-sur-Mer des pistes professionnelles pour Sabine et il aura des suggestions à te faire. Vous verrez ça ensemble. En ce qui me concerne, j'attends ton coup de fil dimanche pour me dire qu'elle est bien arrivée et pour me la passer.

— Ce sera fait, madame Faure. Je vous souhaite une excellente journée. Au revoir.

— Au revoir, Jack !

Il raccrocha et se précipita derrière le comptoir pour relayer Stéphane qui emballait deux religieuses, une part de pudding et une autre de tropézienne à l'attention d'un couple que Jack savait être de fidèles clients. Il leur adressa de souriantes salutations semblables à celles qu'il eut en retour, prépara un sac en papier kraft pour que Stéphane puisse y glisser la boîte contenant les pâtisseries, et le leur donna. Le jeune apprenti, sans jeter un seul regard à son ancien patron, passa ensuite derrière lui en souhaitant une excellente après-midi au couple et retourna dans le fournil finir de récupérer les quelques affaires qu'il avait pris la peine d'apporter en matinée.

Un instant plus tard, Jack finissait de servir les trois personnes qui venaient d'entrer dans son commerce lorsqu'il vit son cadet passer de l'autre côté du comptoir et s'en aller vers la porte qui se refermait derrière les précédents clients. Il le rappela d'une voix basse et posée et eut pour seule et unique réponse une mine sceptique. Stéphane et lui échangèrent un regard le temps d'un soupir, et enfin, il sortit tranquillement après avoir hoché la tête.

Il se retrouva dans le boulevard Alexandre Dumas animé par une circulation qui grouillait tout autour de lui et semblait vouloir l'engloutir à l'angle de l'avenue du général Leclerc où un important carrefour dispersait la populace en direction des quatre points cardinaux. Le soleil qui avait déjà atteint son point culminant l'agressa de ses éblouissants rayons qui l'obligèrent à plisser les yeux. Il traversa presque aveuglément la chaussée devant une petite Seat Ibiza rouge qui n'était autre que celle de Suzanne, à son volant, accompagnée par

Émmanuelle sur le siège passager. La conductrice aimait et bichonnait son coupé acquis quelques années plus tôt en seconde main, mais Stéphane ne jeta même pas un coup d'œil à cette beauté espagnole dessinée par Guigiaro [16], un designer italien dont elle aimait le style. Émmanuelle remarqua Stéphane.

— Eh ! Tu as vu le mec qui vient de traverser, Suzanne ? Il est chou !

— Bof...

— Quoi, *bof* ? Tu es aveugle ou quoi ? Il est vraiment craquant ! En plus, j'adore ses cheveux verts, c'est vraiment tendance !

— Ouais, *vachement* tendance, la tignasse peinturlurée. Tu as raison, ma fille...

Émmanuelle baissa complètement la vitre entrouverte de sa portière et se mit à crier :

— Eh, toi là-bas ! Le mec, là !

Le feu passa au vert.

— Euh, il faut y aller !

— Non, attends ! Klaxonne d'abord !

Suzanne s'exécuta mais les voitures de derrière durent s'y mettre aussi et les automobilistes impatients commençaient à s'énerver dangereusement, crachant une pléthore d'invectives auxquelles Émmanuelle ne prêtait guère attention, à l'inverse de son amie. Jack ne put s'empêcher de regarder au-dehors par la vitrine du Salon des Petits Pains et reconnut la Seat de Suzanne qu'il connaissait bien pour l'avoir déjà conduite quelquefois lorsque la brunette avait été trop ivre pour rentrer chez elle en toute sécurité après une soirée passée ensemble avec Émmanuelle. En apercevant les deux silhouettes à l'intérieur, il ne douta aucunement que cette dernière accompagnait Suzanne derrière le volant. Mais il n'y prêta pas attention et retourna à ses fourneaux.

Stéphane, lui, poursuivit son chemin sur quelques mètres de l'autre côté du boulevard où, enfin, il se tourna vers le véhicule de Suzanne qui continuait d'appuyer au centre de son volant. De suite, il n'en crut pas ses yeux en voyant Émmanuelle qui avait ouvert sa portière pour mettre un pied à terre, d'autant plus qu'elle ne le quittait pas des yeux. Suzanne, qui la zieuta entre deux coups d'œil inquiets au rétroviseur, se dit qu'il avait vraiment l'air de bien lui plaire.

Pour sa part, Stéphane reconnut de suite sa voisine de la tour Charybde et se demanda si c'était bien lui qu'elle sollicitait. *Quelle curieuse coïncidence*, pensa-t-il tout en se hâtant de la rejoindre le long du flanc de la voiture à l'arrêt au feu vert, se demandant en même temps s'il ne rêvait pas : celle qui avait embaumé son cœur d'un halo de chaleur humaine et de tendresse l'appelait. Elle sortit complètement de la voiture, tourna le dos au passage piéton et hurla qu'ils n'allaient plus tarder à repartir. *Cette fille est dingue*, se dit Suzanne avant d'apercevoir dans son rétroviseur les automobilistes bloqués derrière elles sortir de leur véhicule en gesticulant et s'approcher du coupé.

Elle mit ses feux de détresse en marche, stoppa le moteur, sortit aussitôt de la voiture à son tour et tenta d'arranger les choses tant bien que mal en invoquant une panne soudaine qu'il faudrait lui laisser le temps de réparer. Ce faisant, elle accorda ainsi à Émmanuelle le soin de régler son affaire avec Stéphane qui se présenta à elles et répondit par l'affirmative lorsqu'elle lui proposa de le déposer quelque part. Quelle ne fut d'ailleurs pas sa surprise lorsqu'il lui répondit qu'il rentrait chez lui aux Colombes. Tous deux se hâtèrent donc d'avancer le siège passager afin qu'il puisse s'installer avec ses affaires sur la banquette arrière où elle le rejoignit.

— Suzanne ! Viens, on y va !

Stéphane ne comprenait pas grand-chose à ce qu'elles trafiquaient toutes les deux, mais Suzanne ne se fit pas prier pour s'excuser une nouvelle fois auprès des automobilistes avant de rentrer dans son véhicule, tandis qu'un homme bourru se tenait au-devant, prêt à ouvrir le capot pour voir d'où venait la panne. *De mon imagination*, ricana-t-elle tout bas avant de remettre le moteur en marche, de lui faire signe de prêter attention au ronronnement des quatre-vingt-cinq chevaux et d'agiter son bras à l'extérieur pour lui intimer de se décaler sur le côté. L'homme opina du chef et s'exécuta en souriant avant de faire une étrange révérence tout à fait inadaptée au contexte. Suzanne soupira et appuya sur la pédale de droite pour franchir les bandes blanches du passage piéton et virer vers le sud juste avant que le feu vert ne revienne au rouge.

Durant les dix longues minutes de trajet, Stéphane fit connaissance avec Émmanuelle et Suzanne, réalisant par là même que Jack ne lui avait pas menti puisque le prénom qu'il lui avait communiqué quelques heures plus tôt était juste. Il n'osa cependant pas demander si elle le connaissait, de peur de ne pas savoir expliquer sans mentir comment ils en étaient venus à parler d'elle. Toutefois, malgré sa timidité contre laquelle il avait pris l'habitude de se battre avec ardeur, il discuta longuement avec les deux jeunes femmes et, en lui-même, se rendit compte que l'idée de sortir avec cette charmante rousse n'était bel et bien qu'une lubie qui ne méritait pas d'y prêter plus d'attention que celle qu'il lui avait portée ; aussi ne chercha-t-il pas particulièrement à la séduire et se laissa-t-il simplement bercer par la charmante compagnie que Suzanne et elle lui offraient, sans en profiter plus que de rigueur. Il accepta cependant volontiers son invitation à venir chez ses parents le soir-même pour un dîner d'amis et elle lui écrivit l'adresse sur l'en-tête du contrat de travail que Jack lui avait remis, ajoutant « Émmanuelle Hormeaux » et signant d'un cœur aussi cursif que mal représenté, mais dont Stéphane n'oublierait jamais le dessin.

***

Plus tard dans l'après-midi, aux environs de 16 h 15, Suzanne et Émmanuelle décidèrent d'aller à la plage de nudistes, bien que la première préférât largement lézarder à *Sunbeach 36*, nom donné à la longue étendue de sable fin et doré qui s'enfonçait dans le Golfe de Gascogne à hauteur du centre de *Sunset City*, et des trente-six degrés Celsius qui s'y étaient élevés le jour de l'inauguration de la ville l'an passé. Le secteur des plages réservé aux nudistes se situait dans le quartier nord de Sanlys-sur-Mer, entre les dunes qui délimitaient le territoire municipal de la plage de Contis sur les terres de Saint-Julien-en-Born, à deux pas d'un lieu-dit nommé les Rochers de la Morte. Suzanne, loin d'être pudique auprès d'Émmanuelle, pouvait se montrer nue devant elle sans aucune gêne, mais elle avait bien plus de mal en public ; toutes deux avaient une approche de leur propre nudité diamétralement opposée, mais Suzanne avait consenti à faire un effort.

Allongées sur leur serviette, la poitrine dressée vers le ciel et les lunettes de soleil vissées sur le nez, elles se laissaient caresser sans vergogne par une légère brise qui soufflait dans leurs cheveux. Toutes deux paraissaient plongées dans un état de sérénité si intense qu'il aurait pu les faire glisser sans peine dans une profonde léthargie si elles n'avaient pas pris leurs dispositions pour rester éveillées. Mais la violence de leur désir de profiter de ces dernières journées avant de se lancer dans leur vie professionnelle qui prendrait effet dans quelques jours était bien trop intense, et toutes deux étaient d'accord pour considérer que de s'enfermer chez soi pour regarder les quarts de finale de Roland Garros [17] était à l'opposé de la notion de plaisir à laquelle leur philosophie hédoniste les faisait adhérer : elles s'étaient décidément bien trouvées quant à leur approche du bonheur. En outre, leur bronzage ferait un bien meilleur souvenir de ces vacances qu'une peau blafarde, et cela les motivait plus que jamais à se dorer la pilule, surtout Émmanuelle qui était venue au monde avec la carnation blanche et fragile des véritables rousses.

Tandis que celle-ci, couverte d'huile solaire, lisait le dernier numéro de *Cosmopolitan* en se laissant bronzer, l'autre écoutait de la musique dans son *walkman* auto-reverse, le casque sur les oreilles, le volume au maximum pour mieux dispenser dans son esprit toute l'agressivité des titres non moins mélodiques qu'elle avait l'impression de mieux garder dans sa tête en ayant les paupières baissées derrière ses lunettes de soleil.

Rien ne semblait pouvoir troubler leur moment de détente quand soudain, Émmanuelle entendit quelqu'un crier dans le lointain, se redressant d'un bond en jetant ses verres sur le nez à deux mètres et scrutant le panorama autour d'elles à la recherche de la personne qui avait troublé sa lecture. Sur sa gauche, plus au sud, se prélassaient d'autres nudistes, certains en couple, d'autres seuls, mais tous semblaient s'être immergés dans un paisible état d'esprit favorisé par ce formidable lieu de repos intimant le respect du plaisir d'autrui ; ils n'avaient pas l'air alarmé de quelque manière que ce soit, aucun d'entre eux ne semblant être sur le qui-vive. Elle se demanda donc si elle n'avait pas été victime du fruit de son imagination mais comprit ensuite qu'elle avait bel et bien entendu quelqu'un lorsque son regard se posa sur un jeune homme qui, tourné vers l'océan, semblait avoir remarqué un mouvement étrange dans les vagues. Émmanuelle, en balançant son magazine qui s'échoua en projetant quelques centaines de grains de sable sur la cuisse de son amie, orienta alors ses prunelles vers les remous à la surface de l'eau, à quelque centaine de mètres de la plage, et aperçut une silhouette au milieu des flots agités.

Elle se leva aussitôt et se précipita dans l'eau en dévalant la pente du rivage, passant devant le nudiste qui avait éveillé sa curiosité. Ne comprenant pas ce qui justifiait une telle fougue chez son amie, Suzanne, qui s'était redressée pour épousseter le sable qu'elle avait sur elle, ôta casque et lunettes et comprit bien vite ce qu'il se passait : quelqu'un se noyait. Elle bondit pour aller aider son amie et croisa à son tour l'homme qui lui dit expressément qu'il allait tout de suite appeler les secours. Tout en entrant dans l'eau pour nager sur les traces d'Émmanuelle, Suzanne cria à son attention qu'elles devraient parvenir à le sauver en s'y mettant à deux. Il opina du chef et se rassit sur sa serviette pour les surveiller de loin.

En définitive, l'inconnu éploré qui hurlait de toutes ses forces n'était ni plus ni moins qu'une femme. Au moment où, vidée de toutes ses forces, elle allait se laisser emporter par les profondeurs de l'océan qui bordait la Côte d'Argent, se dit-elle, Émmanuelle la rattrapa *in extremis* en lui ceignant la taille pour l'aider à rester à la surface. Toutes deux avaient avalé énormément d'eau et dérivaient inexorablement vers l'ouest, en direction du large. Blotties l'une contre l'autre, secouées par les vagues qui allaient s'écraser contre les Rochers de la Morte un peu plus au nord, elles tentèrent désespérément de s'en rapprocher : leur seule chance de se sortir de ce guêpier était de rallier les innombrables blocs qui s'élevaient hors de la surface et composaient un long et épais amas d'énormes pierres, lesquelles formaient un chemin de fortune menant jusqu'à son extrémité dressée au-devant du tumulte des vagues qui venaient y mourir.

Émmanuelle et la femme qui ne pouvait désormais plus que se laisser aller entre les mains de celle dont elle ne savait rien et qui, pourtant, risquait sa vie pour sauver la sienne, furent bientôt rejointes par Suzanne qui leur apporta un coup de main salvateur. L'inconnue, encore consciente, n'avait plus ni la force, ni la volonté de faire un quelconque geste, tant ses membres engourdis la privaient de toute possibilité de se mouvoir : elle se voyait déjà passer de vie à trépas, ne constituant désormais plus qu'un poids mort qui avait abandonné toute volonté de vivre. Yeux mi-clos, recrachant par instinct de survie l'eau qui se déversait entre ses lèvres, corrompue par le marasme dont elle était la proie, elle se jura néanmoins d'offrir aux deux femmes qui luttaient pour sortir ensemble de ce mauvais pas toute sa gratitude si elles s'en tiraient et de ne jamais plus remettre les pieds dans l'océan.

Suzanne et Émmanuelle, elles, combinaient leurs efforts pour se diriger vers les rochers situés à une vingtaine de mètres de leur position. Elles avaient ressenti l'eau claire dans laquelle elles avaient plongé comme un manteau tiède et tendre, mais plus elles dérivaient vers le large, plus elle leur semblait perdre le peu de chaleur qu'elle dispensait, descendant dangereusement dans les limites d'une froideur abyssale. En outre, elles n'avaient pas cœur à s'extasier dans ces flots qui tentaient de les emporter vers l'ouest ; elles se souciaient surtout de savoir si elles se rapprochaient de leur but ou pas, leurs cheveux dans le visage les empêchant presque de voir quoi que ce soit. Elles battaient à présent machinalement des jambes à l'unisson, poussées par l'espoir de sortir saines et sauves de cet enfer humide, conjuguant leurs efforts, et recrachaient l'eau qui noyait leur gorge à chaque nouvelle vague. Mais l'inconnue, suffisamment reposée après quelques longues minutes passées à se laisser aller, trouva enfin l'énergie pour joindre ses dernières forces aux leurs et elles se déplacèrent toutes trois au diapason vers leur objectif.

Enfin, à sa grande joie, Émmanuelle sentit des algues lui frôler les pieds et elle esquissa un sourire bien naturel quoique trop prématuré. Pourtant, dans une dernière poussée d'adrénaline, son amie et la femme creusèrent les flots avec elle, à la force du bras libre de chacune d'entre elles, et nagèrent vers le bord du tas de blocs de pierre brûlants auxquels Suzanne s'agrippa la première. Avec Émmanuelle, elle aida la miraculée à la ramener entre elles deux, contre les Rochers de la Morte, pour avoir un point d'appui sûr.

Elles étaient sauvées.

Bien qu'ils fussent glissants, elles parvinrent à escalader non sans mal les rochers et, haletant en atteignant le chemin goudronné aménagé au centre de la bande rocheuse, eurent enfin le loisir de se reposer, baignées par la chaleur du soleil, enrobées par une brise légère, telles trois Ève à l'aube d'une seconde vie. Émmanuelle et Suzanne entendirent l'inconnue leur dire en soupirant :

— Si on s'était noyées, il aurait... il aurait fallu rebaptiser cet endroit « les Rochers... les Rochers des Mortes ». Merci infiniment !

***

À 19 h 15, Émmanuelle passa au Salon des Petits Pains pour inviter Jack à la fête qu'elle avait organisée et qui commençait à 21 h 00 chez ses parents, un appartement situé au dix-huit de la rue Olympique dans le quartier de la Préfecture situé au sud-est de la ville. Il estima qu'elle aurait dû le prévenir plus tôt, mais assura toutefois qu'il serait présent à l'heure.

Suzanne fut la première à y arriver, légèrement en avance.

L'appartement spacieux jouissait d'une luminosité généreuse avec, dans le salon, sur une grande table recouverte d'une nappe bleu ciel, divers amuse-bouches accompagnés de trois bouteilles de vin et de canettes de bière qui côtoyaient outrageusement sodas et jus de fruits. Ce magnifique cadre digne des plus grandes *boums* de la décennie qui s'achevait se présentait enrichi de lourdes choppes, de serviettes en papier et d'assiettes en carton pour les crêpes qui refroidissaient dans un coin de la pièce, sur une étagère accolée à un long canapé. C'est là que Suzanne s'assit alors qu'Émmanuelle s'occupait des fleurs que lui avait offert sa meilleure amie.

Un couple arriva quelques minutes plus tard. La femme, de taille moyenne, dressée sur des bottes à talons tirant sur le brun, portait une salopette rouge, avec une ceinture violette et une chemise mauve à manches longues. Doté d'une très belle peau crémeuse et douce, son visage semblait s'ouvrir comme une tulipe en corolle à chaque fois que les deux perles de ses yeux dont les pupilles tirant sur le rose se rouvraient suite à un battement de paupières aux longs cils noirs et courbes. Sa chevelure d'un blond lumineux lui arrivait juste au-dessus des épaules en un carré long et évasé au niveau des pointes, avec toutefois de longues mèches isolées qui passaient devant son somptueux minois. Sidonie Mester s'avérait être la femme qui avait passé un bref instant avec Stéphane dans l'ascenseur le matin même ; Émmanuelle l'avait invitée à la demande de celui-ci. Sidonie avait été surprise d'être appelée chez elle par cette femme qu'elle ne connaissait pas, mais lorsque la rousse lui avait parlé du jeune homme, la blonde avait aussitôt compris qu'il s'agissait de son voisin et volontiers accepté l'invitation, précisant toutefois que bien qu'elle allât venir sans son boxer, elle n'en serait pas seule pour autant : en effet, elle ne souhaitait se joindre à cette soirée qu'à la condition *sine qua non* que son compagnon vienne lui aussi, et Émmanuelle ne s'y était pas opposée.

L'homme en question, un peu plus grand que Sidonie et d'origine franco-japonaise, avait les cheveux écarlates et les yeux légèrement bridés d'un orange éclatant derrière des lunettes qui en amplifiaient la profondeur. Contrairement à elle qui n'avait que vingt-deux ans, lui en avait vingt-quatre, mais son air sérieux et son charisme lui en donnaient bien plus. Vêtu d'un débardeur vert vif en cachemire, d'une chemise couleur muscat en dessous dont on voyait le large col déborder sous un menton anguleux, quelque peu guindé dans un pantalon à pinces bleu marine qui le rendait étrangement disgracieux, et de bottes noires, il avait aux lèvres le même sourire que Jack. Il s'appelait Antoine Sendai.

La femme suivante qui franchit le pas de l'appartement des parents d'Émmanuelle n'était pas aussi petite que Suzanne, mais au moins aussi mignonne, sinon plus, et particulièrement gracile. Cette dernière ne la reconnut pas de suite, tant la jolie nudité qu'elle avait pu voir d'elle la troublait encore un peu, mais il s'agissait de l'inconnue que son amie et elle avaient sauvée dans l'après-midi. Âgée de vingt-trois ans, elle se nommait Angélique Vanil et portait son prénom bien mieux que nulle autre femme y répondant. Ses cheveux teintés d'un violet clair et coupés en un carré court lui allaient comme un gant et faisaient ressortir ses grands yeux d'un émeraude étincelant qui, à chaque clignement du regard, semblaient découvrir un autre monde. Elle avait choisi pour ce soir une tenue très chic : pull léger rose foncé avec manches chauve-souris, très à la mode dans les années quatre-vingt, mais toujours à la page des styles vestimentaires qui surprennent les esprits les plus obtus. Se déplaçant dans une très courte jupe serrée assortie avec une démarche digne des plus grands mannequins, elle dévoilait de longues jambes gainées de collants noirs en élasthanne surplombant avec charme et goût deux bottines en daim à hauts talons.

Antoine, qui ne la connaissait pas, osa sur elle un regard intéressé que Sidonie ne manqua pas de remarquer. Dès lors, très jalouse, elle lui susurra deux ou trois mots à l'oreille qui semblèrent calmer ses ardeurs. Angélique, elle, ne perdit rien de ce spectacle qui n'avait pas été aussi discret que l'avaient souhaité les deux protagonistes. Émmanuelle, de son côté, envia à la nouvelle venue sa démarche très distinguée et ressentit elle aussi une vive jalousie qu'elle tenta de masquer du mieux qu'elle put.

Stéphane fut l'invité suivant à arriver. Il était vêtu très simplement, décontracté, en jean Levi's et Converses rouges. Il semblait assumer pleinement son apparence juvénile, mais il n'en était rien : il eût préféré qu'on le considère davantage comme un adulte, mais bien malgré lui, il était incapable d'envisager porter des vêtements d'un style autre que le sien. Son sweat-shirt orange traversé de deux larges bandes noires horizontales plut beaucoup à Suzanne qui le lui fit remarquer ; il lui promit de le lui prêter de temps en temps et elle en fut ravie, ce qui leur promettait en même temps d'avoir une bonne raison pour rester en contact. Elle le remercia donc d'une tape sur l'épaule et lui promit qu'ils se verraient quelquefois, convaincue qu'il pourrait s'avérer être un excellent parti pour Émmanuelle dont elle était soucieuse du bonheur.

Arriva enfin Jack, en retard de cinq minutes. À peine eut-il refermé la porte d'entrée derrière lui que son regard se posa sur Stéphane qui bavassait dans un angle de la pièce avec Suzanne. Puis il transita vers Sidonie et Angélique, deux charmantes inconnues qui lui plurent de suite et le saluèrent, ne le laissant néanmoins pas aussi sceptique que lorsque ses yeux se posèrent sur Antoine qui lui renvoyait le même sourire narquois et une suffisance égale à la sienne. Jack, moins séduisant, portait un simple tee-shirt et un pantalon ample dont le bas recouvrait de ses plis une paire de chaussures de montagne, pourtant trop lourdes et épaisses pour être portées au printemps.

***

Ce soir-là, celles et ceux qui ne se connaissaient pas purent casser la glace entre eux tout autant que la croûte, ne laissant respectivement ni les sujets intéressés, ni les crêpes en reste. C'est de cette manière que Jack put prendre le temps de porter une attention toute particulière à Angélique qui lui plaisait plus encore que lorsqu'il l'avait vue quelques instants plus tôt avec Sidonie. Pour sa part, elle le trouvait plutôt sympathique, de prime abord, et bel homme. Sans préavis ni détour, il lui demanda de sortir avec lui, bien qu'ils ne se connussent que depuis tout juste un quart d'heure. Jack bravait le risque de se prendre une veste ou, pire encore, d'annihiler toute chance de la voir accepter de vivre à la résidence avec les autres et lui ; il y avait pensé dès qu'il avait réalisé qu'elle était vraiment à son goût. Néanmoins, il n'avait pu refréner ses ardeurs et avait donc risqué de la brusquer. Pourtant, bien qu'Angélique refusât de répondre à sa requête par l'affirmative, elle ne lui ôta pas tout espoir de la conquérir et lui fit comprendre qu'elle le trouvait particulièrement charmant, ce qui constituait déjà un bon début pour lui. Jack aurait pu lui demander son numéro de téléphone dans la foulée mais il préféra toutefois attendre de voir si elle serait encline à venir vivre avec Sabine et lui dans la résidence, et peut-être avec les autres également.

Angélique était célibataire depuis presque un an, sa précédente relation sentimentale n'ayant survécu ni à son assiduité naturelle et à sa passion qui régissaient sa conscience professionnelle dans son travail d'infirmière, ni à son emménagement à Sanlys-sur-Mer qui l'avait attirée loin des latitudes de Pau où son précédent compagnon avait souhaité rester. Jack estima qu'elle était un excellent parti, contrairement à Sidonie qui avait poussé l'affront, se disait-il, jusqu'à ramener son compagnon avec lequel elle sortait depuis près de trois ans. Suzanne, elle, lui paraissait trop masculine pour correspondre à ses standards et il s'était parfois demandé si elle n'était pas plus intéressée par les femmes que par les hommes. En outre, ni Sabine avec laquelle il avait partagé une complicité qu'il avait destituée dix-sept ans plus tôt et tenait désormais à réhabiliter, ni Émmanuelle qui avait pris la place de la jeune Néerlandaise par la force des choses, n'aurait justifié de sacrifier ces amitiés auxquelles il tenait trop pour risquer de les perdre en relations amoureuses stériles.

De son côté et pour faire patienter Jack, Angélique ne se réserva exclusivement qu'à lui une bonne partie de la soirée, et elle fut tentée, plus par envie de se retrouver dans les bras de ce jeune homme enchanteur que par réels sentiments, de lui proposer de la raccompagner chez elle le moment venu, mais elle jugea cette démarche trop inadéquate et prématurée compte tenu qu'elle ne le connaissait qu'à peine.

Antoine n'était pas très loquace pour sa part, mais il eut un excellent contact avec Suzanne et Stéphane qui avaient comme lui une personnalité qui s'accoutumait très bien de la solitude. Il était de cette classe d'hommes qui mettaient un point d'honneur à s'affirmer par eux-mêmes. D'ailleurs, il avait l'air d'avoir un vécu en conséquence, malgré son âge, ainsi que d'excellentes cultures musicale et cinématographique, ce qui plut particulièrement à Suzanne pour qui la musique et le cinéma étaient les deux arts essentiels.

Sidonie bavarda un instant avec Stéphane pour le remercier de l'invitation qui l'avait surprise – surtout faite par Émmanuelle, une parfaite inconnue, et par téléphone de surcroît, sachant qu'à l'image de ce qu'il s'était passé le matin même, Stéphane et elle n'avaient jamais échangé plus de paroles que les salutations d'usage lorsqu'ils s'étaient croisés dans les couloirs et les ascenseurs de l'immeuble. Mais elle prenait cette soirée comme un excellent moyen de briser sa routine et de faire des rencontres, elle qui aimait la nature humaine mais détestait sortir en public, bien qu'Antoine la poussât à faire des efforts. De plus, lorsque Stéphane lui posa la question de savoir si son boxer allait bien, Sidonie fut ravie de l'informer que son chien, qui répondait au nom de Jecky, s'accoutumait parfaitement de la solitude. Elle le remercia sincèrement de prendre de ses nouvelles et il sentit distinctement qu'elle était touchée par cette attention.

Angélique remercia pour la seconde fois, plus chaleureusement encore qu'aux Rochers de la Morte, Émmanuelle et Suzanne de l'avoir sauvée, et Jack se joignit à elle pour leur témoigner sa gratitude. Les deux filles ne comprirent pas immédiatement les raisons pour lesquelles il se sentait redevable, mais Angélique fit aux deux jeunes femmes un clin d'œil qui parut bien plus éloquent qu'un long discours. Jack, qui n'avait rien vu, prit congé d'elles et s'approcha de Stéphane qui s'excusa auprès d'Antoine avant de se tourner vers le nouvel arrivant. Tous deux n'avaient toujours pas échangé un mot depuis l'après-midi.

— Comment vas-tu, vieux ?

— Bien... merci !

— Quatre nanas pour trois mecs ; on est plutôt bien lotis, hein ?

— À qui le dis-tu ?

Stéphane baissa alors les yeux aussitôt après avoir prononcé ces mots et regarda son verre de cidre avant de poursuivre.

— À propos, Jack, je voulais m'excuser pour ce midi. J'ai douté de toi alors que tu avais raison, ajouta-t-il en le regardant brièvement. Émmanuelle est en effet ma voisine d'en face et je ne t'ai pas cru lorsque tu me l'as dit.

— Ce n'est rien... Et puis c'est à moi de m'excuser : je t'ai manqué de respect en te promettant que je viendrais chez toi sans en avoir jamais eu l'intention. Ceci dit, pour lorgner Émmanuelle, on est ici aux premières loges, huh ?

— C'est clair ! Et j'accepte volontiers tes excuses.

— Je voulais aussi te remercier de vive voix de m'avoir dépanné cette après-midi.

— J'avais donc bien interprété ton regard sur le pas de la porte, n'est-ce-pas ?

Jack ne répondit pas directement.

— Ce sont des choses que je ne sais pas dire, fit-il en regardant ailleurs. En revanche, si tu n'as rien trouvé entre-temps, poursuivit-il d'un ton plus assuré, j'aimerais que tu reviennes travailler avec moi. Ça te tente ?

— Tu ne m'as pas fait signer le moindre document pour me notifier officiellement la fin de mon contrat et Émmanuelle a bien malgré elle relancé aujourd'hui la course folle de ma testostérone. Du coup, je serais assez content de pouvoir regarder d'un peu plus près les jambes des passantes à l'aide de ton « péché mignon ». À défaut et en attendant d'être avec quelqu'un, bien sûr...

— Cela va de soi, opina Jack avec un sourire entendu.

***

À 23 h 10, lorsque les sept camarades de soirée furent beaucoup plus détendus sous les effets de l'alcool qui avait délié les langues les plus silencieuses, une retombée d'activité due à la fatigue de la journée s'imposa naturellement. Malgré les tubes tels que *Relax* de Frankie Goes To Hollywood [18] ou *In the Heat of the Night* de Sandra [19], diffusés par la chaîne hi-fi des parents d'Émmanuelle sortis chez des amis – bien plus imposante et fonctionnelle que celle de Stéphane ou de Suzanne, et libérés du poste par les deux enceintes placées dans les angles de la pièce, chacun était plongé dans la contemplation du grand salon, que ce soit sur les jeux de lumière, sur l'aquarium dans lequel trois combattants nageaient langoureusement ou sur les nombreuses plantes vertes qui semblaient être la passion de monsieur et madame Hormeaux. Et pourtant, malgré les apparences, chacun avait encore toutes ses facultés d'écoute et de concentration ; c'est pourquoi Jack décida qu'il était temps d'en venir à l'idée qu'il avait eue plus tôt dans la soirée, et à laquelle il avait mûrement réfléchi.

Il s'extirpa du canapé pour se dresser sur ses longues jambes, baissa la musique, attirant immédiatement sur lui le regard des autres invités, et demanda le silence. Il leur expliqua aussitôt qu'il avait quelque chose de très important à leur dire et que cette annonce était suffisamment sérieuse pour se permettre d'interrompre cette soirée de la sorte. Stéphane lui-même, qui avait été témoin de la conversation téléphonique que Jack avait eue avec Ingrid, ne se doutait pas une seconde de ce dont il s'agissait, et son employeur avait tenu à ne rien dire pour ménager son effet.

Chacune des six personnes de son auditoire prêta une oreille attentive à ses propos, et Jack en profita pour faire progressivement monter le suspense en parlant, dans un premier temps, de son passé avec Sabine dans les Pays-Bas. Personne ne comprenait où il voulait en venir – Antoine trouvait d'ailleurs cet historique inintéressant au possible, et encore moins lorsqu'il poursuivit avec le récit du coup de fil qu'il avait reçu au cours de l'après-midi, bien que le jeune homme franco-japonais, très perspicace, et Émmanuelle qui le connaissait bien, eussent à cet instant une petite idée de ce dont il retournait. Enfin, il termina en leur parlant de la résidence et leur proposa, si cela les intéressait, de venir y habiter avec eux en colocation sans avoir aucun loyer à payer.

Les réactions les plus vives furent celles dont Stéphane, Sidonie et Émmanuelle étaient les initiateurs, se sentant tous trois hissés dans une merveilleuse euphorie. Antoine, bras croisés dans un fauteuil, brisa toutefois cette liesse et fit avec perplexité :

— Est-ce que c'est censé nous faire rire où est-ce plutôt une pathétique mascarade visant à tester notre naïveté ? Ce genre de proposition me semble n'être ni plus ni moins qu'un miroir aux alouettes.

— Ce n'est rien de tout cela, schtroumpf à lunettes [20] !

L'intéressé dressa un sourcil d'agacement.

— Mon prénom, c'est Antoine !

— Alors écoute Antoine, commença Jack en se corrigeant pour taire le ton condescendant qu'il venait de prendre. C'est simplement une offre de colocation avec quelques facilités, ni plus ni moins. Mais si tu n'es pas intéressé, libre à toi de refuser, bien que je constate que ta blonde semble plutôt emballée, contrairement à toi !

Antoine se tourna vers Sidonie et lui jeta un regard interrogateur ; elle y répondit par un visage impassible avant de demander :

— Puis-je emmener mon chien ?

— Personnellement, je n'y vois pas d'inconvénient, mais tout dépendra également du bon vouloir des autres colocataires.

— Est-ce qu'il faut des garanties ? demanda Suzanne. Des parents derrière soi ? Une assurance logement ? Un travail qui paie bien ?

— Madame Faure ne m'a pas parlé de cela, mais je devine aisément que si vous êtes capables de payer les charges collectives qui seront divisées en autant de parts que nous serons de colocataires, il n'y aura pas de problème. Votre propre assurance logement est recommandée, mais *a priori* pas obligatoire ; il ne tient qu'à vous de voir !

— Les portes des chambres ont-elles une clef ? Vivre en colocation ne signifie pas non plus que nous devons sacrifier notre intimité, ni d'ailleurs que nous devons de suite avoir confiance les uns et les autres.

— Je comprends ta question, très justifiée d'ailleurs, Émmanuelle, mais je n'en sais encore rien. Je dois récupérer le trousseau de clefs demain à la gare et voir sur place ce qu'il en est.

— Quand pourrions-nous emménager ? Et pourrions-nous aussi choisir notre chambre nous-mêmes ?

— Nous pouvons emménager dès que possible, répondit-il à Stéphane. Il nous faudra juste faire un brin de ménage avant de prendre nos quartiers, d'après ce que m'a dit Ingrid. Quant au choix des chambres, vous pourrez choisir la vôtre aussitôt que vous m'aurez donné votre accord tacite sur place : les premiers arrivés seront les premiers servis. Je me réserve toutefois le privilège d'être le premier à choisir quelle sera la mienne.

— La maison est-elle toute équipée ? questionna une nouvelle fois Émmanuelle. Y a t-il une gazinière, un frigo, un congélateur ?

— Un garage pour ma voiture ? enchaîna Suzanne.

— Je n'en sais pas plus que vous à ce niveau-là. Je connais bien la ville, et pourtant, je ne vois même pas de quelle maison il peut s'agir. Tout ce que je sais, c'est qu'elle se situe dans le quartier des Bégonias, au nord de la ville, à l'angle des avenues du Général Leclerc et de Victor

Hugo.

Antoine décroisa bras et jambes et se leva de son fauteuil pour aller devant le fenêtre qu'il ouvrit pour créer un courant d'air avec celle de la cuisine.

— Y aurait-il une hiérarchie entre nous tous ? demanda-t-il en se retournant vers les autres. Qui se chargerait du ménage des pièces communes comme la cuisine et la salle de bain, par exemple ? Nous sommes tous adultes et sommes donc censés être responsables et savoir ce que nous avons à faire, mais je sais qu'il y aurait des oublis et de la paresse. Qui instaurerait le respect de règles ? La fille de madame Faure ?

Jack ne manqua pas de remarquer qu'Antoine avait parlé au conditionnel et non au futur, ce qui confirma ses doutes sur ses positions concernant ce projet commun.

— Je pense, oui, que Sabine serait la personne la mieux placée pour maintenir l'ordre, la discipline et le respect, expliqua-t-il. Nous la choisirons comme responsable puisqu'elle est la fille des amis du propriétaire et qu'elle est donc en contact avec ses parents. Pour ce qui est du ménage, nous nous organiserons en fonction.

— Tu ne sais donc pas si les chambres sont les mêmes, Jack ? Ni si elles ont chacune une prise téléphonique ?

— Non, vieux, pas le moins du monde... Je verrai cela demain lorsque j'irai sur place.

— Et pour le bail ? reprit Antoine. Qu'en est-il ? Devrions-nous d'ailleurs nous engager pour un certain temps ou serions-nous au contraire libres de partir quand nous le souhaiterions, même au bout de deux mois, par exemple ?

— Toutes les informations contractuelles figureront sur le bail que chacun d'entre vous recevra à l'adresse de la résidence une fois que Sabine et moi aurons communiqué à ses parents et à monsieur Barnier tous les renseignements nécessaires vous concernant. Je ne suis pas décisionnaire de ce genre de détail, je ne suis que le messager.

Émmanuelle se tourna vers Suzanne et lui parla à voix basse.

— J'espère qu'il y a une baignoire dans la salle de bain. Et un grand miroir !

— Je préférerais une cabine de douche hermétique qui fait sauna, lui répondit son amie.

Sidonie, qui avait bien compris qu'Antoine était loin d'être intéressé, demanda à Jack :

— Peut-on visiter la maison avant de donner notre réponse ?

— Oui, bien sûr ! Mais n'oubliez pas que les places sont chères et je connais encore quelques amis à moi qui n'habitent pas à Sanlys-sur-Mer et qui seraient ravis de prendre les places disponibles aux Bégonias, mentit Jack. N'attendez pas trop !

Sidonie se tourna vers Antoine et il lui sourit aussitôt ; elle se détourna pourtant de son compagnon et enchaîna sur une nouvelle question.

— Pour celles et ceux qui le peuvent, serait-il possible de visiter la maison demain avec toi. Je ne pense pas être la seule ici à préférer voir de quoi ça a l'air avant de signer quelque document que ce soit.

— Je comprends... Bien sûr, c'est possible. Je m'y rendrai demain vers 13 h 00. Pour les intéressés, précisa Jack en tournant délibérément le dos à la fenêtre contre laquelle se tenait Antoine, je vous donne rendez-vous aux environs de 12 h 45 devant l'entrée principale d'Euromarché. Si vous avez à faire et ne pouvez donc vous libérer à ce moment-là, nous nous arrangerons pour organiser une autre visite.

— Excellent hasard ! s'exclama Suzanne. Je dois m'y rendre demain pour aller y signer mon contrat de travail.

— Et moi, je vais devoir perdre deux heures de travail pour me libérer, grommela Antoine. Mais je préfère être fixé au plus tôt sur ce projet.

— Sais-tu s'il y a un jardin dans la propriété, Jack ?

— Je pense que oui, Angélique, car il me semble que tous les pavillons du quartier des Bégonias ont un espace vert, mais je n'en suis pas certain. Ingrid m'a cependant parlé de cette propriété en termes de résidence, ce qui veut implicitement dire qu'elle est plus spacieuse. Ceux qui viendront demain auront les réponses en même temps que moi. C'est à vous de voir...

Puis Jack s'avança vers Antoine et lui fit face.

— Si tu n'es pas emballé, je ne te force en rien, lui confia-t-il. Je ne te connais pas et ne tiens pas à avoir d'*a priori* en ce qui te concerne. Tu me sembles juste un peu obtus et tu as l'air très méfiant aussi, mais sache que je vous ai dit à tous tout ce que je savais ; il n'y a aucun mauvais coup, aucune arnaque dans tout ça. Personnellement, je suis très emballé par cette offre qui m'a été faite, et j'ai pensé que cela pouvait vous intéresser, mais je respecterais ton choix si tu refusais de t'installer avec nous. Après tout, nous ne nous connaissons pas.

Sidonie se blottit soudain contre Antoine sans que ni Jack ni lui ne l'ait vu venir, et elle le regarda dans la profondeur de ses yeux avec un air suppliant.

— S'il-te-plaît, comprends-moi, mon bébé. Vivre dans cette résidence nous permettrait d'habiter enfin ensemble et de nous voir tous les jours sans avoir à aller chez l'un ou chez l'autre. Et puis ça nous ôterait une belle épine du pied : tu penses bien que ne pas avoir de loyer à payer nous permettrait enfin de pouvoir mettre davantage de côté et partir en vacances : ça fait deux ans que nous n'avons pas fait un seul beau voyage. On ne peut pas refuser...

— D'accord, d'accord, tu as gagné, Sidonie ! On ira voir cette résidence demain, lui dit-il. Mais je ne te garantis rien de plus pour l'instant.

Elle se lova littéralement contre lui et déposa un baiser sur ses lèvres avant de retourner auprès de celles qu'elle considérait déjà comme ses futures colocataires, Angélique, Suzanne et Émmanuelle. Antoine la regarda s'extasier comme si elle avait déjà emménagé et glousser avec elles, et se tourna à nouveau vers Jack qui le devança aussitôt.

— Alors, mon bébé ? ricana-t-il.

— Ne te moque pas de moi ! s'écria Antoine en prenant un air faussement gêné, mais qui ne trompait en rien l'artisan boulanger qui se rasséréna. En tout cas, j'admets bien volontiers que tu as vu juste : je suis très méfiant de nature. Je ne vais pas te raconter ma vie non plus, mais sache que mon passé m'a appris à me méfier de ce qui était trop alléchant. Tu sembles être de bonne foi et bien que je ne puisse pas encore t'accorder ma confiance, je reconnais au moins que je te dois le respect et le bénéfice du doute, il n'y a pas de souci là-dessus. Sidonie et moi viendrons demain aux Bégonias, et sache que si la maison et le quartier nous plaisent, nous nous ferons un plaisir de nous joindre aux autres colocataires et de te compter toi aussi parmi nos proches.

Jack esquissa un léger sourire qui s'élargit franchement lorsque Antoine lui tendit la main.

— J'en serais ravi, répondit-il en la lui serrant d'une franche poigne.

En définitive, tous finirent cette longue soirée ensemble en ouvrant une bouteille de champagne que les parents d'Émmanuelle conservaient depuis quelques années.

— L'occasion fait le larron ! conclut la plantureuse rousse en levant son verre.

— Et si nous portions un toast à la santé des parents de Sabine et de monsieur Barnier ? suggéra Stéphane. Ils le méritent bien !

Tous acquiescèrent en levant leur verre et répondirent d'une seule voix.

— Santé !

Antoine, Jack, Stéphane et Sidonie, venus dans une vieille Renault 5 TL orange, arrivèrent sous le soleil radieux de ce jeudi 7 juin au lieu de rendez-vous convenu la veille et se garèrent sur le parking d'Euromarché avant de descendre du véhicule et de rallier ensemble l'entrée principale de la grande surface. Il n'eurent pas longtemps à attendre avant d'apercevoir la Seat rouge de Suzanne qui, ne trouvant aucune place disponible à proximité de la petite citadine de madame Sendai – la mère d'Antoine qui la lui avait prêtée – alla se garer plus loin. Ils ne furent pas surpris de voir Émmanuelle descendre du véhicule mais ne purent retenir leur étonnement lorsque Angélique s'en extirpa avant de rabattre le siège passager. Jack la trouva de suite toute en beauté et ne prêta pas attention à Suzanne qui semblait invectiver sa voiture en claquant la porte. Elle rattrapa aussitôt les deux jeunes femmes qui slalomaient entre les voitures garées en épi et arriva avec elles auprès du groupe.

Après les politesses qui furent rapidement expédiées, tous se tournèrent vers Jack qui se détourna d'eux et regarda Suzanne.

— Tu as déjà signé ton contrat de travail ou on doit t'attendre quelques instants ?

— Non, c'est bon, merci ! Je suis finalement venue ce matin à l'ouverture. J'étais trop excitée pour faire traîner ça jusqu'à ce midi. Mon contrat est signé, on peut y aller.

— Parfait ! Antoine, je vais t'indiquer le chemin, et toi Suzanne, tu nous suis derrière. On ne roulera pas vite pour ne pas que vous vous perdiez dans cette fichue circulation.

— Ça me va ! répondit la petite brune qui semblait être d'une humeur particulièrement mauvaise.

***

Aucun d'entre eux n'en revenait : les sept personnes qui arrivèrent devant la résidence ne purent croire que la bâtisse imposante qui se présentait fièrement devant eux s'offrait à leurs humbles existences alors que tout en elle semblait respirer le luxe et la prestance d'une demeure de haut rang.

Cette femme, aussi orgueilleuse que majestueuse, forte de ses mensurations de 25,60 mètres de longueur sur 14,40 mètres de largeur pour une hauteur culminant à près de 8,90 mètres, hissait leur regard du bas de son mur exposé vers l'océan au faîte du toit tourné vers le ciel. Les quatre fenêtres qui marquaient le premier étage d'une rangée de yeux comme un groupe oculaire dévisageant la petite troupe présente devant le portail de bois verni blanc contrastaient avec les deux chiens assis qui observaient l'horizon.

Agenouillée au centre d'un sol engazonné, cette habitation leur était accessible par un petit chemin de dalles claires qui scindait en deux la pelouse pour mener jusqu'au perron. En son centre, une double-porte dont les vitres armées à petites mailles ne laissait rien deviner de ce qu'il y avait de l'autre côté lorsque le petit groupe s'en approcha cérémonieusement dans un silence funèbre.

Leurs pas seuls sur l'assemblage de pierre reconstituée élevaient leurs claquements au-delà du calme que quelques oiseaux ici-et-là enjolivaient par moments, rendant l'atmosphère résolument champêtre. Mais le bruit du trousseau de clefs que Jack sortit d'une poche brisa cet environnement sonore et chacun donna l'impression aux autres de retenir sa respiration lorsqu'il en glissa une dans la serrure qu'il déverrouilla avant d'ouvrir la porte.

En fin de compte, tous tombèrent littéralement sous le charme de la résidence : même Antoine s'extasiait devant la merveilleuse et imposante demeure qu'il occuperait très prochainement, décida-t-il, pris dans le tourbillon de ses émotions que les attraits de la bâtisse dégageaient comme des phéromones qui faisaient résonner sa corde sensible.

Suzanne, elle, apprécia tout particulièrement l'étendue de verdure cachée derrière la maison à l'est, et qui semblait receler une part de mystère tant les arbres qui s'y dressaient les uns contre les autres créaient un mur opaque qui dissimulait ce qui se trouvait au-delà.

Stupéfaite par la taille des huit chambres du premier étage qui avaient toutes la même superficie de vingt-quatre mètres carrés, Angélique les trouva étrangement accueillantes même dénuées de tout ameublement : la propreté de la moquette de chacune des pièces, de coloris différent à chaque fois, ainsi que la blancheur des murs qui interpellait son sens de la décoration d'intérieur, correspondaient à l'idée qu'elle se faisait d'un espace de vie digne de ce nom. Elle se voyait déjà installée dans l'une des pièces, agençant dans sa tête l'emplacement de ses meubles.

Stéphane fut surpris de constater qu'il existait une neuvième chambre au rez-de-chaussée, juste en face du petit hall d'entrée par lequel ils avaient pénétré dans la demeure et accolée à la salle de bain où Émmanuelle se dévisageait dans un grand psyché d'un autre âge, à proximité de la cabine de douche qui jouxtait une baignoire d'un côté et un bidet de l'autre.

Jack n'en revenait pas de voir que l'on pouvait glisser presque trois voitures dans le garage attenant au mur latéral sud de la demeure. En revanche, il déplora qu'il n'y ait qu'un seul WC pour neuf chambres : les autres aussi estimèrent qu'il en aurait fallu un second. Ils décrétèrent que c'était sans nul doute le seul point noir.

Malgré certains charmes qui semblaient effrontément anachroniques, ce que les sept futurs colocataires appelèrent d'un commun accord la Résidence du Coucher de Soleil était bien ancrée dans son époque, elle.

***

Dans la soirée du samedi 9 juin, Jack, Angélique, Antoine, Sidonie, Émmanuelle, Stéphane et Suzanne se retrouvèrent dans le salon, fatigués d'avoir passé ces derniers jours à emménager ; ils avaient tous l'air d'avoir vécu une période d'insomnie et leurs yeux rougis trahissaient leur manque de sommeil et leur excitation à l'idée de commencer une nouvelle vie ensemble. Seul Antoine paraissait moins affecté que les autres : sportif et de constitution naturellement robuste, il parvenait à donner le change malgré la chaleur suffocante qui les accablait tous. C'est en faisant preuve d'empathie qu'il suggéra aux autres d'aller faire un tour dans le jardin pour prendre l'air et cette idée fut accueillie avec un grand enthousiasme.

Ils se levèrent, sortirent donc par le côté est du pavillon qui donnait sur la terrasse, et se retrouvèrent d'un coup sous un ciel étoilé qui fondait en couleurs incandescentes à l'horizon derrière eux. Les sept colocataires se dispersèrent naturellement dans ce nouvel environnement, sans un mot, sans un regard les uns aux autres.

Angélique et Antoine, à une quinzaine de mètres l'un de l'autre, levèrent les yeux sur les étoiles qui se présentaient à eux et leur regard se perdit sur le trapèze de la constellation d'Hercules. L'amas globulaire M13 aux plus de cinq-cent-mille étoiles semblait les observer comme un œil scintillant sur un ciel obscur et la jeune femme détesta cette impression de se sentir observée. Elle réprima un étrange frisson et décida de rentrer, se soustrayant au parfum que libérait le bosquet de jeunes pins aux épines fraîches et parfumées. Les senteurs investissaient délicieusement le salon par les deux portes-fenêtres laissées ouvertes et se répandaient dans la salle de séjour à l'ouest, se glissant ensuite dans les autres pièces du rez-de-chaussée. La surface de l'eau de la piscine enterrée, d'une profondeur d'un mètre trente, ne bougea pas d'un iota sous l'influence d'un petit vent frais.

— L'eau n'a pas franchement l'air propre ! s'exclama Émmanuelle sans vraiment s'adresser à qui que ce soit en particulier. Il faudra penser à vider la piscine pour la nettoyer. Si on a envie de se rafraîchir dans les jours à venir, elle pourra nous être d'une grande utilité, mais pas avec cette sale eau stagnante. Bien que ce bassin soit apparemment trop petit pour y faire des longueurs, au moins, il sera idéal pour s'y prélasser.

— Et faire de l'apnée ! s'écria Jack qui rentrait dans le salon.

Émmanuelle ne lui répondit que d'un regard qui ne disait rien.

— Si tes poumons sont aussi énormes que tes attributs mammaires, tu dois être championne, Samantha Fox [21] ! ajouta-t-il en passant la tête par la porte-fenêtre.

— Jack ! s'écria-t-elle, blessée. Tu n'es qu'une pourriture !

— Bonne nuit ! dit-il en s'éclipsant à l'intérieur, ravi de son petit effet.

Émmanuelle tourna le dos au mépris qu'elle ressentit pour Jack, estimant que cela n'en valait pas la peine, et son regard vitreux se focalisa soudain à proximité de la porte arrière du garage. Elle s'en approcha et découvrit un carton avec de nombreuses bouteilles d'alcool à l'intérieur, visiblement oubliées par monsieur Barnier ou intentionnellement laissées à leur disposition. *Il aurait pu les mettre ailleurs*, se dit-elle. Elle se tourna alors vers Stéphane qui, installé dans l'une des chaises longues à une dizaine de mètres d'elle, se prélassait paresseusement comme un lézard. Elle murmura :

— Un grand timide qui a l'air bien seul... Ça me plairait résolument bien de le connaître sous tous les angles, celui-ci.

À proximité, au bord de la piscine, Suzanne, les yeux dans le vague, semblait fixer le reflet de la lune sur les flots. Malheureusement, le visage blafard du satellite était morcelé par de fines croûtes fragiles et diffuses qui s'étaient formées suite à la stagnation de l'eau du bassin, comme venait de le souligner Émmanuelle. Antoine s'approcha d'elle par derrière sur le bord et la poussa légèrement. Elle hurla en se sentant partir en avant mais fut retenue par les épaules au dernier moment. Elle se retourna et s'énerva.

— Non mais ça ne va pas, *connard* ? J'aurais pu tomber ! Tu es inconscient ou quoi ?

— Désolé...

— Allez... Ne sois pas vexé, va, pouffa-t-elle. Je rigolais.

Antoine, encore surpris par l'insulte qui venait de lui être adressée, semblait avoir perdu sa belle assurance et parut tout penaud un instant avant de se reprendre.

— Cela te dirait-il que l'on se fasse une randonnée nocturne jusqu'au fond du bosquet ? lui proposa-t-il.

— Mais oui, pourquoi pas ? On va peut-être trouver quelques morts-vivants affamés au fond du jardin, qui sait ?

Soudain, Jack apparut à la fenêtre de la chambre numéro un destinée à Sabine.

— Eh, Cruella [22] ! Tu as tenu combien de jours sans étriper tes ex ?

Elle fronça les sourcils :

— *Petit con* !

Dans la bâtisse, Angélique était sortie de son lit aussitôt qu'elle avait entendu par les fenêtres ouvertes de sa chambre le dialogue qui avait brisé l'accalmie de ce début de soirée dans l'enceinte de la résidence. Elle vint brusquement se poster devant Jack qu'elle trouva dans le couloir et le gifla sans préavis avant de retourner se coucher sans rien dire. À cet instant précis, Suzanne, qui avait entendu le claquement de la main sur la joue de l'homme et avait compris ce qu'il venait de se passer, éclata de rire. Jack, bien plus blessé dans son amour-propre qu'il n'était décontenancé par le courroux manifeste qu'il avait suscité, retourna dans sa chambre sans piper mot.

Sidonie, sans réagir à cet incident, s'approcha d'Antoine et lui dit :

— Si tu me trouvais une torche électrique, je serais ravie de vous accompagner tous les deux dans le bosquet.

— Aurais-tu peur dans l'obscurité ? demanda Suzanne.

— Bah, j'aime bien savoir où je mets les pieds lorsque je marche dans un endroit que je ne connais pas. Et puis je reconnais que je ne suis en effet pas très rassurée dans le noir.

— Ne vous inquiétez point, damoiselle, chanta Antoine. Je me fais fort d'occire tout cerbère belliqueux et perfide gorgone qui attenterait à votre vie, dussé-je y sacrifier la mienne sur l'autel de l'Amour !

Sidonie répondit à cette théâtrale réplique par un sourire charmé qui en dit long sur ses émotions, tout aussi éloquent que le teint rose que prit son visage. Il la prit contre lui et la regarda droit dans les yeux.

— Mais nous allons pousser l'aventure au-delà des limites de nous-mêmes.

Se tournant vers Suzanne :

— Et puis c'est l'occasion pour nous de vivre nos premières émotions ensemble, non ?

Elle ne répondit rien.

— Allez, c'est décidé ! On va se passer de lumière ! Vous n'aurez qu'à rester contre moi. Ça vous rassurera !

— Oh... Moi, tu sais... soupira Suzanne avec désinvolture.

— D'accord... Je parlais plus pour Sidonie. Les autres n'ayant pas l'air intéressés, je vous propose d'y aller sans plus tarder.

— Ça devrait être bien mieux que le train-fantôme dans les parcs d'attraction, fit la blonde.

— Hin hin, fit-il. Et moins onéreux aussi : ça ne mange pas de pain. On y va ?

— Allons-y ! répondirent-elles en chœur.

Non loin de là, Stéphane et Émmanuelle, allongés dans deux chaises longues sur la terrasse, bavardaient tranquillement et aucun d'eux ne semblait prêter la moindre attention au petit groupe d'explorateurs qui s'enfonçait dans l'obscurité.

À l'étage, lorsque Jack sortit de sa chambre pour aller prendre une douche, il se retrouva nez-à-nez avec Angélique qui ne parvenait pas à s'endormir. Elle lui demanda :

— Je peux te parler deux secondes ?

— Si c'est pour me ridiculiser, tu repasseras ! lui lança-t-il sèchement.

Grièvement blessé dans son amour propre, il fit un pas pour aller vers l'escalier lorsque, sans rien dire, Angélique lui désigna d'une main tendue l'intérieur de sa chambre en se postant contre la porte ouverte. Jack soupira en essayant de dissimuler sa légère expiration que la femme devina sans mal, opina du chef sans la regarder et entra dans la pièce. Une fois rentrée à son tour, elle verrouilla la porte à clef devant son regard intrigué qui fit disparaître de son faciès toute expression de légèreté. Elle ferma également les battants de la fenêtre.

— Je n'ai pas envie qu'on nous dérange, justifia-t-elle.

Comme si la brûlure de la gifle avait soudainement tiédi, un sourire apparut au creux des lèvres de Jack qui comprit que contrairement à ce qu'il pensait, il allait peut-être avoir une chance de passer un agréable moment avec elle ; du moins était-ce ce qu'il espérait. Il s'assit à l'envers sur la chaise à roulettes face à Angélique qui, pour sa part, s'installa sur les plis désordonnés de son lit encore chaud. Puis elle avança son visage vers lui, lentement et ferma les yeux.

D'abord surpris, Jack se rapprocha d'elle à son tour avec son siège en battant des talons sur la moquette et vint quémander l'offrande qu'elle semblait prête à lui concéder. Les lèvres qu'il avait convoitées depuis qu'il avait rencontré Angélique, aussitôt que leurs bouches s'unirent, se dérobèrent alors comme des pétales qui s'écartent et leurs langues s'adonnèrent à un ballet qui rivalisait avec les plus grands baisers passionnés du cinéma.

Cherchant à aller plus loin, Jack posa une main sur l'épaule de sa belle avant de la glisser doucement vers sa poitrine tandis que l'autre épousa la rondeur de son genou avant de s'en écarter pour effrontément remonter vers l'intérieur de sa cuisse. Elle le repoussa aussitôt et se dressa sur ses jambes. Devinant son incompréhension et devançant les questions qui en découleraient, elle lui expliqua :

— Tu vois, Jack, je commence à te connaître. Et pourtant, on ne se fréquente que depuis trois jours. Je devine sans problème que tu peux parfois te montrer intelligent, attentionné et doux avec les femmes. Rien que l'aide que Stéphane et toi m'avez apportée ces deux derniers jours pour déménager mes cartons et mes meubles des Colombes jusqu'ici dans la chambre en témoigne. Mais l'aspect de ta personnalité qui a tendance à dominer est le pervers, et le pire, c'est que tu ne t'en rends même pas compte ! Regarde-toi un peu, mince ! Tu fais sans arrêt l'imbécile, tu es odieux, et en plus, tu es un obsédé sexuel ! Si je t'ai offert ce baiser, c'est pour me faire pardonner d'avoir blessé ton orgueil devant les autres tout à l'heure, bien que je n'avais pas à le faire, et pour t'encourager à montrer le meilleur de toi. Je reconnais que j'en avais aussi envie. Mais même là, tu restes vulgaire ! Tu t'imagines que parce que je t'embrasse, j'ai envie d'aller plus loin avec toi. Tu me prends pour qui, en fait ? Pour l'une de tes ex avec lesquelles tu as couché dès le premier soir ?

— Mais non, Angélique...

Elle se radoucit, lui prit les mains en posant un genou au sol, et les serra entre les siennes.

— Il y a en moi une petite lueur, une flamme qui brûle pour toi dans mon cœur, Jack. Sache que j'en suis à un point tel que j'ai même hésité à te demander de me raccompagner chez moi mercredi soir, tout simplement parce que tu me plais et parce que je me sens bien en ta présence. C'est dû, je le sens en moi, à un début d'amour qui ne demande qu'à prendre de l'ampleur. Mais cette flamme ne deviendra brasier que si tu le nourris. Et sur ce plan, ce n'est pas gagné. Tu vas devoir me montrer que tu peux être un homme formidable car je veux y croire. Je te demande simplement d'être gentil et de montrer à tous que tu peux passer pour autre chose qu'un mufle. Et si tu ne veux pas faire cet effort pour toi-même, fais-le pour moi, Jack.

Le profond regard au vert diablement intense d'Angélique exprimait une sincérité sans bornes ; Jack n'aurait pu le certifier mais il sentait qu'elle pensait vraiment qu'une relation harmonieuse était envisageable entre eux. Comme pour lui éviter d'en douter, elle ajouta :

— Je ne demande qu'à t'aimer...

Jack se sentit pris de cours ; il ne savait pas comment réagir. Les aveux de celle dont il était tombé amoureux le soir même de sa rencontre le mettaient dans tous ses états. Il en était déconcerté. Jamais il ne se serait douté qu'Angélique nourrissait déjà des sentiments, aussi infimes soient-ils, pour lui. Bien que ses jambes tremblassent, il parvint à se lever.

— Angélique... Laisse-moi le temps de changer, s'il-te-plaît.

Elle hocha la tête. Jack alla à la porte, tourna la clef dans sa serrure et sortit sans la refermer. Revenu dans sa chambre, il observa les posters de filles en lingerie féminine et frappa un poing contre le mur, conscient d'avoir parfois des attitudes immatures. C'est alors que par-dessus son épaule, il aperçut Angélique sur le seuil ; il ne sembla guère surpris de constater qu'elle l'avait suivi. Elle se permit d'entrer, sans dire un traître mot, et longea tranquillement le mur, le bout des ongles griffant la surface. Et en un seul passage, toutes ces délicieuses créatures prisonnières de leurs posters et auxquelles Jack avait rêvé durant son adolescence furent déchirées en lambeaux, impitoyablement déchiquetées, sectionnées à la taille ou aux hanches ; l'une d'entre elles, agenouillée en bikini sur une plage de Floride, fut décapitée. Des meurtres de sang froid.

Angélique retourna dans sa chambre sans être surprise de constater que Jack n'avait pas bougé d'un poil pour l'empêcher d'exécuter les idoles de sa jeunesse. D'un air songeur, il se leva et alla à sa fenêtre pour prendre un peu d'air frais en laissant son regard se perdre dans le soleil couchant à l'horizon. Pour puiser la fraîcheur dont il avait besoin afin de purger le fond de son âme.

Sur la terrasse en contrebas côté est, Stéphane avoua à Émmanuelle :

— Jack m'a beaucoup parlé de toi, tu sais !?

— Ah oui ? Et en quel honneur ? demanda-t-elle, intriguée.

— C'est une longue histoire...

— Il me semble bien qu'on ait le temps, non ? Vas-y, raconte !

— Ça s'est passé mardi soir, commença Stéphane.

— Mercredi, dans la voiture de Suzanne, tu m'as dit que tu étais apprenti boulanger, l'interrompit-elle de but en blanc. Comme Jack ! Et vous aviez l'air de déjà vous connaître avant de vous rencontrer à ma soirée, je me trompe ?

— Non, tu ne te trompes pas, et ce n'est pas un hasard puisque je suis son apprenti. Je l'ai rencontré mardi lorsque j'ai fait la tournée des boulangeries de la ville pour postuler et que je me suis entretenu avec lui. Il a répondu par l'affirmative à ma candidature et j'ai commencé à travailler avec lui dès le lendemain, le jour où Suzanne et toi m'avez rencontré devant le Salon des Petits Pains. La veille au soir, j'étais très fatigué d'avoir arpenté les boulevards en quête d'un travail, sans oublier qu'il faisait aussi chaud que maintenant. Du coup, comme la chaleur m'empêchait de m'endormir, j'ai décidé d'ouvrir la fenêtre et de m'installer devant pour me rafraîchir un peu. Et là, je t'ai vue !

Elle cligna des yeux et s'avança.

— Comment ça, tu m'as vue ?

— C'est bien simple ! Ton appartement est exactement en face du mien, mais dans la tour voisine !

Elle se reprit aussitôt.

— C'est vrai que tu habitais toi aussi aux Colombes, dans le même immeuble que Sidonie, d'ailleurs...

Émmanuelle se rallongea au fond de sa chaise longue, comme soulagée. Son visage prit des couleurs. Stéphane expliqua :

— J'habitais au même étage qu'elle. Toi, tu te trouvais dans ta chambre et prenais des vêtements de nuit dans ton armoire. Après, tu as été dans la salle de bain et en es ressortie quelques minutes plus tard. Je m'en souviens par cœur, tant tu m'as fait de l'effet à ce moment-là. Tu t'es ensuite glissée dans ton lit et as lu un gros livre...

— De cuisine !

— ...avant d'éteindre la lumière, termina Stéphane.

— Tu m'as donc épiée comme un pervers, hein ? fit-elle, amusée.

— Pas vraiment... Enfin, je ne te regardais pas avec lubricité, si c'est ce que tu veux dire, répondit-il en prenant la question au sérieux.

— Et tu en as parlé à Jack dès que tu l'as vu le lendemain, supposa-t-elle.

— C'est ça. Il m'a donné ton prénom et ton âge et a ajouté que vous étiez des amis de longue date et que vous vous considériez comme frère et sœur.

— Oui, c'est assez vrai... J'aime beaucoup Jack. On s'est connus tout jeunes alors qu'il venait d'arriver en France, à Soorts-Hossegor. Il n'avait que six ans à l'époque et nous sommes toujours restés très proches, lui et moi, depuis 1973 ! C'est la raison pour laquelle je sais qu'il n'a pas toujours été aussi méprisant que ces temps-ci...

— C'est étrange ! Tu parles de lui comme de quelqu'un que tu as aimé. Et tes yeux brillent, ajouta Stéphane. Est-ce qu'il se serait passé quelque chose entre vous ?

Émmanuelle s'esclaffa plus qu'elle ne l'avait voulu.

— Ne me fais pas rire, beau gosse ! Tu prétends savoir lire dans les yeux ?

— Je ne prétends rien du tout et tu le sais.

C'est sans doute à cet instant-là qu'elle perçut pour la première fois en Stéphane l'assurance et la répartie qui semblaient lui manquer, mais qui étaient pourtant bien présents en lui, et réels. Elle soupira et avala sa salive.

— Je te trouve bien intrusif, mon cher... Mais effectivement, oui, il s'est passé quelque chose. Quelque chose qui a failli tuer notre complicité et tout l'amour que nous avions l'un pour l'autre.

— L'amour fraternel ?

— Je ne sais pas... Nous avons fait toute notre scolarité ensemble. Lui souffrait d'être timide à l'époque.

— Jack ? Timide ? s'exclama Stéphane.

— Ne ris pas ! S'il se comporte de façon si odieuse depuis quelques années, c'est parce qu'il veut cacher le peu de timidité qu'il lui reste encore. Il est comme ça ! Et il me parlait souvent de son amie d'enfance, Sabine Faure, qui nous rejoindra ici demain.

— La fille du couple d'amis de notre propriétaire, monsieur...

— Monsieur Barnier, oui, reprit-elle.

— Mais alors qu'est-ce qui a changé Jack à ce point ? Je veux dire... Qu'est-ce qu'il s'est passé pour qu'il soit moins timide ?

— Jack a eu sa première petite amie très tôt, et je ne te parle pas de bisous innocents du niveau de la classe préparatoire et de naïfs projets d'avenir : je te parle de baisers langoureux et d'attouchements qui frisent les préliminaires. Il était d'ailleurs en primaire à l'époque, peut-être en première année de cours élémentaire et elle s'appelait Caroline. Il lui avait écrit un poème et elle avait craqué. C'est elle qui lui a montré que la timidité pouvait facilement être vaincue. À partir de là, il a accumulé les flirts, et ce pendant des années. Ces aventures ne duraient généralement guère plus de trois semaines, un mois tout au plus. C'est lui qui les plaquait, souvent avec une violente fermeté. Ça rendait bien sûr les filles malheureuses mais il n'en avait rien à faire : pour lui, sortir avec une fille était devenu si simple sans timidité qu'à force, il considérait cela comme un jeu. Ça l'amusait et ça le galvanisait aussi parce qu'il voyait désormais ces conquêtes comme des trophées : plus il en avait, plus il en voulait. Alors un jour, j'en ai eu assez de le voir briser les cœurs et, de surcroît, de s'en vanter outrageusement ; il lui fallait une bonne leçon. Je lui ai donc fait une déclaration et, bien que je n'étais pas sincère, je suis ensuite sortie avec lui à mon tour. Nous étions en sixième. Je voulais créer de lui à moi un tant soit peu d'amour et le plaquer ensuite pour lui faire ressentir le mal qu'avaient eu ses copines. Mais ça s'est passé autrement et j'ai fini par nourrir de véritables sentiments.

— Qu'est-ce que c'est que cette attitude de sortir avec quelqu'un que l'on n'aime pas ?

— Épargne-moi ta morale à deux francs, s'il-te-plaît !

— Ouais, ouais... Je ne dis plus rien, grommela Stéphane.

— À ce moment-là, je n'ai plus cherché à lui faire de mal parce que mes sentiments pour lui étaient réels et, de ce fait, notre longue complicité s'en trouvait mise en jeu. J'avais peur que si ça ne marche pas entre nous, tout ce que nous avions partagé ensemble disparaisse comme si nous n'avions rien vécu... Tous ces souvenirs d'enfance.

— D'enfance ? Il me semble que Sabine le connaît mieux que toi durant cette période, non ?

— Je te parle de son enfance à partir de six ans, Stéphane ! s'écria-t-elle étrangement. Cela va de soi ! Alors j'ai dit à Jack, à la fin de notre sixième, qu'il valait mieux que l'on s'arrête ici : il l'a très mal pris, évidemment, conformément à ce que j'avais souhaité au début, et la douleur qui l'a saisi l'a fait souffrir plus que je ne l'avais prévu. Malgré cela, il a fini par comprendre mon choix et l'a approuvé, car il me respectait, moi. Depuis cette époque, Jack me voue un amour fraternel plus fort que jamais. Et il s'est juré de ne plus jamais faire souffrir ses amies. C'est pour ça, je pense, qu'il ne montre que le mauvais côté de son caractère : pour qu'aucune fille ne tombe amoureuse de lui. Rends-toi compte qu'il n'avait que onze ans, à l'époque. Il lui en a fallu, de la maturité...

Stéphane se redressa un peu et avoua :

— J'étais à mille lieues de me douter que Jack était comme ça.

— Tu vois bien : son comportement n'est qu'une couverture. Il cache bien son jeu.

— Ce bon vieux Jack. Il est étonnant ! conclut Stéphane.

— Maintenant qu'on a parlé de lui et moi, tu pourrais peut-être me parler de toi ?

— Au fait, Émmanuelle, pour quelle raison as-tu fait ta fête chez tes parents et non chez toi, aux Colombes ?

Elle sourit.

— Alors Stéphane. Tu me parles de toi, oui ou non ?

— Je n'ai pas grand-chose à dire et tu risquerais par conséquent de t'ennuyer.

— Ne sois pas gêné, je ne vais pas te manger... Dis-moi donc si tu as quelqu'un en ce moment.

— Je n'ai personne, répondit-il laconiquement. Si j'avais eu quelqu'un, je l'aurais invitée à venir vivre avec nous à la résidence, comme Sidonie et Antoine. Et je ne serais pas monté en voiture avec deux inconnues.

Elle élargit son sourire, se rapprocha de lui et lui avoua :

— Moi non plus, je n'ai personne. On pourrait peut-être s'arranger, tous les deux ?

— Non, Émmanuelle ! Sois sérieuse. Je ne suis pas ton type d'homme.

— Ça, c'est à moi d'en juger ! Et puis je te rappelle que c'est toi qui m'as reluquée.

— Regardée, rectifia-t-il. Je t'ai regardée...

Émmanuelle lui caressa le visage du bout de son index. Sa voix avait été de plus en plus douce et discrète, prenant des intonations lascives. Stéphane, maladroit avec les filles entreprenantes, piqua un fard sans plus savoir quoi faire. Elle lui chuchota à l'oreille :

— Stéphaaaaane... Tu me plais beaucoup...

— Écoute Émmanuelle... Reprends tes esprits. Tu es sans aucun doute une fille géniale mais le fait est qu'on est très différents, toi et moi.

— Justement, mon cher ! On est complémentaires et c'est ça qui renforcera notre liaison, expliqua-t-elle en lui massant les épaules. Chacun d'entre nous sera la force qui palliera les faiblesses de l'autre.

Stéphane sentit, aussitôt qu'elle se rapprocha de lui pour l'embrasser, l'odeur caractéristique d'un alcool fort. Il se leva brusquement et s'écarta d'elle pour se dégager de son emprise, et aperçut de suite une bouteille de whisky vide posée sous sa chaise longue. Il la saisit d'un geste qu'elle fut incapable de voir distinctement.

— Émmanuelle ! Qu'est-ce que...?

Elle eut une vague impression qu'il lui parlait du fond de son lit et s'imagina nue avec lui sous les couvertures.

— Oooooh Stéphaaa...

Sans qu'il s'y attende, elle tituba en laissant mourir l'écho de sa voix et commença à tomber. Il la retint de justesse par la taille et hurla aussitôt :

— Jaaaaaack !

Stéphane aurait tout donné quatre jours plus tôt pour sentir le corps d'Émmanuelle contre le sien, mais il chassa immédiatement cette soudaine pensée inappropriée qu'il jugea si virulente qu'elle en était dangereuse. Il s'exhorta mentalement à canaliser toute son attention sur le poids supplémentaire qu'elle lui imposait inconsciemment et parvint non sans mal à la prendre dans ses bras, la tenant par le dos et les cuisses, sans lâcher la bouteille qu'il aurait mieux fait de poser avant. Il fit un léger bond sur lui-même pour mieux répartir les masses et trouver son centre de gravité et vit Jack débouler sur la terrasse pour le rejoindre et lui prêter main forte. Après avoir dégagé l'accès au salon en repoussant l'une des deux portes-fenêtres qui s'ouvrit tout à fait, il repoussa du pied les quelques cartons fermés qui traînaient çà-et-là et, une fois en bas des escaliers, aida Stéphane en prenant Émmanuelle sous les aisselles, lui laissant le soin de la tenir par les jambes. Dès qu'il commença à gravir les marches, il lui demanda ce qu'il s'était passé.

— Je n'en sais rien, répondit Stéphane. On discutait et elle a commencé à dire des trucs bizarres... J'ai vu cette bouteille de whisky sous sa chaise longue, soupira-t-il en essayant de montrer ce qu'il tenait dans la main droite et que Jack ne put que deviner. Dans l'obscurité du repos de l'escalier, il n'arrivait que trop peu à distinguer quoi que ce soit.

— Bon sang ! Mais qu'est-ce qu'il lui a pris de boire ?

— Sooophiiiie... souffla-t-elle.

— Qu'est-ce qu'elle dit, Jack ? Qui est Sophie ?

— Elle réclame sa sœur !

— Quoi ?

Soudain, alors qu'ils arrivaient à l'étage, la bouteille glissa de la main de Stéphane, dégringola l'escalier en percutant violemment le nez des marches et se brisa sur la plate-forme habillée de moquette qui absorba l'alcool. Les deux hommes continuèrent leur ascension sans en tenir compte, allant jusqu'à la chambre d'Émmanuelle qui faisait face à la dernière marche et portait le numéro cinq. Ils l'allongèrent sur son lit.

— Stéphane ! Va chercher de l'eau !

— Tout de suite !

Ils lui firent boire trois verres et la laissèrent dormir.

De retour sur la terrasse, Stéphane demanda à Jack pourquoi Émmanuelle s'était abreuvée d'alcool à ce point et réclamait sa sœur de la sorte. Jack s'assit au bord de la piscine ; son colocataire l'imita.

— Lorsqu'elle avait neuf ans, ses parents lui ont appris une terrible nouvelle. Il lui ont expliqué qu'ils avaient eu une fille avant elle.

— Sophie ?

— Ils lui ont expliqué qu'elle avait perdu la vie dans un tragique accident de voiture ; la nourrice était manifestement venue s'encastrer dans un arbre, sans que l'on sache ce qui avait pu expliquer cette perte de contrôle. Sophie n'avait que dix-neuf mois lorsque ça s'est produit. Curieusement, Émmanuelle n'a jamais pu croire que celle qui aurait dû être sa sœur aînée de trois ans ait péri si jeune alors qu'elle-même allait naître presque un an après cette tragédie du 16 mars 1966. En plus, l'ironie du sort semblait lui faire un pied de nez en l'obligeant à fêter l'anniversaire de la mort de sa sœur le lendemain de son propre anniversaire, Émmanuelle étant née le 15 mars 1967 si je ne me trompe pas. Le pire, c'est qu'elle s'imagine que Sophie est encore en vie à l'heure qu'il est, c'est-à-dire quatorze ans après avoir appris la nouvelle en 1976.

— Toi et moi n'en savons rien, après tout. C'est sans doute horriblement dur de perdre un frère ou une sœur qu'on n'a pas connue. On se figure souvent que ce qu'on n'a pas connu, d'ailleurs, ne peut pas nous manquer, mais je ne pense pas que les choses soient si simples que cela.

— De temps en temps, quand elle pense beaucoup à Sophie ou que ses parents et elle se sentent seuls, commença Jack sans tenir compte de ce que Stéphane venait de dire, Émmanuelle s'absente des journées entières et part à sa recherche dans toute la région, dans le but chimérique de la retrouver. Ses investigations sont vaines, bien évidemment, mais elle ne parvient pourtant pas à faire son deuil.

— Elle aurait certainement aimé partager sa vie avec sa sœur.

— Sans aucun doute, mais c'est quand même regrettable qu'elle ne parvienne pas à accepter cette tragédie, enchaîna Jack. Elle n'arrivera jamais à avancer dans sa propre vie de cette manière. Et elle doit laisser Sophie en paix pour acquérir celle qu'elle brûle de ressentir au fond d'elle-même.

— Serait-il possible que sa sœur soit vivante ?

— Non, impossible ! L'accident aurait été des plus violents, paraît-il, et la Citroën [23] de la nourrice ne ressemblait plus à rien quand ils l'ont retrouvée, obligeant les services routiers à désincarcérer le corps de la femme. Et bien qu'on n'ait pas retrouvé la plus infime trace de celui de Sophie dans le véhicule, sortir indemne d'un tel *crash* relèverait du miracle, surtout pour un bébé de dix-neuf mois. Émmanuelle doit donc impérativement cesser de se donner de l'espoir.

***

Au cœur du bosquet régnait une obscurité irréelle : les branches et tiges flexueuses des jeunes pins sylvestres et leurs épines masquaient le ciel, créant un plafond sombre qui ne laissait aucune chance au ciel étoilé d'être observé par les trois colocataires qui, complètement enveloppés dans cette noirceur surréaliste, avançaient à tâtons et au hasard vers l'est de la propriété avec pour seul objectif le grillage qui séparait la Résidence du Coucher de Soleil de la propriété voisine. Bien qu'ils évoluassent lentement, ils prenaient pourtant un certain plaisir à se retrouver dans cette situation ; ils tenaient à faire durer le plaisir.

— Imaginez qu'on tourne en rond...

— Non, je ne pense pas !

Sous leurs pas imprécis, des brindilles craquaient.

— On ne voit même plus les lumières du pavillon derrière. Ça fait plus de trois minutes qu'on marche. Théoriquement, on aurait déjà dû atteindre le fond du bosquet depuis quelques instants. Le jardin n'avait pas l'air si profond que ça depuis la rue !

— Il serait plus prudent de faire demi-tour, non ?

— Attendez, on n'est pas non plus dans *la Quatrième Dimension* [24] ! On ne devrait plus tarder à arriver à la clôture, maintenant. Tu en penses quoi, Sidonie ?

— C'est comme vous voulez ! Mais je crois qu'on n'a plus rien à perdre à poursuivre dans cette direction : on ne devrait plus être loin du fond du jardin, en principe. Si j'avais pris Jecky avec nous, il aurait sans doute pu nous aider. Mais je le ramènerai ici quand nous serons tous complètement installés : pour l'heure, il restera chez mes parents. Et nous, on va s'en sortir sans lui.

L'épopée avait pris une tournure inattendue car bien qu'ils ne s'en soient pas doutés, leur fatigue avait été entamée bien plus qu'ils ne se l'étaient figuré au moment où ils avaient décidé d'aller dans le bosquet.

Pour ne pas arranger les choses, ils transpiraient considérablement dans leurs vêtements, ce qui rendait leurs mouvements inconfortables. Mais ils ne se plaignaient pas ; chacun savait d'ailleurs que les deux autres étaient dans une condition aussi piètre que la leur. Implicitement, ils exultaient de cet épuisement et de ce sentiment d'union qui harmonisaient leurs esprits ; ils ne se connaissaient que depuis quelques jours et, malgré cela, ils agissaient comme s'ils avaient partagé bien plus de souvenirs ensemble. Ils étaient en communion les uns avec les autres.

— Alors continuons par là.

— Stop ! Arrêtez-vous !

— Quoi ?

— Avancez doucement en tendant la main devant vous !

Antoine sentit que Sidonie lui lâcha le tee-shirt et qu'elle se déplaça sur sa gauche.

— Hein !? Mais c'est...

— On a trouvé la cabane à outils ! On n'était même pas certains qu'il y en ait une !

— La porte est là !

Des bruits de pas sur la terre, un trousseau de clefs, un cadenas que l'on déverrouille, le grincement d'une porte, la caresse d'une main sur un mur, un interrupteur, la lumière...

Un cri.

— Qui a poussé cet horrible hurlement ??

Suzanne et Sidonie se regardèrent, éblouies par l'ampoule suspendue au plafond de l'abri de jardin. Antoine annonça :

— Il m'a semblé reconnaître la voix d'Angélique.

— Quoi, Angélique ?

— Ça semblait venir du pavillon. J'y retourne !

— Non ! Attends, Antoine !

— Désolé, Sidonie, mais je dois aller voir ce qu'il vient de se passer !

— Tu risques de te perdre. C'est risqué, surtout tout seul, précisa-t-elle.

Il ôta ses lunettes dont il essuya négligemment les verres avec son tee-shirt et les remit ensuite sur son nez avant de dire :

— D'accord, tu as raison ; allez, viens !

Il se tourna vers Suzanne qui le devança.

— Allez-y, c'est bon ! Moi, je vais voir un peu ce qu'on peut trouver d'intéressant dans ce capharnaüm.

— Merci, Suzanne, lui répondit Sidonie.

Le couple s'enfonça à nouveau dans le bosquet en se tenant par la main, marchant d'une allure pressante dans le prolongement du rectangle de lumière que l'ampoule du cabanon projetait au sol. Ils disparurent dans l'obscurité qui les engloutit progressivement à mesure qu'ils revenaient sur leurs pas.

Suzanne referma la porte après être entrée dans la petite bâtisse, s'assit par terre en faisant abstraction des remugles dans lesquels elle baignait et regarda l'immense nature morte de bricolage et de jardinage que composaient les outils et les matériaux qui s'amoncelaient dans son champ de vision. De grandes étagères incurvées sous le poids des nombreux outils qui tordaient le bois s'alignaient sur les murs constitués de vieilles planches fixées les unes aux autres par d'antiques clous rouillés ou tordus, menaçant de laisser la structure entière de cette cahute bancale s'effondrer au premier choc. Suzanne se demanda comment une cabane visiblement si vieille et délabrée avait pu se retrouver dans une ville qui n'avait été bâtie puis investie qu'un an plus tôt. Mais elle fut bientôt détournée de ses interrogations par l'énorme hache professionnelle de bûcheron qui devait bien atteindre le mètre de longueur et dont la tête forgée d'une pièce en acier reposait à l'envers au sol, légèrement inclinée dans un angle de murs sur lesquels s'appuyait le manche en noyer blanc d'Amérique. Des caisses remplies de merlins, de serpes et de tournevis traînaient çà-et-là dans la poussière que favorisaient d'innombrables brimborions liés les uns aux autres par de grandes toiles d'araignée.

Ce bazar au visuel aussi dérangeant qu'incohérent témoignait d'un abandon évident de ce matériel depuis des mois. Un vieux micro-ordinateur IBM PC 5160 dormait dans un angle ; que faisait-il là ? Une corde gisait au sol dans l'obscurité et un piolet usé semblait oublié depuis des temps immémoriaux : monsieur Barnier avait dû se détourner de ses passe-temps habituels depuis une éternité.

Suzanne, suffisamment reposée, se leva en époussetant son pantalon et fit un pas vers la tronçonneuse Stihl 08S qui trônait à sa gauche, presque en face de la porte, à deux pas de la hache. Elle se pencha en avant pour la saisir d'une poigne ferme avant de la tirer vers elle non sans mal, lui faisant racler le plancher dans lequel sa chaîne creusa des rainures. Elle s'accroupit donc afin d'être plus à l'aise et la saisit à deux mains pour la soulever, remarquant de suite qu'elle était plus lourde qu'elle ne l'avait supposé. Elle souffla dessus et caressa les poussiéreuses dents en acier, comme prise d'un sentiment étrange pour cet outil qui la fascinait. Et sourit. D'une voix rauque, elle débita tout un flot d'étranges paroles incantatoires qui mêlaient anglais et latin, s'adonnant à une curieuse liturgie qu'elle seule comprenait, et ferma les yeux un instant, comme si elle se montait son propre film d'horreur. Enfin, elle la reposa délicatement au sol, se découvrant par là même de malencontreuses taches de graisse noirâtre sur les doigts. Le torchon roulé en boule qu'elle avait vu du coin de l'œil dans le dédale qui s'était accumulé dans l'angle d'une étagère ferait bien l'affaire pour nettoyer ses mains. Lorsqu'elle tira dessus, une petite enveloppe au format A5, en papier kraft, précautionneusement enfoncée à l'intérieur d'une grosse bouteille d'eau en polychlorure de vinyle décapitée, tomba à terre. Elle passa le bras sous les tréteaux et, en s'avançant le plus possible, parvint à la saisir. Là, elle s'essuya les mains avec le chiffon et regarda tranquillement ce qu'il y avait à l'intérieur de l'enveloppe.

***

Les plombs de la résidence avaient mystérieusement sauté et toutes les pièces étaient plongées dans une obscurité des plus totales, à l'exception des quatre chambres tournées vers le jardin et dont les volets n'avaient pas encore été fermés. Avec le salon, ces pièces jouissaient elles aussi de l'éclairage que la lune perchée à l'est dispensait.

Après avoir ramassé avec Stéphane les bris de verre que la bouteille de whisky avait répartis dans l'escalier et nettoyé la moquette imbibée d'alcool, Jack s'était couché et dormait déjà comme une marmotte tandis qu'Émmanuelle, elle aussi, flirtait avec son subconscient : le cri poussé par Angélique alors qu'elle prenait son bain ne les avait pas tirés de leur profond sommeil. Stéphane, dans les escaliers, descendait prudemment les marches en longeant du bout des doigts le mur afin de se diriger et traversa couloir et salon. Il alla à tâtons sur la terrasse en passant par la porte-fenêtre restée ouverte et tourna à sa droite, en direction du sud pour longer la face est de la maison et atteindre la porte qui donnait sur l'arrière du garage. Il la déverrouilla et l'ouvrit, la faisant grincer lorsqu'elle tourna sur ses gonds, et un parfum de renfermé mêlé à une forte odeur de moteur, enfin libéré, agressa son odorat. N'y prêtant pas attention, il entra et, dans l'angle droit du mur de la résidence, tomba sur le tableau électrique qu'il avait remarqué lors de la visite que les autres colocataires et lui avaient faite deux jours plus tôt. Il fit glisser ses doigts sur les nombreux disjoncteurs, tous levés, sans exercer aucune force dessus, et tomba, à l'extrême gauche du coffret, sur un plus gros contacteur qui, lui, était baissé.

Il le releva. L'électricité revint aussitôt dans un bourdonnement sourd.

Angélique, qui avait patiemment attendu dans la baignoire remplie d'une eau devenue tiède, put alors continuer de prendre son bain grâce à l'éclairage des néons du placard, et ralluma le robinet d'eau chaude pour prolonger son instant de détente. Antoine et Sidonie déboulèrent hors du bois au même instant, après avoir réalisé – en voyant les lumières du pavillon filtrées à travers les arbres – que le courant était revenu dans la propriété. Ils se précipitèrent auprès de Stéphane qui refermait la porte arrière du garage.

— C'est toi qui as remis l'électricité en route ?

— Oui, fit Stéphane. Mais je ne comprends pas ce qui a pu se passer pour que le disjoncteur coupe l'alimentation de la maison.

Le couple ne répondit pas. Stéphane ajouta :

— Angélique prend son bain ; c'est elle qui a hurlé quand les plombs ont sauté. Plus de peur que de mal, je vous rassure. Et vous ? Où est Suzanne ?

— Elle est restée dans le cabanon de l'autre côté du jardin. En y réfléchissant bien, il est fort probable que ce soit nous qui ayons provoqué cette coupure de courant accidentelle quand on a actionné la lumière là-bas. Ce qui voudrait dire qu'il y a un dysfonctionnement entre les deux circuits d'alimentation. Et les autres ?

— Jack et Émmanuelle dorment dans leur chambre. Elle s'est saoulée et lui et moi avons dû la porter jusqu'à son lit.

— Quoi ? s'exclama Sidonie. Mais qu'est-ce qu'il lui a pris ?

— Apparemment, sa sœur Sophie décédée dans un accident de la route lui manque. Je pense que ce nouveau départ dans sa vie doit la faire gamberger sur son passé et la remettre en vis-à-vis avec ses démons.

— J'ignorais qu'Émmanuelle avait eu une sœur, souligna Antoine.

— On ne se connaît que depuis quelques jours, expliqua Stéphane, et ces choses-là ne constituent pas les premiers sujets de conversation échangés avec des inconnus. Il semblerait que Jack, qui la fréquente depuis longtemps, soit le seul au courant. Suzanne en sait peut-être aussi quelque chose vu qu'elles se connaissaient avant.

Inopinément, une silhouette apparut derrière le trio sur la terrasse et se rapprocha nonchalamment d'eux.

— Mais comment as-tu fait pour t'orienter ? demanda Antoine à

Suzanne qui semblait sortir de nulle part.

— La chance...

Stéphane, Sidonie et Antoine se lancèrent un regard intrigué juste avant qu'elle n'arrive enfin jusqu'à eux en disant :

— Je vous ai entendus parler d'Émmanuelle. Qu'est-ce que vous disiez ?

— Elle a perdu sa grande sœur alors qu'elle-même n'était même pas née, affirma Stéphane. Ce soir, elle a exprimé son chagrin en buvant une bouteille de whisky.

— Au fait, s'exclama Antoine. Où a-t-elle trouvé cette bouteille ?

— La résidence est encore sens dessus-dessous. Elle l'avait peut-être rangée quelque part à proximité, supposa Sidonie, et nous ne l'avions pas remarquée.

— Ce n'est pas la première fois, révéla Suzanne. Elle et moi sommes amies depuis peu mais elle a déjà ressenti le besoin de m'en parler et de m'avouer qu'il lui arrivait de noyer son affliction dans l'alcool.

— Mais elle imagine que Sophie est en vie, pesta Antoine, et c'est bien là qu'est le plus abstrus !

— Je le sais bien ! balança Suzanne.

— Je pense qu'on ne devrait pas se mêler de son passé comme ça, trancha Sidonie. On risque de l'étouffer plutôt que de l'aider. Si ça se trouve, elle n'avait pas envie que d'autres personnes soient au courant de cette tragédie. Peut-être préfère-t-elle ne pas susciter l'empathie de qui que ce soit et garder sa peine pour elle. Elle souffrirait certainement plus de se sentir épaulée par nous tous que de garder son mal en elle, vous ne croyez pas ? Elle ne fera jamais son deuil seule si on ne fait que la soutenir.

Ils se regardèrent tous. Chacun avait son opinion sur la question mais tous, quoi qu'ils pensent de ce que venait de supposer Sidonie, ne souhaitaient que faire le bonheur d'Émmanuelle.

***

À 23 h 30, le radio-réveil de Jack se mit en marche, émettant ainsi dans sa chambre le *single* nommé *Susanna* interprété par The Art Company [25] que Stéphane, de l'autre côté du mur, aurait pu entendre tant le volume était élevé. Il l'éteignit sans prêter attention aux progressions d'accords de basse, ni au son discret de l'harmonica en toile de fond, et se leva, ayant lui-même l'impression de s'arracher à ce lit qui tentait de le retenir. Il avait la nette sensation de n'avoir dormi qu'un instant et en arriva à se demander s'il n'était pas plus fatigué maintenant qu'au moment de se coucher. Toutefois, il n'avait guère d'autre choix que de respecter l'accord qu'il avait passé avec Ingrid quelques jours plus tôt et devait donc aller chercher sa fille Sabine à Paris afin de la ramener à Sanlys-sur-Mer. L'accueil qu'il allait lui offrir sur le sol parisien serait pour elle une surprise et il avait hâte de voir la réaction de son amie d'enfance.

Une demi-heure plus tard, enfin douché, habillé et quelque peu restauré, il prit son petit sac à dos contenant les deux derniers numéros du magazine *Max* [26] qui constitueraient une lecture divertissante pendant le trajet jusqu'à Paris, une petite bouteille d'eau minérale Evian et son double de clefs de la résidence que Suzanne avait fait faire en sept exemplaires à Euromarché deux jours plus tôt. Il alla pour sortir de sa chambre quand il s'arrêta net sur le pas de la porte au moment où lui sembla que les femmes déchiquetées des posters mis en pièces par Angélique l'interpellaient. Il les regarda toutes quelques instants, puis ouvrit son sac, en extirpa l'un des magazines oubliant qu'il y en avait un autre à l'intérieur, l'ouvrit à la page du centre qui se déplia comme un *centerfold* [27], regardant la pin-up sans la voir, et repensa aux paroles que celle dont il était amoureux avait prononcées : *l'aspect de ta personnalité qui a tendance à dominer est le pervers, et le pire, c'est que tu ne t'en rends même pas compte ! Tu es un obsédé sexuel.*

Il jeta un coup d'œil furtif par-dessus son épaule gauche, estimant la distance qui le séparait de la corbeille à papier et regarda ensuite devant lui le mur de la chambre de Suzanne située face à la sienne. Enfin, il fit un rictus amusé en balançant le magazine sur sa gauche avant de fermer la porte. Et descendit l'escalier en souriant.

La revue était tombée à côté de la corbeille à papier.

À pied, Jack descendit l'avenue Victor Hugo qui allait vers l'ouest en direction du littoral nord de la ville, et poursuivit ensuite vers le sud en tournant à gauche dans l'avenue Félix Faure, passant devant le Musée des Beaux-Arts et progressant tranquillement jusqu'à la rue de l'Horizon qui, sur sa droite, menait à la place de la Gare. Il se sentait étrangement guilleret et ne parvenait pourtant pas à comprendre ce qui enjolivait ses pensées. La perspective de cette vie en colocation ? celle de retrouver son amie d'enfance ? ou encore le fait de voir en Angélique celle qui l'aiderait à faire sortir le meilleur de lui-même ?

Dans le hall de la gare, une vingtaine de personnes attendait l'arrivée du prochain train prévu dans neuf minutes ; aussi Jack prit-il la peine de s'asseoir sur une place libre située au centre de la salle. De suite, il embrassa le décor d'un regard et remarqua deux superbes créatures à quatre mètres de lui. L'une, châtain, rayonnait d'un visage marqué par deux yeux clairs et portait la quarantaine d'années tout au plus. L'autre, blonde et svelte, visiblement plus jeune, plus craquante aussi, dégageait une ingénuité qui charmait par sa naïveté apparente. Il voulut les accoster mais se remémora à nouveau les paroles d'Angélique et se décida à faire un bel effort. Il attendit donc ainsi que le temps passe.

Au moment où il entendit le train arriver au loin, il se leva et alla pour sortir sur le quai lorsqu'une forte poigne le retint à l'épaule.

— Eh, vous !

Il se retourna, se retrouvant nez à nez avec une terrible armoire à glace : un homme large aux longs cheveux noir corbeau. Son regard profond aux reflets d'une étrange teinte mauve le fixait avec insistance et les traits de son visage le rendaient dur, comme si sa peau était taillée dans le granit. Il portait des vêtements peu ordinaires, en particulier un tee-shirt noir avec un « 13 » orange au centre du torse, lequel était recouvert d'un imperméable gris qui dégageait une bien étrange odeur. Il montra à Jack une carte de police qui sembla si réelle à ce dernier qu'il ne put douter de son authenticité. L'homme la rangea après avoir bien remarqué l'effet qu'elle avait eue sur Jack et maugréa :

— Vous avez un problème ?

Jack ne comprit pas la raison pour laquelle cet agent de police qui ne ressemblait guère aux policiers français ordinaires s'en prenait à lui. Il répondit simplement :

— Non, je n'ai aucun problème.

L'homme planta son regard acéré dans les yeux de Jack qui n'osa guère bouger le petit doigt pour se soustraire à la poigne de fer qui retenait encore son épaule. Aussi, le jeune homme eut littéralement l'impression que le policier aurait pu faire de sa cervelle une véritable passoire si le *talkie-walkie* ne rappela pas l'homme de loi à l'ordre. Le policier ne battit pas des paupières en décrochant de sa ceinture l'appareil qui crachota :

— Morgane appelle K912. Tu me reçois ?

— Qu'est-ce qu'il se passe, commissaire ?

— Marc ! J'ai des nouvelles au sujet de la fille en rollers. Reviens au commissariat !

— Je suis à la gare ; je vous rejoins de suite !

Il regarda une dernière fois Jack dans les yeux, d'un air méfiant, avant de le lâcher et de tourner les talons. En le regardant partir, Jack grommela :

— Vraiment bizarre, ce flic !

Il réalisa soudain qu'il était seul dans le hall des voyageurs. Il jeta un coup d'œil par les fenêtres de la gare : aussitôt, il s'alarma en apercevant le train à quai. Bondissant à l'extérieur, il ouvrit la fermeture de son petit sac à dos et, à toutes jambes, s'empressa de composter son billet dans la machine prévue à cet effet. Le signal de départ retentit. Jack pivota sur lui-même pour faire face aux doubles portes ouvertes et se précipita entre elles *in extremis* avant qu'elles ne se referment, s'étant projeté si fort qu'il heurta les portes côté voie. Il réajusta ses vêtements sur lui et soupira en pensant à Sabine.

Je vais faire mon possible pour être quelqu'un dont Angélique et toi puissiez être fières.

Il ferma distraitement son sac sans remarquer qu'il était plus léger et poussa la porte de l'extrémité du couloir pour rejoindre son compartiment.

Sur le quai de la gare, de jolies femmes imprimées sur papier, caressées par un léger vent de sud-est qui n'aurait pas été assez puissant pour les effeuiller, gisaient au sol dans les pages du magazine *Max* et distillaient dans l'air un parfum malicieux qui prêtait à penser que, résolument, le hasard faisait bien les choses.

*

Chapitre II
NOUVELLE VIE

C ela faisait quatre fois que Sabine changeait de position sur sa couchette et les soubresauts du wagon n'arrangeaient guère le résultat de ses tentatives d'endormissement. D'un geste mesuré, elle finit par pousser le bouton de la lumière individuelle qui jouxtait une prise électrique et regarda sa montre : déjà 5 h 45. S'appuyant sur un coude, elle souleva le rideau de la fenêtre et aperçut au-dehors les dernières gouttes de pluie qui tombaient en premier plan sur le fond marqué d'une lune pratiquement pleine, laquelle semblait trouver derrière ces particules d'eau une réconfortante sécurité.

En regardant au travers de la vitre sur laquelle se reflétait son visage, Sabine songeait à la nouvelle vie qu'elle allait mener dans les Landes, loin des Pays-Bas et de ses parents qui y résidaient. Ce faisant, elle s'observa distraitement : avec ses longs cheveux bleu foncé et ses grands yeux azur, elle était – de l'avis de toute sa famille, la plus mignonne comparée à ses cousines. Toutefois, elle se considérait encore comme une adolescente, et non comme une jeune femme, et ses charmes n'y changeaient rien : elle n'avait pas coupé le cordon avec ses parents et partir loin d'eux l'angoissait assez pour l'empêcher de trouver le sommeil.

Très volontiers joviale, Sabine savait toutefois modérer son humour fantasque et faire preuve de beaucoup de sérieux et d'autorité lorsqu'il le fallait. Femme d'intérieur avant tout, elle était passionnée par la cuisine française traditionnelle et la lecture de romans policiers. Pour elle, Agatha Christie était la reine incontestée du genre. En outre, elle s'avérait être une fibulanomiste difficile qui ne collectionnait que les boutons unis et à deux trous seulement ; ses parents, Ingrid et Célestin, n'avaient jamais compris comment leur fille de vingt-trois ans pouvait passer autant de temps libre dans les vide-greniers et les brocantes à chercher des modèles qu'elle ne possédait pas, au lieu d'aller courir les hommes. D'ailleurs, ils avaient déjà organisé les chargement, transport et déchargement de toutes les affaires et meubles de leur fille, collection incluse, par une société de déménagement néerlandaise qui couvrait également l'Hexagone et la péninsule ibérique : à l'heure actuelle, ses sept-mille-trois-cent-quatre-vingt-six boutons de mercerie faisaient route comme elle vers Sanlys-sur-Mer, mais eux n'auraient aucune correspondance à Paris.

Le train se mit à ralentir et le paysage à défiler moins vite, la prochaine gare desservie approchant peu à peu. Sabine lâcha le rideau et s'emmitoufla au fond de sa couchette sans prendre la peine d'éteindre la lumière. Elle éternua sous les couvertures, grelotta et ferma les yeux pour songer à ses nouveaux projets, un bras sous la poitrine et l'autre dans le dos ; ainsi allongée, elle se sentait particulièrement bien, malgré des frissons qui parcouraient son corps pourtant isolé sous l'épaisse et lourde laine.

Enfin, le train s'arrêta. À l'instant même où les freins cessèrent de grincer, son ventre gargouilla : la faim la tenaillait. Elle décida finalement de s'habiller afin de se rendre au wagon-restaurant pour y manger quelque chose et s'exécuta, non sans se cogner la tête au ciel de toit lorsqu'elle voulut enfiler discrètement ses collants noirs sans réveiller son voisin de la couchette inférieure, ni le couple qui dormait de l'autre côté du compartiment.

Enfin vêtue d'une chemise rose en coton sur laquelle elle avait passé un gilet vermillon en laine, et d'un pantalon jaune poussin qui s'achevait au niveau des chevilles en recouvrant des bottes noires à talon, Sabine fit coulisser la porte donnant sur le couloir, avança et la referma derrière elle en s'imposant le respect du silence.

En chemin dans le couloir d'un wagon, elle croisa un homme qui, de suite, l'intrigua : grand aux longs cheveux marron clair, il ne présentait de prime abord rien qui ne sorte de l'ordinaire, que ce soit dans son attitude ou dans son apparence, si ce n'est le regard profond qui marquait son visage et le manteau noir à capuche qu'il portait. Mais lorsqu'il fut derrière elle, Sabine ralentit et se retourna pour s'assurer qu'il s'éloignait bel et bien ; elle fut aussitôt surprise de voir que les yeux de l'homme ne l'avaient pas quittée d'une semelle. Prise de court, elle se détourna rapidement de lui et reprit sa route, l'esprit retourné par cet étrange personnage. Elle sentit soudain une immense hostilité irradier dans son dos et elle aurait pu jurer qu'il la fixait encore avec dédain et condescendance, mais elle préféra toutefois ne pas s'en assurer et rallia la porte située à l'extrémité, non sans cesser de se repasser dans sa tête la scène qui venait de se dérouler. Elle posa sa main sur la poignée et stoppa son geste quand elle réalisa que, malgré les néons qui avaient éclairé le couloir, l'homme n'avait créé aucune zone d'ombre autour de lui, ni sur les murs, ni au sol. Sabine se demanda si elle n'avait pas rêvé et préféra ne plus y penser.

Elle trouva le wagon-restaurant sans une seule personne attablée, ce qui la surprit mais fut loin de lui déplaire ; au contraire, elle choisit une table pour l'accueillir et s'installa avec l'agréable sensation que tout ce qu'elle voyait n'était là que pour servir ses intérêts, la mettant dans d'excellentes dispositions pour assouvir son appétit. Elle commanda donc une petite pizza norvégienne individuelle qui lui fut servie garnie de fines tranches de saumon fumé, de fromage blanc onctueux, de câpres éparses et de minuscules feuilles d'aneth, le tout orné d'une rondelle de citron au centre. Elle opta pour une eau minérale Contrex et fit l'impasse sur le tiramisu qui avait pourtant bien suscité sa gourmandise quand elle l'avait vu sur la carte. Néanmoins, Sabine, avec son mètre soixante-neuf et ses cinquante-neuf kilos, était une petite femme dont les exigences calorifiques ne lui imposaient de manger ni riche ni copieux.

Le Corail allait arriver sous peu à destination. Aussi la Néerlandaise retourna-t-elle dans son compartiment pour ranger dans sa valise *Le Crime de l'Orient-Express* [28] ainsi que le tee-shirt qu'elle avait mis pour dormir et qu'elle plia soigneusement. Elle fit le lit tout en visualisant en elle-même le trajet qu'elle allait devoir faire incessamment sous peu dans les transports en commun parisiens et fut ramenée à la réalité par un message diffusé dans tous les wagons : « Arrivée à Paris - Gare du Nord dans sept minutes environ. Paris - Gare du Nord dans sept minutes environ ». Sabine porta ses bagages dans le couloir alors que le jeune homme et le couple commençaient à se réveiller, les laissa seuls dans la cabine en fermant silencieusement la porte, s'accouda sur la barre de sécurité de la fenêtre panoramique, posa son menton sur le revers de ses mains jointes et admira les quartiers animés de la capitale.

En arrière-plan, illuminé sur son piédestal, se dressait le Sacré-Cœur sur la butte Montmartre que Sabine voyait pour la toute première fois. Son campanile et son dôme, caressés par la lumière des projecteurs, dominaient les scintillements du vieux Paris en contrebas. Des milliers de paillettes flottaient et brillaient dans ses yeux émerveillés qui dévoraient avidement la beauté de la basilique. Elle se crut dans un conte de fées. Et replongea dans ses pensées.

« Avis à tous les voyageurs, avis à tous les voyageurs ! Le train va entrer en gare dans quelques instants. Veuillez ne rien oublier dans les compartiments et vous diriger vers les portes du wagon ».

À ce moment-là, elle quitta son monde de rêves, prit ses bagages et alla à l'une des extrémités, là où d'autres personnes étaient déjà prêtes à descendre : une foule s'était en effet amassée des deux côtés du couloir, et des voyageurs continuaient à sortir de leur cabine dans un interminable vacarme de portes coulissantes claquées, de valises roulant sur la moquette, de plates excuses échangées et de vitres panoramiques relevées pour taire le bruissement du vent qui s'engouffrait dans le wagon et faisait frissonner les quidams impatients.

Enfin, le Corail franchit l'entrée de la gare en ralentissant progressivement et un défilé d'individus sans visage, attendant leurs proches venus du nord de l'Hexagone, se dévoila sous le regard de Sabine. Au terme d'un freinage de plus en plus important à mesure que le train longeait le quai, la locomotive s'arrêta non loin du butoir surplombant les rails. Enfin, toutes les portes du train s'ouvrirent en même temps pour laisser descendre les voyageurs, et Sabine, bousculée par les gens qui la poussaient derrière, posa maladroitement les pieds sur le sol de la capitale, traversa rapidement la foule hostile et se mit à l'écart pour regarder l'heure. Elle eut à peine le temps de voir qu'il était 6 h 48 du matin qu'une silhouette plongea le cadran de sa montre dans l'obscurité, l'obligeant à relever les yeux qui se posèrent directement sur le visage de cette entrave à la lumière des néons.

Surprise, elle eut un geste de recul en voyant celui qui, déjà, laissait la commissure gauche de ses lèvres se relever en un sourire narquois.

— Salut Sabine !

— Jack ? Mais !...

Ils se jetèrent l'un contre l'autre pour s'étreindre tendrement, bien qu'elle fût la première à s'avancer naturellement pour se lover contre lui. Il n'eut plus qu'à refermer le manteau chaud et réconfortant de ses bras autour d'elle pour la laisser se blottir dans l'écrin confortable de son corps. Restant ainsi sur le quai pendant de longues secondes, ils purent profiter de la chaleur corporelle qui avait manqué à chacun d'eux et semblait balayer comme un fétu de paille la distance et le temps qui avaient éloigné leurs cœurs. Ils se séparèrent enfin, émus, pour se dévisager : Jack avait l'air de tenir une grande forme, bien qu'il n'eût que trop peu dormi. L'émotion qui transparaissait dans son regard semblait effacer la présence des poches qui s'étaient formées sous ses yeux. Sabine, elle, avait l'air d'être restée la même comme s'il elle n'avait jamais pris une seule année depuis leur séparation, avec ses grands yeux de jeune fille, écarquillés de stupéfaction.

— Mais qu'est-ce que tu fais là ? Tu n'es pas en Aquitaine ?

— Oui et non. Disons que je suis venu pour t'y raccompagner. On rentre chez nous.

— As-tu vu la maison ? Est-elle assez grande pour nous deux et ma collection ?

— Je te dirai tout plus tard, mais pour l'instant...

Jack prit la lourde valise de Sabine et lui dit :

— On a un train à prendre à la gare Montparnasse à 7 h 40 et ça risque d'être juste ; ce n'est pas la peine de s'éterniser ici. Viens !

— J'arrive...

— On va prendre le taxi : ce sera mieux qu'en passant par le métro, tu verras !

C'est ainsi que les deux amis quittèrent ensemble le quai et s'engagèrent au centre de la gare qui, par ses longues et lourdes poutres métalliques formant l'armature des toits, ses escalators électromécaniques, ses différents niveaux qui semblaient aussi spacieux les uns que les autres, ses guichets devant lesquels attendaient de nombreux voyageurs ainsi que ses longs Corail imposants et ses rangées de distributeurs automatiques de billets, impressionnait Sabine qui n'avait jamais rien vu de semblable. Malgré l'heure matinale, une foule extrêmement dense s'animait dans les halls, les salles d'attente, sur les quais et dans les trains sur le point de partir pour la banlieue parisienne et la Province. L'effervescence créée par ces vies en mouvement tout autant que par ce paysage sonore où bruits et paroles se perdaient dans un tumulte assourdissant d'amphigouris et de borborygmes sur fond de sonneries et de claquements de pas, aurait donné le vertige à Sabine si, enfin, ils n'avaient atteint la sortie de la gare.

À l'angle de la rue de Compiègne et du boulevard Magenta, Jack héla un taxi sans tarder après avoir traversé la circulation sur un passage piéton pour se poster dans la bonne direction. L'aube, à l'horizon, se levait et les premiers rayons du soleil caressaient déjà les toitures et les murs des édifices du dixième arrondissement, faisant monter progressivement la température de l'air. Jack eut un frisson et se dirigea, son sac sur le dos et la valise de son amie en main, vers l'Audi A80 B3 rouge qui venait de se garer en *warning* contre le trottoir. Sabine le suivit.

Ce n'est que plus tard, alors que les horloges parisiennes indiquaient 7 h 32, que le taxi repartit de la gare Montparnasse en laissant les deux amis au niveau de la place des Cinq Martyrs du Lycée Buffon, et ils se précipitèrent en direction de la gare pour entrer dans le hall et rallièrent les quais à hauteur de la voie neuf. Le TGV Atlantique 8403 qui devait les emmener à Bordeaux où ils prendraient un Corail jusqu'à Morcenx pour aller ensuite en autocar à la gare de Sanlys-sur-Mer, était déjà là et n'attendait plus que quelques minutes avant le départ, laissant le temps aux retardataires de ne pas manquer leur train. Jack fit monter Sabine en premier dans le wagon puis grimpa à son tour avec la valise avant d'arriver à leurs sièges réservés côte à côte dans le sens de la marche, à droite du couloir. Enfin, ils s'installèrent à leur place en soupirant longuement tout de suite après avoir posé les bagages dans les espaces vides prévus à cet effet au-dessus de leur tête.

Ils se sentirent trop extatiques à cet instant pour pouvoir décrocher un traître mot mais leur bonheur se lisait aisément sur leur visage, comme s'ils étaient sur le point de démarrer une nouvelle existence offrant les espoirs les plus beaux. Pourtant, au fond de leurs yeux, une appréhension vacillait à la lueur des spots régulièrement incrustés dans le plafond qui se reflétait dans leurs iris : ils allaient devoir régler leurs comptes et Jack était peut-être celui des deux qui allait avoir le plus de travail à accomplir pour obtenir l'absolution de l'autre.

Sabine, de son côté, malgré l'indicible euphorie qui ruisselait dans les tréfonds de chacune de ses veines, entretenait une zone obscure où ses inquiétantes interrogations ne pouvaient être ravagées par les vertus de l'ataraxie qu'elle souhaitait ressentir : l'amitié entre Jack et elle pourrait-elle reprendre naturellement, bien qu'ils se fussent quittés lorsqu'ils étaient enfants et que chacun d'eux se construisît à sa manière sans le regard approbateur ou réprobateur de l'autre ? N'allaient-ils pas tous deux découvrir dans l'esprit de leur voisin de banquette une personnalité diamétralement opposée à celle qu'ils s'en étaient faite ? Saurait-elle vivre loin de ses parents qu'elle n'avait jamais quittés jusque là ? Enfin, le fait de laisser derrière elle sa famille, le port historique de Harlingen où elle avait tant aimé se promener, la vieille ville fortifiée qu'elle connaissait sur le bout des doigts, le frison qu'elle avait toujours parlé en plus du néerlandais et du français, pour s'immerger dans un environnement vierge de tout souvenir, exempt de tout repère, où sa seule balise était un jeune homme qu'elle n'avait revu qu'à trois reprises au cours des dix-sept dernières années, n'induisait-il pas plus de changements dans sa vie qu'elle ne pourrait en supporter ?

Jack et Sabine décidèrent de dormir un peu, par fatigue, certes, mais peut-être aussi pour reposer leur esprit et leur laisser le temps de porter à maturité l'idée de demeurer sous le même toit. Il était indéniable qu'il y était mieux préparé, et contrairement à elle, il n'ignorait pas qu'ils seraient huit à vivre ensemble. Toutefois, il devrait faire face à un quotidien qui l'obligerait à vivre aux côtés de l'amie d'enfance qu'il avait abandonnée. Ses démons ne lui laisseraient-ils ni répit ni repos avant qu'il ait complètement lavé sa conscience dans le sang et les larmes ?

***

À Sanlys-sur-Mer, alors qu'il était à présent 8 h 45, un réveil sonna dans l'une des huit chambres de la Résidence du Coucher de Soleil. Une petite tête aux cheveux noirs émergea de la couverture et de grands yeux violets s'ouvrirent pour poser leur regard sur la pièce qui se dévoilait autour : le soleil illuminait partiellement la chambre en laissant sa lumière passer à travers les lattes des volets en une cinquantaine de lignes étincelantes qui s'écrasaient à l'intérieur. Suzanne ne put s'empêcher d'étrécir les yeux, tant la luminosité de cette matinée était intense malgré les rideaux couleur mandarine qui filtraient les rais de lumière devant la fenêtre. Elle se traîna hors de son lit en dressant une main en visière contre son front, alluma machinalement sa chaîne hi-fi qui diffusa *Crushing Day* de Joe Satriani [29] et sortit dans le couloir en pyjama pour rallier la salle de bain sans même prêter attention aux riffs des guitares électriques qui hurlaient encore lorsqu'elle referma la porte de sa chambre derrière elle. Elle rencontra Stéphane en bas des marches et lui trouva une mine aussi peu éveillée que celle qu'elle s'imaginait avoir elle-même : il lui apparut cheveux en bataille et yeux mi-ouverts. Il s'apprêtait à faire sa toilette matinale.

— Salut Suzanne !

— Salut !

Elle passa devant lui sans même lui adresser un regard, entra dans la salle de bain et s'y enferma. Stéphane, fortement agacé, cogna une bonne demi-dizaine de fois sur la porte immédiatement après avoir entendu la condamnation tourner, verrouillant l'accès.

— Eh, Suzanne ! J'allais me laver. Laisse-moi entrer !

Angélique sortit de la cuisine et demanda :

— Qu'est-ce qu'il te prend de taper comme un fou sur cette pauvre porte ?

Il ne sut que répondre et se tourna vers Suzanne quand elle se montra soudain dans l'espace qu'elle libéra en l'ouvrant légèrement.

— Si tu veux prendre une douche avec moi, commença-t-elle, il n'y a aucun problème, tu sais ?

Angélique roula des yeux et retourna dans la cuisine.

— Tu m'as devancé, Suzanne, et c'est loin d'être plaisant. Tu te fourres le doigt dans l'œil si tu crois que je vais prendre ma douche avec toi.

— Je savais que ça n'était pas ton genre !

Elle lui sourit et referma la porte à clef. Stéphane, tout en pestant en lui-même, alla sur la terrasse pour se consoler avec la fraîcheur de cette matinée ensoleillée, juste vêtu d'un tee-shirt et d'un caleçon. Ses yeux se tournèrent intuitivement vers les dalles à l'ombre de l'une des trois chaises longues, ses souvenirs de la veille précédant naturellement son regard. Il grimaça.

— Émmanuelle...

— Salut Stéphane ! entendit-il comme une réponse dans son dos.

Il se retourna en s'attendant justement à voir celle à laquelle il pensait, ayant reconnu sa voix. Émmanuelle, en pyjama sur la marche du perron, semblait fragile comme un oisillon tombé du nid malgré son sourire et sa posture bien droite, presque trop raide pour ne pas dissimuler une certaine angoisse derrière cette fausse prestance. Il parcourut les quelques mètres qui les séparaient.

— Bonjour toi ! Comment te sens-tu ?

— La culpabilité et la honte font plus de mal encore que les nausées ou les céphalées, reconnut-elle avec sincérité.

Elle se pencha en avant et ils se firent deux bises avant qu'elle ne prenne aussitôt la parole pour parler des inquiétudes qu'elle ressentait comme un fardeau sur sa conscience.

— Je suppose que j'ai fait parler de moi, hier soir ?

Stéphane se tourna naturellement vers la chaise longue. Elle enchaîna, se doutant bien de la réponse :

— Rassure-toi, je suis bien loin d'être alcoolique. J'ai simplement trouvé hier soir une bouteille de whisky dans un carton et m'y suis laissé aller ; je pense que c'était à monsieur Barnier. Boire à ce point n'est absolument pas dans mes habitudes, sois-en certain, mais je reconnais que de temps à autres, ça m'aide à oublier pour quelques instants de répit. Jack vous a parlé ?

Stéphane trouvait son exutoire bien mal choisi pour alléger sa conscience du poids du deuil mais se garda bien de lui en faire part. Il répondit plutôt :

— Oui, il nous a tout dit...

Elle s'éloigna de lui pour s'approcher de la bordure de la terrasse, gardant ses pieds nus sur les dalles, bien que ses orteils s'en trouvassent caressés par quelques brins de gazon.

— On ne se connaît que depuis quelques jours, commença-t-elle. Il me semblait inapproprié de vous parler de mes blessures, de mes tourments... Nous en avons tous mais nous y faisons tous face de manière différente. Ma façon de gérer la disparition de ma sœur n'est sans doute pas la meilleure...

— Je ne te juge pas, Émmanuelle. J'ai des opinions très personnelles qui peuvent en l'occurrence être différentes des tiennes, mais nous faisons face aux difficultés de nos vies avec toute la force dont nous disposons, mais également en fonction de nos faiblesses.

— Changer de domicile est toujours une opportunité de prendre un nouveau départ, poursuivit-elle avec un regard lointain, et chacun de ces départs est une occasion de faire un point sur le passé. Pour être franche avec toi, la rétrospective que j'ai faite hier soir en moi-même m'a semblé trop dure à affronter et le deuil est sans nul doute ce que j'ai le plus de mal à gérer.

Elle tourna la tête pour le regarder par-dessus son épaule et pencha son visage de côté.

— Je ne sais pas vraiment quelle idée de moi je t'ai donnée mardi soir lorsque tu m'as épiée dans mon appartement, mais on est toujours loin de s'imaginer quels sont les travers qui meurtrissent les gens que l'on rencontre, ni les puissants démons qui nous poussent dans nos derniers retranchements mais face auxquels on ne peut se résigner à plier. Néanmoins, si je t'ai plu, c'est peut-être aussi parce que tu as su voir le meilleur en moi... et c'est cet aspect-là de ma personnalité que je veux mettre en avant. Mes qualités et mes forces, pas mes défauts ni mes faiblesses. Tu comprends ?

Sans vraiment savoir sous quelle impulsion il réagit de la sorte, Stéphane s'approcha d'elle, très naturellement, et elle le laissa venir derrière elle pour coller son torse contre son dos et mettre ses mains sur ses épaules.

— Il n'y a rien à comprendre, Émmanuelle.

Tous deux regardaient le bosquet.

— Rien de plus que ce que tout humain devrait comprendre et savoir, poursuivit Stéphane. La vie est un combat perpétuel qui nous impose de terribles épreuves et jalonne notre quotidien d'entraves qui n'ont pour but que de nous exhorter à repousser nos limites afin d'aller chercher le bonheur plus haut encore. Rien n'est jamais acquis, tout le monde le sait, mais le savoir ne les empêche pas de croire que ce qu'ils ont durera toujours. Le bonheur n'est pas à portée de main et c'est à nous-mêmes de nous faire violence pour aller le chercher, en se nourrissant toutefois de petits plaisirs simples au quotidien, comme une séance de lecture bien au chaud dans un fauteuil avec une tisane pour se remettre d'une froide journée automnale ou le panorama du soleil qui descend à l'horizon dans un ciel consumé de flamboyantes couleurs, ni même un simple verre d'eau fraîche par un été caniculaire comme celui qui nous attend d'ailleurs. Ces moments de bonheur doivent nous apparaître au quotidien comme ce qu'ils sont et représenter pour nous des signes d'encouragement visant à nous faire tenir dans le tumulte des désagréments, des catastrophes, des tragédies qui tendent à nous briser comme des statues d'argile...

Stéphane passa au-devant d'Émmanuelle et, sans battre des paupières ni détourner le regard, la fixa directement dans ses yeux d'un vert cristallin.

— Cela fait vingt-trois ans que tu survis à Sophie, et tu lui survivras encore, quoi qu'il t'en coûte, quoi que tu en dises, parce que l'incommensurable force qui est en toi et qui t'a permis de vivre avec son souvenir jusqu'à aujourd'hui a gagné en maturité pendant toutes ces années et t'a obligée à réaliser que, finalement, Sophie vivait encore à travers toi. Ce sont tes parents et toi, Émmanuelle, qui faites perdurer le souvenir de ta grande sœur et la faites vivre en vos cœurs. Et ni le whisky, ni moi, ni les autres ne pourrons jamais t'apporter plus que cette force que tu as déjà. C'est ça, ton bonheur quotidien, ta petite source de plaisir, ton grand bol d'air frais : c'est que Sophie vit encore grâce à toi.

Émue à un point tel qu'elle se demandait elle-même d'où venait le torrent d'émotions qui vint la submerger, elle s'avança pour se blottir aussitôt contre lui en lui ceinturant tendrement la taille, et la digue se brisa, laissant enfin les larmes qu'elle avait tant retenues se déverser comme un intarissable fleuve dans lequel se noyaient non seulement son dégoût d'être en vie, mais également son sentiment d'être séparée de son alter-ego qui lui manquait tant. Le faciès d'Émmanuelle se déforma sous les tensions exacerbées qui mettaient en pièces les muscles du masque qu'elle avait porté pendant de nombreuses années, qui avait voilé son mal-être et que même sa meilleure amie Suzanne n'avait pu ne serait-ce qu'ébrécher. Dans les sanglots qui lui arrachaient de lourdes larmes dont chaque molécule versée la soulageait, elle entendit Stéphane lui susurrer :

— Pour te répondre, Émmanuelle, oui, je te comprends, tout autant que toi qui réalises que tu as toujours vécu, non pas en n'étant que l'ombre de toi-même, mais dans l'ombre de Sophie. Une vie par procuration dans laquelle tu t'es voilé la face, qui n'a que trop duré et qui mérite que tu y mettes toi-même un terme définitif, aujourd'hui !

Elle le regarda à nouveau et il put presque voir un sourire comme il n'en avait jamais vu sur son visage depuis qu'ils se connaissaient. Il passa ses pouces sur les joues d'Émmanuelle et les fit remonter jusqu'à ses paupières inférieures qu'il souligna doucement pour en ôter les dernières larmes.

— Tu as le droit de vivre par et pour toi, désormais. Cesse de te faire du mal et accepte le bonheur de vivre ta vie comme tu l'entends, Émmanuelle. Personnellement, je n'ai nullement foi en une forme de paradis, en une nouvelle existence par-delà la mort, mais si quelque chose existe réellement après le trépas, si on continue d'une manière ou d'une autre à exister après notre dernier soupir, alors je pense que Sophie est l'ange-gardien qui veille sur toi, mais à qui tu dois également rendre des comptes. Tu lui dois d'être heureuse, Émmanuelle. Tu n'es pas morte alors tu dois désormais vivre pour deux ! Est-ce que tu comprends ?

Elle le serra à nouveau très fort contre elle, et il était bien loin de penser au fait qu'il aurait tout donné, il y a quelques jours, pour sentir contre lui le corps de cette jeune rousse qu'il avait observée et dont il avait apprécié les formes. Pourtant, lorsqu'il repensa à ce qu'il venait de dire à celle à laquelle il tenait désormais comme à la prunelle de ses yeux, il comprit que, résolument, il devenait quelqu'un de très mature et réfléchi, ces derniers temps.

Enfin, elle relâcha son étreinte et recula d'un pas.

— Merci, Stéphane...

— Oh, tu sais... Je n'ai fait que dire ce qui me semblait évident...

— Contrairement à ce que je te disais tout à l'heure, tu as manifestement su voir bien plus qu'une jeune rouquine qui te plaisait bien, l'autre soir. Tu as su voir clair en moi...

Il grimaça en regardant en l'air et avoua avec un petit air espiègle :

— Non, je n'ai su voir que tes gros lolos, tu sais....

Elle revint subitement vers lui pour déposer un baiser furtif sur ses lèvres.

— Je t'adore, gros menteur !

Se sentant apparemment plus joviale et mieux dans sa peau, elle se dandina à reculons sans quitter Stéphane des yeux, fit un tour sur elle-même à proximité des chaises longues et s'arrêta pour lui dire :

— Tu me plais, Stéphane, mais je crois que je préfère te garder en ami ; tu m'apporteras bien plus en tant que tel que si je te prenais pour amant, j'en suis sûre !

Elle entra dans le salon en sautillant. Il lança :

— Qu'est-ce que tu en sais ? Tu ne m'as jamais essayé !

Il n'eut pour seule réponse qu'un petit rire mutin qui lui sembla venir d'un autre monde.

Derrière Stéphane, l'orbe ne trahissait sa présence que par le halo de lumière qui semblait faire brûler la ligne droite du faîte de toit, remarqua-t-il ; du reste, le ciel côté ouest était encore d'un bleu électrique qui témoignait des dernières lueurs de l'aube. Il ferma les yeux et inspira profondément cet air matinal pour s'imprégner de l'atmosphère de sérénité qui se dégageait tout autour de lui. La journée allait incontestablement être des plus dures et longues, bien que Jack et lui n'ouvrissent pas la boulangerie aujourd'hui : c'était le jour d'arrivée de Sabine d'une part, et la résidence n'était pas encore complètement aménagée d'autre part, ce qui obligerait les autres colocataires et lui à mettre la main à la pâte. En outre, de longues heures à baigner dans la transpiration due aux vertigineuses températures de la canicule qui était promise sur la Côte d'Argent les attendaient tous : leurs motivation et réactivité en seraient certainement affectées.

Stéphane retourna dans la résidence et rencontra Antoine dans le couloir, allant dans la cuisine où Angélique prenait un copieux petit-déjeuner.

— Salut mec ! lui lança-t-il. Alors, cette première nuit ?

— Pas mal, merci, lui répondit simplement l'homme à lunettes.

Il put enfin s'enfermer dans la salle de bain, s'appuya des deux mains sur le lavabo comme s'il voulait le pousser dans le mur et essaya de se regarder dans le miroir embué par la vapeur générée par la douche que Suzanne venait de prendre. Il fit donc glisser rapidement la paume de sa main droite à la surface de la glace qui lui renvoya son image liquéfiée. Il cligna des yeux, s'approcha de son reflet et remarqua enfin qu'il avait une ignoble croûte pâteuse blanchâtre à la commissure de l'œil gauche.

***

Plus tard, Angélique et Suzanne vinrent voir Émmanuelle et Sidonie qui prenaient leur petit-déjeuner dans la cuisine. Devant le réfrigérateur qu'il avait ouvert, Antoine cherchait une place pour ranger la brique de lait qu'il venait d'ouvrir ; il ne faisait absolument pas attention à ce qu'il se passait dans la pièce. De plus, il savait à quoi s'attendre car Suzanne était passée le voir plus tôt dans la matinée pour s'entretenir avec lui. Cette fois-ci, c'est Angélique qui prit la parole :

— Les filles ! On a quelque chose à vous proposer...

— Mmmh !? bafouilla Sidonie qui, sans que ses lèvres ne quittent la bordure de son bol de chocolat chaud, regarda suspicieusement du coin de l'œil le duo qui venait d'arriver. De quoi s'agit-il ? questionna-t-elle enfin en le posant sur la table.

Antoine, après avoir réaménagé l'emplacement des victuailles conservées au frais, s'empara d'une nectarine légèrement abîmée, la passa sous l'eau claire et s'essuya les mains avant de s'approcher du groupe et de prendre le document que Suzanne montrait.

— Lisez ça et vous allez comprendre ! répondit-il en tendant la feuille de papier manuscrite aux deux filles, et non sans remarquer le regard inquiet que Sidonie lui lança après avoir jeté un œil intéressé dessus.

— Une pétition ?

— En quelques sortes, dirons-nous.

Sidonie et Émmanuelle, intriguées, se regardèrent brièvement avant de saisir le document que leur tendait Antoine et de le lire attentivement. Entre-temps, Stéphane arriva à son tour dans la cuisine et demanda ce qu'il se passait ; personne ne daigna lui répondre, ni même le regarder. Émmanuelle se leva.

— Si j'ai bien compris, vous vous êtes mis d'accord pour organiser les tâches de la maison : Sabine, Sidonie et moi pour la cuisine, vous deux, Suzanne et Angélique, pour le ménage et nos trois hommes pour le bricolage et le jardinage. C'est ça ? Et naturellement, il manque des signatures...

Le timbre de voix d'Émmanuelle se fit soudainement plus doucereux.

91

— Alors chouchou, pourquoi n'as-tu pas signé ? Tu n'étais pas au courant ?

Personne ne comprit directement à qui parlait Émmanuelle, pas même l'intéressé. Pourtant, le regard de la jolie rousse ne trompait personne. Stéphane, sur lequel tous les yeux s'étaient aussitôt braqués et qui comprit soudainement que c'est à lui qu'avait été posée la question, répondit :

— Non... Mais cela me paraît être une bonne idée.

Il s'empara du stylo et signa à côté des autres avant de se reculer et de le donner à Sidonie qui apposa également sa signature.

— Ça me convient parfaitement ! Et puis je suis bonne cuisinière ; vous profiterez de mes talents de cordon bleu, Antoine peut en témoigner ! Mais je demande à ce que cet accord entre nous ne soit valable que jusqu'à la fin du mois, afin de faire un point et de voir si nous souhaitons toutes et tous prolonger le dispositif.

Antoine, qui semblait apprécier particulièrement sa juteuse nectarine, lança un regard interrogateur aux autres dans l'attente d'une éventuelle réaction aux propos tenus par sa compagne mais personne ne dit rien. Il conclut entre deux bouchées :

— Accordé ! Nous ne sommes que le dix du mois, ce qui nous laissera au moins profiter de ce traité pendant les trois semaines restantes jusqu'à début juillet.

Sidonie, visiblement satisfaite, tendit le stylo à sa voisine qui fit une moue, rendant blafarde la peau de son visage qui contrastait avec la flamboyance de ses cheveux roux.

— Comme au xvie siècle, hein ? Les femmes aux fourneaux, c'est ça ? On verra ce qu'en pense Sabine quand elle sera là cette après-midi.

— Signe, s'il-te-plaît, lui intima Antoine en jetant le noyau dégarni dans la poubelle.

Émmanuelle regarda Sidonie qui lui fit un discret signe de tête, puis Suzanne dont le faciès semblait impassible. Elle soupira profondément.

— Adjugé jusqu'à la fin du mois !

Elle signa.

***

Sabine se réveilla en se frottant énergiquement les yeux et se leva avant de constater que Jack dormait à poings fermés. Elle passa d'abord aux toilettes avant d'aller au wagon-restaurant chercher de quoi les sustenter, son ami et elle ; à cet effet, elle acheta deux sandwiches niçois, autant de barres de céréales Sundy et de canettes de Ricqlès, et poursuivit ses achats au bar en prenant le dernier numéro de *Biba* et une Télécarte de cent-vingt unités [30] afin de pouvoir appeler ses parents aux Pays-Bas et de leur donner des nouvelles. Elle alla donc jusqu'au publiphone à disposition des voyageurs et les appela, décidant de parler en frison pour rapprocher son cœur de son pays d'origine alors que le train l'en éloignait.

— Allô ?

— Papa ? C'est moi. Je t'ai réveillé ?

— Ah, Sabine ! Comment vas-tu ?

— Bien, merci. Je suis dans le TGV pour Bordeaux.

— Tu as vu Jack ?

— Oui, il dort.

— Alors ? Comment le trouves-tu comparé aux vacances de Pâques ?

— On n'a pas encore eu le temps de bavarder, mais pour l'instant, il est tout ce qu'il y a de plus agréable. Je pense qu'il a peur de parler du passé.

— Il devra y venir, tôt ou tard !

Soudain, Sabine hurla si fort que les voyageurs du wagon voisin regardèrent dans sa direction. Elle fit volte-face d'un coup et remarqua que Jack était là, tout sourire.

— Tu m'as bien caressé les hanches, là ? demanda-t-elle dans un accès de colère.

L'homme au téléphone, inquiet, se perdait autant en questions qu'en exclamations.

— Mais oui... Tu remarqueras que j'aurais pu te caresser le derrière, mais je suis actuellement en pleine cure d'assainissement et je me dois de calmer certaines ardeurs. Je l'ai promis à Angélique.

— Tu te moques de moi ? Et qui est Angélique ? demanda-t-elle en reprenant son calme.

— Tu étais en ligne avec tes parents ? fit-il pour éluder la question.

— Oui, répondit-elle en se souvenant qu'elle tenait encore le combiné dans ses mains et que ses unités défilaient.

— Tu permets que je leur parle...

Sceptique, elle le lui mit dans sa main tendue.

— Fais donc... Je vais chercher une autre Télécarte pendant ce temps.

Elle s'éloigna en se demandant si elle n'allait pas collectionner les cartes téléphoniques.

— Allô monsieur Faure ? C'est Jack.

— Ah, ce n'est que toi. J'ai eu peur l'espace d'un instant. Qu'est-ce qu'il s'est passé ?

— Vous ne devriez pas vous inquiéter ; Sabine est en sécurité avec moi.

Il sembla à Jack que son interlocuteur, rasséréné, ricana au bout du fil, mais il n'en fut pas certain.

— Au fait, monsieur : j'espère qu'elle ne vous a pas réveillés, au moins.

— Ingrid, non ; elle est très matinale, même les jours de repos. Moi, en revanche, je n'ai pas eu le choix. Mais ce n'est pas grave, j'en profiterai pour avancer dans le jardin.

— Quelle imbécile, s'exclama Jack.

— Oh, il ne faut pas la juger.

— Mouais... Elle a de la chance d'avoir des parents magnanimes.

— Sois-le aussi, Jack !

— Promis, monsieur Faure. Au fait, tant que j'y pense : vous transmettrez les salutations de mon père à Ingrid, vous voudrez bien ?

— Bien sûr ! Leur vieille amitié tient toujours la route malgré la distance...

— C'est clair. Et merci pour tout ce que vous faites pour nous, monsieur Barnier, Ingrid et vous.

— Ce n'est rien, voyons.

— Au revoir...

— Au revoir, Jack, et bon voyage !

— Merci !

Quelques minutes plus tard, lorsque Jack revint à sa place, Sabine commençait tout juste à manger l'un des sandwiches tout en lisant son magazine. Il passa devant ses jambes en s'excusant pour atteindre son siège côté fenêtre et s'y assit en expliquant :

— Comme tu ne revenais pas, j'ai raccroché.

Il mit la Télécarte de Sabine sur sa tablette rétractable.

— Tu voulais dire quelque chose de particulier à ton père ?

— Non, juste le rassurer, fit-elle simplement.

Elle posa sa revue quelques instants pour lui donner le sandwich, la boisson et la barre de céréales qu'elle lui avait achetés, en mettant le sac plastique qui les contenait sur ses cuisses.

— C'est gentil, merci ! s'exclama-t-il en regardant le contenu.

Puis il observa le profil de Sabine et tout en elle semblait faire montre d'une intense concentration sur sa lecture. Il savait pourtant bien qu'il n'en était rien, qu'elle était à mille lieues d'ignorer que les yeux de son ami de longue date étaient rivés sur le côté droit de son visage. Elle le sentait, et bien au-delà de ça, elle le savait car elle le connaissait bien malgré les années d'absence passées ; les quelques heures qu'ils venaient de partager avaient été suffisamment révélatrices pour lui permettre de voir en lui quels étaient les traits de caractère qu'elle lui avait connus étant enfant et qui s'étaient développés jusqu'à l'âge adulte. Jack avait toujours été très franc dans ses regards : ses yeux tout autant que les expressions de son visage ne trompaient personne. Certainement pas Sabine. Ni lui-même.

— Excuse-moi...

Sans le regarder, elle lui signifia implicitement, en refermant son magazine, qu'elle écouterait ce qu'il lui dirait, l'invitant à s'exécuter. Il poursuivit.

— J'ai été un idiot. Un *pauvre con*... Je m'excuse...

Elle rompit enfin son mutisme.

— De quoi ? De m'avoir laissé tomber des années durant ? De ne pas m'avoir envoyé la moindre lettre, ni même une banale carte postale ? De ne pas m'avoir appelée ? De ne pas être monté nous voir, mes parents et moi, plus de trois fois en dix-sept ans ? Ou de n'avoir pas su me présenter tes actuelles excuses lorsque nous nous sommes vus à Pâques ?

Elle planta alors ses yeux droit dans les siens, mais il ne put soutenir son regard et baissa le visage, se replongeant dans les souvenirs des premières années de sa vie : la pénible rentrée à la maternelle qui les avait obligés à être séparés, l'amertume de comprendre qu'ils n'étaient pas du même sexe quand ils la quittèrent, la bataille que leurs parents avaient été tenus de livrer avec la *basisschool* [31] de Harlingen pour ne pas qu'ils se retrouvent dans une classe différente, le goût des craies et de la colle blanche Cléopâtre [32] dont ils s'étaient régalés l'un et l'autre, les roudoudous partagés, les bisous sur la bouche...

Cette enfance chaude et sucrée aux arrière-goûts délicieusement acidulés, réconfortante et tendre, lui sembla être une période de sa vie qu'il avait souillée, bafouée en lui tournant le dos, pas uniquement parce qu'il ne s'était plus intéressé à tout ce qu'il avait connu aux Pays-Bas, mais aussi parce qu'il n'en avait pas entretenu le souvenir ; comme si, de six à vingt-trois ans, il avait délibérément cherché à oublier ce qu'il y avait vécu, comme si tout cela n'avait jamais eu lieu. D'une certaine manière, il avait renoncé à la nostalgie de ces merveilleuses années d'insouciance. Dans sa mémoire, Jack était né à six ans.

Il la regarda enfin, et elle put voir dans les yeux de son ami une fine pellicule humide qui vacillait sous l'effet des émotions qui s'y accumulaient.

— J'ai eu trop de mal à accepter de devoir quitter le pays pour suivre mes parents en Aquitaine, contrairement aux apparences de l'époque. Nous étions jeunes et innocents, souviens-toi. Nous étions des enfants. Et finalement, aujourd'hui, à vingt-trois ans, sommes-nous réellement adultes ? Les craies que nous avions mangées ne sont-elles pas encore dans notre estomac ? Honnêtement Sabine, je pense que toi et moi n'avons pas su grandir en étant loin l'un de l'autre. Il n'y a qu'à voir : tes parents m'ont appelé pour me demander de m'occuper de toi qui ne sors pas, qui vivais encore chez eux. Mais où va le monde ? Et moi, je suis obsédé par les femmes, ne pensant qu'à forniquer comme un porc, trompant mon monde en me cachant derrière un masque d'imbécillité et de perversion, incapable de m'assumer ni d'accepter que le bonheur que j'ai vécu à tes côtés ait subitement pris fin, préférant considérer qu'il n'avait jamais existé pour ne pas en souffrir : je suis pathétique ! Alors avons-nous bien évolué, toi et moi ?

— Nous avons évolué comme nous avons pu, Jack.

Sabine lui prit la main et la garda entre les siennes. Pour peu, il avait presque l'impression de ressentir la douceur de la peau de l'enfant qu'elle avait été, mais qui, envers et contre tout, avait laissé place à une femme. Contrairement à ce que Jack avait dit, ils avaient grandi et étaient à présent des adultes, jeunes chrysalides en quête d'une liberté émancipatrice, ayant eu du mal à couper le cordon qui les rattachait à leur larve, mais étant pourtant bel et bien parvenues à prendre leur envol.

— Je te pardonne, Jack...

Le visage de l'homme resta fermé, comme si son esprit refusait d'entendre quoi que ce soit.

— Allez, quoi ! Nous avons commis des erreurs mais nous pouvons nous racheter en faisant le nécessaire pour en tirer des leçons.

Il sourit mystérieusement en dévoilant à Sabine un rictus qui lui fit penser à Lisa Gherardini [33], mais il ne put dire un mot, de peur de se trouver ridicule en entendant l'émotion transparaître dans sa voix. Il détestait la sentimentalité mièvre.

— Voilà qui est mieux.

Il se racla la gorge et lui demanda :

— Tu es sûre que tu n'as plus de rancœur ?

— Je te fais marcher, Jack ! Je ne t'en veux plus depuis l'instant où tu es venu me chercher à la Gare du Nord. D'une manière ou d'une autre, ne connaissant pas le réseau des bus landais, j'aurais été soumise à des risques d'erreurs qui, sans toi à mes côtés, auraient retardé mon arrivée, même si j'aurais quand même fini par me débrouiller pour trouver mon chemin jusqu'à la maison de monsieur Barnier puisque j'avais son adresse. Tu n'étais donc pas tenu de venir, surtout à Paris. Tout au plus me serais-je attendue à te retrouver à Bordeaux pour la correspondance ou à l'arrêt de bus à Sanlys-sur-Mer, mais pas à la Gare du Nord ! Du coup, tu m'as vraiment surprise en étant là pour m'accueillir en France. Quand je t'ai vu, cela m'a fait si plaisir que j'aurais pu tomber amoureuse de toi !

Il lui sourit très franchement en précisant :

— Désolé, mais la place est prise.

— Angélique ?

— Comment le sais-tu ?

Elle ricana, satisfaite d'avoir entendu ce qui ne devait pas tomber dans l'oreille d'une sourde.

— Tu as parlé d'elle, tout à l'heure. Mais d'abord, dis-moi un peu : à quoi ressemble la maison ? Mes parents ne m'ont parlé que d'une propriété au nord de Sanlys-sur-Mer, et monsieur Barnier, quand je l'ai vu mardi soir, n'a pas été très loquace sur la question. Alors pourquoi tous ces mystères ? On peut vivre ensemble, ce n'est pas un problème, mais idéalement, il me faudrait presque une pièce complète pour mes livres et ma collection.

— Ta collection ?

— Des boutons de mercerie... souffla-t-elle en mesurant soudainement la singularité d'une telle passion.

— Ce n'est pas banal, gloussa Jack qui fit ensuite un sourire carnassier, affichant toute une rangée de dents étincelantes. J'ignorais que tu en faisais collection. Toujours est-il que tu auras toute la place que tu souhaites puisque nous avons une pièce au rez-de-chaussée, encore inutilisée. La maison a plus de chambres que tu le penses puisqu'il y en a neuf...

— Neuf chambres ? répéta-t-elle. Tu plaisantes !? Que va-t-on faire à deux dans une maison de neuf chambres ? Tu nous vois tous les deux en train de faire l'entretien de cette grande baraque ? Nous risquons d'y passer la semaine. Monsieur Barnier s'est bien caché de m'en parler !

— Calme-toi et laisse-moi t'expliquer avant de t'exciter comme une puce. En fait, on a pensé que tu serais heureuse de pouvoir héberger d'autres personnes dans la résidence.

— Une colocation ? Vivre à neuf ? De mieux en mieux...

Sabine réfléchit quelques instants pendant que Jack cherchait ses mots afin de mieux dépeindre à son amie la vie qui l'attendait dans les Landes. Enfin, elle soupira :

— Admettons... Ça pourrait être une solution, effectivement !

Elle se leva.

— Où vas-tu ? lui demanda-t-il en la retenant par le poignet.

— Je vais téléphoner à Marielle pour lui en parler et l'inviter à venir vivre avec nous si elle le peut.

— Non...

— Quoi, *non* ? Elle prendra le temps qu'il lui faut pour s'y préparer, mais c'est la fin de l'année scolaire et elle va obtenir son diplôme. L'Aquitaine peut lui offrir de belles perspectives, j'en suis convaincue. Certes, il y a de fortes probabilités pour qu'elle ne puisse pas prendre ses dispositions aussi rapidement, mais je ne pourrais pas supporter de la tenir à l'écart de cette chance.

— Non, ce ne sera pas la peine. Tes parents y ont déjà pensé mais Marielle a répondu par la négative : elle ne peut pas tout laisser tomber comme ça pour venir s'installer avec nous. Ce que je peux comprendre, soyons sérieux.

Un voile d'ombre passa sur le visage de Sabine qui se rassit lourdement malgré son poids plume.

— Si ça peut te rassurer, commença Jack, elle passera de temps en temps sur la côte landaise pour quelques jours et tu seras toujours la bienvenue chez elle.

Elle se tourna vers lui, illustrée d'un sourire amer. Aussitôt, il enchaîna :

— Tes parents et moi avons pensé à autre chose : j'ai fait la connaissance de six autres jeunes vraiment sympa et leur ai proposé de venir vivre avec nous.

— Tu as quoi ?

Elle avait bondi sur son siège.

— Mais Jack... ? Qu'est-ce qui te dit qu'on peut avoir confiance en eux ?

— Tu ne les connais pas mais ce n'est pas mon cas et eux aussi te connaissent déjà, d'ailleurs. Ils ont tous hâte de te rencontrer, tu sais ?

Sabine se réinstalla confortablement, les yeux rivés sur Jack. Il poursuivit :

— Il y a deux hommes et quatre femmes. Je suis sûr et certain qu'ils te plairont. Tu vas les adorer et ils seront là pour t'accueillir. On est tous très bien installés à la Résidence du Coucher de Soleil, bien qu'il reste encore des choses à mettre en place.

— La *Résidence du Coucher de Soleil*, dis-tu ?

C'est ainsi que Jack lui présenta ses futurs colocataires et lui raconta dans quelles circonstances il les avait rencontrés. Au fur et à mesure qu'elle l'écoutait, Sabine se laissait progressivement convaincre que de partager la résidence de monsieur Barnier serait une belle aventure humaine et qu'il s'agissait incontestablement de la meilleure solution pour commencer une nouvelle vie sans ressentir les affres d'une solitude identique à celle qui l'avait meurtrie pendant toute son enfance. Et en fin de compte, cette idée finit même par la séduire.

— Sabine... Tu me pardonnes vraiment toutes ces années que j'ai passées sans jamais venir te voir ? demanda-t-il sans préavis ni transition. À Pâques, ce n'était pas la joie entre nous.

— C'est vrai, répondit-elle. Je t'en voulais encore beaucoup de m'avoir oubliée une fois en France. À cause du vide que ton absence avait laissée autour de moi depuis ton départ, j'ai eu des moments pénibles pendant mon enfance, mais je ne t'en tiens nullement pour responsable. Disons que les moments difficiles que j'ai connus ne te sont pas imputables, mais ton absence ne m'a pas aidée non plus. Par ailleurs, je n'oublierai jamais que tu as énormément compté pour moi, et tu comptes encore beaucoup aujourd'hui. Tu es le plus proche ami que j'ai.

Jack se dit qu'il était surtout son seul ami, mais préféra taire sa remarque.

— Je n'oublie pas non plus tous les souvenirs communs que nous avons de notre plus jeune âge, continua-t-elle, les moments passés ensemble. Et puis je ne peux pas t'en vouloir d'avoir fait ta vie ailleurs, ni de t'intéresser à Angélique.

Jack sentit qu'elle cherchait à remettre cela sur le tapis pour en savoir plus. Mais il pouvait être très taciturne quand une situation ou une question l'embarrassait, et il ne se priva donc pas de rester muet comme une carpe à ce propos.

— Sabine... Merci !

***

Dans sa chambre, Sidonie, penchée sur son bureau, le regard rivé entre le clavier d'un petit Apple Macintosh Plus [34] et une lampe sur pied, rédigeait au propre sur un cahier Clairefontaine [35] les différents rêves qu'elle avait faits et dont elle avait gribouillé le récit sur des feuilles de brouillon. À la radio, Alain Chamfort parlait de bons baisers, d'espionne en jet et de peine capitale [36] lorsque quelqu'un frappa à la porte en plein second couplet ; en tournant la tête, Sidonie vit son radio-réveil indiquer 10 h 46.

— C'est ouvert !

La porte grinça sur ses gonds. Suzanne apparut et entra timidement.

— Salut. Je te dérange ?

— Non, pas vraiment... J'avais besoin de faire une pause, de toutes manières. Qu'est-ce qui t'amène ?

— Tu es rudement bien installée, dis-moi ! Tu as déjà fait venir tous tes meubles ?

Sidonie lui sourit et Suzanne lui renvoya ce rictus avenant en s'approchant du bureau. Elle extirpa de sa poche une enveloppe marron en papier kraft et en sortit une disquette cinq pouces un quart rouge [37] sans aucune étiquette, en demandant :

— Est-ce que ton Mac peut lire ça ?

— Qu'est-ce qu'il y a dessus ? demanda Sidonie en tournant et retournant l'objet dans sa main, intriguée.

— Justement, je n'en ai pas la moindre idée.

La blonde se pencha sur les deux pieds arrière de sa chaise.

— Et je présume que tu refuseras de me révéler où tu l'as trouvée...

— Sidonie, voyons... Nous nous connaissons à peine. Ne tire donc pas de conclusions hâtives et pose-moi les questions que tu veux. Si je ne vois pas d'inconvénient à y répondre, j'y réponds. Sinon, je te le dis et tu sais à quoi t'en tenir.

— D'accord. Tu marques un point, Suzanne !

— Donc égalité ; tu en as marqué un en éludant ma question sur tes meubles.

— C'est juste. Alors ? Où l'as-tu dégotée, cette mystérieuse disquette ?

— Je l'ai trouvée hier soir dans la cabane à outils au fond du jardin.

Sidonie se tourna vers son micro-ordinateur estampillé d'une pomme croquée sur sa façade et regarda ensuite sa visiteuse avant de ramener son attention sur la machine, invitant implicitement Suzanne à poser un œil dessus à son tour. Et cette dernière comprit ce que sa colocataire voulait lui signifier.

— Ce n'est pas le bon format de disquette, conclut la brune.

— Exactement, Suzanne ! Les Macintosh fonctionnent avec des lecteurs qui gèrent des disquettes rigides de forte capacité et de format trois pouces et demi, à l'opposé de celle que tu as là et qui est une disquette souple de format cinq pouces un quart. Elle ne rentrera donc jamais dans le Mac. Mais ne sois pas contrariée : nous avons plus de chances d'être fixées sur son contenu grâce à la bécane qu'Angélique a ramenée de chez elle. C'est un PC, le standard informatique le plus utilisé au monde, précisa Sidonie en lui rendant la disquette. Elle ne s'en sert jamais ; c'est un don de sa famille, mais il est dépassé. Du coup, elle l'a mis dans la salle du haut.

— Je ne savais pas qu'il y avait un ordinateur là-haut.

— Antoine en a un aussi, mais dans sa chambre ; si ça ne passe pas sur la bécane d'Angélique, on essaiera sur la sienne, mais je crois que ce sont également des lecteurs trois pouces et demi qu'il a sur sa machine.

— Tu as l'air calée, toi aussi...

— Peut-être, mais c'est vrai que je suis devenue de plus en plus dépendante de ces petites boîtes grises depuis que je suis avec Antoine. Tu veux qu'on monte ensemble pour lever le voile sur le contenu de ta disquette ?

— J'allais te le suggérer...

Elles quittèrent ensemble la chambre numéro deux et prirent à droite en refermant la porte pour aller dans l'escalier situé au bout du couloir à gauche, lequel menait à un vaste grenier aménagé s'étendant entre les deux versants du toit de la bâtisse. Très peu de mobilier s'y trouvait en comparaison de la place disponible, mais cela conférait à l'endroit une ambiance aérienne et ensoleillée qui donnait presque l'impression d'être à l'extérieur, surtout avec la lumière qui venait tantôt de l'est, tantôt de l'ouest et dispensée par deux lucarnes en chien assis de chaque côté.

Au sol siégeait un micro-ordinateur de couleur sombre, composé d'une unité centrale qui semblait formée de deux parallélépipèdes superposés, d'un clavier noir assorti à touches blanches et d'un moniteur monté sur un socle. Il s'agissait d'un S.M.T. Goupil G4 [38] merveilleusement bien conservé et qui n'attendait que d'être sollicité.

— Vous vous connaissez depuis longtemps, Antoine et toi ? demanda Suzanne en s'approchant de la machine.

— Trois ans dans trois jours. C'était le 13 juin 1987, précisa Sidonie en s'asseyant en face du clavier et en actionnant l'interrupteur derrière l'unité centrale.

Suzanne prit place à côté d'elle et redonna la disquette à sa colocataire qui lui raconta qu'elle avait rencontré Antoine dans un centre sportif à Antibes. À l'époque, ils étaient tous deux dans le même groupe de tennis et se voyaient régulièrement.

— Je sortais à l'époque avec un copain de lycée, Luc, précisa-t-elle en glissant la disquette dans son lecteur. Antoine était célibataire. Totalement casanier, il était venu là pour changer d'air. Il traînait quand même toujours ses revues sur l'astronomie et la micro, mais il parlait si bien de ce qu'il aimait que j'ai commencé à m'intéresser à lui. Peu à peu, je m'éloignais de Luc pour me rapprocher d'Antoine, et j'ai fini par tomber amoureuse. Alors j'ai plaqué Luc. Antoine a d'abord refusé de sortir avec moi : il estimait qu'aucune fille ne pouvait être heureuse avec lui. J'ai finalement réussi à le convaincre du contraire.

— Vous n'êtes pas originaires des Landes ?

— Non, nous sommes tous deux nés à Nice et y avons vécu toute notre enfance. Nous avons encore de la famille dans les Alpes-Maritimes, lui à Antibes et moi à Nice.

Après ces considérations, Sidonie se concentra un peu plus sur la raison de leur venue au second étage. La disquette était compatible avec le standard des PC et se chargeait sans problème, la diode verte sur la gauche de l'unité centrale clignotant par intermittence à chaque accès en lecture à la mémoire de masse.

Soudain, le visage blanc d'une femme aux yeux vides apparut à l'écran sur fond noir. Les deux colocataires, sceptiques, échangèrent un regard tandis que les haut-parleurs du moniteur diffusèrent un message qui crachotait légèrement.

— BIENVENUE SUR BKX 9352, souhaita une voix féminine de synthèse.

C'est alors qu'une fumée bleue d'une odeur âcre sortit de la machine par les ouïes latérales de l'unité centrale et commença à se répandre dans toute la pièce. Par réflexe, les deux femmes avaient reculé d'un bond sur les fesses avant de se relever précipitamment.

— Suzanne ! Qu'est-ce que c'est que ce programme ? Il vaudrait mieux éteindre !

— Non, attends !

Elle venait de remarquer, malgré le nuage d'un bleu électrique diffus, que le verre de la surface de l'écran commençait à se liquéfier, coulant en gouttes épaisses colorées par les teintes du visage qui semblait désormais exprimer une profonde affliction.

— C'est physiquement impossible !

La masse pâteuse et visiblement gluante, entièrement translucide, dégoulinait sur la partie avant de l'unité centrale et retombait sur la moquette pour faire place, là où se trouvaient auparavant le tube cathodique et tous les circuits du moniteur, à un vide absolu, comme si l'univers avait pris forme dans le coffrage du moniteur.

La fumée cessa d'être diffusée et un courant d'air se créa entre le moniteur et l'espace libéré par les battants ouverts de l'une des quatre fenêtres du toit. Progressivement, le nuage bleu devint de moins en moins opaque à mesure qu'il était aspiré au-dehors pour s'y dissiper.

— Il y a quelqu'un là-haut ?

Entendant cette voix qui les appelait dans l'escalier, Sidonie allait se précipiter en haut des marches pour répondre à Antoine qu'elles avaient toutes deux reconnu ; Suzanne la retint par le poignet.

— Pas un mot ! À personne !

Puis elle éteignit le micro-ordinateur à chaud en actionnant l'interrupteur rouge situé à droite derrière l'unité centrale et constata aussitôt que l'écran avait instantanément repris sa place à l'intérieur. Elle jeta un rapide coup d'œil autour d'elle, réalisant enfin que le nuage de fumée s'était complètement dissipé et posa avec effroi la paume de la main à plat sur la surface vitreuse du moniteur. Dur. Lisse. Froid. Sans se poser davantage de questions, Suzanne retira du lecteur unique la disquette qu'elle glissa grossièrement dans sa poche et se retourna vers Sidonie au moment où Antoine arrivait à l'étage. D'emblée, la blonde se lova contre son compagnon et lui offrit ses lèvres pour l'obliger à l'embrasser et laisser ainsi à la brune le temps de vérifier que rien ne trahissait ce qu'il venait de se passer.

— Qu'est-ce que vous faisiez ? demanda Antoine, circonspect, se soustrayant au baiser de Sidonie et s'approchant du centre de la pièce en regardant tout autour de lui avec une suspicion qu'il ne prit pas la peine de dissimuler. C'est quoi, cette odeur ?

— Quelle odeur ? répéta Sidonie. Tu nous cherchais ? Qu'est-ce qu'il y a ?

— Trois questions en deux secondes, c'est plus qu'il n'en faut pour me mettre la puce à l'oreille, mon Amour.

— Tu ne devrais pas être aussi intrusif que cela avec des femmes, mon cher. Comme tout le monde, nous avons le droit de partager toutes les deux un instant à bavasser sans être obligées de t'en dire davantage : cela ne te regarde pas. Tu ferais mieux de m'embrasser avant que je ne décide de te laisser assoiffé de mes baisers, roucoula Sidonie en découvrant à son tour que le verre liquide de l'écran avait solidement repris place.

— Et toi, Antoine, que viens-tu faire ici ? demanda Suzanne qui s'approcha d'eux en observant son amie stupéfaite dans le dos de l'homme qui s'était retourné.

— Je suis venu accrocher les posters de Jack ; c'est lui qui m'a sollicité il y a trois jours pour que je m'en charge. Mais je suis devant un cas de conscience...

— Ah bon ? C'est-à-dire ?

— Je crois qu'il s'est passé quelque chose hier soir entre Angélique et lui, et je viens de voir que les posters de femmes qu'il a accrochés dans sa chambre jeudi soir sont déchirés, à présent. Alors je ne sais pas.

Pour dissiper ses doutes sur ce que Suzanne et elle fabriquaient avant son arrivée au second étage, Sidonie lui fit un clin d'œil et, se tournant vers son cher et tendre, lui dit :

— Je vais redescendre. Il me faut finir de m'installer dans ma chambre et, de plus, je dois me reposer aujourd'hui et demain pour être en forme mardi : une grosse journée de travail m'attend avec les enfants à la garderie, comme tu le sais. En plus, nous ne devons pas oublier qu'il nous faut accueillir Sabine aujourd'hui et faire connaissance avec elle : l'idéal serait d'organiser un *apéro* dînatoire pour lui souhaiter la bienvenue.

Suzanne, en suivant sa colocataire dans l'escalier, embraya :

— Tu m'étonnes ! On a du pain sur la planche.

Antoine, seul, fit quelques pas vers les fenêtres et hasarda un regard dehors : rien de suspect. Il jeta un œil dans la pièce et l'arrêta sur le Goupil G4 dont il s'approcha.

— Quelle antiquité, murmura-t-il. Une antiquité bien de chez nous.

Agenouillé devant, il regarda à droite, à gauche puis vers l'escalier derrière lui pour s'assurer qu'il soit bien seul, et fixa la surface de l'écran. Il en approcha son visage à un point tel que son nez vint laisser une empreinte sur le verre froid, respira longuement et se releva en marmonnant :

— J'aurais pourtant juré avoir vu quelque chose bouger par ici.

Au pied de l'escalier, Suzanne et Sidonie poussèrent un soupir.

***

Beaucoup plus tard, après l'arrivée du TGV 8403 en gare de Bordeaux Saint-Jean à 11 h 32 et la correspondance du TER 66021 à

11 h 58, Sabine et Jack, assez reposés, restaurés et confortablement installés dans un wagon du train régional, se lancèrent dans une nouvelle conversation.

— Parle-moi de toi, lui demanda-t-elle. Et raconte-moi ce qu'il s'est passé lors de ton arrivée à Soorts-Hossegor.

— Il ne s'est pas passé grand-chose d'intéressant, tu sais.

— Tu as bien dû rencontrer des filles...

— Oui, bien sûr. D'ailleurs, l'une de mes ex fait partie des colocataires : elle s'appelle Émmanuelle et elle est devenue une excellente amie.

— Et en ce moment, tu es amoureux ?

— Oui, d'Angélique, comme tu peux t'en douter.

— À la bonne heure ! Vas-tu enfin me parler d'elle ?

— Je suis très amoureux d'elle, tu sais...

— Quelle révélation ! pouffa-t-elle. Je ne m'en serais pas doutée.

Il sourit et remarqua :

— Tu sais que j'aime toujours autant discuter avec toi ; tu as gardé ta perspicacité.

— Tu avais déjà vu que j'étais perspicace quand on était enfants ? Tu te moques de moi ?

— Mais non, ricana-t-il.

— Beau parleur, va !

***

Suzanne prit soin de n'être ni vue ni entendue de qui que ce soit lorsqu'elle quitta sa chambre en refermant discrètement la porte, et marcha en catimini dans le couloir afin de retourner en haut. Mais les marches de l'escalier grinçaient sous son poids et elle ne parvint pas à s'expliquer les raisons pour lesquelles elles craquaient à cet instant alors qu'elles avaient été silencieuses dans la matinée.

— Quelle barbe, marmonna-t-elle.

Mais à mesure que sa main droite se rapprochait du sommet de la rampe, ses interrogations n'eurent plus prise sur son esprit qui se focalisa sur la tension qu'elle ressentait à l'idée de ce qu'elle allait faire. Un élément, une information, une donnée bien particulière la poussait à vouloir en savoir plus.

Dans la poche arrière gauche de son jean's Levi's 512 *bootcut* déchiré ici-et-là était dissimulée la disquette écarlate.

***

À la gare routière de Morcenx, l'autocar local qui avait pour destination finale Biscarosse et passait par Onesse-Laharie, Sanlys-sur-Mer, Mimizan, Aureilhan, Saint-Paul-en-Born, Sainte-Eulalie-en-Born, Gastes et Parentis-en-Born arriva dans les temps et ne laissa guère le loisir ni à Sabine ni à Jack de s'acheter une boisson fraîche avant de monter dans le véhicule : ils durent charger leurs affaires en soute et aller se trouver deux sièges à l'intérieur. L'autocar démarra presque aussitôt qu'ils furent assis.

***

Suzanne referma légèrement les volets en laissant les fenêtres ouvertes quand Antoine, comme mû par une intuition des plus étranges, arriva dans la salle et aperçut le micro-ordinateur allumé avec le visage mystérieux à l'écran.

— Qu'est-ce que c'est que ça, Suzanne ? demanda-t-il comme si elle avait des comptes à lui rendre.

— BIENVENUE SUR BKX 9352, sifflèrent les haut-parleurs du Goupil.

Suzanne soupira et fit un signe de dénégation tout en s'approchant de lui, toujours en haut des marches.

— Tu es impossible, toi ! Incorrigible ! Aller dans le bosquet avec Sidonie et moi hier soir ne t'a pas suffi. Depuis, tu ne veux plus me lâcher la touffe, hein ?

— Bah, disons que je sentais bien que vous me cachiez quelque chose tout à l'heure, elle et toi.

— Et il a fallu que tu viennes te mettre en porte-à-faux, hein ?

Elle se retrouva en face de lui, lui masquant ainsi le visuel sur la machine.

— Comment ça, me *mettre en porte-à-faux* ?

— C'est pourtant simple, commença Suzanne. Si tu veux que je te parle, il faut me promettre que ce que je te dirai et ce que tu verras resteront entre Sidonie, toi et moi.

— Est-ce si impressionnant que ça ? demanda-t-il en appuyant d'un majeur ajusté le centre de ses lunettes pour les redresser bien en face des yeux.

— Bien plus que ça, assura-t-elle. C'est même au-delà de toute logique !

Il la contourna et vint au-devant de l'écran.

— Allez, cesse donc cette mascarade et montre-moi !

— Je n'ai rien de plus à faire, dit-elle en le rejoignant. Rien de plus qu'attendre.

— Attendre quoi ?

La machine diffusa son épais nuage de fumée bleue par les stries d'aération latérales de l'unité centrale, apportant à l'homme une réponse plus qu'éloquente.

— C'était donc ça ! vociféra Antoine en s'éloignant du PC à reculons, les doigts tirant le poignet de sa manche et l'avant-bras dressé à l'horizontale contre son nez. Cette odeur est vraiment insupportable, et comme par hasard, elle ressemble trait pour trait à celle que j'ai sentie tout à l'heure !

— Tu comprends donc pourquoi nous sommes intriguées ?

— C'est clair ! Et que va-t-il se passer, après ça ?

— L'écran va fondre !

— Mais tu plaisantes...

Comme si le *timing* réglé comme du papier à musique avait été synchronisé pour qu'Antoine en ait aussitôt la preuve, la bordure supérieure du tube cathodique du moniteur se sépara du boîtier qui l'englobait et commença à se liquéfier lentement, les lourdes gouttes de verre liquide se retournant vers l'extérieur pour glisser ensemble sur elles-mêmes, formant un rouleau, dévalant la surface vitreuse de l'image de cette femme et emportant les pixels noirs et blancs dans sa chute gélatineuse.

— Suzanne ! Ce dont nous sommes témoins défie les lois de la physique !

— On est bien d'accord, Antoine ! C'est virtuellement impossible, d'autant plus que si l'on éteint la machine, le verre revient à sa place comme si rien ne s'était passé !

— Et si on laisse faire ?

Elle se rapprocha de lui pour se mettre presque épaule contre épaule, et le regarda dans les yeux. Il lui renvoya son reflet qui glissait à la surface des verres de ses lunettes.

— Comme tu arrivais, on a dû couper l'alimentation pour ne pas avoir à te mettre dans la confidence.

— Tu veux dire que tu ignores ce qu'il se passe si on ne fait rien ?

— Précisément...

Le PC cessa de diffuser son nuage de fumée bleue, mais l'écran devenu masse fluide défiant l'imagination elle-même poursuivait sa vertigineuse descente, dégoulinant sur l'avant de l'unité centrale et se déversant juste derrière le clavier de la machine, recouvrant une nouvelle fois la moquette sur laquelle était posé le système informatique. Puis le vide de l'univers prit entièrement place dans le coffrage du moniteur : des étoiles y scintillaient sur un fond d'un noir impénétrable.

— CHOISISSEZ VOTRE DESTINATION : UN, DEUX OU TROIS !

— *Choisissez votre destination* ? Mais qu'est-ce qu'elle entend par là ? beugla Antoine.

— Tu penses que cette disquette peut nous faire voyager dans un monde parallèle ?

— Quelle disquette, Suzanne ?

Il fronça les sourcils et, sans attendre de réponse, considéra attentivement le discret lecteur intégré dans la partie supérieure droite de la façade de la machine. Il remarqua la disquette souple insérée dedans et dont la couleur rouge s'exhibant sous forme d'un trait horizontal cassait la robe noire du micro-ordinateur. En regardant Antoine agenouillé devant, Suzanne lui expliqua :

— Je l'ai trouvée hier soir dans la cabane à outils au fond du bosquet.

— Tu savais ce qu'elle contenait ?

— Bien sûr que non, Antoine ! D'ailleurs, à l'heure actuelle, avons-nous seulement une idée de ce dont il s'agit ? Sommes-nous plus avancés que je ne l'étais hier soir ?

— Hon hon... Tu n'as pas tort...

— CHOISISSEZ VOTRE DESTINATION : UN, DEUX OU TROIS !

— C'est qu'elle nous presse, celle-là ! s'agaça-t-il en se tournant vers l'écran.

— Alors, on y va ?

— Où ça ? Dans BKX 9352 ? Inepties !

— Peu importe où ça nous mène, mais de l'autre côté de ce choix, quoi ! Ce ne sont peut-être pas des inepties, après tout.

— Allez, si tu veux !

— Tu es génial, Antoine !

— Peuh ! C'est ça ! ironisa-t-il. De toutes manières, que peut-il se passer, huh ?

— Je te laisse le bénéfice du choix : un, deux ou trois ?

— Bah écoute... Puisque Sidonie, toi et moi sommes les trois seuls à être au courant de l'existence de cette étrange disquette, tu n'as qu'à choisir la troisième option, va ! Purement symbolique : je ne fais aucun choix au hasard.

Suzanne regarda du côté de l'une des lucarnes dont les deux battants étaient ouverts en grand et dit d'un air songeur :

— Ok, ce sera le choix numéro trois. Mais je pense à quelque chose.

— À quoi donc ?

— J'ai remarqué que ce vide dans le moniteur exerçait tantôt un phénomène d'aspiration, tantôt de soufflement, répondit-elle en se tournant vers Antoine qui approcha sa main droite de la machine. Apparemment pas assez puissants pour aspirer la fumée bleue qui s'est dissipée à l'extérieur, mais suffisamment pour que je le constate. Tu le sens ?

— Oui... C'est très léger...

Il fit doucement entrer ses doigts dans le centre de cet univers miniature matérialisé dans le coffrage du moniteur du PC quand soudain, la chevalière en argent qu'il portait à l'auriculaire fut emportée dans le vide et disparut avant qu'il ait le temps de retirer sa main.

— Mais ? C'est incroyable ! Ma chevalière a littéralement été aspirée ! s'exclama-t-il en se caressant la main, semblant ressentir encore le puissant courant d'air frais dans ses doigts. C'est terrifiant !

— CHOISISSEZ VOTRE DESTINATION : UN, DEUX OU TROIS !

— C'est pire que tout ce que j'imaginais, Antoine ! Raison de plus pour anticiper. J'ai l'impression qu'on risque de se retrouver nous-mêmes aspirés.

— Tu te moques de moi !? rétorqua le jeune homme en se dressant d'un bond. Tu vois bien que nous ne passerions même pas les épaules dans le moniteur. Je ne pourrai jamais récupérer ma chevalière : elle est perdue à tout jamais.

— Je pense qu'on devrait quand même assurer nos arrières. Reste là et ne touche à rien, recommanda Suzanne en se relevant. Je vais chercher du matériel. Tu n'aurais pas un caméscope ou un appareil photo ? J'aimerais qu'on immortalise ce qu'il va se passer quand on va valider notre choix.

— Sur l'une des étagères de ma chambre, il y a un caméscope Sony dans sa boîte. Il enregistre au format SVHS-C et est complet et chargé. Prends-le si tu veux. Tu penses à autre chose ?

— Oui ! Si ce vide est si puissant, on devrait s'assurer un point d'ancrage, expliqua-t-elle en se tournant à nouveau vers la fenêtre. Je vais aller chercher la corde que j'ai vue hier soir dans la cabane à outils et la remonter ici. Tu vas sortir devant et je vais t'en lancer une partie par la fenêtre pour que tu l'arrimes solidement au pylône électrique du carrefour. On gardera l'autre extrémité à proximité du micro-ordinateur pour s'y accrocher.

— Mais c'est qu'elle est sérieuse, remarqua-t-il en levant les yeux vers le plafond. Tu crois vraiment qu'on va rentrer là-dedans ? Tu fabules !

— Je suis sûre qu'on sera aspirés par ce vide, oui !

— Alors dans ce cas, va chercher la corde et ramène-la ici ! ordonna Antoine. Moi, je vais préparer mon caméscope ; j'ai un trépied sur lequel on pourra l'installer pour tout enregistrer. Quand tu reviendras, j'irai devant la résidence et tu me balanceras la corde par la lucarne pour que je la récupère et l'attache fermement au pylône juste à l'angle.

— Ça marche ! Mais n'oublie pas qu'on doit essayer de faire ça incognito ! D'ailleurs, ce serait peut-être mieux qu'on opère ce soir, non ? Il risque d'y avoir trop de passage ici en journée, surtout que Sabine va sans doute faire le tour du propriétaire quand elle arrivera. On devrait plutôt attendre que tout le monde soit couché pour tout préparer et y aller.

— À tes ordres ! lança-t-il avec une voix grave et synthétique imitant celle d'un robot.

— Vas-y, maintenant, gros bêta ! Moi, je vais faire un brin de rangement ici, éteindre le PC et récupérer la disquette. Ramène le caméscope et le trépied cette nuit et on s'occupera de tout. Rendez-vous à 23 h 00 ici ! On partira à la demie.

— J'y vais...

Antoine commença à descendre les marches lorsqu'elle le rappela. Il remonta suffisamment pour avoir le visage au niveau du sol et interroger Suzanne du regard entre deux balustres. Elle lui sourit.

— Je suis contente que tu m'accompagnes dans mon délire.

Il rit tout bas et creusa ses lèvres d'un sourire en coin pour lui répondre :

— Mon seul intérêt à entrer dans ce vide bizarre, c'est de récupérer ma chevalière, c'est tout !

— File, grigou !

L'autocar s'arrêta à l'arrêt « les Dunes » au nord de Sanlys-sur-Mer. Sabine et Jack débarquèrent et s'écartèrent de la chaussée aussitôt que le chauffeur, descendu pour leur donner leurs bagages en soute, remonta dans son véhicule et redémarra pour s'éloigner dans un soulèvement de poussière et de gaz d'échappement.

— Si nous étions restés dans le TER, nous ne serions pas passés par Sanlys-sur-Mer mais par Dax et ça nous aurait détournés de notre destination compte tenu du terminus à Hendaye qui n'est pas sur la ligne qui longe le Golfe de Gascogne et se termine à Soorts-Hossegor. J'ai donc considéré que, finalement, il était plus simple pour nous de prendre cet autocar qui nous a déposés ici. Nous sommes à plus de trois kilomètres de chez nous. Ceci dit, nous pouvons prendre un taxi, si tu veux.

— Non, je ne suis pas fatiguée et nous sommes restés assis pendant des heures. Allons-y à pied si ma valise n'est pas trop lourde pour toi ; ça me permettra de découvrir un peu la ville et de continuer à bavarder avant d'arriver. Nous avons beaucoup d'années à rattraper.

— Sans souci !

Ils entamèrent leur marche dans la fournaise naissante de ce début d'après-midi, avançant dans le boulevard de la Plage en direction du sud et bifurquant à gauche pour poursuivre dans l'avenue Victor Hugo vers l'est, tournant le dos à l'océan Atlantique qui se perdait à l'horizon derrière eux. Sabine, sur un pas léger, scrutait les moindres détails du magnifique panorama qui les enveloppait chaleureusement : elle découvrait pour la première fois les charmes addictifs de cette ville renommée pour être la plus branchée de la Côte d'Argent. Vers le sud à leur droite, au-delà des quatorze quartiers de la ville, s'élevaient les tours de celui de la Cité Métallique. C'est en regardant dans cette direction que Jack proposa à son amie de lui faire visiter les curiosités de la commune dès qu'elle le voudrait. Elle ne put qu'accepter en précisant toutefois :

— J'en profiterai pour faire quelques achats...

— Et il faudra aussi que tu ailles au Musée des Beaux-Arts mercredi à 14 h 30 pour y passer un entretien d'embauche, annonça-t-il.

— Quoi ? Qu'est-ce que c'est encore que cette histoire ?

— Tes parents, monsieur Barnier et moi-même avons convenu d'essayer de te trouver un emploi dans la ville. Nous nous sommes arrangés pour que ton travail soit en fonction de tes connaissances et de tes diplômes. En fait, rien n'est assuré pour l'instant, mais j'espère quand même que nous avons bien fait.

— C'est pour cela que tu voulais parler à mon père ce matin quand on était dans le TGV ?

— Non. J'ai rappelé tes parents tout à l'heure à la gare de Bordeaux pendant que tu regardais les magazines au Relais H parce que justement, j'avais oublié de poser la question à ton père à ce moment-là. Il devait me tenir au courant et on avait complètement zappé le sujet.

— J'avais pensé que tu appelais nos colocataires pour les prévenir de notre arrivée quand je t'ai vu téléphoner du publiphone du hall de la gare Saint-Jean.

— Non, ils sont déjà au courant.

Sabine parut réfléchir un moment.

— Mais j'aurais aimé avoir le temps de m'installer et de découvrir la ville avant de commencer une activité ! expliqua-t-elle en arrêtant soudainement de marcher. J'ai bien assez d'argent pour subvenir à mes besoins au moins jusqu'à l'an prochain. J'en ai suffisamment à l'AMRO Bank [39] sur un compte épargne ouvert quand j'étais petite.

— Rassure-toi, tu n'as pas encore le contrat de travail en poche, et si tu échoues à ton entretien de mercredi, tu auras tout l'été pour préparer ta rentrée professionnelle, précisa-t-il en continuant d'avancer pour l'inciter à reprendre sa marche. Il y a une carrière professionnelle qui t'attend, quelque part dans la ville. J'en suis certain.

— Mouais... Ceci dit, commença Sabine en passant à côté de lui, être assistante de conservation du patrimoine dans un musée rentre tout à fait dans mes cordes. C'est l'un des emplois dont je pourrais tout à fait endosser les responsabilités.

— Je ne sais pas précisément pour quel poste tu serais embauchée, mais cela semblait correspondre à tes compétences, aux dires de ta mère. Tu n'as plus qu'à bien préparer ton entretien, conclut Jack.

Sabine se dit qu'elle allait devoir s'adapter à nombre de choses et que les prochaines semaines ne seraient pas de tout repos.

Tout en allant vers le carrefour Leclerc-Hugo, Jack lui parla de la ville, de ses grands évènements annuels, de sa population qui semblait surfer sur la vague de l'hédonisme, adhérant à une philosophie optimiste et aux plaisirs qui en découlent. Il semblait connaître Sanlys-sur-Mer comme sa poche tant il en parlait bien, et elle fut impressionnée de constater à quel point il avait finalement l'air d'avoir changé pendant toutes ces années durant lesquelles ils ne s'étaient pas vus. Il ne manqua pas de lui faire part de l'existence de la légende des Rochers de la Morte, la plus belle curiosité touristique entre Mimizan et Vieux-Boucau-les-Bains.

— Tu la connais, cette légende ?
— Oui, bien sûr !
— Eh bien raconte.
— Plus tard. On arrive, la prévint-il.

Effectivement, la villa ne se trouvait plus qu'à quelques dizaines de mètres, apparaissant derrière la rangée de jeunes érables sycomores qui, régulièrement plantés sur une ligne virtuelle, longeaient le muret de la propriété privée qui marquait l'angle nord-ouest du carrefour. La bâtisse que Sabine détaillait passionnément par-delà la houppe de ces végétaux ligneux se dressait dans toute la lumineuse magnificence de sa splendeur blanchâtre qui maculait de douceur les murs de sa façade. Les volets en bois laqué arborant un vert de vessie rutilant s'exhibaient impudiquement à la vue de qui saurait leur offrir les plus belles lettres de noblesse et donnaient à penser à la jeune femme que ces panneaux de bois faisaient office de paupières ouvertes sur l'océan, tournées vers l'avenir, tandis que le toit à deux versants aux tuiles romaines d'un bel écarlate caractérisait le grand pavillon en lui conférant un front et une nuque identiques.

Sabine s'arrêta pour la contempler plus attentivement encore lorsque Jack et elle arrivèrent devant le passage piéton, restant figée comme une statue de pierre à la vue de cette merveille qui allait l'accueillir. Puis ils traversèrent l'avenue et elle marqua un nouvel arrêt à proximité du portail verni blanc qu'elle ouvrit ensuite pour s'avancer sur l'allée de dalles. En marchant religieusement, elle se sentit en communion avec l'esprit imaginaire de cette maison qui lui paraissait ruisseler ardemment dans ses veines. Un peu en retrait derrière elle, Jack hocha la tête quand elle se retourna pour lui lancer un regard interrogateur : elle poursuivit donc son avancée et arriva devant les portes antagonistes.

L'instant d'après, Jack entrait dans la résidence à la suite de Sabine qui posa immédiatement ses affaires dans l'entrée.

— Sois la bienvenue chez toi !

Elle ne répondit pas et regarda tout autour d'elle comme si elle découvrait l'intérieur d'une maison pour la première fois, quelle qu'elle fût. Ses yeux allèrent du perroquet au guéridon, du guéridon au paillasson, du paillasson aux plinthes, des plinthes au mur en face d'elle. Son odorat cherchait une source connue, mais ne lui renvoya que des fragrances dont elle ignorait la rondeur et la couleur.

Elle atteignit le cadre de porte sous lequel elle passa et se retrouva au milieu du couloir : elle regarda d'abord à droite où, de l'autre côté du mur de l'entrée, se situait la cuisine dont la porte était entrouverte. Au bout du couloir, une autre donnait sur le garage dans lequel la Seat Ibiza de Suzanne attendait d'être rejointe par un ou deux autres véhicules qui avaient également la place d'y entrer. Au bout à gauche se dressait l'escalier qui conduisait au premier étage tandis qu'en face de la cuisine avait été aménagée la salle d'eau avec sa douche, sa baignoire, son bidet, son lavabo et son W.C. Se tournant à gauche depuis l'entrée du hall, Sabine ne vit que quelques détails de la grande pièce à vivre que formaient la salle à manger du côté de la façade et le salon du côté du jardin à droite. En face d'elle, droit dans l'axe de l'entrée de la résidence, entre le salon et la salle d'eau se trouvait une pièce dont la porte était fermée.

— Qu'est-ce que c'est ?

— La neuvième chambre, fit Jack qui n'avait pas pipé mot depuis que son amie d'enfance avait posé ses affaires dans l'entrée et qui restait coi en regardant les réactions de la jeune Néerlandaise. Ça peut faire débarras aussi, si tu préfères, ajouta-t-il, ou pièce pour ta collection. On poursuit la visite ?

— Où sont les autres colocataires ?

— Dans leur chambre, je suppose. Tu veux que j'aille les chercher ?

— Non non, laisse-les à leurs occupations. J'aimerais autant que mon arrivée soit discrète : c'est intimidant. Et puis j'aurai tout le temps de...

Des bruits de pas dans l'escalier les mirent sur le qui-vive, et ils se tournèrent de concert dans la direction d'où allait débouler la personne qui en était responsable.

— Angélique !

— Jack ! s'exclama l'infirmière qui s'arrêta net en bas des marches en voyant la huitième et dernière colocataire qui venait des Pays-Bas. Vous devez être Sabine, je présume ? Moi, c'est Angélique ! annonça-t-elle en s'approchant et en tendant la main. Angélique Vanil !

— Sabine Faure, répondit-elle en la serrant d'une poigne légère. Enchantée !

— Vous avez parcouru une grande distance pour venir vous installer ici. J'espère que le voyage a été agréable ! fit-elle avant d'embrasser furtivement l'homme sur les lèvres.

— Oui, merci ! J'ai été en bonne compagnie, et Jack a eu le temps de me parler de vous. Il a tenu des propos fort dithyrambiques à votre sujet.

Angélique, qui ne connaissait manifestement pas ce mot, sourit légèrement en suppliant Jack du regard pour qu'il lui prête main forte. Ce dernier lui mit la main sur l'épaule et dit simplement :

— Sabine avale tous les ans un Petit Larousse [40] à Pâques !

Angélique rit de bon cœur et Sabine se joignit à elle. Jack prit congé d'elles afin d'aller chercher les autres.

Les huit colocataires étaient enfin réunis dans leurs murs.

**

L'océan s'étendait à perte de vue à l'ouest de la ville, du nord au sud, et baignait inlassablement le littoral aquitain de ses flots menaçants aux rouleaux qui venaient puissamment s'échouer sur les plages. L'écume éclaboussait en de minuscules gouttes mousseuses qui se teignaient d'un bleu cristallin et limpide en s'élevant avec légèreté dans les airs avant de retomber lourdes et abondantes dans le tumulte des vagues. Ces dernières finissaient par déferler vers la rive pour glisser aux pieds des baigneurs avant de ne faire qu'un avec le sable fin et doré.

Par cette après-midi caniculaire de juin qui donnait raison à la monarchie d'un soleil assassin dont les rayons invectivaient de leur mordant les plagistes insouciants, personne n'avait cœur à se préoccuper de son bronzage ou de ses problèmes de peau : toute leur énergie, toutes leurs pensées n'étaient tournées que vers le profit de l'instant présent et rien ne devait se mettre en travers de cette joie qui se lisait sur leur visage, leur conférant une apparente et juvénile innocence. À l'ombre des cabines de déshabillage blanches et bleues et sur un air de *Mirror Man* qu'interprétait The Human League [41] du fin fond d'un transistor négligemment posé à proximité de leurs serviettes, des créatures longilignes aux formes généreuses – telles des sirènes de Copenhague bien plus aptes à mener les marins à leur perte qu'à minimiser l'importance de leur plastique aux yeux des hommes – se doraient outrageusement la pilule sans tenir compte des recommandations faites en vertu des prévisions météorologiques.

Même le vendeur ambulant de beignets, de chouchous, de glaces et de boissons fraîches, marchant pieds nus dans le sable brûlant, portant péniblement sa glacière dans une main en essayant de maintenir droit le panier qui irritait sa poitrine en sueur de l'autre, hurlant à tout bout de champ pour se faire entendre, ne parvenait guère plus à les tirer de l'insolence de leur égocentrisme que du ridicule de leur immobilisme. Le pauvre quidam ne réussissait à trouver des clients qu'auprès des jeunes familles de couples trentenaires dont la progéniture, protégée par un bob ou une casquette pour se tenir à l'écart des affres d'une insolation, se jetait sur lui dès qu'elle sentait le doux parfum de ce qu'il transportait. Les sportifs qui, dans leurs efforts pour se dépasser, se faisaient transpirer sang et eau à outrance, n'avaient d'yeux que pour leur surf, leur planche à voile, leur ballon, leur frisbee ou même leur pédalo, et ni les poitrines gonflées et les fesses aguicheuses des bimbos, ni les gourmandises d'un vendeur qui arpentait la plage *Sunbeach 36* toute la journée sous un soleil de plomb, n'aurait pu les arracher au champ de gravité de leur passion.

Finalement, dans cette ville nouvelle qui fleurait bon le bonheur des petits plaisirs qui ne mangeaient pas de pain, chacun évoluait dans sa bulle, dans son œuf, sans se soucier des autres, personnage principal de son roman privé, héros de son quotidien, et nul ne faisait plus attention aux messages publicitaires imprimés sur une banderole qu'un avion tirait dans son sillage sur fond azur.

Jack, Angélique et Stéphane étaient parvenus à convaincre Sabine, finalement plus fatiguée du voyage depuis les Pays-Bas qu'elle ne l'avait pensé et soucieuse de son entretien à venir au Musée des Beaux-Arts, de les accompagner malgré tout à la plage pour se détendre. Tous les quatre étaient donc venus s'installer sur le rivage pour s'allonger côte à côte en maillot de bain. Stéphane, qui trouvait Sabine à son goût, avait particulièrement insisté pour qu'elle se joigne à eux trois et il avait su trouver les mots pour la pousser à revenir sur son refus initial.

Sur le ventre, la tête posée sur ses avants-bras croisés, elle se contentait pour l'instant de se faire bronzer le dos, maillot une pièce retroussé jusqu'à la taille ; Stéphane, lui, ne la quittait pas des yeux.

— Eh, Casanova [42] ! Arrête de la regarder comme ça, tu vas nous l'abîmer !

— Jack, laisse-nous tranquilles.

— Mais c'est qu'il mordrait, en plus !?

— Au lieu de t'acharner sur ton ami, commença Angélique, tu ferais mieux de me passer de la crème à bronzer sur le dos.

Elle se retourna sur le ventre, elle aussi, et Jack se mit à califourchon sur elle, au niveau des reins, pour commencer à lui badigeonner la peau avec la crème solaire dont elle avait laissé le tube à côté d'elle.

Stéphane et Sabine, pendant ce temps, firent plus ample connaissance.

***

Bien après l'apéritif dînatoire qu'avaient organisé les colocataires à l'attention de Sabine qui s'était vue piquer un fard quand Stéphane, sur le chemin du retour de la plage, lui avait annoncé qu'ils trinqueraient en son honneur, elle cogna à la porte de la chambre de Jack. Il était 22 h 04.

— Entre, lança-t-il sans savoir de qui il s'agissait.

Sabine s'exécuta.

— Surpris de me voir ?

— Pas plus que ça...

— Tu attendais Angélique ?

Il pivota sur sa chaise à roulettes pour se tourner vers elle.

— J'aimerais qu'elle soit avec moi à chaque seconde, tu sais !?

La main toujours posée sur la poignée de la porte, elle finit par la refermer et vint ensuite s'asseoir sur le lit, auprès de son vieil ami de toujours, baigné comme elle par *Dancing with Tears in my Eyes* d'Ultravox [43].

— Je te dérange ?

— Non, pas du tout, répondit-il en baissant le volume de sa chaîne hi-fi. Tu sais que tu ne me déranges jamais...

Elle lui fit un sourire. Il lui demanda :

— Tant que j'y pense, tu as signé la pétition ?

— Stéphane et Antoine m'en ont parlé, mais elle a apparemment été égarée.

— Excuse-nous, c'est encore le capharnaüm et nous n'avons pas eu le temps de tout ranger. Elle a dû se glisser je ne sais où ; on la retrouvera. Mais dis-moi, en quoi puis-je t'être utile, fillette ?

Sabine ne réagit pas ; elle regardait les posters déchirés sur les murs et qui ne tenaient plus que par quelques punaises.

— C'est elle qui a fait ça ?

— Oui...

— Pourquoi les laisses-tu ainsi ? Tu ferais mieux de les jeter !

— Je verrai ça plus tard.

Elle se tourna vers lui.

— Raconte-moi cette légende...

Jack se mit à rire en comprenant de suite que sa visite intéressée l'était pour une raison qui ne le surprenait guère et le lui fit remarquer :

— Tu aimes toujours autant m'écouter parler, hein ?

Il se leva et alla à la fenêtre fermer les volets.

— Tu n'as pas changé... et ça me fait plaisir.

Et il se rassit auprès d'elle, le mutisme de son amie l'invitant à parler.

— Au printemps de l'an passé, le 5 juin 1989 pour être précis, a été inaugurée la ville : stands dans les rues piétonnes du centre, attractions, discours du maire et tout le bataclan. Tu imagines aisément, je pense, à quel point cette soirée a pu être pompeuse. Mais nous étions très heureux car bien qu'Émeric, mes parents et moi habitions toujours à Soorts-Hossegor, nous avions déjà lancé les procédures d'acquisition de notre maison aux Jonquilles à l'est de la ville et nous étions donc certains d'y vivre. *Sunset City* jouissait d'un avenir très prometteur car tout restait à faire et tous les espoirs étaient permis. Mais en fin de soirée de ce lundi, alors que de nombreux habitants de la ville s'amusaient sur les plages dans une liesse sans précédent, un jeune peintre en quête d'un lieu d'inspiration s'est épris d'un endroit très particulier situé au nord de la ville, là où se trouvait et se trouve aujourd'hui encore une large bande de rochers qui part vers l'ouest dans l'océan sur près de cent mètres. Cet artiste, qui s'appelait Aristide, commençait à fignoler sa toile représentant le crépuscule qu'il avait sous les yeux dans le lointain avec les rochers en premier plan lorsque soudain, une femme aux longs cheveux dorés et vêtue d'une robe blanche est apparue devant lui et s'est vraisemblablement mise à glisser mystérieusement sur la surface de l'eau...

Sabine l'interrompit en gloussant.

— Qu'est-ce que c'est que cette histoire ridicule ?

— Tu voulais la légende, non ? rétorqua Jack.

— Que tu me parles de fantômes quand j'ai cinq ans pour me faire peur passe encore, mais quand j'en ai vingt-trois...

— Sabine, tu pousses un peu, là ! Tu viens dans ma chambre à une heure indécente, tu me réclames la légende, je te la sers sur un plateau et tu t'esclaffes ? Tu peux retourner te coucher si le cœur t'en dit !

Elle lui mit la main sur l'épaule.

— Excuse-moi, lui dit-elle avec toute la sincérité du monde. Mais c'est tellement énorme !

— Et que veux-tu que j'y fasse ? Cette légende, tout le monde ici la connaît. Même les commerçants qui travaillent à proximité de ma boulangerie-pâtisserie en parlent quelquefois, c'est dire !

— Et alors, qu'est-il arrivé à ce pauvre artiste à ce moment-là ?

— Rien ! Il l'a vu disparaître aussi brusquement qu'elle était apparue.

— Et ensuite ?

— Il a poursuivi et achevé son tableau le plus naturellement du monde, sans oublier en revanche d'y peindre cette apparition. Elle l'avait tellement marqué !

— Tu disais que c'était le soir-même de l'inauguration de la ville. Peut-être avait-il bu plus d'alcool que de rigueur pour fêter l'évènement...?

— Non, il n'avait de source officielle rien bu. Quand il est rentré chez lui, il en a parlé à sa femme qui a aussitôt appelé le commissariat. Cette affaire est donc la première que la police de la ville ait eu à régler, le soir-même de l'inauguration. Ce détail aussi rend cette affaire des plus singulières. Il a bien évidemment juré bec et ongles aux autorités qu'il n'avait rien bu, et sa femme a certifié que son époux n'était pas porté sur la bouteille. Sobre comme un nouveau-né.

— Ça, ça dépend si la mère est alcoolique ou pas...

Jack ne releva pas.

— Ce que sa femme a pu dire ne vaut rien, ajouta Sabine. Le dossier a été classé sans suite ?

— Oui, mais un policier zélé du nom de Marc Swift a lui-même mené son enquête, découvrant ainsi qu'à l'endroit même où se situent les actuels Rochers de la Morte, une femme s'était noyée le mercredi 31 janvier 1979. On n'a jamais su son identité. À cette époque, cette zone de Sanlys-sur-Mer n'était ni plus ni moins qu'un littoral sablonneux qui s'enfonçait dans les terres à l'est sur la forêt artificielle des Landes et se situait au nord de la plage du Cap de l'Homy, désormais disparue et remplacée par notre plage de nudistes.

— Inutile de sortir de Saint-Cyr pour deviner que les gens – et ce Swift en premier – ont immédiatement pensé que ce spectre était la désincarnation de la victime de 1979.

— Justement, non ! Tout le monde l'a cru... Je veux dire, tous les Sanlymarins croient effectivement – et c'est encore le cas aujourd'hui – que cette femme qui s'est manifestée le lundi 5 juin 1989 est le spectre de la noyée du Cap de l'Homy de janvier 1979, sauf ce policier qui s'est vanté de ne pas être aussi naïf que cela : il ne croit pas à cette histoire et n'accrédite que l'hypothèse de l'hallucination.

— En tout cas, tout le monde s'accorde à appeler cet endroit « les

Rochers de la Morte », même cet agent de police, huh ?

— C'est vrai ! D'ailleurs, Angélique ne te l'a sans doute pas dit, mais elle a bien failli se noyer au large de ce lieu-dit mercredi dernier. Ce n'est que grâce à Émmanuelle et Suzanne qu'elle s'en est tirée. Je ne les remercierai jamais assez.

Sabine se plaça devant son ami et, toute excitée, lui proposa :

— Jack ! Et si on allait faire un tour là-bas ?

— Pour quoi faire ? Crois-tu que l'âme spectrale du soir de l'inauguration va réapparaître ? Peuh ! cracha-t-il soudain. Je parle comme si cette créature était vraiment apparue. Tu sais que des gens s'aventurent tous les jours sur ces rochers ? Personnellement, je crois surtout que cette légende arrange bien l'office de tourisme landais. Le coucher de soleil dans l'océan, le parfum de la sève des pins maritimes, la richesse de l'écosystème de la forêt d'Aquitaine, nos armagnacs, le surf à Hossegor, la gastronomie landaise avec ses canards et tout le reste, ça ne leur suffisait plus. Il a fallu qu'ils fassent de cette histoire une arme médiatique pour faire parler de notre ville qui, ne se suffisant plus de son image de havre de paix, a besoin de conquérir le public d'aficionados du mysticisme et des légendes urbaines ? La Bretagne a un bien meilleur patrimoine que l'Aquitaine sur ce plan-là, malgré notre orme légendaire de Biscarosse, et nous n'avons pas besoin d'essayer de rivaliser avec eux. Notre région a ses propres charmes...

— Est-ce que tu veux dire que tu n'y crois pas, Jack ?

— Non, je n'ai pas dit ça !

— Alors allons-y pour en avoir le cœur net !

— Mais tu n'es pas fatiguée, toi ? Le voyage, le nouvel environnement, les colocataires, la plage, l'apéro dînatoire ; tout ça a dû t'épuiser. Tu étais crevée, cette après-midi. Tu devrais aller te coucher, il est tard.

— Pas assez tard pour ne pas y aller, Jack.

— Non, nous irons une autre fois, je te le promets. Mais là, je suis fatigué, et Stéphane et moi avons une grosse semaine de travail à partir de demain. Tiens, j'ai même oublié d'appeler tes parents, ce soir. Je suis complètement à plat, et là, je n'en peux plus !

Jack marqua une pause et ajouta ensuite :

— À propos, Stéphane en pince pour toi, je crois...

— Quoi ? Stéphane ? Mais c'est un enfant !

— Non, ne te fie pas aux apparences, Sabine. Quand tu le connaîtras mieux, tu verras qu'il a une authentique maturité sous ses faux airs de minet.

— Eh bien j'ai d'autres minets à fouetter, pour l'instant !

— Non, on dit *des chats à fouetter*. Ton français est sans doute excellent, mais il te manque encore un peu de justesse en termes d'expressions.

— *Idioat* !

Jack rit de bon cœur devant la mine renfrognée de son amie et malgré l'insulte qu'elle lui avait gentiment lancée au visage dans leur frison maternel, il ajouta :

— Je suis peut-être un crétin, fillette, mais toi, tu es de mauvaise foi !

— Bon, d'accord, Jack ! Je reconnais que je ne m'intéresse qu'à ce qui m'arrange. Mais j'ai un entretien à préparer et je n'ai pas le temps pour les histoires de cœur.

— Si tu n'as pas le temps pour les histoires de cœur, comment pourrais-tu en avoir pour aller aux Rochers de la Morte ? Enfin bon, c'est toi qui vois, se résolut-il à dire.

Elle se leva et commença à sortir de sa chambre.

— On ira ensemble, dis-moi, implora-t-elle sur le pas de la porte.

— Oui, c'est promis ! Sauve-toi, maintenant, lui ordonna-t-il.

— Attends !

— Hé, tu n'as pas fini ? Qu'est-ce qu'il y a encore ?

— Tu n'es pas un crétin.

— Merci... Mais toi par contre, tu es bornée.

Elle ferma enfin la porte derrière elle et Jack entendit Sabine rire de bon cœur à son tour.

***

Il était 22 h 43 lorsque Suzanne arriva au grenier. Antoine s'y trouvait déjà, ayant pris de l'avance pour avoir le temps de bien préparer l'enregistrement vidéo de leur expérience. C'est la raison pour laquelle il avait pris la peine d'installer le caméscope à cinq mètres en face de l'écran du micro-ordinateur et s'occupait de régler le focus. Entre quelques manipulations, il jeta un coup d'œil à sa colocataire.

— Alors ? Prête pour le grand saut ?

— Je ne sais pas si c'est pour le grand saut que je suis prête, mais oui, prête !

Tout était en place : Antoine avait fermement attaché un lourd grappin à trois crochets à l'extrémité de la corde, et l'objet métallique se trouvait posé juste à gauche du clavier du micro-ordinateur. Suzanne l'alluma pour lancer le programme et générer le vide et le choix qui allait avec. Après un *check-up* minutieux, ils s'installèrent devant le PC et attendirent calmement.

Le pavillon se trouvait comme profondément enseveli dans un lourd silence ; les autres devaient certainement déjà dormir.

Suzanne n'arrêtait pas de faire régulièrement bouger son pied, comme excitée par la situation qu'elle était en train de vivre. Et de faire évoluer elle-même.

Antoine, pour sa part, regardait autour de lui : le canapé trois places en cuir orange de Jack qui avait trop longtemps pris la poussière et la chaleur dans le fournil du Salon des Petits Pains, le grand lit carré de deux mètres de côté que les parents d'Angélique lui avaient ramené la veille, le *blaster* Brandt [44] avec son compartiment à cassettes audio, le vieux téléviseur Sonolor [45] dont la télécommande ne marchait plus, les posters de Jack qu'il avait finalement lui-même placardés à la place d'Antoine, le buffet, le petit frigidaire, la commode... Il ressentit une sensation curieuse, comme si tous les éléments autour d'eux avaient une vie propre et que toute leur attention s'en trouvait portée sur eux deux, en attendant le moment crucial où ils allaient se jeter dans cette hasardeuse expérience dont ils ne savaient rien.

Tous ces objets, ces meubles, étaient-ils vraiment différents assemblages de matériaux sans âme ?

Antoine se posa d'inhabituelles questions qui l'inquiétaient lui-même. En fait, il avait peur que tout ceci ne tourne mal, qu'ils ne puissent plus revenir, ou pire encore, qu'ils perdent la vie. Il craignait de ne plus pouvoir poser ses yeux sur ce qu'il voyait en ce moment, et sa chevalière aspirée dans ce qui s'apparentait à un autre monde augmentait ses craintes de ne plus jamais revoir Sidonie.

Et sa peur de mourir.

Seul.

— Il nous reste une demi-heure avant de se lancer, annonça Suzanne, comme pour mettre en pièces le sentiment de solitude manifeste qu'elle sentait émaner de lui.

— On commencera l'enregistrement au caméscope dix minutes avant.

— Sidonie dort déjà ?

— Elle était fatiguée et deux nouveaux enfants viendront régulièrement à la garderie à partir de mardi. Du coup, elle a préféré prendre une bonne nuit de sommeil et a posé une journée de repos demain.

— Et toi, comment te sens-tu ?

— Je ne sais pas... Je ne suis pas stressé de nature, mais par contre, je suis très sceptique. Je suis quelqu'un de cartésien, tu sais !? Du style de Saint-Thomas qui ne croyait que ce qu'il voyait...

— Terre à terre, quoi !?

— Oui et non ! Je me définis avant tout comme un scientifique, mais tout scientifique se doit, au moyen de théorèmes connus, de protocoles ajustés, de formules vérifiées et de calculs corrects, de chercher à rendre possible l'impossible : le corps scientifique a envoyé l'humain dans l'espace, trouvé des vaccins contre des virus responsables d'hécatombes, permis aux uns et aux autres de communiquer à distance. De telles prouesses auraient été considérées comme des miracles à une époque. Du coup, le scientifique doit, d'une certaine manière, accréditer l'impossible pour le mettre au défi. C'est ce que je fais. Si on peut prouver, demain, qu'un écran en verre peut se liquéfier, que l'espace peut tenir dans le moniteur d'un micro-ordinateur, qu'un PC peut générer un courant d'air suffisamment puissant pour arracher une chevalière, alors pourquoi pas ? Je ne suis pas plus terre à terre qu'adepte du « tout est possible ». Je demande juste à comprendre comment le possible l'est et pourquoi l'impossible demeure quand c'est aussi le cas.

— Ton raisonnement se tient... Du coup, récupérer ta chevalière n'est qu'une raison de plus pour te lancer dans cette expérience. Tu veux avant tout comprendre...

— Oui Suzanne. J'aime cette idée d'extraordinaire, de surnaturel. Et même s'il ne se passe rien une fois le troisième choix effectué, cela m'aura bien fait plaisir d'y croire l'espace d'une journée.

Elle ne dit rien et laissa son regard se perdre dans l'infinitude des étoiles en décortiquant le raisonnement d'Antoine. Elle ne s'était jamais figuré que les scientifiques se devaient de croire à l'impossible pour faire avancer le progrès. Elle ne put pourtant pas approfondir ses réflexions : Antoine l'arracha à ses pensées.

— Et toi, Suzanne ? C'est quoi, ton histoire ?

Il sentit, aussitôt qu'elle le regarda, une froideur certaine qu'elle ne sut d'ailleurs dissimuler derrière son visage dont elle essaya de rendre l'expression naturelle.

— Pas grand-chose, souffla-t-elle. Je suis fille unique, née à Vieux-Boucau-les-Bains le 9 février 1967. J'ai grandi à Lacanau en Gironde où j'ai fait ma scolarité jusqu'au brevet des collèges. Ensuite, j'ai arrêté mes études : j'en avais assez. Du coup, j'ai fait des petits boulots, passé le permis il y a cinq ans, ai également racheté la voiture d'un ex et j'ai aussi mis de côté pour me louer un appartement, vivant chez mes parents à l'époque. Au départ, je voulais m'installer à Biscarosse, mais lorsque les premiers logements de Sanlys-sur-Mer ont été mis en vente et en location sur le marché de l'immobilier landais, j'ai saisi l'occasion et me suis acheté à crédit mon petit appartement rue des Jardins Dorés.

— Pas facile d'acheter lorsque l'on a une vie décousue. Tes parents t'ont aidée ?

Le visage de Suzanne s'assombrit davantage et elle ramena ses genoux sous son menton pour poser sa tête dessus, enserrant ses jambes et ses cuisses contre elle pour se mettre dans une position de repli total. Antoine remarqua bien cette ombre qui s'installa sur le visage de la jeune femme, mais ne réagit pas.

— Ils pouvaient au moins faire ça pour moi...

— Et tu connais Jack et Émmanuelle depuis longtemps ?

— Non... En fait, elle et moi donnons l'impression de nous connaître depuis longtemps alors qu'en fait, notre rencontre ne remonte qu'à septembre dernier.

— Quoi, vous ne vous connaissez que depuis neuf mois ?

— Oui ! Et par la force des choses, j'ai fréquenté Jack qui était très souvent avec elle. Tous deux célibataires, ils avaient énormément de temps libre à passer ensemble et étaient constamment fourrés l'un chez l'autre. Et puis elle et moi avons commencé à nous voir de plus en plus souvent.

— Tu n'as jamais eu de vues sur Jack ?

Suzanne rit et Antoine sentit que la tension qui avait investi l'atmosphère de la pièce retomba aussitôt qu'elle déplia ses jambes pour s'esclaffer comme une petite fille.

— Non... Sous ses airs d'obsédé sexuel sommeille quelqu'un de vraiment formidable ; Émmanuelle m'avait prévenue mais j'ai su le voir par moi-même aussi. Malgré ça, je n'aime pas beaucoup les hommes expansifs. Sans arrière-pensée : sache que Stéphane et toi êtes déjà moins démonstratifs, plus taciturnes, ce qui me correspond. J'imagine que c'est ce que Sidonie a aimé en toi, et c'est sans doute pour ça aussi qu'elle a laissé tomber Luc !

Ce fut au tour d'Antoine de rire, et il se laissa tellement gagner par son hilarité qu'il ne put qu'essayer vainement de parler en reprenant son souffle. Cependant, il n'oublia pas qu'ils devaient être discrets : il ne fallait pas qu'ils soient dérangés par quelque colocataire qu'ils auraient malencontreusement réveillé.

— Sidonie et toi avez été plus loin que la simple conversation entre deux personnes qui apprennent à se connaître, conclut-il enfin.

— Bah disons que je lui ai fait le même genre d'interrogatoire que celui que tu viens de m'imposer, dit-elle fièrement.

Il ricana.

— J'imagine que c'est de bonne guerre...

Ils échangèrent un sourire.

— Mais dis-moi, Suzanne : pourquoi avoir parlé de la disquette à Sidonie ? Pourquoi elle ?

— Parce que je savais qu'elle avait un micro-ordinateur, tout simplement. J'ignorais qu'il s'agissait d'un Mac, tout autant que j'ignorais qu'Angélique avait installé son vieux Goupil au second et que tu en possédais également un.

— Non, ma machine n'est pas un PC mais un MSX2 de marque Sony [46] qui utilise des disquettes trois pouces et demi comme le Mac de Sidonie, mais qui toutefois ne sont pas compatibles. Du coup, on n'aurait assurément pas pu utiliser la disquette rouge sur le mien, remarqua Antoine. Par conséquent, si Angélique n'avait pas ramené son Goupil, nous n'aurions jamais su ce que contenait la disquette.

— Et nous serions dans les bras de Morphée à cette heure-ci...

— Aah, grommela Antoine. Je n'aime partager mon sommeil qu'avec les femmes [47].

À 23 h 20, conformément à ce que Suzanne et lui avaient prévu, Antoine mit le caméscope sur pied en marche et ajusta davantage encore la netteté du focus sur l'écran au centre de l'objectif. Puis il revint s'installer devant la machine française que la Société de Micro-informatique et Télécommunications avait sortie en 1985, rejoignant Suzanne qui attendait impatiemment la suite et commençait à douter de cette disquette rouge.

— Et s'il ne se passe rien en appuyant sur la touche « 3 » ?

— Alors on se sera fait de gros films et puis c'est tout, répondit simplement Antoine. Et ça nous aura fait passer une bonne soirée !

Elle dressa un sourcil et finit par dire :

— Tu as raison.

— CHOISISSEZ VOTRE DESTINATION : UN, DEUX OU TROIS !

La montre d'Antoine sonna l'heure du départ.

— Rendez-vous de l'autre côté, dit-elle.

— Ce sera avec plaisir.

Suzanne appuya d'une pression ferme sur le bouton « 3 » du pavé numérique aux touches blanches. Dès cet instant, la température ambiante de la pièce se mit à augmenter progressivement, créant des halos dansants dans l'atmosphère et voilant d'une ondulante chaleur humide l'intérieur de la pièce. Les deux colocataires, d'abord, restèrent immobiles, guettant toutes les sensations que leur corps envoyait à leur cerveau. Puis ils surent qu'ils avaient joué avec le feu à s'en brûler les ailes : ils avaient été trop haut, trop loin. La chute serait aussi lente que l'agonie serait longue.

La sort en était jeté.

Antoine, comme pris de soudaines convulsions, se rejeta en arrière, tendu dans sa carcasse, crispé en une parodie humaine contorsionnée par ses muscles pressurisés, en quête d'un air qui semblait déjà ne plus circuler autour de lui. Suzanne se retrouva courbée sur elle-même, le dos rond, les yeux exorbités dans un faciès tiraillé entre les profondes morsures d'une température extrême et la virulence d'une menaçante asphyxie. Tous deux parvinrent malgré tout à tourner la tête pour se regarder dans les yeux tandis que leurs veines turgescentes gonflaient la peau de leur corps soumis à de folles pressions.

Ils essayèrent tant bien que mal de faire sortir un mot de leur bouche aux lèvres exsangues, mais pas un son ne sortit en dépit de tous leurs efforts. De plus, ils se sentaient rapetisser et cette miniaturisation de leurs cellules leur était insoutenable : leurs vêtements, eux, gardaient leurs dimensions originelles.

Lorsque la douleur atteignit les cimes de l'insupportable, ne pouvant parvenir à crier pour exprimer leur indicible souffrance, Antoine se mit soudainement à baver, souffrant mille morts, offrant à son visage la blancheur mousseuse d'une bouche écartelée par d'abondantes sécrétions d'une salive qu'il ne put davantage contenir. Suzanne, sans plus pouvoir retenir les diaphragmes et les sphincters de son corps, ne put s'empêcher de se laisser aller dans ses vêtements sans comprendre ce qu'il lui arrivait : les louables efforts que sa volonté dégageait n'avaient guère été en mesure de rivaliser avec l'énergie surnaturelle qui venait de la pousser à baigner dans sa propre honte tout autant que dans l'odeur nauséabonde de l'urine qu'elle avait elle-même répandue.

Tous deux étaient pareils à des cadavres vivants, ne mesurant plus que onze centimètres de hauteur, croulant sous leurs habits, se vidant lentement de leur sang qu'expulsaient leurs veines gonflées, libérant le parfum fétide de la transpiration que les pores de chaque partie de leur corps évacuaient en humides fragrances malodorantes. Tant les larmes qui coulaient de leurs yeux terrifiés que leurs déjections nasales ne faisaient plus aucune différence. Ils étaient méconnaissables, pareils à deux êtres humains à l'article de leur mort qui, dans le peu de conscience que leur état leur permettait encore de conserver, leur semblait inéluctable. Leur visage n'était plus qu'un masque mortuaire.

Du fin fond du vide qui avait pris possession de l'intérieur du moniteur du Goupil s'en vinrent deux triangles lumineux qui s'approchaient rapidement, grossissant dans l'espace constellé d'étoiles et menaçant de sortir de la machine.

Ils venaient pour eux.

Suzanne et Antoine, soumis à un courant qui les aspirait de plus en plus puissamment dans le coffrage du moniteur, ressassèrent amèrement leurs regrets. Ils avaient joué leur destin sur un échiquier dont ils avaient mésestimé le maître : Capella, lequel avait déjà plusieurs coups d'avance sur eux.

La jeune brune tomba dans l'inconscience. Complètement penchée en avant, elle laissait une coulée de sang vomir de son oreille gauche et un fil de bave visqueuse dégoulinant de ses lèvres, lequel se perdait sur la moquette entre ses jambes. Sans délai, son corps nu fut violemment aspiré dans le vide et se placarda aussitôt sur le premier triangle.

Antoine, lui, avait encore tous ses esprits, à son grand dam.

Et dans un effort qui exigea de lui ses ultimes soubresauts d'énergie vacillante, il parvint, avant d'être emporté à son tour, à hurler un prénom dans un cri inhumain.

***

Sidonie se réveilla en sursaut, dressée en équerre sur son lit et le regard inquiet planté droit devant elle. Seule dans sa chambre, le cœur battant une chamade proche d'une tachycardie exponentielle, les mains pareilles à des serres tenant avec poigne la couverture qu'elle avait rabattue sur ses cuisses, la respiration haletante, elle regarda autour d'elle et découvrit un intérieur bleu nuit trop calme pour la rassurer.

— Est-ce que c'était un rêve ? J'ai cru entendre Antoine m'appeler, dit-elle pour elle-même sans réaliser que ces mots avaient besoin de sortir de sa bouche pour entendre de sa propre voix la réalité de ses interrogations.

Malgré cela, elle ne reconnut pas son timbre, cassé par une émotion à laquelle elle ne s'attendait pas. L'appréhension.

Le radio-réveil lui indiquait 23 h 36.

Elle était submergée par l'intime conviction que quelque chose de terrible était en train de se produire, et était peut-être même déjà sur le point d'atteindre le point de non-retour.

Sans se poser de questions, sans chercher à comprendre, comme guidée par une petite voix qui ne la quitterait jamais, elle se jeta hors de son lit et se précipita au second étage. Lorsqu'elle arriva en haut des marches et regarda la pièce entre les balustres, elle eut juste le temps d'apercevoir le minuscule visage d'Antoine disparaître derrière le verre de l'écran qui se reformait. Elle accourut sans réfléchir, se jeta sur l'interrupteur du micro-ordinateur en heurtant le trépied du caméscope et, au dernier moment, retint son geste, continuant sa course en se blessant l'épaule gauche dans sa chute.

Galvanisée par la douleur, excitée par l'adrénaline, elle se redressa sur les genoux et regarda l'écran dans lequel elle put remarquer deux trigones d'un bleu luminescent emportant chacun une silhouette en position de crucifixion. Antoine, bien loin de penser à *l'Homme de Vitruve* de Léonard de Vinci [48] au vu de son état d'inconscience, avait été l'un des prisonniers de ces deux polygones, mais Sidonie n'était pas parvenue à identifier l'autre, plus éloigné. Les deux points lumineux disparurent dans le lointain sans rien laisser d'autre que l'absence des deux êtres humains qu'ils avaient emportés vers une destination inconnue.

Sidonie, à genoux devant la machine, assise sur ses jambes, tout en laissant retomber la tension qui l'avait hissée dans un puissant état d'excitation, reprit également son souffle et détailla l'intérieur de la pièce. Et c'est en tombant sur la corde passant par la fenêtre ouverte qu'elle réalisa que l'autre extrémité disparaissait dans le vide spatial du moniteur du G4.

L'écran devint noir comme s'il était éteint, mais le tressage de la corde demeurait prisonnier de la surface vitreuse du tube cathodique, à l'instar de ce qu'aurait pu donner une fusion des atomes de polypropylène et de verre.

— Comment est-ce possible ? Et ai-je vraiment vu disparaître Antoine dans le vide de l'écran ? Et si tel est le cas, éteindre l'ordinateur ne risquerait-t-il pas de le condamner à y rester à tout jamais ?

Elle regarda attentivement la machine, eut un déclic en faisant le lien avec la disquette rouge de Suzanne, puis, suspicieusement, approcha son visage de la façade de l'unité centrale du Goupil pour remarquer qu'elle se trouvait insérée dans le lecteur.

— Suzanne... Se pourrait-il qu'Antoine et toi ayez été plus en avant dans vos investigations relatives à cette disquette ? Auquel cas, pourquoi m'en avoir écartée ?

Commençant à ressentir la douleur, elle fit tourner son bras autour de son épaule gauche en gardant l'autre main sur son trapèze et, ce faisant, repensa au trépied du caméscope qu'elle avait fait chuter. Elle le ramassa, examina l'appareil et se rendit compte qu'il s'était accidentellement mis en pause.

Ses yeux s'écarquillèrent. Sa bouche s'entrouvrit. Sa respiration hoqueta.

— Se pourrait-il que... commença-t-elle sans que la suite de sa question ne parvienne à être formulée.

Elle eut une bouffée de chaleur, se sentant soudainement fiévreuse et stoppa complètement l'enregistrement pour le rembobiner et se repasser les vingt-neuf minutes de film dans un silence religieux.

Ce visionnage changea complètement l'expression de son visage, le rendant plus fermé à mesure que s'écoulaient les minutes de la vidéo. Puis elle éteignit le PC. Inopinément, le grappin fut brutalement éjecté hors de l'écran. Il heurta l'épaule déjà blessée de Sidonie. Elle réprima un hurlement de douleur. Il finit par ricocher dans le mur nord qu'il fissura dans un assourdissant vacarme avant de lourdement se balancer dans l'escalier.

S'accroupissant aussitôt, elle observa un silence d'une vingtaine de secondes, baignant dans un océan de frayeur à l'idée que quelqu'un ait pu être réveillé et vienne voir ce qu'il en était, mais personne ne sembla avoir été tiré de son sommeil. Les yeux exorbités imprégnés de larmes d'angoisse et de chagrin, elle se massa vigoureusement le bleu de son épaule, récupéra la disquette et les vêtements, prit le trépied en remarquant que le moniteur était redevenu le boîtier rigide contenant un écran lisse et solide, et garda le caméscope dans ses bras pour redescendre ainsi dans sa chambre.

Le ton léger qu'elle prit pour prononcer les derniers mots de cette journée était d'un volume inversement proportionnel à la force de sa motivation.

— Antoine... Je vais te rejoindre...

**

Plongé dans ses pensées, les yeux accrochés aux spots d'une rampe fixée au plafond de la salle du second étage, Stéphane se posait les mêmes questions que ses colocataires présents, lesquels, eux aussi, cherchaient des réponses à la subite disparition d'Antoine et de Suzanne.

Seule Sidonie savait de quoi il retournait, mais elle avait délibérément choisi de ne rien leur dire pour ne pas compromettre son souhait de se lancer elle aussi dans l'expérience sans être entravée par les conseils et les tentatives de dissuasion de son entourage. Après s'être couchée, elle avait tout à coup repensé au grappin suspendu dans l'escalier et s'était relevée dans le silence de la nuit pour sortir de la résidence en pantoufles et escalader le mât en pyjama afin de défaire le nœud qu'avait fait Antoine à quatre mètres du sol autour du pylône électrique. De retour dans la salle, elle avait ensuite roulé la corde autour de l'axe du grappin en remarquant l'odeur putride qui contrastait avec l'air chaud et inodore du premier étage. Et Sidonie avait enfin remarqué les taches sur le sol, malodorantes et humides, et avait nettoyé la moquette du mieux qu'elle avait pu sans se poser de questions, faisant également disparaître les petites traces de sang éparses qui faisaient des auréoles brunes. Enfin, elle avait ramené le grappin dans sa chambre, le mettant avec le caméscope, le trépied et la disquette rouge dans son placard à l'abri du regard de tout visiteur impromptu. Les vêtements, pestilentiels, avaient fini dans un sac plastique fermé hermétiquement et rangé dans le tiroir du bas de son armoire. Et à l'aube, n'étant pas parvenue à se rendormir, elle s'était repassé la vidéo de l'expérience. Six fois.

Il était 13 h 02. Cela faisait désormais près de trois heures qu'Émmanuelle avait remarqué l'absence de sa meilleure amie qui, de suite, lui avait semblé anormale et l'avait mise dans tous ses états. Sidonie – bien que cela ne lui ressemblât guère, avait joué le jeu de la surprise en signalant qu'Antoine aussi manquait à l'appel, ajoutant qu'il ne travaillait jamais à la librairie le lundi qui demeurait son jour de repos et qu'il aurait donc dû être là. Toutes deux avaient donc réveillé Sabine qui dormait encore à ce moment-là, et celle-ci avait aussitôt appelé Stéphane et Jack au Salon des Petits Pains pour leur demander de rentrer expressément à la résidence pendant leur heure de déjeuner. Angélique avait également été mise au courant par téléphone, mais elle ne pouvait malheureusement pas se soustraire à son travail et ne serait pas là avant le début de soirée ; elle avait malgré tout conseillé à Émmanuelle d'appeler la police pour signaler leur disparition mais la rouquine lui avait répondu qu'ils devaient d'abord en discuter tous les six.

— Tu ne vas pas à la garderie Casimir aujourd'hui, Sidonie ?

La blonde se tourna vers Jack.

— Mon bien-aimé a disparu sans laisser de traces et tu voudrais que j'aille jouer la comédie avec un sourire hypocrite auprès des enfants ? Et de toutes manières, j'ai pris ma journée, aujourd'hui : le déménagement des Colombes à ici m'a épuisée et je vais avoir beaucoup de travail à partir de demain. Pourquoi voudrais-tu que j'aille travailler ?

— Bah écoute, je ne sais pas... mais je trouve ton attitude un peu légère et apathique pour une femme dont *le bien-aimé* a disparu !

Tous les regards se tournèrent vers elle. Elle fronça les sourcils et se leva en les regardant tous :

— Je n'ai résolument rien à faire dans une colocation où les gens ne peuvent avoir confiance les uns envers les autres !

Elle tourna les talons et quitta la pièce, jetant un regard triste à la fissure faite la veille par le grappin dans le mur de l'escalier et que personne n'avait remarquée. Émmanuelle la rappela, et constatant qu'elle continuait à descendre les marches comme si ses injonctions ne l'atteignaient pas, elle se leva et voulut la rattraper. Jack l'en dissuada.

Stéphane se leva et remarqua :

— En fait, si on y réfléchit bien, on ne les a pas beaucoup vus, hier... J'ai la très nette impression qu'ils mijotaient quelque chose. Souvenez-vous, lorsque Sabine est arrivée, ils avaient tous les deux l'air d'être complètement ailleurs. Jack, que faisait Suzanne quand tu es monté ici pour la prévenir que Sabine était arrivée ?

— Il me semblait bien qu'elle observait le micro-ordinateur. C'est vrai que maintenant que tu en parles, elle n'avait pas l'air de vouloir que je m'approche trop de la machine, souligna-t-il en jetant un regard sur le Goupil que Stéphane alla aussitôt examiner de plus près.

— Comme si elle voulait cacher quelque chose ? demanda Sabine.

— Plus ou moins... Mais de toutes façons, cette fille est naturellement bizarre !

— Tais-toi ! lui ordonna Émmanuelle. Si c'est pour faire de telles remarques, tu peux t'abstenir !

— Hé, venez voir un peu par ici !

Tous se tournèrent vers Stéphane et vinrent précipitamment auprès de lui ; il caressait la moquette d'une main, juste devant le clavier de la machine.

— C'est humide, dit-il simplement.

— À peine humide, oui !

Émmanuelle se prosterna devant le PC pour renifler la moquette et se redressa d'un bond.

— Le sang ! On dirait l'odeur du sang ! répéta-t-elle en laissant l'émotion transparaître dans sa voix.

— Plutôt du sang mêlé à autre chose, estima Jack qui venait à son tour de mettre à contribution son sens olfactif. Il s'est passé quelque chose ici cette nuit : la moquette était intacte hier encore.

— C'est affreux, on dirait que ça sent aussi l'urine !

— Tu es d'une finesse, vieux ! grinça Jack.

— Tout porte à croire qu'ils se sont volatilisés depuis cette pièce où nous sommes en train de nous prendre la tête pour donner un sens à leur disparition, conclut Sabine.

— Moi, je suis certaine qu'ils n'ont pas été kidnappés, affirma Émmanuelle en essayant de contenir son affolement. Le cœur du mystère, c'est cette pièce. Le temps que Suzanne et Antoine y ont passé hier, le PC dont elle ne voulait pas que Jack s'approche, la moquette humide, l'odeur de sang...

— Je maintiens que ça sent aussi l'urine, insista Stéphane. Venez sentir ici.

— Non merci...

— En tout cas, je ne t'ai jamais vue aussi sûre de toi pendant ces dix-sept dernières années, remarqua Jack en regardant Émmanuelle avec suspicion. Explique-nous ce qui te rend si certaine de ce que tu avances.

— Je viens de le dire : toutes ces coïncidences !

— L'intuition d'Émmanuelle est bonne ! s'exclama une voix dans leur dos.

Sidonie, de retour dans la pièce, se tenait en haut des marches de l'escalier, le visage grave. Dans sa main gauche, elle tenait le grappin et la corde enroulée autour, serrant contre sa poitrine le trépied avec le caméscope vissé à son extrémité. Sa main droite qui l'avait accompagnée sur la rampe pendant l'ascension des degrés s'était arrêtée sur la tête de départ de l'escalier et tenait fermement la boule en bois qui faisait corps avec.

— Je savais que tu nous cachais quelque chose, blondasse ! grommela Jack. Dis-nous tout ce que tu sais !

— Non Jack, trancha-t-elle en s'approchant du petit groupe assis autour du clavier du micro-ordinateur. Je vais faire mieux que de vous en parler. Je vais vous montrer !

Et Sidonie s'exécuta.

Le seul élément qu'elle passa sous silence fut la disquette rouge :

sachant qu'Antoine avait lancé l'enregistrement de la vidéo alors qu'elle était déjà dans le lecteur du Goupil et que Sidonie l'avait elle-même accidentellement mis en pause en heurtant le trépied de l'appareil alors qu'elle s'y trouvait encore permettait de cacher son existence, et elle escomptait bien pouvoir réitérer l'expérience que les deux colocataires avaient faite.

Sabine et Jack d'abord, puis Stéphane et Émmanuelle ensuite visionnèrent deux par deux la séquence de vingt-neuf minutes sur le caméscope ; Sidonie la connaissait déjà par cœur. Et, fondamentalement, l'absence de la disquette induisait toute une série de questions auxquelles elle était la seule à pouvoir répondre.

— Je pense que... Je pense que c'est Suzanne qui est responsable de l'odeur d'urine ; ça ferait coïncider la trace sur la moquette devant le PC et l'endroit où elle était assise.

— Et après ? demanda Jack avec véhémence en regardant son apprenti. Ce n'est pas le genre de chose qu'on a envie d'entendre cinquante fois et ce n'est pas reluisant pour elle. Alors tu ferais mieux de la fermer, inspecteur Colombo [49] !

Stéphane préféra ne pas réagir et chercha à se rassurer.

— On est bien d'accord pour dire que deux triangles sont venus de ce microcosme, les ont fait prisonniers une fois rapetissés et les ont emportés dans l'infini ? On peut dire que le PC les a engloutis, en quelques sortes. N'est-ce pas ?

— *Microcosme*, nous n'en savons rien, répondit Sidonie. Mais oui, on peut plus ou moins résumer les choses ainsi bien que cela paraisse impossible. Il semble donc évident que même si nous décidions de montrer cette vidéo aux autorités, non seulement, ils y verraient un canular, mais en plus, quand bien même ils nous prendraient au sérieux, ils ne pourraient pas faire grand-chose pour nous aider à les retrouver.

— *Un canular* ? fit Jack. Il n'y a que dans le cinéma qu'on peut obtenir ce genre de vidéo, avec des trucages de professionnels. Par contre, je propose d'essayer de voir ce qu'il se passe lorsque nous allumons la machine nous-mêmes.

— J'ai déjà essayé, mentit Sidonie. Il ne se passe réellement rien d'anormal.

Jack s'avança pour passer une main derrière l'unité centrale afin de mettre en route le micro-ordinateur. Quand il actionna l'interrupteur, ses yeux se posèrent aussitôt sur Sidonie tandis que la machine se mettait à ronronner.

— Tu nous as déjà baladés tout à l'heure, toi ! Alors si tu permets, on va vérifier par nous-mêmes... Après tout, nous ne sommes que colocataires et non amis. Nous ne pouvons donc pas encore te faire confiance.

Sidonie avait bien mérité ces sarcasmes qui sentaient mauvais l'ironie et la rancune, mais elle ne dit rien, estimant qu'il n'avait pas complètement tort.

Le moniteur, aussitôt la mise sous tension effectuée, affiche en caractères blancs sur fond noir toute une série d'informations relatives au démarrage du système et propres à rassurer l'utilisateur sur l'état de fonctionnement des différents éléments de la machine, laquelle finit ensuite par s'arrêter sur le prompt du système d'exploitation MS-DOS.

Jack lança un regard interrogateur à Sidonie. Comme elle le regarda, il insista.

— Et maintenant, qu'est-ce qu'il faut faire ?

— Arrête un peu ça, Jack ! s'écria-t-elle. Tu me gonfles, maintenant ! Si tu es si malin que ça, débrouille-toi tout seul !

— Ok, c'est bon ! s'emporta-t-il en se levant. Faites ce que vous voulez. Moi, je ne sais plus quoi faire. Débrouillez-vous sans moi.

Manifestement plus éprouvé par ces disparitions qu'il ne l'aurait lui-même imaginé, il se précipita furieusement au sommet de l'escalier et descendit les marches.

— Stéphane, lança-t-il d'en bas ! Il est 14 h 15. On a du travail à la boulangerie. Amène-toi !

C'était l'une des rares fois où Jack l'avait appelé par son prénom. Aussi Stéphane répondit-il, comme pour le lui faire remarquer :

— J'arrive, *vieux* !

Il le suivit dans les marches, mais ne perdit rien, lorsqu'il regarda par-dessus son épaule, du sourire d'encouragement que Sabine lui adressa. Et une fois qu'ils furent partis, elle se tourna vers Émmanuelle et Sidonie. Cette dernière s'empara du caméscope en disant :

— Je récupère ça, mais je laisse le trépied et le grappin ici. Je préfère garder l'enregistrement avec moi. Je vais aller me reposer, maintenant. À plus tard, les filles !

— À plus tard, Sidonie, firent-elles ensemble.

— Et merci à toi de nous avoir mis dans la confidence, ajouta Sabine. Je devine à quel point tu peux être inquiète.

— Et dis-toi que Jack est aussi inquiet que nous tous, précisa Émmanuelle. Pardonne-lui ses propos caustiques.

— Ne vous inquiétez pas pour moi, fit Sidonie. Et merci pour votre compréhension.

Elle prit silencieusement congé des deux femmes sans plus de formalités.

— Je dois moi aussi y aller, affirma Émmanuelle ; j'ai encore quelques affaires aux Colombes et j'en ai grandement besoin. Je vais me préparer sans traîner. Alors à ce soir, Sabine !

— Attends !

Émmanuelle, surprise, se retourna et montra une mine intriguée. Sabine expliqua :

— Je sais que c'est toi qui as pris ma place de meilleure amie de Jack quand il s'est installé en France en soixante-treize.

La rousse fit une moue que la Néerlandaise n'aurait su interpréter, mais elle y décela une éventuelle méfiance.

— Je tenais juste à te remercier d'avoir été là pour lui, fit-elle avant de détourner son regard pour aller vers les escaliers.

Émmanuelle la rappela à son tour.

— Excuse-moi, je ne suis pas très réceptive ni avenante, aujourd'hui. Mais Suzanne est ma meilleure amie et je m'inquiète pour elle...

— Je sais, répondit Sabine en la regardant par-dessus son épaule. Mais nous ne sommes manifestement pas en mesure de faire quoi que ce soit pour l'instant, ajouta-t-elle avant de marquer une courte pause. Nous en reparlerons ; je ne te retiens pas davantage, Émmanuelle. Essaie d'être courageuse, et à plus tard...

— Merci, fit-elle tout bas en passant à côté d'elle pour retourner au premier étage.

Sabine, se retrouvant seule dans la pièce en haut des marches, regarda autour d'elle et pensa :

— Je ne sais pas comment c'est possible ! Deux humains emportés dans un autre monde...

Elle revint devant le PC, l'éteignit et se courba pour renifler la moquette devant elle avant de se redresser d'un bond avec un faciès de dégoût.

— Stéphane avait raison, murmura-t-elle. Une odeur d'urine imprègne la moquette. Décidément, il fallait vraiment que je quitte Harlingen pour vivre ça, ici dans les Landes.

Se redressant pour se diriger à nouveau vers l'escalier afin d'aller chercher de quoi nettoyer la moquette, elle conclut :

— Décidément, la vie en colocation réserve de bien étranges surprises... mais j'espère que Suzanne et Antoine n'en connaîtront pas de mauvaises.

Elle se décida finalement à sortir à la bibliothèque aussitôt qu'elle aurait fini de laver et désinfecter le sol, afin de préparer l'entretien qu'elle allait passer deux jours plus tard au Musée des Beaux-Arts : la résidence lui sembla être le théâtre de choses bien trop surnaturelles pour qu'elle parvienne à se concentrer en ses murs.

***

Dans la fournaise d'une profonde cavité qui s'étirait en une myriade de salles et de corridors de superficies et de hauteurs irrégulières se tenaient sept silencieuses silhouettes. Prosternées dans une posture de dévotion, un genou à terre ou le visage baissé, elles écoutaient les instructions données par une voix qui semblait venir d'outre-tombe, les surplombant pourtant en haut d'un escalier dans le prolongement d'un impressionnant miroir. L'illusion qu'elle était capable de faire trembler les parois rocheuses d'un granit dont l'origine semblait aussi immémoriale que la matière en était compacte et dure demeurait profonde dans l'esprit des subordonnés qui n'osaient piper mot. Ils s'enfermèrent plus encore dans leur propre silence lorsqu'elle exprima son courroux impérieux d'un timbre tonitruant qui ne trompait personne sur la puissance dissimulée derrière les mots qui taillaient leur belle assurance à la serpe et dont la lame acérée les faisait trembler dans leurs chairs.

La forme imprécise d'un canidé plongé comme les autres dans l'ombre des marches baissa ses oreilles en signe de soumission alors qu'un équidé battit un sabot contre le roc à deux reprises pour témoigner son anxiété. Tout à côté, une impressionnante et titanesque silhouette qui dominait les autres frissonnait d'angoisse tandis qu'une séduisante créature aux jambes et aux avants-bras démesurément épais grinça de ses incisives entre lesquelles demeuraient une ribambelle de bouts de viande. Aussi, le scintillement de la lame d'un glaive renvoya un faisceau de lumière sur un visage apeuré, une femme longiligne drapée dans une cape blanche serra les poings sous le tissu pour exprimer sa frayeur et une imposante créature aquatique ruisselait autant des eaux dans lesquelles elle vivait que de la sueur générée par sa hantise de subir les foudres d'une colère sans bornes.

— Polyphème ! Tu peux faire ce que tu veux de la femme, mais je veux que vous retrouviez l'homme dans les plus brefs délais : ces intrus n'ont pour seul droit que de mourir ici, et j'entends qu'ils soient neutralisés dans les quatre prochaines heures. À présent, retournez à vos postes. N'hésitez nullement à quérir l'aide de Magdalena, Mutine et Nectarine si vous vous estimez trop faibles pour remplir seuls votre office. J'espère que vous avez compris que je ne tolérerai aucun échec ! Maintenant, je vous ai assez vus ; disparaissez !

La voix n'eut aucune réponse, comme si elle leur avait implicitement recommandé d'observer le silence plutôt que d'aggraver leur cas de quelque manière que ce soit.

Capella ne savait guère se faire entendre autrement.

***

Alors que Sidonie décida d'aller prendre un bain de soleil sur la terrasse du jardin, d'abord pour profiter de ses rayons en cette fin d'après-midi mais aussi pour essayer de se changer les idées et se détourner ainsi du sang d'encre qu'elle se faisait pour Antoine, Émmanuelle, de son côté, préféra s'offrir une douche revigorante. Avant de descendre au rez-de-chaussée, elle s'empara de quelques produits de toilette dans sa chambre ainsi que de sa large serviette bleue et rose en coton, et alla enfin dans la salle de bain où elle s'enferma.

Les murs recouverts d'un carrelage blanc uni alternaient savamment avec des motifs de lilas violet clair sur un fond immaculé et s'élevaient depuis les plinthes. Celles-ci, épaisses, marquaient la limite du sol froid et dur partiellement recouvert d'un épais tapis d'un bleu léger sur lequel Émmanuelle se déshabilla, juste à côté du bidet. Elle se regarda dans le miroir, plongea les mains dans les cheveux qu'elle releva en palmier au-dessus de sa tête et mit un pied devant l'autre avant de se détailler quelques instants. Puis elle monta sur la balance Terraillon qui lui indiqua soixante-cinq kilos bien pesés. Pour son mètre soixante-quinze, son poids lui sembla tout à fait correct, autant que ses formes qui la ravissaient. Elle soupesa sa poitrine imposante, croisa les avant-bras pour passer les mains sous les aisselles, les yeux rivés sur ses 95C qu'elle considérait fièrement comme l'un de ses plus beaux attraits, et se dandina, comme pour mieux se plaire à elle-même. C'est alors qu'elle alluma la radio :

— ...Ayrton Senna au Grand Prix du Canada. Dans l'actualité

internationale maintenant, la marée noire provoquée vendredi dernier par l'explosion du pétrolier norvégien Mega Borg à trente-et-un kilomètres des côtes du Texas dans le Golfe du Mexique n'est, à l'heure actuelle, pas encore endiguée. Cet accident remet encore à l'ordre du jour la question relative aux protocoles de sécurité et semble inquiéter les organismes environnementaux qui y voient là une défaillance prouvant la vétusté de navire-citernes dont le chargement est une réelle menace pour la nature. Voilà, c'est la fin de ce journal. Dans une demi-heure, c'est Albert Simon qui vous présentera votre bulletin météo, avec une sérieuse canicule à venir. Quant à moi, je vous retrouve dans une heure pour un nouveau flash. Pour l'instant, faisons place au retour de la musique de 1984 avec le titre *Wouldn't it be good* [50] de...

Émmanuelle éteignit le poste à l'instant même où elle entendit la sonnette de l'entrée. Immédiatement, elle s'affola, passa rapidement sa serviette autour d'elle et sortit de la salle de bain pour voir de qui il s'agissait au cas où Sidonie n'aurait pas entendu ; elles étaient seules à la résidence. Elle se recoiffa et ouvrit la porte sans prendre la peine de regarder par l'œilleton. Un lieutenant de police lui apparut, mais elle n'aurait jamais deviné qu'il faisait partie des forces de l'ordre s'il n'avait pas montré sa carte de la Police municipale. Il eut un geste de gêne en la découvrant emmitouflée dans sa serviette de bain.

— Bonjour mademoiselle.

— Bonjour !?

— Excusez-moi de vous déranger, mais des gens du voisinage nous ont appelés pour nous signaler une étrange fumée bleue qui serait sortie de votre grenier hier après-midi et tard dans la soirée ; j'aimerais m'assurer que cela ne se reproduira pas et tirer cette histoire au clair. Voudriez-vous avoir l'amabilité de me laisser entrer ?

Sans laisser le temps à Émmanuelle de répondre, il s'avança et passa à côté d'elle. Surprise, elle se retourna et demanda sur un ton hautain :

— Vous avez un mandat de perquisition ? Il en faut plus qu'une carte de police pour me convaincre !!

— Non, je n'en ai pas ! Et vous devriez arrêter de regarder des polars...

Elle ferma la porte d'entrée et s'énerva.

— Qu'est-ce qui vous donne le droit d'entrer ici sans mandat et avec de telles manières !?

— La vodka me donne tous les droits !

Sans plus attendre, Émmanuelle alla chercher Sidonie sur la terrasse et elles revinrent toutes deux dans l'entrée ; l'homme n'y était plus. Elles allèrent au premier où elles le retrouvèrent, dressé au bout du couloir entre la porte de la chambre de Jack à l'ouest et celle de Suzanne à l'est. Il s'apprêtait visiblement à monter au second, mais Sidonie l'interpella, l'obligeant à se retourner pour leur faire face.

Grand et de forte corpulence, il portait un long imperméable gris déboutonné, passé sur un tee-shirt noir estampillé d'un « 13 » orange en son centre. Un pantalon sombre et ample complètement froissé le long des cuisses et des jambes lui assurait une apparence de soldat de guerre, visuel mis en exergue par une carrure impressionnante et une peau marquée par des plis très prononcés et une épaisseur manifeste. Un peu plus haut, à côté de chacune de ses larges poches se tenait la masse d'un poing lourd de muscles qui semblaient pouvoir dégager une pression aussi puissante qu'un vérin à gaz industriel délivrant deux-cents newtons. Totalement hors-saison dans sa tenue vestimentaire, il avait d'ailleurs été jusqu'à se chausser de grosses pataugas montantes noires à larges semelles crantées et à lacets gris entrecroisés. De longs cheveux, sombres eux aussi, se découpaient en plusieurs mèches qui lui retombaient sur le visage, masquant ses yeux mauves et lui donnant un côté mystérieux.

Malgré son air hargneux et sévère, il semblait entretenir un charme certain qui ne manqua pas de dérouter Émmanuelle. Sa posture exprimait une assurance indéniable et un style qui devaient lui servir à cacher un esprit peut-être plus accessible qu'il n'y paraissait, se dit Sidonie. Dans son ensemble, il donnait l'impression d'avoir au moins la trentaine, sûrement plus. De sa bouche aux lèvres fines, il dit d'une voix grave, comme à son habitude :

— Je monte... que ça vous plaise ou non !

Elles le suivirent, considérant toutes deux qu'elles n'étaient pas capables de faire le poids face à lui et préférant tenter de minimiser les dégâts en étant complaisantes. Elles gravirent donc les marches à sa suite, l'une derrière l'autre, en prêtant particulièrement attention à ses pas qui faisaient craquer le bois de chacune des marches. Un courant d'air fit voler les pans de son imperméable dans son dos ; Émmanuelle et Sidonie durent se reculer un peu. La première dit à la seconde :

— Écoute ! Je vais aller prendre mon bain, tu veux bien ?

— Oui, bien sûr. Vas-y ! Je m'occupe de lui.

— Merci ! Si tu as besoin d'aide, tu hurles !

— Ne t'inquiète pas, je contrôle la situation.

Émmanuelle redescendit jusqu'à la salle de bain et s'y enferma.

Le lieutenant K912, dont le matricule portait un caractère aussi incisif que le sien, ressentit de suite, aussitôt parvenu au sommet des marches, une atmosphère étrange comme celle dans laquelle il baignait lorsque, alors enfant, sa mère lui lisait des mythes de la Grèce antique et des contes de fées grâce auxquels il s'immergeait dans un monde aussi merveilleux que mystérieux. Il chassa pourtant ces précieux souvenirs de son esprit et passa au crible le décor qui se dévoilait sous ses yeux avant de faire quelques pas supplémentaires pour entrer complètement dans la pièce et détailler ce qui attira son regard : les quatre fenêtres encadrées dans les lucarnes, le grand lit placé contre le mur du fond à droite, les coussins par terre, le micro-ordinateur qui avait l'air d'être issu d'une autre époque.

Lorsque Sidonie arriva derrière lui, voulant aller vers le centre de la salle pour fermer la fenêtre ouverte, il mit une main devant elle pour lui intimer de ne pas s'approcher, puis s'avança prudemment et, à chacun de ses lourds pas, les lattes du plancher en bois, sous la moquette, grinçaient comme la porte surannée d'un vieux bateau de pêche. Il arrêta sa marche à deux mètres du Goupil et regarda autour de lui. Le lieutenant K912 ne parvenait pas à donner un sens à la scène au milieu de laquelle il se tenait en alerte, bien que rien de particulier ne l'interpellât. Sidonie crut qu'il devinait que quelque chose était arrivé ici et elle eut peur qu'il essaie de lui tirer les vers du nez. Mais il n'était sûr de rien ; elle était à mille lieues de se le figurer.

— J'aimerais savoir ce qu'il s'est passé, ici... Cette atmosphère mystérieuse.

— C'est pourtant facile à comprendre, remarqua Sidonie d'un air lassé qui parvint à tromper le policier. Nous avons fait un barbecue hier pour griller des schtroumpfs (51). C'est ce qui explique la fumée bleue et l'odeur bizarre qui persiste ici ; ce sont les vapeurs de salsepareille bouillie.

— Ne vous *foutez* pas de ma *gueule* !

L'homme regarda attentivement la moquette et ses sourcils vacillèrent lorsqu'il remarqua la tâche laissée par Suzanne devant le clavier du micro-ordinateur. D'un mouvement fluide et léger, il s'agenouilla, faisant crisser ses lourdes semelles lorsqu'elles se tordirent, gratta la trace d'un index dans le tissu et le frotta contre son pouce avant de porter ses doigts devant ses narines.

Il allait se retourner pour faire face à Sidonie, restée à proximité de l'escalier, lorsque le tube cathodique du moniteur de la machine se dématérialisa pour faire place à un cube bleu dans lequel apparut le visage d'une femme que même Sidonie n'avait jamais vue. Elle s'approcha enfin pour regarder : l'inconnue portait de courts cheveux rouges et ses grands yeux roses semblaient exprimer la détresse la plus sincère. Elle paraissait avoir près de vingt-quatre ou vingt-cinq ans, peut-être plus, mais il était difficile d'en être sûr tant l'image était secouée de distorsions intempestives.

Le lieutenant de police sut, aussitôt qu'il posa ses yeux sur cette image, qu'elle resterait gravée en lui à tout jamais. Il se retourna subitement.

— Qui est-ce ?

— Je ne sais pas, répondit Sidonie. C'est la première fois que je la vois. C'est peut-être Gargamel [51] qui s'est déguisé en fée des bois, ironisa-t-elle.

— Mais cette image ne vient pas de l'écran !

Sidonie fit une moue qui ne signifiait rien aux yeux du lieutenant de police. Il la regardait et elle le regardait. Lui était sceptique, elle non. Elle savait parfaitement que depuis que cette disquette rouge était entrée dans la résidence, plus rien n'avait d'explication logique. Elle en était presque blasée et s'était résignée à accepter les questions sans réponse depuis la disparition d'Antoine et de Suzanne. Désormais, plus rien ne la surprenait.

— JE DEMANDE DE L'AIDE...

La femme de l'écran parlait. K912 et Sidonie la regardèrent.

— ...BÉRÉNICE ET JE SUIS... DE LA DIMENSION DIA... SLEIPNIR M'A CAPTURÉE...

Il s'agenouilla près de l'écran en répétant ce prénom : Bérénice.

— JE VOUS... PLAINE DE CHRONO... URGENT... VENEZ ! JE VOUS EN PRIE !!...

L'image et le cube disparurent pour laisser place à l'écran éteint et solide. L'homme souligna :

— Les haut-parleurs n'ont pas diffusé ce message ; les paroles de cette Bérénice venaient directement de sa bouche.

Par acquis de conscience, il avança sa main vers le moniteur et la posa à la surface de l'écran. Puis il se releva et s'énerva.

— D'où venait ce message ?

Sidonie eut envie de lui suggérer de poser la question au schtroumpf à lunettes, mais elle préféra s'abstenir. K912, pourtant, vint vers elle.

— Qui était cette femme ? Répondez !

— Vous l'avez entendue comme moi. Elle s'appelle Bérénice. Mais j'ignore qui elle est !

— Assez ! hurla-t-il en balayant d'un revers de la main toute envie de palabrer.

Inopinément, le vase qui se trouvait à droite du policier explosa, l'obligeant presque intuitivement à se retourner vers le fond de la pièce. Sidonie en profita pour retourner en bas sans autre forme de procès. K912 cria :

— Qui est là ?

Un silence mortuaire fut sa seule réponse. Il jeta un regard à la dérobée, se rendant compte que la jeune femme s'était sauvée. Il se jeta précipitamment dans les escaliers pour la rattraper et hurla en sentant une douleur à sa jambe gauche. Pris par la vitesse, il dégringola les marches dans un lourd vacarme, tournant sur lui-même, et se criblant le corps d'ecchymoses à chacun de ses mouvements. Enfin immobilisé au pied de l'escalier, il grogna comme une bête : jamais il n'avait eu aussi mal. Sans toutefois se préoccuper de sa blessure à l'arcade sourcilière, il se releva tant bien que mal en s'appuyant au mur qui se fissurait progressivement sans raison apparente, indépendamment de la trace de l'impact causé par le grappin. Enfin, une partie de la surface explosa comme le vase quelques instants plus tôt.

À sa grande surprise, K912 entendit un rire curieux. Relevant ses yeux noyés par son propre sang, il fixa naturellement avec toute sa hargne la mystérieuse et sombre silhouette qui se dressait au sommet de l'escalier, juste devant lui.

*

Chapitre III
DIADEM 13

L e lieutenant de police K912 était là, dressé dans les degrés de l'escalier, soumis aux affres d'un atroce mal de crâne auquel il ne faisait plus guère attention, trop focalisé sur la silhouette noirâtre qui se tenait debout au sommet des marches. Au bout de quelques instants qui lui suffirent à reprendre son souffle, Marc Swift, connu dans les services de police pour être un lieutenant dont la singularité des méthodes n'était pas du goût de la plupart de ses collègues, se releva et monta au-devant de l'inconnu qui sembla soudain le défier une nouvelle fois par un rire fort déplacé. Inopinément, le petit débris de plâtre sur lequel allait marcher Swift explosa tout seul en des myriades de particules ; l'homme s'arrêta de gravir les marches et observa celui qui le narguait à quelques mètres de lui.

L'inconnu portait un long manteau noir avec une capuche relevée sur sa tête, plongeant ainsi les traits de son visage dans l'ombre. Cependant, Marc put remarquer de longues mèches blondes qui lui retombaient devant les lèvres marquées d'un sourire carnassier. Et ses fins yeux clairs qui le regardaient avec un air condescendant le mettaient très mal à l'aise. Tout de noir vêtu, cet homme ne bougeait pas d'un iota et semblait presque se fondre dans la pénombre à laquelle il tournait le dos. Marc chercha à engager un premier contact pour se rassurer.

— Qui êtes-vous ?

— Un dieu !

À ces mots, l'escalier vola en éclats dans son intégralité, donnant à l'inconnu le temps de s'enfuir par une fenêtre de l'étage en bondissant dehors sans aucun élan, alors que le lieutenant de police malmené se retrouvait littéralement englouti par les débris enchevêtrés de ce qui, à présent, ne ressemblait plus à rien.

Au cœur des marches de bois éclatées, des morceaux de rampe brisée et des balustres arrachées, il chercha à se dégager de ce piège dont il n'osait comprendre l'origine. En appui sur les planches écrasées par la pesante masse de son propre corps, il se releva en voulant s'accrocher aux morceaux de moquette qui dépassaient au-dessus du vide, débordant du sol de l'étage, mais les déchira malencontreusement en tirant dessus de tout son poids et, complètement déséquilibré, s'écroula en arrière, portant un *nouveau coup fatal aux restes de* l'escalier. Immédiatement, il fit claquer les os de ses articulations, serra les dents et les poings, fronça les sourcils et se remit sur ses pieds. Sidonie, alertée par le brouhaha, arriva auprès de lui juste à ce moment-là en vociférant.

— Mais !? Mais qu'est-ce que vous avez fait ? Vous êtes complètement dingue !

Marc grogna en donnant un coup de pied dans les débris tout autour de lui sans même porter un regard à la blonde qui ne décolérait pas. Il souffla tout bas :

— Un seul regard... Un seul regard et il a tout fait exploser... Le *salaud* ! Je le retrouverai et lui ferai la peau !

En finissant sa phrase, il passa à côté d'elle pour descendre au rez-de-chaussée où elle le suivit.

Alors que Marc, après avoir franchi la salle de bain, allait pénétrer dans l'entrée sur sa gauche sous les yeux de Sidonie derrière lui, une boule verte apparut à côté de sa tempe droite et explosa en faisant jaillir des éclairs. Il fut aussitôt repoussé avec une extrême violence contre le mur et se retourna immédiatement vers elle.

— Qui est cet homme ? beugla-t-il à Sidonie qui ne bougeait plus, dos collé à la porte du garage.

Il la regarda et, ne comprenant pas ce qui semblait, derrière lui, attirer l'attention de la femme, se retourna. Ses yeux se plantèrent aussitôt dans ceux de l'homme qui venait d'apparaître auquel il fit volte-face : le prétendu dieu. Il était là, à onze mètres du lieutenant K912. Bras croisés, l'inconnu restait immobile, comme précédemment. Apparemment imperturbable. Marc retrouva son allure imposante et demanda :

— Dites-moi... Il y en a beaucoup comme vous qui ont le pouvoir de faire exploser les particules ?

Le dieu se mit à rire d'une fine voix et se rapprocha.

— Nous sommes actuellement trois sur la Terre, dont deux dieux.

— Merveilleux ! palabra Marc. Et vous avez d'autres pouvoirs ?

— Bien sûr que oui. Sinon, nous n'aurions jamais pu survivre à l'ajout des deux autres dimensions dans l'espace-temps Crépusculaire BKX 9352.

Soudain, Émmanuelle appela :

— Sidonie ! Tu peux venir, s'il-te-plaît ?

— J'arrive ! répondit l'intéressée sans détacher son regard du dieu, tant elle était surprise que celui-ci parle d'un sujet, BKX 9352, que seuls Antoine, Suzanne et elle étaient censés connaître.

Elle comprit alors que la présence du dieu n'était pas fortuite.

Elle entra dans la salle de bain en dissimulant tous ses sens en alerte et referma lentement la porte avant d'allumer le petit transistor qui permit à Françoise Hardy de créer une diversion grâce à l'atmosphère chaude et vaporeuse inoculée par *V.I.P.* [52]. En fait, elle n'avait que faire de ce pour quoi Émmanuelle l'appelait, pas plus que du tube qui passait sur les ondes, mais elle y voyait là un échappatoire, une excellente occasion de sortir d'une situation qui, elle s'en doutait, risquait de se dégrader très rapidement.

Marc, lui, ne quittait pas l'inconnu des yeux. Enfin, ce dernier poursuivit :

— J'ai le pouvoir d'entrer dans les pensées de tout être humain. D'ailleurs, je sais que vous vous demandez si je vous mens ou non. Mes propos vous semblent tout à fait insensés, et c'est normal pour un homme de basse extraction, obtus comme vous l'êtes.

Marc fronça les sourcils.

— Mais je vous ai dit la vérité. Tout est clair, les faits sont là. C'est à vous de me croire !

L'inconnu marqua une pause et ferma les yeux avant de dire :

— Apprenez aussi que...

Et les rouvrit pour regarder le plafond derrière lui du côté de la salle à manger : aussitôt, de lourds grondements retentirent dans une cacophonie assourdissante qui poussa les deux jeunes femmes, dans la salle de bain, à s'accroupir ensemble entre la cabine de douche et le lavabo. Le sol tremblait et grinçait tandis que les murs vibraient, faisant remuer les quelques décorations qui se trouvaient placardées au rez-de-chaussée.

Puis tout s'arrêta enfin et l'inconnu reprit :

— ...j'ai le don de psychokinésie. D'une seule pensée, je peux déplacer, construire, détruire, faire imploser et exploser tout ce que je veux : rien ni personne ne peut résister à cette faculté contre moi.

Le dieu se tut une nouvelle fois pour laisser le temps à Marc de digérer ce qu'il venait d'entendre. Toutes ces histoires de pouvoirs semblaient inventées de toutes pièces. Pourtant, la boule verte de tout à l'heure et l'explosion de l'escalier avaient bel et bien été réelles, elles. Marc, sans le montrer, se sentait effrayé en constatant qu'il se faisait lui-même une raison : tout ceci paraissait vrai, et pourtant, une telle histoire était contre nature.

— Je vois que tout ceci vous surprend, n'est-ce pas ?

— Oui, c'est vrai, mais comment pourrait-il en être autrement ? Chacun sait bien que de telles facultés n'existent pas !

Swift ne semblait pas convaincu de ce qu'il venait de dire. D'ailleurs, cette phrase qu'il avait prononcée sans la moindre conviction sonnait creux et plongea l'inconnu dans un rire à gorge déployée.

— Laissez-moi vous prévenir que vous vous exposez à d'amères désillusions si vous adhérez aux ineptes croyances des gens de votre dimension. C'est ridicule ! Vous n'êtes pas crédule, voyons ! Ne me dites pas que vous faites vous aussi partie du lot de moutons que sont les humains qui ne croient que ce que leurs yeux voient. Non, vous êtes vous-même convaincu que tout ce que je viens de vous révéler est la pure et simple vérité. Et vous verrez qu'un jour, les cinq milliards de cafards dont vous faites partie devront tous se résigner à croire à l'existence de pouvoirs supérieurs et d'univers parallèles. Ils n'auront plus aucun prétexte pour douter.

— Peut-être, oui... Mais dites-moi un peu : vous avez parlé d'un espace-temps *crépusculaire* il y a quelques instants de cela, ainsi que de l'ajout de deux mondes supplémentaires. Expliquez-moi donc leur lien.

Marc souhaitait que cet inconnu s'ouvre à lui. Il voulait essayer de comprendre sa psychologie pour déceler la plus petite incohérence, la moindre erreur dans ses propos : la faille. Plus l'inconnu parlerait, plus il risquerait de se perdre dans ses mensonges.

— Agent K912 ! Cessez de jouer au plus fin avec moi !

Swift soupira et s'adossa au mur.

— D'accord, concéda-t-il bien vite. Je veux bien essayer de vous croire. De toutes façons, malgré votre air antipathique, je n'arrive même pas à douter de votre sincérité !

— Très bien... Vous voici raisonnable.

Tout à coup, Marc s'empara de son revolver, un Colt Python Elite [53] rutilant, et bondit au-devant de l'inconnu pour le pointer droit sur lui.

— Ça suffit ! Déclinez votre identité !

Le dieu baissa la tête, sourire aux lèvres, et rétorqua :

— Vous êtes vraiment pitoyable, lieutenant K912 ! Je savais très bien que vous alliez me mettre en joue, mais croyez-vous vraiment que je me sente menacé ? Arrêtez vos simagrées et rangez ça ! Vous n'êtes pas sans savoir que ça n'est pas moi qui suis en position d'infériorité, mais vous ! Essayeriez-vous de vous convaincre du contraire, par hasard ? Aaaah, l'angoisse vous serre à la gorge ! Regardez cette sueur sur votre visage ! Alors quoi ??

Une goutte de transpiration qui vacillait sur l'arcade sourcilière droite du lieutenant de police, rougie par le sang qui s'y était mélangé, éclata en plusieurs centaines de scintillantes pastilles acides : il cligna de l'œil. Son arme tremblait dans sa main gauche tandis qu'il serrait les dents. L'inconnu souligna :

— Quelle folie ! Vous savez que votre vie ne tient qu'à un fil et que vous avez en face de vous celui qui risque d'être votre bourreau. Alors voulez-vous mourir ?

Le dieu posa un index contre l'extrémité du canon de l'arme par défi et ajouta :

— Rappelez-vous, Marc... Souvenez-vous de Sandra que vous connaissiez depuis votre enfance et avec qui vous projetiez de faire votre vie.

Une terrible avalanche de souvenirs surgit d'un passé encore trop douloureux et empoigna le cœur du lieutenant de police dont le regard se couvrit d'un voile humide qui, empreint d'une nostalgie le ramenant à une heureuse époque désormais révolue, s'accumula sur la ligne de ses paupières inférieures. La pression qu'exerçait son doigt sur la gâchette de son arme de poing se relâcha sensiblement. Le dieu enchaîna :

— Elle n'est malheureusement plus de ce monde. Un malfrat à la petite semaine nommé Basile Patard l'a égorgée dans la banlieue de Toulouse, rappelez-vous, et votre existence a basculé dans la vodka depuis ce funeste samedi 19 septembre 1981. C'est d'un pathétique affligeant...

Une coulée de larmes glissa sur les joues épaisses du policier torturé par les blessures amères d'autrefois qui mutilèrent son âme, libérant ainsi dans son esprit le sang d'un amour avorté dont les magnifiques promesses ne seraient jamais tenues.

— Vous l'aimiez plus que tout au monde et jamais personne ici-bas n'éveillera en vous des sentiments aussi forts que ceux que vous lui vouiez de son vivant, et plus encore depuis qu'elle est morte ! C'est ce que vous vous dites, en tout cas. Son meurtre vous a décidé à entrer dans la police, et vous avez pu retrouver son assassin qui avait écopé d'une peine si insignifiante que vous avez considéré que ce jugement était lui-même une consternante aberration prouvant bien que les lois de votre gouvernement sont une fumisterie tout juste bonne à épargner les pourritures et à condamner les innocents. Fort de cette opinion qui vous galvanisait dans votre dégoût de la justice française à deux vitesses, vous avez retrouvé cette ordure que vous avez kidnappée et noyée dans la Garonne, non sans l'aider à rejoindre le fond du fleuve lestée d'une semelle de ciment. Bien plus qu'un simple meurtre en apparence mais pourtant bien moins qu'une vendetta, en fin de compte : une exécution ! Sandra était faite pour vous et cette regrettable tragédie qui vous a mis en pièces il y a neuf ans a creusé en vous une blessure si profonde qu'elle ne cicatrisera jamais.

Marc sentait la colère et la haine à l'état pur monter en lui.

— Ma méthode a certainement dû être bien plus douloureuse pour vous qu'elle n'a été ennuyeuse pour moi, mais je pense vous avoir clairement prouvé qu'il était en mon pouvoir de fouiller aux confins de l'esprit de vous autres, putrides humains, afin de faire resurgir à la surface vos souvenirs les plus reculés.

— Non !

Swift recula vivement de quelques mètres...

— Assez de souvenirs !

...stabilisa sa position et tira.

***

Antoine ouvrit les yeux, réveillé par les innombrables signaux de froideur humide qui martelaient la peau de son visage et imprégnaient des parties de son corps qui lui semblaient si étrangères qu'il n'aurait su dire s'il s'agissait de ses jambes ou de son abdomen. Aussitôt, il tenta de faire une mise au point sur ce qu'il voyait, mais la pluie glaciale qui se déversait abruptement sur lui créait de lourdes gouttes sur les verres de ses lunettes, et il ne put distinguer qu'une forme vaporeuse qui lui tournait le dos et semblait le tirer sur le sol par les chevilles. Le parfum de la rosée accumulée sur les frondaisons d'une abondante végétation odorifère et les exhalaisons de l'humus se déversèrent lentement dans ses narines, le poussant à en déduire qu'il était quelque part en pleine nature. Il émit l'hypothèse selon laquelle il se trouvait dans la forêt de pins maritimes des Landes, peut-être à proximité de Sanlys-sur-Mer, mais la sève des résineux n'embaumait manifestement pas les lieux et ni un cône ni même une aiguille de conifère ne lui arrachait des cris de douleur sous son poids.

Dans le tumulte du délire auquel sa conscience était en proie, Antoine, dans son esprit, aperçut sa sœur et son frère en kaléidoscope avant qu'ils ne se métamorphosent en une photo de Dave Small [54] qu'il avait vue une fois dans un magazine informatique. L'impression en pochoir faisant contraster le blanc et le noir changea de forme et l'image de l'informaticien donna naissance à une figure éthérée de Sidonie qui se dévoila à lui en tenue d'Ève. Il sourit imperceptiblement dans l'extase de ses pensées, et bientôt, le corps nu de la femme disparut progressivement en laissant place à la lumière qui s'intensifia à travers la silhouette s'évanouissant. Violemment ébloui, Antoine fit une grimace en geignant, voulut ramener une main devant ses yeux pour se protéger du rayonnement qui irradiait puissamment dans ses visions, mais son bras refusa de bouger.

Puis, toujours dans sa confusion mentale, une jeune femme brune lui apparut sur un fond noir, et sans ses cheveux qui ne faisaient qu'un avec l'arrière-plan d'une obscurité abyssale, son visage livide lui semblait être celui d'un cadavre décapité, ce qu'accentuaient les yeux ouverts aux orbites vides qui le fixaient ardemment. Elle s'approchait de lui si vite qu'il eut peur qu'elle le heurte brutalement. Pour amortir l'impact au pire ou éviter qu'ils ne se cognent au mieux, il recula vivement son visage qu'il sentit rentrer dans son crâne, et plus encore quand il réalisa, dans un soubresaut de lucidité, que sa tête venait de heurter le sol trempé sur lequel on le déplaçait. Entre ses plaintes de douleur et son sentiment de ne plus pouvoir faire la différence entre le réel et l'irréel, il marmonna :

— Suzanne...

Il sentit alors qu'on cessa de traîner son corps, comprit qu'on lui lâcha les pieds, et il parvint un peu mieux à discerner la forme qui se précisait en une silhouette nébuleuse quand celle-ci s'agenouilla au-dessus de lui.

Un rire aussi faible qu'un murmure l'accompagna dans sa perte de conscience.

***

Le dieu s'était immobilisé, la main droite ramenée contre sa poitrine, les yeux fermés, le visage levé et un large sourire sur ses lèvres : tout portait à croire qu'il exultait. Sidonie et Émmanuelle avaient ouvert la porte de la salle de bain aussitôt qu'elles avaient entendu la détonation de l'arme à feu qu'elles découvrirent encore pointée vers sa cible : Marc n'avait pas bougé. Les deux femmes étaient aussi figées que les hommes qu'elles regardaient alternativement. Selon toute vraisemblance, le policier avait manqué sa cible, ce qui le surprit lui-même à un point tel qu'il chercha plutôt une autre raison pour expliquer cette maladresse.

Mais il n'eut pas longtemps à réfléchir, car le dieu ôta la main qu'il avait posée sur son cœur et tendit le bras pour montrer à son opposant ce qu'il tenait fermement à la verticale entre son pouce et son index.

La tête de la balle. La douille était encore au sol, mais personne n'y prêta attention.

— Vous trouvez encore le moyen d'être surpris, monsieur Swift ?

Émmanuelle, enroulée dans sa serviette, suivie de Sidonie, quitta les lieux et s'en alla rapidement avec elle pour se tenir à l'écart du danger et aller voir ce qu'il en était de l'escalier démoli à l'étage. Au passage, le dieu jeta rapidement un œil sur la rousse et la commissure gauche de ses lèvres s'élargit plus encore.

— Regardez bien, lieutenant K912, lui demanda-t-il.

Le dieu leva la main gauche et un hurlement féminin brisa le silence, suivi de deux claquements de porte. C'est alors que la serviette humide que portait Émmanuelle arriva en lévitation en bas des marches des escaliers, passa à droite de Marc et, tout en continuant de flotter dans les airs, vint se poser sur la main levée du dieu. Sous le regard de Marc, la balle dans sa main droite se retrouva juxtaposée à la serviette dans la gauche.

— Vous devriez pourtant ouvrir les yeux ! lança l'homme. Ces deux objets que je tiens devraient vous donner un aperçu de l'étendue de mes pouvoirs.

Il marqua une pause.

— Mais il est trop tard, désormais. Après ce que vous avez tenté de faire, je ne vois pas pour quelle raison je vous épargnerais.

Marc n'avait toujours rien dit depuis qu'il avait tiré sur son adversaire qui, soudainement et d'une force prodigieuse, jeta la serviette droit devant lui. Dans l'enchaînement de son geste, il propulsa la tête de la balle à une vitesse démentielle d'une simple chiquenaude. En moins d'un centième de seconde, elle passa à travers la serviette éponge pour finir par s'incruster dans le mur du fond du couloir, derrière un *Ficus longifolia* [55]. Une coulée de sang dégoulina sur la tempe gauche du policier, touché.

— J'aurais bien entendu pu vous éliminer, mais si je vous tuais, vous ne pourriez plus écouter mes explications et comme je vous sais bon public...

Les yeux du dieu se firent plus évasifs. Marc ne bougeait toujours pas : la balle qui venait de le blesser à la tête avait achevé de le terroriser.

— Dans la constellation d'Orion se trouvent de nombreuses nébuleuses dont celle référencée M42 [56], d'après ce que disent vos astronomes, précisa l'inconnu. C'est dans cette nébuleuse que se trouve un triangle inter-dimensionnel bleu et luminescent : quel que soit ce qui entre en contact avec, être vivant ou objet inanimé, il se retrouve immédiatement projeté dans l'espace-temps Crépusculaire BKX 9352 dans lequel se situent trois mondes, désormais : Diadem 13, Yf-6 et Voyelle 9½. Au départ, il y a quelques années de cela, a été créé un autre monde par une romancière, ou plutôt ce que vous appelleriez sans doute un univers parallèle ; c'était BKX 9352. Elle y avait inclus Diadem 13, le premier des trois mondes. Ce lieu avait très simplement été imaginé pour les besoins de son roman, et c'est la raison pour laquelle elle avait tenu à sauvegarder sur une disquette une description textuelle très détaillée de tout ce qu'elle avait créé. Et puis, mystérieusement, cet espace-temps incluant ce nouveau monde s'est physiquement matérialisé de l'autre côté de ce triangle, sans aucune explication naturelle. Nous-mêmes, qui en sommes pourtant natifs, sommes encore bien incapables d'expliquer le pourquoi du comment, mais cette femme n'y était pour rien. D'ailleurs, elle ne soupçonnait même pas que le monde qu'elle avait inventé puisse exister : c'était au-delà de ses notions du possible qui flirtaient allègrement avec les limites de l'irréel. Néanmoins, lorsqu'elle a perdu connaissance un soir chez elle dans sa chambre et s'est ensuite réveillée dans ce monde dont elle était elle-même la conceptrice, elle n'a pas eu d'autre choix que de se faire une raison. Pourtant, bien qu'elle sache programmer en GW Basic et ait également à l'époque d'excellentes connaissances en Dessin Assisté par Ordinateur, elle n'était nullement la génitrice de la créature sur laquelle elle était tombée quelques instants après son réveil et qui l'a maintenue en captivité dans ce lieu qui ressemblait trait pour trait à ces endroits qu'elle avait brillamment décrits dans les textes relatifs à son monde imaginaire. En fait, ce monde imaginaire qu'elle avait créé simplement pour y faire vivre les personnages de son roman, par passion, se trouvait, en quelques sortes, dans la constellation d'Orion.

— Par conséquent, cette femme est votre mère à tous. C'est elle qui vous a créés si vous êtes originaire de Diadem 13, conclut hâtivement Swift qui gardait une main sur sa blessure à la tempe. Elle est sans doute aussi méprisable que vous, ajouta-t-il pour retrouver son assurance.

— Pas tout à fait, agent K912 ! Elle est notre mère parce que c'est elle qui a donné vie à notre monde. Mais nous ne faisons pas partie des personnages de son roman. Ceux-ci n'étaient d'ailleurs pas répertoriés sur la disquette. Ce n'est pas elle qui nous a créés. En revanche, elle avait prévu un sol fertile et une température extérieure de Diadem 13 propice au développement d'une végétation particulièrement atypique, et nous avons vu le jour naturellement.

— Vous êtes des pourritures de mauvaises herbes, des ronces, des orties ou des *putains* de plantes carnivores, en quelques sortes, dit Marc avec désinvolture.

Le dieu rit jaune, semblant prendre cette conclusion pour une insulte, mais choisit de ne pas montrer sa contrariété plus qu'il ne le souhaitait.

— Pas exactement. La conceptrice n'avait absolument pas prévu que la vie se développerait dans le monde dont elle était la génitrice. En fait, nous sommes générés sous forme de glandes visqueuses au centre de certaines plantes lorsqu'elles s'ouvrent et libèrent un gaz, mais ces plantes ne sont pas entièrement végétales : elle avait tenu à donner à toute forme de vie qui se dresserait dans l'univers qu'elle avait créé une constitution robuste, et cela se traduit par un squelette rigoureusement identique à celui des humains, bien que nos cellules soient végétales. Lorsque cette glande générée par la fleur porteuse tombe sur le sol, nous nous métamorphosons au contact de la terre et de ses nutriments, créant une alchimie entre notre corps de sève et de méristème, et les macro et micro-éléments tels que l'azote, le phosphore, le potassium, le fer et le bore naturellement présents dans le sol de Diadem 13.

— Et qui donc est cette femme que vous appelez *génitrice* ?

— Voyons, lieutenant K912. Il s'agit de Bérénice, cette femme que vous avez vue tout à l'heure et qui vous a fait penser à Sandra, votre chère disparue.

Marc s'adossa complètement contre la porte du garage et posa un genou au sol ; il ne s'était pas complètement remis de ses nombreuses chutes dans les escaliers de la résidence et, de plus, sa blessure à la tempe, sourde mais présente, l'empêchait de retrouver son calme. Toutefois, ce qui l'exaspérait le plus n'était ni plus ni moins que cette facilité avec laquelle le dieu parvenait à lire à livre ouvert dans son esprit. Il ne réagit donc pas à ce que venait de dire son interlocuteur, se releva lentement et se contenta de le regarder droit dans les yeux.

— Marc... Pour votre gouverne, apprenez que chez nous, tous les natifs de Diadem 13 ne naissent pas égaux comme le stipule votre pitoyable Déclaration des Droits de l'Homme et du Citoyen de 1789 [57]. Nous sommes bien au-delà de ça !

— C'est-à-dire ?

— C'est-à-dire que les pouvoirs dont je dispose ne sont pas à la portée de tous nos ressortissants ; nous ne sommes plus qu'une poignée – officiellement, dix-sept sur près de quatre-cent-soixante-quatre natifs, à être investis d'aptitudes que vous qualifieriez certainement de *surnaturelles* et qui ne sont pour nous autres ni plus ni moins qu'un standard inclus dans notre code génétique. C'est la raison pour laquelle nous nous sommes auto-proclamés *dieux*. Les autres natifs ne sont que des individus à peine plus dignes d'intérêt que vous autres, humains !

— Vous rendez-vous seulement compte de ce que vous dites, pauvre mégalomane prétentieux et narcissique ? cracha Marc. Vous n'avez de notion ni de vice, ni de vertu. Vous êtes un dément !

— Vos politiques mythomanes, vos gouvernements corrompus par la soif de pouvoir, vos seigneurs de guerre qui asservissent ou exécutent des milliers d'innocents ne sont-ils pas eux-mêmes mégalomanes et narcissiques ? Vous les glorifiez dans vos livres d'Histoire et vous osez me montrer du doigt, moi qui ne suis en ce sens différent ni d'eux ni de vous ?

— Pauvre dégénéré que vous êtes ! Et que venez-vous faire ici chez nous ? Retournez d'où vous venez et *foutez-nous la paix* !

— Il en est hors de question ! Mon complice et moi-même avons pour mission d'éliminer un natif qui a osé nous trahir sans vergogne. Nous devons d'abord le retrouver et c'est la raison pour laquelle lui et moi sommes venus ici : tout porte à croire que ce chien s'est réfugié dans ce secteur de votre département et nous le massacrerons comme j'ai massacré son ami. Ce traître est ici ! Dans votre ville !

— Excellent ! s'exclama Marc sans se réjouir pour autant. Vous vous hissez au rang de dieux mais vous vous entretuez comme des chiffonniers. C'est d'un ridicule !

L'homme aux cheveux blonds inocula dans le bleu de son regard le poison du dédain pour l'homme qui s'y reflétait et s'approcha de ce dernier. Le lieutenant K912, terrorisé, fut tenté de s'enfuir ; refusant toutefois d'offrir à son opposant le moindre signe de frayeur, il prit davantage appui sur ses pieds, comme pour s'exhorter à rester debout où il était.

— J'ai perdu assez de temps en bavardages ! reconnut le dieu qui s'arrêta à deux mètres de lui. Il est temps pour moi d'aller retrouver mon frère de mission et de me remettre avec lui en quête du traître. Mais nous nous reverrons très bientôt, ajouta-t-il en s'en allant dans l'entrée, se soustrayant au regard de Marc. Le message de Bérénice, tout comme la fumée bleue qui vous a intrigué, prouve qu'il s'est passé quelque chose ici.

— Attendez ! lança le lieutenant en se précipitant à sa suite. Si vous mettez la ville à feu et à sang, soyez certain que vous me retrouverez sur votre chemin !

L'homme aux terribles pouvoirs, après avoir ouvert la porte de la façade de la résidence par psychokinésie, laissant ainsi entrer la lumière flamboyante de cette fin d'après-midi, se tourna sur sa gauche et sembla regarder au niveau de la plinthe.

— Nous nous reverrons assurément, plus encore si vous fréquentez les étrons qui empestent sans honte cette maison. Il y a dans ces murs un objet, quelque chose, qui fait le lien entre Diadem 13 et votre monde, et nous devrons tôt ou tard nous enquérir de savoir de quoi il s'agit. En conséquence de quoi, d'une manière ou d'une autre, le fait que je vienne dans cette résidence n'a rien d'anodin. Nous reviendrons tirer ça au clair une fois que le traître sera châtié. En attendant, tenez-vous tranquille.

— Mais qui êtes-vous, bon sang ? lança le flic au dieu.

Ce dernier alla sur l'allée de dalles qui partait du perron et s'avançait au centre de la surface de gazon verdoyant pour finir à hauteur du petit portail de bois verni blanc implanté dans la clôture qui ceinturait la propriété. Il l'ouvrit, s'éloigna tranquillement et dit sans se retourner :

— Je m'appelle Max Tegai ! Ha ha ha...

Aussitôt sur la chaussée, il se volatilisa sans autre forme de procès, laissant son rire s'évanouir avant que le silence ne l'emporte.

Marc, visiblement énervé, referma la porte derrière lui avec plus de force qu'il n'avait souhaité en mettre, et retourna en bas des marches au fond du couloir pour appeler les deux colocataires qui arrivèrent quelques dizaines de secondes plus tard, bien plus couvertes qu'elles ne l'avaient été quelques instants plus tôt. Il ramassa la serviette précédemment tombée au sol, la leur tendit en les détaillant un bref instant avec un regard bien singulier et s'adressa à elles.

— Mes méthodes sont peu orthodoxes et je m'en excuse.

Il laissa passer un silence et poursuivit :

— Je suis venu ici pour une simple histoire de fumée suspecte, mais en fin de compte, ce que cette maison et ses deux habitantes cachent me semble l'être bien plus encore. Cet homme, Max, a parlé de quelque chose qui l'avait attiré ici.

— *Quelque chose* ? demanda Sidonie en prenant la serviette que son amie, effrayée et intimidée, ne voulait pas récupérer.

— Oui. Il a parlé d'un objet. À quoi faisait-il allusion ?

Les deux femmes se regardèrent, apparemment aussi surprises l'une que l'autre. Émmanuelle prit la parole.

— Nous n'en savons rien !

— Et cette fumée, alors ? Qu'est-ce que c'était ?

Sidonie, qui avait de suite compris que ce dont Max avait parlé n'était ni plus ni moins que la disquette rouge, décida, sans consulter sa colocataire, de dévoiler un pan de vérité.

— Vous avez bien vu cette femme, Bérénice, sur le PC du second étage, non ?

Émmanuelle la regarda d'un air stupéfait, mais la blonde n'y accorda aucune attention et poursuivit :

— Vous avez bien constaté que l'image n'était pas normale, je pense. En fait, nous ignorons la nature et la composition de cette fumée bleue, mais elle venait de la machine elle-même. Nous ne saurions l'expliquer.

— Aviez-vous déjà rencontré Max, avant ?

— Non, jamais, répondirent-elles d'une seule voix. Au vu de ce que ce dénommé Max peut faire, ajouta Sidonie, croyez bien que nous nous en souviendrions si nous l'avions déjà rencontré.

Marc les considéra quelques instants encore et elles n'auraient pu dire ce qu'il avait dans la tête à cet instant-là, mais le soupir qu'il poussa ensuite leur donna l'impression qu'il avait eu son compte pour la journée et qu'il les avait assez vues.

— Je vais m'en aller, conclut-il en jetant distraitement un coup d'œil à la poignée de la porte du garage. Mais avant d'y aller, j'aimerais que vous m'assuriez de me contacter personnellement si vous revoyez cet olibrius.

— Vous êtes ? commença Émmanuelle.

— Marc Swift ! Je vais faire remonter cette affaire au commissaire

Morgane pour que vous puissiez vous adresser à lui si je n'étais pas joignable.

— C'est entendu !

— Et vous, vous êtes ?

— Moi, c'est Sidonie Mester, et elle, c'est Émmanuelle Hormeaux, si je ne fais pas d'erreur sur son nom de famille.

Le rousse confirma en hochant la tête, ce qui intrigua Marc.

— Vous êtes amies et vivez sous le même toit sans être certaines de votre identité ? Je trouve ça bien curieux. De plus, cette maison est grande, ajouta-t-il sans rien dire de plus pour voir quelle en serait l'explication.

— C'est tout à fait normal ! répondit Sidonie. Nous ne vivons ensemble que depuis samedi dernier et ne nous sommes connues que quelques jours avant.

— À deux dans une si grande maison ? insista Marc. Il me semble d'ailleurs que c'est celle de monsieur Barnier.

— Oui, c'est la sienne. Nous l'entretenons en échange d'une mise à disposition totale et gracieuse, en quelques sortes. Monsieur Barnier est retourné aux Pays-Bas et la fille de ses meilleurs amis, elle, a déménagé de là-bas pour venir vivre ici. En tout, nous sommes huit.

— Je présume que tout est rentré dans l'ordre à l'étage ? L'escalier est revenu en place. Je me trompe ?

— Non... C'est difficile à croire, mais l'escalier ne souffre aucune séquelle.

Marc retourna enfin dans le hall et franchit l'entrée, baignant dans les rayons du soleil ; Émmanuelle et Sidonie le suivirent jusqu'au perron et le regardèrent s'en aller vers son véhicule de police en soupirant à leur tour.

— Bonne fin de journée, mesdemoiselles !

Sans rien dire, elles prirent soin de ne pas claquer la porte.

***

Suzanne se réveilla et son esprit se rappela immédiatement les derniers évènements qu'elle avait vécus, mettant de suite ses sens en alerte. Où pouvait-elle bien être ? Elle se redressa sur les fesses en essayant d'ouvrir les yeux, séparant ses cils emmêlés les uns aux autres par son sommeil pour écarquiller ses paupières. En outre, si un frisson parcourut chaque partie de son corps en ressentant de suite la froideur du roc sur lequel elle était assise, la vision qui se dévoila autour d'elle lorsque ses yeux s'habituèrent enfin à l'obscurité aurait pu la cryogéniser sur place : elle avait échoué dans une cellule caverneuse et spacieuse dont le sol, le plafond et les murs s'avéraient creusés dans une roche qui, lorsqu'elle zieuta juste devant elle, lui parut être du granit. Dans cet espace inhospitalier et froid, baigné d'une odeur de pourriture concentrée qui agressait son odorat, des formes diffuses, des silhouettes floues, des mouvements lents et indistincts, éclairés par la seule torche qui brûlait dans un coin de la prison, se dessinèrent au-devant du voile sombre qui tapissait de noirceur l'arrière-plan.

Affaiblie et se tenant difficilement droite, elle se releva en chassant de sa mémoire le souvenir dégradant de s'être uriné dessus et remarqua plusieurs jeunes femmes visiblement endormies – peut-être une vingtaine, tout juste vêtues de poussiéreuses pièces de tissu déchiré qui semblaient à peine couvrir les parties de leur corps nu, exhibant leur féminité à proximité de ces lambeaux d'acrylique et de laine. Elle constata soudain qu'elle-même était affublée d'un haillon crasseux et maculé de tâches poisseuses et brunâtres.

En s'approchant, en équilibre sur ses pieds engourdis, évitant précautionneusement les latrines de fortune hasardeusement creusées alentour, elle eut un haut-le-cœur en constatant que la plupart des femmes autour d'elle avaient été massacrées, réduites en charpie par quelque chose ou quelqu'un qui avait eu assez de force pour les démembrer ou leur arracher la tête. Des avants-bras sectionnés, des cuisses tranchées, des mains et des crânes en état de décomposition avancée gisaient çà-et-là dans des mares de sang coagulé qui rendaient le sol humide et collant.

Les flammes de la torche s'y reflétaient diffusément, levant le voile sur un spectacle que Suzanne aurait préféré ne jamais voir. Refroidie par le macabre décor qui l'encerclait, elle s'immobilisa en se demandant si elle devait s'approcher de ces macchabées éviscérés, de ces corps charcutés, de ces organes déchiquetés, et ferma les yeux pour chasser ces ignobles images de sa vue avant qu'ils ne les gravent dans sa mémoire : mais elle savait qu'il était déjà trop tard. Heureusement, quelques grognements brisaient le silence par intermittence et les mouvements lents et lascifs à un point tel qu'ils en étaient malsains trahissaient la présence de soubresauts de vie dans quelques-unes de ces femmes qui, pour la plupart, n'étaient plus que des parodies d'êtres humains mutilés.

Elle se demanda quelle était la raison pour laquelle ces cadavres étaient à moitié nus, voire complètement pour la majorité, et imagina de suite que ces inconnues avaient dû subir les pires sévices sexuels, ce qui l'angoissa à un point tel qu'elle sentit un nouveau frisson parcourir sa colonne vertébrale et remonter dans ses épaules. L'obscurité aidant, de nombreux souvenirs martelèrent son esprit à grands coups de flashes incessants qui la firent trembler, et ses jambes se mirent à chanceler sans qu'elle puisse les empêcher de ployer sous son poids. Elle fut obligée de s'agenouiller en se retenant de justesse d'une main qui frappa dans sa chute la froideur du sol devant elle.

Le noir.

Et cet effroyable sentiment de vulnérabilité lié à la culpabilité d'avoir grandi avec des meurtrissures qui avaient entaché sa propre assurance et mis en pièces le peu d'estime qu'elle avait d'elle-même. Un trouble, provoqué par les réminiscences d'une époque de son enfance qu'elle avait vainement essayé d'oublier, assénait dans son esprit de violents coups répétés, la plongeant dans un état de déséquilibre psychologique qui la privait de toute lucidité.

Suzanne se souvint : le poids lourd d'un homme la plaquant au sol, l'odeur de la sueur de son bourreau si désagréable qu'elle lui avait paru aussi méphitique que des vapeurs de soufre, mise en exergue par ses pathétiques tentatives pour se soustraire à la brutalité qu'elle subissait. Bien sûr, le dégoût qui allait et venait en elle et enfin la sensation d'un fluide qui, quelques instants après les agressions d'un père qui n'en avait que le nom, coulait entre ses cuisses. L'énurésie dont elle avait souffert pendant son enfance n'était pourtant pas à l'origine de ces coulées diurnes, elle l'avait toujours senti en son for intérieur : ce liquide était d'une nature toute autre et la conscience de savoir qu'il imprégnerait son corps *ad vitam æternam* la dégoûtait d'elle-même à un point tel qu'elle avait attenté à sa vie à de multiples reprises sans avoir osé aller jusqu'au point de non retour. Pourtant, elle estimait que la mort lui eût été préférable.

Un bruit de chaîne métallique raclant les aspérités tranchantes du sol rocailleux attira l'attention de Suzanne sur sa gauche, la tirant de son état second. En se redressant à nouveau sur ses jambes, elle tenta de fixer les formes éclairées qui se dégageaient de l'obscurité. Quelqu'un de vivant et d'éveillé semblait avoir un peu plus de force que les autres prisonnières sur le point de rendre leur dernier soupir, et elle s'en approcha tout en séchant ses larmes. Bientôt se profila une femme presque totalement couverte d'un drap souillé et humide qui ne laissait voir que la tête, à l'apparence crasseuse et hirsute, sans doute trop longtemps restée dans le noir pour en arriver à se cacher le visage dans le seul but de ne pas être aveuglée par la lumière de la torche. Ou pour ne pas montrer à la nouvelle venue quels étaient les traits de son indicible laideur.

— Bienvenue en enfer, étrangère !

Suzanne s'accroupit à côté d'elle sans décoller son regard de la prisonnière qui semblait tout juste sentir la présence à ses côtés. Ses yeux chassieux enfoncés dans la pâleur blafarde de son visage livide paraissaient marqués par d'étincelantes larmes. Elle baissa ses paupières, faisant couler le poids de son désespoir et mettant à vif les blessures de son âme submergée par l'apathie. Lorsqu'elle les releva, rivant ses prunelles sur le visage de Suzanne, cette dernière crut déceler dans ce mouvement une brèche dans le mur d'indifférence derrière lequel s'était retranchée la femme, par la force des choses.

— Je m'appelle Suzanne. Et vous ?

— B... Barbara !

La bouche sèche de la prisonnière était couverte de croûtes de sang coagulé et de filets blancs et pâteux de salive qui s'était accumulée à la commissure de ses lèvres ravagées par la malnutrition et les affres du temps. Par l'attente de la mort.

— Savez-vous où nous sommes ? Et comment sort-on d'ici ?

Barbara ne répondit pas. Suzanne se tourna vers les barreaux de la cellule et répéta :

— Où sommes-nous ?

— Sur Diadem 13...

La voix était presque rauque, mais de ce timbre grave et monocorde surgissaient parfois des variations qui montaient dans les aigus.

— Nous sommes sur Diadem 13, enfermées dans les prisons du manoir de Cardonthöl, confia Barbara.

Elle posa une main tremblante sur l'épaule de Suzanne, exhibant des ongles rongés qui avaient repoussé en de multiples couches superposées les unes sur les autres. Ses doigts à la peau rêche et ridée laissèrent sur Suzanne une désagréable sensation tactile lui rappelant le côté vert des éponges dont elle se servait pour faire la vaisselle. En essayant de faire abstraction de l'odeur pestilentielle qui régnait, elle écouta Barbara lui dire :

— Vous êtes notre seul espoir ! Si vous désirez sortir d'ici, vous allez devoir affronter et vaincre Polyphème.

— Polyphème ? Qui est-ce ?

Suzanne s'installa tout à fait à côté d'elle en mesurant une nouvelle fois l'ampleur de l'inconscience dont Antoine et elle avaient fait preuve en se lançant dans l'expérience générée par la disquette rouge qu'elle avait trouvée dans l'abri de jardin de la résidence. Repensant à son colocataire, elle prit une nouvelle fois la parole, ne laissant pas à son hôte le temps de répondre à ses questions, et demanda :

— Auriez-vous vu un homme dans ces prisons ? Il porte des lunettes.

— Les seules personnes de sexe masculin que vous pourriez voir ici sont des natifs de cette dimension : Capella, Polyphème, Falken... Votre ami n'est certainement pas dans le manoir en surface ou dans ces prisons souterraines. Peut-être est-il dans une autre dimension...

Suzanne passa une main sur le front de la prisonnière, dégageant des mèches grasses collées les unes aux autres formant de longues franges aux reflets verts, et se rendit compte que le visage qui se dévoilait sous ses yeux avait dû être celui d'une femme à la beauté époustouflante, avant qu'elle n'échoue sur Diadem 13 et ne s'y laisse dépérir. Barbara ressentit la chaleur de la visiteuse et inclina légèrement la tête de côté pour davantage se soumettre aux caresses qui lui apportaient un réconfort qu'elle n'avait plus ressenti depuis des mois.

— Dites-moi comment sortir d'ici, Barbara !

— Capella est le seigneur qui contrôle Diadem 13, répondit-elle comme si elle n'avait pas entendu la question qui s'était élevée dans la cellule caverneuse. Il est pratiquement immortel car le seul moyen de le vaincre est de l'abattre à l'aide de Capellarys, la fabuleuse doloire. Malheureusement pour nous, cette arme redoutable ne peut être obtenue que par quelqu'un qui aurait vaincu les dignitaires des sept régions de Diadem 13 et Polyphème est celui qui règne sur le manoir de Cardonthöl dont cette prison fait partie. Ainsi, par voie de conséquence, vous ne pourrez sortir d'ici qu'en venant à bout de ce colosse. Si votre but est de retrouver cet homme que vous cherchez et de quitter Diadem 13 avec lui, il vous faudra de toutes manières supprimer Capella pour pouvoir librement utiliser la doloire. Elle vous permettra ainsi de fendre l'air afin d'ouvrir un passage vers l'espace-temps Crépusculaire et de rentrer chez vous avec lui une fois que vous l'aurez retrouvé et sauvé.

Barbara marqua un temps d'arrêt, et Suzanne se demanda si c'était pour lui laisser le temps d'assimiler ce qu'elle-même venait d'entendre. Elle comprit rapidement qu'en réalité, Barbara n'avait pas parlé à qui que ce soit depuis fort longtemps et que, vraisemblablement affaiblie par malnutrition et désespoir, elle devait reprendre son souffle avant de continuer à parler.

— Je n'ai jamais tué personne, Barbara... Comment voulez-vous que je parvienne à massacrer un prétendu colosse, un homme aussi grand et fort qu'un joueur de basket ou qu'un athlète ?

Barbara sembla sourire.

— Un joueur de basket ou un athlète, dites-vous ?

La détenue enchaînée au mur contre lequel elle s'appuyait planta ses yeux dans ceux de Suzanne et poursuivit :

— Vous n'avez pas compris. Le colosse dont je vous parle doit bien faire six ou sept mètres de haut, et pas loin de trois de large !

— C'est impossible ! s'exclama Suzanne. Aucun être humain ne peut mesurer autant ! Même les basketteurs n'excèdent pas les deux mètres trente ! Et je ne parle que de la hauteur !

— Polyphème n'est pas un humain : c'est un cyclope, comme dans la mythologie grecque.

— Vous plaisantez ! Un cyclope géant à la fin du vingtième siècle ?

— Dois-je vous rappeler, commença Barbara, que nous sommes sur Diadem 13 ? J'ignore pourquoi ni comment cette dimension et les deux autres peuvent exister ; ce n'est pas rationnel et nous le savons toutes les deux ! Mais regardez autour de vous : ces prisons – rien que cette cellule – ne sont-elles pas dignes des pires cauchemars ? Plus que des prisons, ce sont des charniers, d'horribles fosses communes où les cadavres en pièces s'amoncellent inexorablement. Et vous et moi y sommes enfermées. Qui peut avoir été assez fou pour imaginer pareil endroit ? Non, nous sommes dans la réalité.

Suzanne regarda sur sa gauche et n'eut pas à poser ses yeux bien loin pour tomber sur une cuisse arrachée et lacérée qui laissait voir la pâle blancheur du col du fémur recouvert de chairs séchées par le temps et moisies par l'humidité qui y avait formé des champignons. Elle se demanda comment elle pourrait éviter de finir en morceaux ou de mourir dans le plus profond des anonymats.

— D'accord ! fit-elle en se retournant vers Barbara. Admettons que je veuille bien tuer Polyphème...

— Vous n'avez pas le choix !

— Comment pourrais-je me battre contre lui ? Je n'ai pas d'arme ! Et je n'ose envisager de me servir des os autour de nous.

— Vous êtes malsaine ! cracha Barbara. Mais ils ne vous serviraient à rien : Polyphème ne peut mourir que si on met son cœur et sa cervelle en contact, ce qui...

— Non mais ! l'interrompit Suzanne.

— Ce qui revient à devoir lui pulvériser le crâne et la cage thoracique, entre autres. Cela le privera de la vue et son œil unique ne lui servira donc plus, entraînant sa mort.

— Mais arrêtez de me sortir des *conneries* pareilles ! C'est ridicule ! Qui pourrait réussir ça ? Et puis quand bien même j'y croirais, je ne m'en sentirais pas capable ; c'est trop ignoble. Vous me voyez prendre à bras le corps le cœur d'un colosse de sept mètres, me débrouiller pour l'escalader et lui pulvériser la tête pour balancer son organe sanguinolent sur la cervelle ? J'ai beau être passionnée de films gores, là, c'est carrément du délire !

— Il vous faudrait d'abord lui éclater le crâne avant de vous saisir de son cœur, sinon, vous allez avoir du mal, rectifia Barbara.

— N'importe quoi !

Les yeux de la captive de longue date, devenus plus vifs à mesure qu'elle bavardait avec Suzanne, furent soudain couverts d'un voile sombre qui ternit la profondeur de son regard et la vie qui y battait. Elle se pencha en avant et saisit sa chaîne qu'elle ramena vers elle, l'obligeant à fléchir sa jambe dont la cheville était ceinturée d'une manille.

— Votre prénom est Suzanne, c'est bien ça ?

— Oui !?

— Tenez Suzanne ! Soupesez ça, lui demanda Barbara en avançant sa main vers elle.

Elle s'exécuta, soupesa les maillons massifs et conclut :

— C'est métallique, froid et lourd. Et alors ?

— Alors vous allez bientôt avoir la même manille à votre cheville droite et la même chaîne, répondit Barbara en récupérant la sienne. Il vous faudra vous y habituer, Suzanne. Si vous ne voulez pas vous battre contre Polyphème, nous finirons dévorées entre ses mâchoires ou mises en pièces de ses mains si nous ne mourrons pas de désespoir.

Et comme pour clore la conversation, Barbara balança sa chaîne à ses pieds, s'affaissa un peu plus contre le mur et se tourna sur sa droite pour exhiber un dos nu.

Suzanne se renfrogna, replia ses jambes contre sa poitrine, enserrant ses cuisses contre elle, et posa son menton sur ses genoux en laissant divaguer son regard au loin devant elle. Son esprit, lui, était en revanche plus alerte que jamais. *Moi, avec mon mètre soixante-et-un et mes cinquante-et-un kilos, contre un colosse de sept mètres, je n'y arriverais pas, même avec une arme,* pensa-t-elle.

Elle redressa la tête et devina dans la pénombre les macchabées entassés les uns sur les autres, tous dans un état de décomposition. Le côté improbable lié à l'existence de ces multiples dimensions dont Barbara avait parlé jurait complètement avec la présence bien réelle de mouches, terriennes et rationnelles, qui avaient investi les boyaux rejetés hors des carcasses éventrées, lesquelles, sans pudeur ni morale, les mettaient à nu dans leur lente putréfaction. Ces jeunes femmes, mortes dans les méandres de la solitude qui les avait englouties sans vergogne, pourrissaient honteusement, massacrées sur l'autel de l'oubli, du vice et de l'indicible dépravation de leur agonie sans nom. L'urine qui se noyait dans le sang, la bile et la sueur, ainsi que les matières fécales gisant de toutes parts dans le dédale de morceaux de chair exhibant des os qui formaient un immonde capharnaüm, s'ajoutaient à l'odeur nauséabonde de l'altération organique dont les effluves envahissaient l'air devenu irrespirable. Comment ces femmes avaient-elles pu se retrouver ici ? Avaient-elles, comme Antoine et elle, eu accès à la disquette rouge ?

Suzanne se tourna vers Barbara qui, yeux fermés, semblait dormir, mais elle devina qu'il n'en était rien.

— Comment êtes-vous arrivée ici ?

— Je ne sais plus ! répondit Barbara sans bouger d'un iota.

— Comment vous nourrissez-vous ? Que buvez-vous ? Y a-t-il un point d'eau ?

Cette fois-ci, elle leva ses paupières et planta son regard directement dans les pupilles de Suzanne.

— Vous l'ignorez vraiment ou vous préférez fermer les yeux sur ce à quoi vous pensiez avant même de me poser cette futile question ?

Suzanne déglutit.

— Je vous rappelle que je n'ai aucune arme pour me battre contre *votre* cyclope, souligna-t-elle pour changer de sujet.

Barbara ressentit très distinctement une pointe de lassitude dans les propos de Suzanne, mais se contenta de lui répondre avec un sourire longtemps espéré :

— Si vous acceptez d'être l'élue, alors je vous procurerai de quoi le vaincre !

Suzanne ricana.

— Tsss, *l'élue*, dites-vous ? Et qu'allez-vous me donner ? Un humérus ?

— Arrêtez de jouer à ça avec moi, Suzanne ! s'emporta Barbara. Vous débarquez ici d'on ne sait où, tombez sans raison sur les genoux en pleurnichant comme une *enfançonne*, venez ensuite à ma rencontre me poser tout un tas de questions et vous vous retranchez ensuite derrière un esprit obtus lorsque mes réponses ne vous plaisent pas. Si ce que je vous apprends ne vous sied guère, ne me posez plus de questions !

L'haleine de Barbara, en halitose digne de ce nom, était loin de générer de délicieuses fragrances ; il avait fallu que Suzanne approche son visage du sien pour s'en rendre compte. Elle tourna la tête et soupira.

— Qu'est-ce que vous avez comme arme pour moi, Barbara ?

— Si vous prenez celle que je suis prête à vous céder, vous devrez aller jusqu'au bout de la lutte pour supprimer les dignitaires qui se dresseront sur votre chemin et vaincre Capella. Mais de toutes manières, soit vous mourrez ici voire ailleurs dans les régions de Diadem 13, soit vous réussirez, mais accepter cette arme fera de vous l'élue, et dans ce cas, vous n'aurez pas droit à l'erreur. Vous devrez réussir. Maintenant, la vraie question est de savoir si vous voulez quitter ce monde avec votre ami ou crever lamentablement dans ce lieu sordide.

Suzanne, bien qu'elle n'en eût guère besoin, se détourna un bref instant de Barbara pour observer le spectacle putride qui s'étendait autour d'elle, comme pour ajouter davantage de motivation à sa réponse, et se tourna à nouveau vers elle pour lui dire :

— Très bien ! Donnez-moi ce qu'il faut.

— Alors tendez vos deux mains à l'horizontale, paumes vers le bas.

— Quoi ? Qu'est-ce que vous...

— Allez, quoi !? s'énerva Barbara en plaçant ses paumes vers le haut, à une vingtaine de centimètres sous les mains de Suzanne. Faites ce que je vous dis et taisez-vous !

Suzanne ne s'en était pas rendu compte de suite mais elle avait eu des doutes tout au long de la conversation qu'elle venait d'avoir avec Barbara : il lui semblait que cette dernière dissimulait, tapie au fond de ce corps frêle et rachitique, une gigantesque force, et elle sentit très nettement qu'elle était en mesure de se servir de cette énergie dans les cas les plus extrêmes. Forte d'avoir survécu là où d'autres prisonnières, arrivées après elle, avaient déjà rendu l'âme, Barbara donnait l'impression d'avoir un instinct de survie tel qu'elle devait se contenir quand elle se sentait agressée pour ne pas laisser exploser cette force latente en elle. Dans ces cas-là, elle donnait l'image d'une femme contrainte de refréner un courroux qui semblait vouloir s'exprimer dès qu'elle haussait le ton, si puissant d'ailleurs qu'il menaçait d'être incontrôlable.

Le sentiment de Suzanne se confirma lorsqu'une lueur orange apparut dans chacun des deux espaces verticaux qu'elle créait avec Barbara de chaque côté : cette dernière était investie de pouvoirs surnaturels. Elle savait canaliser une vitalité particulière en elle pour la restituer sous forme de halos de lumière dans ses mains.

— Ces deux lueurs bien faibles sont le fruit des dernières forces qu'il me reste. Il s'agit de ce que l'on appelle la pétulance, l'énergie pure que l'on trouve dans le fondement de toute chose ici-bas.

— Qui ça, *on* ? demanda Suzanne en sentant dans la paume de ses mains une chaleur grandissante qui lui sembla s'immiscer dans ses avants-bras, ses bras, puis dans tout son être pour s'y répandre comme si on lui faisait une transfusion afin de redonner vie au plus petit de ses muscles, à chaque particule de matière osseuse.

Elle exulta intérieurement mais Barbara la ramena à la réalité en répondant à sa question.

— Nous autres, les déesses, natives de Diadem 13, formes de vie humanoïdes dotées de pouvoirs extraordinaires. De même qu'il y a des dieux sur Diadem 13, leurs homologues féminins sont les déesses dont je fais partie. Cette pétulance que je vous offre aujourd'hui fait de vous l'une d'entre nous, Suzanne...

Les lueurs orange commençaient à s'estomper.

— Tu es originaire de Diadem 13 ?

— Et c'est ici que je mourrai.

Suzanne n'avait pas remarqué qu'elle avait tutoyé Barbara sous l'effet de surprise. Devant son regard intrigué, sa consœur d'infortune transpirait à grosses gouttes et son visage étincelait d'une myriade de paillettes dorées à la lueur de la torche. Son sourire accentua la beauté dissimulée de son minois.

— Je te donne ma vie, Suzanne.

— Qu'est-ce que... ?

Les halos disparurent et les mains de Barbara retombèrent lourdement sur le sol ; sa tête roula sur ses épaules.

— Barbara ?

Suzanne la prit de suite contre elle et lui administra de légères claques sur les joues pour la réveiller.

— Barbara ! Barbara !

Un grondement inopiné résonna dans le couloir, de l'autre côté des barreaux. Suzanne tourna la tête vers l'entrée de la cellule en tenant le corps contre elle, s'attendant à voir ce qui pouvait expliquer ce bruit lourd qui se répéta une première fois. Ce n'est que lorsque le troisième grondement retentit qu'elle comprit qu'il y avait de fortes chances pour qu'il s'agisse des pas de Polyphème, ce qui frappa son esprit d'une stupéfaction sans bornes : il était donc si grand et massif que cela ?

Elle reposa Barbara au sol, l'allongeant précautionneusement, et tenta de prendre son pouls en posant l'extrémité de son index et de son majeur au niveau d'une artère superficielle de son poignet gauche afin de tirer au clair son état de santé ; elle avait vu cela dans de nombreux films et s'était figuré que cette vérification était simple comme bonjour. Pourtant, elle ne sentit aucun battement et mit cela sur le compte de son inexpérience.

— Polyphème s'amène, marmonna-t-elle nerveusement entre ses dents.

Elle insista en essayant avec deux doigts au niveau de la carotide. Un hiératisme silencieux commença à la plonger dans un état de panique. Pas une artère ne bougeait.

Et un grognement réduisit en cendres les derniers soubresauts de lucidité de Suzanne. Elle empoigna fermement le drap taché de souillures qui recouvrait le corps nu qu'elle avait délicatement disposé sur le roc et le jeta en l'air derrière elle avant de coller son oreille contre la poitrine plate où s'exhibaient deux seins flasques et crasseux agrippés à une peau rachitique marquée par les reliefs de la cage thoracique.

Le cœur avait cessé de battre.

— Barbara... Reviens...

Suzanne ne se rendit compte qu'elle pleurait que parce qu'elle venait de s'entendre parler d'une voix dans laquelle l'émotion se sentait comme si son chagrin transpirait littéralement de chacun de ses mots dégorgés de larmes.

Polyphème approchait.

Elle s'évertua à faire son possible pour relancer le cœur de Barbara et lui fit du bouche-à-bouche et des massages cardiaques.

— Allez ! Reviens, *merde* !

Par intermittence, elle exerçait trois pressions successives sous le sein gauche en superposant ses deux mains, doigts croisés entre ceux du dessous, avant de se baisser sur son visage pour tenter de lui insuffler la vie en joignant ses lèvres à celles de la femme qui venait, elle ne le comprit que trop tard, de lui sacrifier ses dernières forces. Le nez noirâtre de crasse, devenu rugueux sous les doigts de Suzanne qui le lui pinçait en lui envoyant de l'oxygène, marquait le centre d'un visage apaisé dans le linceul d'une belle mort.

Enfin, les tremblements de terre qui, régulièrement, venaient d'écraser le sol sous la masse imposante du colosse venu chercher son déjeuner dans la cellule de Suzanne, cessèrent de retentir dans l'obscure prison où elle était détenue, et lorsqu'elle se tourna dans la direction de leur provenance, elle put discerner à la lumière des torches du corridor, la présence du geôlier titanesque.

Elle accourut jusqu'aux barreaux.

Polyphème était là.

***

À l'hôpital La Samaritaine, dans le quartier du Centre-Ville, Angélique s'occupait d'un retraité, monsieur Malot, régulièrement victime de violentes crises d'asthme à dyspnée continue qui ne l'empêchaient pourtant pas de faire la cour à la jeune infirmière. Toutefois, elle ne le considérait que comme un simple patient, ce dont il n'avait cure. Le caractère étrange du vieil homme de quatre-vingt-quatre ans résidait dans la contradiction entre son désir de n'être pris en charge que par elle pour la voir le plus souvent possible, et son refus qu'elle intervienne pendant ses crises. Il justifiait cela par la honte qu'il ressentait quand il était en proie à ce mal récurrent : si elle le voyait pendant ses insupportables manifestations de troubles respiratoires, elle se détournerait de lui et il perdrait alors ses « chances qu'elle accepte un rendez-vous galant » avec lui une fois sorti de l'hôpital, clamait-il avec ces mots. Néanmoins, Angélique ne lui avait jamais rien promis et, au contraire, elle avait fini par méchamment l'éconduire deux jours plus tôt. Depuis, par aigreur vengeresse, il attendait toujours qu'elle soit de service auprès de lui pour faire dans son lit, se laissant aller à cette vendetta plus proche de la puérile mascarade que d'une justice légitime.

Elle sortit de la chambre dudit patient et se précipita à l'accueil du service en soupirant longuement. Valérie, sa collègue de travail, occupée à mettre un peu d'ordre dans les rangements du minuscule comptoir, lui trouva de suite un air maussade et se redressa pour lui faire face. Angélique fit mine de s'affaler sur le meuble.

— Tu as l'air crevé, ma pauvre...

Elle se releva, enleva sa coiffe et passa énergiquement une main dans son carré court foncé tirant sur le violet afin de s'aérer les cheveux.

— Cela fait plus de six heures que j'ai pris mon service, dit-elle en lorgnant l'horloge placardée au mur dans le dos de Valérie, et monsieur Malot m'a déjà obligée trois fois à le nettoyer. Il m'agace !

— Excuse-toi de l'avoir rembarré et promets-lui un rendez-vous. Ça devrait le calmer.

— C'est hors de question ! objecta Angélique. Je n'ai pas que ça à faire ! J'ai bien d'autres soucis en tête.

— Cela n'aurait-il pas un lien avec le coup de fil que tu as reçu en fin de matinée ?

Angélique avait tout de suite apprécié Valérie lorsqu'elles avaient commencé à régulièrement se croiser dans les différents services de l'hôpital l'hiver dernier, et la grande femme aux longs cheveux d'une couleur oscillant entre le châtain et le roux n'avait pas été insensible à la personnalité en acier trempé qui s'était rapidement exprimée vis-à-vis des patients et qui contrastait avec son apparente douceur. Elles s'étaient plu d'entrée de jeu et, au fil des semaines qui avaient suivi leur première conversation, s'étaient spontanément laissées envelopper dans le voile d'une profonde complicité.

Devenues plus que des amies par la force naturelle des choses, chacune d'entre elles était un vrai reflet de l'autre et ces étranges similitudes dans leur caractère ainsi que leurs expériences personnelles renforçaient leur sensation d'avoir été vouées à se rencontrer. Leurs différences, elles, les rendaient complémentaires et l'une apportait à l'autre ce qui lui manquait. Chacune, pourtant, se devait malgré tout d'entretenir un jardin secret pour préserver un minimum d'intimité. De fait, elles se connaissaient suffisamment bien pour pouvoir anticiper sur ce que l'autre allait dire. Valérie n'attendit donc pas qu'Angélique lui réponde et ajouta :

— Des problèmes dans ta colocation ?

— Oui, acquiesça Angélique dans un soupir de prostration. Deux d'entre nous ont disparu cette nuit. On ne sait pas où ils sont et d'après ce que m'a dit ma colocataire qui m'a appelée ce matin, ils donnent même l'impression de s'être volatilisés !

— Ils auront fait une virée improvisée ensemble...

— J'y ai pensé, et c'est pourquoi je lui ai conseillé d'appeler la police, mais les autres et elle préfèrent qu'on en parle ce soir tous les six à la maison. En fait, nous vivons ensemble mais ne nous connaissons pas encore suffisamment pour pouvoir être certains les uns des autres. Mais bon, bref, ça m'inquiète encore plus, du coup !

En cette chaude fin d'après-midi, les couloirs lumineux dont les néons scintillaient dans un bourdonnement électrique semblaient désertés et les murs d'un blanc livide sur lesquels se distinguaient des panneaux et des affiches du ministère de la Santé créaient une ambiance froide et stérile à laquelle s'ajoutait l'odeur trop typique des désinfectants mêlée à ceux des médicaments. Dans cet environnement aseptisé s'élevaient quelquefois de lointaines voix de patients léthargiques, des murmures d'infirmières qui s'occupaient de leurs malades et des pas discrets sur le carrelage glacial d'une teinte écrue.

Malgré l'absence de qui que ce soit dans l'entourage des deux femmes, Valérie s'approcha plus encore d'Angélique et lui dit tout bas :

— J'aimerais que tu me rendes un service...

— Lequel ?

Valérie regarda autour d'elles.

— Est-ce que tu pourrais me remplacer pendant une heure aujourd'hui, de 16 h 00 à 17 h 00 ? Tu quittes une heure avant moi, mais j'ai besoin de faire quelque chose et si je débauche à 17 h 00, je n'en aurai pas le temps.

Angélique, surprise, voulut en savoir plus, mais la grande infirmière dont les longs cheveux raides avaient été élevés en un chignon qui passait derrière sa coiffe refusa de lui en expliquer les raisons. Elle ajouta simplement :

— Je te remplacerai une prochaine fois pour rééquilibrer ton quota d'heures.

Intriguée mais bien décidée à ne pas chercher à lever le voile sur les motivations de son amie, Angélique accepta. Valérie, pour la remercier, déposa un baiser furtif sur sa joue, à la limite de la commissure de ses lèvres ; elles avaient l'habitude de se témoigner leur affection de la sorte, ce qui avait déjà fait sourciller quelques-uns de leurs collègues, hommes et femmes.

— Je te revaudrai ça !

Elle fut néanmoins un peu plus surprise d'entendre monsieur Malot hurler depuis sa chambre.

— Je crois que tu manques à ce cher Gilles, supposa Valérie en illuminant son visage d'un sourire que ses yeux verts rieurs accentuaient. Tu ferais mieux d'aller voir ce qu'il attend encore de toi !

— Oui, j'y vais. Il veut sans doute que je lui nettoie le derrière, comme d'habitude ! Il n'y a aucune justice en ce bas monde...

— Qui sait ? Tu y prendras peut-être goût, ricana-t-elle.

— Nâââââh, grimaça Angélique en s'éloignant d'un pas lourd.

***

Au soleil couchant, Sidonie, Jack, Sabine, Émmanuelle et Stéphane partagèrent un moment de détente en faisant quelques parties de ping-pong dans l'allée qui menait au garage de la résidence : chacun d'entre eux s'accordait à penser qu'il leur fallait se changer les idées. C'est la raison pour laquelle nul n'avait hésité lorsqu'ils avaient trouvé une vieille table Cornilleau pliée en deux sur ses quatre roulettes. Spontanément, ils l'avaient sortie et ouverte pour faire quelques manches afin de tromper leur inquiétude pour les deux disparus.

Les couleurs chaudes de ce début de soirée donnaient aux quartiers des Bégonias et des Tulipes un visuel de pavillons en flammes immergés dans le brasier d'un ciel incandescent, et bien que l'après-midi caniculaire se fondît dans la promesse d'une nuit aux températures plus clémentes, la lourdeur de l'air appesantissait chacun des cinq colocataires qui souhaitait pourtant profiter de la beauté du ciel. Sidonie avait pris le transistor de la salle de bain pour le brancher dans le garage et mettre de la musique en toile de fond. Bono venait d'entamer le refrain de *Pride (in the Name of Love)* : Émmanuelle, en fan affirmée de U2 [58], avait exulté en entendant les premiers accords de guitare de The Edge.

Jack s'était avéré être un excellent pongiste, et prétentieux comme à l'accoutumée, il avait provoqué les autres, bien moins sûrs d'eux, lesquels avaient fini par se faire écraser à plate couture, malgré une performance tout à fait honorable de Sabine qui s'était battue comme une lionne et avait cumulé dix-neuf points. Découragés, les trois autres perdants et elle s'étaient détournés de la table de jeu et, allongés dans l'herbe, profitaient tranquillement des trop rares brises qui soufflaient quelquefois.

— Eh ben alors ? s'écria Jack. Qu'est-ce qu'il vous arrive ? Plus personne ne veut se mesurer à moi ? Allez, Mats Wilander [59], viens prendre ta revanche ! suggéra-t-il à Stéphane.

— Pas la peine ! Et Mats Wilander est un joueur de tennis, pas un pongiste.

— Oh le rabat-joie ! Et toi, Sabine ?

— Non, j'ai eu ma dose ! Tu n'as qu'à redresser un côté de la table et jouer tout seul.

— Tu n'es résolument pas drôle !

— Sabine n'a pas tort, Jack : personne ici n'a envie de se faire écraser par un vantard comme toi. Nos échecs flatteraient ton ego et tu en as déjà bien assez !

— Antoine t'aurait donné du fil à retordre s'il avait été parmi nous ! fit remarquer Sidonie.

— Dans ce cas-là, peux-tu m'expliquer pourquoi il se terre je ne sais où dans un autre monde, à poil et avec Suzanne de surcroît ?

Jack contourna la table de ping-pong en passant sous la porte du garage levée à l'horizontale au-dessus de sa tête, regarda un instant la Seat Ibiza de la disparue, et s'approcha de ses colocataires en lançant sa raquette en l'air pour la rattraper lestement d'une main. Venant tranquillement au-devant de la blonde qui le regarda se poster devant elle, il ajouta :

— Tu aurais dû le surveiller, ton jules ! À ta place, je m'inquiéterais de risquer d'être cocufiée.

— Pauvre Jack, ricana Sidonie en se dressant sur ses jambes pour se mettre à sa hauteur. Tu es d'un pathétique !

Sans qu'elle puisse anticiper le geste de Jack, il eut le temps de lui mettre la main sur la poitrine avant qu'elle ne lui administre, par réflexe conditionnel, une gifle magistrale qui le fit ployer sur ses jambes et tomber de côté.

— Tu n'es qu'un pauvre *connard*, Jack !! Touche-moi encore une fois et je t'étoufferai avec tes testicules !

— Tes menaces ne m'impressionnent pas, Blondie [60]. Tu devrais te calmer.

— Ce n'est pas une menace, c'est une promesse !

Il se mit à rire.

— Quelle répartie, admit-il en époussetant ses coudes afin d'en ôter les brins d'herbe collés. On ne me l'avait jamais faite, celle-ci !

— J'en ai d'autres en réserve pour toi, si tu y tiens ! aboya Sidonie, blessée dans son amour propre.

— Allons donc, ne t'énerve pas comme ça...

— Jack, tu es ignoble ! lança Émmanuelle. Tu as rarement été aussi odieux !

— Et alors ? Vous devriez tous comprendre qu'Antoine et Suzanne ont quitté la résidence définitivement, et considérer enfin qu'il faut débarrasser les affaires de leurs chambres, dégager la bagnole de Cruella [22] et chercher deux autres personnes pour les remplacer. Nous n'allons pas attendre leur retour indéfiniment !

Sidonie vint se rasseoir auprès de Stéphane. Sabine, elle, se leva à son tour et s'approcha de Jack pour lui mettre la main sur l'épaule.

— Ce sont mes parents et monsieur Barnier qui sont les seuls décisionnaires de ce que nous devons faire par rapport aux chambres de Suzanne et d'Antoine. Mais l'heure n'est pas encore venue de considérer que nos amis sont partis pour de bon, et je ne contacterai certainement ni mon père ni ma mère pour leur dire que nous ne sommes désormais plus que six !

— Peuh ! *Nos amis*, dis-tu ?

— Oui, Jack !

— Excuse-moi Sabine, mais Suzanne et Antoine ne sont pour moi rien de plus que des colocataires, et n'ont aucun rapport avec ce que je partage avec Émmanuelle ou toi. De vrais amis ne nous laisseraient pas nous inquiéter de la sorte.

— Hin hin, rit Sabine. Cela signifie donc que tu t'inquiètes pour eux ? conclut-elle en s'allongeant dans l'herbe.

— Assez palabré, s'énerva Jack, et profitons de cette soirée pour se détendre, et non pour tergiverser sur ces deux lascars. Alors qui veut encore se prendre la raclée du siècle ?

Personne ne répondit. Jack n'ajouta rien non plus et se dirigea vers la table au pied de laquelle était posé un petit seau à couvercle contenant les balles de ping-pong. Il allait le prendre pour y ranger celle avec laquelle ils avaient joué lorsqu'il entendit :

— Pauvre matamore ! À quoi bon te vanter puisque tu n'es pas le plus fort !

La voix avait littéralement tranché en deux l'atmosphère paisible dans laquelle les cinq colocataires avaient essayé de s'immerger. Sidonie et Sabine se redressèrent en équerre en regardant dans la direction d'où était venu le sarcasme et Jack bondit sur ses jambes en se retournant d'un coup, les yeux tournés vers les pavillons situés à l'ouest, de l'autre côté de l'avenue Leclerc. Il chercha du regard l'intrus qui avait eu l'audace de remettre en cause ses performances au tennis de table.

— Qui a dit ça ? hurla-t-il fou de rage. Qui a eu l'audace de me rabaisser de la sorte ?

— Ça venait de la maison d'en face, annonça Stéphane en se relevant. Les réverbères sont trop éblouissants, je n'y vois rien.

Il déplaça son regard dans les environs et stoppa soudainement tout mouvement oculaire.

— Je n'en suis pas certain, mais on dirait pourtant qu'il y a deux personnes sur le toit d'en face !

En effet, deux silhouettes se dressaient à la verticale, dos au soleil couchant, perchées en équilibre sur le faîtage de la résidence située à quelque soixantaine de mètres du petit groupe, parfaitement maîtres de leur centre de gravité sur ce toit pentu. L'un était visiblement plus grand que l'autre.

— Mais qui sont-ils donc ?

Soudain, Sabine et Sidonie qui s'étaient discrètement éloignées sur l'herbe en direction de l'angle sud-ouest de la clôture, au plus près du carrefour, se tournèrent vers leurs amis.

— Quelqu'un vient...

Et effectivement, des pas secs et précis devenaient de plus en plus distincts au-delà des rares voitures qui circulaient dans le secteur, semblant plus proches à chaque seconde qui s'évanouissait dans le sillage du temps. Des talons hauts qui se firent entendre plus précisément sur le trottoir de l'avenue Leclerc.

— Angélique ? fit Stéphane en regardant la jeune femme qui, approchant dans l'obscurité, arriva enfin à proximité du réverbère.

— Oui, c'est moi ! répondit-elle suffisamment fort pour être entendue de loin. Qu'est-ce que vous faites tous dehors ?

Plus aucun des cinq colocataires ne s'était souvenu qu'elle avait téléphoné à la résidence pour les prévenir qu'elle finirait de travailler plus tard que prévu afin de dépanner une autre infirmière. Pas même Jack.

Angélique poussa le portail du petit jardin de la façade, sans réagir face au silence qui avait été la seule réponse à sa question, et la mine perplexe qu'elle avait vue sur le visage de chacun de ses proches depuis l'avenue se précisa lorsqu'elle s'approcha d'eux.

— Qu'est-ce que vous fixez, comme ça ? demanda-t-elle en regardant dans la même direction qu'eux, sans toutefois remarquer les deux présences immobiles qui s'élevaient en hauteur et semblaient les observer silencieusement.

— Deux types ! répondit Émmanuelle, évasive.

— Comment ça ?

— Ils sont juste là...

— Je ne vois rien. Au fait, toujours pas de nouvelles d'Antoine et Suzanne ?

Angélique rejoignit Jack qui était le plus proche d'elle et déposa un rapide baiser sur ses lèvres. Mais il ne réagit pas non plus à cette caresse, ni à l'étreinte qui s'ensuivit.

— Regarde bien sur le toit en face, Angélique... et tu les verras, dit-il calmement.

Cette fois-ci, elle jeta un œil plus attentif et finit par les voir.

— Qu'est-ce qu'ils fabriquent là-haut ? Qui sont ces rigolos ?

— On n'en sait rien, fit Sidonie qui éteignit le transistor, coupant l'herbe sous le pied de James Ingram et Michael McDonald [61] qui interprétaient *Yah mo B there*, avant de se rapprocher de Jack et d'Angélique. Ils sont là depuis trois bonnes minutes !

Soudain, l'une des deux silhouettes dévala le flanc du toit à une vitesse prodigieuse, posa un pied sur la gouttière qui vola en éclats quand elle prit appui dessus pour s'élancer dans un bond prodigieux au-dessus de l'avenue Leclerc et retomber accroupie sur la pelouse à quatre mètres devant Jack qui eut un mouvement de recul. Puis la deuxième silhouette, plus grande, s'évapora dans les airs, se soustrayant aux regards inquiets ou intrigués qui essayaient d'interpréter ce qu'ils venaient de voir, et réapparut à côté du premier visiteur. Ce dernier se releva.

— Deux d'entre vous me connaissent déjà, souligna l'homme en regardant Sidonie et Émmanuelle. Je m'appelle Max Tegai ! termina-t-il en plantant ses yeux dans ceux de Jack.

— Et moi, Wilfried De Laval.

L'homme qui venait de s'exprimer d'une voix grave et posée, presque douce, se dressait dans toute son imposante stature, laquelle semblait plus encore tirée vers le haut par le long manteau sombre qu'il portait et qui était la réplique exacte de celui de son compagnon.

— Et l'une d'entre vous me connaît aussi, dit-il en regardant Sabine.

C'est alors qu'elle se souvint de l'inconnu qu'elle avait croisé dans le train pour Paris et qui ne l'avait pas quittée des yeux. Se remémorant l'étrange impression qu'il avait arpenté le couloir du wagon sans qu'aucune ombre au sol n'obscurcisse le vert-de-gris de la moquette sous son corps, elle comprit qu'elle n'avait pas rêvé : il ne projetait aucune ombre alentour. Jack jeta un coup d'œil à Sabine qui le lui renvoya furtivement. Il fut rappelé à l'ordre par Max.

— Je te trouve bien présomptueux pour un pauvre cafard, monsieur Saïyes. Qu'en est-il de ton humilité ?

— De quoi je me mêle ? rétorqua Jack. Allez au diable, qui que vous soyez !

Wilfried disparut et réapparut debout sur la table de ping-pong, attirant le regard d'Émmanuelle qui ne le lâchait plus : ils se dévisagèrent mutuellement. Sidonie s'approcha prudemment de Jack et lui dit :

— Fais attention à toi ! Il a des pouvoirs surnaturels que tu es à mille lieues d'imaginer. Je sais que ça peut paraître dingue, mais crois-moi !

Ce type est dangereux, Jack !

Il lui lança un regard par-dessus l'épaule et lui dit tout bas :

— Je te remercie de t'inquiéter pour moi, surtout après ce que je t'ai fait !

— Tu es un porc, trancha Max ! Oser toucher la délicieuse poitrine de sa colocataire. N'as-tu pas plus de honte que d'humilité pour agir de la sorte ?

Sidonie réprima un sentiment de dégoût : le dieu s'exprimait en de beaux termes qui, *a contrario*, semblaient dissimuler les travers d'un pervers, se dit-elle.

— Je n'ai que faire de l'image que je vous donne ! lança Jack. Vous déboulez chez nous et nous invectivez ! Mais qui êtes-vous donc pour oser vous imposer de la sorte ?

— Nous sommes des dieux ! répondit Max en relevant les traits de son visage d'un sourire narquois. Et nous avons tous les droits !

— Chouette, gloussa Jack ! Jésus est de retour parmi n...

La fin de la phrase de Jack resta dans sa gorge dès l'instant où il tomba soudainement sur les genoux en hurlant à pleins poumons et plaqua ses mains sur ses tempes comme s'il voulait désespérément empêcher sa tête d'exploser. Les autres colocataires firent un pas pour s'approcher mais Wilfried les en dissuada.

— Je ne saurais trop vous conseiller de ne pas intervenir, messieurs-dames !

Le cri de Jack fit monter les larmes aux yeux d'Angélique qui, faisant fi de la recommandation du dieu, se précipita auprès de Jack et s'agenouilla pour le prendre dans ses bras. Elle était juste devant Max, à ses pieds, mais le regard qu'elle lui lança, chargé d'une indicible haine, le surprit au plus profond de lui, exerçant un ascendant qu'il n'aurait jamais soupçonné.

— Maintenant, ça suffit, Max !

Wilfried se tourna vers son complice et attendit une réponse.

— Laisse-moi faire bouillir le sang dans sa cervelle...

— Non, Max ! Nous sommes venus pour autre chose. Laisse-le !

Jack continuait de hurler en proie à une inexorable souffrance ; dans son agonie, il sentait une zone de sa nuque gonfler progressivement et se propager dans toute sa boîte crânienne pressurisée par un inhabituel phénomène qu'il ne comprenait pas. Une rupture sourde lui sembla anéantir d'un coup son esprit et d'abondantes coulées de sang dégoulinèrent de ses narines et imbibèrent le tee-shirt d'Angélique. Elle cria plus fort que lui et se dressa d'un bond sur ses jambes tandis que le corps de Jack, inerte, glissait contre elle comme un poids mort.

La véhémence de la gifle que Max reçut sur la joue gauche mit un terme aux souffrances de Jack qui, enfin, s'effondra complètement au sol. Angélique avait encore sa main droite immobilisée en bout de course, le bras tendu à l'horizontale et le regard lourd et humide rivé sur le profil gauche du dieu dont quelques mèches blondes s'étaient violemment plaquées sur son visage.

— Je t'avais prévenu, Max ! siffla Wilfried.

Angélique s'accroupit au-dessus de Jack après avoir ôté ses escarpins et essaya de le porter pour l'emmener seule à l'intérieur de la résidence.

— Stéphane ! Ne reste pas planté là et viens m'aider ! On va l'emmener dans sa chambre !

L'intéressé eut à peine le temps de dire quoi que ce soit et de venir auprès d'elle que Wilfried stoppa net son élan d'une simple phrase.

— Reste là, toi !

Max regarda Sidonie lorsqu'elle se retourna vers Wilfried pour lui dire :

— Il a besoin de soins d'urgence.

— C'est à l'hôpital qu'il faut l'emmener ! rectifia Émmanuelle. On va prendre la voiture de Suzanne si on trouve ses clefs. Sinon, on appellera les urgences.

Angélique se sentit idiote de ne pas y avoir songé plus tôt, paniquée par l'angoisse de voir Jack mourir dans ses bras.

— Non, laissez-le ! ordonna Wilfried en sautant à terre, faisant voler dans son dos sa capuche et sa longue chevelure couleur noisette que le crépuscule maculait de reflets orange. C'est moi qui vais m'occuper de lui.

— Qu'est-ce que tu fais ? beugla Max.

Sans répondre, Wilfried s'approcha d'un pas léger mais certain et posa un genou à terre devant l'homme inconscient. Angélique sentit alors que ses mouvements créaient un souffle dont l'odeur n'avait rien de désagréable ; bien au contraire, elle paraissait dégager des effluves sucrées de douce bienveillance, ce qui l'interpella. Elle rangea inconsciemment cette fragrance dans sa mémoire et se mit sur le qui-vive, appréhensive malgré tout face à cet homme qui pouvait leur jouer un mauvais tour. Stéphane, Émmanuelle et Sabine s'approchèrent à leur tour.

Wilfried prit Jack par les aisselles, le soustrayant au corps d'Angélique, et l'allongea correctement sur le dos, sans dire un mot, mais requérant implicitement un espace suffisamment large pour le mettre à l'aise, ce qui obligea les autres à reculer d'un pas. Il apposa un majeur et un annulaire sur chacune des tempes du blessé alors que le sang qui avait coulé de ses narines coagulait déjà en d'épaisses croûtes brunâtres.

Émmanuelle profita de cette proximité particulière avec Wilfried pour le détailler, et ce qui la surprit le plus ne fut pas ses yeux vert vif qui, quelques instants plus tôt, avaient eu l'air de la mettre à nu, ni la ligne franche de son nez grec dont la peau paraissait d'une douceur sans égale, mais la finesse de ses lèvres qui la troublèrent jusqu'aux confins de son corps par leur apparente tendresse et leur dessin qu'elle jugea trop parfait pour être naturel. De lourdes mèches marron dont l'épaisseur contrastait avec des cheveux ténus masquaient un front qui lui sembla trop bas, avorté dans sa chute par de très légères arcades que deux sourcils longs et étroits marquaient sur un faciès résolument atypique et non moins harmonieux.

Max rappela son complice.

— Tu me discrédites, Wilfried !! Tu aurais peut-être voulu que j'épargne aussi ce diable de Virgil, huh !?

— Tais-toi ! Tu ferais mieux de rentrer ; nous aurons fort à faire demain !

Le dieu, offensé, tourna le dos au petit groupe sans piper mot. Stéphane, qui le regardait, aurait juré l'entendre grommeler quelques borborygmes, mais il préféra garder cela pour lui : l'état de Jack le préoccupait.

Wilfried se remit vivement debout et tous levèrent les yeux vers lui.

— Émmanuelle, commença-t-il à la stupéfaction de l'intéressée qui se redressa alors sur ses jambes. Votre beauté éclipse celle de ce coucher de soleil. Concéderiez-vous à m'accorder un baiser ?

— Mais !? bafouilla-t-elle.

Jack commença à remuer les mains et les pieds sous le regard médusé et déconcerté de ses colocataires. Angélique, elle, gratta légèrement le sang coagulé que ses narines avaient évacué puis lui caressa les joues alors que les paupières de celui qu'elle avait craint de perdre vacillaient. Aussi reprenait-il des couleurs.

Wilfried se prosterna devant Émmanuelle et lui saisit la main gauche avec une délicatesse qui faillit la faire chanceler sur place tant ses jambes lui semblèrent frêles sous le joug de l'intimidation et de la stupeur. Il approcha doucement son visage de la peau claire qu'il amena jusqu'à ses lèvres et déposa un furtif mais intense baiser qui laissa sur le revers de sa main une kyrielle de minuscules cristaux liquides et étincelants.

— Mes lèvres sont plus tendres encore lorsqu'elles accordent leurs grâces, susurra-t-il avec un sourire franc en la regardant droit dans les yeux.

Alors que Jack revenait peu à peu à lui, Émmanuelle dut se faire violence pour ne pas tomber en pâmoison mais échoua lamentablement. Dans son trouble, elle appela Suzanne, visiblement incapable d'être lucide, et Stéphane se jeta sur elle en passant sa tête sous son bras pour la retenir de justesse. Pour la seconde fois, il la rattrapa.

— Bien joué... vieux...

Jack semblait revenir à la vie tant il était dans un piètre état, mais il s'avéra suffisamment conscient pour avoir vu son collègue de travail rattraper *in extremis* celle qu'il considérait comme une sœur.

— Comment vas-tu, mon Amour ? demanda vivement Angélique, gagnée par une extrême émotion à l'idée d'avoir failli le perdre et qui lui faisait monter aux yeux des larmes de soulagement.

— Jésus est encore là ? fit-il entre deux profondes inspirations.

— Ne provoque pas Max, murmura Sidonie en jetant un regard inquiet dans la direction du jeune dieu qui se tenait à l'écart.

Émmanuelle, de son côté, consciente, ne parvenait plus à tenir debout, ni à savoir ce qu'il se passait. Elle avait un regard livide et le teint blafard, mais son sourire trahissait l'état de profonde béatitude dans lequel elle baignait délicieusement. Stéphane et Sabine commencèrent à s'en aller avec elle vers la résidence alors que Jack tentait de se relever, aidé par Angélique et Sidonie. Les deux trios progressèrent pesamment vers le perron.

— Nous savons que vous êtes en possession de la disquette rouge ! mugit Max d'une voix cinglante qui paralysa littéralement les six colocataires qui ne prirent pas la peine de se retourner. Vous n'avez rien à faire avec !

— Nous ne mettrons pas en porte-à-faux la personne qui la détient actuellement, enchaîna Wilfried d'un timbre monocorde, bien que nous sachions de qui il s'agit : vos esprits sont aussi limpides que du cristal. En revanche, nous vous saurions gré de gentiment nous la remettre la prochaine fois que nous viendrons ici, sans quoi je vous laisserai aux bons soins de mon ami Max ! Tenez-vous-le pour dit !

— Tu me laisseras même massacrer la rouquine, Wilfried ? demanda Max en faisant voler en éclats, sans effort et d'un seul regard, le portail pour avancer tranquillement jusqu'au trottoir sous une pluie de planches de bois laqué.

Ils s'engagèrent tous deux sur la chaussée et Wilfried s'arrêta au niveau de la ligne blanche continue pour ne pas déranger la circulation des véhicules qui, par prudence, ralentissaient en faisant un écart à l'approche du carrefour, le klaxon retentissant par à-coups. Max, de l'autre côté, perplexe, le regarda se retourner vers la résidence et se servir de son pouvoir de psychokinésie pour remettre en place les débris du portail réduits en charpie par son complice vers lequel il se tourna ensuite pour lui répondre :

— Non, tu ne la toucheras pas !

Max fit aussitôt une moue renfrognée, autant pour cette réponse qui ne le satisfaisait guère que pour la clôture qu'il avait lui-même détruite et que son complice s'était empressé de remettre en état comme si ce dernier avait inversé la course du temps. Wilfried le rejoignit nonchalamment sur le trottoir, regarda par-dessus son épaule les six colocataires qui étaient à présent tournés vers eux, immobiles sur le perron de leur pavillon au loin, et ajouta :

— Elle, c'est moi qui la massacrerai !

Ils ricanèrent en se fixant d'un regard entendu et disparurent sans laisser aucune trace.

Sur la pelouse, oubliés, délaissés, négligés, les talons hauts d'Angélique semblaient jouir du spectacle crépusculaire du soleil couchant aussi brûlant et ardent que le feu nourri par l'Amour qu'elle ressentait pour celui qui avait bien failli passer de vie à trépas.

***

La soirée de ce lundi était arrivée à grands pas et la visite des dieux n'était pas la seule cause du bouleversement qui maltraitait l'esprit des six colocataires. La disparition d'Antoine et de Suzanne ajoutait à leur inquiétude et leurs pensées allaient dans tous les sens, les privant de tout repos. Malgré cela, Jack, largement affaibli par la violence du traitement que Max lui avait infligé, s'était endormi en quelques minutes, le temps de se sentir glisser en pente douce dans une tendre et profonde léthargie. Il avait néanmoins pensé à appeler les parents de Sabine pour les informer que l'arrivée de leur fille à la résidence s'était bien passée et pour s'excuser du retard. La jeune femme avait pu rassurer ses parents et remercier monsieur Barnier en personne.

Les autres n'avaient pas eu envie d'évoquer la disquette rouge dont avaient parlé les dieux : tous les cinq s'étaient bien davantage immergés dans une dynamique de passer une agréable soirée, et c'est la raison pour laquelle Sabine avait invité Stéphane dans sa chambre pour qu'elle lui parle des arts picturaux qu'elle aimait tant, et particulièrement du courant des préraphaélites dont elle caressait l'espoir de voir quelques œuvres dans les expositions occasionnelles qui les exhiberaient à la vue du public. Stéphane s'y intéressait aussi, certes, mais il désirait surtout se rapprocher de la jeune Néerlandaise qui lui avait tapé dans l'œil. Celle-ci n'était pas dupe et tous deux le savaient bien, mais contrairement à ce qu'elle avait précédemment dit à Jack, elle le trouvait mignon et sympathique, et si le sentiment qu'il attendait d'elle ne semblait pas près de fleurir dans le cœur de la femme, elle n'en détestait pas pour autant sa compagnie. Elle le trouvait intelligent et cultivé, aux antipodes de l'image de jeune adulte juvénile qu'il donnait l'impression d'être, bien malgré lui.

Sidonie s'était retranchée dans sa chambre. Après avoir aidé Jack à s'allonger dans son lit, secondée par Angélique, elle avait montré à cette dernière la vidéo de l'expérience d'Antoine et de Suzanne qu'elle n'avait pas pu voir en même temps que les autres. Angélique n'avait rien exprimé devant les vingt-neuf minutes de la séquence : ni surprise, ni frayeur, ni chagrin. Sidonie, elle, sentait désormais sa poitrine comprimée par une anxiété qui prenait possession de son esprit et, de là, répandait dans chaque partie de son corps une lourdeur qui rendait ses déplacements aussi lents que ses réflexions. Elle ne parvenait pas à savoir ce qu'elle devait faire et se sentait incapable de prendre une décision. Elle avait senti dans l'après-midi qu'elle aurait peut-être profité de la réunion que les colocataires et elle avaient prévue en début de soirée pour vendre la mèche et lever le voile opaque qui enveloppait l'existence de la disquette rouge, mais l'intervention de Max et Wilfried avait rendu son mensonge par omission plus catastrophique encore, aux conséquences bien pires que ce à quoi elle aurait pu s'attendre.

En regard de cette tension nerveuse qui paralysait toutes ses aptitudes, lui ôtant tout appétit, elle avait préféré ne pas s'éterniser dans les parties communes de la résidence pour éviter de croiser le regard suspicieux de celles et ceux qui partageaient le même toit qu'elle. Elle avait fait l'impasse sur le dîner et avait envisagé, l'espace d'un instant, de quitter définitivement la résidence pour retourner vivre dans son appartement des Colombes dont ses parents s'étaient portés acquéreurs l'an passé et qu'elle avait occupé. Ainsi, elle pourrait sans problème réintégrer la ligne chronologique de son quotidien avec son chien ; elle comprit à cet instant à quel point Jecky lui manquait.

À la radio, Grace Jones [62] dévoilait la magnificence du trémolo qu'elle mettait dans sa voix en chantant *Slave to the Rhythm* et malgré la batterie pêchue et le dynamisme qui s'en trouvait augmenté, Sidonie ne parvint pas à se laisser distraire, pas plus par ses prestations vocales que par les percussions retentissantes qui se réverbéraient sur les murs de la chambre. Bien qu'elle ressentît l'absence d'Antoine et une inquiétude grandissante et pernicieuse, elle se félicita qu'ils aient choisi d'avoir chacun la leur et non d'en partager une. Si tel avait été le cas, toutes les affaires de son homme – livres, bibelots, vêtements, ordinateur... – l'auraient sans cesse harcelée en se montrant ostensiblement à chaque regard, lui rappelant à quel point sa vie gravitait autour du disparu. Une impitoyable et inlassable torture en perspective. Heureusement, il n'en était rien et la jeune blonde n'avait pas mis le pied dans la chambre d'Antoine depuis sa disparition la nuit précédente.

Au vu de la tournure qu'avait pris la conversation du matin même au second étage du pavillon, Sidonie n'ignorait pas qu'elle serait la première suspectée de savoir quelque chose qu'elle n'aurait pas partagé avec les autres. Pourtant, elle n'avait pas besoin d'entendre la moindre remarque désobligeante au cours de la soirée. Elle avait donc pris une douche rapide et était ensuite remontée dans sa chambre pour se glisser dans son lit dans l'optique de se replonger dans le roman *La Nuit des temps* [63] qu'elle avait commencé deux semaines plus tôt. Mais en définitive, elle n'avait pas cœur à rejoindre Élea et Païkan : elle était là, immobile, les mains croisées derrière sa nuque, à contempler le plafond. Ce ne serait pas ce soir que Barjavel l'emmènerait loin de ses tourments. Demain serait toutefois un autre jour.

Émmanuelle, comme Jack, dormait du sommeil du juste. Elle était parvenue à se remettre de ses émotions mais s'était laissée aller à une euphorie qui ne l'avait pas quittée avant qu'elle ne s'endorme en arborant un sourire qui irradiait sur son visage, lequel n'avait néanmoins pas encore repris ses couleurs. L'œuf mimosa, le yaourt nature et la petite brique de jus de raisin qu'elle avait consommés au dîner avaient été tout juste assez pour lui redonner un regain d'énergie et lui permettre d'arriver jusqu'au moment du coucher, mais elle s'était uniquement sustentée pour ne pas aller au lit l'estomac vide : les lèvres de Wilfried nourrissaient encore ses rêves à défaut de lui remplir le ventre.

Angélique, dans son esprit, s'était plusieurs fois repassé la scène de l'expérience de Suzanne et d'Antoine, les revoyant rapetisser pour se faire aspirer avant d'être crucifiés sur des triangles qui avaient disparu derrière la surface de l'écran. Décidément, des choses étranges se passaient dans cette Résidence du Coucher de Soleil qui l'avait accueillie, et elle ne supportait pas de ne pas savoir pourquoi.

Elle commençait à douter de ses colocataires, même de Jack, et ne savait plus à quel saint se vouer. Se demandant ce qu'il en était de cette mystérieuse disquette rouge, elle savait pertinemment que, d'une manière ou d'une autre, on lui dissimulait des informations qui auraient pu lui éviter d'être témoin de l'agonie d'un homme qu'elle aimait malgré la suspicion qu'elle ressentait pour lui aussi. Mais l'un de ses colocataires leur mentait et elle ne pouvait pas le supporter. Elle s'était d'ailleurs sentie incapable de rester davantage entre les murs de la propriété de monsieur Barnier et avait immédiatement préparé ses affaires pour aller au Centre-Ville se détendre dans l'un des bassins des Bains Publics.

Certes, quatre de ses colocataires n'avaient menti à personne, mais elle ne les connaissait tous les cinq que depuis peu, finalement, et elle n'avait pas la plus petite idée de celui ou celle qui les trahissait, les autres et elle. Bien qu'Émmanuelle et Suzanne lui aient courageusement sauvé la vie au large de la plage de nudistes, la méfiance lui paraissait être de rigueur.

Pour l'heure, elle ne souhaitait donc qu'une seule chose : s'en aller passer la soirée ailleurs sans se soucier de l'heure à laquelle elle rentrerait.

Elle vit de très loin l'établissement des Bains Publics se profiler sur le tissu sombre de la nuit au-devant duquel se dressait l'imposante cheminée d'où s'élevait un nuage de vapeur chaude qui disparaissait vers les terres landaises à l'est. Mais elle fut brutalement tirée de sa contemplation lorsqu'elle descendit du bus et fut happée par le flot incessant de piétons qui circulaient devant l'arrêt.

Le vacarme infernal qui avait pris possession des boulevards animés et des rues bondées de cette chaude soirée de printemps s'immisça dans sa tête et y perdura suffisamment de temps pour l'incommoder, l'obligeant à accélérer le pas pour s'extirper au plus vite de cette effervescence étouffante et parcourir les dernières dizaines de mètres qui la séparaient de ce bain chaud dans lequel elle allait se glisser pour son plus grand plaisir. Autour d'elle, les Sanlymarins avaient l'air de se plaire dans cette jungle urbaine envahissante, paraissant bavarder entre eux avec la flamme de la passion dans les bribes de mots qu'elle distinguait hasardeusement.

Écoutant de la musique grâce à leur *walkman* qui les enfermait dans une bulle en distillant dans leurs oreilles les morceaux enregistrés sur cassette audio, ces individus s'affichaient avec un casque qui les rendait aussi impersonnels que des automates, faisant du roller entre les noctambules comme s'ils glissaient de manière irréelle sur les dallages qui s'imbriquaient les uns aux autres le long des devantures de magasins qu'ils avaient à peine le temps de discerner au passage ; des esprits anonymes qui, pour Angélique, se complaisaient dans une minable petite existence étriquée qui n'avait pas plus d'intérêt que leur apparence n'avait de visage. Figures floues abstraites qui, dans ses réflexions, ne s'exhibaient sous son regard apathique que pour mieux disparaître dans son passé sans laisser aucune empreinte, hommes et femmes insignifiants circulant dans le tumulte de la ville, chevaliers s'opposant à la joute équestre dont la récompense n'était qu'une banale bouffée d'air pollué par les véhicules aussi froids que le cœur des individus qui les conduisaient, apatrides perdus dans un univers qui n'avait jamais été le leur et ne le serait jamais. *Sunset City*, la ville la plus branchée du sud-ouest de la France, semblait prête à engloutir impitoyablement les quidams les plus récalcitrants, avertis et opiniâtres, pour les exhorter à rester en son sein, dans cette hypnose sans queue ni tête qui n'avait peut-être jamais commencé, ni ne finirait jamais. Une fourmilière dans laquelle Angélique n'estimait pas être plus qu'une simple ouvrière.

Elle finit par se sentir décidément bien caustique en ces circonstances et tâcha de faire un effort pour rafraîchir ses pensées qui semblaient inexorablement l'enfoncer dans les méandres d'une dangereuse déprime mélancolique aux interrogations existentielles. Cependant, elle estima s'en être débarrassée lorsqu'elle arriva devant l'entrée des Bains Publics et soupira d'aise. L'établissement était ouvert jusqu'à 22 h 00 ; sa montre lui indiqua qu'il lui restait encore un peu plus d'une heure trente pour en profiter.

Le bâtiment en briques rouges argileuses importées directement du Nord avait été bâti de plain-pied dans l'enceinte formée par quatre grands murs dont la hauteur dépassait nettement les vingt mètres. L'un des angles, estampillé d'une immense enseigne lumineuse « Bains Publics » dont chaque lettre était un néon déformé d'un puissant rouge électrique, était orné d'une large entrée inclinée à quarante-cinq degrés, composée de six grandes portes vitrées dont seules les deux du centre s'écartaient automatiquement dès qu'un visiteur s'en approchait suffisamment pour franchir la zone couverte par les deux capteurs infrarouges qui en commandaient l'ouverture. Pour pallier à la déperdition thermique, un sas avait été aménagé dans le prolongement de l'entrée, et Angélique y pénétra d'un pas décidé.

La chaleur suffocante qui régnait dans le hall fut bien plus pénible encore que la lumière éblouissante que crachaient les néons fixés au plafond, et Angélique se précipita vers l'accueil pour régler le prix de l'entrée à la femme qui lui sembla si antipathique qu'Augenbrand lui-même – le légendaire chien noir suisse aux yeux rouges – serait apparu aussi avenant qu'un séraphin. Puis elle s'en alla sur sa droite en direction des vestiaires des femmes dont elle poussa la porte pour se retrouver dans une petite salle carrelée, aménagée avec plusieurs rangées de casiers métalliques qui créaient des allées parallèles au centre desquelles avaient été installés des bancs. Cinq ou six femmes, peut-être plus, se déshabillaient ou se rhabillaient discrètement en prenant soin de ne pas s'exposer plus que de rigueur à la vue les unes des autres, et l'une d'entre elles se décala avec un rictus gêné en s'excusant auprès d'Angélique qu'elle laissa passer. La jeune infirmière la remercia d'un sourire affable et alla choisir un casier pour y mettre ses affaires.

Quelques instants plus tard, elle entra dans la salle principale des Bains Publics, ayant au préalable pris une douche rapide dans l'espace prévu à cet effet et traversé un pédiluve. Elle resta debout quelques instants en observant l'environnement qui l'accueillait, nue sous la grande serviette de coton blanc qui lui ceinturait le corps de la poitrine aux cuisses.

L'immense salle, imposante dans toutes ses dimensions, s'étendait sur près d'une centaine de mètres de côté sous un plafond qui culminait à dix-huit mètres, lequel s'étirait à l'horizontale en un rectangle harmonieux dans lequel avaient été installées de nombreuses vitres panoramiques qui, au-delà de la structure métallique du bâtiment, offraient la vue du ciel aux visiteurs.

La partie supérieure des murs, marquée par de longues fenêtres à battant, projetait de l'extérieur de faibles halos de lumière issus des réverbères et des enseignes de la ville, lesquelles se noyaient dans la chaleur qui s'élevait des centaines de bassins incrustés dans le sol carrelé de crème et de rose.

À l'exception du mur qui donnait sur les douches, les vestiaires et l'accueil et auquel Angélique tournait le dos, seul le quatrième ne donnait pas sur l'extérieur, séparant la salle des bains des femmes de celle des hommes. Sur presque toute sa surface, une réplique exacte de la célèbre estampe *La Grande Vague de Kanagawa* [64] apportait aux femmes qui se prélassaient dans leur large bassin individuel l'exotisme relaxant que Katsushika Hokusai avait offert au peuple japonais en 1831.

Ces bains, ouvertement repris du concept nippon des *sentô* [65], honoraient leur source d'inspiration et faisaient bien davantage office de lieu de détente que d'autre chose.

Angélique avança dans l'une des allées étroites qui séparaient les rangées de bassins où, à cette heure-ci encore, des visiteuses prenaient le temps de se reposer dans ce cadre idyllique, et jeta son dévolu sur un emplacement situé à l'extrémité de l'une d'entre elles. Elle s'adonna à tout un cérémonial pour préparer son bain et y entra délicatement aussitôt qu'il fut en mesure de l'accueillir. Elle cala ses fesses dans l'eau, puis allongea ses jambes devant elle, s'enfonça dans la délicieuse chaleur qui l'enveloppait comme une douce couverture, posa sa nuque sur le rebord en immergeant ses épaules et respira profondément avant de relâcher tous les muscles de son corps. Enfin, elle arrangea un peu mieux sa serviette qu'elle avait négligemment posée sur la barre métallique prévue pour et ferma les yeux.

Elle se sentait bien : la chaleur l'envahissait et cette sensation lui parut des plus agréables. Profitant de ce bien-être, elle décida d'essayer de faire un point : Jack, Antoine, Suzanne, Max, Wilfried, Valérie et monsieur Malot gravitaient dans ses pensées et elle sentait qu'elle se perdait dans le cruel maelström de ces visages. En outre, contrairement à ses sept colocataires, elle était la seule personne qui n'avait eu aucun lien avec les autres avant le mercredi de la semaine passée : Stéphane avait plusieurs fois croisé Sidonie qui sortait avec Antoine, et Jack connaissait déjà Émmanuelle, Suzanne et Sabine. Angélique, elle, semblait être tombée dans leur vie comme un cheveu sur la soupe.

Elle rouvrit les yeux : le décor autour d'elle commençait à être beaucoup moins net, les vapeurs que dégageaient les bassins prenant possession de l'air qu'elles chargeaient d'une humidité qui le rendait opaque, et les silhouettes qui se mouvaient dans cette purée de pois prirent une allure spectrale que des mouvements indistincts rendaient encore plus inquiétants. Angélique vit pourtant très aisément les deux jeunes femmes nues qui passèrent dans l'allée juste à côté d'elle en parlant d'études d'anglais, et lorsqu'elle les regarda s'éloigner dans son champ de vision pour finir par disparaître complètement, elle repensa à

Suzanne et Émmanuelle qui, cinq jours plus tôt, nues comme elles, l'avaient sauvée de la noyade. Angélique elle-même était nudiste à ses heures, comme elle l'avait été ce jour-là, et elle se résolut à considérer qu'elle était aussi impudique que ces femmes qui venaient de s'évanouir dans les lointaines vapeurs des bains. Elle s'enfonça machinalement un peu plus dans l'eau.

Soudain, quelqu'un, à l'autre bout de la salle, se mit à hurler ; de nombreuses femmes se retournèrent aussitôt. Quelques secondes après, on cria :

— Il y a un homme dans les bains !

Certaines sortirent précipitamment de leur bassin pour s'éloigner, allant à l'opposé de l'endroit d'où était venu le hurlement puis l'avertissement. D'autres en profitèrent pour disparaître à la faveur du nuage vaporeux qui les enveloppait d'invisibilité.

Le premier réflexe d'Angélique fut de croire que Jack était responsable de ce mouvement de panique, mais elle se ravisa en se disant qu'il était théoriquement en train de dormir dans sa chambre, à quelques kilomètres de là. Elle sortit de son bassin en s'emmitouflant dans sa serviette pour aller voir – contrairement aux autres visiteuses – de quoi il retournait, et tomba sur un groupe de femmes qui parlaient toutes en même temps.

— Alors, où est-il ?

— On va lui régler son compte ! Il n'a rien à faire ici !

Angélique, passive, ne dit rien.

— Regardez là-haut !

— Comment peut-il se maintenir en l'air ?

Toutes levèrent les yeux et purent apercevoir une silhouette sombre se tenant en lévitation près des grandes vitres qui donnaient sur l'extérieur. Angélique sut tout de suite de qui il s'agissait, reconnaissant d'entre toutes cette ombre qui s'élevait au-dessus d'elles et réalisant qu'elle lui était presque familière.

— Max, murmura-t-elle.

Trois femmes s'en allèrent prévenir un membre du personnel des Bains Publics pour qu'il prenne les dispositions nécessaires afin de déloger l'individu et de le mettre dehors avant qu'il n'attire sur lui les foudres d'une poignée de créatures haineuses. Angélique sentit qu'il l'avait reconnue et se demanda d'ailleurs s'il ne lui avait pas parlé par télépathie : en effet, elle eut l'impression qu'il s'était adressé à elle d'esprit à esprit. *Coucou, Angélique...* Elle n'en était désormais plus au stade d'être surprise par les compétences extraordinaires de ce prétendu dieu et ne s'étonnait donc plus de rien en ce qui concernait Wilfried et lui. *Je te vois...*

La réceptionniste de l'accueil des Bains Publics, visiblement bien énervée par la visite surprise d'un individu qui troublait le bon déroulement de cette soirée dans son établissement, arriva à l'opposé, le visage fermé par un faciès patibulaire, poussant des deux bras épais comme des cuissots un escabeau sur quatre roues aussi petites que robustes. Les trois femmes la suivaient de près, semblant presque se cacher dans son sillage.

La purée de pois s'évacuant par les fenêtres ouvertes en haut des deux murs qui donnaient sur la rue, on pouvait désormais voir clairement l'intérieur de la salle d'un bout à l'autre et leurs yeux se posèrent sur Max bien avant qu'elles ne rejoignent Angélique et les autres. La réceptionniste installa l'escabeau en aplomb de l'homme en lévitation, plaquant un patin contre chacune des roues avec un levier qu'elle actionna du pied pour le stabiliser sur le carrelage mouillé. Puis, au moment où elle allait monter, la femme qui avait remarqué la présence de l'intrus, drapée dans sa serviette maintenue autour de sa poitrine, l'interrompit sans préavis d'un regard et commença à escalader les échelons à sa place.

— N'y allez pas ! conseilla Angélique, terrifiée par le potentiel du dieu.

— Ne vous en faites pas ! lui répondit la femme intrépide qui avait déjà atteint le premier tiers de l'escabeau.

— Non, restez ici, je vous en prie ! Je connais cet homme !

La réceptionniste se tourna vers Angélique presque trop brusquement et lui donna l'impression d'être transpercée par deux forets de perceuse électrique.

— C'est votre ami, ce pervers suspendu à un harnais ?

— Bien sûr que non ! Et il n'a pas de harnais !

La volontaire atteignit le sommet de l'escabeau, mais ce qu'elle avait senti aux deux tiers de son ascension se confirma : elle était encore trop bas. Elle put néanmoins voir le visage de l'individu qui la fixa d'un air amusé.

— Vous venez pour le sacrifice ? demanda-t-il.

— Descendez de là !

— Oui, continua-t-il en semblant regarder au-dehors par la grande vitre panoramique à sa droite. Je vois que vous êtes là pour le sacrifice.

Une fenêtre se brisa alors en de minuscules échardes de verre qui chutèrent violemment comme une pluie de cristal sur les femmes présentes aux pieds de l'escabeau. Angélique se jeta dans le bassin rempli d'eau le plus proche pour éviter d'être tailladée par ces débris et pour ralentir leur vitesse à la surface du bain. Les autres l'imitèrent mais la plupart d'entre elles furent atrocement charcutées de micro-coupures qui maculaient de points rouges leur peau, cisaillant leur visage, s'enfonçant profondément dans leurs voûtes plantaires. Aux cris de douleur se joignirent des hurlements de frayeur, et la cacophonie qui s'ensuivit et devait incontestablement se faire entendre de la salle voisine occupée par les hommes fut elle-même étouffée par un rire démoniaque, aigu et régulier, qui ne pouvait être que celui d'un dégénéré tyrannique sans foi ni loi. Max.

Lorsque l'averse tranchante et perforante cessa, toutes les femmes se relevèrent péniblement, s'entraidant les unes et les autres, et certaines s'en allèrent aux vestiaires en prenant leurs jambes à leur cou. Angélique sortit de l'eau avec quelques égratignures, réajusta du mieux qu'elle put sa serviette trempée autour d'elle et regarda Max qui cessa d'élever son rire dément. Il la fixa une nouvelle fois et cligna des yeux. *Jamais plus tu ne me gifleras, petite pute.* Il détourna ensuite le regard pour l'amener sur la visiteuse redescendue aux deux tiers de l'escabeau, couverte de points rouges sur la peau. Effrayée et prise de panique, elle continua à descendre, se soustrayant par là même au vent frais qui vidait la salle de sa chaleur dans un courant d'air humide. Sans dire un mot, Max usa de sa pétulance sur les barreaux métalliques du bas de l'escabeau et ils se mirent à se tordre dans un étrange bruit d'aluminium avant d'exploser et de tomber en morceaux difformes sur le carrelage. La femme ne put terminer de descendre et, apeurée, s'arrêta sur le cinquième échelon en serrant contre elle l'un des montants. Les larmes abondantes qui coulèrent de ses yeux ne donnèrent guère plus envie au dieu de la prendre en pitié, mais Angélique, elle, n'y fut pas insensible. Elle hurla :

— Ne la touche pas, Max !!

Il se laissa aller à un nouveau rire à gorge déployée. Les autres femmes, assez courageuses ou inconscientes pour ne pas avoir souhaité s'en aller, fixèrent Angélique avec scepticisme, laquelle ne se souciait guère d'elles. Tout en évitant les bris de verre sur le carrelage, elle contourna l'escabeau et demanda à la femme qu'elle fixa en contre-plongée :

— N'ayez pas peur et regardez-moi ! Comment vous appelez-vous ?

La femme sembla prêter attention à Angélique.

— Lola~aah, répondit-elle.

— C'est inutile, Angélique ! s'exclama Max. Tu ne pourras pas la sauver !

Lola se remit à sangloter. Angélique s'énerva.

— Laisse-la tranquille ! Elle ne t'a rien fait !

Puis, se tournant vers la jeune femme :

— Calmez-vous, Lola... Tout se passera bien...

— Hin hin hin ! ricana le dieu. Ce n'est pas beau de mentir...

— Lola ! cria Angélique sans réagir aux sarcasmes de l'homme. Ne vous inquiétez pas ! Calmez-vous et écoutez-moi : nous allons pousser l'escabeau à l'opposé des bains pour vous éloigner de cet individu et vous mettre en sécurité. Ensuite, nous vous ferons descendre et vous rentrerez chez vous.

— Par pitié, souffla-t-elle.

Angélique désigna la réceptionniste et deux femmes qui regardaient la scène de loin.

— Vous trois ! Amenez-vous en faisant attention de ne pas marcher dans le verre. Vous allez m'aider à pousser l'escabeau de l'autre côté. Allez !

Les spectatrices se lancèrent un regard interrogateur, mais aucune n'y lut une quelconque réponse et, finalement, accédèrent à cette requête.

— Angélique !

Elle releva la tête et regarda Max.

— Qu'est-ce que tu veux, à la fin ? lança-t-elle à son attention.

— La disquette rouge ! Pour ta gouverne, sache que c'est Sidonie qui l'a en sa possession.

Elle ne put s'empêcher de cacher sa stupéfaction, ce qui élargit davantage le rictus de Max.

— Bien évidemment, tu l'ignorais !

— Sidonie...

— Oui... Elle vous a trahis ! Alors je veux que tu fasses ce qu'il faut pour la récupérer et me la remettre. Je la veux cette nuit !

— Jamais ! dit-elle sans vraiment réfléchir. Je ne te la procurerai que si tu laisses cette femme en vie ! ajouta-t-elle pour se rattraper.

— Comment ?

Il sembla soudain offusqué, perdit son sourire et baissa la tête plus encore avant de mettre sa main sur son front pour se le frotter.

— Penses-tu vraiment que j'aurais tué cette femme ? demanda-t-il en regardant Lola avec compassion, tournant la tête de côté et prenant un air grave. Je ne suis pas un monstre, Angélique !

La dernière chose que Lola entendit fut la rupture de son squelette à hauteur des hanches ; elle n'eut pas le temps de hurler que, déjà, ses viscères se déversaient hors de son ventre arraché, jaillissant de sa taille lacérée qui scinda son corps en deux parties. Une abondante effusion d'un sang écarlate chaud projeta de lourdes gouttes qui allèrent s'écraser sur ses jambes et ses fesses tandis que la serviette, déjà rougie par le précieux liquide vital qui partait en corolle dans de puissantes éclaboussures, retombait humide à ses pieds. La marche sur laquelle elle s'était arrêtée se libéra de son poids lorsque ses genoux fléchirent et que ses membres inférieurs basculèrent, emportant avec eux la moitié de son cadavre dénudé. Son tronc et sa tête, encore plaqués au montant de l'escabeau par ses bras qui ne délivraient désormais plus aucune force, étaient encore rivés contre la froideur de l'aluminium lorsque son bassin s'écrasa sur le sol, déchirant le bas-ventre lors de l'impact, vomissant l'intestin grêle et la vessie qui se prirent dans le barreau du dessous et libérant les cuisses qui allèrent chacune rebondir sur le carrelage avant de s'arrêter à plusieurs mètres de là, les rotules brisées, les métatarses réduits en miettes et les talons déboîtés.

Un concert de cris d'effroi s'éleva dans les bains des femmes et Angélique tomba en avant sur les genoux, en proie à des remontées acides qui la plièrent en quatre tandis que Max s'exprimait d'une viscérale hilarité qu'il ne pouvait refréner.

— Je ne suis pas un monstre, Angélique ! répéta-t-il après avoir enfin repris son souffle. Je suis un dieu !

Son irrépressible rire se poursuivit et il ne lâcha pas du regard la partie supérieure du cadavre de Lola dont les bras commençaient à se desserrer alors qu'un premier poumon, percé par les troisième et quatrième côtes et exhibant un rose humide qui contrastait avec la blancheur de sa plèvre, se libéra de l'emprise de la cage thoracique et chuta lourdement pour éclater au sol comme un ballon de baudruche rempli de liquide, donnant lieu à des émanations d'une forte odeur, pestilentielle, acide, presque sulfureuse. Pour finir, la tête de la victime de Max tomba de côté en entraînant dans sa chute un buste qui ne ressemblait plus à rien, les bras ballants et la touffe de cheveux mouillés à la suite de cette masse de chair qui tomba au sol, le choc mettant la boîte crânienne en charpie et dégueulant les deux tiers de la cervelle sur le carrelage. Une puanteur méphitique s'éleva dans les bains.

Soudain, trois équipes de policiers armés déboulèrent violemment par la porte qui donnait sur les locaux réservés au personnel, accompagnés de Marc et d'un homme d'une cinquantaine d'années qui n'était autre que le commissaire Édouard Morgane. Sans que Max ne leur témoigne aucun intérêt, ils restèrent à distance et se postèrent en ligne, leurs armes de poing dégainées et braquées sur lui.

Cyrielle Norman, l'une des deux femmes des forces de l'ordre et de matricule V108, s'éloigna soudain de ses sept collègues pour se précipiter auprès des blessées et jauger leur état. Les autres agents, eux, détaillèrent rapidement la scène et le commissaire fit signe à Marc de s'approcher, lequel commença à faire quelques pas vers Max qui descendit doucement de sa lévitation et vint poser ses pieds sur les débris de verre qui jonchaient le sol maculé de mares de sang et de morceaux d'organes. Swift, en revanche, observa un instant les ignobles bouillies épaisses principalement répandues à cinq endroits différents dans lesquelles trempaient des morceaux de corps humain arrachés, et fut stupéfait par l'indicible horreur qui se reflétait dans ses yeux. Jamais, dans sa carrière de policier, ne lui avait été donnée l'occasion d'assister à pareil carnage.

— Comme on se retrouve, lieutenant K912...

— Vous !

Marc tourna la tête du côté de ses collègues prêts à en découdre et, malgré la distance, le commissaire perçut très distinctement le regard qui lui était adressé et dans lequel se consumait une information qui ne pouvait prêter à confusion tant elle était claire comme de l'eau de roche.

— Rangez vos armes dans leur étui mais restez sur vos gardes ! ordonna Morgane. Il n'y a rien que nous puissions faire !

— Quoi ? s'exclama Boris Lascerpe, un agent de police vindicatif auquel avait été attribué le matricule B707 et qui n'exerçait que dans l'espoir de faire destituer Marc de ses fonctions pour prendre sa place de lieutenant. Vous n'êtes pas sérieux, commissaire ?

N'obtenant pas de réponse, les autres et lui rengainèrent leurs armes.

Cyrielle aida Angélique à se relever et noua correctement sa serviette de bain autour de sa poitrine.

— Est-ce que ça va aller ?

— Il l'a tuée quand même, il l'a tuée quand même, répéta-t-elle inlassablement.

La policière se retourna vers les autres agents et cria :

— Il va nous falloir mettre en place une cellule psychologique d'urgence !!

— Compris, V108 ! répondit Boris en hochant la tête.

Cyrielle prêta main forte à Angélique pour revenir vers la porte qui donnait sur les douches au-delà du pédiluve afin de rallier les vestiaires où elle pourrait se rhabiller et être prise en charge par le dispositif d'assistance. Pourtant, elles s'arrêtèrent à côté d'Édouard, à la demande d'Angélique qui cessa de marcher, releva la tête et le regarda droit dans les yeux. Le commissaire n'exprimait rien de plus que de la gravité.

— Rappelez votre homme, commissaire. Il ne pourra rien faire contre cet individu.

— Je sais ! répondit-il. Il m'en a parlé cette après-midi et m'a raconté l'altercation qu'il a eue ce matin avec ce gars-là dans une propriété privée du quartier des Bégonias. Il vient de me faire comprendre qu'il s'agissait de cet homme.

Angélique était trop bouleversée encore pour faire le lien entre ce qu'Édouard venait de lui signifier et la Résidence du Coucher de Soleil. Cyrielle, qui la tenait contre elle, une main sur son avant-bras, l'autre sur l'épaule, voulut faire un pas en avant pour lui intimer de poursuivre leur marche vers les vestiaires, mais Angélique ne bougea pas plus, cette fois encore.

— Voyez ce qu'il a fait de cette jeune femme, lança-t-elle en sanglotant. Et sans même la toucher, ni l'effleurer.

— V108, commença-t-il en regardant sa subordonnée. Prenez sa déposition et confiez-la à la cellule psychologique ; ils ne devraient plus tarder à arriver. Vous resterez avec elle jusqu'à ce qu'ils prennent la relève.

— Bien, commissaire.

Marc, pour sa part, ne savait plus comment réagir face au dieu et, pour gagner du temps, lui demanda simplement :

— Que s'est-il passé ici ?

— Pas grand-chose ! trancha Max. Une femme a cru bon de vouloir monter trop haut. Comme le prétendu Icare [66] de votre mythologie grecque, elle s'est brûlé les ailes. Mais vous m'excuserez, je n'ai pas le temps de bavarder avec vous : je dois régler son compte à l'un de vos collègues un peu trop curieux, hin hin...

— Quoi ? s'exclama Marc, alors que le dieu fit un saut prodigieux pour passer par la fenêtre brisée et disparaître au-dehors dans l'obscurité de la nuit.

K912 se retourna vivement et accourut auprès du groupe de policiers éberlués par ce qu'ils venaient de voir : un homme qui s'était maintenu en lévitation à plus de quatorze mètres de hauteur et qui, de surcroît, s'était projeté à l'extérieur en bondissant d'une dizaine de mètres sans point d'appui, n'avait vraisemblablement rien d'humain.

Encore moins l'état dans lequel il avait mis en pièces une pauvre innocente qui n'avait commis l'erreur que de lui avoir demandé de quitter les lieux.

— Commissaire ! L'un d'entre nous est en danger ! Il faut tous les prévenir !

Sans chercher à comprendre de quoi il retournait, faisant une confiance aveugle en son lieutenant de police qu'il connaissait depuis près de six ans, Morgane se tourna vers Boris :

— Contactez immédiatement le commissariat et demandez à Géraldine de joindre tous nos hommes, même ceux qui ne sont pas en service !

— C'est comme si c'était fait ! répondit l'intéressé en ôtant de sa ceinture son *talkie-walkie*.

— Commissaire, commença Marc. Vous avez bien vu que cet homme, Max, ne pouvait être considéré comme un être humain à part entière. Il dispose d'aptitudes qui rendent nos armes inefficaces ; moi seul, avec mes méthodes radicales, suis en mesure de lui opposer une résistance susceptible de l'affaiblir.

— Comment vas-tu t'y prendre, Marc ?

— Ça, je dois y réfléchir. Je n'en sais encore rien...

***

Déjà, une nuit noire avait pris place au-dessus de Sanlys-sur-Mer, se profilant à l'horizon devenu obscur à son tour, mais de nombreuses lumières devant les Bains Publics contrastaient avec le rideau sombre qui recouvrait la périphérie de la ville et semblait la sceller dans un univers désolidarisé du reste du monde. Les gyrophares des véhicules de police qui, dans leurs rotations continuelles, donnaient vie à un ardent éclat bleu vif, se joignaient aux enseignes lumineuses des boutiques de l'avenue, créant un halo luminescent dans lequel les phares des véhicules et les ampoules des réverbères allumés ne parvenaient guère à s'imposer.

La police, rassemblée en masse devant les portes vitrées de l'établissement, s'activait ici-et-là et travaillait de concert avec les ambulanciers, le médecin-légiste et les employés et clients des Bains Publics qui remettaient leur témoignage aux forces de l'ordre. Un périmètre de sécurité, délimité par ces dernières au moyen de bandes jaunes étirées sur quelque cinquante mètres, avait été tiré autour de l'entrée, mais les badauds curieux et intrigués par un tel déploiement d'énergie ainsi que les visiteurs des bains enfin rhabillés se pressaient derrière pour essayer d'y voir quelque chose, malgré les trois Peugeot 405 de la Police municipale grossièrement garées pour faire barrière. Un monumental camion-échelle des sapeurs pompiers de Mont-de-Marsan, dépêché dans l'urgence, arriva sur la scène en s'imposant à coups de klaxon et de sirène agressive afin de pousser les gens se pressant comme des petits soldats de plomb à s'écarter. L'imposant véhicule s'arrêta le long du mur latéral des Bains Publics, dans la rue des Hirondelles. Aussitôt, la grande échelle fut hissée et se prolongea en direction du toit du bâtiment sous le regard vif de Marc qui, aux côtés du commissaire, commença à se diriger vers le gigantesque véhicule rouge et blanc.

— Pourquoi as-tu requis ce camion, Marc ? Qu'est-ce que tu vas faire ?

— Je suis convaincu que Max est encore là-haut. Je vais monter !

Yeux levés vers le ciel, les passants devaient être les premiers à voir survenir l'horreur qui, une nouvelle fois, semblait propre à interrompre l'agitation qui régnait dans le quartier ; ils se mirent à hurler de concert. Les deux policiers, surpris, remarquèrent à leur tour quelle était la raison de ces cris.

— J'ai cru voir quelque chose bouger dans le ciel.

— J'allais vous le dire !

Édouard et Marc, sur le qui-vive, fouillèrent du regard la voûte constellée et virent à nouveau quelque chose : un objet se détachait devant le disque blanchâtre de la lune blafarde et se rapprochait lentement du niveau du sol. Sa forme indistincte ne permettait pas de l'identifier : il s'agissait assurément, en revanche, d'une silhouette noire qui semblait s'effriter dans sa chute.

L'objet arrivait dans leur direction.

Tous deux s'écartèrent sur le côté et laissèrent retomber le projectile – la tête d'un homme qui, dans son agonie, avait gardé la bouche ouverte – accompagné par un filet de sang dans son sillage. Le crâne se brisa au moment même où il entra en contact avec le bitume de la chaussée, et ricocha à trois reprises en perdant des morceaux, avant de finir sa course de l'autre côté du trottoir, au pied d'un marronnier.

Le commissaire, bien avant de s'en approcher prudemment, se tourna vers l'un de ses agents, G593, de l'autre côté de la rue, et lui fit quelques signes de la main ; aussitôt, Francis Decherneau s'empara de ruban de balisage jaune pour les rejoindre afin de dresser un nouveau périmètre de sécurité dans lequel Marc et lui étaient déjà, accroupis autour de cette vision morbide.

Tout portait à croire qu'il s'agissait de l'agent P413, Matthieu Pachard, le binôme d'Éric Sanders avec lequel il formait l'équipe numéro trois. Ils n'en furent pas certains, tant la boîte crânienne éclatée ne laissait que très peu distinguer la physionomie de la victime. Mais Édouard était pratiquement certain qu'il s'agissait de lui. Et comme par hasard, personne n'avait répondu à son domicile lorsque Géraldine avait appelé : ni sa femme Marianne, ni aucun de leurs enfants, ni lui-même. Absents.

Sans davantage s'attarder sur le rictus de frayeur qui immortalisait le visage du mort, ils se relevèrent et laissèrent Francis finir son travail.

— Matthieu était de repos ce soir, commissaire, souligna K912.

— Je sais, Marc. Je ne comprends pas ce qu'il pouvait bien faire sur le toit des Bains Publics à cette heure-ci.

— Pensez-vous qu'il aurait pu aller à l'encontre de vos ordres ?

— Je ne pense plus rien, actuellement ! Et de toutes manières, il nous faut mettre la main sur son corps. On verra bien s'il était en uniforme ou non.

— Alors je vais poursuivre avec mon idée et monter sur le toit. Si Max n'y est pas, peut-être trouverai-je le corps de Matthieu.

— Fais à ton idée, mais sois prudent !

— Soyez sans craintes, commissaire ! Je sais ce que je fais.

Le commissaire le regarda bien droit dans les yeux.

— Nos cimetières sont peuplés de gens qui, comme toi, pensaient savoir ce qu'ils faisaient, finit-il par dire en riant jaune. Et Matthieu les a rejoints, lui aussi.

Swift ne trouva rien de pertinent à répondre et reprit sa marche vers le camion-échelle.

***

— Pourquoi l'avoir tué ?

Marc, en sautant des marches les plus hautes de l'échelle, avait immédiatement aperçu le corps décapité de P413 sur le toit du bâtiment, allongé entre deux vitres du plafond. Toutefois, il n'avait pas de suite discerné l'uniforme dont s'était vêtu l'homme avant de s'opposer à Max et de finir gisant sans tête dans une mare de sang abondamment déversé de sa carotide comme une intarissable cascade. Il ne s'en était rendu compte que lorsqu'il s'était avancé en passant à proximité. Marc avait également vu le terrifiant dieu dans son champ de vision, et ce n'est que lorsqu'il commença à s'éloigner du cadavre de Matthieu qu'il fit glisser ses yeux sur la silhouette de Max avant de s'arrêter à une quinzaine de mètres en face de lui.

— J'ai pris la liberté de regarder son équipier interpeller une curieuse cleptomane en rollers, qui semble intéressée par des sous-vêtements affriolants dont elle fait collection, et qui appartiennent à de nombreuses citoyennes qui se sont plaintes de ses agissements, expliqua Max. Vos services traquaient cette femme depuis quelques semaines déjà, n'est-ce pas ?

— En effet... Elle s'appelle Catherine. Mais où voulez-vous en venir ? Quel rapport entre P413 et elle ?

— Votre collègue, ce P413 comme vous dites, dont la dépouille gît lamentablement derrière vous, était le coéquipier d'Éric Sanders qui a procédé à l'arrestation de cette femme, hier. Je les ai bien observés à ce moment-là, et j'ai eu la surprise de prendre en pitié cette délinquante qui attendait patiemment dans un véhicule de police que vos hommes calment les ardeurs des badauds tels que ceux qui sont actuellement en bas. C'est qu'une arrestation semble être un spectacle couru dans votre monde. Toujours est-il qu'un peu comme vous, elle m'a intéressé et je me suis donc opposé à son arrestation. Si votre autre collègue a alors pris en chasse cette femme que j'ai moi-même libérée de ses menottes, P413, lui, s'est évertué à essayer de me mettre derrière les barreaux. J'ai donc pris la peine – comme je suis magnanime – de l'avertir qu'il ne devait plus jamais se mettre en travers de mon chemin. J'aurais bien évidemment pu lui ôter la vie d'entrée de jeu, mais j'ai eu envie de considérer avec sérieux ce sentiment que vous appelez la pitié.

— L'ennui, c'est que P413 n'a pas tenu compte de votre avertissement et s'est même permis de faire des heures supplémentaires dans le dos de notre service de police pour se venger de vous qui avez libéré Catherine, je présume !?

Max n'acquiesça pas, mais expliqua :

— Il a été plus malin que vous !

— Et pourquoi ça ? demanda Marc, blessé par cette remarque.

— Parce que sans que vous le sachiez, il vous a pisté ce matin alors que vous vous rendiez dans la résidence de la femme actuellement prise en charge par votre cellule psychologique.

— Quoi ? Cette femme vit dans la propriété d'où s'est dissipée la fumée bleue hier ?

— Précisément ! Votre collègue semblait avoir compris que je n'étais pas un pauvre humain comme vous autres, et avec perspicacité, il en a déduit que tout phénomène mystérieux ou surnaturel qui se produirait en ville le mènerait inévitablement à moi. Il vous a donc suivi ce matin jusque là-bas sans que vous vous en doutiez un seul instant. Une fois la résidence repérée, il est rentré chez lui profiter de son jour de repos, et est revenu il y a deux heures aux abords de la résidence pour surveiller de loin les faits et gestes des cafards qui y vivent. Et quand il a suivi la femme qui est venue prendre un bain juste en-dessous de nous, il a fini par me tomber dessus sans que je m'y attende.

— Et vous, que faisiez-vous là ?

— Je surveille également ces locataires. Ils possèdent quelque chose que je veux.

— Ah oui ? Quoi donc ?

— Une disquette...

— Une simple disquette ? Et qu'a donc cette disquette de si particulier pour que vous vous y intéressiez ? Que contient-elle ?

— Pendant la petite conversation que vous et moi avons eue ce matin chez les cafards, j'ai évoqué un triangle inter-dimensionnel situé dans la nébuleuse M42 de la constellation d'Orion ; vous vous en souvenez ? Or, ce triangle n'est pas le seul moyen de se rendre dans le monde dont je suis originaire : l'espace-temps Crépusculaire BKX 9352 et les trois mondes qui y ont été créés sont également accessibles en passant par un programme de réalité virtuelle extrêmement évolué, tant et si bien que Wilfried et moi ne comprenons pas comment il a pu être généré, comme je vous l'ai dit ce matin. Mais ce programme est à l'origine même de ces mondes, c'est clair !

— Qui est Wilfried ? Votre complice dont vous parlez souvent ?

Marc, immédiatement après avoir posé sa question, entendit derrière lui un bruit de métal grinçant et il ne put s'empêcher de se retourner. Il comprit alors que Max, sans le montrer, exerçait son pouvoir sur l'échelle du camion des sapeurs-pompiers de Mont-de-Marsan afin de le détruire pour que nul autre représentant des forces de l'ordre ne puisse intervenir. Conscient de ne pas pouvoir faire grand-chose pour empêcher le dieu de faire ce qu'il voulait, il réagit en poursuivant sa conversation, espérant malgré tout que le commissaire Morgane avait pris ses dispositions pour écarter la foule des environs et dégager un périmètre de sécurité.

— Ce programme serait donc enregistré sur cette disquette, si je comprends bien, supposa Marc en faisant à nouveau face au dieu.

— C'est exact ! La fumée bleue est la preuve irréfutable que cette disquette a été utilisée par l'un des cafards ; il se peut donc que quelqu'un soit entré dans l'espace-temps, ce qui est absolument contre-nature, tout autant que l'est la trahison du renégat que mon complice Wilfried et moi recherchons et de son ami que j'ai moi-même massacré avant que nous ne nous téléportions en Europe.

Un courant d'air tiède venu de l'océan Atlantique souffla de côté, faisant onduler vers sa droite les deux longues mèches blondes de Max devant son visage, et déployant la longue chevelure noir corbeau de Marc dans son dos sur sa gauche. Plus pour marquer sa décontraction que par frilosité, il réajusta correctement son imperméable autour de son buste et conclut :

— Dites-moi si je me trompe, mais en définitive, Wilfried et vous êtes venus à Sanlys-sur-Mer pour retrouver un traître qui vient de chez vous et qui se cacherait dans notre ville et dans votre croisade pour le retrouver, vous vous êtes rendus compte que le programme qui avait généré l'existence de votre monde et permettait d'y accéder était sauvegardé sur une disquette conservée ici. Du coup, votre but est de récupérer la disquette pour vous assurer qu'aucun être humain ne foule du pied votre sol et de supprimer le traître ensuite ?

— C'est bien cela, mais pas forcément dans cet ordre.

— Mais dites-moi donc, Max... Avec vos pouvoirs surnaturels, vous pourriez assurément récupérer cette disquette sans problèmes. Pourquoi n'avez-vous pas encore eu l'idée de massacrer les locataires de cette résidence pour pouvoir ensuite tranquillement la chercher sans être dérangé. Ce n'est évidemment pas ce que je souhaite, mais si tel est votre but, il vous est théoriquement aisé de l'atteindre, au vu de vos pouvoirs.

— Vous n'êtes résolument pas fin, Swift !

— Ah oui ? Et pourquoi ça ?

— Parce que les morts ne servent à rien...

Marc ne voyait pas le rapport.

— Wilfried et moi allons faire d'une pierre deux coups : Silène, le traître qui nous a échappé et que nous recherchons dans cette ville n'est ni plus ni moins qu'un esprit faible qui se laisse aller à une pitoyable sentimentalité empreinte de clémence, d'empathie, d'amour et de générosité. Vous diriez sans doute, en mots bien de chez vous, que c'est un grand homme, bon et vertueux. Je suis convaincu qu'il a lui aussi ressenti la présence de la disquette dès son arrivée ici et que, tôt ou tard, il finira donc par entrer en relation avec ces cafards qui l'ont actuellement en leur possession. Et avec son bon cœur, il obtiendra leur sympathie et ils lui donneront la disquette bien gentiment, surtout quand il leur dira que Wilfried et moi ne sommes pas dans son camp. Ainsi, nous n'avons plus qu'à attendre qu'il les contacte pour lui tomber dessus, faire justice, s'emparer de la disquette et retourner chez nous dans la foulée. Une pure formalité de quelques jours, tout au plus !

— Et si les locataires de la résidence détruisent la disquette ?

— Alors nous aurons accompli notre mission et tout sera parfait dans le meilleur des mondes. Diadem 13 ne risquerait alors plus d'être envahie par des avortons dans votre genre. Toutes les femmes qui traversent Crépusculaire BKX 9352 se retrouvent indubitablement sur Diadem 13 dans le manoir de Cardonthöl et sont vouées à être massacrées et consommées par Polyphème : aucune chance pour elles de survivre et de profiter impunément de notre monde. Quant aux hommes, ce qui les attendrait serait bien pire : ils seraient condamnés à souffrir mille morts le temps d'être dévorés à petit feu. Alors si des cafards sont parvenus à aller sur Diadem 13, c'est pour mieux s'y faire écraser ! Qu'ils détruisent la disquette s'ils le souhaitent !

— C'est donc pour ne pas être entravés dans votre mission que vous avez massacré P413 ? Il avait une famille ! Une femme et deux enfants ! Comment avez-vous pu ?

— J'ai pu parce que j'en ai le pouvoir ! Un époux et père qui s'est construit son bonheur à force de sueur se fait massacrer par mes bons soins tandis que vous, pauvre ivrogne à peine assez clairvoyant pour être conscient de l'inéluctable trépas qui l'attend, marqué par la mort de sa bien-aimée et maintes fois tenté de se suicider, vous êtes encore en vie. Il n'y a pas de justice ici-bas, décidément, et la seule loi en vigueur est celle du plus fort. Quelle fâcheuse ironie du sort...

Max ferma les yeux et tourna le dos à l'officier de police.

— Mais tels sont les évènements et vous devez les accepter ! Un point, c'est tout !

Des clameurs s'élevèrent soudainement au-dessus du brouhaha infernal de la rue en contrebas. Marc se retourna à nouveau pour zieuter du côté par lequel il était arrivé sur le toit des Bains Publics et il constata que le camion-échelle était en train de s'élever dans les airs sous le joug de la lévitation que le dieu lui imposait. Les gyrophares allumés effectuaient leur perpétuelle rotation en diffusant par intermittence leurs lumières qui déchiraient l'obscurité de cette nuit et caressaient le cadavre décapité de Matthieu. La porte ouverte de la cabine mettait à nu un intérieur sombre dans lequel semblait se débattre un homme complètement terrorisé par la funeste fatalité qui semblait lui pendre au nez. Marc s'approcha de Max.

— Arrêtez ça ! ordonna-t-il, perdant soudainement son sang-froid. Laissez-le !

— Je n'obéis qu'aux ordres de Capella à qui je dois allégeance ! Mais il est temps pour moi de prendre un peu de repos. Nous nous reverrons tantôt, Swift !

— Ne part...

Marc ne put finir sa phrase que le dieu s'était déjà volatilisé, relâchant l'emprise qu'il avait eue sur le véhicule hissé à plus de vingt-cinq mètres d'altitude, et le laissant par là même soumis à son propre poids qui le précipita dans le vide.

***

Quelques instants plus tôt, à plusieurs pâtés de maisons de là, Angélique, qui avait pris la décision de ne pas davantage s'éterniser en compagnie des forces de l'ordre et avait été autorisée à repartir, marchait d'un pas lourd dans l'avenue du Plein Ciel vers le carrefour du Salon des Petits Pains. Elle avait malgré tout promis à Cyrielle de passer au commissariat le lendemain pour y faire sa déposition concernant ce qu'il venait de se passer aux Bains Publics.

Profondément bouleversée par les récents évènements, elle tentait de remettre un peu d'ordre dans ses réflexions sans toutefois y parvenir vraiment, mais elle se fit violence et s'exhorta à penser à des choses positives au moment où elle tourna vers l'est dans le boulevard du Sud. L'agitation modérée qui y régnait, son ambiance feutrée et intimiste, ses lumières douces dépeignaient autour d'elle un décor qui changeait radicalement des autres quartiers du grand centre de la ville. La bouffée d'air frais que lui insufflait ce contexte original et sensiblement plus calme l'apaisa suffisamment pour qu'elle décide d'aller chercher l'ivresse de l'alcool et de la musique dans une discothèque qu'elle connaissait bien, la Blue Light.

C'est à cet instant que le fast-food Nick'Ys dont elle connaissait le propriétaire, un dénommé Nicolas, se dessina dans son champ de vision sur sa droite, puis l'école maternelle juste après avoir traversé le boulevard Marie Laurencin. Elle accéléra ensuite sa vitesse de marche avant de réaliser, quelques minutes plus tard, qu'elle arrivait déjà à destination.

La discothèque se présentait sous la forme d'un pavillon, immensément grand et rustique, construit en un mélange subtil de bois et de briques creuses recouvertes de crépis qui lui donnaient à la fois un style moderne et traditionnel. La façade s'élevait en un gigantesque assemblage de vitres derrière lesquelles avaient été tirés des rideaux qui ne laissaient deviner la présence d'individus que par des silhouettes mouvantes dansant sur fonds de couleurs que projetaient des spots multicolores s'allumant successivement en rythme sur le tube planétaire *A Kind of Magic* de Queen [67] qui faisait battre l'asphalte. Sur le côté droit de la construction, un petit escalier extérieur partant du trottoir menait à la terrasse de la discothèque, là où des gens seuls, en couple ou en groupe, installés autour d'une table, sirotaient un verre en bavardant ou en fumant cigarette sur cigarette. À quelques mètres d'eux et au niveau du sol se situait la porte d'entrée au-dessus de laquelle était placardée une inscription en néons bleus : « BLUE LIGHT ».

Soudain, Angélique sursauta. Quelqu'un venait de passer ses mains autour de sa taille par derrière. Elle se dégagea vivement et se retourna rapidement. Jack était là, tout fier, un sourire s'étirant presque jusqu'aux oreilles.

— Je n'arrivais plus à dormir, expliqua-t-il comme pour justifier sa présence. Comme tu m'avais dit l'autre soir chez les parents d'Émmanuelle que tu aimais beaucoup venir ici, j'en ai déduit, en ne te trouvant pas à la résidence à mon réveil, que tu avais dû t'exiler dans cette discothèque pour te changer les idées, ce qui tombe peut-être sous le sens quand on sait qu'on a tous les six passé une pénible et éprouvante journée et qu'on a besoin de faire une coupure avec toutes ces histoires.

Sans rien dire, Angélique se jeta dans ses bras. Il supposa :

— Mon parfum t'aurait-il manqué ?

Elle le regarda et, le temps d'un bref instant, il fut étonné de voir qu'elle pleurait à chaudes larmes. Il ne chercha pas davantage à comprendre et la serra fort contre lui en murmurant :

— Je ne sais pas à quoi tu as bien pu passer ta soirée pour être aussi fragilisée que ça, et à la rigueur, je ne veux pas le savoir. Mais je serai toujours là pour toi, Angélique.

Au loin, de l'autre côté des toits du quartier en direction du sud-ouest, il remarqua une lueur orange s'élever dans un nuage de fumée dans le secteur des Bains Publics, mais s'en détourna aussitôt pour fermer les yeux et se laisser bercer par les rapides battements de cœur d'Angélique ; le sien battait à l'unisson.

— Je te le promets.

*

Chapitre IV
LES OMBRES DE LA NUIT

L e hall de la Blue Light n'était ni plus ni moins qu'une toute petite pièce de neuf mètres sur cinq, le guichet se trouvant directement dans le prolongement de l'entrée. Une femme qui semblait perdue entre ennui et désinvolture, installée sur une chaise derrière un épais hygiaphone maculé d'autocollants et d'informations en tous genres, releva son visage marqué de lunettes à l'armature écarlate lorsque le couple poussa la porte d'entrée de la discothèque et s'approcha d'elle. Sans rien dire, Jack prit habilement une longueur d'avance sur Angélique, noyée dans les vagues houleuses du traumatisme qu'elle venait de subir, et se mit devant elle pour régler le montant de l'entrée. Sortant de son portefeuille quelques billets de vingt francs, il les échangea contre un amas de pièces en retour. Elle lui adressa un sourire de remerciement en se blottissant contre son bras. Le videur, posté sur la droite du hall devant l'une des deux portes, leur fit un signe de tête pour les inviter à passer une bonne soirée et Jack poussa le lourd battant qu'il maintint ouvert pour laisser sa chère et tendre pénétrer à sa suite dans la salle principale de la Blue Light.

Dans l'obscurité déchirée par de violentes lumières aux couleurs agressives se déroulait devant les deux nouveaux arrivants une allée qui se divisait au bout de six mètres pour partir en cercle sur la gauche et la droite afin de se rejoindre de l'autre côté de la piste de danse circulaire qu'elle délimitait. Sur sa surface, près de deux-cents quidams se mouvaient, faisant onduler poitrines, hanches et fesses, tapant des pieds et balançant les mains au rythme de la musique diffusée par le disc-jockey enfermé dans une cabine située dans un angle de la pièce. À son opposé se dressait le petit comptoir boisé d'un bar où se pressaient quelques âmes assoiffées d'ivresse, potomanes plus enclins à s'abreuver d'alcool prêt à faire chavirer leurs sens qu'à se désaltérer d'une eau claire et fraîche. Les deux derniers coins délimités par la bordure de la piste de danse surélevée par rapport au niveau du sol accueillaient deux salons constitués de canapés et de fauteuils en cuir disposés autour de tables basses aux pieds métalliques et au plateau en verre soutenant bouteilles, chopes, cendriers et paquets de cigarettes, lesquels formaient des ersatz de natures mortes emblématiques des soirées où l'hédonisme rimait avec une sorte d'alcoolisme passager, tout comme un besoin viscéral et récurrent de consommer du tabac.

Pour lever le voile d'obscurité sur ces gens se considérant globalement comme de bons vivants incapables de tourner le dos à leurs dangereuses dépendances, avaient été installées des rangées de néons phosphorescents bleus, des spots multicolores et des projecteurs suspendus au plafond ou rivés sur des barres d'acier fixées au-dessus de leur tête. Au centre, une boule à facettes réfléchissant des milliers de paillettes lumineuses tournait sans cesse, déposant une ribambelle d'étoiles sur le petit monde qui l'entourait. Plusieurs lourdes enceintes diffusaient les meilleurs tubes de la décennie passée ainsi que les *singles* les plus récents, et crachaient leurs décibels à un volume assourdissant qui n'avait toutefois pas l'air de déranger qui que ce soit.

Non loin du bar s'élevait un escalier qui menait à l'étage, là où se situait un grand salon avec d'autres canapés et tables afin de boire dans un milieu un peu plus intimiste et calme, et de s'entendre bavarder. De longs bacs à plantes vertes investis de *Chlorophytum comosum* vigoureux [68], de *Philodendron pertusum* étoffés [69], de *Ficus benjamina* imposants [70] et d'*Asparagus densiflorus* compacts [71] séparaient les banquettes en de minuscules compartiments pour se détendre seul ou à deux, dans l'obscurité tamisée de ce lieu qui donnait l'impression d'être détaché de la discothèque. Le revêtement d'une épaisse moquette bleue au sol s'étendait sur toute la surface de l'étage afin d'absorber le bruit sec et percutant des talons aiguilles qui en martelaient le tissu.

Aux murs s'exhibait une collection pléthorique de tableaux représentant de grandes villes telles que San Francisco, Chicago, Londres, Paris, Rio de Janeiro, New York, Sydney, Tôkyô ou le Caire sur fond de crépuscules incandescents ou d'aubes discrètes non moins colorées. Et dans toute la discothèque, entre sol, murs et plafond flottait un épais nuage de fumée de cigarette. Jack, fervent détracteur du tabagisme, demanda :

— Où veux-tu qu'on aille ?

— En haut, répondit Angélique d'une toute petite voix.

— L'air y est moins respirable.

— Oui mais on s'entendra parler.

Elle le précéda et gravit les marches pour finir par s'installer dans un compartiment inoccupé au fond de la salle faiblement éclairée. Pour pouvoir échanger avec elle sans se contorsionner, il s'assit à sa perpendiculaire dans un fauteuil plus haut mais moins confortable que le canapé qu'elle avait choisi. Angélique baissa les yeux pour laisser son regard se perdre à hauteur de ses cuisses.

— Tu veux en parler ? osa Jack.

Elle ne prit ni la peine de lui répondre de suite, ni même celle de battre des paupières ou de le regarder, s'enfermant dans l'immobilisme de son corps qui crispait ses mains sur ses genoux. Ce n'est qu'au bout de quelques longues dizaines de secondes qu'elle souffla :

— Max a fait une nouvelle victime, Jack.

— Quoi ? Où ?

— Et je n'ai rien pu faire pour sauver cette femme...

Aussitôt qu'elle finit de s'adresser à lui, elle planta ses yeux dans les siens et enchaîna :

— Pourquoi tout part-il de travers autour de nous ? Est-ce que tu peux me le dire ?

— Non, je n'en sais rien...

— Et toi, comment fais-tu pour tenir le coup, pour supporter cette menace ?

Il lui prit les mains entre les siennes.

— La venue de Max et Wilfried, l'existence de cette disquette dont il nous ont parlé, la visite de ce flic qu'Émmanuelle et Sidonie ont vu ce matin ainsi que la disparition de Suzanne et d'Antoine sont, d'une manière ou d'une autre, liées, et nous finirons par tirer ça au clair, sois-en sûre !

— Je sais que ça n'est pas toi qui l'as en ta possession, Jack, souffla-t-elle.

La phrase était affirmative, mais le ton qu'elle avait pris et son regard lui donnèrent l'impression qu'elle lui en demandait la confirmation. Pourtant, elle savait de source sûre – Max l'en avait informée une heure plus tôt – que Sidonie était celle qui leur avait encore une fois menti, mais Jack, lui, l'ignorait. Il se dit qu'Angélique était complètement ébranlée par les derniers évènements et qu'elle cherchait peut-être à s'assurer du peu de certitude qu'elle pouvait glaner ici-et-là. Il répondit :

— Sabine, Stéphane, Émmanuelle et Sidonie ont accepté de me rejoindre ici aux environs de 23 h 45. J'étais convaincu que tu serais venue ici, comme je te l'ai dit tout à l'heure, et je les ai expressément exhortés à se joindre à nous à la Blue Light pour que nous ayons une conversation au sujet de cette prétendue disquette, et pour que nous puissions ensuite, une fois l'abcès crevé entre nous, nous détendre un peu. Si je ne t'avais pas retrouvée ici, je les aurais appelés à la résidence pour leur demander d'y rester. Sidonie, Stéphane, toi et moi travaillons demain matin, mais nous dormirions mieux, même quelques heures seulement, si nous pouvions déchirer le voile de suspicion qui s'est tissé entre nous six aujourd'hui.

— Tu as bien fait, Jack...

***

Marc, seul et déprimé, errait dans le boulevard de la Plage au sud-ouest de la ville. Il ne parvenait pas à savoir comment faire face à Max et se sentait incapable de contrecarrer la menace que le dieu faisait planer au-dessus de la ville que le commissaire et ses hommes – il le savait pertinemment – étaient à mille lieues de pouvoir efficacement protéger.

Il passa devant le parking du petit port de plaisance endormi en ruminant d'étranges idées, jetant de temps à autres un rapide coup d'œil aux mâts qui se balançaient au-devant de l'obscurité du ciel à l'horizon et au phare situé plus au sud, songeant sans discontinuer à tout ce qui venait de se passer, à tous ces évènements qui gravitaient dans son esprit : sa visite à la résidence dans la matinée, ses rencontres avec Max, la mort de Matthieu et de la cliente des Bains Publics, la disquette rouge, cette intrigante femme nommée Bérénice et même celle qui déambulait en rollers dans la ville et volait de la lingerie aux Sanlymarines, Catherine.

Sans s'en rendre compte, il arriva dans la zone limitrophe qui séparait Vielle-Saint-Girons de Sanlys-sur-Mer, là où cinq entrepôts se dressaient devant lui en exhibant presque effrontément la laideur de leurs murs gris et tiédis par les températures déclinantes de cette nuit. Marc, à la lumière dispensée par les nombreux réverbères le long du trottoir, fixa un instant les énormes chiffres jaunes qui surplombaient les lourdes portes coulissantes des hangars, sans accorder une quelconque attention à la plantureuse et svelte créature aux formes aguicheuses qui lui adressa d'ailleurs un regard inquisiteur quand elle le croisa.

Sans faire attention à cette femme s'éloignant dans son dos, il décida de passer la nuit dehors, peu désireux de retourner dans sa petite maison située au quatre de l'avenue du Ruisseau Céleste. Il se figurait que ses interrogations l'obséderaient davantage si elles étaient enfermées dans l'étroitesse de l'espace qui lui servait de domicile, et considérait que le regard de Sandra présent sur de nombreuses photos posées ou accrochées chez lui exprimerait un sévère jugement qui le mettrait en vis-à-vis avec la justice qu'il avait lui-même rendue en exécutant l'homme qui l'avait tuée. Aussi ne parviendrait-il pas plus, se dit-il, à se dresser avec assurance devant son incapacité à faire face à la menace des dieux.

En fait, il avait beau craindre Max, il se sentait bien plus vulnérable et insignifiant devant celle qu'il aimait encore par-delà la mort et qui, le pensait-il, ne manquerait pas de le mettre en face de ses responsabilités lorsqu'il se présenterait devant elle à sa dernière heure. Sandra n'avait jamais estimé que la solution d'un problème, quel qu'il fût, se trouvait dans la violence, et bien que Marc ait fait passer Basile Patard de vie à trépas, la vengeant ainsi, il savait assurément qu'elle n'aurait jamais souhaité qu'il se salisse les mains de la sorte.

Marc s'approcha des hangars et tenta d'écarter les lourdes portes coulissantes du premier d'entre eux pour élargir l'interstice et pénétrer à l'intérieur, accédant ainsi à un lieu protégé des regards où il pourrait passer la nuit sans être dérangé. Mais l'entrepôt ne céda guère face à sa force et il relâcha ses efforts avant de passer au deuxième dans lequel il ne put également entrer : les roues fixées sous les battants ne bougèrent pas d'un centimètre dans le rail où elles étaient prises.

En définitive, c'est lorsqu'il fut découragé et commença à se dire qu'il irait bien dans l'une des quatre résidences privées de la ville pour se perdre dans les bras d'une prostituée de luxe que la providence le laissa pénétrer à l'intérieur de l'un des hangars, lequel portait le numéro quatre. Marc sourit sans conviction en se disant qu'il s'adonnerait à de violents et longs ébats sexuels une prochaine fois ; il se souvint aussitôt que, de toutes manières, la femme qu'il avait l'habitude d'aller voir une fois par semaine ne travaillait jamais le lundi soir. Il n'y avait résolument pas de hasard.

Ainsi, ayant pensé chasser l'image des yeux courroucés de Sandra dans les bras d'une dénommée Nathalie qui avait la particularité de répondre par l'affirmative à tous les fantasmes de l'agent de police, laquelle lui demandait une somme qui représentait près d'un sixième de son salaire à chaque fois, Marc s'avança dans l'entrepôt en se disant qu'il se rendrait dans la résidence privée Les Crocus d'ici la fin de la semaine, quoi qu'il advienne. Si Sandra avait toujours accepté de faire longuement, violemment et presque quotidiennement l'amour avec lui depuis qu'ils s'étaient rencontrés, c'est parce qu'elle avait compris, sans doute bien avant lui, qu'il était fortement attiré par l'assouvissement de ses propres pulsions sexuelles et que si elle ne répondait ni à ses besoins, ni à ses envies, elle se tirerait une balle dans le pied en lui donnant un bon prétexte pour aller voir ailleurs. Marc avait toujours clamé qu'il ne lui ferait jamais un tel affront, mais elle n'y avait jamais cru et à aucun moment elle n'avait souhaité prendre le risque de s'en assurer.

C'est à la faveur de la blancheur que renvoyait la lune que Marc aperçut plusieurs piles de caisses posées sur de vieilles palettes en bois humide et qui, selon lui, constitueraient un recoin idéal pour y passer la nuit. Ainsi, il enjamba un trans-palette, contourna la masse imposante d'un container et passa entre deux élévateurs stationnés l'un à côté de l'autre pour s'approcher du monticule qui se dressait devant lui et l'escalader. Il manqua de trébucher quand il posa le pied sur le pan de son imperméable, mais se rattrapa de justesse.

— L'escalier de ce matin m'a suffi, grogna-t-il pour lui-même.

Parvenu dans le recoin qu'il avait remarqué, il s'installa confortablement, assis sur son arrière-train, le dos calé contre une caisse derrière lui, et allongea ses lourdes jambes avant de regarder autour. D'où il était, une vue imprenable s'étendait sur presque l'intégralité de la surface de l'entrepôt et, au fond, sur les deux grandes portes entrouvertes par lesquelles il était entré.

L'odeur qui régnait dans cet espace presque clos mêlait avec subtilité les senteurs de poussière, le parfum du bois et les relents des moteurs qui donnaient vie aux engins parqués dans l'obscurité quasi totale, laquelle semblait se faire progressivement plus noire et l'engloutir toujours un peu plus à chaque minute. Mais il n'en avait rien à faire : personne ne l'attendait chez lui et il souhaitait oublier tout ce qui le tracassait. Et si l'obscurité lui permettait de développer son acuité cérébrale, l'alcool, lui, noierait son esprit dans les remous de l'ivresse et annihilerait ses réflexions les plus objectives et constructives. C'est la raison pour laquelle il sortit de l'une des poches de son imperméable une petite flasque de whisky ; le contenu était tout autre.

— Jamais la vodka ne m'abandonnera !

Il l'ouvrit et la vida en quelques gorgées. Puis il soupira ensuite après avoir passé le revers d'une main rugueuse sur ses lèvres, rota un bon coup sans aucune gêne et réfléchit.

Qui donc est cette Bérénice ? Cette femme a adressé son message par l'intermédiaire du micro-ordinateur des locataires de la résidence de monsieur Barnier. Elle semblait étrangement...

Il grimaça et mit son visage dans ses lourdes mains comme s'il voulait s'arracher le front et les joues.

— Je réfléchis trop, *meeeerde* !

Soudain, Marc aperçut entre ses doigts une ombre se diriger lestement vers la sortie. Sans hésiter, il se releva subitement, manquant une nouvelle fois de trébucher sur son imperméable. La silhouette, portant des bottes de mousquetaire, vêtue d'une cape et ornée d'un chapeau à larges bords avec une plume, courait trop rapidement pour lui et c'est en faisant de grandes enjambées à sa suite qu'il sentit qu'elle allait lui échapper si elle atteignait la sortie. L'inconnu escaladait les caisses qui le bloquaient avec une aisance admirable, mais Marc n'avait ni l'énergie ni le temps de s'extasier sur ces prouesses.

— Arrête-toi !

La silhouette resta sourde aux injonctions de K912 et atteignit enfin la sortie par laquelle elle se faufila avec agilité sans même toucher les portes pourtant bien rapprochées. Marc franchit à son tour l'entrée du hangar après les avoir violemment écartées et regarda furtivement autour de lui : à gauche, à droite, vers le quai.

Personne.

***

Sidonie, Stéphane, Émmanuelle et Sabine arrivèrent enfin à la discothèque, mais la foule, les stroboscopes et la fumée de cigarette constituaient des entraves qui les empêchèrent de pouvoir distinguer leurs deux amis aussi rapidement qu'ils l'avaient espéré. Jack et Angélique les accueillirent chaleureusement quand ils arrivèrent enfin à l'étage et leur firent une petite place autour de la table. Les nouveaux arrivants remarquèrent d'entrée de jeu la mauvaise mine de la femme. Sabine rompit les sourires gênés et les regards fuyants :

— Tu n'as pas l'air bien, toi ! Qu'as-tu bien pu faire en ville pour avoir cette petite moue triste ?

— Angélique a...

— Non, Jack ! Laisse-moi m'exprimer, s'il-te-plaît. Je dois pouvoir y mettre mes propres mots, formuler moi-même ce qu'il s'est passé pour mieux y faire face.

Un échange de regards intrigués s'ensuivit, laissant le temps à l'infirmière de construire sa phrase.

— Je suis sortie aux Bains Publics en espérant pouvoir m'y détendre... et je ne sais pas comment ça se fait, mais Max y était aussi !

Personne ne souhaita interrompre Angélique qui semblait avoir du mal à parler tant elle était encore en proie à une alchimie d'émotions contre laquelle elle ne pouvait pas lutter. Pourtant, les quatre retardataires étaient incontestablement surpris d'entendre à nouveau parler du dieu alors qu'ils avaient essayé de se changer les idées. Sabine eut d'ailleurs l'impression que leur destin leur faisait un pied de nez.

— Max a massacré une femme que j'ai tenté de mettre en garde, que j'aurais souhaité pouvoir sauver. Mais il avait déjà décidé de la... fit-elle avant d'avoir un haut-le-cœur qu'elle réprima courageusement. Tout était rouge, sanglota-t-elle. Des morceaux dispersés tout autour...

— Angélique, souffla Jack en se levant pour s'asseoir sur l'accoudoir tout contre elle et la prendre dans ses bras. On a compris, tu n'as plus à en parler.

Il la serra fort contre lui et lui caressa les cheveux.

— Lola... balbutia-t-elle en laissant couler ses larmes.

***

Antoine revint à lui progressivement, et les premières sensations qu'il perçut prirent vie au niveau de la peau de son corps : il transpirait par tous les pores et ses terminaisons nerveuses lui renvoyaient une information lui indiquant qu'il faisait extrêmement chaud là où il était. Quand il tenta de bouger en ouvrant doucement les yeux, il réalisa qu'une couverture semblait être posée sur son corps nu, et la sueur la lui faisait ressentir comme une seconde peau collée à la sienne. Il ne distingua pas précisément le plafond car sa vue était encore embrouillée par le sommeil, mais il comprit néanmoins que les halos de lumière dansante qui maculaient la surface au-dessus de lui venaient d'un foyer tout près sur sa gauche : un feu brûlait dans l'âtre d'une cheminée à proximité, dégageant de fuligineuses volutes grisâtres qui se perdaient diffusément dans le conduit au-dessus.

Lentement, il se redressa sur les coudes qui se plantèrent dans le matelas confortable du lit qu'il occupait et se réjouit intérieurement de voir qu'il n'était plus traîné au sol, ni même ligoté. Quelqu'un l'avait emmené ici, dans cette petite maison austère qui se dévoilait à lui à mesure qu'il parvenait à sortir de sa léthargie.

Il essuya la sueur qui perlait sur son front et alla pour sortir du lit quand il se souvint qu'il était nu. Et malheureusement, ni ses vêtements, ni ses lunettes ne semblaient se trouver dans la pièce qui n'était que meubles rustiques en bois grossièrement travaillé, tissus colorés pour les rideaux, les tapis et le linge de maison, et fruits ou légumes étranges qui siégeaient sur une table devant lui.

C'est alors que des fragrances d'aliments qui mirent son appétit en éveil lui parvinrent presque trop brutalement pour les distinguer et il dut laisser passer un instant avant de comprendre que le parfum qu'il reniflait était celui de châtaignes qui devaient vraisemblablement cuire dans la marmite suspendue en aplomb du feu où crépitaient de lourdes bûches. C'est de cette manière qu'il remarqua qu'il voyait très nettement ce qui l'entourait ; jamais il n'avait vu aussi distinctement sans ses lunettes. Hypermétrope depuis son enfance, il avait l'impression d'en avoir porté toute sa vie, mais même avec elles sur le nez, sa vision de près n'avait jamais été aussi bonne.

— Vous êtes enfin revenu à vous ?

— Hein ?

Focalisé sur l'inexplicable guérison apparente de sa mauvaise vue en observant les flammes dans l'âtre, Antoine n'avait pas remarqué que, sur sa droite, la porte d'entrée venait de s'ouvrir sur une femme qu'il n'avait jamais vue auparavant. Elle entra tout à fait dans la maison et referma la porte derrière elle. Intrigué, il la dévisagea alors qu'elle disposait sur la table d'autres denrées qui ne ressemblaient aucunement à celles que l'on trouvait en France.

Cette femme se révéla incroyablement belle, et Antoine la trouva plantureuse de surcroît lorsqu'il vit son imposante poitrine tendre complètement les triangles de tissu qui masquaient la beauté de ses seins sur lesquels retombaient les longues et fines mèches d'une chevelure mauve qui se séparait en deux autour de son visage et naissait au niveau de la raie centrale très marquée au sommet de son crâne. Les deux prunelles noires de ses yeux brillaient intensément à un point tel qu'il se demanda si cette créature était bel et bien un être humain, d'autant plus que la longueur de ses épais cils aussi sombres que ses pupilles la rendait aussi sensuelle que mystérieuse. Le nez abyssin qu'il put voir quand elle s'approcha pour ôter de ses épaules la fourrure qu'elle posa sur le dossier d'une chaise aux abords de la cheminée marquait le centre d'un visage atypique et surplombait une bouche dont les lèvres fines et étroites étaient couvertes d'un écarlate sensuel.

De grande taille, campée sur de longues bottes en cuir noir sommairement conçues qui mettaient en évidence le galbe de ses larges mollets, elle portait une robe rouge de percale si fine qu'elle en était légèrement transparente et retombait délicieusement à mi-jambes. Antoine fut troublé de voir qu'elle ne portait rien dessous, le triangle pubien sombre se dessinant à travers le tissu diaphane. Mince, elle avait des avants-bras étrangement marqués d'une épaisseur peu ordinaire, taillant en pièces la beauté qu'il lui avait trouvée à son entrée dans la maison. Ses doigts fuselés finissaient en ongles longs mais courbes recouverts d'une sorte de vernis assorti à son rouge à lèvres.

Enfin plus à l'aise, elle s'approcha de lui. Il voulut se redresser complètement pour s'asseoir, mais elle l'en dissuada.

— Restez couché, lui intima-t-elle en posant ses mains sur la poitrine de l'homme qui n'osa pas insister.

— Qui êtes-vous ?

— Je m'appelle Clotho !

— Où sommes-nous ?

— C'est un véritable hasard que je sois tombée sur vous dans la forêt de l'Âme Blanche, sans quoi vous seriez mort de froid. Je vous ai ramené chez moi à l'entrée du labyrinthe du Dedalesk.

— Nous sommes dans une autre dimension ?

— Ce labyrinthe est effectivement l'une des sept régions de Diadem 13, une dimension différente de la vôtre, oui. Théoriquement, vous auriez dû échouer directement ici lorsque vous avez pénétré dans l'espace-temps Crépusculaire BKX 9352 ; un dysfonctionnement quelque part est sans conteste à l'origine de votre arrivée sous les latitudes du territoire de l'Âme Blanche. Mais j'ai senti votre présence sur Diadem 13 et mes sens ne m'ont manifestement pas trompée en me poussant à me rendre dans la forêt. Vous avez faim ? Je vous ai préparé une soupe à base de châtaignes et de chorizo. Des aliments de chez vous, je pense.

— J'ai faim, oui... Mais vous, qui êtes-vous ? Je veux dire...

— Je suis une déesse, native de Diadem 13 et je vis seule depuis ma naissance. Mon rôle ici est de m'occuper des personnes qui se perdent dans notre monde tout autant que des étrangers comme vous.

— Vous avez donc dû rencontrer mon amie Suzanne !?

— De quoi s'agit-il ? D'un homme ou d'une femme ?

Antoine se redressa à nouveau sur les coudes et la regarda en faisant basculer sa tête de côté. Ce qui le choqua le plus dans la question de cette créature n'était pas son ignorance au sujet du sexe de Suzanne, mais bien davantage le *quoi* utilisé comme s'il s'agissait d'une chose inanimée. Prenait-elle les êtres vivants pour des objets ?

— Une femme, bien sûr ! répondit-il sans attendre.

— Non, je ne l'ai pas rencontrée, fit-elle en ouvrant la porte d'un placard pour en extirper un bol qu'elle remplit aussitôt de soupe. Je ne suis jamais qu'en contact avec les hommes. Il est trop dangereux pour moi de m'approcher d'étrangères.

— Pour quelle raison ? Et comment se fait-il que je puisse voir correctement ?

— Je vous ai soigné. J'ai remarqué que vous aviez un œil plus court que l'autre et aussi des problèmes de fonctionnement de vos reins, expliqua-t-elle en lui tendant le bol rempli et une cuillère en bois. Je me suis permise d'intervenir en vous soignant. J'ai donc jeté ce que vous portiez sur le visage : cela ne vous servira jamais plus à rien. Je vous ai ensuite déshabillé et lavé avant de vous mettre au lit.

— Je vous remercie, dit-il en prenant le repas qu'elle lui avait préparé, sans comprendre pourtant comment elle avait réussi ce tour de force.

— Pour quelle raison me remerciez-vous ? Pour la soupe, la vue, les reins ou l'hospitalité, plaisanta-t-elle.

— Pour tout, fit-il en lui souriant, se sentant soudain rasséréné par cette femme avenante et communicative.

Elle lui renvoya son sourire, et Antoine eut un mouvement de recul : les incisives et les canines de Clotho, anormalement pointues, dévoilaient des petits bouts de viande entre chacune d'entre elles, coincés contre ses gencives. Une lueur inquiétante brilla dans le regard de la créature qui lui sembla aussi incroyablement effrayante qu'elle lui était apparue sous ses plus beaux attraits.

— C'est moi qui vous remercie, ajouta-t-elle en élargissant son sourire à mesure qu'elle venait sur le lit au plus près de lui.

***

— Salut à toutes et à tous, mes petits lapinous ! Il est minuit et les premières secondes de ce mardi 12 juin 1990 viennent de s'arrêter pour nous tous à la Blue Light ; autant dire que la nuit s'annonce longue pour votre plus grand plaisir... et le mien ! C'est moi, Madman, le meilleur DJ de la Côte d'Argent. Toujours aussi disjoncté de musique et inlassablement survolté, je vous servirai sur un plateau bien garni une bonne dose de tubes des années quatre-vingt, de la new-wave pour les survoltés et des slows pour les petits cœurs tendres. Ça se passe ce soir, ici et maintenant à la Blue Light, la discothèque la plus *fun* du littoral Atlantique ! Soyez les bienvenus !

Galvanisé par ces mots, le public, à l'affût de tout propos de Madman aux allures de paroles d'évangile, fit nettement ressentir son enthousiasme et sa motivation.

— Il va y avoir du mix, ce soir ! Des enchaînements qui vont faire péter les Marshall [72], exploser les oreilles et s'en vont vous mettre les tripes à l'air ! Préparez-vous parce que vos tympans vont saigner ! Vous allez vous sentir comme sur la chaise électrique, ça va être dingue ! On va suralimenter vos veines et décoincer votre carcasse !

La foule s'esclaffa en sautant sur place. Madman poursuivit :

— Mes petits lapinous adorés, mes lapinettes chéries... Vous savez que je vous aime presque autant que mes platines, et je ne vous le dirai jamais assez d'ailleurs ! Mais l'heure n'est plus aux bavardages mais à la musique !! Faites place au son ! C'est partiiiii...

L'intro du plus célèbre titre de Secret Service [73], *A Flash in the Night*, s'éleva dans la discothèque, combinant habilement une boîte à rythme et un synthétiseur dont les effets se déversaient par les nombreuses enceintes de la Blue Light comme un intarissable flot de sons harmonieux qui furent bientôt accompagnés d'un effet de chœurs inquiétants. Les clients de la discothèque, manœuvrés de main de maître par un pouls considérablement plus rapide que la normale, finirent par se laisser envahir par cet état d'esprit fiévreux et endiablé qui nourrissait leur soif de chaleur.

Mais à l'étage, rien ni personne ne pouvait faire dévier le sujet de conversation qu'avaient enfin abordé les six colocataires. Sabine répéta sa question.

— Alors ? Lequel d'entre vous a cette fameuse disquette entre les mains ?

— Et pourquoi pas toi ? supposa Émmanuelle. Après tout, si tu penses que c'est l'un d'entre nous, pourquoi ne penserions-nous pas de même pour toi ?

— Non, Émmanuelle, trancha Stéphane ! Ne l'accuse pas sans avoir de preuves.

— Justement, je n'accuse personne. Comme elle, je pose juste une question, c'est tout !

— Laisse, fit Sabine en mettant sa main sur la cuisse de Stéphane qui allait à nouveau rétorquer. De toutes manières, à ce niveau-là, je navigue dans la plus vertueuse des ataraxies.

— Celui ou celle d'entre nous qui l'a devrait avoir le courage de nous le dire, souligna Jack. Ce n'est pas toi qui l'as, Sidonie ? ajouta-t-il en se tournant vers elle. Après tout, tu nous as déjà menti pour l'enregistrement !

La jeune femme, assise dans le fauteuil qui faisait face à celui où Jack était installé avec Angélique dans ses bras assise sur ses genoux, ne dit rien mais parvint malgré tout à soutenir les regards qui se braquèrent sur elle.

— Je me demande si tu ne serais pas du genre à vouloir la garder pour toi afin de tenter l'expérience toute seule dans le but ridicule de rejoindre ton bien-aimé, ajouta-t-il. Ça se tient ! Mon raisonnement met à jour une hypothèse tout à fait plausible, n'est-ce pas ?

Cette fois-ci, même Angélique, qui savait qu'elle la gardait jalousement, planta ses yeux dans ceux de Sidonie, s'attendant à ce qu'elle nie, se lève et s'en aille sur le champ. Cette dernière balaya du regard ses cinq colocataires avant de baisser la tête. Prise à la gorge par l'exactitude du raisonnement de Jack, martelée par ses inquiétudes pour Antoine, accablée par le poids du secret de la disquette et stressée autant par Max et Wilfried que par Marc, elle prit une profonde inspiration en fermant les yeux, semblant implicitement indiquer à ceux qui l'accompagnaient qu'elle allait tout révéler, et murmura :

— Tu as raison, Jack...

Il se leva en repoussant précautionneusement Angélique qui se redressa elle aussi sur ses jambes. Jack passa vivement à côté de la table basse et se pencha à côté de Sidonie pour placer son visage juste devant le sien. Elle savait que son matricule allait en prendre un coup. Jack n'était décidément jamais tendre avec elle.

— Écoute-moi bien, toi ! Tu nous remets la disquette dès qu'on rentre, et tu auras trois jours pour débarrasser tes affaires de la chambre. Jeudi soir, tu seras retournée dans ton appartement des Colombes ou n'importe où ailleurs, mais loin d'Angélique, de Sabine, de Stéphane, d'Émmanuelle et de moi ! C'est compris ?

Sidonie sentit un mal-être faire pression en elle, et bien qu'elle fût intimidée par les avertissements de Jack, la honte qu'elle ressentait en cet instant était bien pire que tout. Elle décida donc de ne pas se laisser faire et se redressa d'un bond.

— C'est Suzanne qui a trouvé cette disquette et elle est venue me voir dans ma chambre dimanche pour me demander de regarder ce qu'il y avait dessus. Maintenant qu'elle n'est plus là, c'est moi qui en suis responsable, et rien ne m'oblige à t'obéir en te la remettant.

Jack devint furibond et tenta de se contrôler devant Angélique. Les autres, eux, partaient du principe que Sidonie et lui avaient leurs torts respectifs et ils préféraient donc laisser faire les choses pour qu'ils se départagent d'eux-mêmes. Par ailleurs, cette altercation qui menaçait de s'amplifier allait au-delà de ce qu'ils souhaitaient assumer.

— S'il te prend l'envie de tenter l'expérience, pense surtout à ne jamais revenir ! cracha Jack.

— Et toi, tu me feras le plaisir de crever la prochaine fois que Max te passera la cervelle au four à micro-ondes !

La gifle partit toute seule. Une fois de plus, Sidonie avait cru se tenir sur ses gardes, mais elle avait cette fois encore surestimé sa vigilance et sa réactivité, à ses propres dépens. L'unique geste qu'elle était parvenue à faire avait été de tourner la tête pour ne pas que sa joue se trouve sur la trajectoire de la main de Jack. Vainement. Elle la fit pivoter sur son axe pour ramener son regard droit dans les yeux de l'homme, le défiant par là même et tentant d'assumer le coup qu'elle venait de prendre. Mais elle se sentait trop affaiblie psychologiquement pour porter un nouveau fardeau, et elle fondit en larmes en laissant lourdement retomber dans le fauteuil ce corps que ses jambes ne parvenaient plus à supporter. Stéphane se leva alors et s'approcha de son ami qui regardait la blonde avec un dédain que, cette fois encore, il ne souhaitait plus dissimuler.

— Ce coup-ci, tu en as assez fait, Jack !

— Et qui es-tu pour en juger ? répondit-il.

Sabine se leva à son tour.

— Sidonie va rester à la résidence, prévint la Néerlandaise, que tu le veuilles ou non ! Tu as peut-être assez de force et d'audace pour gifler Sidonie, mais tu n'as pas le pouvoir de décider de qui cohabite avec nous ! Je te l'ai déjà dit tout à l'heure : moi seule suis en position d'en être décisionnaire ! Et tu as beau être mon ami d'enfance, je n'ai aucun respect pour les ordures de ton espèce qui s'en prennent aux plus faibles. Que s'est-il passé pour que tu deviennes aussi méprisant ? Jusqu'où es-tu prêt à aller avec une telle méchanceté ? Vas-tu aussi t'en prendre à moi, à Angélique ?

Jack, sans porter la moindre attention à la Néerlandaise, regarda Angélique par-dessus son épaule et lui dit tout bas.

— Je suis désolé, mon Amour...

Sur ces paroles, il leur tourna le dos et se dirigea d'un pas décidé vers l'escalier qui redescendait au niveau du sol. Stéphane le rappela et, n'obtenant aucune réponse, lui emboîta le pas. Sabine tenta de le retenir, mais Émmanuelle se leva à son tour et la retint par l'épaule.

— Laissons-les...

La rousse s'assit ensuite entre Angélique et Sidonie et les serra toutes deux contre elle. Sabine soupira dans son coin et se tourna sur sa gauche. Au mur, un tableau dépeignait le Rijksmuseum [74] à Amsterdam. Et elle regretta d'avoir quitté son pays.

***

Inopinément, la vie sur la planète sembla s'arrêter, apportant non pas la mort mais figeant comme un arrêt sur image la Terre entière, ses villes, ses fleuves, la respiration de ses habitants. Tout ce qui existait ici-bas prit une teinte verte, plus ou moins nuancée selon sa couleur d'origine. L'écume des sept mers du globe, les flammes qui virevoltaient dans l'air aux quatre coins du monde, le souffle perpétuel dans les poumons des êtres humains, tous les atomes, toutes les molécules, toutes les cellules qui constituaient la matière de ce qui existait à la surface des cinq continents, cessèrent de bouger.

Un évènement étrange se produisait. Une chose inexplicable, irrationnelle, mystérieuse. Un peu plus de cinq-milliards-trois-cent-mille âmes soumises à l'arrêt soudain de la folle course du temps furent comme statufiées, pétrifiées sur place. Et à cet instant précis, seules trois personnes disposaient encore de la liberté de leurs mouvements, de se déplacer sur la planète, comme immunisées contre ce curieux phénomène : Max Tegai, Wilfried De Laval et Silène Dorthos.

Les deux dieux, dans un appartement dont le propriétaire gisait inerte dans une mare de sang à côté du réfrigérateur de la cuisine, se sentaient consternés par une nouvelle qui les bouleversait à un point tel qu'ils ne parvenaient pas à accepter cette surprenante réalité, laquelle leur avait toujours semblé lointaine et improbable. Comme des pleutres, ils tremblaient face à une menace qui annonçait leur trépas sous peu.

Leur mort prochaine.

Ce décorum émeraude qui se dépeignait sous leurs yeux n'existait déjà plus dans leur esprit ; tout du moins leur semblait-il ne plus faire partie du même univers qu'eux. Mais – ils allaient devoir l'accepter – cela était uniquement dû au fait que leur domicile demeurerait encore lorsque eux auraient bientôt passé l'arme à gauche. Le décès à venir concernait tous les dieux et déesses de Diadem 13 et s'avérait désormais confirmé par une prophétie dont ils avaient déjà entendu parler mais à laquelle peu de natifs avaient osé croire. Pourtant, à cet instant même, leur prochain trépas était certifié par cet arrêt du temps.

De même, cette prophétie informait de la naissance actuelle d'un dieu ultime : un nouveau-né plus puissant que Capella lui-même. En d'autres termes, la naissance de cet enfant universel sur Diadem 13 et plus pur que nul autre allait provoquer la mort de tous les détenteurs de la pétulance.

Et des dignitaires.

Max se précipita brusquement à la fenêtre et vit que tous les passants au pied du bâtiment, censés circuler dans la rue Bleue, étaient figés sur les trottoirs en pleine marche : cela confirmait donc ce qu'il craignait. Du cinquième étage de l'immeuble, les huit tours qui paraissaient percer le ciel au-dessus de la Cité Métallique se détachaient du bas-relief et, comme pour entériner l'arrêt temporaire du temps, son regard se porta sur les lumières des enseignes clignotantes qui illuminaient leur sommet : certaines étaient éteintes, d'autres restaient allumées mais toutes étaient figées.

D'un bond, Max se retourna vers son complice et s'écria :

— Ce n'est pas possible ! Un gamin !! Ça ne peut pas être le dieu suprême !

Wilfried, confortablement installé dans son canapé, le regarda dans le bleu des yeux.

— Max... Jusqu'à présent, nous savions que Silène était voué à une mort prochaine parce que nous nous sommes toujours figuré que nous serions les bourreaux instigateurs de son trépas. Mais nous ignorions que nous allions nous aussi mourir aussi précocement. Si ce dieu suprême n'était pas en train de naître en ce moment même, le temps ne se serait jamais arrêté et tu le sais, pas plus que cette teinte verte qui corrompt la vision de ce qui nous entoure n'aurait voilé notre regard. La prophétie est authentique et je n'en ai jamais douté : la naissance du dieu le plus puissant signera la mort de tous les natifs de Diadem 13 pourvus de pétulance, et cette venue au monde serait signifiée par un arrêt provisoire du temps en-dehors de BKX 9352, et par une réaction chimique en nous qui changerait à tout jamais notre vue en vert, à nous, les actuels dieux et déesses. Et les sept dignitaires sont concernés aussi. En aurais-tu douté, Max ?

— De combien de temps disposons-nous avant de mourir ?

— Magdalena m'a informé que cela pouvait varier d'un dieu à l'autre.

— C'est-à-dire ?

— Dans le pire des cas, il ne nous reste que quelques heures pour tuer Silène et détruire la disquette avant que nous ne nous éteignions. Autrement, il semblerait que nous puissions avoir au mieux deux ou trois semaines de répit.

— Damnation ! Nous sommes maudits ! s'énerva Max.

— Tu fais erreur ; notre mort est dans l'ordre naturel des choses et nous l'avons toujours su. Nous ne sommes pas maudits. Plutôt que de passer ton temps à entretenir ton caractère cruel, tu aurais mieux fait de travailler sur toi pour accepter la certitude de ta mort. Pour apprendre à vivre tes derniers instants ici-bas avec davantage de sérénité.

Max faisait les cent pas.

— Tu n'as donc pas peur de mourir, Wilfried ?

— Bien sûr que si, mais aussi puissants soyons-nous en tant que dieux, nous n'en sommes pas moins faibles et chétifs face à la puissance d'une inéluctable prophétie.

— Mais je ne pensais pas que ce *gosse* naîtrait si tôt ; Capella nous a donné une mission, et à peine l'avons-nous commencée que nous allons déjà crever !

— Rien n'est jamais acquis, et certainement pas les années de vie dont tu t'imaginais encore disposer. Et tu ferais mieux de témoigner davantage de respect au dieu suprême.

Max grommela en tournant le dos à Wilfried qui regardait un film sur Canal Plus, fit encore quelques pas dans la pièce et finit par s'appuyer contre le mur en serrant les dents, les yeux rivés sur l'écran.

Le poste de télévision implosa à l'instant même où le temps reprit sa course.

***

Jack et Stéphane, incapables comme tous les êtres humains

d'imaginer avoir été victimes de l'arrêt du temps, allèrent jusqu'à l'avenue Jean Jaurès qui, dans le quartier du Centre-Commercial, s'étirait en diagonale vers le nord-ouest pour finir dans celui du Second District. Après avoir quitté la Blue Light, Stéphane était parvenu à rattraper son ami qui avait accepté de discuter, et ils marchaient désormais côte à côte sans avoir de réelle destination : ils ne se souciaient guère de savoir où leurs pas les mèneraient.

— Tu ne l'aimes pas beaucoup, hein ?

— Qui ça ? demanda Jack.

— Sidonie...

Jack regarda un instant l'animation du décor nocturne qui s'étendait tous azimuts devant lui pour prendre le temps de réfléchir à sa réponse qu'il souhaitait empreinte de diplomatie et exempte de tout sens caché. Mais il ne parvint pas à mettre ses pensées en ordre et se contenta de rester silencieux. Stéphane développa sa question.

— Tu n'arrêtes pas de te disputer avec elle, tu l'agresses, tu la pelotes, tu la gifles... Je te rappelle que si Émmanuelle s'inquiète pour sa meilleure amie qui a disparu on ne sait où, Sidonie se fait un véritable sang d'encre pour Antoine qui est quand même son jules ! Pars du principe qu'au vu de l'état dans lequel elle est actuellement, complètement à fleur de peau, elle tient à ce que rien ni personne ne l'empêche jamais d'essayer de le retrouver.

Jack ne réagissait pas, mais tout en lui exprimait ce besoin viscéral d'expier.

— Ajoute à son chagrin tout le stress que Max et Wilfried font planer au-dessus de nous, poursuivit Stéphane. Ainsi que les conséquences de la visite de l'agent de police qu'Émmanuelle et elle ont dû gérer hier matin à la résidence et bien évidemment la pression que c'est d'être en porte-à-faux entre son désir d'être sincère avec nous en nous révélant l'existence de la disquette et son souhait inébranlable de tenter l'expérience à son tour pour retrouver celui qu'elle aime, quitte à nous mentir, et tu obtiens la femme instable, émotive, craintive et insomniaque que tu as giflée il y a vingt minutes !

Jack s'arrêta de marcher à hauteur d'une petite mercerie et noya son regard qui, de l'autre côté de la vitrine, se posa sur les machines à coudre Laden et Singer qui s'exhibaient au-delà du reflet de l'avenue effervescente.

— Au vu de ton discours, vieux, j'ai tout de l'ordure...

Stéphane le rejoignit en s'avançant entre deux passants et lui mit la main sur l'épaule.

— Non... Ce n'est pas ce que je veux dire... Contrairement à ce que tu essaies vainement et maladroitement de cacher, tu t'inquiètes pour Suzanne et Antoine et cela se voit. De ton côté, tu découvres un nouvel amour avec Angélique et dans le tumulte de tes sentiments, tu te fais mettre à genoux par un homme qui vient de nulle part et qui brise en morceaux ton assurance, ta confiance en toi, lorsque les perspectives d'une nouvelle relation et d'un emménagement devraient t'en apporter. On vient tous d'emménager ensemble sans vraiment se connaître, tu redémarres donc une nouvelle vie au cours de laquelle tu es censé faire des efforts pour être quelqu'un qu'Angélique se fera un plaisir d'aimer, comme tu le lui as promis. Dans de telles circonstances, c'est normal de faire un peu n'importe quoi : nous ne sommes pas parfaits, loin de là ! Contrairement à Max et Wilfried, Sidonie et toi êtes des êtres humains qui avez vos raisonnements, vos qualités et vos défauts, votre histoire et vos tourments, et rien ne saurait jamais vous détourner de qui vous êtes intrinsèquement, originellement. Chacun d'entre vous a ses raisons pour agir de la sorte...

— Tu es décidément un fin psychologue, vieux. Mais la gifle a été de trop, huh ? demanda Jack en fixant Stéphane d'un air désabusé.

— Bah... Je pense que tu devras t'excuser à un moment ou à un autre.

— Tu as sans doute raison... Je suis trop fatigué ces temps-ci pour réfléchir correctement. Je fais n'importe quoi...

— Vas-tu essayer de laver ton honneur vis-à-vis de Max qui semble douter de tes compétences de pongiste ?

— Non, je n'ai que faire de ce qu'il pense. S'il me trouve prétentieux, c'est son problème, pas le mien. Et puis ce *salaud* ne se gênerait pas pour influencer la trajectoire de la balle en faisant mine de rien. Du coup, sans intérêt ! Pour l'heure, j'aurais besoin d'une bonne nuit de sommeil, reconnut Jack.

Stéphane regarda sa montre.

— Il est bientôt 2 h 00 du matin. Le temps de rentrer à la résidence, il sera bien la demie, je pense. On risque de ne pas se reposer bien longtemps cette nuit, mais il vaut mieux prendre les heures de sommeil dont on peut profiter, quitte à se coucher plus tôt dans la soirée.

— Tu ne voudrais pas t'occuper de la boulangerie, demain matin ? questionna Jack sans attendre. J'ai vraiment besoin de repos.

— Euh... Aujourd'hui mardi, tu veux dire ? C'est que cela ne fait même pas une semaine qu'on travaille ensemble.

— Sois sans craintes, tu t'en sortiras très bien. Je te rejoindrai à

14 h 30 pour l'ouverture de l'après-midi. Tu seras en autonomie toute la matinée.

— D'accord, mais... tu ne rentres pas avec moi, maintenant ?

— Non... J'ai besoin de repos, mais j'ai tout autant besoin de solitude pour me remettre les idées en place. Je vais marcher un peu sur la plage et réfléchir à ce que tu m'as dit. Je pense que j'ai beaucoup de mal à accepter d'être dans mes torts.

— Tu ne retournes donc pas à la Blue Light ?

— Non... Je n'ai pas envie d'affronter le regard d'Angélique, et je ne me sens pas encore prêt à parler à Sidonie.

— Alors à ce moment-là, je vais y retourner pour rentrer avec elles et m'assurer que ni Max ni Wilfried ne va encore leur faire des misères. Toi, tâche de passer une bonne nuit et ne fais pas de bêtises, hein ?

Stéphane commença à s'éloigner pour aller jusqu'à l'arrêt de bus situé non loin du Salon des Petits Pains, mais Jack le rappela et le rejoignit pour lui tendre la main. Il la lui serra fermement.

— Merci à toi, Stéphane ! fit Jack en pressant davantage sa poigne.

— Tu n'as aucune raison de me remercier mais ça me fait quand même plaisir.

Ils se séparèrent et Jack marcha à reculons sans décoller de son cadet son regard humide d'émotion.

— N'y prends pas trop goût, vieux ! finit-il par dire en souriant suffisamment pour que son rictus soit perceptible.

— Hin hin...

***

Wilfried, que Max n'avait pas réussi à déloger de son fauteuil en faisant imploser le téléviseur qui lui faisait face, s'était enfermé dans un mutisme que ses paupières baissées accentuaient bien davantage. Et quand il rouvrit les yeux et se tourna vers Max qui essayait de calmer sa colère due à la peur de mourir en se tapant légèrement mais régulièrement la tête sur le mur contre lequel il était adossé, il l'observa. Max, sentant le regard de son complice, cessa de bouger et dit :

— J'aurais aimé revoir Simbelmynë avant de crever...

— Je ne te savais pas pouvoir faire du sentiment, Max.

Ils se regardaient. Et rien n'existait plus autour d'eux. Rien d'autre que leurs émotions.

— Tu la reverras.

— Je ne te savais pas avoir le don de prescience, Wilfried.

— Il n'en est rien. Je souhaite seulement te rassurer. Je ne peux que t'exhorter – maladroitement, certes – à y croire, expliqua-t-il en se levant. Et n'oublie pas que Simbelmynë est avec moi, désormais.

— Où vas-tu ?

— Je te propose de sortir un peu, dit-il en soupirant de lassitude. Ça ne pourra nous faire que du bien et vu l'état de nos nerfs, nous ne sommes pas prêts de dormir.

— Et pourquoi pas ?...

***

À la vacillante et fragile lumière qui caressait de ses blafardes et dansantes lueurs les murs de la cellule, Suzanne, perdue, semblait errer comme hébétée en paraissant glisser lentement à la surface du roc maculé d'indicibles immondices auxquelles, par la force des choses, elle avait fini par s'habituer.

Pourtant, malgré les apparences, son cerveau était dans un état d'éveil qu'elle ne se souvenait pas avoir connu, mais qui l'embrouillait complètement : nombre de pensées tournoyaient dans la confusion de son esprit, favorisant les mauvaises associations, provoquant d'improbables amalgames et sapant son objectivité et son optimisme pour les mettre à terre.

De plus, elle avait l'impression d'être enfermée ici depuis d'interminables décennies alors que cela ne faisait que quelques heures qu'elle était arrivée en ces lieux. Polyphème, un instant plus tôt, lui avait apporté des cuisses d'animaux dont la viande avait grossièrement été grillée, complètement noirâtre par endroits, crue et sanguinolente à d'autres, ainsi que d'étranges fruits qu'il avait violemment balancés à travers les barreaux de la prison. Face à cet horrible colosse qui l'avait impressionnée quand il s'était présenté devant la cellule, elle s'était sentie plus faible encore que son état physique et que ses prédispositions psychologiques, et avait préféré tourner les talons. L'énorme morceau qu'il lui avait lancé dessus à travers la grille en réponse à ce geste d'indifférence, et qui devait à peine être plus petit que la taille d'une tête humaine, l'avait violemment frappée à la nuque, mais elle n'avait pas réagi, incapable de comprendre qu'il la provoquait.

Pourtant, elle était parvenue, sans le réaliser, à le rendre encore plus courroucé, et il s'en était allé en faisant délibérément tonner sol, murs et plafond.

Suzanne, seule, avait alors commencé à marcher presque distraitement dans le peu d'espace qui lui était alloué, écrasant parfois une langue, faisant rouler un œil gélatineux qui glissait au sol plus qu'il ne tournait, sans en être consciente, se détournant de la nourriture que son geôlier lui avait apportée et qu'elle n'avait pas touchée. Elle n'aurait rien pu manger dans pareil endroit : le macabre visuel faiblement éclairé et pourtant aussi présent dans sa tête qu'autour d'elle, les exhalaisons putrides qui se dégageaient de ces chairs humaines arrachées, de ces cadavres éviscérés, de ces cages thoraciques éclatées et de ces crânes fracassés, l'auraient empêchée d'avaler quoi que ce soit. Il lui semblait déjà avoir des remontées si acides que le simple fait de déglutir semblait pouvoir la faire régurgiter le dîner qu'elle s'était préparé tard dans la soirée avant de monter au second étage de la résidence pour retrouver Antoine et se lancer dans l'expérience.

Antoine. Où pouvait-il être ? se demanda-t-elle avant de se tourner vers le corps de Barbara qu'elle avait recouvert du drap qui avait caché la pâle nudité de son frêle corps. Suzanne lui avait ajouté un autre linge pris sur le cadavre décomposé d'une ancienne détenue afin de la recouvrir correctement. Elle regarda ensuite la paume de ses mains qu'elle leva doucement devant son visage, et se demanda comment elle allait pouvoir se débrouiller pour apprendre seule à canaliser la pétulance qu'elle avait reçue.

Fermant les yeux, elle essaya de se concentrer, mais elle ignorait complètement quelle était la méthode. Malheureusement.

Sur quoi devait-elle se focaliser ?

Que devait-elle se dire dans sa tête ?

Ou, au contraire, comment parvenir à vider son esprit de toute pensée qui aurait pu la détourner du bon procédé ?

Naïvement, elle se dit qu'elle voulait faire apparaître une boule d'énergie dans le creux de sa main, mais cela ne fonctionna pas : bien avant d'ouvrir les yeux pour vérifier si ses mains avaient créé une lueur dans leur paume, elle savait qu'elle n'y était pas parvenue, ne ressentant nullement la chaleur et la puissance auxquelles elle avait goûté lorsque Barbara lui avait transmis son pouvoir.

Suzanne se demanda alors si faire apparaître une lueur était vraiment la preuve de sa pétulance et si elle n'avait pas tout simplement davantage de force physique comme si tous les muscles de son corps s'étaient développés. Elle ramassa donc l'une des petites pierres qui jonchaient le sol au pied de la paroi rocheuse qui l'encerclait, la fit rouler entre ses doigts en la considérant longuement, et la serra dans sa main gauche, de toutes ses forces, pour la pulvériser. En empoignant fermement l'objet dans sa paume, elle observa son nerf médian se distinguer entre les deux tendons qui se dressaient sous la surface antérieure de la peau de son avant-bras. L'artère radiale se dessinait dans un beau bleu sous son épiderme et contrastait avec la blancheur de sa peau. Suzanne, à mesure qu'elle exerçait une pression tout autour de la pierre, sentait ses ongles rentrer dans sa paume, mais n'en relâcha pas pour autant son emprise. Elle voulait briser ce caillou, coûte que coûte.

— Tu vas céder, oui ? cracha-t-elle entre ses dents.

Elle insista encore et encore, jusqu'à ce que les arêtes tranchantes du minéral incisent sa peau et lui fassent ressentir un léger picotement dans la main. Elle serra les dents mais desserra aussitôt ses doigts et s'énerva en lançant le projectile couvert de sueur vers le mur contre lequel il ricocha avant de repartir vers les barreaux.

C'est alors qu'elle eut une autre idée et se jeta sur le corps de Barbara dont elle arracha les haillons crasseux pour dévoiler la vision morbide d'une peau qui se flétrissait un peu plus à chaque minute. Elle détailla sa défunte voisine de cellule en omettant délibérément de regarder à sa gauche toute la partie inférieure du corps qui se dévoilait sous ses yeux, et concentra son attention sur ses membres supérieurs.

D'après Suzanne, le fait d'examiner le corps de Barbara pouvait peut-être lui donner un indice sur la marche à suivre grâce à un muscle plus proéminent que la normale ou un tendon différent de ce qu'il devrait être : une différence morphologique devait la mettre sur la voie. Malgré la rigidité cadavérique qui avait durci les chairs du corps inerte, elle procéda donc par tâtonnements au niveau des épaules d'abord, puis sur le bras droit pendant quelques dizaines de secondes, avant de stopper net ses gestes et de se retourner brusquement pour vomir. La bile acide lui arracha des gémissements et des toussotements à chaque fois que les sucs gastriques étaient projetés au-dehors. Des éclaboussures s'écrasèrent sur ses genoux. Penchée en avant, tournant le dos au cadavre qu'elle avait commencé à examiner, Suzanne se sentait en proie à de violents relents de dégoût qui atteignirent leur paroxysme quand ses yeux se posèrent sur les étranges grumeaux qu'elle venait de régurgiter.

Se sentant soudainement plus frénétique, elle reprit l'examen du corps de Barbara et enfonça le bout de ses doigts dans les chairs durcies des avant-bras de la femme, vérifiant parfois sur elle-même si elle notait quelque différence. Mais que ce soit *de visu* ou *de tactu*, rien ne semblait indiquer que la défunte était une déesse.

Suzanne comprit presque violemment que c'était en elle-même qu'un changement était en train de se produire. Ses gestes se faisaient de plus en plus imprécis comme si elle perdait le contrôle de son propre corps. Un mal de tête lancinant semblant venir du fin fond de son âme commença à poindre dans sa boîte crânienne ; elle ferma les yeux pour essayer de focaliser son attention sur ce mal auquel elle souhaitait se soustraire, mais n'y parvint pas et une nouvelle salve de bile d'un vert blanchâtre mêlée à des grumeaux marron lui arracha un hurlement inhumain lorsque les vomissures jaillirent d'entre ses lèvres écartelées par une indicible douleur et s'écrasèrent comme une pluie de magma en fusion à côté des cuisses de Barbara.

Puis la tension qu'elle ressentit dans son cerveau perdit en intensité et elle rouvrit ses yeux noyés de larmes.

Dans la paume de sa main gauche, une lueur orange vacillait.

***

Voilà déjà quelques heures maintenant que la nuit noire s'était installée dans le ciel et avait posé son voile opaque au-dessus de Sanlys-sur-Mer. Depuis l'extrémité nord de la commune où se situaient les quartiers surélevés par une légère colline surplombant la ville, les habitants avaient une vue magnifique en direction du sud où se dressaient les tours et gratte-ciels de la Cité Métallique qui définissaient en partie la limite de la ville et se situaient à l'est du port de plaisance et des hangars. Les néons lumineux publicitaires marquant de leurs couleurs le logo de six grandes entreprises telles que Mitsubishi, TDK ou Olivetti, brisaient l'obscurité qui semblait puissamment retomber sur les quatorze quartiers qui tentaient de contrecarrer cet effet au moyen de réverbères érigés dans les rues, de lumières issues d'appartements, de maisons, de bureaux et de commerces, par le biais de signalisations lumineuses dans les avenues et de phares des véhicules qui grouillaient encore dans cette fourmilière qui ne dormait jamais.

À la surface de l'océan se reflétaient les surnuméraires étoiles qui scintillaient au-dessus des Landes et placardaient dans le ciel un rideau constellé de points scintillants dont l'image s'agitait sur les flots, feux d'espoirs et de mystères. Les boulevards, peuplés à un point tel que la circulation restait difficile même de nuit, apparaissaient comme des rivières dans lesquelles les voitures, pareilles aux saumons qui remontaient éperdument le courant qui tentait de les emporter, évoluaient courageusement pour finir peu à peu par atteindre leur destination.

En toile de fond sonore, le continuel brouhaha auquel étaient habitués les nombreux noctambules connaissait des variations d'intensité en fonction du lieu où il s'élevait, mais certains secteurs étaient particulièrement bruyants, à l'instar de celui du casino Le Pacifique et des grandes surfaces Euromarché et Le Coq Étoilé dont les parkings étaient convoités de jour comme de nuit. En revanche, aux environs des dunes, de la plage de nudistes voisine aux Rochers de la Morte ou du discret lac Saint-Quentin, un calme plat et profond dominait, tout comme du côté du parc Alexandre Square, pourtant situé dans le Centre-Ville.

C'est là que déboulèrent tranquillement les deux dieux qui, pour le coup, avaient préféré marcher plutôt que de se téléporter ou de sauter de toit en toit comme ils avaient l'habitude de le faire. Ils s'arrêtèrent au milieu de la pelouse dont l'accès était pourtant interdit et ne prirent pas la peine de jeter un seul regard sur les panneaux très explicites leur indiquant cette proscription. Max leva les yeux vers la houppe des marronniers, regarda la lune à travers les branchages et affirma :

— Silène est passé par ici : je sens encore son odeur !

— Il semblerait, répondit Wilfried qui s'accroupit pour ramasser un seul et unique cheveu qu'il pinça et leva devant ses yeux entre son pouce et son index. Il nous en a laissé une preuve irréfutable.

— Il aurait donc marché sur une pelouse interdite ? Cela m'étonne de lui...

— Il se pourrait bien que notre vieil ami soit davantage préoccupé par sa propre survie que par un règlement insignifiant, supposa-t-il en se relevant après avoir jeté le cheveu aux reflets d'un bleu très clair.

— Sa survie n'ira pas plus loin que ce que la naissance du dieu suprême vient de provoquer pour nous, jeta Max.

— C'est indéniable ! répondit Wilfried en regardant les environs du parc Alexandre Square.

— Dis-moi... Comment fais-tu pour accepter l'idée de mourir bientôt ?

La question ne sembla pas surprendre Wilfried qui aurait pu connaître les inquiétudes de son complice en sondant son esprit. Mais par respect, jamais il n'était entré dans la tête d'un autre dieu ou d'une déesse, pas même de Silène.

— Nous avons dès la naissance des aptitudes physiques et cérébrales bien supérieures à celles des humains, tu le sais. Alors dis-toi simplement que dès l'instant où j'ai compris, grâce à mes facilités de réflexion et avec tout ce que cela induisait, que j'étais en vie, je me suis fait à l'idée que, comme les humains et par la force des choses, j'allais mourir un jour. Cela fait donc très longtemps que je suis prêt à embrasser la mort.

Soudain, une vieille femme tassée sur ses jambes, coiffée de cheveux grisonnants, arriva derrière eux avec son chien en laisse : un caniche. Les dieux se retournèrent pour la regarder déambuler en s'approchant progressivement d'eux. Mais elle s'arrêta à la vue de ces deux hommes sur la pelouse.

— Eh bien dites donc, les jeunes ! Vous ne savez donc pas lire à votre âge ? Il est interdit de marcher sur l'herbe. Alors revenez dans les allées, s'il-vous-plaît !

— Si ça peut vous faire plaisir, concéda Wilfried, soupirant en fermant les yeux.

Il les rouvrit l'instant d'après et fit quelques pas jusqu'à revenir sur les graviers qui recouvraient les allées, sous le regard consterné de son ami qui lui lança :

— Non mais ça ne va pas, Wilfried ? Tu t'abaisses à suivre les ordres de ce cadavre ambulant ?

— Comment ça, *cadavre ambulant* ? rétorqua-t-elle d'un ton élevé alors que son chien commençait à aboyer. Mesurez vos paroles, petit insolent !

— Amène-toi, Max ! On va rentrer, maintenant...

Max n'eut pas la moindre considération pour son complice à cet instant et dit à la retraitée :

— Je n'ai aucun conseil à recevoir d'un vieux macchabée comme toi ! Je me ferai un plaisir de mettre en charpie le peu de cervelle que tu as dans le crâne !

— Comment osez-vous ? Et en me tutoyant, en plus !!

— Max, s'il-te-plaît, implora Wilfried en sachant son complice déjà prêt à en découdre.

— Et puis tu n'as rien à faire ici ! poursuivit Max comme aveuglé par la colère. Tu ferais mieux de débarrasser le plancher avant que je ne me fâche !

— Mais comment pouvez-vous être aussi méprisant ? lança la vieille dame, hors d'elle-même. Comment pouvez-vous ne serait-ce que vous regarder dans un miroir ?

— *Comment*, dis-tu ? Mais je n'ai nul besoin de me regarder dans un miroir : je connais les délicieuses perfections de mon physique d'Apollon par cœur et n'ai donc nullement besoin de me passer au crible devant mon reflet. Toi, en revanche, tu n'auras jamais plus l'occasion de te soucier de ton visage. Je vais t'en débarrasser de ce pas !

— Petit présomptueux, cracha-t-elle.

— Emporte donc tes jugements dans ton agonie !

***

Terrifié, Antoine cherchait à se soustraire à la langue qui s'activait spasmodiquement sur toute la surface de son visage en laissant derrière elle une fine pellicule humide qui refroidissait étrangement vite sur sa peau et faisait contraster la froideur de cette sensation tactile avec la chaleur ambiante. Clotho était montée sur le lit et s'était placée au-dessus de lui en le maintenant sous son emprise grâce à un pouvoir qu'il n'aurait jamais cru possible : elle l'immobilisait par ses seules facultés mentales. Par psychokinésie, aptitude paranormale dont il avait déjà entendu parler dans *Science et Vie*, mais dont il ne s'était jamais attendu à être victime. En conséquence de quoi les mains de la créature qui l'agressait étaient libres de parcourir son corps dont elle avait libéré la nudité en projetant la couverture trempée de sueur sur la table jonchée de victuailles. Ainsi, dans la fragilité et la vulnérabilité que ce dénuement amplifiait, il était bien incapable de se dégager de l'emprise de la pétulance qu'elle avait eue à sa naissance, et les vaines tentatives de l'homme pour éviter de se faire lécher la peau galvanisaient plus encore cette femme inquiétante dont les lèvres, à présent, ne se détachaient plus de son cou.

— Laissez-moi, Clotho ! Vous êtes folle...

Elle se redressa, souleva sa robe et vint poser ses fesses nues sur le bas-ventre d'Antoine. Il grimaça lorsqu'il sentit les chairs intimes de la déesse reposer sur ses parties et en épouser les formes. Elle commença ensuite à mouvoir son bassin d'avant en arrière, faisant glisser ses grandes lèvres déjà humides le long de la verge orientée vers le nombril.

— La folie, commença-t-elle à dire en haletant, dont tu penses que je suis victime... n'a pas lieu d'être puisque je suis pleinement consciente... de ce que je fais ! Je suis également consciente que je mourrai dans les prochains jours, conformément à ce que la naissance du dieu suprême vient d'annoncer. Ainsi, comme tu risques d'être le dernier homme dont je vais pouvoir profiter... je vais faire durer le plaisir comme jamais ta chère Sidonie ne l'aura fait pour toi.

— Fermez-la ! ordonna-t-il en gémissant. Je vous interdis de prononcer son prénom ! Ne lisez jamais plus en moi !

— Tu vas m'aimer à en mourir tant je vais te vider à l'extrême...

Clotho observa cinq secondes de silence et reprit :

— Interprète-le dans tous les sens du terme, surtout...

Elle mit ses mains dans son dos quelques instants sans cesser de remuer sur Antoine, et la beauté des lourds seins contenus dans les triangles de tissu, si harmonieuse et intense qu'elle en était outrageante, se déversa sous les yeux de l'homme lorsqu'elle libéra les deux bretelles qu'elle avait nouées entre ses omoplates. Il essaya ardemment de ne pas la regarder, mais il ne pouvait toutefois détacher son regard de ce corps qui l'emprisonnait, malgré de louables efforts. Il crut un instant qu'elle avait pris le contrôle de ses yeux pour l'obliger à la regarder irrépressiblement, ces yeux qu'elle avait soignés, mais il comprit quelques secondes plus tard qu'il était seul responsable de l'avidité qu'il assouvissait en la détaillant comme jamais il n'avait convoité aucune de ses amantes, ni même Sidonie, en effet. Cette poitrine dont les tétons roses se dandinaient de haut en bas à chaque mouvement, le rythme qui se faisait lancinant et l'entraînait irrésistiblement dans les confins d'une volupté qu'il n'avait jamais connue jusqu'alors, le sang qui se concentrait dans son bas-ventre sous le joug de l'excitation instituée par l'intimité de son assaillante, tout semblait puissamment l'attirer vers les plaisirs de la chair. Et les déplaisirs de l'adultère.

— Pourquoi faites-vous ça, Clotho ? souffla Antoine.

Alors qu'elle lui caressait les bourses d'une main derrière elle, elle fit remonter l'autre jusqu'au visage de l'homme qu'elle gardait toujours sous son emprise et insinua deux doigts dans sa bouche, jouant avec sa langue de l'index et du majeur et l'empêchant de parler intelligiblement. Elle répondit alors :

— Parce que la viande humaine est bien plus savoureuse quand on en a joui ; la chair est considérablement plus tendre lorsque les muscles de l'homme sont complètement relâchés, libérés des tensions accumulées dans leurs fibres. Une victime qui vient d'avoir un orgasme est donc bien plus goûteuse. Tu vas t'en rendre compte pour *mon* plus grand plaisir...

Elle se perdit ensuite dans un rire à gorge déployée qui aurait pu faire croire à Antoine qu'elle n'avait résolument plus toute sa raison ; mais elle s'avérait néanmoins assez consciente de ce qu'elle sentait sous les replis discrets de son entrecuisse pour percevoir la rigidité de l'érection qu'elle avait provoquée. Elle se releva légèrement, décollant de la peau suintante d'Antoine la rondeur de ses fesses dont la courbure frisait la régularité géométrique du cercle parfait, ôta ses doigts de la bouche de son esclave pour les porter à la sienne et se lécher les mains, et emprisonna quelques instants le sexe dressé dans la moiteur d'une paume afin de le maintenir à la verticale entre ses cuisses.

Pour mieux redescendre dessus, l'introduisant en elle et ne faisant qu'un avec lui.

— Je vais te purger de ta semence pour attendrir tes chairs.

— Sidonie... Pardonne-moi...

***

— Que fait-on du chien, Wilfried ?

Le caniche léchait la cuisse tranchée qui avait été projetée à trois mètres de là où se tenait sa maîtresse au moment où Max l'avait faite exploser. L'animal s'activait au bord d'une large mare de sang rouge foncé qui, dans l'obscurité de la nuit, semblait maculer de noirceur humide la vivacité de la pelouse. Et à chaque fois que le chien se déplaçait autour du membre pour lécher une autre partie de peau arrachée, la boucle de sa laisse traînant au sol charriait des morceaux de chair qui roulaient grossièrement les uns sur les autres.

— Laisse-le en vie, répondit Wilfried en commençant à s'éloigner des lourds morceaux déchiquetés dispersés dans l'herbe alentour.

— Tu es toujours partisan d'une justice équitable, huh ?

— Et toi Max, toujours aussi incorrigible !

— Toujours, dit simplement le plus jeune des deux dieux en rejoignant son complice. Mais ne suis-je pas cruel ?

— Ça, ce n'est pas une question, c'est un euphémisme, souligna Wilfried avec tout le sérieux du monde avant de rire tout bas.

Max rit aussi, mais plus pour exprimer sa nervosité face à sa mort imminente que par impulsion naturelle. L'idée de mourir lui rongeait les sangs.

***

Dans la discothèque, Émmanuelle était affairée à remonter le moral de Sidonie qui craquait plus par inquiétude pour Antoine que du fait de son altercation avec Jack. Sabine, elle, s'occupait d'Angélique qui avait finalement ressenti le besoin impérieux de partager avec quelqu'un l'incident survenu aux Bains Publics. Elle en exposa les horribles détails.

Stéphane arriva enfin auprès des quatre femmes : la Néerlandaise et la rousse élevèrent de concert leur regard vers lui et le rejoignirent en laissant leurs amies dans leurs fauteuils.

— Chouchou ! Sidonie est très affectée par les récents évènements.

— Angélique aussi, ajouta Sabine. Et Jack ?

— Il avait besoin de se retrouver seul, expliqua Stéphane. Je crois qu'il est complètement perdu dans sa tête, lui aussi.

— Je n'aurais jamais dû ramener mon micro-ordinateur ; si je ne l'avais pas eu, ni Antoine ni Suzanne n'aurait pu utiliser la disquette...

— Tu n'y es pour rien, remarqua Sidonie en caressant le dos d'Angélique.

Elle s'extirpa de son fauteuil à son tour et les trois amis la regardèrent sans rien dire, s'attendant à la voir parcourir les quatre mètres qui les séparaient. Mais à leur stupéfaction, elle s'accroupit devant l'infirmière dont le regard absent se noyait à la surface de la table basse.

— Viens, dit-elle tout bas en la prenant dans ses bras. On va rentrer ensemble.

Angélique regarda l'auxiliaire de puériculture et parvint à esquisser un sourire qui lui fut aussitôt rendu. Elles quittèrent le petit salon en prenant bien garde de ne rien oublier et rejoignirent le groupe de trois qui les attendait à proximité. Stéphane haussa la voix pour se faire entendre par-dessus la musique.

— On rentre ? Je suis vraiment crevé et je vais devoir assurer tout seul demain matin au Salon des Petits Pains.

— Jack ? fit simplement Angélique.

— Il souhaitait se retrouver seul et marcher un peu ; il rentrera dans la nuit et m'a dit de ne pas nous inquiéter. Il a ses clefs, précisa-t-il en descendant les marches de l'escalier. Et puis je pense qu'il avait peur d'affronter le jugement que tu aurais porté sur lui s'il était revenu ici, Angélique. En outre, poursuivit-il en se tournant vers Sidonie, il a honte de ce qu'il t'a fait. Mais il s'entretiendra avec toi dès qu'il y verra plus clair dans ses pensées et ça vous permettra de mettre les choses à plat pour repartir sur de bonnes bases.

— On verra bien, fit la blonde, rancunière et peu encline à focaliser ses pensées sur cet homme qui n'avait jamais eu l'air de la porter en estime.

L'air frais moins empreint de sueur et de tabac leur apporta une réelle sensation de bien-être lorsqu'ils s'extirpèrent de la discothèque dont le hall bondé les avait obligés à slalomer les uns derrière les autres jusqu'à la sortie.

— Je vais vous laisser rentrer sans moi, les informa Sabine. J'ai moi aussi besoin de solitude et j'aimerais en profiter pour faire une course à la Librairie Hippolyte.

— La Librairie Hippolyte ? demanda Sidonie, soudainement intéressée. C'est là que travaille Antoine. Que veux-tu y faire ?

— J'ai commandé la semaine dernière un livre qu'on ne trouve pas aux Pays-Bas. J'avais appelé mercredi et on m'avait dit que je pourrais passer le chercher en début de semaine.

— Je peux t'accompagner ? suggéra Stéphane.

— Mais non, gros bêta ! Rentre avec les filles. Je te charge de veiller sur elles sur le chemin du retour.

— Quel genre de livre peut bien exiger que tu ailles l'acheter cette nuit ? lança Émmanuelle.

— Un beau livre qui a l'air des plus intéressants, sur le thème de la haute couture : *New Look to Now* [75]. Il est sorti en août dernier et je n'ai jamais réussi à le trouver depuis, pas même à Amsterdam. On y voit des ensembles magnifiques avec de superbes boutons de mercerie. Bref, j'ai hâte !

— C'est toi la fille aux boutons ? s'exclama Sidonie en regardant Sabine avec scepticisme. Antoine m'a parlé d'une étrangère qui a appelé à la librairie il y a six jours pour commander un livre des États-Unis. Une commande au nom de madame Faure ! Mais oui, c'est toi, Sabine ! Il m'avait raconté qu'elle devait venir vivre ici. Quel curieux hasard. Alors c'était vrai...

— *Madame Faure* ? Quand donc accepteras-tu d'être *madame Lucas* ? demanda Stéphane en plaisantant avec espièglerie.

— Tu ne perds pas de temps, chouchou ! remarqua Émmanuelle en montrant toutes ses dents. Je te croyais plus timide que ça. Quelle fougue !

— Est-ce qu'il t'a dit s'il a pu le commander ? demanda l'intéressée sans prêter attention aux autres.

Sidonie fit la moue en la regardant et répondit, alors que les autres retenaient leur respiration :

— En fait, il a cru à un canular...

Sabine ne cacha pas son étonnement, consternée. La blonde ajouta :

— Tu avais tellement l'air bizarre au téléphone... et ton accent était étrange, lui aussi, apparemment.

La Néerlandaise s'agaça.

— Je n'ai appris à parler français qu'avec des romans, des manuels scolaires, des dictionnaires et des classiques du cinéma français. Et il y avait de la friture sur la ligne à cause de la différence d'opérateur de nos deux pays. Je suis vexée qu'il ne m'ait pas prise au sérieux.

Stéphane, déçu qu'elle n'ait pas relevé son trait d'humour de l'instant d'avant, se tourna franchement vers elle.

— Ne devrais-tu pas plutôt te focaliser sur ton entretien d'aujourd'hui au Musée des Beaux-Arts plutôt que sur un livre de haute couture ?

— Non, mais c'est une supposition pertinente, fit-elle avec un sourire franc qui montrait qu'elle n'avait pas compris que le jeune homme était contrarié. Par contre, tu fais erreur : mon entretien est demain mercredi à 14 h 30. Mais c'est adorable à toi de t'en souvenir.

— Ne t'inquiète pas Sabine, conseilla vivement Émmanuelle. Je suis sûre qu'Antoine reviendra très bientôt, et tu pourras toi-même l'enguirlander joyeusement.

La Néerlandaise, refusant de répondre directement à la rousse, regarda Sidonie du coin de l'œil, mais la blonde, les yeux perdus dans le vague au loin, ne prêtait plus attention à elle. L'évocation récurrente de son compagnon au cours des deux dernières minutes l'avait plongée dans d'amères pensées que tout le monde devinait. *Et s'il ne revenait pas ?*

— Quand m'embrasseras-tu donc ? demanda Stéphane presque naturellement, sans y avoir réfléchi.

Sabine s'esclaffa, consciente que c'est à elle que le jeune homme mi-figue mi-raisin s'était adressé. Émmanuelle se glissa derrière Angélique et Sidonie et passa un bras dans leur dos pour poser une main sur leur épaule et les attirer contre elle. Elle demanda aux deux tourtereaux :

— Vous souhaitez peut-être qu'on vous laisse, tous les deux ?

— Non, objecta Sabine. Vous rentrez avec lui à la résidence. Et toi...

Elle s'approcha de Stéphane en roucoulant.

— Tu vas devoir être un peu plus patient, mon loup !

— Bientôt vingt-trois ans à t'attendre, ce n'est pas assez ? fit-il en tendant les bras sur les côtés, mimant l'archétype de la victime d'une injustice.

— Si tu as attendu presque vingt-trois ans pour me rencontrer, fit-elle en s'éloignant, tu attendras bien encore vingt-trois mois ou vingt-trois semaines !

— Je ne pourrais t'attendre que vingt-trois secondes à tout cass... commença-t-il.

Mais sans rien ajouter, elle fondit dans la foule si bien qu'elle lui sembla s'être volatilisée trop vite pour lui avoir laissé le temps de se faire à l'idée qu'il ne la reverrait plus de la nuit.

Arrivée au carrefour du Salon des Petits Pains à côté duquel elle passa sans le voir, Sabine continua tout droit dans le boulevard Alexandre Dumas, nonchalamment, marchant ainsi devant l'hypermarché Le Coq Étoilé, le cinéma Sigma 9 et la Maison du Jouet, puis plus loin, la droguerie et la station-service Elf. Elle traversa ensuite l'avenue Félix Faure avant d'arriver à proximité de l'angle du boulevard de la Plage, non loin duquel se situait la fameuse librairie. Bien que la nuit se trouvât maintenant dans sa période la plus profonde, entre le coucher tardif de la populace et le lever aux aurores des Sanlymarins les plus matinaux, les rues étaient encore suffisamment fréquentées pour ralentir la circulation routière.

C'est alors que Sabine, sur le point de franchir la porte vitrée de la Librairie Hippolyte, stoppa net son geste de la main appuyée sur la poignée. Les deux visages désormais familiers qu'elle aperçut dans le rayonnage de revues ne laissaient aucun doute sur l'identité des hommes dont elle ne pouvait détacher son regard.

Max et Wilfried, pensa-t-elle en reculant de quelques pas sur le trottoir. *Comme par hasard, il faut que je tombe sur eux en pleine nuit à 2 h 45 dans une ville de plus de quarante-cinq-mille habitants.*

Inopinément, Wilfried se volatilisa sous ses yeux. Surprise, elle hoqueta et recula encore de quelques pas pour venir se nicher dans le recoin du mur qui séparait le commerce dans lequel elle avait souhaité se rendre et celui d'à côté, spécialisé dans les articles de plage. Elle se dit alors que cela n'avait sans doute pas été une bonne idée de partir seule dans les avenues de la ville alors que la menace des dieux était omniprésente : ce qui était arrivé à Angélique aux Bains Publics aurait dû lui servir de leçon, mais elle n'avait pas vu les choses sous cet aspect. À défaut d'avoir prochainement le livre qu'elle avait souhaité commander à Antoine et dont il ne s'était pas occupé, elle avait pensé trouver une publication de substitution dans cette librairie afin de ne pas rentrer à la résidence les mains vides ; tout ça pour découvrir d'anciens boutons qu'elle aurait pu convoiter ici-et-là dans les éventuels vide-greniers et autres brocantes à venir.

Le lundi matin de la veille, toute sa collection était enfin arrivée en camion de livraison à la résidence et elle n'avait pas encore rangé les cartons, ni dans sa chambre, ni dans celle du bas : ils traînaient encore dans le garage. Sabine se demanda ce qui lui avait pris de se mettre en danger de la sorte, vu qu'elle devait en priorité ranger ses affaires et s'installer correctement. Naturellement, elle conclut qu'elle avait été stupide : elle en arriva à regretter cette course nocturne, surtout en observant le faciès inquiétant de Max qui fixait avec un sourire narquois les magazines pour adultes situés sur le rang supérieur de l'étagère qu'il jouxtait.

Elle commença à se diriger vers l'avenue de la Plage quand elle sentit une main sur son épaule. L'espace d'une fraction de seconde, elle pensa à Jack qui l'avait souvent surprise ainsi, mais l'image de son ami d'enfance qui s'était imprimée à la surface de son esprit fut brutalement dissoute lorsqu'elle se retourna, se retrouvant nez-à-nez avec Wilfried.

— Alors ? Vous m'attendiez ?

Morte de peur, Sabine tenta tant bien que mal de se reprendre en répondant :

— Non. Je suis sortie m'acheter un livre.

— Un livre ? Vous reconnaîtrez que nos chemins n'arrêtent pas de se croiser : dans le train Lille-Paris il y a deux jours, hier à votre résidence et maintenant en pleine rue devant cette librairie. Pensez-vous qu'il y ait un sens à cet heureux hasard ?

— Je ne crois pas au hasard, trancha Sabine en tentant de reprendre le contrôle sur l'effet de surprise qui semblait avoir anesthésié sa propre conscience. Que faisiez-vous dans ce train ?

— Apprenez que Max et moi, lorsque nous avons quitté Diadem 13 en nous téléportant, nous sommes retrouvés dans un endroit étrange qui ressemblait à notre plaine de Chronopolis locale.

À mesure que Wilfried parlait, Sabine, qui ne comprenait de toutes manières pas grand-chose de ce qu'il lui disait, essayait de réfléchir à l'approche à adopter. L'homme qui lui faisait face avait semblé être capable de sentiments lorsqu'il s'était adressé à Émmanuelle le jour précédent après avoir soigné Jack et il contrastait nettement avec son sarcastique complice en paraissant plus humain que lui-même ne se l'imaginait peut-être.

Pourrait-elle essayer de fraterniser avec lui ?

Elle ne représentait aucune menace pour le dieu : la femme d'un mètre soixante-neuf et de cinquante-neuf kilos qu'elle était, assurément pas sportive pour un sou, protégée par ses parents pendant toute son enfance, était une casanière invétérée qui n'avait jamais passé son temps qu'à faire des courses et à collectionner des boutons de mercerie. Elle n'avait entretenu que très peu de rapports avec les autres, ne se limitant qu'aux relations obligatoires avec ses maîtres d'école et ses professeurs, quelques élèves avec lesquels elle avait travaillé sur un devoir collectif occasionnel, son médecin et les membres de sa famille.

La séparation provoquée par le départ de Jack pour les Landes avait traumatisé la petite fille de six ans qu'elle avait été, et jamais elle n'avait eu la force ou l'envie de travailler sur elle-même pour apprendre à faire confiance aux autres comme elle lui avait fait confiance. Jamais elle ne s'était extériorisée et jamais elle ne s'était mise en danger. Wilfried, avec qui elle était seule au milieu des passants qui ne prêtaient guère attention à eux, lui imposait un exercice pour lequel elle n'était pas prête : sortir de sa zone de confort.

— Vous vous êtes tous deux retrouvés en Irlande, si j'ai bien compris, supposa-t-elle en fonction des descriptions que Wilfried lui avait faites et qu'elle avait écoutées d'une oreille relativement attentive en réfléchissant.

— Nous ne pouvons pas nous téléporter sur de trop longues distances, malheureusement. Nous étions donc épuisés lorsque nous sommes apparus sur Terre dans le paysage verdoyant que je viens de vous dépeindre, et avons décidé de nous déplacer en transports, nous fiant à notre instinct et à nos sensations pour nous rapprocher de Silène. D'ailleurs, vous voyez bien que je ne fais pas plus d'ombre cette nuit que dans le train...

— Et là, que faites-vous ? demanda-t-elle en réalisant qu'il était bien loquace.

— Nous avons appris une mauvaise nouvelle et souhaitons penser à autre chose.

— Les magazines que regarde votre ami ont l'air de le préoccuper bien plus que cette nouvelle, remarqua-t-elle en zieutant avec horreur l'intérieur de la librairie par-dessus son épaule.

Wilfried observa à son tour pendant un bref instant son complice : celui-ci tenait une revue pour adultes dans une main et le cou du libraire incapable de respirer dans l'autre.

— Max a certains côtés plus humains qu'il ne l'admettra jamais lui-même, réagit-il en se tournant à nouveau vers elle.

— Et vous, c'est quoi, votre truc, en-dehors des soins que vous savez prodiguer et de ma colocataire Émmanuelle à qui vous avez fait un baise-main ?

Un coup de vent fit lever la longue chevelure de Wilfried et quelques mèches vinrent passer devant la visage de Sabine qui se recula un peu.

— La chasse à l'homme !

C'est à cet instant que Max sortit enfin, essuyant sa main tâchée de sang sur les pans de son manteau noir et prenant soin de ne pas maculer le magazine qu'il tenait dans l'autre. Un sourire carnassier se dessina sur son visage lorsqu'il se rendit compte que Wilfried était avec Sabine. Elle sentit aussitôt que l'arrivée du jeune dieu avait de fortes chances de compromettre le lien qu'elle venait d'établir avec son complice, et l'idée d'une chasse à l'homme lui fit froid dans le dos quand elle s'imagina en être le gibier.

— Qu'est-ce qu'une pimbêche comme toi fabrique ici à cette heure-ci ? demanda Max avec la plus sincère des agressivités.

— Elle est venue s'acheter un livre, ricana Wilfried.

Max émit un petit rire à peine perceptible et se tourna vers Sabine.

— Vas-y ! Va chercher ton livre. Le libraire n'est plus en état de pouvoir t'opposer une quelconque résistance, de toutes façons. Profites-en donc pour lui prendre le bouton de son pantalon : tu pourras ainsi l'ajouter aux sept-mille-trois-cent-quatre-vingt-six de ta collection. Et rassure-toi : son bouton n'a que deux trous, et non quatre. Il est pour toi !

Sabine était atterrée de voir à quel point les pouvoirs des dieux étaient incommensurables : Max, l'air de rien, avait sondé son esprit, découvrant qu'elle était fibulanomiste, allant même jusqu'à trouver le nombre exact de boutons en sa possession et le dénominateur commun de ceux qu'elle recherchait. Les deux dieux, eux, se lancèrent un regard complice et hochèrent la tête d'un sourire entendu.

— Je suppose que tu refuseras d'essayer de faire avec moi ce que les gens font dans ce magazine, lança Max en la désignant avec sa revue pour adultes maintenue en rouleau.

Sabine ressentit un malaise à l'idée d'avoir des rapports sexuels avec lui et confirma simplement en opinant du chef.

— Si tu renonces à me servir de partenaire, poursuivit-il, sans doute concéderas-tu à jouer une proie.

Wilfried s'approcha d'elle au plus près et lui mit la main dans le dos avant de baisser son visage devant elle pour lui dire :

— Max aime autant la chasse à l'homme que moi, croyez-moi, annonça-t-il en souriant comme pour faire preuve de bienveillance. Vous serez un gibier parfait, Sabine. Et pour vous laisser une chance de nous échapper, nous allons vous octroyer une minute d'avance. Rassurez-vous, nous ne ferons pas usage de téléportation : cela nous ôterait le plaisir de vous assassiner et vous perdriez en chances de réussir là où nous perdrions en gloire. Faites-moi confiance, nous jouerons franc-jeu. Allez-y et bonne chance...

Faisant fi d'un temps de réflexion supplémentaire qui risquerait de lui coûter la vie, Sabine recula en regardant avec frayeur les dieux qui s'étaient désignés comme ses bourreaux, effrayée à l'idée d'être la victime d'hommes aussi cruels, et se mit enfin à courir droit devant elle pour échapper à ce destin tragique que sa malchance et que son manque de prudence lui avaient choisi, comme pour sceller les portes de son existence. Apeurée comme une enfant craintive et impressionnable, elle longea le trottoir qui bordait le muret derrière lequel s'étendait la plage qui se perdait dans l'océan, cavalant à corps perdu en remontant vers le nord tandis que les passants s'agglutinaient autour des deux dieux qui n'avaient pas bougé d'un iota.

Max avait entamé le compte à rebours à voix haute pendant que Wilfried, yeux fermés et bras croisés, attendait que le temps soit venu de se lancer à la poursuite de leur gibier qui avait bien du mal à se déplacer rapidement avec ses talons hauts. Bien qu'elle fût affolée et dût fuir pour sauver sa peau, elle longeait les vitrines avec de moins en moins d'entrain, tant sa condition physique ne lui permettait pas de creuser considérablement l'écart qui la séparait du duo de psychopathes.

Prête à stopper sa course et à tout miser sur la ruelle des Martyrs qui se découvrit sur sa droite, s'enfonçant vers l'est, et lui donnerait l'occasion de reprendre son souffle, elle répugna finalement, par instinct de survie mais également par mauvais pressentiment compte tenu du nom de cette ruelle, à s'arrêter dans un secteur que les hommes de Diadem 13 passeraient inévitablement au crible. Elle continua donc à courir, envers et contre tout, et une myriade de pensées aussi diverses que variées assaillit son esprit envahi par la certitude qu'elle serait assassinée cette nuit.

Elle repensa alors en premier lieu à Harlingen où elle aurait souhaité pouvoir retourner un jour, ne serait-ce que pour retrouver ses parents qui lui manquaient déjà. Jack, son ami d'enfance qui, à ses côtés, y avait passé les premières années de sa vie, était une précieuse présence dans son quotidien et elle espérait pouvoir continuer à vivre sous le même toit que lui, ainsi qu'à apprendre à mieux connaître son apprenti pour qui – elle n'avait pas osé se l'avouer – elle ressentait des sentiments suffisamment fertiles pour avoir envie de lui donner sa chance si le sort lui accordait celle de pouvoir s'en sortir. Sans doute nerveusement, elle esquissa un sourire qui contrasta avec son visage en sueur, en envisageant son mariage avec Stéphane. *Madame Lucas*. Mais les mines étonnées des passants stupéfaits par sa cavalcade qui allait bientôt devoir se terminer, tant elle était à bout de souffle, lui rappelaient qu'elle essayait d'éviter de passer de vie à trépas en fuyant aussi loin que possible.

C'est exténuée qu'elle parvint enfin au carrefour du boulevard des Platanes qui rejoignait l'avenue de la Plage à hauteur du casino sur sa droite et elle s'arrêta un instant à l'angle pour reprendre sa respiration, s'appuyant sur le muret bas qui ceignait le parking de l'établissement. Max et Wilfried devaient être au pire à trois-cents mètres derrière elle, et elle s'accorda dix secondes de répit tout en réfléchissant à la direction à prendre.

En allant tout droit, elle continuerait vers le nord et se rapprocherait de lieux-dits et de quartiers beaucoup plus isolés que la plupart des autres endroits de Sanlys-sur-Mer : la plage du nudistes, les Rochers de la Morte, le secteur résidentiel des Tulipes et, plus à l'est, des Bégonias où se situait la résidence. Autrement, en prenant le boulevard des Platanes, elle partirait vers les terres, tournant le dos à l'océan et s'enfonçant dans les secteurs les plus animés de la ville, d'abord dans le Second District, puis dans le Premier District. Elle serait beaucoup plus susceptible d'être perdue de vue dans la foule à la faveur des passants et des véhicules, pensa-t-elle.

Elle jeta un coup d'œil derrière en se redressant sur ses jambes, lâchant le muret dont elle n'avait plus besoin pour reprendre sa respiration, et frémit en apercevant au loin les deux menaçantes et sombres silhouettes.

Sabine tourna aussitôt dans le boulevard et franchit précipitamment la première porte qu'elle trouva de l'autre côté de l'avenue Félix Faure : une petite boutique d'articles de sport. Sous le regard éberlué du responsable du point de vente, elle se dirigea aux pieds d'un mannequin féminin en maillot de bain qui supportait une planche de surf dressée derrière laquelle elle se faufila à quatre pattes. Stressée, le cœur battant la chamade, elle ferma les yeux et revit en boucle la traumatisante vision des dieux s'approchant d'elle en regardant tout autour d'eux. Elle sut qu'elle n'oublierait jamais cette brève séquence qui lui glaçait plus encore les sangs à mesure qu'elle y repensait. Il lui fallait se vider la tête et patiemment attendre que les minutes s'égrènent jusqu'à ce qu'elle soit hors de danger.

Le commerçant, qui n'avait manifestement pas grand-chose à faire à cette heure de faible affluence, s'approcha d'elle sans qu'elle s'en rende compte et lui demanda si elle avait besoin de quelque chose. Elle rouvrit les yeux, le regarda avec espièglerie et aucun son ne sortit d'entre ses lèvres quand elle tenta de répondre. Il fit une moue perplexe et, visiblement désinvolte bien que refroidi, retourna derrière sa caisse. Elle le regarda s'éloigner entre les rayons en passant devant la porte vitrée qu'elle ne voyait pas entièrement.

Par un habile jeu de miroirs, elle avait par contre un excellent visuel sur la grande vitrine qui donnait sur le boulevard et surveilla ainsi les gens qui passaient continuellement devant la façade de la boutique sans y prêter attention. Elle commençait très lentement à redescendre des cimes de la nervosité à laquelle elle avait été en proie, et le tube *A View to a Kill* de Duran Duran [76] que la radio du magasin diffusait lui rappela l'excellent James Bond de 1985 [77]. Roger Moore, Tanya Roberts, Grace Jones, Christopher Walken et Patrick Macnee formèrent une magnifique brochette d'acteurs dans son esprit, mais cette diversion du Septième Art fut écourtée par l'apparition de Max et Wilfried, de l'autre côté de la vitrine derrière laquelle ils exhibaient leurs visages amusés.

Cette vision stoppa sa respiration pendant un bref instant avant qu'elle ne reprenne immédiatement.

Sabine frissonna : jamais elle n'avait connu de peur aussi viscérale, mais elle tenta de rester lucide et se renfonça davantage encore dans le recoin qui l'avait accueillie cinq minutes plus tôt. C'est en se mouvant discrètement qu'elle sentit des fourmillements dans ses membres inférieurs ; elle changea lentement de posture pour s'asseoir tout à fait sur les fesses et déplier ses jambes au-devant d'elle.

Lorsqu'elle se redressa légèrement une vingtaine de secondes plus tard pour regarder à nouveau dans la glace qui, sur sa gauche, reflétait l'image d'un miroir posté sur sa droite en vis-à-vis de la vitrine qui se réfléchissait à sa surface, elle réalisa que les deux complices n'étaient plus là. Elle quitta donc précautionneusement sa cachette en restant courbée et s'approcha de la caisse sans détacher son regard du panorama extérieur. Le commerçant feuilletait le catalogue qu'un des représentants avec lesquels il travaillait lui avait récemment ramené et réfléchissait à sa prochaine commande fournisseur non sans voir indistinctement dans son champ de vision Sabine qui arriva auprès de lui.

— Merci beaucoup, lui murmura-t-elle.

Il la fixa franchement et se baissa au-devant d'elle par-dessus le comptoir.

— De rien mademoiselle, souffla-t-il tout bas avec un sourire mutin.

Sabine se renfrogna derrière une moue vexée auquel il répondit par un sourire moqueur. Elle se détourna de ce personnage qui lui parut plus étrange encore qu'elle n'estimait l'être elle-même et ouvrit doucement la porte vitrée qu'elle tira complètement avant d'oser un regard à droite, puis à gauche.

Ni Max, ni Wilfried ne semblait dans les parages.

Elle mit un pied dehors et les aperçut presque trop soudainement pour avoir le temps de retenir le second qu'elle posa à son tour sur le trottoir. Ils étaient sur sa gauche et traversaient le passage piéton en direction du nord, apparaissant de profil à une quarantaine de mètres d'elle. Ils avaient désormais l'air furieux. Elle relâcha donc la porte de la boutique de sport derrière elle et s'en alla sur sa droite vers le centre de la ville en essayant d'adopter une attitude détachée et naturelle pour mieux se fondre dans la masse.

— Elle est là !

— Attrape-la, Max !!

Sans se poser la question de savoir par quelle ironie du sort ils étaient parvenus à l'apercevoir, Sabine prit ses jambes à son cou et se surprit elle-même à courir à une vitesse qu'elle ne s'imaginait pas pouvoir atteindre, surtout sur des trottoirs suffisamment fréquentés pour en être gênants, et en talons hauts de surcroît. À ses bottes, les deux ennemis des pensionnaires de la Résidence du Coucher de Soleil se réjouissaient de tenir enfin leur proie à portée de main, mais par challenge, Wilfried avait souhaité que ni Max, ni lui-même ne se servent de leur pétulance pour se téléporter.

Dans le boulevard des Platanes qui remontait vers l'effervescence de la vie nocturne du Second District à l'est, les dieux finirent par gagner du terrain et ne se retrouvèrent plus qu'à une vingtaine de mètres derrière leur cible. Ils s'arrêtèrent donc brutalement de courir et Max cala bien son regard sur la nuque de Sabine pour lui faire exploser la boîte crânienne. Or, un passant qui se trouvait sur la trajectoire des effets de la pétulance brisa l'influence qu'il avait tenté d'établir sur elle et reçut de plein fouet l'attaque cérébrale de l'homme de Diadem 13. L'individu mit soudain ses deux mains sur son crâne et tomba à terre sous les regards étonnés des Sanlymarins qui ne comprenaient pas ce qu'il lui arrivait. Max relâcha son pouvoir en grognant et reprit sa course avec Wilfried, passant à côté de l'homme qui saignait abondamment du nez, mais dont les jours n'étaient pas en danger.

— Max, depuis quand ne sais-tu plus viser ?

— De quoi te plains-tu, Wilfried ? Je l'ai manquée, c'est tout.

— C'est bien ce que je disais...

Sabine, qui avait fini par ôter ses escarpins avant de les balancer dans la rue, arriva à hauteur de l'intersection qui joignait le boulevard à l'avenue des Trois Mousquetaires qui remontait vers le nord, usant de forces qu'elle ne se connaissait pas. Sentant bien, dans la tourmente de ses émotions, qu'elle avait besoin de s'arrêter quelque part en sécurité, elle décida de s'y engager pour remonter en direction de la résidence, comme si la seule pensée de se rapprocher de ses colocataires promettait de lui apporter le réconfort dont elle avait besoin. Dans l'optique de traverser le passage piéton, elle s'arrêta sur le bord du trottoir parmi d'autres passants et regarda discrètement sur sa gauche les hommes de Diadem 13.

— Où est-elle passée ? mugit Max.

Sur le qui-vive, son complice et lui jetaient des regards inquisiteurs tout autour d'eux, mais la populace qui donnait vie à l'environnement urbain qui les entourait gênait leur attention et ils ne parvenaient plus à discerner les êtres humains qui évoluaient dans le secteur.

— Servons-nous de la pétulance pour faire un carnage, proposa Max.

— Non ! Tu en as déjà fait usage à l'instant et tu as raté ton coup. Par ailleurs, ça nous prendrait trop d'énergie de tuer tout le monde et nous n'en disposons pas. Et même si nous voulions nous téléporter auprès d'elle, il faudrait que nous la localisions pour avoir un point de mire où concentrer le déplacement de nos atomes.

— Tu m'agaces ! Faire un massacre de masse sur soixante mètres à la ronde nous assurerait de l'avoir tuée dans le lot !

Wilfried ne réagit nullement à l'idée d'un procédé aussi vile que prévisible de la part de son complice, et resta en alerte. Il hurla soudain :

— Elle est là ! Elle traverse le passage piéton !

Ils s'élancèrent en direction du carrefour.

— Et le type aux cheveux roses qui arrive en face d'elle me dit quelque chose, souligna Max.

— Crétin ! C'est le pongiste de la résidence !

— Hein ?

— Massacre-les tous les deux, Max ! sa ravisa Wilfried.

Jack remarqua Sabine au moment même où le jeune homme qui était en train de la doubler sur les bandes blanches se contorsionna en arrière sans raison apparente.

— Jack ? Mais que fais-tu là ? demanda-t-elle à son ami qui l'emmenait sur le côté sans quitter du regard le passant qui semblait atrocement souffrir. Max et...

— Éloignons-nous ! l'interrompit-il en reculant vers l'angle de l'avenue des Trois Mousquetaires.

Dans leur dos, le jeune homme hurlait à la mort dans un terrifiant cri de douleur et les gens alentour reculaient pour se tenir à l'écart. Son corps, emporté par son centre de gravité et par la torsion de sa colonne vertébrale en arrière, retomba de tout son poids sur le goudron de la chaussée à l'instant précis où son ventre éclata dans une abondante effusion de sang, libérant les viscères qui jaillirent dans les airs avant de retomber hasardeusement dans un large périmètre sur les noctambules et les véhicules en une lourde averse d'hémoglobine et de tissus organiques. Les passants poussèrent des hurlements stridents. L'un d'entre eux trouva néanmoins la force de se précipiter dans une cabine téléphonique publique afin d'appeler la police et de leur signaler l'incident. Max et Wilfried, d'abord surpris d'avoir manqué leur cible, mais finalement ravis d'avoir pu assouvir leur soif de terreur trop longtemps contenue, traversèrent le boulevard en passant délibérément là où se trouvait le cadavre encore chaud du jeune homme et laissèrent des traces écarlates de pas aussitôt qu'ils sortirent de la mare de sang qui marquait le centre du passage piéton. Ils entrèrent aussitôt dans l'avenue des Trois Mousquetaires et reprirent leur course folle.

Jack tirait par le poignet son amie, laquelle avait bien du mal à se maintenir à la même vitesse que lui. Tout en fixant la chevelure teintée en rose derrière laquelle se trouvait un esprit où la Vertu avait parfois du mal à garder ses lettres de noblesse face à des vices qui lui faisaient commettre des maladresses, elle comprit ce qu'il venait de se passer.

Il lui avait sauvé la vie, l'extirpant des griffes acérées de Max et Wilfried qui auraient pu la massacrer si le jeune homme qui la doublait n'avait pas été là et si Jack ne l'avait pas emmenée ensuite à l'écart. Peut-être comme un ange-gardien ou un messie, il lui apparut donc comme la rassurante présence dont elle avait besoin dans cette pénible épreuve. Et à cet instant précis où elle comprit qu'elle pouvait désormais compter sur lui pour prendre soin d'elle et la ramener saine et sauve à la résidence, conformément à ce qu'il avait promis à madame Faure, elle réalisa qu'elle aurait été capable, par gratitude, de passer outre les limites de l'amitié : dans son esprit corrompu par l'angoisse, elle confessa qu'elle lui était si reconnaissante qu'elle aurait accepté de faire l'amour avec lui le temps d'une nuit s'il l'eût souhaité, et ce malgré le respect qu'elle lui vouait, les sentiments qu'il ressentait pour Angélique et ceux qui grandissaient en elle à l'égard de Stéphane. Par instinct de survie, elle aurait consenti à égorger sa sacro-sainte virginité canonique au détriment de sa chasteté monacale si ce sacrifice lui eût assuré d'accéder à de longues années supplémentaires d'existence. Sabine ne se sentit pas fière de comprendre qu'elle aurait été jusque là pour rester en vie, mais elle admit pourtant qu'elle considérait qu'il valait mieux vivre en bafouant l'exorde de sa vie sexuelle plutôt que de mourir vierge cette nuit même. Heureusement pour ses principes, Jack n'aurait jamais eu l'idée d'exiger d'elle qu'elle se donne à lui. Et comme il le lui avait dit, son cœur était pris.

Le regard inquiet que le jeune homme posa sur elle par-dessus son épaule la sortit de ses réflexions.

— Où est Wilfried ? demanda-t-il.

Sabine jeta à son tour un œil derrière eux et découvrit qu'en effet, seul Max était à leurs trousses, slalomant entre les passants comme si sa propre vie en dépendait. Elle frémit, prise à la gorge par un indicible effroi, et perdit quelque peu les pédales dans le dédale d'émotions qui la frappaient farouchement.

— Sabine ! Par ici !

Jack entraîna son amie dans une ruelle sur leur gauche, plus obscure que l'avenue dans laquelle ils avaient longuement déambulé. Convaincus d'être en sécurité pour les quelques instants qui leur permettraient de se reposer un peu, ils s'adossèrent à la palissade et s'accroupirent, trop essoufflés pour pouvoir dire quoi que ce soit pendant une vingtaine de secondes.

— Jack, tu m'as sauvé la vie...

— On n'est pourtant pas encore tirés d'affaire, crois-moi ! dit-il en l'emmenant plus loin derrière un gros container à poubelles. Mais bon, Max ne devrait pas nous trouver dans cette rue.

— Je suis tombée sur eux devant la Librairie Hippolyte et j'ai tenté de parler avec Wilfried pour fraterniser et le convaincre de nous laisser tranquilles.

— Pactiser avec le diable ? Et tu as cru que ça marcherait ?

— Oui, mais Max est intervenu et ils ont décidé ensemble de me prendre en chasse dans la ville. Je l'ai vu massacrer un collègue d'Antoine en broyant son cou d'une seule main.

— Ils ne nous laisseront donc jamais en paix ? s'énerva Jack.

— Pas tant qu'on aura la disquette...

— Ou pas tant qu'on ne sera pas tous les six morts ! Dire qu'on a appelé tes parents hier pour leur dire que tout allait bien.

Ils s'accroupirent dans le recoin sombre et Jack prit Sabine dans ses bras, dégagea de son visage les mèches collées par la transpiration et lui demanda en lui caressant les cheveux :

— Ça va, toi ?

— Non... J'ai la frousse, je suis épuisée et je me sens vraiment démoralisée. Mais je suis heureuse que tu sois là. Tu m'avais caché que tu avais une vie aussi mouvementée, dis donc ! souligna-t-elle pour faire un trait d'humour.

— On ne peut dire que ce que l'on sait, fillette !

Ils se sourirent très franchement et la commissure des lèvres de Jack s'élargissant dans le creux de ses joues marqua plus encore les traits tirés par le stress et l'épuisement.

— Beaucoup d'eau a coulé sous les ponts depuis mon départ des Pays-Bas, et la fillette est devenue une femme, désormais, conclut-il.

— Une femme qui aimerait avoir autant de temps devant elle que ce qu'elle a vécu. Et toi, as-tu réfléchi un peu ?

— Oui, j'ai repensé à tout ce qui nous arrive... Je présenterai mes excuses à Sidonie et je crois aussi qu'on devrait la laisser tenter l'expérience. Si c'est ce qu'elle souhaite, pourquoi pas ? On doit se soutenir et essayer d'être heureux. Mais j'ai beaucoup de mal à changer...

— C'est une sage décision de la laisser y aller, Jack. Même si c'est risqué.

— Encore faudrait-il nous tirer de ce mauvais pas, précisa-t-il en se relevant.

Sabine se dressa à son tour sur ses jambes et le suivit plus en avant dans la ruelle ponctuée de quelques réverbères qui marquaient la chaussée de disques lumineux.

— Je ne connais pas bien ce quartier, mais j'espère qu'il est possible de retourner sur Félix Faure. Si on y arrive, on ralliera la plage de nudistes ou les Rochers de la Morte et on y passera la nuit. Il ne fait aucun doute que Max et Wilfried vont ratisser le quartier des Bégonias.

Le silence presque total qui demeurait dans le secteur de cette ruelle isolée leur faisait le plus grand bien et de temps à autres, une légère brise s'élevait et caressait leur visage, asséchant la sueur qui perlait sur leur peau. Ils se sentirent plus sereins.

— Si on y passe la nuit, commença Sabine, ce sera pour nous l'occasion de voir si l'esprit qui y sévit se manifeste.

— Tu aurais dû faire des études de topographie ou travailler dans la navigation plutôt que d'être dans l'Histoire de l'Art, toi !

— Pourquoi dis-tu ça ?

— Parce que tu ne perds jamais le nord !

Elle ricana.

— C'est malin !

Mais les réjouissances que leur offrit leur répit fondit comme neige au soleil lorsqu'ils réalisèrent qu'ils étaient au fond d'une impasse : le grand mur qui se dressait devant eux ne leur laissait aucune chance de passer de l'autre côté.

— Vite ! s'exclama Jack en pivotant pour rebrousser chemin en entraînant son amie avec lui.

— Trop tard ! fit-elle en s'arrêtant. Je vois une silhouette à l'entrée de l'impasse et si je ne peux pas distinguer son visage, je n'en suis pas moins certaine qu'il s'agit de Max. Je ne vois pas qui d'autre que Wilfried ou lui porterait un long manteau par ces températures.

— On est morts ! conclut-il avant de jurer dans sa barbe et de se retourner pour considérer la hauteur du mur. Quoique... Je vais te faire la courte-échelle, Sabine. Allez, viens !

— Et toi, comment... ? fit-elle en le regardant aller contre le mur.

— Ne discute pas et obéis !

Sabine se hâta de rejoindre son ami, posa un pied dans ses mains jointes en coupelle et mit les siennes sur ses épaules pour se hisser en hauteur et atteindre le plat-bord. Là, elle prit une impulsion, s'agrippa difficilement au rebord et poussa sur ses pieds nus qui raclaient la surface du mur tandis qu'il la soulevait en poussant ses fesses à pleines mains.

— Je te jure que je n'ai pas le choix ! souligna-t-il.

— Je sais, dit-elle en riant nerveusement. Ce n'est pas le moment. Attention, je vais sauter !

Elle parvint à mettre ses pieds sur les épaules de Jack, effectua une légère génuflexion avant de bondir, tira sur ses bras de toutes ses forces pour escalader l'obstacle et parvint enfin à s'asseoir au sommet. Elle passa une première jambe de l'autre côté.

— C'est le jardin d'une propriété privée, remarqua-t-elle d'en haut.

— Essaie de voir si tu ne trouves pas quelque chose qui pourrait me permettre de grimper à mon tour : une corde, une échelle ou une poutre. Ce que tu trouveras. Dépêche !

Elle se laissa tomber dans l'herbe derrière et chuta en arrière. Son dos buta contre le mur et elle se cogna la tête tout de suite après, mais elle n'eut toutefois pas le temps de se rendre compte de la douleur tant la priorité pour elle était de sauver Jack. Désespérée, elle dégagea ses talons nus humides de terre meuble et commença à courir dans tous les sens, ne sachant où donner de la tête.

À présent, plus aucun doute n'était possible : l'homme qui s'était engagé dans l'impasse n'était autre que Max, effectivement. Désormais à une soixantaine de mètres de l'extrémité de l'impasse, il approchait tranquillement en regardant Jack avec convoitise. Sa nouvelle proie ne sortirait pas vivante de ce cul-de-sac.

— Coucou, monsieur le pongiste.

— Tiens ? Revoilà Jésus ! Vous avez l'air éreinté. Quelque chose ne va pas ?

Jack sentait qu'il était condamné et son esprit vacillait entre une profonde envie de pleurer, peut-être plus par nervosité que par peur de mourir, et une inextinguible fatigue. Peu lui importait de savoir laquelle de ces deux émotions était la plus virulente en lui, chacune d'entre elles le poussait à baisser les bras. Mais il prit un plaisir téméraire à se moquer de son adversaire. Quitte à y laisser la vie.

— Nul besoin de me provoquer ! beugla Max en montrant un poing. La haine que je nourris pour toi et ma force viendront à bout de ton sourire ! Cette nuit même ! Et Wilfried ne te sauvera pas...

— Jack ! Il y a une énorme parasol ! fit Sabine dont la voix semblait venir du lointain.

— Tiens !? s'exclama Max. Ton amie Sabine a réussi à passer de l'autre côté ? Cela ne la sauvera guère, elle non plus...

— Vas-y, envoie-le moi ! ordonna Jack en évitant ainsi de répondre au dieu.

— C'est peine perdue ! vociféra Max en se mettant à courir vers lui, prêt à en découdre.

Sabine, tant bien que mal, traîna dans l'herbe l'imposant parasol dont le pied devait bien mesurer deux mètres cinquante au bas mot et dont la pointe creusa un profond sillon dans la terre quand elle la déplaça vers le mur contre lequel elle parvint à le poser presque à la verticale. Elle le souleva ensuite à deux mains en y mettant toute sa force et réussit à dégager une énergie supplémentaire quand elle se dit que de ses efforts dépendait la survie de son ami aux prises avec Max.

Elle parvint ainsi à le faire passer derrière où il retomba lourdement à côté de Jack qui voulut aussitôt s'en saisir. Mésestimant le poids de l'objet pour son plus grand malheur, il fut arrêté net dans son mouvement avant d'insister pour le brandir. Il esquiva aussitôt une attaque psychique de Max qui provoqua une explosion d'atomes, laquelle créa une petite déflagration sphérique verte qui vida l'air présent dans son volume. Agitant le parasol comme une lance de joute équestre, le bloquant dans le creux de son aisselle, Jack parvenait à se déplacer avec une aisance qu'il n'aurait jamais soupçonnée. Toutefois, bien que Max fût aussi épuisé que lui, il n'en était pas moins que ses offensives demeuraient redoutables.

Jack chargea, Max attaqua en lui propulsant une boule verte qu'il esquiva en se baissant, en envoya deux autres successivement qu'il parvint à éviter non sans mal, mais vit trop tard une troisième attaque propulsée en décalé alors qu'il esquivait les deux premières. Il brandit le parasol devant lui au dernier moment pour s'en protéger et toute la partie supérieure, incluant baleines en acier et tissu en polyester, fut aussitôt désintégrée, libérant l'objet d'un poids désolidarisé qui chuta au sol, ne laissant à Jack plus que la perche avec quelques morceaux d'armature brisés. Max rit à gorge déployée en se félicitant, mais il ne put éviter le terrible coup que Jack lui asséna avec le lourd pied métallique qu'il lui envoya au visage. L'homme de Diadem 13 fut projeté sur le côté et s'écrasa au sol à deux mètres de là. Immédiatement, Jack se rapprocha du mur, posa l'extrémité charcutée du mât en aluminium contre son sommet et obtint ainsi un axe rigide incliné grâce auquel il pouvait atteindre le haut du mur. Il s'exécuta donc, non sans mal, et jeta un œil à Max qui gisait encore à terre.

— Jack, qu'est-ce qu'il se passe ? demanda Sabine de l'autre côté.

— Je suis là ! répondit-il en poussant sur ses jambes et en tirant sur ses bras comme s'il grimpait à une corde.

Elle fut contente de voir les mains de son ami s'accrocher à la partie plane de l'épaisseur du mur à son sommet, et il s'aida encore de l'axe en passant ses pieds autour pour se hisser plus facilement en haut. Enfin assis sur le plat-bord, il jeta un dernier regard à Max qui se relevait péniblement, et sauta dans l'herbe aux côtés de son amie qui le rattrapa aussitôt pour lui éviter de mal se réceptionner. Ils chutèrent ensemble au sol et se relevèrent de concert avant qu'il ne la prenne immédiatement par la main. Tous deux traversèrent le jardin en direction de l'ouest, passant devant la silhouette noire de la maison attenante où pas âme ne semblait vivre à cette heure indue.

Max, vacillant sur ses jambes qui avaient de plus en plus de mal à le soutenir, tenta de se téléporter sans y parvenir, à son grand dam. Il essaya de désintégrer le mur en usant de ses pouvoirs psycho-kinésiques, mais ne put tout juste que l'ébrécher. En dernier lieu, il recula alors de quelques pas et bondit soudainement dans sa direction pour s'élancer en l'air dans le but de passer par-dessus le mur, comme il pouvait agilement le faire en temps normal. Wilfried et lui avaient pris l'habitude de sauter d'une cime d'arbre à une autre quand ils avaient eu besoin de se déplacer dans la forêt de l'Âme Blanche, et l'exercice était donc très routinier pour lui. Du menu fretin.

Pourtant, cette fois-ci, Max avait effectué un saut bien trop précoce et il sentit trop tard qu'il n'allait pas retomber de l'autre côté du mur, mais qu'il promettait très certainement d'en heurter le sommet qu'il tenta une nouvelle fois de désintégrer, sans succès.

— Wilfried !

Sa cage thoracique fut la première à entrer en contact avec l'édifice, et Max eut si mal lors de l'impact qu'il hurla tout son soûl en crachant une longue salve de sang qui fouetta l'herbe creusée de sillons en contrebas.

— Viens me prêter main forte ! hurla-t-il en agonisant, la respiration coupée.

En essayant de se calmer, il tenta de s'accrocher à cet orgueilleux mur qui faisait barrage. Il se calma du mieux qu'il put, parvint rapidement à reprendre le contrôle de sa respiration et escalada maladroitement le sommet auquel il était agrippé pour passer de l'autre côté et se laisser retomber lourdement sur le dos là où Sabine et Jack avaient chu. Il se tordit sous le joug des géhennes qui meurtrissaient ses côtes et sa colonne vertébrale, lui renvoyant de vifs signaux qu'il ne put pas plus tolérer qu'ignorer.

***

Quelques instants plus tard, non loin de là, une Peugeot 405 GLD break de la Police municipale stationnée sur le bas-côté du boulevard de la Plage déversait sur un large périmètre les lumières bleues de ses gyrophares qui éclairaient par intermittence les passants des environs. La portière côté passager était ouverte et Géraldine Piron, l'agent de police F009, était en communication par radio avec sa collègue Cyrielle retournée au commissariat pour la remplacer après l'incident des Bains Publics. À deux pas du véhicule en *warning*, juste à côté du muret qui longeait le trottoir de la plage *Sunbeach 36*, D904, avec qui elle faisait équipe, prenait la déposition de Sabine et Jack qui avaient arrêté le véhicule en se mettant sur sa trajectoire au centre de la chaussée.

— Écoutez, monsieur l'agent, commença-t-il. Avec tout le respect que je...

— Je n'ai que faire de votre respect, jeune homme ! Veuillez me présenter vos papiers d'identité, vous et la demoiselle !

Jack sentit que c'était peine perdue et obtempéra : il partit du principe que c'était déjà une bonne chose d'avoir réussi à entrer en contact avec les forces de l'ordre, même s'il savait pertinemment qu'elles avaient bien peu de chances de pouvoir s'opposer efficacement à la menace que les dieux faisaient planer sur la ville. Par conséquent, Sabine et lui sortirent leur carte d'identité et la donnèrent à l'officier Ernest Dupuis qui sourcilla en voyant celle de la jeune femme.

— Vous êtes hollandaise ?

— Non monsieur, je suis néerlandaise, nuance ! La Hollande n'est qu'une région des Pays-Bas.

— Vous êtes ici à quel titre ?

— Je vis ici depuis deux jours, à titre définitif. Je suis destinée à une carrière dans les institutions liées à l'acquisition, la conservation et l'exposition d'œuvres d'art : autrement dit les musées. Ma carte de résidente permanente est en cours, mentit Sabine. Vous devriez savoir que l'administration française n'est pas des plus réactives ni rapides.

— Soyez en règle, c'est dans votre intérêt ! fit-il en leur rendant leurs cartes d'identité. Maintenant, circulez ! ordonna-t-il en retournant vers la voiture pour s'installer au volant à côté de sa collègue qui termina au même moment sa communication avec le poste.

— Un homme a été assassiné non loin d'ici dans le Second District, Ernest ; une vraie boucherie, précisa-t-elle en chuchotant. Le type est en charpie ! Et on a retrouvé le cadavre d'un libraire, la trachée broyée.

Jack s'approcha du véhicule et posa son avant-bras en haut de la portière entrouverte.

— Il était sur le passage piéton à hauteur de l'intersection entre le boulevard des Platanes et l'avenue des Trois Mousquetaires, fit-il après s'être baissé à hauteur de F009.

— Et l'autre est un commerçant de la Librairie Hippolyte, ajouta Sabine.

— Comment êtes-vous au courant de ça ? demanda Géraldine.

— Parce que nous y étions, fit Jack. C'est ce que je me tue à dire à votre collègue. Les responsables de ces crimes sont les hommes qui nous poursuivent et ils risquent d'arriver ici d'un instant à l'autre ! Ils ont même assassiné une femme dans les Bains Publics.

F009 se tourna vers Ernest.

— Il doit parler de la victime de cette nuit, Lola Byorn, 25 ans, aucun casier judiciaire, fit-elle en lisant les notes manuscrites sur une feuille A4 épinglée à un porte-documents qu'elle venait d'extirper de la boîte à gant. On a aussi eu une seconde victime, là-bas, ajouta-t-elle en figeant son visage derrière un masque de gravité.

— Matthieu, poursuivit D904.

Les policiers se tournèrent alors vers les deux amis et Géraldine demanda :

— Seriez-vous prêts à nous accompagner de suite au commissariat pour faire une déposition ?

Sabine se baissa à son tour pour être à hauteur des agents de police et répondit :

— Tout ce que vous voulez tant que vous nous emmenez loin d'ici et assurez notre protection jusqu'à ce que cette hécatombe cesse.

— Erreur, Sabine ! hurla une voix qui venait de derrière le véhicule. Vous n'irez nulle part !

Le temps que Géraldine repousse Jack d'une main véhémente pour qu'il se décale sur le côté et la laisse sortir du véhicule, Ernest était déjà à l'extérieur et s'approchait prudemment de l'homme qui s'avançait également vers lui, capuche noire rabattue sur ses cheveux blonds. Max semblait avoir retrouvé sa vigueur et son arrogance.

F009 contacta à nouveau le commissariat pour signaler leur position et leur demander du renfort, convaincue par les deux jeunes résidents, tandis que D904 continuait de progresser vers le blond aux terribles pouvoirs. Il fit sauter le bouton pression de la sangle qui maintenait son arme de poing dans son étui et la prit dans la main droite, épousant la crosse de sa main gauche par-dessous.

— Je vous reconnais : c'est vous qui étiez effectivement aux Bains Publics il y a quelques heures. Restez où vous êtes !

Max continuait d'avancer comme s'il n'avait pas entendu la sommation de l'homme qui n'était visiblement pas d'humeur à plaisanter.

— Je n'hésiterai pas à ouvrir le feu si vous m'y contraignez. Obéissez ! Allongez-vous au sol et mettez les mains sur la tête.

— Ernest, commença Max en baissant les yeux comme s'il était le

plus navré des hommes que la Terre ait jamais porté, Ernest, voyons...
Tu hésites déjà à ouvrir le feu : pourtant, je t'y encourage fortement. Je
te promets de ne pas essayer d'éviter la balle.

Géraldine fit deux pas.

— Toi par contre, ne t'approche pas davantage ! ordonna Max en
regardant F009. Ne pars pas du principe que je t'épargnerai parce que
tu es une femme. Si tu fais un pas de plus, tu auras fait les deux derniers
dans ta propre tombe et rejoindras ainsi cette femme que j'ai massacrée
tout à l'heure.

— Obéissez-lui, conseilla Jack qui, derrière elle, se tenait au-devant
de Sabine.

Géraldine concéda de ne pas plus avancer, mais pas de se taire.

— Qui êtes-vous donc et que faites-vous dans cette ville ?

Max stoppa sa marche à huit mètres d'Ernest et mit les pouces dans
les poches de son pantalon, écartant les pans de son long manteau.

— Je m'appelle Max Tegai et je suis natif de Diadem 13. Je suis né le
23 brumaire de l'an un ! Retenez bien ceci : je suis ici pour régler nos
comptes avec un traître mais je n'hésiterai pas non plus à exécuter
froidement toute personne qui se dressera face à nous !

— Cessez de dire des inepties ! avertit D904. Vous dites que vous
êtes né au Moyen-Âge ! Vous avez décidément perdu le sens des
réalités !

— Le calendrier républicain a été mis en place sous la Révolution
Française en 1793, rectifia Géraldine qui avait un peu plus de culture
générale que son collègue.

— Sachez que les mesures de temps sur Diadem 13 ne sont pas
exactement les mêmes que les vôtres, expliqua Max. Il y a un réel
décalage entre nos deux continuums. Ou plutôt devrais-je dire que le
temps s'écoule à la même vitesse, mais que nos années ont commencé
chez vous en 1986 : notre an un. En outre, le nom des mois de votre
calendrier républicain a toujours été en vigueur dans BKX 9352, et ils le
sont encore aujourd'hui.

D904 et F009 se regardèrent, et il alla même jusqu'à dresser un
sourcil de circonspection. Max poursuivit :

— Voyons, si je tiens compte de toutes les différences, je devrais
avoir quatre ans l'automne prochain. J'ai dû naître chez vous aux
environs du 8 novembre 1986.

— Foutaises ! beugla Ernest deux secondes avant de sentir tous ses
vêtements se déchirer tout seuls dans son dos. Qu'est-ce que... ?

C'est alors que, sans crier gare ni raison apparente, il fut projeté en arrière à une vitesse démentielle qui mit ses émotions dans un état si sensible qu'il n'était déjà plus qu'un amas de chair et de sang que son cerveau ne pouvait plus contrôler.

— Aaaargh !

Il ne put qu'à peine hurler lorsque sa colonne vertébrale s'extirpa de son dos, arrachant de lourds lambeaux de chair, et passa à travers sa chemise préalablement réduite en pièces pour permettre aux vertèbres et à sa cage thoracique de quitter le tronc de sa victime. Mort sur le coup, Ernest ressemblait à un pantin dont les articulations entre la nuque et le bassin auraient été brisées. Il s'écrasa lourdement sur la chaussée derrière lui à la suite de sa colonne vertébrale et de ses côtes qui partirent en éclats sur le goudron et glissèrent jusqu'au trottoir. Pendant que ses poumons turgescents crevés aux membranes blanchâtres déchirées, perforés par des côtes incisives, éclatèrent puissamment, le cœur fit plusieurs rebonds sur lui-même en emportant l'aorte suintante dans sa course ainsi que l'artère pulmonaire et la veine cave complètement craquée dans une effusion de sang libéré. Par brèves effluves, le précieux liquide circulant en elles vomissait par goulées irrégulières. Le corps disloqué de D904, victime de son amour pour le bien et la justice, termina enfin sa course en position proche du crucifiement.

La crucifixion.

F009 s'élança vers le cadavre d'Ernest comme s'il avait encore une chance de s'en sortir, mais elle fut stoppée net par une grande silhouette sombre qui s'interposa devant elle.

Wilfried.

— Je ne saurais trop vous déconseiller d'approcher davantage, dit-il sans délai. Votre collègue est mort, cela ne fait aucun doute. Il n'y a rien que vous puissiez faire, désormais.

Elle se tourna vers les deux amis et leur lança un regard interrogatif.

— Ce que Max a dit est vrai, expliqua Jack en réprimant une remontée acide. Tous deux viennent d'un autre monde et, comme vous venez de vous en rendre compte, ils ont des pouvoirs que vous êtes à mille lieues d'imaginer. Ni vous, ni le commissaire, ni même votre collègue le policier aux longs cheveux noirs, personne n'est en mesure de pouvoir les inquiéter. Tout ce que nous pouvons faire, c'est capituler.

Wilfried s'éloigna de la femme en uniforme et s'approcha de son complice.

— Où étais-tu ? demanda Max sur un ton de mépris pour l'accueillir à ses côtés.

Wilfried plongea une main à l'intérieur du pan gauche de sa veste et en sortit un magazine. Celui-là même que Max avait pris à la librairie. Il le lui tendit en soulignant :

— Tu as fait tomber ta revue durant notre chasse à l'homme et je l'ai récupérée pour ton plus grand plaisir.

Le blond fit de gros yeux courroucés en s'approchant au plus près de son complice.

— Tu te moques de moi, Wilfried ? J'avais besoin de toi ! hurla-t-il en arrachant le magazine des mains de son interlocuteur, et tu n'es pas intervenu ! Quelle est la vraie raison ? Je sais que tu me mens !

— Tu sais aussi que tu ne peux pas lire dans mon esprit, contrairement à celui des humains. Et tu sais que, par contre, si je peux lire dans le leur, je peux aussi accéder au tien.

Au loin, des sirènes de police vinrent progressivement aux oreilles des cinq personnes qui se tenaient à proximité du véhicule dont les gyrophares poursuivaient inlassablement leurs rotations. La plupart des passants avaient depuis longtemps déserté la scène, mais quelques-uns d'entre eux s'étaient approchés du cadavre gisant d'Ernest et le regardaient avec, dans les yeux, la lueur malsaine d'un voyeurisme macabre. Toutefois, ils détalèrent dans toutes les directions sans demander leur reste au moment où deux nouvelles 405 break des forces de l'ordre arrivèrent du sud de la ville en vrombissant, coupant la circulation pour faire demi-tour et se garer devant le véhicule identique que feu Ernest Dupuis avait lui-même conduit jusqu'au lieu de son propre trépas. F009 se précipita auprès de ses deux collègues John Sparkman et Thomas Lagritte, l'équipe numéro un, dès qu'ils sortirent de la première voiture. Elle leur fit un compte-rendu rapide avant de désigner le cadavre.

— Ernest, souffla-t-elle simplement alors que Francis Decherneau et Cyrielle Norman, de la seconde voiture, les rejoignaient.

Les hommes de Diadem 13, eux, regardaient la scène d'un air intrigué, mais les yeux qui se posèrent sur Max lorsque Wilfried se tourna vers lui exprimaient la plus grande des colères.

— Ta perfidie et ton cynisme sont tes pires ennemis, Max ! Ces policiers et les jeunes de la résidence sont bien peu de choses face à tes propres travers, beaucoup plus préjudiciables pour notre mission !

— Qu'est-ce que c'est que cette pathétique leçon de morale ? rétorqua le jeune dieu. Pour qui te prends-tu ?

— Je me prends pour celui qui va te survivre. Parce que si tu continues, ce sera toi, le premier de nous deux à mourir.

— Et pourquoi pas Silène avant nous, tiens ?

— Max ! Je t'ai délibérément laissé te débrouiller tout seul en utilisant le prétexte de la revue pour voir comment tu t'en sortirais sans moi. Et tu as vu ce que ça a donné ? Tu étais clairement incapable de te battre contre un humain que tu traites toi-même de pauvre cafard.

— Que tu as pris soin de soigner hier ! souligna-t-il en regardant Jack. Ne me fais pas passer pour celui qui sabote notre mission ! C'est toi qui perds ton énergie en futilités !

— Incapable de te téléporter, incapable de faire exploser un mur ! poursuivit Wilfried, affecté par le comportement immature du jeune dieu. Il t'a fallu prendre ton temps pour venir ici-même afin de récupérer suffisamment de forces pour en finir avec ce policier. Ton imprudence risque de t'être fatale, un jour, surtout si tu te retrouves seul à seul avec Silène !

— J'ai massacré son meilleur ami qui était bien plus fort que lui ! Comment veux-tu que je ne fasse pas le poids en face de cet avorton ?

— Ne sous-estime jamais tes adversaires, Max ! Et si c'est toi qui as achevé Virgil, ce ne sont ni plus ni moins que nos attaques conjuguées qui l'ont blessé à mort.

— Bon, j'en ai assez de tes leçons ! Comme par hasard, tu as toujours raison !

Wilfried soupira devant ce dialogue stérile et déclara :

— On doit faire un crochet par les monts de Sheeba pour que Magdalena nous remette sur pied.

— Rentrer sur Diadem 13 ? Mais tu plaisantes !

— Absolument pas, Max ! Dans notre état, nous serions incapables de faire face à Silène, et sachant que nous sommes promis à une mort prochaine, nous ferions mieux de nous tenir en forme pour aborder les jours à venir. Nous risquons d'avoir du pain sur la planche ! Et nous pourrions aussi être convoqués par Capella ou le dieu suprême, auquel cas nous devrons être présentables et avoir des résultats à communiquer. Tâche de ne pas l'oublier ! Nous devrions avoir avancé dans notre mission si nous devions le rencontrer.

— Peuh ! pesta Max. Un gamin !

— Ne lui manque pas de respect : il est notre supérieur !

Wilfried et lui regardèrent à nouveau le groupe de policiers.

— Auras-tu assez de forces pour te téléporter jusqu'à Diadem 13 tout seul ? demanda l'aîné en ricanant, ou souhaites-tu que nous passions une nuit dans une cellule de leur commissariat pour nous reposer avant d'y aller à l'aube ?

Max cracha par terre et, contrarié, disparut sans préavis.

— Trop fier... Fier et impétueux, regretta Wilfried avant de disparaître à son tour.

Sabine et Jack se regardèrent aussitôt que les dieux se volatilisèrent et ils s'approchèrent des trois policiers parmi lesquels Géraldine qui désigna les deux résidents comme des témoins et des consultants qu'il pouvait être envisageable d'avoir à disposition. Ils les aideraient, d'une manière ou d'une autre, à lutter contre les hommes de Diadem 13 qui avaient disparu comme par enchantement sous les yeux de Cyrielle et Thomas, lesquels s'étaient ensuite accroupis à l'écart devant la dépouille de leur collègue.

— Comment c'est possible, un truc pareil ? se demanda-t-il à voix haute.

— Géraldine elle-même a été impressionnée par les pouvoirs de ces meurtriers. Elle a vu Ernest propulsé en arrière par on ne sait quel stratagème, et le plus grand des deux est apparu devant elle par l'opération du Saint-Esprit.

— Ça colle tout à fait avec le type de pouvoirs dont nous a parlé Marc ; il semblerait que le petit blond responsable de la mort d'Ernest soit aussi celui qui a massacré Matthieu aux Bains Publics il y a quelques heures.

— Deux collègues en une nuit, c'est l'hécatombe, déplora Cyrielle en se redressant pour se tenir à l'écart des odeurs nauséabondes qui remontaient, invitant son collègue à rejoindre les autres avec elle. À propos, je n'ai pas réussi à contacter Marc avant de me rendre ici. La dernière fois qu'on l'a vu, il s'entretenait avec Ed qui bouclait à ce moment-là le secteur des Bains Publics juste après que le camion-échelle n'ait explosé en s'écrasant dans la rue. Ed l'aurait-il congédié ?

— Je ne sais pas... Comment te sens-tu, Géraldine ? demanda Thomas en s'adressant à l'intéressée.

— Je ne sais pas... Je ne ressens rien... Je ne me sens pas triste et n'ai pas envie de pleurer. Pourtant, Ernest et moi nous connaissions depuis trois ans maintenant. Il était déjà un ami à l'époque où lui et moi faisions nos armes à l'école de police de Soorts-Hossegor. Le plus dur va être de l'annoncer à sa femme.

— Tu devrais peut-être te faire prendre en charge par notre cellule psychologique et poser quelques jours de repos, Géraldine, conseilla Cyrielle. Je pense que tu ne réalises pas encore vraiment ce qu'il vient de se passer, mais tu risques d'avoir un contre-coup lorsque tu ne t'y attendras pas.

— John, fit Thomas. On va dresser un périmètre de sécurité autour de ce pauvre Ernest : il a beau ne plus y avoir beaucoup de monde dans les parages, il vaut mieux éviter d'augmenter la panique générale. Avec les incidents des Bains Publics, du carrefour Platanes-Trois Mousquetaires, le cadavre du libraire et ce nouveau meurtre, il y aurait de quoi alimenter toutes les conversations et provoquer de longues spéculations jusqu'à la Fête Nationale ! Francis, on vous laisse, Cyrielle et toi, vous occuper de faire à nouveau revenir le médecin-légiste de Seignosse. Et toi, Géraldine, tu attends un peu ici : Ed ne devrait plus tarder à arriver, maintenant.

En effet, une Datsun 240Z [78] noire coiffée d'un gyrophare déboula rapidement de l'autre côté de la rue et son conducteur se gara grossièrement de travers sur le bord du trottoir, derrière les trois voitures de la Police municipale. La portière s'ouvrit sans détour et Édouard Morgane posa successivement ses deux pieds sur le sol avant de se relever du haut de son mètre soixante-quatorze. L'homme âgé de cinquante ans portait de courts cheveux coiffés en arrière en laissant toutefois une petite banane au-dessus du front, lui donnant une touche de jeunesse qui jurait avec ses tempes grisées par les affres du temps. Rapidement, ses yeux bleus profondément enfoncés dans son crâne sous de broussailleux sourcils poivre et sel embrassèrent la scène : ses cinq collègues, les deux résidents et le cadavre exprimant une figure christique sur le trottoir opposé à la plage.

— Ernest a été assassiné par l'homme déjà responsable de la mort de Matthieu, commissaire, résuma froidement Thomas. Il n'a rien pu faire. Son complice et lui auraient des pouvoirs... que nous ne saurions expliquer, précisa-t-il en jetant un œil à sa collègue F009. Géraldine et Ernest patrouillaient dans le secteur quand ces deux jeunes les ont interceptés, prétextant être poursuivis par le meurtrier. Nous sommes ensuite tous les quatre arrivés aussi vite que possible dès que nous avons été prévenus, mais Ernest était déjà mort. Les deux hommes, eux, se sont – comme qui dirait – volatilisés. Nous avons dressé un périmètre de sécurité autour de D904.

— Des nouvelles de Swift ? demanda Édouard à Cyrielle, fréquemment préposée au standard du commissariat.

— Non, commissaire, Marc ne nous a donné aucun signe de vie depuis qu'il a quitté les abords des Bains Publics.

Il fit un discret signe de tête et considéra un instant les deux résidents assis côte à côte.

— Jack, soupira Sabine sans le regarder, ce Marc Swift ne serait-il pas l'homme dont tu m'as parlé ?

— De quoi parles-tu ?

— La légende des Rochers de la Morte, tu sais ? Le flic qui a enquêté sur cette affaire.

— Sabine, fit-il d'un air désabusé. Je suis fatigué et ce n'est pas le moment...

Enfin, le commissaire s'approcha d'eux.

— Je vais vous demander de nous suivre au poste : j'aimerais personnellement m'entretenir avec vous. Il semble que la ville soit entrée dans un règne de terreur, et vous autres de la résidence de monsieur Barnier comme nous autres de la police semblons être aux premières loges pour l'attester. Je pense que vous détenez des informations qui pourraient nous être utiles.

— Bien, monsieur le commissaire, répondit Sabine en jetant un regard à Jack qui, trop épuisé, ne prit même pas la peine de lever la tête.

Morgane tourna les talons et demanda à ses subordonnés.

— Je rentre au commissariat ! Faites faire le nécessaire réglementaire pour nettoyer ce *merdier* : médecin-légiste dans la minute et rapport d'autopsie sur mon bureau pour avant-hier ! ordonna-t-il en retournant vers sa voiture sans même regarder en direction du cadavre. Et une totale discrétion ! Des *putains* de journalistes ont déjà dû avoir toutes les infos, avec photos à l'appui, sur ce qu'il s'est passé cette nuit et la nouvelle de ces meurtres risque de se répandre comme une traînée de poudre. J'aimerais donc autant limiter la casse.

— Bien reçu, commissaire.

— Géraldine ! Je compte sur vous pour vous occuper de ce couple que je veux voir dans mon bureau quand vous en aurez fini ici, précisa-t-il en ouvrant la portière de sa Datsun pour s'installer dedans. Veillez sur leur sécurité mais ne prenez aucun risque. J'ai déjà perdu deux hommes cette nuit et je n'aimerais pas que vous y passiez vous aussi.

— Entendu, commissaire, répondit d'une voix chevrotante la femme aux longs cheveux couleur noisette qui commençait à ressentir les effets du contre-coup de la mort d'Ernest.

Morgane redémarra son bolide et baissa sa vitre dès que le moteur se mit à ronronner.

— Une fois que vous aurez fini ici, vous retournerez en patrouille !

— Bien reçu, commissaire !

Il redémarra sur les chapeaux de roues.

— Et trouvez-moi Marc ! hurla-t-il avant de faire disparaître ses feux arrière dans la nuit.

***

Max réapparut seul et dut poser un genou à terre à peine arrivé sur Diadem 13 tant la téléportation l'avait beaucoup plus épuisé qu'il ne l'avait prévu. Par faiblesse psychique, il n'avait pas réussi à se diriger efficacement vers sa destination et se trouvait à plus de deux kilomètres du domicile de Magdalena. Son complice, plus en forme que lui, avait peut-être réussi à s'y rendre sans problème.

— Wilfried ! cria-t-il longuement par acquis de conscience.

Cette fois encore, le silence qui se poursuivit ne fut pas la réponse qu'il avait souhaitée, mais il sentit qu'il valait mieux s'en contenter. Il regarda en contrebas de la prairie au cœur de laquelle il se redressa enfin, mais retomba aussitôt sur les genoux, pris d'un vertige qui ne lui laissa d'autre choix que de rester à terre. Il posa son postérieur sur ses talons en réalisant à quel point il était faible et admit en lui-même qu'il avait utilisé bien trop d'énergie pour des raisons qui sortaient du cadre de la mission dont Wilfried et lui étaient investis. Mais ils n'avaient jamais eu d'aussi grandes responsabilités depuis leur naissance, et le fait que Virgil et Silène aient été leurs plus proches amis depuis leur venue au monde ajoutait un caractère particulier à cette mission qui n'aurait pu être confiée par Capella à nul autre qu'eux.

Sur le droite de Max, la prairie, s'étalant sur la colline qui faisait pousser un parterre de fleurs parmi lesquelles les coquelicots [79] et les achillées mille-feuilles [80] côtoyaient harmonieusement des marguerites d'Afrique [81] et des potentilles [82], descendait en courbe douce puis plus abrupte ensuite vers la vallée. De l'autre côté s'élevait un autre mont demi-sphérique de mêmes dimensions et aspect. Son sommet se perdait dans le diffus lointain qui rendait infime la limite entre le sol et le ciel d'un bleu éclatant baigné par les rayons d'Alnitak, le soleil de Diadem 13. Plus sur sa droite encore, derrière lui, s'étendait la plaine de Chronopolis et au-delà, il le savait, se dressait la falaise derrière laquelle se trouvait le manoir de Cardonthöl.

Max soupira et ramena son regard devant lui, là où le labyrinthe du Dedalesk se distinguait vaguement dans le lointain dont le voile éthéré laissait deviner la silhouette imposante de la tour de Falken, entre ciel et terre. Puis il sortit de la poche intérieure de son manteau le magazine pour adultes que Wilfried lui avait rendu et commença à le feuilleter sans vraiment le voir.

Dans le reflet de ses yeux plissés par la lumière étincelante que les pages en papier glacé réfléchissaient s'exhibaient des femmes et des hommes qui s'adonnaient à des plaisirs qu'il ne comprenait pas : contrairement à ce qu'il avait laissé penser à Sabine, il n'aurait jamais su s'adonner avec elle à des plaisirs charnels semblables à ceux qui se dépeignaient sous son regard. Étrangement, il ne s'était jamais senti attiré sexuellement par Simbelmynë ni par Clotho, à leur grand regret. Ainsi, les demoiselles qui offraient leur nudité et leur licencieuse liberté à ses yeux ne lui semblaient que jolies à regarder, mais n'éveillaient en lui aucun désir, aucune pulsion. Il aurait toutefois souhaité sentir sous ses mains ces poitrines accueillantes et aguicheuses dont les rondeurs le tentaient bien.

C'est alors qu'il regarda à nouveau la colline jumelle qui créait une belle protubérance dans les reliefs de Diadem 13 et il visualisa dans son esprit, en vue aérienne, les monts de Sheeba où il se trouvait.

Il était résolument obsédé par les poitrines, si bien qu'il s'imaginait sur le flanc d'un sein.

— Je fatigue, se dit-il simplement en se relevant pour faire route vers le sommet.

*

Chapitre V
POUVOIRS

L e labyrinthe du Dedalesk se situait sur une pente d'une inclinaison si importante que les murs de pierre du monument eux-mêmes n'avaient pu être érigés jusqu'à une hauteur supérieure à quatre mètres, tant leur relative épaisseur était infime et ne permettait pas d'obtenir une solidité capable de supporter un point de gravité si élevé. Mais la petite bâtisse qui se trouvait à une cinquantaine de mètres de l'entrée du labyrinthe, laquelle était marquée par deux statues – l'une d'une licorne et l'autre d'un cheval à huit pattes, était bien plus haute, mais surtout bien plus résistante, bâtie à chaux et à sable : les rochers taillés en parallélépipèdes aussi solides que les parois des prisons du manoir de Cardonthöl s'avéraient massifs et savamment superposés les uns aux autres afin d'être mieux solidarisés. Personne sur Diadem 13 ne savait qui avait construit la maison de la gardienne du Dedalesk, pas même Clotho elle-même bien qu'elle l'habitât depuis sa naissance, mais tous les natifs de la dimension, qu'ils soient pourvus de pétulance ou non, s'accordaient à dire que l'architecte qui en était responsable ne pouvait être qu'un génie dont l'érudition et l'intelligence lui avaient permis de défier les lois de la physique elle-même.

Pourtant, les hurlements de l'homme qui se trouvait en ses murs s'élevèrent si puissamment dans les environs des monts de Sheeba et du labyrinthe du Dedalesk qu'ils auraient pu ébranler la bâtisse.

***

Les deux trous dans le mur et le troisième qu'elle était parvenue à créer dans le sol de la cellule avaient demandé à Suzanne de faire de considérables efforts qui lui avaient coûté le prix d'un horrible dégoût : en effet, pour reprendre des forces afin d'avoir toute l'énergie nécessaire à son entraînement en vue de maîtriser la pétulance, elle s'était résignée à se nourrir d'un morceau de viande avariée que lui avait apporté Polyphème, et de quelques fruits qui, à sa grande stupeur, lui avaient paru bien meilleurs qu'ils n'en avaient eu l'air.

Malgré cela, elle n'avait eu de cesse de vomir tout ce dont elle essayait de se nourrir, comme si ses intestins refusaient de remplir leur office, comme si sa vésicule biliaire et son duodénum ne pouvaient poursuivre leur rôle : elle régurgitait des morceaux de fruits comme passés au broyeur et des bouts de viande grossièrement désagrégés par les sucs gastriques aussitôt qu'elle était sur le point de parvenir à créer une sphère d'énergie orange.

Au départ, elle avait eu de puissants haut-le-cœur qui ne faisaient que lui soulever le ventre et l'obliger à se plier en deux pour vomir, mais au fur et à mesure de ses essais et de ses repas, elle s'était rendu compte qu'elle régurgitait de moins en moins et qu'elle parvenait de plus en plus vite à canaliser sa pétulance.

Après quelques heures d'entraînement, elle se dit qu'il lui en faudrait sans doute autant pour utiliser parfaitement ce nouveau pouvoir et être capable d'asséner le coup qui éclaterait la cage thoracique du cyclope tout autant que celui qui lui fracasserait le crâne. Suzanne tenait à venger Barbara quoi qu'il lui en coûte, mais il lui faudrait avant tout arriver à créer un trou suffisamment grand pour enterrer son corps afin d'éviter qu'il ne pourrisse dans le morbide environnement qui entretenait l'anonymat des victimes qui s'y décomposaient inexorablement.

***

Jack et Sabine avaient réussi à s'endormir l'un contre l'autre dans le canapé qui se trouvait dans un angle de l'arrière-salle du commissariat, laquelle n'était usuellement réservée qu'au personnel des forces de l'ordre. Dès leur arrivée sur place un peu avant quatre heures du matin, Géraldine Piron les avait conduits dans le bureau d'Édouard Morgane avant d'être autorisée à rentrer chez elle et à prendre sa journée de repos. Le commissaire lui avait expressément demandé de refermer la porte derrière elle, mais il était soudainement revenu sur sa requête en voyant le visage des deux amis.

— Ils me semblent bien trop éreintés pour être à même de nous apporter de précieuses informations en l'état actuel des choses, avait-il souligné en observant les lourdes paupières de Jack qui se baissaient inéluctablement devant son regard vitreux. Avant de vous en aller, emmenez-les plutôt jusqu'au canapé de derrière et dites-leur de dormir. Je les verrai dans quelques heures avant l'aube.

F009 était partie aussitôt que Jack et Sabine s'étaient écroulés dans le vieux meuble en cuir, trop fatigués pour piper mot et trop déprimés par les mésaventures dans lesquelles ils étaient impliqués. Et ce n'est que près de deux heures plus tard, à l'aube, que Morgane les avait réveillés et invités à le suivre dans son bureau. Il leur avait aussitôt offert un café bien chaud pour les maintenir attentifs et éveillés et leur avait posé toute une série de questions auxquelles les deux colocataires avaient répondu avec le plus de précision possible. Le commissaire s'était dit que jamais il n'avait entendu pareilles histoires. Pourtant, il n'avait nullement douté de ce que les deux amis qui lui avaient fait face de l'autre côté de son bureau avaient stipulé : leur discours corroborait trop parfaitement celui de Marc pour qu'ils l'aient inventé de toutes pièces.

Sabine et Jack étaient parvenus à passer sous silence l'existence de la disquette et la disparition de leurs deux amis, ne s'exprimant qu'en termes de menace que les dieux représentaient pour eux et pour la ville. Ils ignoraient que Marc en savait bien plus qu'ils ne le pensaient, mais par chance, le lieutenant n'avait pas encore eu l'occasion de se rapprocher de son commissaire pour échanger à ce sujet, et ce dernier les congédia avec le sentiment d'un service civique convenablement rendu. Sabine et Jack avaient ensuite refusé de se faire raccompagner par une patrouille lorsque Édouard le leur avait proposé, préférant prendre le temps de se réveiller avec l'air frais du matin et emprunter le bus pour se mêler aux Sanlymarins afin de redevenir anonymes l'espace d'un instant. Le quinquagénaire, qui avait prêté une paire de rangers neuves à la jeune femme, n'y avait vu aucun inconvénient, mais il avait malgré tout pris le temps de leur demander de l'appeler sur sa ligne directe s'ils avaient de nouvelles informations ou d'éventuels problèmes.

À présent, tous deux sortaient du commissariat et soupirèrent aussitôt que l'air vivifiant du petit matin leur caressa le visage. Devant eux en direction de l'est, les lueurs du ciel derrière le toit des maisons qui se dressaient dans le Centre-Ville commençaient progressivement à s'éclaircir, faisant contraster ce voile d'un bleu qui se fondait en un magnifique camaïeu de dégradé de jaunes au-delà de *Cirrus fibratus* [83] stabilisés dans la troposphère. Il était encore trop tôt dans la matinée pour que la ville soit bien éveillée, mais les noctambules s'étaient couchés dans l'heure qui venait de s'écouler et les travailleurs du matin se déversaient déjà en nombre dans les avenues de Sanlys-sur-Mer.

— Comment te sens-tu ? demanda Jack en prenant son amie par l'épaule.

— Un peu mieux que cette nuit. Je ne pensais pas voir le jour se lever, tu sais !?

— J'imagine...

Jack n'imaginait rien, et certainement pas qu'elle se serait donnée à lui pour survivre. Il était juste poli et avait répondu de manière laconique.

— Il n'empêche que je ne tiendrai certainement pas jusqu'à ce soir sans dormir. Et toi ?

— Je vais rentrer aussi et essayer de rattraper mon retard de sommeil. Si je ne me sens pas en forme à l'heure du déjeuner, j'appellerai Stéphane à la boulangerie pour lui dire que je prends aussi mon après-midi. Il saura bien se débrouiller seul.

— Je pense, oui, fit-elle en passant la main dans ses cheveux dont les reflets bleus s'assortissaient magnifiquement bien avec les couleurs de l'aube. Il me semble suffisamment débrouillard et consciencieux pour gérer.

Jack lâcha son amie et descendit deux des larges marches carrées qui menaient aux doubles portes du commissariat de police avant de la regarder par-dessus son épaule.

— Quand lui accorderas-tu tes grâces, Sabine ?

Elle le rejoignit en lui souriant, mais le souvenir de s'être dit qu'elle aurait accepté de lui offrir sa virginité en échange de quelques années supplémentaires de vie traversa son esprit et elle ne parvint pas à réprimer une nouvelle fois son mépris d'elle-même quant à la trahison de ses principes pour lesquels elle aurait théoriquement préféré mourir que de les bafouer. Jack sentit que quelque chose n'allait pas et s'apprêtait à lui en faire la remarque quand il aperçut l'étrange policier qui, deux jours plus tôt, l'avait interpellé dans le hall de la gare. L'homme s'approchait lentement d'une lourde démarche sur le trottoir, croisant des passants qu'il ne prenait pas la peine de regarder. Son long imperméable le rendait sinistre, lui conférant la dégaine d'un vieil hère à l'article d'une mort libératrice.

— Sabine, murmura Jack. Regarde le type aux cheveux longs qui vient par ici.

Elle se tourna dans la même direction que son ami et ne put ignorer la présence sombre qui venait pesamment dans leur direction en donnant l'impression de porter toute la misère du monde sur son dos et la voûte des cieux sur ses épaules. Atlas lui-même eût paru bien moins harassé que lui.

— Qui est-ce ?

— Un flic... Il va sans doute tourner pour rentrer au commissariat.

— Un flic, *ça* ?

— Je l'ai vu pour la première fois à la gare il y a deux jours, quand j'attendais le train pour Paris. Et je me souviens à présent que le commissaire l'a appelé Marc lorsqu'il s'est adressé à lui par *talkie-walkie* ce matin-là.

— Ne serait-ce pas lui aussi dont le commissaire a parlé cette nuit ? Un dénommé Swift, précisa Sabine. Si c'est bien lui, il est également le policier qui a mené son enquête sur la légende des Rochers de la Morte !

— Le fameux Marc Swift, lequel est aussi le policier qui serait venu à la résidence hier matin et se serait entretenu avec Émmanuelle et Sidonie, et qu'Angélique aurait également vu hier soir aux Bains Publics. Le monde est résolument petit...

K912 leva enfin les yeux lorsqu'il arriva à une dizaine de mètres de l'allée qui menait au commissariat et remarqua de suite les jeunes à côté desquels il allait inévitablement passer. Il se souvint de Jack dans la seconde qui suivit et fronça les sourcils en s'approchant, mais le faciès que les deux colocataires observaient sans vergogne semblait plus faire montre d'une inextinguible fatigue que d'un mépris quelconque. L'homme avait l'air d'avoir passé la nuit à s'enivrer d'alcool et à chasser ses démons, et Sabine imagina même un instant qu'il avait peut-être été noyer ses soucis dans la béatitude engendrée par la musique que Madman avait dû diffuser jusqu'à l'aube à la Blue Light ; elle se ravisa aussitôt en se disant qu'il ne paraissait pas du genre à danser dans les discothèques, surtout attifé comme un individu qui aurait voulu harmoniser le style soldat de guerre à la Sylvester Stallone et la dégaine d'un cow-boy dans le genre des personnages de Clint Eastwood dans les westerns spaghetti de Sergio Leone.

Marc s'arrêta en face d'eux et agressa Jack d'un ton acerbe.

— Qu'est-ce que tu viens faire ici, toi ? Porter plainte pour avoir raté ton train ?

Sabine se recula discrètement ; l'homme empestait la vodka.

— Vous êtes Marc Swift ? demanda Jack, loin d'être impressionné.

Le dédain qui avait pris possession du visage du policier laissa place à une mine qui n'exprimait plus rien. Jack poursuivit :

— Le commissaire Morgane vous a fait chercher toute la nuit ! Nous avions besoin de vous parce que mon amie et moi avons été agressés il y a quelques heures par Max, l'homme responsable de la mort de votre collègue aux Bains Publics, et par son complice Wilfried.

Marc n'aimait pas Jack : la couleur rose de ses cheveux et l'allure trop fière du jeune homme semblaient pour lui des raisons suffisantes pour nourrir des griefs à son égard. Mais il ne douta à aucun instant de la véracité de ce qu'il lui apprenait.

— Je les connais ! tonna-t-il d'une voix presque si rauque qu'elle aurait pu venir d'outre-tombe. Mais pour quelle raison ont-ils cherché à vous tuer ?

— Parce que nous avons quelque chose qu'ils veulent.

— Vous avez la disquette ? s'exclama Marc sans cacher sa stupeur. Vous êtes... Vous habitez dans la maison de monsieur Barnier ?

— Oui, répondit Jack en étant également surpris par la simple évocation de cet objet de convoitise et du propriétaire. Max et Wilfried ne cessent de s'en prendre à nous, et suite aux occurrences de cette nuit, le commissaire Morgane nous a demandé à mon amie et à moi de le rejoindre ici pour s'entretenir des problèmes que ces deux...

— Dieux, grinça Marc.

— Oui, dieux... causent au sein de la ville, termina Jack.

— Savez-vous qui est Bérénice, vous deux ?

— Bérénice ? répéta Sabine en regardant Jack. Ce prénom ne me dit rien...

— Je ne vois pas non plus qui cette femme pourrait être, affirma Jack. Pourquoi cette question ? Cette Bérénice aurait-elle un lien avec Max, Wilfried et la disquette ?

Marc ne répondit pas et grommela quelques borborygmes en tournant la tête sur sa droite en direction du nord. Puis il ignora complètement Jack et s'approcha de Sabine pour lui demander :

— Que s'est-il passé, cette nuit ?

La jeune femme dut lever la tête bien plus qu'elle ne l'aurait imaginé pour regarder K912 dans les yeux, mais elle lui répondit sans détour.

— Un autre de vos collègues a été tué par Max. D'après ce qu'on a pu entendre, il s'agirait d'un policier nommé Ernest...

— Quoi ? beugla Marc avant de serrer les dents si fort que l'angle de sa mâchoire inférieure se dessina encore plus distinctement qu'en temps normal, si bien que Jack, qui le regardait de profil, lui trouva un visage bien trop carré à son goût.

Le policier comprima ses poings quelques instants en regardant à nouveau vers le nord avant de soupirer, comme excédé par la tournure des évènements.

— Avant de m'entretenir avec le commissaire pour décider de la tactique à adopter face aux dieux et organiser avec les femmes de Matthieu et d'Ernest des obsèques dignes de leur rang, je tiens à vous informer, comme je vois bien que vous n'avez pas été mis au courant par votre amie, qu'une femme est apparue hier matin dans le coffrage du moniteur de votre ordinateur du second étage.

— Bérénice, ce serait elle ? demanda Sabine.

— Exact ! Et elle nous a expressément demandé de l'aide. Elle a parlé de Sleipnir et de la plaine de Chrono quelque chose. Je me suis renseigné depuis et n'ai trouvé aucune trace de ce que pourrait être cette plaine. Mais je suis tombé sur des informations concernant Sleipnir : ce serait un cheval à huit pattes issu de la mythologie nordique. Il aurait appartenu à Odin lui-même. En avez-vous déjà entendu parler ?

— Oui, bien sûr ! affirma Sabine à la grande surprise de Jack. Il en existe une représentation sur la pierre de Tjängvide découverte en 1844 dans l'île suédoise de Gotland, et actuellement exposée à Stockholm. Cette créature fantastique a donné naissance à de nombreux objets d'art de peintres.

Marc laissa un léger sourire d'admiration étirer la commissure de ses lèvres, mais Sabine préféra ne pas réagir et noya le poisson en enchaînant :

— Et la plaine de Chronopolis, poursuivit-elle, semble être un endroit qui se trouve à Diadem 13. Wilfried l'a évoquée cette nuit en la comparant aux plaines irlandaises.

— Vous êtes brillante, mademoiselle...

La jeune femme ne dit rien. Marc, à son tour, reprit la parole.

— Max m'a expliqué aujourd'hui que deux de vos amis auraient vraisemblablement pénétré dans ce monde du nom de Diadem 13 grâce à la disquette rouge que Wilfried et lui recherchent.

— Il semblerait, oui ! fit simplement Jack, refusant de lui dire que les autres colocataires et eux deux avaient vu l'enregistrement de l'expérience de Suzanne et d'Antoine qui confirmait, au moins, qu'ils avaient pénétré dans l'écran du Goupil.

Mais Marc ne prêta nullement attention au jeune homme et poursuivit sans quitter Sabine des yeux.

— Pensez-vous que Max et Wilfried puissent vraiment venir de ce monde parallèle à l'image du traître qu'ils traquent, que la plaine de Chronopolis que nous avons évoquée fasse partie de cet univers étrange, que Sleipnir y soit un être vivant et que Bérénice puisse y être retenue, comme vos amis ?

— Je pense, oui, fit-elle, aussi incroyable que cela puisse paraître.

Marc dressa un sourcil l'espace d'un instant en regardant le sol et passa à côté d'eux pour s'en aller vers les deux portes du commissariat.

— J'ai à mon tour une question, monsieur Swift, lança Sabine après s'être retournée.

— Je vous écoute.

— Avec qui étiez-vous hier matin lorsque vous avez vu cette femme, Bérénice ?

— Avec une blonde nommée Sidonie Mester.

Jack se renfrogna de suite et souligna tout bas :

— Encore elle...

— Merci à vous ! fit Sabine avec un grand sourire factice.

Marc entra dans le commissariat sans rien dire et y disparut. Jack était furibond.

— Encore quelque chose qu'elle a oublié de nous dire, hein ?

— Arrête, Jack ! Bérénice est sans importance pour nous et je ne vois pas pourquoi Sidonie aurait dû nous en parler. Et tu t'en es suffisamment pris à elle. Viens, rentrons ! Ce Marc Swift pue l'alcool et je n'ai qu'une seule hâte, actuellement : me débarbouiller !

— Alors allons-y !

***

Max s'approcha de la petite colline touffue qu'il n'avait pas quittée des yeux depuis quelques minutes ; il la connaissait suffisamment bien pour en détailler dans son esprit les moindres variations du sol. Enfoncée dans la terre, l'antre de Magdalena était accessible par une petite porte en bois cachée en contrebas d'un minuscule chemin orienté vers la plaine de Chronopolis d'un côté qui, à droite du dieu, s'étendait jusqu'à une falaise, laquelle — dans la lointaine distance qui disparaissait dans les lueurs orange de cette fin de journée – dissimulait les gigantesques murs et les impressionnantes tours du manoir de Cardonthöl.

Le dieu s'arrêta un moment sur la dénivellation qui menait à la porte fermée dans le flanc du talus et extirpa une nouvelle fois de son manteau le magazine dont il avait dépossédé le commerçant de la Librairie Hippolyte avant de le réduire au silence. Tout en jouissant d'une douce brise dont un souffle de vent voulut bien le gratifier et qui faisait onduler les mèches blondes de ses cheveux courts aux franges ornant son visage, il s'imprégna une dernière fois des créatures dénudées imprimées sur papier glacé en détaillant l'opulence de leurs seins qui exerçaient sur lui une fascination si puissante qu'il ne put y faire face plus longtemps sans se sentir frustré. Ignorant lui-même ce qui lui aurait été nécessaire pour assouvir ses étranges pulsions, tant le simple fait d'avoir une libido lui était étranger, il désintégra la revue en une fraction de seconde et soupira.

Il se retourna enfin sur sa gauche et entra dans l'antre de Magdalena où une suffocante chaleur l'oppressa. De suite, alors qu'il refermait la porte derrière lui, ses yeux embrassèrent l'intérieur de la pièce enfoncée à deux mètres de profondeur, passant de la cheminée où crépitaient des bûches de sapin à Magdalena qui se trouvait de dos sur sa gauche dans un très large pantalon en cuir étrangement souple, puis à Wilfried qui, allongé nu sur une couche surélevée, semblait profondément dormir bien que la femme malaxât énergiquement les cuisses de l'homme sur lesquelles elle avait appliqué un liquide dont elle-même avait l'exclusivité : sa propre salive.

— Déshabille-toi, Max, fit la femme d'une voix suave sans se retourner. Je n'en ai plus que pour cinq minutes et tu pourras prendre sa place.

Sans rien dire, l'intéressé repoussa du pied une escabelle visiblement bancale et ôta son manteau qu'il suspendit à côté de celui de son complice sur une patère en fonte représentant la tête de l'une des trois gorgones de la mythologie grecque. Puis il enleva son tee-shirt noir dont l'odeur de transpiration l'agressa si violemment qu'il le jeta à deux mètres ; l'objet retomba lourdement sur une futaille cerclée de lames de fer forgé brillamment damasquiné de cuivre.

— Tu m'as l'air bien plus mal en point que Wilfried, dis-moi...

— On a connu quelques complications, cracha-t-il dédaigneusement.

— Vous n'avez pourtant pas encore retrouvé Silène, que je sache !

Les êtres humains parmi lesquels vous avez tous deux baigné auraient-ils ramolli votre pugnacité ou est-ce dû à votre pétulance devenue trop faible pour réussir à écraser entre vos doigts de vulgaires cafards !

— Je t'interdis de...

— Tu n'as jamais pu et ne peux pas plus m'interdire quoi que ce soit aujourd'hui, Max ! trancha-t-elle en élevant la voix. Surtout maintenant que nous savons que nous allons toutes et tous rendre notre dernier soupir sous peu. Que crois-tu que j'aie à faire de tes menaces ? demanda-t-elle en malaxant les chairs musclées de la cuisse de Wilfried.

— Je suis fatigué d'être sans cesse contrarié ! fit-il en ôtant ses bottes en cuir.

— Tu es surtout fatigué de vivre, Max ! Tu es faible comme un petit enfant dont la volonté de vivre aurait été avortée par l'annonce d'une mort prochaine. Je t'ai connu bien plus opiniâtre que la personne qui me regarde actuellement si rageusement dans mon dos qu'elle souhaiterait me faire taire à tout jamais. Mais tu ne peux t'en prendre qu'à toi-même, pauvre petit colibri ! cracha Magdalena en laissant couler un filet de salive dans ses mains avant d'en badigeonner les jambes de son patient. Wilfried a bien plus de puissance que toi, mais également plus de sagacité ! Tu n'es qu'un jeune écervelé !

— Ça suffit !! s'écria-t-il en balançant ses chaussettes en boule.

Max se sentait excédé par cette femme qu'il n'avait jamais appréciée et avec laquelle il s'était perdu dans de pathétiques disputes aux interminables esclandres. Magdalena avait pour mission de remettre sur pied tous les natifs de Diadem 13, pourvus de pétulance ou non, et indépendamment de leur religion capellane ou virgile. Le meilleur ami de Silène s'était vaillamment opposé à la politique discriminatoire de son seigneur et avait tenté de mettre en place sa propre religion, sa philosophie personnelle basée sur l'égalité des droits entre natifs, qui qu'ils puissent être, et sur la liberté de disposer de leur vie, quoi qu'ils souhaitassent en faire, mais toujours dans les limites du respect de vertus qu'il avait caressées lui-même et chéries en son sein. Et bien que Virgil fût des plus convaincants au cours de sa croisade pour rallier les habitants de Diadem 13 à sa cause, il n'était pas parvenu, malgré un prosélytisme acharné, à enrôler plus d'un tiers de la population totale des sept régions.

En outre, il s'était par là même présenté comme un ennemi de Capella, et si Wilfried pouvait accepter avec résignation que Silène soit contre les méthodes de leur souverain et mette en place son propre parti, Max, lui, était farouchement contre ce qu'il voyait comme une trahison. En conséquence de quoi, pour lui, Magdalena était une sympathisante de la cause virgile, bien qu'elle prît également soin des capellans. Par la force des choses, il était progressivement devenu agressif vis-à-vis d'elle, mais elle était totalement insensible à ses sarcasmes et cela l'agaçait encore plus. Il n'y avait donc rien qu'il puisse faire pour avoir un ascendant sur elle, pour acquérir un quelconque avantage, et c'était peut-être ce que le mettait le plus en colère. Peut-être aussi le fait de devoir s'adresser à elle pour retrouver toute sa force le rendait-il aigri. Sans elle, il lui faudrait seize fois plus de temps pour recharger ses batteries. Et ni Wilfried, ni lui n'en avaient à perdre.

— Tss... Tu as des réactions très humaines, d'après ce que je peux entendre, remarqua-t-elle en caressant les jambes de l'homme allongé devant elle. Tu devrais peut-être retourner dans cette ville terrestre pour repartir à zéro comme le font les gens sur cette pitoyable planète. Tu sais que j'ai le pouvoir de te soustraire à la malédiction de la naissance du dieu suprême en t'ôtant la pétulance, faisant de toi un natif aussi démuni que toute personne née ici-bas sans aucun pouvoir et que tu méprises sans vergogne ? Es-tu intéressé ? Tu pourrais alors peut-être vivre parmi les habitants de cette ville qui ont déteint sur toi bien plus longtemps que tu ne le pourras jamais en tant que natif doté de pétulance. Tu atteindrais ainsi des niveaux d'extase et de longévité bien supérieurs à ceux que t'octroie ton statut de dieu. Tu nous survivrais...

— Arrête ça tout de suite, Magdalena ! s'énerva Max en retirant son pantalon.

— Tu profiterais de la poitrine des terriennes comme de celle de Clotho avec qui tu as vécu une étrange relation passionnelle qui s'est finie dans un bain de haine. En France comme partout sur Terre, tu jouirais des attributs des femmes auxquelles tu aurais inspiré de la passion et de la confiance, mais sans pétulance, tu ne pourrais les retenir de force sous ton emprise et devrais donc apprendre à être un homme bien pour t'attirer leurs grâces en leur offrant ton cœur, comme un homme de cœur, justement, à l'image de Virgil que tu exècres au plus haut point et vis-à-vis duquel tu présenterais pourtant de sérieuses analogies. Saurais-tu faire ça, Max ? demanda-t-elle en terminant de masser les pieds de Wilfried. Vivre comme un terrien...

— Plutôt mourir debout que de vivre à genoux !

Elle se retourna enfin, le vit jeter au loin ce qui avait précédemment dissimulé son bas-ventre, et lui répondit :

— Te voilà revenu à des idées qui te ressemblent enfin !

La femme qui se trouvait devant Max, qu'elle savait particulièrement bien manipuler, lui donnait à chaque fois l'impression de venir d'un autre monde, tant les natives de Diadem 13 ayant la peau bronzée étaient rares. Mais les pouvoirs de Magdalena ne faisaient aucun doute : elle était bel et bien née ici, qui plus est en tant que déesse, bien que tout dans sa physionomie semblât indiquer qu'elle était originaire d'un pays d'Afrique orientale comme le Kenya : camuse, elle avait de grands yeux d'un marron si foncé qu'il se confondait en un noir clair et une peau de couleur si sombre que même les redoutables rayons solaires d'Alnitak n'auraient pu davantage en brunir la pigmentation si elle s'était exposée dévêtue pendant des semaines. De plus, la vivacité de ses mouvements, sa dextérité et sa rapidité presque animales faisaient d'elle une créature aux attitudes félines se mouvant avec la gracieuse magnificence qu'une panthère noire elle-même n'aurait pu exprimer. Les épaisses *dreadlocks* dressées au sommet de son crâne s'étirant en arrière mettaient en exergue le profil aérodynamique de son faciès centré d'un nez sous lequel une longue gouttière chutait harmonieusement de ses narines pour mourir sur la ligne proéminente de son arc de Cupidon volontaire. Derrière deux lèvres épaisses bien charnues dont la commissure rapprochée donnait l'impression que sa bouche avait la forme d'un cœur rouge foncé se trouvaient deux rangées de dents blanches rentrées vers l'intérieur, rééquilibrant une apparence qui semblait inclinée vers l'avant. Le sommet de son front dégagé par ses cheveux plaqués contre son crâne était marqué par des racines qui, d'une pointe, en indiquaient le centre tandis qu'à l'opposé des hautes sphères de son visage, le menton anguleux prenait des airs de réceptacle pour toute la beauté intrinsèque majestueusement recueillie dans les profondeurs de sa gorge.

Magdalena recula doucement en mettant un pied derrière l'autre et tendit la main vers Wilfried qui se réveillait et se redressait lentement sur les fesses pour se relever. Mais son regard ne quitta pas Max qui, à présent entièrement nu devant elle, avait patiemment attendu son tour.

— Puisque tu sembles être toujours aussi perfide que par le passé, viens donc t'installer à la place de ton complice pour te laisser aller à mes bienfaits afin de reprendre davantage de poil de la bête.

Sans piper mot, Max s'approcha d'elle et son avant-bras frôla les ongles de la main tendue de la femme qui, avec un ravissement non dissimulé, le regarda passer devant elle. Et alors que le jeune dieu décidément peu amène s'installait sur la couche en peau de smilodon, elle se retourna vers Wilfried qui se rhabillait.

— Comment te sens-tu ?

— Comme si je venais de naître... Mais je sais bien que je ne suis pas encore complètement sorti de la torpeur dans laquelle tes soins m'ont immergé.

— Tu seras plus lucide dans quelques instants, Wilfried. Quant à tes sensations, tu ressens donc exactement le bien-être dans lequel Hans lui-même est actuellement en train de baigner...

Wilfried jeta un regard à Max qui, le corps allongé orienté vers le plafond qui le surplombait, le lui renvoya.

— Vous venez tous deux de comprendre que je parlais du dieu suprême, souligna Magdalena. Cléo a choisi de l'appeler Hans, et d'après les informations que Falken et Clotho m'ont transmises, il est actuellement pris en charge par Nectarine.

— Nectarine et Mutine sont inséparables, fit remarquer Wilfried. Comment se fait-il qu'elles ne soient pas ensemble pour s'occuper de lui ?

— Mutine a été dépêchée par Capella lui-même pour emmener Bérénice jusqu'ici où je l'emprisonnerai sans qu'elle ne puisse se libérer de quelque manière que ce soit. Cette humaine est parvenue, sans qu'on ne sache comment, à se jouer de Sleipnir qui la retenait prisonnière dans la plaine de Chronopolis, et elle a pu s'enfuir. Apparemment, elle est même parvenue à demander de l'aide aux utilisateurs de la disquette originelle. Malheureusement pour elle, Cerbère l'a neutralisée aussitôt qu'elle a pénétré dans la région des monts de Sheeba. Mutine et Bérénice ne sont sans doute pas très loin d'ici, à l'heure actuelle.

— Pour une fois qu'il sert à quelque chose, ton roquet ! balança Max.

Magdalena, courroucée par ce commentaire dont elle se serait passée, fit signe au jeune dieu de ne plus dire un seul mot avant de cracher vulgairement dans ses mains et de les frotter l'une contre l'autre. Elle les appliqua ensuite sur les joues de part et d'autre du regard bleu qui la fixait sans rien dire. Et ajouta en exerçant des mouvements circulaires sur la peau tendue qui retrouvait toute sa souplesse.

— Cerbère est bien plus utile que le pathétique magazine que tu as pris soin de faire disparaître avant de te présenter ici, Max !

***

Après être enfin parvenue à générer une sphère d'énergie dans sa main gauche sans avoir de violentes envies de vomir, Suzanne s'était concentrée sur l'augmentation de la puissance qu'elle donnait à ces halos orange au redoutable pouvoir destructeur : elle avait réussi en quelques heures seulement à leur faire atteindre de respectables dimensions qui lui donnèrent l'impression qu'elle n'était pas loin d'être prête à se mesurer au premier des dignitaires des régions de Diadem 13. Polyphème avait du souci à se faire ; elle en était convaincue et se sentait très sûre d'elle, galvanisée par cette magnifique force qu'elle n'aurait jamais imaginé avoir à sa disposition, même dans ses rêves les plus fous.

Mais avant de s'en apporter la preuve en réduisant en pièces le titanesque cyclope, elle allait devoir accomplir une tâche qui la priva de toute réjouissance aussitôt qu'elle y pensa : offrir une sépulture décente à celle qui lui avait donné ce pouvoir.

Pour ce faire, Suzanne prit soin, dans un premier temps, de se concentrer pour puiser en elle toute l'énergie destructrice qu'elle avait patiemment et rigoureusement appris à contrôler pendant d'interminables heures afin de la rassembler dans la paume de ses mains. Elle s'en servit alors pour pulvériser l'ersatz de manille qui retenait la cheville emprisonnée de Barbara et libéra ainsi, alors que la faiblesse de la détonation encore retentissante trahissait les précautions qu'elle avait prises pour ne pas risquer de la blesser, ce corps dont elle avait elle-même reçu les dernières forces.

En vue d'ouvrir un caveau dans le sol rocailleux de la cellule pour y placer la dépouille de Barbara qui semblait dormir d'un profond sommeil, elle fit apparaître entre ses dix doigts une boule lumineuse orange dans laquelle les molécules d'énergie vacillante se déplaçaient vivement. Debout sur ses jambes, elle éleva progressivement son projectile au-dessus de sa tête comme si elle allait lancer un ballon de basket dans un panier et, lorsque l'énergie qu'elle détenait sembla se stabiliser enfin, elle retint sa respiration avant d'abattre ses bras pour projeter dans le sol devant elle la pétulance qu'elle avait accumulée. La sphère s'y enfonça brutalement en projetant des pierres et des rochers coupants comme des lames de rasoir et une violente explosion eut lieu l'instant d'après tandis que la déflagration sourde ainsi que les débris l'obligèrent à reculer de deux pas pour ne pas être soumise aux effets de sa propre attaque. Un nuage de poussière s'éleva entre les murs de la prison et Suzanne dut faire de brusques mouvements de bras devant elle pour le dissiper alors que de minuscules pierres roulaient encore au sol tout autour d'elle.

Elle se baissa ensuite devant la cratère béant qu'elle avait créé et fut stupéfaite de voir à quel point le pouvoir que lui avait donné Barbara était puissant. Mais ses réjouissances furent de courte durée : elle se sentit soudainement si faible qu'elle eut un vertige et chuta en avant. Elle tenta néanmoins de se retenir d'une main après avoir posé un genou à terre, mais ne put qu'amortir sa chute et s'écroula de tout son long sur le sol.

Mi-consciente, Suzanne rouvrit les yeux qu'elle avait naturellement fermés en tombant et son regard se focalisa de suite sur les débris de roche qui jonchaient la surface devant elle ; le sol lui apparaissait incliné à la verticale, flou en premier plan. Elle fit une mise au point sur une minuscule pierre arrondie de près d'un centimètre de diamètre. Et canalisa toute son attention sur son désir de la faire rouler sur elle-même pendant deux ou trois secondes, juste pour voir.

Et la pierre roula.

***

Lorsque les quatre colocataires étaient rentrés dans la nuit à la Résidence du Coucher de Soleil, Stéphane et Émmanuelle avaient aussitôt été se mettre au lit. Tandis que le premier devait prendre un minimum de repos pour être suffisamment en forme afin d'assurer l'intérim seul au Salon des Petits Pains en l'absence de Jack, la seconde avait rendez-vous en début d'après-midi dans un studio du Second District pour un entretien professionnel et une séance de photos avec une équipe des 3 Suisses. La mannequin en devenir allait donc immanquablement être obligée d'avoir bonne mine pour exceller dans le champ des objectifs qui seraient tournés vers elle, et elle s'était donc glissée sans tarder dans son lit après avoir mis son radio-réveil à sonner à onze heures. Avoir les traits tirés risquait de sérieusement compromettre sa carrière à venir, se disait-elle.

Angélique, pour sa part, avait d'abord été prendre une douche avant de se coucher, mais elle s'était irrésistiblement mise à pleurer sous le jet d'eau en repensant à Lola, et ses larmes s'étaient noyées à ses pieds avant d'être diluées et de disparaître dans le siphon qui faisait tourbillonner l'eau mousseuse. Aussitôt séchée et revêtue de son pyjama en flanelle, elle était montée au premier pour s'enfermer dans sa chambre et passer sous le drap après avoir rabattu la couverture à ses pieds. Les températures se faisant élevées entre les quatre murs du grand pavillon, Angélique savait qu'elle n'avait pas besoin d'avoir plus chaud que de rigueur. Pourtant, malgré la chaleur, elle s'était endormie comme un bébé, épuisée par les récents évènements qui l'avaient poussée à se demander si elle ne devait pas se tenir à l'écart de l'eau, repensant aux abords des Rochers de la Morte et aux Bains Publics qui revêtaient pour elle, par superstition, un caractère particulier dont elle se serait bien passé.

Enfin, Sidonie s'était retranchée dans sa chambre et s'était mise à l'aise en petite tenue afin d'être moins soumise aux températures nocturnes élevées qui annonçaient la canicule à venir. Après avoir mis en marche son radio-cassette Steracord KR 650 [84] importé d'Allemagne par son père et qui diffusait *I've been losing you* de A-ha [85], elle s'était assise sur son lit un moment en réfléchissant à tout ce qu'il se passait dans la ville depuis qu'elle avait accepté de vivre sous le toit de la résidence avec ses sept colocataires. Elle avait une fois de plus regretté, l'espace d'un bref instant, d'avoir quitté les Colombes pour venir ici aux Bégonias, abandonnant sa petite vie bien huilée derrière elle et laissant pendant presque deux jours complets son boxer Jecky qu'elle avait dû enfermer dans son appartement du quatorzième étage de la tour Scylla.

Elle était enfin rentrée dans son lit en se remémorant la visite de ses parents et de son petit frère Arthur trois jours plus tôt. Actuellement inscrit à des cours de conduite accompagnée, ce dernier s'était réjoui d'avoir pu se mettre au volant du break familial sur un tronçon d'autoroute à la sortie de Nice où ils résidaient tous les trois. La famille Mester s'était ainsi retrouvée au complet à Sanlys-sur-Mer ce samedi-là et les parents avaient accepté d'aider leur fille à emmener quelques-uns de ses meubles dans sa chambre de la résidence. Mais la route les avait fatigués et ils étaient tous les trois retournés aux Colombes en début de soirée après une séparation très affectueuse devant le portail de la propriété : ils avaient tenu à passer la nuit dans l'appartement et à repartir le dimanche matin pour retourner chez eux dans les Alpes-Maritimes en emmenant Jecky avec eux.

Ces pensées réconfortantes auraient dû favoriser un endormissement en pente douce, mais la blonde n'était pourtant pas parvenue à fermer l'œil. Du moins était-ce l'impression qu'elle avait ressentie au cours de ces quelques heures qui, dans son esprit, n'avaient représenté que de brèves minutes. Mais sans s'en rendre compte, elle s'était endormie d'épuisement.

À présent, allongée dans son lit sur le ventre, les yeux rivés sur son petit Apple Macintosh qui lui faisait penser à Antoine, elle se demanda comment elle pourrait justifier son absence auprès des enfants de la garderie Casimir si elle se servait de la disquette pour essayer de le rejoindre là où il s'en était allé avec Suzanne. Certes, Sidonie aimait son travail d'auxiliaire de puériculture et elle ne tenait en aucun cas à être en porte-à-faux entre son souhait de retrouver son bien-aimé et sa volonté de garder son emploi qui lui apportait tant de bonheur et donnait un sens à sa vie. En outre, ce n'était résolument pas le bon moment pour s'absenter : non seulement elle s'était déjà accordé un repos la veille, mais de plus, deux nouveaux enfants inscrits à la garderie Casimir arrivaient aujourd'hui parmi les autres et c'est la raison pour laquelle il leur faudrait à tous, ses collègues et elle, redoubler d'efforts pour les intégrer auprès de leurs petits camarades et assumer le supplément de travail en conséquence.

Sidonie regarda l'heure : son réveil-matin en forme de chouette posée sur la table de nuit lui indiquait 7 h 23. Elle commençait dans un peu plus d'une heure et le boulevard du Sud où se situait la garderie étant assez éloigné, il lui faudrait au plus tard partir aux environs de 7 h 50 pour avoir le bus de 7 h 58 à l'est de la résidence, là où l'avenue des Myosotis croisait la rue de Bartenheim-la-Chaussée. C'est lorsqu'elle comprit qu'elle préférait encourir le risque d'une mise à pied pour faute grave, voire être licenciée, qu'elle prit la décision de tenter l'expérience avec la disquette rouge ce matin même : elle avait davantage d'inclination à se retrouver aux côtés d'Antoine, quitte à être sans emploi, plutôt que seule et inquiète mais continuant d'exercer son métier. Elle décida malgré tout d'appeler la garderie pour prévenir de son absence, prétextant qu'elle ne se sentait pas bien. En elle-même, Sidonie jugea que cette raison se rapprochait bien davantage de la vérité que du mensonge, se jugeant incapable de jouir du plaisir d'être avec les enfants si celui-ci était déchiqueté par les profondes griffures de l'angoisse que l'absence d'Antoine creusait dans son esprit.

La sous-responsable de la garderie, Astrid Stoelth, arrivant généralement pour 7 h 30 le matin, Sidonie pouvait essayer de l'appeler dès maintenant pour l'en informer afin que les autres auxiliaires puissent se réorganiser. Elle sortit donc de sa chambre en espérant ne pas croiser qui que ce soit, abandonnant Cyndi Lauper [86] qui interprétait *She bop*, et descendit discrètement dans le salon pour s'asseoir à l'extrémité du canapé et composer le numéro de la garderie sur le cadran rotatif du téléphone Socotel 63 [87] orange. Sidonie se réjouit d'entendre la voix d'Astrid à l'autre bout du fil, mais elle détestait mentir et dut se résigner à dissimuler la vérité derrière des phrases à double sens. Il lui sembla que la sous-responsable perçut un manque d'assurance transparaître dans la voix de la blonde qui, pendant une fraction de seconde, eut envie de lui dire qu'elle partait en voyage dans un autre monde pour retrouver son bien-aimé. Mais elle comprit aussitôt après qu'Astrid aurait pu interpréter ces mots comme l'annonce d'une tentative de suicide.

Finalement, la supérieure de Sidonie lui concéda trois jours pour se remettre d'aplomb et l'exhorta donc à revenir à la garderie dès le vendredi suivant à 8 h 30. Lorsque Sidonie raccrocha, elle comprit qu'Astrid n'avait pas été dupe, et qu'elle l'avait néanmoins laissée se cacher derrière un tissu de mensonges : Sidonie était un excellent élément, les enfants l'adoraient et jamais jusqu'à aujourd'hui elle n'avait manqué un jour de travail, ce qui avait d'ailleurs dû mettre la puce à l'oreille de la sous-responsable.

Sidonie remonta dans sa chambre, sortit la petite enveloppe en papier kraft qu'elle avait dissimulée dans un livre de cuisine sur son étagère, revint vers son bureau en l'ouvrant et posa la disquette souple d'un écarlate flamboyant juste à côté de son Macintosh Plus. Elle partirait dans l'heure ce matin même. Sidonie se figurait que Jack et Sabine étaient rentrés et dormaient dans leur chambre. D'après elle, ils tarderaient à se lever, d'autant plus qu'ils n'avaient aucun impératif : l'homme avait pris sa demi-journée et la Néerlandaise, elle, n'avait pas encore décroché de contrat de travail. La Résidence du Coucher de Soleil promettait d'être bien calme dans la matinée. Sidonie tenait donc à en profiter pour tenter l'expérience sans risquer d'être dérangée.

Se demandant ce qui l'attendait de l'autre côté de l'écran du Goupil, elle s'imagina de suite un milieu hostile peuplé d'êtres antipathiques, de monstres perfides et anguiformes sans foi ni loi, d'animaux arrogants et pernicieux, d'êtres humains cauteleux aussi sournois que leur apparence le laisserait croire, de créatures hybrides et belliqueuses alliant puissance herculéenne et intelligence machiavélique et de bien d'autres formes de vie. En conséquence de quoi il lui apparut évident qu'elle ne pouvait y aller sans arme, ni sans s'être équipée de vêtements épais et confortables.

Peut-être que les températures y étaient aussi basses que sur le continent Antarctique.

Peut-être bien qu'au contraire, la fournaise des déserts nord-africains y sévissait de jour comme de nuit...

Une ombre passa sur son visage quand elle s'imagina qu'Antoine pouvait y être mortellement blessé, affamé ou assoiffé, noyé, brûlé vif ou asphyxié, mais elle préférait le rejoindre et mourir à ses côtés plutôt que d'être séparée de lui à tout jamais. Cette pensée chassa de suite les doutes que son esprit avait semés.

Subrepticement, Sidonie descendit dans la cuisine et prit un gros couteau dans le tiroir sous le plan de travail sur lequel trônait la cafetière. Épuisée, elle décida de mettre cette dernière en marche et de se préparer une tasse pour laisser agir la caféine et se maintenir éveillée encore quelques instants. Elle l'ignorait car l'excitation du départ imminent qui focalisait son attention la privait de tout recul, mais elle n'avait guère besoin d'en boire car elle n'aurait pu trouver le sommeil en pareilles circonstances.

Alors que le café commençait enfin à couler dans son réceptacle, elle réfléchit encore à ce dont elle aurait besoin et alla chercher une petite trousse à pharmacie qu'elle avait précédemment repérée dans le placard de la salle de bain. Il subsistait de fortes chances qu'elle appartienne à Angélique et elle se promit donc de s'excuser à son retour de la lui avoir empruntée. Elle ne lui en voudrait pas.

L'instant d'après, elle s'assit sur la chaise devant la petite table à manger et sirota son café tranquillement en laissant son esprit vagabonder. Mais en elle-même, tout n'était qu'excitation : une effervescente angoisse mêlée à une curiosité malsaine s'opposaient à son amour pour Antoine et à l'assurance qu'elle ne lui survivrait jamais, surtout en restant paisiblement à Sanlys-sur-Mer pendant que lui luttait peut-être ardemment pour survivre dans un ailleurs dont elle ignorait tout.

Soudainement, Sidonie entendit le grincement du portail et se précipita à la fenêtre.

Jack et Sabine s'approchaient pesamment.

***

Le profond sommeil dans lequel Antoine avait sombré le rendait immobile à un point tel que même sa poitrine couverte de sueur ne bougeait pas à chacune de ses respirations : il eût été mort que cela n'aurait visuellement fait aucune différence. En outre, aussi incroyable que cela eût pu paraître, il ne ronflait pas et Sidonie ne l'aurait jamais cru si elle en avait eu connaissance. En effet, Antoine s'évertuait chaque nuit à faire entendre à sa compagne, malgré lui, à quel point il dormait bien. Et la jeune femme qui avait connu les joies d'un sommeil silencieux avec son ex Luc ne pouvait qu'être systématiquement narguée par les léthargies d'Antoine.

Mais le sommeil dans lequel il était plongé était tout autre.

Clotho, elle, ne dormait que très rarement ; tout au plus deux ou trois heures par jour de manière occasionnelle, mais globalement, elle passait ses nuits d'insomnie à cuisiner toutes sortes de plats qui ne requéraient que des aliments cultivés sur la Terre, qui n'étaient jamais consommés et qu'elle laissait moisir. Elle ne s'était jamais expliqué les raisons qui la poussaient, au plus profond d'elle-même, à n'aimer préparer que des recettes nécessitant des ingrédients qui lui étaient étrangers. C'est pourquoi, à l'époque où Max et elle avaient partagé la même couche, elle avait pris l'habitude de lui demander de se téléporter sur Terre pour s'y approvisionner, notamment en épices. Mais depuis qu'il avait recommencé à fréquenter Simbelmynë, une déesse qu'il avait aimée avant qu'elle ne le rejette, Clotho s'était mise à faire de sa vie quotidienne un enfer, gagnée par une jalousie viscérale qui n'avait eu de cesse de rendre leur relation houleuse, jusqu'à ce que l'inévitable survienne.

En effet, Max ayant refusé d'arrêter de passer son temps libre avec Simbelmynë qui s'avérait être la seule femme capable de faire ressortir à la surface du jeune dieu le meilleur de lui-même, Clotho s'était vengée en lui dévorant la majeure partie de l'avant-bras gauche un jour qu'il avait accepté de se laisser aller aux doux élans de tendresse qu'elle souhaitait régulièrement lui prodiguer et qu'il refusait presque systématiquement de recevoir. Max, plié en deux et tentant vainement de retenir le sang qui avait jailli de son artère interosseuse postérieure, malgré la vive douleur qui lui avait arraché d'horribles cris, s'était aussitôt téléporté chez Magdalena qui s'était urgemment occupée de lui et avait soigné sa blessure pour lui faire retrouver l'usage de son membre supérieur.

Clotho, véritable anthropophage qui cuisinait avec amour des plats qu'elle jetait ensuite avec passion, ne se repaissait que de la chair d'êtres humains, et pour une fois, elle avait fait une incartade en dévorant celle d'un natif. Et bien qu'elle n'ait jamais regretté d'avoir déshonoré et trahi Max de la sorte, elle avait exécré le goût insipide de ce qu'elle avait lacéré.

Mais Antoine serait bien meilleur.

Elle approcha donc de la couche sur laquelle il était allongé et regarda son corps qu'elle maintenait encore sous son emprise. Refrénant une pulsion carnassière qui lui donna envie de mordre dans les cuisses de l'homme, elle ne put s'empêcher d'en approcher son visage pour humer l'odeur de cette chair qui prenait possession de ses sens et répandait en elle des fragrances qui faisaient écho à son appétit sauvage. À défaut de se laisser aller à ses instincts primitifs en dévorant de suite cet humain qui constituerait peut-être son dernier repas, elle s'offrit le plaisir de lui lécher la peau après avoir y apposé une langue avide. Le muscle humide de salive glissa sur l'épiderme de la cuisse droite d'Antoine et remonta d'un trait jusqu'à l'aine en écrasant les poils qui se trouvaient sur son chemin. Clotho, penchée au-dessus du bas-ventre qu'elle détaillait avec une exaltation si vertigineuse qu'elle sentit son désir couler entre ses cuisses, constata à son grand dam que, malgré les deux orgasmes qu'elle avait offerts à son esclave quelques instants plus tôt, les chairs qui s'étaient légèrement creusées sous le joug de sa langue étaient encore trop tendues. Un troisième acte vénérien attendrirait cet homme résolument trop crispé et loin d'être à point. Tournant le dos au feu ardent qui consumait les plus profondes de ses chairs et mouillait les vallées et les reliefs de son intimité, elle préféra abreuver son palais de ce nectar qu'Antoine avait répandu en elle malgré lui.

Assoiffée, Clotho prit d'une main le sexe de l'homme endormi en ouvrant la bouche, gardant ses dents rangées derrière ses lèvres, et l'introduisit en elle, le poussant jusqu'au fond. L'extrémité atteignit la gorge de la déesse qui dut déglutir pour le pousser plus loin encore, tout en jouant de sa langue avec la hampe de la verge qu'elle tenait prisonnière. Ce faisant, elle se frotta les cuisses l'une contre l'autre pour écraser les gouttes de cyprine qui chutaient lourdement vers l'intérieur de ses genoux en la titillant désagréablement. Elle fit ensuite remonter sa bouche jusqu'au frein avant de redescendre complètement dessus, plongeant par là même la pointe de son nez dans les poils pubiens d'Antoine. Inlassablement, elle répéta ces allées et venues qui faisaient couler sa propre salive à la base du pénis qu'elle sollicitait.

Et malgré le profond sommeil de l'homme, ses attributs sexuels se réveillèrent lentement pour investir plus encore le gouffre brûlant et addictif auquel donnaient accès les lèvres de Clotho.

***

Sans prendre le temps de remettre un peu d'ordre dans la cuisine de la résidence suite à son passage, Sidonie se précipita en-dehors de la pièce et gravit quatre à quatre les marches de l'escalier juste après avoir vu furtivement, par la porte ouverte du garage, la Seat Ibiza de Suzanne. En entrant dans sa chambre pour s'y enfermer, elle pensa au fait qu'elle avait complètement occulté celle qui se trouvait vraisemblablement dans une autre dimension aux côtés de celui qu'elle considérait comme étant l'homme de sa vie, ayant tous deux tenté l'expérience ensemble et accédé simultanément au revers du décor que dissimulaient la fumée bleue, le visage blanc livide et l'apparition d'un microcosme spatial. Sidonie réalisa que même si elle y retrouvait Antoine, elle refuserait de s'en aller en laissant Suzanne derrière eux. Après avoir tous les trois ressenti des sueurs froides dans le bosquet du jardin de la résidence le soir de leur emménagement trois jours plus tôt, ils allaient une nouvelle fois se retrouver ensemble dans un environnement inconnu. Il n'y avait résolument pas de hasard.

Elle fut brutalement tirée de ses pensées par la porte d'entrée qui fut discrètement refermée. Dans la paisible atmosphère qui avait investi la résidence en ce début de matinée, le moindre bruit était amplifié par le saisissant contraste sonore qu'il provoquait entre ses murs, et peu importe qui de Jack ou de Sabine en était responsable, aucun d'entre eux n'aurait réussi à passer inaperçu aux oreilles de Sidonie qui, dos à la porte de sa chambre, espéra de tout son cœur qu'ils iraient rapidement se coucher. Elle les entendit monter à l'étage.

— Tu m'as sauvé la vie, Jack, chuchota Sabine en se blottissant contre lui pour l'embrasser sur la joue. Je me voyais déjà succomber à cette nuit cauchemardesque. Encore merci !

— Ce n'est rien, répondit laconiquement Jack que Sidonie entendit passer dans le couloir de l'autre côté de la porte contre laquelle elle s'appuyait. S'il t'était arrivé quelque chose, Stéphane s'en serait voulu de t'avoir laissée partir seule, hier soir. Et il n'aurait pas été le seul à cultiver le remords.

Sidonie perçut le son de la porte de la chambre de l'homme claquer, mais celle de Sabine semblait être restée entrouverte. Elle décida donc d'attendre quelques instants avant de finir ses préparatifs, pour que ses colocataires s'endorment bien profondément, et chassa de son esprit les questions qu'elle se posait au sujet de l'aide que Jack avait vraisemblablement apportée à Sabine. Cette dernière retourna en bas à la grande surprise de la blonde et parut s'enfermer dans la salle de bain. Sidonie considéra qu'elle pouvait se permettre d'être moins discrète maintenant que l'un était couché et l'autre en bas.

Elle vint donc enfin au-devant de son bureau, posa le couteau de cuisine et la trousse à pharmacie à côté de la disquette et s'approcha de la grande armoire pour l'ouvrir et choisir ce qu'elle allait mettre sur son dos. C'est alors qu'en tirant le tiroir du bas, elle tomba sur le sac contenant les vêtements d'Antoine et de Suzanne et se rappela aussitôt que ces derniers les avaient laissés en rapetissant avant de se retrouver nus, aspirés et prisonniers des triangles. Que devait-elle faire ? Bien que l'expérience ne soit pas filmée cette fois-ci, elle éprouvait une gêne certaine à être dévêtue, malgré l'absence de tout témoin aux yeux chastes. Ou inquisiteurs.

Elle jeta son dévolu sur le minimum syndical : le petit ensemble en dentelle rose glamour qu'Antoine lui avait offert à la Saint-Valentin 1989 composé d'un soutien-gorge à balconnet et d'un tanga assorti. Autant de capital sensuel demeurait superflu pour la circonstance, certes, mais elle se sentit superstitieuse et estima que ce présent qu'elle avait apprécié augurerait le meilleur à venir. Elle ajouterait la trousse à pharmacie et la Maglite [88] noire d'Antoine qu'elle ne lui avait toujours pas rendue depuis leurs vacances touristiques à Paris à Pâques pendant lesquelles ils s'étaient illégalement rendus dans les sous-sols de la capitale avec un groupe de cataphiles qui les avait invités. Pour finir, elle compléta avec une boussole, un briquet Bic et une bouteille d'un litre d'eau. Le petit sac à dos qu'elle avait utilisé pendant leur séjour à Paris lui permettrait d'avoir les mains libres.

Elle commença à se dévêtir, maladroitement, ne parvenant pas à bien coordonner ses gestes tant l'excitation du départ la rendait nerveuse.

***

Barbara reposait à un peu plus d'un mètre de profondeur dans le sol de la cellule, et Suzanne l'avait recouverte d'innombrables cailloux et d'autres débris de l'explosion qu'elle avait provoquée en créant l'excavation. Elle avait préféré ne pas planter de croix dans la sépulture de fortune, d'abord parce que ce signe ne représentait rien pour elle, fervente athée, mais de plus parce qu'elle ne voyait pas avec quoi elle aurait pu fabriquer un tel symbole : les fémurs et les humérus dispersés autour d'elle n'auraient pas constitué un parti bien noble pour dresser la croix d'une tombe qui serait la dernière demeure d'une femme qui s'était sacrifiée sur l'autel d'un don de soi désintéressé.

Suzanne s'offrit un dernier repas pour disposer d'un maximum d'énergie et les étranges fruits bleus ressemblant à une prune arborant la taille d'un pamplemousse réveillèrent ses carences qu'ils comblèrent aussitôt avalés, la revigorant complètement dans les cinq minutes qui suivirent l'ingurgitation du dernier morceau.

Bien décidée à en finir avec Polyphème, elle se tourna vers les barreaux et propulsa sans grand effort une boule d'énergie dévastatrice droit devant elle, se concentrant finalement plus qu'elle n'aurait dû : le projectile était suffisamment imposant et bien orienté pour ne pas rater sa cible. Le barreau qu'avait pris Suzanne pour point de mire, au moment où il fut traversé par le champ sphérique destructeur, se dilata en de multiples gouttes de métal fondu qui, aussitôt, ruisselèrent lourdement en contrebas alors que la boule alla exploser une large surface du mur opposé, créant un détonation qui fut suivie par le grondement des rochers s'effondrant au sol dans une tonitruante réverbération. Tandis qu'une odeur âcre se répandait dans l'air et caressait le visage de Suzanne, elle projeta une seconde boule plus bas sur le même barreau qui, à l'endroit de l'impact, fondit également en grosses cloques et se tordit sous son propre poids, créant un interstice d'une quarantaine de centimètres qui pouvait lui permettre, en s'y glissant de côté, de sortir de la cellule.

Suzanne hasarda un dernier regard à la tombe de Barbara, balaya l'obscurité dans laquelle plus aucune prisonnière ne respirait et se détourna enfin de cet endroit qui l'avait vue passer de la honteuse et faible femme qu'elle avait été à son arrivée à cette battante déterminée qui s'extirpait à présent de sa geôle. Comme une chrysalide devenue papillon après une mue imaginale, elle avait atteint le stade ultime de son évolution. Un imago salutaire.

Mais l'opulence de sa poitrine donna du fil à retordre à Suzanne et c'est au prix d'une indicible douleur, lui donnant l'impression de se broyer elle-même la cage thoracique, qu'elle parvint à laisser derrière elle les barreaux de sa cellule, se retrouvant dans le couloir de granit. Soudainement prise d'un léger malaise, elle trébucha sur les roches éparses des deux cratères que ses boules d'énergie avaient creusés dans le mur et posa un genou à terre.

— Ce n'est pas le moment de flancher, ma vieille, dit-elle tout bas.

Elle releva les yeux et regarda devant elle en direction de l'extrémité du corridor opposée à celle d'où était précédemment venu le cyclope, se figurant que la sortie était au bout. Mais avant d'aller s'en assurer, elle devait faire passer de vie à trépas le maître des lieux, et c'est en se redressant complètement sur ses jambes qu'elle se retourna pour faire volte face à l'obscurité menaçante dans laquelle se perdait le tunnel devant elle. Le couloir, de forme presque cylindrique aplatie au niveau du sol, devait bien faire une quinzaine de mètres de diamètre, et les torches irrégulièrement fixées sur les parois rocheuses s'élevaient à près de cinq mètres de hauteur, éclairant très diffusément la froide et sinistre allée qui s'étirait d'un bout à l'autre du souterrain creusé entre les fondations du manoir lui-même.

Suzanne réalisa qu'elle avait peur. Peur de se battre, peur de souffrir, peur de ne pas faire le poids, peur de corrompre la force que lui avait conférée Barbara, peur de la trahir. Elle sentait une grosse boule qui, dans sa gorge, tentait de la paralyser sur place, l'empêchant de déglutir correctement tant elle se sentait prise par une incommensurable terreur. Se mentant délibérément à elle-même en mettant ce mal-être sur le dos de ce qu'elle avait préalablement mangé, elle tenta de se rasséréner pour garder le contrôle sur sa volonté. Et finalement, elle finit par passer outre son angoisse en s'exhortant à scander le nom de celui auquel elle allait devoir faire face, comme pour lui intimer de se présenter à elle dans les plus brefs délais.

Comme pour entrer dans une litanie qui hypnotiserait sa frayeur.

— Po-ly-phème ! Po-ly-phème !

Suzanne, sans cesser de répéter le nom du titan qu'elle souhaitait faire venir à elle, commença à marcher vers cette pénétrante obscurité d'où il finirait par sortir, tôt ou tard, se disait-elle. Pourtant, c'est avec surprise qu'elle accueillit dans son esprit les lourds bruits de pas massifs qui grondèrent dans les lointaines ténèbres, lesquelles, devant ses yeux, dissimulaient la silhouette herculéenne du colosse qui semblait s'approcher pesamment. S'arrêtant aussitôt d'aller à son encontre, elle attendit patiemment qu'il se montre afin d'avoir le temps de l'observer quand il réduirait la distance entre eux. Elle regarda attentivement les torches qui brûlaient au loin à la lisière de la pénombre. Et bientôt, la flamme la plus éloignée d'elle, lui apparaissant au fond comme une petite et vacillante nitescence, fut masquée par une présence indistincte qui s'élevait devant elle.

Sans pouvoir contrôler son geste, Suzanne recula d'un pas au moment où, au loin, elle aperçut enfin l'imposante vision de son colossal ennemi, bien plus immense que ce qu'elle venait tout juste d'imaginer et plus large qu'il ne l'aurait été dans ses pires cauchemars.

Ne pouvant tenir sur ses jambes sous le coup de la surprise, pas plus que sous le joug d'une violente frayeur, elle s'affala sur ses genoux, tant ses muscles tremblaient d'une faiblesse inoculée par l'image du cyclope menaçant qui s'approchait d'elle en faisant trémuler le sol. Dans le but vain de croire à une mauvaise illusion, elle ferma les yeux si fort qu'elle crut qu'ils allaient se retourner dans leurs orbites et se calfeutrer dans sa cervelle. Mais quand elle les rouvrit, Polyphème était toujours devant elle, dressé sur ses monumentales jambes à une dizaine de mètres d'elle. Il s'était arrêté. Suzanne frissonna et se redressa en le détaillant de bas en haut.

Les lourds pieds nus exhibant une épaisse couche de poils malodorants qui en tapissait de fourrure le dessus étaient vissés aux jambes par des chevilles aux malléoles proéminentes, créant une forte impression d'articulation mécanique désignée par ces apophyses saillantes. Les jambes, également anormalement velues, s'étaient étrangement élargies comme si les muscles s'étaient développés sans laisser le temps à la peau de s'adapter à cette pression, et malgré les poils d'un ignoble marron mat, leur relief se découpait parfaitement sous l'épiderme. Les genoux, boursouflés par deux rotules démesurées, se présentaient marqués par des cicatrices qui semblaient témoigner de nombreux combats et de presque autant de blessures. Pourtant, rien ne paraissait en mesure de faire plier les membres inférieurs de la gigantesque créature, tant ils exprimaient force et résistance, comme les massives cuisses qui s'élevaient de toute leur grandeur. Bien qu'elles fussent corrompues par d'ignobles escarres fibrineuses qui avaient dévoré les tissus inférieurs de leur peau, elles n'en demeuraient pas moins impressionnantes aux yeux d'un être humain. Et pourtant, dans toute l'horreur de son gigantisme, Polyphème semblait se tenir debout comme si ces lésions cutanées n'avaient jamais été là.

Suzanne eut du mal à garder les yeux rivés sur ces plaies béantes et releva un peu plus les yeux lorsque soudain, le cyclope mit un pied en arrière en dressant un bras au-dessus de lui, exhibant dans un hurlement assourdissant un ramassis de poils hirsutes dans le creux de son aisselle dégoulinante de sueur.

Il projeta une lourde chaîne en avant en direction de la jeune femme.

Elle se jeta sur sa droite, esquivant l'impact des imposants maillons qui allèrent s'écraser au sol en réduisant en miettes la surface couverte d'aspérités rocailleuses, et s'arrêta contre les barreaux de la cellule voisine à la sienne. Elle créa dans la paume de sa main une concentration de pétulance en fixant l'œil unique de la créature qui, déjà, armait son bras pour porter une nouvelle attaque de son fouet métallique. Sans attendre davantage, elle bondit en avant pour se glisser entre ses pieds démesurés et le frapper entre les cuisses avant qu'il ait le temps de faire quoi que ce soit. La boule lumineuse orange remonta dans un mouvement parfaitement vertical et heurta le bas-ventre de Polyphème, faisant éclater son aine gauche dont les morceaux se dispersèrent aux quatre vents, soumis à la déflagration qui arracha par là même le pagne du titan. Suzanne sourit furtivement en évitant les retombées de chair, mais ses réjouissances furent de courte durée quand elle réalisa que le cyclope ne semblait pas pourvu d'appareil génital. Elle tenta d'accepter cette information contre-nature dans son esprit tout en accourant hors de portée pour s'accorder un répit à l'écart. Elle s'accroupit donc contre une rangée de barreaux dont l'extrémité formait un renfoncement avec le mur qui donnait sur la cellule voisine et regarda.

En d'autres circonstances, Suzanne lui aurait peut-être trouvé de jolies fesses, mais elle n'avait pas le temps pour ce genre de considérations futiles en une heure aussi difficile et Polyphème se retourna vers elle presque aussitôt que ses yeux se posèrent sur son postérieur. Entre terreur et curiosité, asthénie et excitation, folie et lucidité, elle se parla tout bas pour se donner de la contenance.

— Il n'a même pas l'air affecté par le coup que je lui ai porté. C'est du délire ! Ça veut dire que je vais devoir lui éclater le crâne et la cage thoracique sans qu'il soit affaibli... Dur de l'approcher en pleine possession de ses moyens.

Il s'approcha d'elle en restant muet comme une carpe.

— En un sens, heureusement qu'il n'avait rien entre les cuisses, le bougre ! remarqua Suzanne en se redressant. Je n'aimerais pas que les cyclopes comme lui puissent se reproduire, ajouta-t-elle avec cynisme.

***

Sidonie, soumise à un irrépressible besoin d'exprimer sa douleur, ouvrit la bouche sans pouvoir contrôler ses mâchoires et poussa un long cri qui ressemblait bien plus à un vagissement qu'à autre chose. Ne pouvant plus guère supporter l'attraction exercée par le vide qui lui faisait face dans le coffrage du moniteur du Goupil G4, elle finit par céder à cette faramineuse force qui ne lui laissait plus guère le choix et pénétra dévêtue dans cette obscurité mystérieuse. Aussitôt, le triangle isocèle lumineux qu'elle avait vu survenir de loin se retrouva de suite plaqué dans son dos, écrasant presque le contenu de son sac. Le revers de chacune de ses mains se fixa naturellement à l'un des deux angles supérieurs de cette étrange figure géométrique et ses pieds joints se collèrent l'un à l'autre pour rester rivés contre la pointe inférieure. Elle se figura que son squelette était en train de s'étirer et ressentit un soulèvement de son corps comme si un énorme ventilateur disposé sous elle la faisait léviter dans les airs. Elle sentit également ses entrailles se resserrer dans son ventre et perçut l'acidité des sucs gastriques remonter dans sa gorge : elle avala rapidement sa salive pour refréner un vomissement et tenta de voir quelque chose à travers ses mèches blondes dispersées tout autour de son visage.

C'est ainsi qu'elle aperçut dans l'obscurité du vide spatial un rectangle lumineux s'éloignant progressivement, et remarqua un visage familier en son centre. L'homme avait l'air de taper à la surface d'une vitre en la regardant et semblait complètement affolé. Il laissa ensuite la paume posée sur ce qui semblait être une membrane transparente et, pour Sidonie, cette homme lui faisait le signe universel de la paix. Elle sourit en laissant perler ses larmes, réalisant soudainement de qui il s'agissait, et comprit que l'homme tapait à la surface de l'écran qui s'était reformé derrière elle. Elle susurra, d'un timbre assuré :

— À bientôt... mon ami...

***

— Jack !!

L'homme se retourna et ses yeux se plantèrent aussitôt dans ceux de Stéphane, debout en haut des marches.

— Vieux... Je viens de voir Sidonie !

Quand il fixa à nouveau son regard sur l'écran contre lequel sa main était restée posée, Jack constata qu'il était éteint et paraissait plus froid et massif que quelques instants plus tôt. Stéphane s'approcha, s'agenouillant à côté de lui, et ils se fixèrent une nouvelle fois.

— Je te jure que je l'ai vue. Elle y a été !

— Ce hurlement horrible, c'était elle ?

Stéphane paraissait avoir été tiré d'un profond sommeil, et si son ami avait lui aussi été réveillé par le cri de la blonde, il semblait néanmoins tout à fait alerte. Transpirant à grosses gouttes, il donnait l'impression de ne pas avoir passé de reposante nuit de sommeil depuis trois jours. Tel était le cas.

— Tu devrais aller te coucher, Jack. Contrairement à ce qu'on avait prévu, prends plutôt ta journée complète pour te remettre sur pied. Je m'occuperai de la boulangerie seul. Toi, tu es épuisé et ne feras rien de bon dans cet état-là. Je mangerai sur place ce midi et en profiterai pour regarder les jolies gambettes des passantes par le hublot.

Jack retira sa main de l'écran sans réagir au trait d'humour qu'avait vainement fait Stéphane et la passa dans ses cheveux d'un lent mouvement qui se termina sur son visage baissé. Il se redressa et son apprenti l'imita avant de lui mettre la main sur l'épaule.

— Va te coucher...

— Quelle heure est-il ?

— Presque 7 h 50, répondit Stéphane après avoir regardé la pendule placardée au mur. Je vais prendre une douche rapide et me préparer vite fait. On se reverra ce soir.

— Prends ton temps, vieux... On peut même s'accorder une fermeture exceptionnelle, aujourd'hui. Retourne te coucher...

— Non, je vais aller travailler ; en prenant le bus de 8 h 23, j'y serai pour 9 h 00. On risque de perdre des clients, mais il est déjà trop tard. Toi, tu dois aller dormir...

Lorsque Jack se tourna vers lui, Stéphane mesura objectivement l'état d'épuisement qui l'avait gagné : joues humides de sueur, yeux rougis, teint livide, veines turgescentes sur le front et les tempes. Des traits tirés terminaient d'exprimer le visage d'un homme excédé.

— Ça ne te fait donc rien qu'elle soit partie ? demanda-t-il en montrant le soutien-gorge et le tanga qu'il avait trouvés devant le clavier.

Stéphane prit le temps de réfléchir à sa réponse et dit simplement :

— Nous savions qu'elle partirait. Ni toi, ni moi, ni personne n'aurait pu l'empêcher d'y aller. Il faut se faire une raison... Mais qu'as-tu vu, précisément ?

— Elle était crucifiée sur un triangle dont les trois côtés brillaient d'une aveuglante lumière bleue. Comme pour Suzanne et Antoine, elle était toute nue mais elle avait un sac à dos derrière.

— Elle s'y était donc préparée. Et elle était dans quel état ? Elle t'a vu ?

— Elle avait l'air d'être sereine et triste à la fois ; c'est ce qui m'a frappé. Et je crois qu'elle m'a vu. Elle semblait même me sourire mais vu qu'elle était toute petite, je n'en suis pas sûr. Et c'est peut-être ce qui me fait le plus de mal. Après tout ce que je lui ai fait...

Stéphane regarda l'écran et vit très distinctement la trace humide de la main de Jack.

— On dirait que tu as cherché à expier...

Jack ne répondit pas et se détourna du jeune homme en allant calmement vers les marches de l'escalier.

— Sabine, Angélique et Émmanuelle dorment encore ? demanda-t-il.

— Je pense. Elles n'ont manifestement pas été réveillées.

Stéphane s'attendit à ce que Jack lui dise qu'il faudrait les mettre au courant dès qu'elles se réveilleraient, mais il descendit les marches en s'enfermant aussi hermétiquement dans son mutisme que dans sa chambre. En conséquence de quoi le jeune apprenti, seul, récupéra les sous-vêtements de Sidonie et éteignit lui-même le micro-ordinateur après avoir retiré la disquette rouge qu'il garda avec lui.

***

Suzanne, cachée derrière le rempart que formait l'angle du mur avec les barreaux d'une cellule, bondit soudainement hors de sa cachette et se précipita à grandes enjambées vers Polyphème tout en tendant les bras sur les côtés comme pour déployer ses ailes. Une boule d'énergie d'un orange lumineux apparut dans chacune de ses paumes au moment où le cyclope arrivait à proximité d'elle pour déchaîner contre elle les foudres de son fouet métallique. Elle sauta quelques fractions de seconde avant que les lourds maillons ne pulvérisent le sol sous ses pieds et fit passer à gauche la concentration de pétulance qu'elle tenait dans le creux de sa main droite pour intensifier la force du projectile qu'elle se préparait déjà à lancer comme une balle de base-ball. Les deux sphères unies en une seule prirent plus de volume et vacillèrent de plus en plus vite alors que Suzanne retombait droit vers Polyphème. Avant de chuter entre les deux jambes du colosse, elle projeta vigoureusement l'amas d'énergie en direction de la poitrine gonflée de pectoraux saillants et entendit l'impact au moment même où elle heurta violemment le sol pour se retrouver derrière son adversaire.

Elle s'était à peine relevée que la chaîne de Polyphème s'abattit aussitôt dans son dos : il avait anticipé ses mouvements et s'était retourné pour frapper vers le bas aussitôt qu'il avait reçu le coup qu'elle lui avait porté. Les insupportables signaux de douleur que le cerveau de Suzanne recevait de sa colonne vertébrale semblaient chercher à lui faire comprendre que ses côtes comprimaient douloureusement ses poumons ; elle eut autant de mal à respirer qu'à se relever, tant son dos la faisait souffrir. Inexorablement, des larmes de souffrance s'étaient accumulées sur la ligne inférieure de ses paupières et elles coulèrent lorsqu'elle se redressa sur ses genoux. Elle n'eut pas le temps de voir le pied massif de Polyphème arriver sur elle et la heurter dans le thorax : immédiatement, elle cracha une longue salve de sang et fut littéralement soulevée du sol avant de retomber lourdement et de racler le sol sur six mètres pour s'arrêter enfin.

Tentant de reprendre sa respiration, Suzanne essaya de se redresser mais ne parvint pas à trouver la force de pousser sur ses bras pour se remettre sur les jambes. Au contraire, elle chuta lamentablement de tout son poids, le visage plaqué sur la froideur du granit. Cette fois-ci, elle se sentait écrasée de l'intérieur, vidée d'énergie et incapable de faire un geste. Et elle sombra dans un profond désespoir, immobilisée à la merci de son geôlier, ne pouvant rien faire d'autre que d'attendre le coup de grâce qu'il lui assénerait sous peu.

Mais rien d'autre que son cœur qui semblait battre la chamade dans ses tempes ne brisait le silence. Ainsi qu'une respiration haletante qui n'était pas la sienne.

Alors, dans un effort qui lui arracha des hurlements de douleur, Suzanne releva la tête tout en tirant sur ses mains plaquées au sol et elle fut aussitôt stupéfaite de voir que Polyphème avait posé un genou à terre. De suite, la plaie béante exhibant une cage thoracique éclatée dont les côtes avaient perforé les poumons se révéla devant le regard de la femme qui poursuivit ses pénibles mouvements pour se mettre debout. L'énorme cœur mis à nu par la dernière attaque qu'elle lui avait portée remuait spasmodiquement, éjectant des filets d'un sang écarlate à chaque gonflement de l'un de ses ventricules. Visage baissé, paupière mi-close, le cyclope semblait lui aussi avoir du mal à retrouver toute sa vigueur et son crâne dégarni suintant de sueur laissait distinctement apercevoir de grosses veines bleues gonflées par les afflux sanguins que sa blessure provoquait. Mais le poing fermement posé au sol n'avait pas lâché la longue et redoutable chaîne et son autre main, posée sur la partie gauche de sa poitrine, donnait l'impression de vouloir retenir le cœur en place.

Suzanne, enfin debout, réajusta sur son corps le morceau de tissu qui cachait sa nudité tandis que son ennemi, à une trentaine de mètres d'elle, s'évertuait à essayer de se redresser à son tour. Cependant, sa blessure semblait le faire souffrir à un point tel que sa volonté était trop faible face à la morsure d'une douleur dont elle n'osa imaginer l'intensité. Elle-même était épuisée, mais elle n'avait d'autre choix, à présent, que de poursuivre cette confrontation qui l'opposait à une créature dont elle ne savait rien.

Elle fit quelques pas, doucement d'abord, puis en accélérant par la suite, pour se ruer vers lui avec une hardiesse qu'elle ne se connaissait pas. C'est alors qu'il lâcha la chaîne et parvint à se saisir de Suzanne quand elle arriva à portée. Sans attendre, il la souleva à deux mains et la tint d'une poigne ferme qu'il comprima pour éclater le corps de celle qui s'était opposée à ses plans. Elle hurla sans retenue tout en créant deux boules d'énergie qu'elle projeta sur les poignets de la créature qui, à son tour, poussa un grognement rauque alors que les mains, immédiatement déchiquetées à leur base, relâchaient leur emprise. Elles chutèrent lourdement sur le sol de chaque côté de Suzanne qui parvint à retomber sur ses pieds tandis que Polyphème se rejetait en arrière en dressant devant lui ses deux moignons sanguinolents. Et s'écroula lourdement sur le sol.

Prise dans le feu de l'action, gagnée par la montée d'adrénaline, elle grimpa frénétiquement sur le cyclope en montant sur ses cuisses, sauta sur le ventre, arpenta la poitrine ouverte et piétina le visage avant de projeter une grosse sphère de pétulance qu'elle forma entre ses deux mains levées au-dessus de sa tête. D'un mouvement circulaire bien courbe, Suzanne propulsa son projectile au sommet du crâne et sauta au sol derrière lui avant d'être légèrement repoussée par la déflagration. Debout à l'écart du lieu où venait de se dérouler un acte déterminant de cette titanomachie semblable aux tragédies les plus amères, Suzanne soupira de lassitude. Par-dessus son épaule, elle constata qu'elle était parvenue à briser la boîte crânienne du géant qui, allongé sur le dos, continuait de hurler en proie aux douleurs que sa poitrine et ses poignets lui faisaient ressentir. La cervelle flasque, ensanglantée et disproportionnellement minuscule par rapport au gabarit de la créature, bougeait ignoblement dans le crâne. Et s'exposait dans une merveilleuse vulnérabilité.

— Un *putain* de dernier effort, ma petite Suzanne ! s'exclama-t-elle.

S'approchant prudemment du titan qui gisait au sol pour tenter de prendre le dessus sur ses nouvelles blessures qui le lançaient, elle prépara deux boules d'énergie dans ses mains lorsqu'elle fut suffisamment proche de lui pour être soumise à toute éventuelle attaque qu'il pourrait lui porter. Mais il ne bougeait pas. Suzanne relâcha le pouvoir qu'elle avait dans ses paumes pour faire disparaître les amas de pétulance lumineuse qu'elle avait formés, non pas parce qu'elle se croyait à l'abri d'un coup bas de Polyphème, mais parce qu'elle allait devoir s'accrocher aux massives épaules qui lui faisaient face pour monter sur la poitrine et atteindre le cœur.

Néanmoins, lorsqu'elle pensa faire ce qu'il fallait dans son esprit pour désintégrer les deux sphères orange qu'elle tenait encore entre ses doigts, elle sentit que quelque chose n'allait pas et les projectiles se dilatèrent si violemment que Suzanne comprit qu'ils étaient hors de contrôle. Prise de panique et constatant qu'ils menaçaient d'éclater dans ses mains, elle les projeta droit devant elle juste avant qu'ils n'explosent en élevant un souffle si puissant qu'elle fut repoussée de trois mètres en arrière.

— Mais qu'est-ce qu'il m'arrive ? hurla-t-elle en se redressant.

Elle tenta alors de créer une petite boule d'énergie pour mesurer l'ampleur du problème et fut stupéfaite de constater qu'elle n'y parvenait plus. C'est avec une indicible frayeur qu'elle regardait la paume de sa main gauche qui exhibait la blancheur de sa peau sans qu'aucune sphère orange ne vienne troubler cette pâleur immaculée. Elle leva alors les yeux vers Polyphème qui grognait presque silencieusement, encore allongé sur le dos ; le trou béant dans sa cage thoracique créait un relief important au niveau de sa poitrine et quelques morceaux brunâtres bordaient ses pectoraux éventrés.

— J'ai pourtant réussi à me servir de la pétulance après avoir reçu le dernier coup qu'il m'a porté. Alors pourquoi diable ne puis-je désormais plus canaliser cette énergie ?

Le cyclope, neutralisé, s'avérait incapable de faire un seul mouvement ; affaibli par les vives douleurs qui assaillaient sa conscience de signaux qu'il tentait tant bien que mal de supporter, il luttait contre lui-même pour trouver la force de se concentrer sur ce qu'il essayait de faire : se téléporter là où il serait en sécurité et pourrait être soigné.

Et il disparut.

***

— Vous voilà tous deux prêts à repartir dans cette ville pour y accomplir votre mission, conclut Magdalena. Alors ne perdez pas une minute et hâtez-vous d'y retourner parce que si vous mourez avant d'avoir assumé la responsabilité de ce que Capella attend de vous, vous passerez l'éternité de votre trépas dans le Neither, et l'Æther, lui, se passera de votre présence. De votre succès dépend le repos de votre âme...

Max et Wilfried, requinqués et rhabillés, se tenaient debout près de la porte d'entrée de la petite bâtisse qu'ils avaient pris pour domicile pendant quelques longues heures, et le regard de la femme qui se dressait à leurs côtés les invitait bien plus vigoureusement encore que ses paroles à prendre congé.

— Et toi, demanda Wilfried, que vas-tu faire ?

— Ce que je suis censée faire dans le cas présent, c'est-à-dire contacter Capella et lui faire un compte-rendu de votre passage ici avant que Mutine n'arrive avec Bérénice. Ensuite seulement, je m'occuperai de Polyphème !

— Comment ça ? brailla Max.

— Si ton esprit n'avait pas été aussi corrompu par ta stupidité, pauvre petit colibri, tu aurais déjà remarqué depuis quatre minutes qu'il se trouve à l'heure actuelle allongé dans l'herbe, juste devant, expliqua-t-elle en désignant d'un coup de tête la porte attenante. Il est grièvement blessé et est parvenu par un miracle de volonté à se téléporter ici. Si tu étais aussi intelligent que Polyphème est courageux, tu n'aurais jamais posé la question.

Max grinça des dents mais ne dit rien et se contenta d'ouvrir la porte pour sortir. Wilfried le suivit et Magdalena referma leur marche en la claquant derrière elle. Aussitôt baignés par la lumière déclinante du crépuscule qui mourait à l'horizon en direction du labyrinthe du Dedalesk, leurs yeux se posèrent sur l'immense titan, plongé dans l'inconscience que ses ultimes efforts pour se téléporter avaient provoquée, gisant au sol à une vingtaine de mètres d'eux. Tous trois constatèrent de suite à quel point il était grièvement blessé, mais la déesse diagnostiqua sans aucune hésitation qu'il avait toutes les chances de survivre.

— Qui lui a fait ça ? demanda Wilfried sans s'adresser à qui que ce soit en particulier, incapable de détacher son regard du colosse blessé qui lui inspirait une ardente commisération. Se pourrait-il que l'un des deux étrangers en soit responsable ?

Magdalena s'approcha du géant en passant devant les dieux qui l'accompagnaient et regarda les moignons sanguinolents avant que ses yeux n'estiment la gravité de sa blessure à la poitrine puis de celle de son crâne fracassé.

— Elle s'appelle Suzanne Labille et est l'une des trois personnes à avoir pénétré ici.

— Je croyais qu'ils n'étaient que deux ! s'exclama Max.

— Pour une fois, tu as raison, souligna-t-elle, mais un troisième cafard vient d'arriver à l'instant. Une femme répondant au nom de Sidonie. Sidonie Mester.

— Quoi ? s'exclama Max. C'est elle qui détient la disquette !

— Impossible ! trancha Magdalena. Elle n'aurait pas pu à la fois s'en servir et l'emporter avec elle. Et pour ta gouverne, sache que Suzanne est parvenue à mettre notre cher Polyphème à mal grâce à la pétulance que lui a léguée Barbara avant de mourir.

— Barbara Caterpens ? Cette diablesse est donc morte ? Bon débarras ! cracha-t-il en observant son complice aller jusqu'au géant allongé dans toute sa vulnérabilité. Par contre, commença-t-il en se tournant à nouveau vers Magdalena, ça veut dire que Suzanne et Sidonie sont toutes les deux au manoir de Cardonthöl sans la moindre surveillance ?

— En effet, fit-elle. Polyphème n'a abandonné son poste que par instinct de survie. S'il meurt et que Suzanne parvient à tuer les six autres dignitaires de nos régions, alors Capella sera exposé à une possible mort, et on ne peut se permettre aucun risque. Dans ce cas de figure, l'abandon de poste ne peut être considéré comme répréhensible.

— Je ne suis pas de ton avis, Magdalena ! répondit Max avec véhémence. Polyphème est manifestement bien trop faible pour être à même d'endosser encore les responsabilités qui incombent à chacun des dignitaires. Il a pour mission unique de rester dans ses quartiers pour y remplir son office, même s'il doit mourir pour cela. Il a failli à sa tâche, a laissé deux avortons envahir le secteur qu'il se doit de protéger et est venu quémander audience et assistance auprès de toi alors qu'il devrait avoir honte d'apparaître comme tel.

— Non, Max ! Tu fais err...

— Hors de ma vue ! hurla le jeune dieu avant de faire disparaître le colosse en créant une porte qui apparut autour de lui et s'évanouit aussi vite en l'emportant.

Wilfried, n'ayant pu réagir à temps pour empêcher son complice d'agir, se retourna vivement vers lui, lequel venait tout juste de rabattre sa capuche sur sa tête, évitant ainsi de garder les yeux sur l'herbe écrasée par le poids du colosse désormais hors de vue.

— Mais es-tu devenu fou ? Dans son état, tu l'as envoyé à la mort !

— Une mort qui réhabilitera son âme et lui ouvrira ainsi les portes de l'Æther. C'est dans son trépas qu'il trouvera la rédemption, expliqua Max en s'approchant de lui.

— Suzanne l'a grièvement blessé, Max, et il est inconscient ! Tu perds la tête !

— Et alors ? Cette femme serait bien incapable d'en venir à bout, sa pétulance n'étant certainement pas suffisamment puissante pour inquiéter ce diable de Polyphème. En outre, même si elle y arrivait, Sleipnir la neutraliserait ensuite sans problème dans la plaine de Chronopolis.

Magdalena vint jusqu'aux deux dieux et posa une main légère sur l'épaule de Max avant de l'empoigner fermement.

— Si Sleipnir a été assez imprudent pour se faire duper par Bérénice et la laisser s'enfuir, elle qui n'a pas le plus infime pouvoir, imagine ce que Suzanne pourrait faire à notre canasson, lui suggéra-t-elle. Et je te rappelle que moi seule puis intervenir !

— Max, fit Wilfried, tu vas retourner au manoir et rectifier ton erreur. Tu vas ramener Polyphème ici pour que Magdalena puisse le remettre sur pied.

— Je vais surtout y aller pour voir cette Suzanne ! décida Max.

— Et tu ramènes Polyphème ici ! ordonna son complice.

— Peuh ! cracha-t-il avant de disparaître sans même se tourner vers Magdalena ni Wilfried.

Tous deux se regardèrent et il soupira.

— Il est de plus en plus insolent et n'en fait qu'à sa tête. Il me fatigue...

— Wilfried... Tu as été l'ami de Virgil et Silène qui nous ont tous deux trahis. Et ton comparse se comporte comme un enfant écervelé. Je ne comprends pas comment, toi qui es intelligent, tu peux aussi mal choisir tes amis...

L'homme, pour une fois, se sentit personnellement insulté par les propos de la créature hautaine qui se tenait à ses côtés. Il déglutit, desserra les lèvres pour parler, hésita un instant et referma la bouche en se tournant vers Alnitak qui descendait progressivement en direction de la tour de Falken. Magdalena sourit discrètement, mais pas suffisamment pour qu'il ne perçoive pas le rictus qui marquait à présent les traits du visage félin de la déesse. C'est d'un coup net qu'il trancha enfin le silence qui avait pris possession des monts de Sheeba.

— Tu n'avais pas un rapport à faire à notre Seigneur ?

Elle se renfrogna, vexée.

— Ne perds pas ton temps en sarcasmes inutiles, ajouta-t-il sur un ton sec. Tu ferais mieux de te rendre auprès de lui sans tarder ou il t'en cuira.

Wilfried disparut aussitôt en laissant derrière lui une saveur âcre dans la bouche de Magdalena.

***

Suzanne, après être finalement revenue dans sa cellule pour y prendre quelques fruits, était retournée dans le couloir, évitant les deux mains tranchées de Polyphème en croquant plusieurs fois dans l'un d'eux, faisant route vers la sortie du corridor. Où donc était passé son ennemi ?

Soudain, elle entendit un grondement lourd dans son dos, lui donnant l'impression d'une détonation qui avait réduit en charpie le sol qu'elle avait foulé du pied. Se retournant, elle constata aussitôt que Polyphème était revenu dans l'enceinte des prisons du manoir et accourut vers lui sans perdre une minute, jetant au loin les aliments qu'elle avait précédemment ramassés. Le titan, inconscient, s'était écroulé si lourdement au sol que le granit avait explosé sous l'impact du poids de son corps, et des milliers de cailloux et de rochers bordaient les contours de l'excavation dans laquelle il était négligemment affalé. Elle n'eut donc aucun mal à monter sur les jambes du cyclope, ni à atteindre la poitrine éclatée, évitant au passage de poser ses pieds nus sur les escarres béantes et sur l'aine fracassée maculée de croûtes de sang coagulé. Elle considéra la cage thoracique orientée vers le plafond du large couloir plongé dans une obscurité profonde à la lumière des torches accrochées au mur, et observa un instant l'humidité suintante qui luisait sur l'aorte ascendante avant que ses yeux ne dessinent les contours du cœur plus large que son propre corps.

Consciente que le temps lui était compté, ne serait-ce que par rapport à Antoine qui agonisait peut-être quelque part dans ce monde hostile, elle s'agenouilla sur le ventre de la monstrueuse créature qui lui était offerte et se concentra un instant pour réprimer le dégoût qui matraquait son esprit à la vue de l'ignoble réalité anatomique qu'elle avait sous les yeux. Approchant ses mains de part et d'autre du muscle dont elle allait devoir se saisir et arracher à ce qui le retenait, à l'instar des poumons proéminents qui le bloquaient lourdement, elle tourna la tête de côté pour chasser de son esprit son écœurement à la seule idée de toucher ces flasques organes.

Quelque chose derrière elle sembla bouger.

Elle stoppa son geste à l'instant même où ses doigts allaient toucher la surface humide du cœur et regarda plus franchement par-dessus son épaule, apercevant une silhouette dans la pénombre.

— Ainsi donc, c'est toi, Suzanne Labille ! demanda une voix dans l'obscurité.

Elle se redressa sur ses jambes et se retourna complètement, debout sur l'abdomen tout en muscles qui constituait pour elle un support fiable où elle pouvait tenir en équilibre sans risquer de tomber.

— Qui êtes-vous ? demanda-t-elle sans parvenir à bien distinguer l'homme qui s'approchait d'elle sans se presser, ne voyant qu'un vague visage orné de mèches blondes et emmitouflé dans une capuche sombre.

— Je m'appelle Max et je suis un...

Il ne prit pas la peine de finir sa phrase. Suzanne, quelque peu surprise, reprit :

— Que venez-vous faire ici ? Sachez en tout cas que je n'aurai aucun scrupule à me battre avec vous si vous tentez de m'empêcher de faire ce qui m'incombe.

Elle n'avait toujours pas réussi à recréer de sphère de pétulance, malgré les nombreux essais qu'elle avait tentés peu après que Polyphème se soit volatilisé pendant leur combat. Pourtant, elle ne souhaitait pas montrer qu'elle était aussi faible qu'à son arrivée sur Diadem 13 et préféra jouer la carte de l'intimidation devant cet homme qui la regardait comme si elle lui faisait peur. Cela donna de l'assurance à la femme qui ajouta :

— Eh bien ? Que vous arrive-t-il, Max ? Auriez-vous peur de moi ?

— Ainsi, c'est à toi que Barbara Caterpens a donné ses pouvoirs ?

— En effet ! Mais comment se fait-il que vous en soyez informé ?

Max ne répondit pas.

— Je n'ai pas de temps à perdre avec vous. J'ai une mission à accomplir, finit-elle par dire en se retournant avant de s'agenouiller à nouveau.

Mais l'homme se mit à froncer les sourcils et créa discrètement dans sa main une boule d'énergie dont le vert teinta soudainement les abords des cellules et alarma Suzanne qui regarda de côté et pouvait deviner, dans son champ de vision, que l'homme semblait prêt à combattre. Terrifiée, elle ne bougea pas d'un iota mais se prépara mentalement à bondir dès l'instant où il projetterait son attaque sur elle.

L'expression qui avait gagné le visage du dieu plissait son front, écrasait ses yeux de deux sourcils fins et clairs et relevait le centre de sa lèvre supérieure, montrant quelques timides dents à peine visibles tant la bouche semblait trembler d'une commissure à l'autre.

Puis la boule d'énergie que Max avait créée dans sa main gauche diminua de volume jusqu'à disparaître complètement, et enfin la teinte verte laissa place à la danse des ombres projetées par les torches sur les murs des cellules et du souterrain creusés sous le manoir de Cardonthöl. Lui-même, surpris par l'effervescence qu'il ressentit au plus profond de son être, ne comprit pas vraiment ce qui venait de le pousser à se raviser de la sorte. Suzanne aussi se demanda ce qui justifiait que l'homme ait désintégré sa propre pétulance, mais elle n'en était pas plus rassérénée. Au contraire, elle s'attendit à une traîtrise ; l'homme avait un comportement bien trop étrange et semblait suffisamment antipathique pour ne pas se fier à lui.

Pourtant, Max ne fit rien d'autre que se téléporter ailleurs ; Suzanne en resta bouche bée.

***

Sabine, baignée par un soleil déjà assassin, revint tranquillement vers le pavillon ; en d'autres circonstances, Jack se serait sans doute moqué de son pyjama rose estampillé de nombreux petits lapins dans les tons pastels imprimés un peu partout sur le pantalon et la chemise qu'elle portait. Mais il n'était pas d'humeur taquine aujourd'hui et devait annoncer la nouvelle de la disparition de Sidonie à tout le monde. Stéphane était parti à la boulangerie-pâtisserie depuis quelques instants et il avait finalement trouvé la motivation pour confier à son patron et ami la délicate charge de prévenir les autres colocataires de la résidence. Du coup, lorsque Jack, qui n'avait pas pu se rendormir depuis qu'il avait été réveillé par le cri de la blonde, avait aperçu par la fenêtre de sa chambre la Néerlandaise sortie chercher le courrier dans la boîte à lettres dressée à côté du portail, il était aussitôt descendu dans la cuisine pour l'observer par les vitres en cherchant ses mots. Il finit par aller dans l'entrée dès qu'elle en franchit le seuil.

— Jack ! s'exclama-t-elle en le voyant planté là, penaud et visiblement agacé. Tu en fais, une tête !

— Il faut que je te prévienne, Sabine...

— De quoi ?

Elle passa à côté de lui en finissant de regarder le tas de lettres et de prospectus qu'elle tenait dans la main et ne prêta guère attention au mutisme dans lequel son ami d'enfance s'était manifestement enfermé. Elle se contenta de remarquer :

— Il y a une lettre pour monsieur Barnier. Et on a reçu un bulletin de participation pour le grand rallye annuel de la ville. Je ne savais pas...

— Sidonie est partie !

Les enveloppes et feuilles volantes tombèrent d'une traite, frappant le sol dans un bruit sec. L'homme et la femme se regardèrent dans les yeux et des messages qui ne laissaient aucune place au doute transitèrent entre eux, comme s'ils communiquaient par télépathie : chacun d'entre eux était à la fois agent et percipient. Pourtant, ils ne s'étaient pas transmis la moindre pensée : la simple phrase qu'avait prononcée Jack voulait tout dire.

***

Aussi incroyable que cela lui parut, il sembla à Suzanne qu'elle s'était enfin habituée aux désagréables sensations de la pétulance ; elle n'était plus incommodée par les larmes, les coulées nasales et le dégoût à la simple idée de renvoyer ce qu'elle avait avalé. Elle y était presque insensible et s'en trouvait stupéfaite. Peut-être aussi le fait de se concentrer pour mieux canaliser toute sa force afin de parvenir à arracher le cœur bloqué derrière les grands poumons qui la gênaient faisait-il diversion.

Mais elle sentait pourtant bien que la matière flasque et tiède en contact avec ses deux paumes inoculait en elle une chaleur qui l'écœurait. Sa main droite était plaquée contre le ventricule gauche tandis que le bout des doigts de son autre main touchait l'atrium droit de l'énorme organe. De fait, elle avait ainsi l'impression d'être dans la bonne position pour soulever le cœur, bien qu'elle fût prosternée sur l'abdomen du cyclope inerte et que ses avant-bras fussent bloqués jusqu'aux coudes par les deux poumons.

Elle avança légèrement ses genoux par petits mouvements alternatifs afin d'être plus au bord de la plaie, se pencha sur sa droite pour écarter de l'épaule une côte brisée aux esquilles osseuses éparses et commença progressivement à se redresser en arrière en tirant sur le cœur. Ainsi, elle vit les poumons se soulever devant elle en faisant suinter de sang les plèvres sanguinolentes, et tant les artères que les veines thoraciques internes se déchirèrent lorsque la tension devint trop puissante. À ce stade, les bruits humides que provoquaient les mouvements des organes flaccides n'avaient déjà plus aucune incidence sur Suzanne qui continuait à tirer sur le cœur, lequel, peu à peu, se désolidarisait du berceau dans lequel il avait été retenu.

Lorsque les fesses de la jeune femme se posèrent enfin sur ses talons, elle considéra l'organe qui devait approximativement mesurer, d'après elle, presque un mètre de large, et quand elle recula un peu plus le haut de son corps d'un basculement vers l'arrière, le poids de ce qu'elle tenait entre les mains lui sembla plus léger pendant une fraction de seconde à l'instant même où le cœur fut complètement soustrait à l'emprise de la cage thoracique. Elle le prit contre elle, laissant les dernières effusions de sang jaillir des veines, des artères et de l'arc aortique arrachés, et le cala contre les flancs courbes de sa poitrine tout en créant un support de ses avants-bras pour le poser dessus afin de ne le faire ni glisser ni éclater.

Lentement, Suzanne souleva son postérieur et redressa les talons vers le haut pour que ses doigts de pieds épousent à nouveau la surface de l'abdomen de Polyphème, dans le but de pouvoir exercer un léger à-coup sur ses genoux et se tenir accroupie. Puis elle se redressa progressivement en prenant garde de ne pas faire de mouvement brusque : elle n'était pas bien calée sur lui et devait donc faire attention à ne pas faire basculer son centre de gravité en avant. En outre, à cause de la partie supérieure du cœur qui atteignait la hauteur de son visage, elle ne voyait rien en contrebas et ignorait donc où elle posait les pieds. Elle se hasarda donc à avancer en tâtant avec ses orteils la surface sur sa gauche pour ne pas se retrouver enfoncée dans la cage thoracique du cyclope et réprima un soudain dégoût en sentant de nauséabondes effluves se dégager de l'organe qu'elle tenait contre elle. C'est ainsi qu'elle atteignit le cou du titan et s'y arrêta à pieds joints pour pouvoir, en se penchant en avant au-dessus du visage, avoir un visuel sur la plaie béante au sommet de son crâne quand elle se tourna d'un quart de tour à droite et regarda à gauche. La cervelle du titan était là.

Épuisée, Suzanne commença à faire basculer ses membres

supérieurs latéralement, sans perdre des yeux le trou qu'elle avait créé dans le crâne de sa victime, et ses mains tenant le cœur allaient et venaient allègrement en direction de l'ouverture. Elle espérait en elle-même qu'elle le lancerait avec justesse mais cet espoir ne lui ôtait en rien l'appréhension qui la tenaillait à l'idée de manquer sa cible et d'éclater le cœur s'il devait tomber au sol.

— Allez, ma belle, souffla-t-elle en augmentant l'amplitude des mouvements que créaient ses mains. Tu vas pouvoir te lancer ensuite en direction de la deuxième région de Diadem 13 et par là même rechercher Antoine. Il est peut-être même ici dans le manoir. Mais pour sortir, il faut vaincre les sept créatures, et si tu rates ton coup maintenant, tout sera perdu pour lui et toi. Alors vas-y, vise bien.

Suzanne pleurait, mais aucune des larmes qui ruisselaient sur ses joues n'était due à l'inquiétude qu'elle se faisait pour son ami ou pour elle-même, ni même au sacrifice de Barbara. Du moins, pas directement. Ces larmes étaient surtout une façon pour elle d'évacuer le trop-plein d'émotions accumulées ces derniers jours, depuis le soir où Jack avait annoncé aux autres colocataires et à elle qu'ils avaient la possibilité de vivre ensemble dans la résidence de monsieur Barnier. Cette soirée lui paraissait si lointaine qu'il lui sembla que le fardeau des rebondissements qu'elle avait vécus depuis et qui s'était alourdi un peu plus chaque jour écrasait ses épaules depuis des mois, bien que cela fît une petite semaine. L'évacuation de la charge émotionnelle se dégageant d'elle la libérait d'une pression dont elle avait mésestimé l'importance, et malgré le poids du cœur qu'elle soutenait encore de ses mains, elle ressentit un allègement dans son corps. Elle savait toutefois qu'il s'agissait là d'un phénomène tout à fait naturel et se sentit même heureuse de pouvoir exprimer ce que cette accumulation d'émotions la poussait à faire.

Clignant des yeux, elle fit couler ses dernières larmes afin de libérer sa vue et fit une mise au point sur le trou de l'os frontal qui exhibait, au-delà de la déchirure du muscle épicrânien, la surface humide du cerveau logé dans la tête du cyclope qui, sans le savoir, était peut-être déjà plongé dans son dernier sommeil. Jamais plus il ne devait se réveiller.

Suzanne lâcha enfin le lourd cœur en direction du front et murmura aussitôt :

— Jamais plus...

***

Wilfried revint à Sanlys-sur-Mer, apparaissant soudainement au sommet du château d'eau situé à l'extrême est de la ville dans le quartier des Jonquilles, au niveau de l'avenue du Ruisseau Céleste. Au loin devant lui, la chapelle Saint-Syd dressait son clocher au-devant de l'hypermarché Le Coq Étoilé et du cinéma Sigma 9. Tournant le dos au soleil levant de ce 12 juin 1990, il observa la plage *Sunbeach 36* dans le lointain diffus tout en se laissant caresser par le vent qui faisait onduler ses longs cheveux châtains dans son dos. Il était seul. Tout du moins en apparence.

— Tu l'as ramené chez Magdalena ? demanda-t-il tout bas trois secondes avant que Max n'apparaisse à ses côtés.

— Non ! répondit le blond en observant aussitôt l'océan qui se perdait à l'horizon. Polyphème est toujours dans les prisons. Par contre, j'ai vu cette femme, Suzanne.

— Et alors, tu lui as réglé son compte ? Tu dois pourtant savoir que seule Magdalena a le droit d'intervenir. Ne va pas au-delà de tes prérogatives.

Max ne répondit pas et sembla au contraire chercher ses mots pour expliquer les raisons pour lesquelles il n'était pas intervenu. Mais rien ne lui parut assez éloquent pour faire comprendre à son complice ce qu'il s'était passé dans sa tête. Il décida finalement de noyer le poisson.

— Capella nous a donné une mission, à savoir châtier Silène, et nous devons aussi récupérer la disquette pour la détruire. Je ne suis donc pas à même de décider de passer outre ses ordres et de prendre mes propres initiatives.

Wilfried ricana et lui répondit avec amusement.

— Tu m'as l'air bien vertueux, tout à coup !

Max, sans le regarder, répondit :

— Idéalement, on devrait tous ensemble faire face à cette fille, ainsi qu'à Silène et aux cafards : toi et moi, mais aussi Magdalena, Clotho, Mutine et Nectarine, Falken, Cerbère et les autres. On devrait tous éradiquer ces gêneurs une fois pour toutes plutôt que de perdre notre temps à disperser nos efforts comme nous l'avons fait jusqu'à présent. Je me doute néanmoins que nous devons obéir aux ordres de notre Seigneur et Maître et procéder comme il l'entend. La vertu n'a donc rien à voir : j'exécute les ordres, un point c'est tout !

— Ce que tu dis est bien étrange : tu désobéis aux ordres en renvoyant Polyphème dans son domaine, puis tu t'y rends seul, soi-disant pour aller à la rencontre de Suzanne, et quand je te retrouve ici, tu tiens un discours en inadéquation avec tes précédents agissements. Alors quoi, Max ? Que s'est-il passé dans les prisons pour que tu réagisses ainsi ? Tu ne m'as jamais habitué à un esprit si magnanime.

Le jeune dieu tourna vers son ami un visage qui se voulait impassible et étrécit les yeux pour les obscurcir afin d'empêcher son aîné d'y lire quoi que ce soit. Mais Wilfried ressentit très distinctement le voile fin des émotions qui circulaient dans les veines de son complice et transpiraient jusqu'à la surface de ses rétines.

— Quoi, Max ? Tu es...

— Tais-toi, Wilfried ! vociféra-t-il. S'il-te-plaît, ajouta-t-il tout bas en lui tournant le dos.

Il avait beau se détourner de son ami, Max savait qu'il ne pourrait réussir à bannir ce qu'il ressentait au fond de son âme. Même Clotho, qui lui avait beaucoup apporté en son temps, n'était toutefois jamais parvenue à déchirer le voile d'une opaque épaisseur derrière lequel s'était toujours retranché le cœur enchaîné du jeune dieu. Seule Simbelmynë l'avait pu, mais c'était il y a bien longtemps et elle avait investi tout son temps et l'intégralité de l'énergie dont elle avait disposé pour fissurer les parois du *blockhaus* dans lequel il avait enfermé le peu d'humanité qu'il y avait en lui. Pourtant, Suzanne, d'un seul regard et sans en être consciente, avait brisé en morceaux le puissant étau qui avait neutralisé toute forme de sentiment du dieu.

Max avait toujours clamé qu'il ne se laisserait jamais aller à quelque attachement tout bonnement humain, et bien qu'il éprouvât une tendresse particulière pour Wilfried qu'il considérait comme un grand frère, il avait toujours tenu à certifier qu'il n'en était rien, se voilant outrageusement la face. Fataliste, cruel, cynique, égoïste, impétueux, il assumait pleinement d'avoir un mauvais fond.

Et il savait que son Amour pour Suzanne ne lui accorderait aucune rédemption, ni ne lui ouvrirait les portes de l'Æther.

***

Dans l'obscurité vacillante du couloir creusé sous le manoir de Cardonthöl s'était élevé un silence que Suzanne n'avait pas osé briser depuis que le cœur avait roulé sur le front de Polyphème avant de retomber lourdement derrière sa tête et d'éclater au sol, répandant un amas de morceaux de barbaque constitués d'auricules et de ventricules rosis et tièdes faisant corps avec des apex saillants et sanguinolents et des artères malodorantes crevées transpirant leurs dernières gouttes de sang. Les mauvaises odeurs dégagées par l'organe disloqué baignant dans une large mare d'hémoglobine incommodaient fortement la jeune femme qui était redescendue au sol derrière le colosse et se tenait à trois mètres de la macabre nature morte dispersée sur le granit. Rien ne semblait avoir changé à ses yeux et elle se demanda s'il n'aurait pas fallu que le contact entre le cœur et la cervelle soit plus long que le bref instant pendant lequel le premier avait roulé sur la seconde.

— Est-ce que j'ai réussi... ?

Le question qu'elle venait de se poser s'élevait encore dans les profondeurs du corridor longeant les cellules des prisons lorsqu'elle constata que le cerveau de Polyphème commençait à brunir tout en ayant l'air de se déshydrater ; il semblait à Suzanne que sa surface suintante était à présent aussi mate et sèche que de la craie. Elle s'approcha donc plus encore du titan gisant, prenant garde d'éviter les éclaboussures écarlates qui maculaient la froidure du roc à côté d'elle, appuya ses deux mains sur le crâne dégarni de sa victime et se dressa sur la pointe des pieds pour observer la plaie ouverte dans la boîte crânienne qui se dévoilait à ses yeux. Elle vit donc très distinctement la rougeur de la cervelle s'obscurcir en s'asséchant jusqu'à ce qu'elle soit brune. Aussi s'avéra-t-il que le phénomène se développait non seulement sur toute la partie visible du cerveau, mais également sur l'intégralité du corps du cyclope.

Suzanne avait réussi, sans même se rendre compte que le morceau de tissu qu'elle portait s'était arraché à l'instant précis où elle avait lâché le cœur du colossal ennemi, à accomplir la première étape de sa quête pour obtenir la doloire Capellarys.

Polyphème était mort.

Prise d'un soudain frisson qui parcourut l'échine de son corps des reins à sa nuque, elle s'approcha de l'étoffe de tissu déchiré maculé de sang frais par endroits et coagulé à d'autres, et le ramassa pour en couvrir sa nudité. Et bientôt, l'intégralité du cadavre de Polyphème fut réduite en une masse brune et sèche qui se cassa par endroits, croulant sous son poids, s'effritant ici-et-là. Au centre, les côtes de la cage thoracique formaient des arcs de cercle qui, disposés symétriquement, marquaient l'endroit d'où le cœur avait été extirpé. Un courant d'air aurait réussi à en faire de la poudre.

Réfléchissant aussitôt à la suite des évènements, Suzanne soupira longuement et commença à s'éloigner du corps redevenu poussière. Elle ne pensait aucunement à se réjouir de cette victoire, d'abord parce que le sacrifice de feu Barbara et l'inquiétude qu'elle ressentait pour Antoine l'empêchaient à présent de percevoir une quelconque lueur d'espoir, pas plus que la mise à mort du cyclope qui, contrairement à ce qu'elle s'était figuré avant leur combat, ne lui avait pas demandé autant d'efforts qu'elle se l'était imaginé. Cela la fit soudainement repenser à la pétulance qu'elle avait perdue.

Arrivée à proximité du barreau sectionné de sa cellule, elle arrêta de marcher, zieuta la pénombre sans rien distinguer et visualisa en elle-même l'emplacement de la tombe qu'elle avait creusée pour y enterrer celle qui lui avait donné sa vie. Elle entra alors à l'intérieur et s'empara de la torche qui ne brûlait plus que pour elle avant d'en ressortir aussitôt : les flambeaux qui donnaient leur lumière au couloir étaient disposés bien trop haut pour Suzanne et elle n'avait eu d'autre choix que de s'emparer de la seule torchère de la cellule où elle s'était éveillée.

Une fois sortie de la geôle, elle redressa l'avant-bras gauche et tenta de créer une sphère d'énergie destructrice : le seul et unique résultat qu'elle obtint fut une minuscule lumière orange qui apparut furtivement à un centimètre de sa paume avant de disparaître si soudainement que Suzanne eût pu penser avoir rêvé. Mais elle comprit toutefois que son pouvoir était encore là, présent en elle, mais qu'elle se devait de reprendre des forces, ayant puisé dans toutes les sources d'énergie dont elle disposait. Cela la rassura suffisamment pour la faire sourire. Elle commença d'ailleurs à se réjouir. Enfin.

Elle se dirigea à nouveau vers la sortie du corridor, d'abord en marchant puis en courant enfin jusqu'à atteindre un passage marqué par un grand arc brisé en tiers-point sculpté dans le granit, suffisamment haut et large pour pouvoir laisser passer Polyphème. Soutenu par deux colonnes dont le chapiteau circulaire se présentait marqué de motifs représentant des arabesques florales sculptées dans le roc, il donnait l'impression d'ouvrir la voie vers un nouvel univers. Et les odeurs pestilentielles qui s'amoncelaient dans les cellules derrière Suzanne, figées dans l'éternité du trépas des victimes, semblaient se noyer dans la fraîcheur d'un courant d'air qui venait de la salle dans laquelle elle allait s'engager.

Elle franchit le seuil de la grande pièce qui se dévoila sous ses yeux en s'étirant dans les hauteurs de quatre murs dont les bases formaient un rectangle au centre duquel se dressait un impressionnant escalier à vis. Celui-ci semblait à lui seul tenir si bien que l'extrémité extérieure des marches paraissait aussi stable et horizontale que si chacune d'entre elles eût été soutenue. Suzanne s'avança jusqu'au premier degré devant lequel elle s'arrêta pour observer le monument hélicoïdal dans toute sa splendeur : chaque marche de quarante-cinq centimètres d'épaisseur sur cinq mètres de longueur s'élargissait avec un angle de dix-huit degrés et se trouvait espacée des marches suivante et précédente par un jour de cinq centimètres de hauteur. Cet édifice permettait ainsi à Polyphème de pouvoir se déplacer dans son propre manoir, compte tenu de l'échappée de dix mètres qui séparait chaque marche de celle qui se situait précisément au-dessus d'elle.

En levant les yeux, la jeune femme aperçut une lumière qui venait du centre de l'escalier, à la hauteur du plafond de cette immense salle qui donnait l'impression de vouloir l'étouffer. Mais les marches semblaient poursuivre leur chemin hélicoïdal autour de leur propre axe au-delà de la salle supérieure et cela l'intrigua. Elle se décida donc à voir ce qu'il y avait au-dessus, dans un premier temps, et commença à les gravir lentement en levant bien les jambes pour ne pas trébucher en butant sur le nez des marches, prenant également soin de poser ses pieds bien à plat sur le giron de chacune d'entre elles.

Suzanne était impressionnée par la stabilité de l'escalier à vis qui ne tenait que sur son axe formé par le collet sur la gauche de chaque degré et elle se sentit même avoir le vertige quand elle s'approcha de la queue de la marche sur sa droite. Mais en bas, plus rien n'était distinct malgré les flammes de la torche qu'elle tenait fermement au-dessus du vide, et l'obscurité envahissante prenait possession du bas de la salle souterraine qui remontait manifestement au niveau du sol marqué par le plafond dont elle se rapprochait peu à peu.

Le granit des cellules et du couloir du sous-sol avait laissé place à de la pierre brute depuis qu'elle était entrée dans la volumineuse salle de l'escalier, mais ce que Suzanne découvrit dans la pièce suivante n'avait plus rien à voir avec les minéraux auxquels Diadem 13 l'avait habituée : ici, dans ce nouvel espace aussi sombre que les prisons dans lesquelles elle s'était retrouvée, elle découvrit des murs particulièrement plats et lisses, érigés en briques dorées finement travaillées et savamment décorées de motifs lui rappelant les hiéroglyphes égyptiens. Elle ne prit pas la peine de s'éterniser devant les grandes fresques qui dépeignaient une scène incluant des personnages aussi divers que variés mais tous génétiquement modifiés, comme un étrange chien à trois têtes et un mystérieux cheval à huit pattes, et préféra se diriger vers la majestueuse porte à deux vantaux qu'elle avait entraperçue sur sa droite aussitôt que son regard, depuis l'escalier, était arrivé à hauteur du sol.

D'une hauteur avoisinant les douze mètres, elle impressionnait non seulement par sa taille, mais également pas les ornements sculptés qui enjolivaient la surface du panneau central de chaque vantail et représentaient un soleil symétriquement coupé en deux à la verticale, et dont les rayons pareils à des lignes de fuite qui convergeaient vers l'astre étaient décorés : branches d'arbres feuillus, baies ressemblant à du raisin ou à des groseilles, cascades qui faisaient ruisseler un liquide figé dans le matériau. Le côté concrètement statique des décorations contrastait intensément avec le mouvement exprimé par ces différents éléments. Suzanne tenta de résister à l'admiration qui la poussait à laisser ses yeux se perdre dans les beautés sculpturales des deux vantaux : elle se devait de progresser et, renonçant à poursuivre son ascension de l'escalier à vis qu'elle avait laissé derrière elle, elle commença à pousser le centre de la porte en plaquant la paume de la main contre chaque battant. Mais les vantaux ne bougèrent aucunement sur leurs gonds : ils paraissaient ne jamais vouloir la laisser sortir de la pièce. Elle réprima un frisson d'angoisse.

Suzanne procéda donc autrement et exerça une poussée sur un seul et même battant de porte. Et le vantail pivota, cette fois-ci sans effort, en laissant entrer un courant d'air dans la pièce. Elle s'avança donc dans l'entrebâillement et se retrouva aussitôt à l'extérieur, ce qui la surprit au plus haut point.

À présent, le crépuscule embrasait de ses dernières lueurs incandescentes le ciel à l'horizon qui se fondait en un camaïeu de couleurs chaudes qui mouraient en une voûte céruléenne, laquelle devenait, à la verticale de Diadem 13, un rideau opaque d'une teinte mêlant superbement un bleu électrique et un noir inspirant le néant. Pas une seule étoile ne scintillait dans cette obscurité inquiétante. Mais ce qui intrigua Suzanne plus que tout, c'étaient les deux étranges dômes qui n'apparaissaient sous ses yeux que sous forme de silhouettes sombres entre lesquelles Alnitak était descendu progressivement pour finir par épouser la ligne de l'horizon disparaissant dans le lointain.

Avançant un peu dans la direction indiquée par la lumière de l'orbe, la jeune aventurière refoula un second frisson lorsqu'une brise chassa d'un coup la chaleur de cette nuit qui commençait, et lorsqu'elle se retourna, elle découvrit l'impressionnante paroi de la façade du manoir de Cardonthöl, se dressant dans la noirceur du ciel tout autant que dans celle, plus lugubre, du destin des femmes qui y avaient été emprisonnées et massacrées. Une construction impressionnante dont la connotation macabre jurait avec la grandeur manifeste du bâtisseur de cet édifice.

— Ce n'est pas un manoir, se dit-elle, mais un véritable château aux dimensions incroyables. Plus impressionnant que celui du Haut-Kœnigsbourg [89].

Mais le vent devenait suffisamment puissant pour inquiéter la jeune femme qui ne put rien faire pour empêcher le souffle d'éteindre les flammes de sa torche, et elle ne parvint plus qu'à deviner les détails de l'effroyable silhouette de l'édifice qui se détachait à peine du ciel. Sans qu'elle puisse faire quoi que ce soit pour le retenir, le haillon en tissu déchiré et maculé de salissures dont les natures étaient aussi diverses que variées ne résista pas davantage à la puissance du courant venteux et fut emporté au loin, laissant Suzanne nue comme un ver en proie au souffle glacial qui semblait frigorifier son corps. Elle revint donc vers la façade du manoir, non sans perdre de vue les petites fenêtres qui, en hauteur, donnaient sur l'extérieur et semblaient plus faire office de meurtrières que d'ouvertures classiques sur le jour. Elle s'arrêta soudain.

Une lumière scintillante, sans doute due à un foyer de cheminée ou à une torche, faisait danser la lueur éthérée qui couvrait le pourtour de l'une de ces fenêtres. Elle posa sa torche éteinte contre la paroi.

Et si Antoine était là-haut ? se demanda-t-elle en se plaquant dos contre le mur, juste à côté de la porte à deux vantaux, pour se protéger du vent qui semblait vouloir la statufier sur place. *D'après Barbara, il n'est pas dans le manoir et une drôle d'impression me dit que j'aurais effectivement tort de m'attendre à le trouver ici, mais...*

Frigorifiée, elle s'accroupit en se demandant si ce vent bien trop froid pour le supporter sans un seul vêtement sur elle allait cesser un jour, et se cala complètement contre le mur de l'édifice pour préserver sa chaleur corporelle. Et c'est alors qu'elle entendit, dans le souffle qui fouettait ses oreilles, le prénom d'Antoine appelé d'une voix féminine faible qui semblait venir d'un autre monde.

Puis le sien suivit.

Suzanne se dressa sur le qui-vive et s'interrogea : n'avait-elle pas rêvé ? Excitée par l'éventualité que l'une de ses colocataires soit venue dans la dimension, elle se gratta machinalement le bras et sentit la froideur de la peau de ses seins quand sa main toucha les courbes inférieures de sa poitrine. Mordus par la froidure, ses tétons s'étaient durcis et ses doigts commençaient à s'engourdir. Ses pieds nus, eux, ne lui envoyaient que de très faibles signaux, mais elle ne prit pas la peine de porter son attention sur son corps qui s'enfonçait progressivement dans une anesthésie générale, lui ôtant toute sensation tactile.

C'est alors qu'elle vit Sidonie.

Sortant inopinément du manoir, elle lui apparut dans l'éclairage projeté au sol dans le prolongement de l'entrebâillement créé par le vantail resté ouvert.

Suzanne crut à une hallucination, d'autant plus que la blonde se présentait elle aussi complètement dévêtue. Et nimbée de lumière.

Elles se regardèrent l'espace d'un instant : Sidonie lui fit un sourire qui contrastait avec les larmes qu'elle versait et que le vent emportait à distance, et Suzanne se rua vers elle en forçant son corps à faire circuler le sang dans ses muscles engourdis par les basses températures que le souffle ininterrompu avait inoculé dans tous ses membres. Sidonie accourut à son tour en ouvrant grand les bras, et l'espace d'un instant, elles communièrent dans une allégresse sans bornes à l'idée de se blottir l'une contre l'autre et d'affronter ensemble, unies, les affres de leur destin. Bien qu'elles courussent le plus vite possible, il leur semblait à toutes deux que la distance qui les séparait ne se réduisait pas. Pourtant, lorsque leurs mains se joignirent, lorsque leurs doigts se glissèrent les uns contre les autres, elles surent qu'elles s'étaient bel et bien retrouvées.

Mais le vent redoubla de puissance et deux courants contraires tentèrent de les séparer à leur grand désarroi.

— Qu'est-ce que... ?

Le vent les privait d'oxygène, fouettant violemment leur visage.

— Non ! s'exclama Suzanne en sentant la main de son amie se dérober sous ses doigts.

Yeux écarquillés, dents serrées, elles se regardèrent une fraction de seconde alors que les courants faisaient violemment onduler leurs cheveux devant leur visage. Mais les pieds de Sidonie glissèrent, la faisant basculer sur le côté, et elle fut inexorablement emportée au loin dans l'obscurité de la nuit en hurlant, s'envolant comme une marionnette soumise aux lois d'un dieu des vents bien capricieux. Suzanne, pour sa part, fut violemment projetée sur sa droite où elle heurta brutalement le mur du manoir avant de retomber lourdement au sol.

— Sidonie, souffla-t-elle entre deux grosses inspirations.

La blonde avait disparu en emportant ses exclamations dans le silence.

Le vent soufflait encore, mais bien moins puissamment qu'à l'instant où toutes deux avaient été balayées par des souffles antithétiques. Suzanne se releva, zieuta autour d'elle et son regard se perdit vers les dernières lueurs orangées qui se faisaient peu à peu engloutir par la nuit qui, au loin, gagnait du terrain du côté des monts de Sheeba.

Elle fondit en larmes, soumise à une profonde affliction, grattant le sol herbeux et arrachant une grosse motte de terre accompagnée de quelques brins glacés par le froid et cassés dans la paume de la main qui les avait soustrait à leur milieu naturel.

— Sidonie...

Se relevant vivement comme pour se dresser contre le marasme qui tentait de l'engloutir dans les tréfonds d'une peine sans bornes, elle lança au loin les agrégats et l'herbe qu'elle avait empoignés et ils furent aussitôt soumis au souffle violent qui les fit disparaître au loin. Rougis par le froid, ses yeux commençaient à ne plus supporter les basses températures qui régnaient aux abords du manoir, mais elle distingua pourtant une tache blanche sur l'obscurité noirâtre qui s'élevait dans les cieux de Diadem 13. Comme une aurore australe se formant sur la voûte céleste, ce voile éthéré se mouvait de manière fantomatique, mais Suzanne commença à y voir apparaître deux halos noirs qui donnaient l'impression d'une paire d'yeux verticalement étirés. Les marques qui s'étaient propagées sous une large latitude du ciel représentaient – cela ne faisait plus aucun doute pour elle – un visage.

Un visage inquiétant, blafard, sans expression.

Un visage qui semblait la regarder, la fixer sans rien faire d'autre que cela. Et une bouche se dessina petit à petit : une bouche qui s'élargissait, formant un rictus malsain, terrorisant. La commissure des lèvres s'étirait en remontant sur les côtés, et malgré le silence, ce faciès effrayant à vous glacer les sangs donnait l'impression de ricaner, voire de rire à gorge déployée, plus encore lorsque la bouche s'ouvrit. Ce visage blanc sur fond noir dans le ciel de ce monde étrange que Suzanne avait souhaité découvrir la fit amèrement regretter, cette fois encore, de s'être lancée avec Antoine dans cette hasardeuse entreprise, car la peur indicible qu'elle ressentait à présent lui était insoutenable. Le pire fut le rire grave et trouble qui sembla soudainement venir d'outre-tombe et qui brisa plus encore le silence déjà soumis au sifflement du vent. L'hilarité dans laquelle baignait cet effroyable faciès ne trouvait ses raisons que dans la folie d'une créature dont le rire composé de plusieurs voix graves superposées n'avait aucun sens. Les traits de ce visage trouble se mouvaient langoureusement, placardés dans le ciel nocturne, et Suzanne sentit en son for intérieur qu'elle ne pourrait jamais effacer de sa mémoire la troublante image qui ondulait au-dessus d'elle.

Puis, bien plus lentement que lorsqu'il était apparu, le visage disparut de plus en plus alors que le rire se perdait dans le lointain, grave et multiple comme si mille hommes s'esclaffaient effrontément, bientôt couvert par le vent qui faisait bruire la végétation alentour.

Et bientôt, le vent cessa, instaurant le retour du silence sous un ciel immaculé d'une noirceur virginale.

***

Max et Wilfried s'étaient une nouvelle fois rendus à la Résidence du Coucher de Soleil dans l'optique de récupérer la disquette rouge. Le blond avait été agacé d'apprendre que Sidonie s'en était servi et avait elle aussi osé se rendre sur Diadem 13 : cette nouvelle intrusion le débectait au plus haut point. *De quel droit ces cafards s'octroient-ils la liberté de fouler nos terres de leur présence maudite ?* se demandait-il. Il leur fallait, à Wilfried et lui, la reprendre le plus vite possible. Toutefois, ils avaient senti que le support de stockage qu'ils étaient venus soutirer aux colocataires ne se trouvait pas dans les murs de leur pavillon du dix-neuf de l'avenue Leclerc à cet instant. Où donc était-il ?

Ils lurent les pensées de Sabine et d'Émmanuelle pour voir si elles savaient où ils pourraient trouver l'objet de leur convoitise, mais pour elles, la disquette se situait quelque part dans la chambre de Sidonie. Or, elle ne s'y trouvait pas. Incapables de sonder les pensées d'un humain endormi – le niveau de conscience du sujet étant trop profond pour eux, Max et Wilfried ne purent accéder à l'esprit de Jack qui savait que Stéphane l'avait conservée avec lui.

Les dieux, après avoir silencieusement investi les lieux, quittèrent la résidence et se téléportèrent sur le faîte du toit où ils étaient apparus deux jours plus tôt, au niveau de la maison d'en face.

— Wilfried ! On devrait se séparer. Toi, tu restes ici pour surveiller ces cafards et voir s'ils ramènent la disquette, et moi, je vais faire le guet dans le secteur du commissariat.

— En voilà une idée intéressante, Max ! remarqua l'aîné. Suzanne t'aurait-elle rendu plus rusé ? Ou alors c'est moi qui t'influence en te donnant un peu de cervelle ? Si Magdalena te voyait ainsi, tu remonterais dans son estime.

— Je connais Swift et je sais qu'il a dû se tenir à la disposition de ces cloportes, ajouta le jeune dieu en éludant les questions qui l'embarrassaient. S'ils ont besoin d'aide, ils se rendront auprès de lui et je ne pourrai pas les manquer.

— Et que fais-tu de Silène ?

— Cette fripouille finira par se manifester. Trois d'entre eux ont atteint Diadem 13, Suzanne vient de tuer Polyphème et nous n'avons plus beaucoup de temps. Si Silène veut nous tenir à l'écart de Jack et des autres pour ne pas que nous les massacrions et ainsi les sauver avant qu'il ne meure lui-même, il n'aura d'autre choix que de sortir au grand jour. Si la naissance de Hans n'annonçait pas le trépas des natifs pourvus de pétulance, il aurait peut-être essayé de vivre ici comme un humain, mais la perspective de sa propre mort doit galvaniser son désir de frapper un grand coup une dernière fois, et il mettra tout en œuvre pour nous empêcher de détruire la disquette. Et surtout, il voudra venger Virgil...

— Ton raisonnement se tient, Max. Alors c'est d'accord, l'affaire est entendue. À ce soir ici-même !

Max lui adressa un timide sourire en hochant la tête et bondit sur le toit de la maison située de l'autre côté de l'avenue Victor Hugo, dans le quartier du Panorama. Tout en sautant de réverbère en terrasse, de terrasse en cime d'arbre, de cime d'arbre en toit, de toit en pylône électrique, il réalisa à quel point il se sentait bien, en grande forme et peut-être même jovial, malgré les sarcasmes de Magdalena et de Wilfried. Dans sa mémoire, Simbelmynë lui semblait bien loin dans le passé, mais paradoxalement proche de lui car les sentiments qu'il ressentait pour Suzanne lui rappelaient cette chaleur qui l'avait étreint à chaque fois qu'il avait partagé un moment avec elle.

Tout en allant vers le centre-ville, il se sentit empreint d'une douce nostalgie qu'il ne s'était que trop rarement connue. Suzanne pourrait-elle lui permettre d'accéder, avant qu'il ne meure, au bonheur que Simbelmynë lui avait brièvement fait goûter ? La vision du soleil levant sur sa gauche tout autant que la caresse du léger vent matinal semblaient augurer, dans la béatitude qu'il ressentait, un nouveau départ pour lui. Pourtant, son envie de profiter des sentiments que Suzanne lui avait fait ressentir sans coup férir dans les prisons du manoir mettait plus encore en lumière sa mort prochaine et son refus irrévocable du trépas. Jamais il ne s'en remettrait.

Jamais de sa vie il n'avait autant eu envie de vivre.

***

Tout en appréciant la tiédeur des températures qui avaient grimpé depuis la disparition du visage fantomatique et l'accalmie qui s'était instaurée à l'arrêt des vents glaciaux et violents qui avaient perduré pendant une dizaine de minutes, Suzanne fit quelques pas en direction de l'endroit vers lequel avait été emporté le morceau de tissu qui lui avait servi de vêtement. Parvenant de moins en moins à voir où elle allait à chacun de ses pas qui l'éloignaient de l'entrebâillement de la porte à double vantail, elle consuma dans la paume de sa main gauche une petite sphère orange. À sa grande surprise, elle constata qu'elle se sentait en mesure de déployer davantage d'énergie, comme si l'intégralité de sa pétulance était soudainement revenue. Néanmoins, s'étant rendu compte que ce pouvoir lui demandait beaucoup de ressources, elle décida de ne pas en utiliser plus qu'il ne lui en fallait : la plus grande parcimonie serait de mise.

En quelques secondes, elle trouva son haillon crasseux, le ramassa et approcha sa boule d'énergie de l'immonde carré de tissu pour légèrement en brûler le centre jusqu'à ce que se forme un trou d'une trentaine de centimètres de diamètre. Puis elle l'enfila par la tête comme un poncho en constatant qu'il tenait beaucoup mieux sur elle de la sorte plutôt que noué autour de son buste comme une serviette de bain. Suzanne se demanda d'ailleurs pourquoi elle n'avait pas eu cette idée plus tôt. Certes, son vêtement ne descendait que jusqu'à mi-cuisses, mais c'était bien suffisant pour masquer son bas-ventre et sa poitrine. Grossièrement, elle fit un nœud de chaque côté avec les deux angles pour que ce poncho de fortune lui tienne davantage au corps.

Et se sentit aussitôt comme une amazone.

Elle revint enfin vers l'entrée du manoir de Cardonthöl, se saisit de sa torche qu'elle avait posée au sol contre le mur et tenta de la rallumer avec sa pétulance. En vain : la chaleur dégagée par sa boule d'énergie ne semblait pas pouvoir embraser l'extrémité du bâton couverte d'un linge qui restait imbibé d'un liquide incolore et inodore. Suzanne se résigna donc à retourner à l'intérieur du hall aux escaliers et monta les marches pour aller puiser de la lumière au niveau de la torche qui semblait illuminer l'étage supérieur. Les marches hautes lui donnèrent une nouvelle fois beaucoup de fil à retordre pour les gravir, mais elle arriva enfin, non sans peine, dans la nouvelle salle qui surplombait celle d'où elle venait.

Là, elle découvrit immédiatement sur le mur érigé en briques dorées semblables à celles qu'elle avait découvertes tout en bas, une très large fresque de près de quinze mètres de haut sur une vingtaine de large, toute en couleurs.

D'entrée de jeu, ce qui marquait tout de suite en observant la scène dépeinte sur cette fresque était le contraste entre les deux tiers formés par le centre et la droite, fortement lumineux, et le tiers gauche, beaucoup plus foncé malgré la présence d'un cheval blanc ailé qui se démarquait sur un fond noir aussi sombre que la nuit la plus obscure. Ailes déployées exhibant des plumes d'une blancheur qui inspirait la pureté, se cabrant de tout son corps, pattes antérieures dressées vers l'avant comme pour aborder une posture offensive, cette créature issue de la mythologie grecque semblait puissamment hennir, une tache laiteuse partant de sa gueule ouverte, s'élargissant de plus en plus à mesure qu'elle allait vers la partie opposée où deux autres chevaux magnifiques luttaient l'un contre l'autre.

Le premier, radieux, semblait ardemment se consumer et irradiait d'un éclat qui s'étendait sur une grande partie du tableau. Crinière flamboyante, robe écarlate et queue incandescente, il s'avérait doté de huit membres d'un orange vif à partir des genoux et marqués par un jaune scintillant au niveau des paturons et des couronnes, et que l'on retrouvait aussi au niveau de la partie interne de ses oreilles. Des ganaches s'étirait une bande d'une couleur criarde de crépuscule qui finissait sous le ventre en passant par le poitrail. À bien y regarder, ce cheval à huit pattes semblait vraiment brûler de lui-même, ou au moins dégager des flammes tout autour de lui, mais Suzanne n'en était pas certaine, tant cela paraissait invraisemblable. *Déjà qu'il a huit pattes, ce canasson*, pensa-t-elle. *Manquerait plus qu'il brûle.*

Mais ce cheval de feu, malgré les magnifiques couleurs dans lesquelles il était représenté et qui lui conféraient une remarquable beauté – laquelle était mise en exergue par la position dressé sur ses pattes arrière, semblait déjà plus maléfique que l'équidé blanc sur la gauche de la fresque. Les yeux de l'animal de feu, d'ailleurs, étaient d'un noir mat qui semblait ne laisser transparaître aucune émotion, ni même aucune vie. Des yeux vides. Vides de vie et avides de mort.

Face à lui, le troisième cheval venu brutalement au contact, tant sa posture étendue de tout son long dégageait une impression de vitesse exacerbée par la position rabaissée de sa tête. De couleur gris, ce dernier équidé de la représentation graphique ne se distinguait d'un cheval ordinaire ni par la présence d'une paire d'ailes, ni par huit pattes, mais par une corne droite torsadée qui partait du chanfrein de la bête et finissait dans le poitrail du cheval de feu.

En bas de la fresque réalisée avec une rare maestria, à l'horizontale, avait été gravée une indication en lettres gothiques : PLAINE DE CHRONOPOLIS.

— Un cheval qui brûle se fait transpercer par une licorne et Pégase semble hurler dans un coin, conclut Suzanne. Mais pourquoi cette fresque se trouve-t-elle dans le manoir ?

Elle retourna à l'escalier et brandit sa torche éteinte pour la consumer à l'aide du brasier qui vacillait sous les marches qui menaient à un second étage.

— Je ferais mieux de ne pas davantage m'attarder ici. Si Antoine avait été là, Barbara m'en aurait informée, c'est clair. Et puis mon intuition me dit qu'il est ailleurs.

Elle redescendit au rez-de-chaussée avec sa torche enfin rallumée et sortit à l'extérieur devant la façade de l'édifice. Sans trop savoir où elle allait, elle avança droit devant elle en direction de là où les lueurs déclinantes du jour avaient disparu à l'horizon.

Vers les monts de Sheeba.

S'enfonçant dans la nuit noire, Suzanne marchait sans plus avoir la moindre notion du temps ni le plus insignifiant sens de l'orientation ; à plusieurs reprises, elle crut s'être perdue et fut tentée de changer de direction, mais les variations du sol et le changement de type de végétation lui indiquaient qu'elle était bien loin du manoir de Cardonthöl qui, dans son dos, n'était déjà plus qu'un vague silhouette. En demi-teinte dans son esprit, elle supposa qu'elle venait de franchir une lisière et en conclut qu'elle se trouvait désormais dans une plaine. Sans doute la plaine de Chronopolis indiquée sous la fresque, conclut-elle. Mais ses pensées s'embrouillaient dans sa tête : son esprit était complètement focalisé sur sa rencontre avec Sidonie. Cette dernière avait dû vouloir s'adonner elle-même à l'expérience mise à disposition de tout possesseur de la disquette rouge, et il sembla évident à Suzanne que sa colocataire avait franchi les portes de BKX 9352 dans le but, avant tout, de retrouver Antoine. Et elle aussi, sans doute.

Des petits arbrisseaux pas plus hauts que deux mètres se profilèrent soudain à la lueur de la torche de Suzanne qui remarqua aussitôt que des fruits identiques à ceux que Polyphème lui avait apportés avant leur combat y poussaient. Elle en cueillit trois et profita de cette occasion pour faire une halte, plantant son flambeau dans la terre qui nourrissait les hautes herbes bleutées et s'installant confortablement pour déguster ce frugal repas dont elle avait bien besoin.

C'est à cet instant que la fatigue choisit d'être si lourde sur ses frêles épaules, alourdissant ses paupières, qu'elle se sentit glisser dans une doucereuse léthargie. Elle se demanda si ces étranges fruits n'avaient pas des propriétés sédatives, mais réalisa aussitôt que son asthénie apparente n'était due qu'à son affrontement contre Polyphème et par le froid que le vent effrayant que le visage qui lui était apparu dans le ciel lui avait imposé. Elle eut juste le temps de s'installer un peu plus confortablement avant de sombrer lentement dans un profond sommeil.

***

Max fit une pause au niveau des Bains Publics. Retombant sur le toit depuis un réverbère à proximité, il considéra un instant les traces sombres qu'avait laissées le cadavre décapité de l'agent P413 avant qu'il ne soit emmené à la morgue.

Puis il se focalisa sur un ressenti : quelque chose, une intuition, lui assénait de violents signaux de mise en garde et il ne pouvait y résister. Il sortit les mains de ses poches et rabattit la capuche de son manteau noir sur la tête. Et regarda autour de lui.

À l'est se démarquait dans le lointain l'immense construction que représentait le stade olympique, lequel jouxtait la piscine dont la verrière demi-sphérique formait un dôme qui ressortait avec ostentation au-delà des hauteurs de la ville et masquait la patinoire en arrière-plan. Au loin devant lui, les gratte-ciels de la Cité Métallique exhibant leurs enseignes éteintes à l'effigie d'Olivetti, de Nissan, de Clairefontaine, de Sony, de TDK et de Mitsubishi s'élevaient bien plus haut que les deux tours des Colombes. Et sur sa droite, vers l'océan, Max identifia ce qui semblait être la gare.

Sans comprendre pourquoi, il repensa au libraire qu'il avait étranglé au cours de la nuit passée. Et pendant une fraction de seconde, il lui sembla que l'homme cruel qu'il avait été quelques heures plus tôt n'était plus. Il savait pourtant qu'il n'en était rien : la mission que Capella avait confiée à Wilfried et lui les obligerait sans doute à générer des dommages, collatéraux ou volontaires, à Sanlys-sur-Mer. Il n'y voyait là aucun problème.

Son intuition persistait. Mais rien ne paraissait suspect autour de lui. Et pourtant...

Il choisit d'éviter de davantage se faire remarquer en bondissant sur les hauteurs de la ville et redescendit donc sur le trottoir de la rue de Mimizan. Quelques passants le remarquèrent à l'instant même où ses pieds touchaient le sol, mais aucun d'entre eux ne dit quoi que ce soit. Malgré ses sentiments pour Suzanne, Max avait toujours l'air aussi inquiétant, surtout avec sa capuche sur la tête et ses yeux étrécis rentrés dans le crâne. Mais il n'avait cure de ce que les gens pensaient de lui : après tout, ils n'en demeuraient pas moins de pitoyables cloportes.

En revanche, il se sentait observé par quelqu'un qui semblait n'avoir aucun rapport avec les Sanlymarins et cette très nette impression corroborait son intuition de l'instant précédent. Il décida donc de marcher à une vitesse constante et similaire à celle des passants pour maintenir sa discrétion afin de mieux se noyer dans la masse et d'atteindre ainsi le commissariat sans avoir à user de sa leste détente. Il n'était qu'à trois-cents mètres de sa destination.

Quelqu'un le regardait, il en était certain.

C'est lorsqu'il arriva à l'intersection de la rue d'Orion que Max ressentit une puissante pétulance qui n'était pas la sienne. Et à l'instant même où il se retourna vers le toit de l'hôpital La Samaritaine qui se trouvait à huit-cents mètres à l'est de sa position, il vit une boule d'énergie orange fondre droit sur lui.

Il n'eut pas le temps de l'esquiver et ne put que se décaler légèrement pour ne pas la recevoir en plein cou ; son épaule gauche encaissa le coup et gonfla aussitôt avant d'imploser sourdement. Max hurla en se sentant emporté par la vitesse de l'attaque et s'écroula au sol trois mètres plus loin.

Quelques passants s'approchèrent du blessé pour s'enquérir de son état, mais lorsqu'il se releva, Max ne put que regarder en direction du toit de l'hôpital : il aperçut brièvement une silhouette avant qu'elle ne disparaisse. Et susurra entre ses lèvres en sang :

— Te voilà enfin, sale *fils de pute*...

Pour avoir passé d'excellents moments avec lui pendant les premiers mois de leur existence, et de bien moins bons ensuite, il avait reconnu la silhouette familière de l'homme qui venait de lui porter une attaque.

Silène.

*

320

Chapitre VI
CANICULE SUR LA VILLE

U ne foule dense s'était agglutinée autour de Max dont l'épaule ruisselait lentement d'un sang qui, dans le puissant maelström de sa douleur, lui sembla d'un rouge pâle quand il regarda sa plaie avec effroi. Les abondantes coulées sur la manche de son manteau noir en couvraient la surface.

— Silène, maugréa-t-il. Je n'ai rien vu venir. Il doit être à mille lieues d'ici, maintenant.

Les badauds qui s'étaient approchés à quatre mètres du dieu ne savaient comment réagir vis-à-vis de lui car son apparence peu amène les dissuadait de faire quoi que ce soit susceptible d'énerver cet inconnu visiblement dans une mauvaise situation. De plus, ils avaient entendu des rumeurs parler de deux hommes en noir semant la terreur sur la ville.

Max repensa aux paroles de Magdalena : *les êtres humains parmi lesquels vous avez tous deux baigné auraient-ils ramolli votre pugnacité ou alors est-ce dû à votre pétulance devenue trop faible pour réussir à écraser entre vos doigts de vulgaires cafards ?* Elle avait raison, et les sentiments qu'il éprouvait désormais pour Suzanne lui étaient si peu familiers qu'il ne parvenait guère à penser à autre chose, tant son cerveau tentait naturellement de les comprendre et de les domestiquer, lui faisant perdre sa concentration et risquant ainsi d'être une cible facile pour Silène, comme le prouvait sa blessure.

— Tout ça, c'est la faute de cette *crevure*... Suzanne !

Il se releva sans prendre la peine d'épousseter son manteau, tournant le dos à cette réflexion qui n'avait rien de sincère : Max n'en pensait pas un traître mot. Ce mensonge n'était destiné qu'à lui-même.

Il fit rouler son épaule sur son axe et émit en lui-même un diagnostic faisant état d'une blessure superficielle. Les spectateurs de la scène, eux par contre, s'étaient figuré, en voyant ces décilitres de sang perdus, que le blond était grièvement blessé. Bien qu'il n'en fût rien, Max était en revanche mentalement affecté par l'attaque impromptue de Silène. Cela le mit hors de lui et il lança un regard furieux aux gens alentour, lesquels lui apparaissaient comme des cadavres inconscients d'avoir déjà les deux pieds dans la tombe.

— Qu'est-ce que vous regardez, *bande de salopes* ? s'écria-t-il en balançant une main devant lui dans un violent geste.

Aussitôt, hommes et femmes se dispersèrent, craignant pour leur vie face à la bombe à retardement qui menaçait de leur exploser au visage.

Dans son dos et au-delà des gens qui prenaient leurs jambes à leur cou, arrivèrent Jérôme Legall, Cyrielle Norman et Éric Sanders, suivis par un passant qui avait été signaler l'incident au commissariat. D'emblée, l'agent de police Legall ordonna aux derniers badauds encore dans le secteur de déguerpir sans délai et, rapidement, plus personne ne fut dans le proche périmètre dont Max était le centre. Ce dernier, en entendant la voix de stentor de l'officier L885, se retourna en direction de ses deux collègues et lui pour leur faire face. Il adressa un sourire carnassier à la femme.

— Comment vas-tu depuis hier soir, Cyrielle ? J'espère que le moment que tu as dû passer aux Bains Publics avec Angélique en attendant la cellule psychologique t'a été agréable. Se retrouver traumatisée de la sorte à cause du sacrifice d'une simple inconnue est d'un pathétique affligeant.

V108 ne répondit pas, pas plus qu'elle ne réagit à ce tutoiement déplacé, et remarqua que le regard de l'homme qui leur faisait face se posa brièvement sur sa poitrine, comme s'il eût été capable de voir au-delà de sa chemise d'uniforme bleue bien repassée. Elle s'en sentit salie et refréna un mouvement de recul instinctif.

— Vous allez sagement nous suivre, Max.

L'officier Legall avait parlé d'une voix posée mais son injonction avait dissimulé un caractère coercitif qui se devait de ne laisser aucun choix au dieu. Ce dernier baissa la tête et ferma les yeux en mettant une main sur son front.

— Oh, Jérôme, voyons, fit-il d'un air navré, comme tu y vas...

Le policier s'énerva.

— Ne me parlez pas sur ce ton-là avec une familiarité et une condescendance mal placées ! Vous êtes déjà responsable de la mort de deux de mes collègues et bien que le respect de la déontologie et de mes propres principes me le déconseillent, je n'hésiterai pas à mettre un terme à votre existence par pure vengeance plutôt que de vous envoyer sous les verrous en attendant que votre jugement soit rendu !

Éric s'approcha de son collègue et lui mit la main sur l'épaule.

— Calme-toi, Jérôme, et laisse tomber. Les consignes du commissaire sont claires : nous ne devons nullement nous mettre en travers de cet homme. Nous ne pouvons de toutes manières lui opposer aucune force digne de ce nom. Édouard refuse que l'un d'entre nous prenne le moindre risque. Nous ne sommes venus jusqu'ici que pour essayer de protéger les gens qui sont dans le secteur et pour constater les faits, c'est tout ! Aucun d'entre nous n'a envie de subir les foudres d'Édouard, et certainement pas toi.

H626 détestait devoir admettre son impuissance face à une menace, et Max le sentit très clairement dans l'émotion qui transpirait de ses mots. Le dieu en exultait intérieurement mais décida de ne pas le leur montrer.

— Le commissaire fait preuve de bien trop de souplesse et de clémence, cracha L885 pour répondre à son collègue. Moi, je n'ai pas à tenir compte de ces futiles considérations.

— Je vais te répéter ce qu'Éric vient de te dire, trancha Cyrielle. Nous ne devons prendre le moindre risque ! Il faut le laisser partir, Jérôme !

— Elle a raison ! Retournons à l'intérieur : nous avons d'autres affaires en cours qui exigent que nous ne perdions pas une seule minute !

La femme commença à retourner vers l'allée qui menait au perron du commissariat de police et H626 fit quelques pas dans la même direction avant de s'arrêter et de se retourner.

— Allez viens, Jérôme !

— Écoute ton collègue, conseilla Max, et retourne donc vaquer à tes occupations. Au vu de la vague de chaleur qui va atteindre un pic cette après-midi, il va à tous vous falloir travailler de concert avec les autres administrations de la ville pour mettre en place, conformément à votre protocole de sécurité, des infrastructures visant à endiguer les conséquences de la canicule. En outre, cette chère Catherine risque de profiter de la torpeur à venir pour dérober les achats de lingerie fine effectués par des clientes dans les boutiques climatisées du centre-ville. Ces amibes amorphes que sont ces clientes n'auront jamais le courage ni la force de lui courir après, et ils ne pourront guère la rattraper même si elles-mêmes se déplaçaient comme elle en rollers, surtout par trente-huit degrés Celsius à l'ombre. Sans oublier les nombreux cambriolages d'entrepôts et de réserves de magasins qui ont lieu dans la ville depuis quelques semaines. Vous aurez fort à faire !

— Mais que diable voulez-vous au juste ? maugréa Jérôme, ne comprenant pas comment cet homme qui semblait venir de nulle part pouvait avoir connaissance d'affaires confidentielles sur lesquelles ses collègues et lui, aux abois, se cassaient les dents depuis trop longtemps déjà.

Max n'était pas pressé : il devait de toutes manières passer la journée dans le secteur du commissariat de police en attendant d'avoir de nouveaux éléments susceptibles de le mener à la disquette rouge : les locataires de la Résidence du Coucher de Soleil, Marc, peut-être même le commissaire lui-même pouvaient lui en apporter. Et le fait que Silène l'ait attaqué dans les environs prouvait une chose : les évènements allaient s'accélérer dans les prochaines vingt-quatre heures, et ce quoi qu'il fasse. Théoriquement, il avait donc le temps de s'entretenir avec les trois agents de police qui l'amusaient comme s'amuserait un imposant et orgueilleux chat face à trois petites souris chétives.

— Ce que je veux ? répéta-t-il en s'approchant de Jérôme. Je vais te le dire...

Max passa à côté de L885 en détournant son regard de lui et poursuivit sur le trottoir en direction de l'extrémité de l'allée qui menait vers les marches du commissariat, à deux pas des places de parking où trois Peugeot 405 de la Police municipale étaient garées en bataille. Il se dirigea alors vers le perron en frôlant Éric puis Cyrielle sans leur jeter ne serait-ce qu'un regard furtif. Trois heures plus tôt, Marc s'était entretenu avec Sabine et Jack à ce même endroit, et c'est également là que Max s'arrêta avant de se tourner vers L885 qui, au loin, n'avait pas bougé.

— Je vais te le dire.

Et se tournant vers V108 et H626, le dieu poursuivit tout bas, avec une inquiétante lueur dans le regard :

— Il va comprendre ce que je veux...

Les deux collègues de l'agent de police, sans piper mot, le regardèrent suspicieusement revenir vers Jérôme.

— Je veux que vous retourniez d'où vous venez ! lui cracha celui-ci bien en face lorsque Max cessa d'avancer devant lui. Allez-vous-en et ne revenez jamais dans notre ville !

— Non, Jérôme. Cette ville est à moi et ce que j'y fais ne te regarde pas. En revanche, tu n'as plus rien à y faire, toi. Ce que je veux, c'est ta mort !

***

De mémoire, aucune des léthargies dans lesquelles Suzanne avait été plongée pendant les vingt-trois années de sa vie ne lui avait paru aussi réparatrice que le repos qu'elle venait de prendre : aussitôt réveillée, elle remarqua que son corps lui semblait complètement ragaillardi, et malgré le poids de la mission qui lui incombait, elle se sentit dans de meilleures dispositions qu'au coucher. Elle ne se souvenait que très rarement de ses rêves, et au vu des travers de son passé qui étaient souvent venus la tourmenter dans ses songes pendant son enfance, elle en avait conclu pendant son adolescence qu'il lui valait mieux ne se souvenir de rien.

Derrière elle, à moins d'un mètre, la torche qu'elle avait plantée dans la terre de la plaine de Chronopolis ne cessait de se consumer, et le ciel ne s'étant pas éclairci pendant son sommeil, seule sa flamme donnait de la lumière à ce qui l'entourait. Elle comprit de suite qu'elle n'avait dû dormir que quelques heures seulement, mais elles lui avaient été particulièrement profitables. En conséquence de quoi elle se considéra prête à partir à la recherche du deuxième dignitaire des régions de Diadem 13 et à en découdre avec lui. *Mais qui peut-il être ?* se demanda-t-elle en prenant son flambeau avant de se redresser sur ses jambes. L'une des trois créatures de la fresque s'avérait-elle être son prochain adversaire ? Après s'être battue contre un colosse, devait-elle chercher un troll ? Un animal ? Un esprit abstrait ? Une créature cauchemardesque ? Elle n'en savait rien.

À cet instant, l'imagination de Suzanne fut son pire ennemi.

Pas une seule étoile ne scintillait dans la voûte céleste de cet univers auquel elle s'habituait de plus en plus : le noir total qui régnait en maître absolu autour d'elle semblait briser tous les repères géographiques et pouvoir aisément semer le doute dans les esprits. À six mètres de la torche qu'elle tenait devant elle, les minuscules feuilles bleues qui ornaient l'extrémité apicale des hautes herbes étaient anéanties par l'obscurité qui les engloutissait subrepticement comme si elles n'avaient jamais existé. Suzanne, confuse, ne parvenait plus à se repérer dans l'environnement étranger qui l'avait accueillie.

Du fait qu'elle n'ait rien mis en place pour désigner la direction d'où elle venait, elle ignorait également où poursuivre son exploration. Tout en se grattant la hanche gauche, elle essaya de discerner les deux énormes collines qu'elles avait aperçues quelques heures plus tôt, mais elle ne parvint pas à les localiser et s'en mordit les lèvres. Baissant les yeux sur sa peau rougie par ses ongles, elle constata à la lumière de sa torche qu'elle avait un petit bouton rose. La démangeaison qu'elle ressentait ne faisait aucun doute.

— J'hallucine... Même à Diadem 13, on se fait harceler par des *putains* de moustiques !

Suzanne se sentit très seule, tout à coup, et de nombreuses pensées commençaient à la tarauder violemment. Elle voulait retrouver Antoine et Sidonie coûte que coûte, bien qu'elle ait toujours été habituée à la solitude, laquelle la privait souvent d'attachement, d'empathie, du sentiment de manque vis-à-vis d'autrui. Pour le coup, elle interpréta son soudain malaise comme un besoin d'être épaulée dans cette longue épopée où elle avait mis les pieds. Elle ressentait une brutale nécessité de parler à quelqu'un, de partager ses doutes, ses déceptions, ses découragements. Par la force des choses, elle avait hérité d'un pouvoir qui faisait d'elle une déesse, et ce bien qu'elle fût loin d'être native de Diadem 13.

Mais cette pétulance était bien peu de chose face à la lourde responsabilité d'être l'élue qui anéantirait chacun des sept dignitaires ainsi que son souverain, et ce de sorte à pouvoir, comme le lui avait stipulé Barbara, utiliser la doloire Capellarys pour ouvrir une brèche vers la Terre de cette année 1990.

Décidant de se donner du courage par la musique qu'elle aimait tant, elle commença à chanter *Eyes Without A Face* de Billy Idol [90], un morceau qu'elle appréciait bien qu'il soit moins agressif que la plupart des compositions d'Iron Maiden. Elle se demanda si le visage qui lui était apparu précédemment dans le ciel ne lui avait pas rappelé ce *single* par son titre, mais elle ne chercha pas davantage à savoir le pourquoi du comment et se mit en route dans une direction qui lui sembla correspondre, par intuition féminine, à celle où elle pourrait trouver son prochain adversaire.

— *I'm all out of hope... One more bad break... could bring a fall...*

Écartant les longues tiges qui culminaient à plus d'un mètre de hauteur et écrasant celles trop basses et asséchées par les températures qu'Alnitak faisait grimper en journée, Suzanne avança dans la nuit en s'écoutant chanter d'une voix chevrotante entrecoupée d'inspirations et de déglutitions.

— *It's easy to deceive... It's easy to tease, but hard to get release...*

Depuis qu'elle s'était réveillée dans les prisons du manoir de Cardonthöl, ses voûtes plantaires avaient été soumises à de nombreuses sensations : chaud et froid, rigidité du granit et tendresse du sol de la plaine, aspérités de la roche de sa cellule et lisse horizontalité des marches des escaliers qu'elle avait gravi. Mais les tiges sèches de la végétation cassante qui se brisait sous ses pieds lui causaient de perçantes douleurs dont elle tentait de faire abstraction en chantant.

Quelques instants plus tard, mettant son cerveau dans une espèce de veille en-dehors de laquelle émergeait sa seule volonté de suivre un point immobile dans l'horizon imaginaire qu'elle s'était fixé, Suzanne cessa de chanter et n'avança plus que machinalement, mue par obnubilation, tirée vers le haut par l'espoir de mener à terme sa mission. Déjà, les bienfaits de son sommeil réparateur s'estompaient progressivement.

Transpirant de tout son corps sous ce vieux carré de tissu qui lui servait de vêtement, elle sentait très distinctement la sueur dégouliner en lourdes gouttes sur ses flancs, ses reins, sa poitrine et entre ses cuisses qui frottaient l'une contre l'autre à chacun de ses pas. La sensation désagréable de n'avoir pu se concentrer sur son hygiène corporelle provoquait en elle un sentiment d'être mal dans sa peau, ressenti qu'elle connaissait bien depuis que son père avait abusé d'elle pendant son enfance. De là s'était créé en Suzanne un clivage entre son esprit et son corps qui, souillé de l'intérieur, ne lui avait jamais plus appartenu. Les rares relations sentimentales au sein desquelles elle avait tenté de s'épanouir depuis son adolescence n'avaient jamais pu lui permettre de retrouver l'harmonie que son géniteur lui avait un peu plus dérobé à chaque fois qu'il s'était glissé dans son lit et dans l'intimité que les cuisses de la fillette, écartées de force, dissimulaient.

En un sens, Suzanne se considérait déjà morte, désolidarisée de son corps qui ne représentait pour elle qu'un objet matériel, une enveloppe charnelle lui permettant d'évoluer dans le monde des vivants, bien que son âme, se disait-elle, ait trépassé depuis que l'inceste, plus qu'un mot, était devenu son quotidien. Mais ce corps qu'elle haïssait lui envoyait des signaux de chaleur, de fatigue et de douleur, et ces informations qui martelaient continuellement son cerveau n'avaient pour effet bénéfique que de la détourner de sombres et déprimantes pensées que le noir dans lequel elle évoluait lui rappelait.

Suzanne aurait été bien incapable de dire depuis combien de temps elle marchait lorsqu'elle aperçut au loin une brève lumière apparaître comme un furtif signal. Un éclat couleur canari. Puis un autre. Par rapport à la position de la jeune femme, ces vives et courtes lueurs aux allures de feux follets d'un beau jaune impérial se situaient devant elle, mais plus sur sa gauche, à dix heures. Aussitôt, elle accourut en direction de ces éclats, se blessant sur des pierres et des mottes de terre et fouettant ses jambes et ses cuisses de tiges asséchées qui marquaient sa peau de lignes roses. Mais elle n'y prêtait guère attention : quelque chose se passait juste en face d'elle, à moins de cinq-cents mètres, estimait-elle, et elle devait savoir de quoi il s'agissait.

En réalité, Suzanne considérait qu'elle avait besoin d'éléments nouveaux pour savoir à quoi s'en tenir : Barbara n'avait pas eu le temps de lui en dire suffisamment sur la marche à suivre et, d'une manière ou d'une autre, tout ce qui lui paraissait anormal devait être tiré au clair afin de l'aider, de l'orienter dans sa quête tout autant que dans la découverte de Diadem 13, tant par ses habitants que par ses régions. Et justement, ces brèves lumières jaunes très rapprochées et parfois simultanées lui semblaient bien loin d'être naturelles.

Alors qu'elle n'était plus qu'à une centaine de mètres, elle distingua diffusément deux silhouettes qui couraient dans sa direction, régulièrement éclairées par de successives lumières que de petites explosions qui brisaient la noirceur de l'obscurité généraient. Aussi, des voix féminines lui parvinrent-elles de plus en plus clairement ; des halètements et des injonctions se démarquant du bruissement des herbes hautes repoussées ou écrasées par ces femmes qui avaient toutes deux, quelques instants plus tôt, remarqué Suzanne en s'approchant rapidement d'elle. Celle qui se trouvait derrière, vêtue d'un corsage ne faisant qu'un avec une jupe blanche et chaussée de petites sandales à talons carrés, projetait avec maladresse une multitude de sphères d'énergie jaune vers l'autre pour la neutraliser, faisait onduler ses longs cheveux roux dans son sillage. Affublée d'une large ceinture dorée dont le centre remontait juste sous la poitrine, elle se déplaçait avec une agilité certaine empreinte d'une souplesse et d'une légèreté dignes des meilleures ballerines, contrastant avec une piètre dextérité. Mais son visage n'exprimait que du mépris à l'égard de la femme aux cheveux rouges qui semblait courir pour sauver sa vie et esquivait les attaques qui, heureusement pour elle, devenaient de plus en plus faibles.

Se demandant si elle devait intervenir, Suzanne hésita un instant, mais la femme pourchassée avait l'air démuni face à sa poursuivante et une telle vulnérabilité lui donna envie de faire quelque chose : elle ne pouvait pas la laisser se faire blesser ou tuer par cette créature haineuse qui ne lui laissait aucun répit.

Suzanne planta sa torche dans la terre, créa une grosse boule d'énergie orange entre ses deux mains et s'interposa devant la femme à la crinière flamboyante qui s'arrêta net, impressionnée par la taille de la sphère de pétulance rassemblée par cette inconnue vêtue d'un ignoble carré de tissu rêche et souillé. La lumière était si puissante autour d'elles que la femme aux cheveux rouges que Suzanne avait laissé passer derrière elle jouissait encore d'un abondant éclairage bien qu'elle se tînt à l'écart à une trentaine de mètres d'elles.

— Je ne sais pas pour quelle raison vous avez pris cette femme en chasse, commença la jeune brune, mais si vous désirez reprendre votre course, je n'y vois pas d'inconvénient... Encore faudrait-il que vous puissiez me mettre hors d'état de nuire. Et vu la taille dérisoire de vos attaques, je pense n'avoir rien à craindre : vous avez épuisé toutes vos forces en coups successifs et aucun d'entre eux n'a pu blesser votre adversaire. Quelle déesse de bas étage êtes-vous donc pour ne savoir ni viser, ni utiliser votre pétulance avec parcimonie ?

— Je m'appelle Mutine et je ne suis pas une déesse. Je ne détiens pas la pétulance de celles de Diadem 13 : je suis une elfe originaire de Voyelle 9½ et je suis au service de Capella, dit-elle avec emphase. Sachez qu'il m'a expressément chargée d'emmener cette femme chez Magdalena aux monts de Sheeba. Si vous m'entravez, vous vous opposerez par là même aux ordres de notre Seigneur et Maître et serez donc considérée comme traîtresse. Tous les natifs de religion virgile doivent être isolés. Peut-être que je suis trop faible pour vous faire ravaler votre prétention et votre belle assurance, mais tôt ou tard, vous serez châtiée : Max et Wilfried s'occuperont de votre sort.

Suzanne désintégra l'attaque qu'elle avait préparée et seule la lumière de la torche enflammée éclairait un côté de leur visage. Mais elle avait suffisamment bien détaillé Mutine en s'adressant à elle pour en retenir les principales caractéristiques : le teint crayeux du visage de la femme qui contrastait trop merveilleusement avec le vert vif de ses grands yeux, ses deux oreilles dont l'extrémité supérieure partait en pointe, sa bouche étroite aux lèvres pourtant bien charnues.

— J'ai bien peur que vous ne fassiez une grossière erreur. Je ne suis d'aucune religion de quelque sorte que ce soit, je ne suis pas non plus native de Diadem 13. J'ai brièvement rencontré un dénommé Max il y a quelques heures mais j'ignore qui est celui que vous appelez Wilfried.

À mesure des propos que Suzanne venait de tenir, le visage de Mutine était devenu plus blême encore. Elle demanda, comme terrorisée :

— Se pourrait-il que vous soyez l'élue ? Celle qui se nomme Suzanne, celle-là même qui a terrassé Polyphème ?

Mutine n'obtint pas de réponse éloquente, mais Suzanne expliqua :

— Barbara m'a légué sa pétulance avant de mourir, et comme vous avez pu le voir, pavoisa-t-elle, je sais désormais parfaitement m'en servir.

— Je vois ça... Vous êtes donc en croisade pour vous débarrasser des six autres dignitaires des régions de Diadem 13 ? C'est très ambitieux, mais vous n'y arriverez jamais, aussi puissants soient vos pouvoirs, aussi noble soit votre cause !

— Et pourquoi n'y arriverais-je pas ? demanda Suzanne, piquée à vif.

— Non seulement parce que malgré votre pétulance, vous n'en avez pas le potentiel : il vous faudrait des semaines pour maîtriser tout ce que peut offrir ce pouvoir. Mais aussi parce que les dignitaires, aussitôt qu'ils sont blessés, peuvent se téléporter chez Magdalena pour être remis sur pied avant de revenir dans leur territoire pour mettre en pièces les responsables de leurs plaies.

— J'ai pourtant vaincu Polyphème, non ? objecta Suzanne.

— Vous n'avez pu que parce que Max l'a renvoyé au manoir alors qu'il était parvenu à se téléporter chez Magdalena, grièvement blessé. Mais justice sera faite : il devra passer en jugement pour répondre de ses actes. Quant à vous, vous ne perdez rien pour attendre...

— Peut-être bien, oui... Mais pour l'instant, c'est vous qui allez déclarer forfait. Vous allez retourner d'où vous venez.

— Que de sarcasmes, pauvre Suzanne ! Mais vous ne détiendrez jamais Capellarys entre vos mains ni ne vaincrez les autres dignitaires. Apprenez d'ailleurs que d'ici peu, toutes les déesses, tous les dieux et les six dignitaires actuellement en vie mourront d'une manière ou d'une autre en vertu d'une prophétie. L'ennui pour vous, c'est que si l'un de ces derniers meurt autrement que de vos mains, vous ne les aurez pas supprimés tous les sept et perdrez donc toute possibilité de détenir la doloire. Dites-vous bien que vous ne reverrez jamais ni Antoine ni Sidonie, pas plus que vous ne retournerez chez vous et retrouverez les vôtres. Vous crèverez dans la lente agonie de votre trépas, brûlée au quatrième degré par les flammes de Sleipnir.

Après cette tirade et sans attendre la moindre réaction de Suzanne,

Mutine tourna les talons sans demander son reste, sa courte jupe blanche ondulant dans le courant léger du vent qui soufflait, et disparut dans la noirceur de cette nuit opaque.

La brune venait de faire preuve d'un sang-froid magistral pour ne pas se mettre en colère devant les médisances de cette prétendue elfe qui n'avait résolument pas sa langue dans sa poche. Mais le transfuge de Sanlys-sur-Mer venait d'obtenir une information capitale que Mutine lui avait communiquée par mégarde ou par simple bêtise : les dignitaires avaient la possibilité d'être secondés dans leurs combats par l'assistance d'une dénommée Magdalena auprès de laquelle ils pouvaient se téléporter pour que leurs blessures soient soignées avant de retourner dans leur secteur y reprendre l'affrontement. Autant dire que le plus simple eût été de dénicher cette déesse et de l'éliminer de sorte à ce que Sleipnir ne puisse pas trouver assistance auprès d'elle. D'ailleurs, plus elle y pensait, plus Suzanne se disait qu'il devait être l'un des trois équidés de la fresque du manoir. Celui en flammes ?

C'est alors qu'elle repensa à la femme aux cheveux rouges qu'elle avait tirée des griffes de Mutine et se retourna en brandissant la torche qu'elle venait de reprendre en main. Lentement, elle fit quelques pas vers elle avec prudence pour ne pas l'effrayer, ressentant en elle une puissante bienveillance, mais surtout une méfiance manifeste. La femme demeurait là, immobile, prostrée à une vingtaine de mètres, accroupie dans le rideau de hautes herbes qui dissimulaient ses traits. Mais la blancheur de son visage terrifié qui faisait montre d'un indicible effroi ressortait intensément sur le fond obscur devant lequel elle se démarquait. Suzanne s'arrêta juste devant elle, et si la femme savait que celle qui plantait une nouvelle fois la torche incandescente dans la terre ne lui voulait aucun mal, elle ne put toutefois réprimer un geste de recul, par réflexe.

— N'ayez pas peur, souffla Suzanne. Je vais juste m'asseoir... Là, ajoutant-elle en joignant le geste à ses paroles. Pour bavarder avec vous.

La courte chevelure écarlate qui partait en mèches et en franges éparses tout autour de ce minois marqué par de grands yeux d'un rose vif luisait intensément à la lumière des flammes qui dansaient devant elle. Mais lorsque Suzanne fut complètement assise, elle put mieux observer celle dont elle venait de sauver la vie et réalisa qu'elle devait avoir à peu près son âge. Son visage couvert de souillures brunes était obscurci par des gouttes de sueur qui avaient séché, laissant des traces de coulées claires qui contrastaient avec la peau salie par la crasse. Malgré cela, l'inconnue paraissait livide. En outre, elle ne portait qu'une simple culotte blanche en coton maculée de marques couleur rouille comme des croûtes de sang et obscurcie de salissures de terre et de transpiration, et d'un soutien-gorge de même teinte dont les bonnets lacérés et troués ici-et-là montraient des griffures et des plaies sur une petite poitrine recouverte, comme l'ensemble du corps que Suzanne détaillait, d'une épaisse couche grisâtre. Elle remarqua que la jambe droite de la femme portait une large plaie de près de six centimètres de diamètre sur le partie extérieure du mollet. Des boursouflures brunies attestaient d'une blessure ouverte qui avait brûlé les chairs, lesquelles suintaient légèrement d'un sang qui brillait à la lumière de la torche.

— Je ne pensais pas que Mutine vous avait touchée. Mais votre jambe n'a visiblement pas été épargnée...

— Non...

La voix était fine et très aiguë, presque chantante à l'image des sopranes.

— Je m'appelle Suzanne et je viens d'une ville d'Aquitaine, dans les Landes plus précisément ; une ville du nom de Sanlys-sur-Mer. Je suis arrivée au manoir de Cardonthöl hier ou avant-hier, je ne sais plus, et j'ai rencontré une femme du nom de Barbara dans la cellule où je me suis réveillée. À bout de forces à cause d'une longue captivité, elle s'est sacrifiée pour me léguer sa pétulance : il s'agit de cette énergie, ce pouvoir, dont s'est servi Mutine pour vous faire cette vilaine blessure.

— Je sais ce qu'est la pétulance, mais ce n'est pas ce dont elle s'est servi.

La femme marqua une pause avant de poursuivre.

— Je vivais moi aussi dans les Landes. J'étais étudiante en aménagements paysagers au CFA d'Oeyreluy, au sud de Dax, quand je me suis retrouvée ici, et je suis également une jeune romancière. Je suis ici depuis près de deux ans, à vue de nez. Je m'appelle Bérénice.

Toutes deux, assises dans la plaine de Chronopolis et manifestement aussi ravies l'une que l'autre d'avoir quelqu'un à qui parler sans pour autant l'exprimer clairement, s'étaient naturellement détendues.

— Vous avez fait quelque chose pour soigner votre blessure à la jambe ?

— Non... Mais mon corps, au cours de ces deux années passées sur Diadem 13, a subi quelques changements qui, par accoutumance, lui permettent de se remettre plus rapidement que la normale de ses plaies et de mieux supporter la douleur que quiconque. J'apprécie votre souci de me préserver en bonne santé, mais ne vous inquiétez pas. Je peux tenir le coup. Je n'ai déjà plus mal.

— Écoutez, Bérénice. Je suis investie d'une mission : assassiner Capella.

— Je sais !

— Alors pourquoi vous êtes-vous méfiée de moi bien que vous sachiez que je suis ici pour débarrasser Diadem 13 de ses dignitaires et de son souverain ? Je ne suis là que pour libérer les captifs des dieux et briser la servitude des habitants due à Capella.

— Après deux ans de captivité, vous comprendriez que vous finissez naturellement par développer des réflexes dus à la méfiance que votre instinct de survie vous pousse à adopter. Et par avoir du mal à faire confiance aux autres. Mais j'admets toutefois que votre victoire sur Polyphème, votre sens de l'amitié qui vous pousse à vouloir retrouver vos amis et prouve votre vertu, ainsi que la manière par laquelle vous vous êtes opposée à Mutine me laissent à penser que je peux vous accorder le bénéfice du doute. Ce que je ne comprends pas, c'est comment vous avez fait pour vous retrouver sur Diadem 13 ? Personne d'autre que moi n'aurait dû avoir accès à Crépusculaire BKX 9352.

— Pourquoi personne d'autre que vous ? demanda Suzanne en inclinant la tête de côté.

— Parce que je suis celle qui a créé BKX 9352, justement !

— Quoi ??

— Et nulle autre que moi n'en avait jamais entendu parler, pas même mon ex ni mon père.

— Comment est-ce possible ? Expliquez-moi ! s'écria Suzanne.

— Calmez-vous, recommanda Bérénice.

— Savez-vous où sont mes amis ? Et connaissez-vous le moyen de vaincre Sleipnir ?

— Suzanne... J'ai la réponse à toutes vos questions, mais avant d'aller plus loin, nous ferions mieux de ne pas moisir ici, précisa-t-elle en se relevant tout en prenant la torche. Venez avec moi : nous devons faire route vers l'extrémité nord de la plaine pour débusquer Sleipnir que vous allez devoir combattre tantôt. En chemin, si le Foëhn ne nous emporte pas ailleurs, nous devrions tomber sur Monocerüs et Pirène.

Suzanne ne comprenait pas grand-chose de ce que lui disait Bérénice, mais elle se redressa sur ses jambes à son tour et rejoignit la femme qui l'attendait avec un regard amusé.

— Qu'est-ce qui vous fait sourire, dites-moi ?

— Disons que j'avais oublié à quel point il pouvait être essentiel de discuter, de partager, de ne pas se sentir menacée, de relâcher sa vigilance, d'être soi-même, commença Bérénice en marchant côte à côte avec Suzanne. Cela ne m'est que trop rarement arrivé pendant ces deux dernières années, et croyez-moi, vous enfermer dans un mutisme malsain durant si longtemps à de quoi vous mettre le moral à plat.

C'est ainsi que Bérénice, dans un premier temps, rassura Suzanne sur Antoine et Sidonie : d'après ce qu'elle avait entendu, le premier était en instance de survie entre les mains de Clotho qui souhaitait prendre son temps pour préparer ce qui serait vraisemblablement son dernier repas. L'homme, grâce à la prophétie, ne serait pas dévoré par l'anthropophage aussi rapidement que ses précédentes victimes. La femme, elle, était retenue prisonnière dans l'Ostium, le repaire de Capella. Aux dires de Bérénice, ses jours n'étaient pas en danger car il souhaitait manifestement conserver Sidonie en vie au cas où Suzanne, par miracle, parviendrait à tuer les sept dignitaires. La blonde servirait alors de monnaie d'échange.

Suzanne apprit également que le Foëhn était ce que Bérénice appelait « l'âme damnée de Diadem 13 », et qu'il ne s'agissait ni plus ni moins que du visage blafard qui était apparu dans le ciel quelques heures plus tôt et l'avait séparée de son amie par de violents courants contraires. Il possédait la maîtrise de toutes les conditions climatiques et météorologiques possibles au sein de la dimension : cyclones, pluies diluviennes, températures caniculaires et consorts. Mais le Foëhn était immortel et ne faisait donc pas partie des sept dignitaires, contrairement à Sleipnir qui serait le prochain adversaire de Suzanne.

En écoutant les explications de Bérénice, elle apprit que cette créature fabuleuse était un équidé se consumant d'inextinguibles flammes et, de surcroît, doté de huit pattes. Pour en venir à bout, la combattante allait avoir besoin de l'aide de Pirène, un cheval ailé dont le hennissement pouvait neutraliser pendant quelques instants la créature de feu en l'immobilisant, et de Monocerüs, la licorne grise, qui devrait alors en profiter pour planter sa pointe torsadée dans le poitrail de Sleipnir. En temps normal, ce dernier provoquait continuellement un halo de chaleur intense pouvant atteindre près de cent-soixante-quatre degrés Celsius, température que seule Monocerüs était capable de supporter pendant presque une minute. Heureusement pour cette dernière, sa pointe inaltérable ne pouvait pas fondre.

De plus, le but ultime de la licorne – le seul objectif qui donnait un sens à sa vie, était tout naturellement d'asséner le coup de grâce à Sleipnir en lui perçant le poitrail d'un coup. Mais elle ne pouvait s'en charger sans que le cheval de feu soit neutralisé, immobilisé pendant quelques instants, par le hennissement assourdissant de Pirène. Naturellement, Suzanne comprit que c'est ce que dépeignait la fresque qu'elle avait vue dans le manoir de Cardonthöl : la lutte des trois équidés.

Apparemment, la licorne, elle, se trouvait toujours à moins de sept-cents mètres de Sleipnir, attendant sournoisement l'occasion de lui planter sa pointe dans le corps. Le cheval ailé, lui, pouvait se situer n'importe où sur Diadem 13, mais il avait ses préférences pour les berges du lac du Mercator et pour la plaine de Chronopolis. Suzanne caressa l'espoir qu'il soit dans cette région qu'elle arpentait en cet instant avec Bérénice.

La nuit était encore très noire et froide, prête à tout engloutir dans son néant, mais les températures s'adoucissaient de plus en plus à mesure que les deux femmes avançaient vers le nord de la plaine, vers Sleipnir.

— De toutes manières, vous ne serez pas seule non plus, précisa Bérénice en laissant son regard se perdre dans les herbes qui s'écartaient sur son passage : étant donné que je suis responsable de tous les récents évènements survenus dans vos vies, à vos amis et à vous, je ne peux concevoir de vous laisser vous débrouiller sans moi.

— Vous dites ça parce que c'est vous qui avez créé BKX 9352, c'est ça ?

— C'est bien pour cette raison, oui. Il y a quatre ans, alors que je vivais chez mon père à Dax, j'écrivais une description de l'univers imaginaire dans lequel évolueraient les personnages du roman que je comptais ensuite écrire. J'ignore si vous-même écrivez, mais j'avais estimé qu'il était plus pratique de dépeindre l'environnement dans lequel se déroulerait l'action avant même de narrer quoi que ce soit. J'ai utilisé un traitement de textes sur un vieil IBM PC avec lequel mon père, analyste-programmeur, avait travaillé jusqu'à la moitié des années quatre-vingt. Le soir du 29 septembre 1986, j'ai sauvegardé la description de cet univers, Diadem 13 où nous sommes actuellement, sur mémoire de masse magnétique. Malheureusement, prise par mes études, je n'ai pu rédiger la description des deux autres mondes de BKX 9352 – Voyelle 9½ et Yf-6 – qu'un an et demi plus tard, le 11 avril 1988. Je me souviens encore des dates précises car je tenais un journal régulier détaillant l'évolution de mon travail de romancière. Et j'ai eu le temps de ressasser mon passé au cours de ma captivité ici.

— C'est donc vous qui avez imaginé les sept régions de Diadem 13 ? demanda Suzanne sans cacher le ton de mépris qui transparaissait dans sa voix. Le manoir de Cardonthöl et ses ignobles prisons, c'est votre œuvre ?

Bérénice marqua une pause qui mit plus encore en lumière sa gêne, mais elle regarda sur sa gauche la brune droit dans les yeux pour soutenir son dédain en disant :

— Comprenez bien que tout ceci n'était censé être que de la fiction, c'est-à-dire ne jamais exister en-dehors des pages de mon roman une fois qu'il serait publié.

— Et quel genre de roman écrivez-vous pour que des endroits aussi sinistres en soient les lieux d'action ? Vous faites dans le macabre ?

— Je fais dans l'aventure...

— L'aventure ? Ne me faites pas rire, Bérénice ! Vous allez me dire que Capella, Polyphème, Mutine et les autres habitants de Diadem 13 sont vos aventuriers ?

Bérénice dressa un sourcil en plantant une nouvelle fois ses yeux dans ceux de Suzanne.

— Vous trouvez vraiment que Polyphème avait le profil du brave aventurier ? Encore une fois, je n'ai fait qu'écrire une très longue description de Diadem 13, sur plusieurs pages dans mon traitement de textes, et par région : le manoir, la plaine, les monts, le labyrinthe, etc. J'ai traité de la faune, de la flore, du climat, de la superficie, du relief, bref, de tout ce qui fait l'environnement qui nous entoure actuellement. Pourtant, je n'ai pas la paternité des fruits qui poussent ici, ni des dieux, des dignitaires et de Capella, et je serais bien incapable de vous dire quelle est cette étrange végétation bleue dans laquelle nous marchons. En quatre ans d'existence, Diadem 13 a évolué comme elle l'a pu en fonction des cartes que je lui ai données, c'est tout, et si j'en sais plus que vous, ce n'est que parce que cela fait deux ans que je vis ici.

— Et comment vous êtes-vous retrouvée ici, alors ?

Suzanne brûlait de savoir quel avait été le phénomène par lequel Bérénice, jeune romancière manifestement aussi douée en survie qu'en micro-informatique, avait pénétré dans l'espace-temps Crépusculaire. Avait-elle eu accès à la disquette rouge ? Ses connaissances des machines lui avaient-elles permis d'accéder à un moyen autre pour passer de l'autre côté de l'écran ? Se pourrait-il que Bérénice ait utilisé le Goupil G4 il y a deux ans ? Bérénice ne serait-elle pas la sœur d'Angélique dont elle refuse d'accepter le deuil ? *Non*, grogna Suzanne en elle-même, *c'est Émmanuelle qui a perdu sa sœur aînée, et non Angélique. Et elle n'a pas survécu.* Tout s'embrouillait dans sa tête, mais la réponse de la romancière l'arracha aux tourbillons de ses pensées dans lesquels elle était sur le point de se noyer.

— Je ne sais pas comment cela s'est passé. Ce que je peux vous dire, c'est que le soir du lundi 16 mai 1988, c'est-à-dire cinq semaines après avoir terminé la rédaction de mes descriptions de Voyelle 9½ et d'Yf-6, j'ai fait un soudain malaise alors que j'étais tout juste en train d'enregistrer mon travail textuel sur disquette. Je pense m'être évanouie, ou endormie, je ne sais pas. Mais je suis tombée dans l'inconscience. Et lorsque je suis revenue à moi, j'étais dans la forêt de l'Âme Blanche, nue et seule. Inutile de vous dire qu'il m'a fallu du temps avant de comprendre que je me trouvais dans un lieu que j'avais moi-même imaginé. Et il m'en a fallu bien davantage pour y croire et l'accepter.

Suzanne sembla comprendre quelque chose, regarda l'obscurité sur sa gauche un bref instant puis lui dit calmement.

— Maintenant, la question à un million de francs : vous avez l'air d'avoir une excellente mémoire, particulièrement pour les dates, mais vous souvenez-vous de la sauvegarde de votre description ? Je suis sûre qu'il s'agissait d'une disquette. Et je ne serais pas surprise qu'elle soit de couleur rouge ?

Bérénice s'arrêta impulsivement de marcher.

— Une Verbatim de cinq pouces un quart... Mais je n'avais collé aucune étiquette dessus. En revanche, oui... Elle était rouge...

Suzanne stoppa sa progression à son tour, se sentant trop en proie à une cascade d'émotions qui s'abattaient sur son esprit.

— Que faisait votre disquette à Sanlys-sur-Mer ? s'énerva-t-elle en se tournant vers Bérénice. Si elle n'avait pas été là, Antoine, Sidonie et moi serions encore chez nous à l'heure qu'il est !

— Hé ! hurla vivement la jeune romancière en pointant Suzanne du doigt. Je n'ai pas à assumer la responsabilité de vos choix ! Déjà que nous ne sommes même pas certaines qu'il s'agisse de ma disquette. Vous vous permettez de parler sans savoir !

— C'est la vôtre, j'en suis convaincue !

— Impossible ! Aux dernières nouvelles, elle se trouvait à Dax ! lança Bérénice.

— Celle que j'ai utilisée, je l'ai trouvée dans une enveloppe en papier kraft grossièrement pliée en deux et glissée dans une grosse bouteille d'eau en plastique, planquée au fond d'une cabane à outils. Monsieur Barnier n'a...

— Quoi ? Vous parlez de Guy Barnier ?

— Oui, Guy Barnier ! J'avais presque oublié son prénom, avoua

Suzanne. C'est le propriétaire de la résidence où nous nous sommes installés, mes colocataires et moi. Comment se fait-il que vous le connaissiez ?

— Ça fait vingt-cinq ans que je le connais. C'est mon père !

***

Ni Cyrielle, ni Éric n'avait vu venir quoi que ce soit. Néanmoins, il ne faisait plus aucun doute – au moins pour ce dernier qui n'avait jamais été témoin de l'ampleur des pouvoirs de Max – que le dieu détenait des capacités psychiques hors du commun. D'ailleurs, l'explosion qui avait projeté jusqu'à six mètres à la ronde des milliers de gouttes écarlates depuis les marches de l'escalier en pente douce qui menait au commissariat en attestait indubitablement. Jérôme avait explosé sous leurs yeux, comme atomisé. Max ne l'avait pas fait sauter de l'intérieur d'un seul endroit : il l'avait plutôt réduit en charpie, uniformément, comme si plusieurs explosifs placés dans le corps de l'homme avaient été déclenchés simultanément.

Tout ce qui restait de l'agent de police L885 n'était autre que des petits bouts d'os, de cartilage et de chair, de cuir et de tissu, pas plus grands que deux centimètres de côté, éparpillés alentour comme des agrégats dans une très large marque sanguinolente qui se répartissait en éclaboussures dans toutes les directions. Même la boucle de ceinture, le *talkie-walkie*, l'arme de service, la montre et la plaque étaient en morceaux. Les voitures de police, le sol, l'herbe, les murs du commissariat, les doubles portes, tout était moucheté de minuscules pois rouges qui étaient venus maculer les surfaces des environs. Max, taché de sang, s'était alors tourné vers les deux policiers qui avaient reçu des morceaux de la victime et étaient aussitôt tombés sur les genoux, traumatisés par la mort dont ils venaient d'être témoins, et leur avait dit d'un ton acerbe :

— Il n'a pas souffert. Paix à son âme.

Puis il avait disparu à l'instant même où Édouard Morgane, alerté par les hurlements des passants, était précipitamment sorti du commissariat, appréhendant le pire à l'instant même où, de l'intérieur, il avait aperçu des gouttes rouges sur le côté extérieur des vitres. Après avoir poussé les portes pour poser enfin les pieds sur le perron, il avait aussitôt saisi toute l'horreur de la scène. Naturellement, il s'était retrouvé dans la très large tache qui marquait le sol et avança vers ses deux subordonnés qui s'aidaient l'un et l'autre à se relever en laissant des empreintes d'un rouge amarante par terre. Le visage du commissaire, grave, se déployait en un masque de détestation qui irradiait de sa bouche fermée derrière laquelle deux rangées de dents se pressaient l'une contre l'autre comme pour se combattre jusqu'à la mort.

— Ed... commença H626 en essuyant le sang qu'il avait sur le visage, en ajoutant peut-être plus qu'il n'en retirait. C'est Jérôme... Il a été...

Le commissaire, silencieux, se contenta de dévisager les deux faciès terrorisés de ses agents, lesquels exprimaient une indicible peur : il en demeurait lui-même hébété. Le cerveau pris dans l'étau de la terreur qui les pétrifiait, aucun des trois représentants des forces de l'ordre n'était en mesure de penser à baliser le secteur.

Morgane se tourna vers le sud et porta son regard sur l'agitation tumultueuse qui sévissait au carrefour des rues de Mimizan et du Golfe de Gascogne, avant d'élever les yeux sur l'enseigne Olivetti qui siégeait à cent-cinquante-huit mètres d'altitude au sommet de l'une des tours. Puis il effectua un mouvement circulaire vers la gauche en direction du nord, non sans observer tout ce qu'il se passait devant lui : les quelques badauds qui n'osaient pas trop s'approcher de l'éclaboussure, les autres qui marchaient nonchalamment sur les trottoirs, les gens qui se rendaient au bureau de poste, les quidams qui bavardaient assis sur les bancs disposés autour de la fontaine de la place. Le monde continuait de tourner, bien que la ville essuyât une vague de meurtres successifs depuis quelques jours.

Lola Byorn, aux Bains Publics, avait été la première, mais s'en était suivi Matthieu Pachard, le premier des policiers de Sanlys-sur-Mer à mourir. Puis une dénommée Gertrude Pignon dont le chien avait été trouvé dans la parc Alexandre Square aux abords du cadavre de sa maîtresse en plusieurs morceaux ; David Jecker, le gérant de la Librairie Hippolyte, ainsi qu'un jeune homme, Marcus Tatencloux, assassiné sur un passage piéton qui reliait le boulevard des Platanes à l'avenue Alexandre Dumas. Ensuite, Ernest Dupuis.

Et maintenant Jérôme Legall. Sans compter le pompier de Mont-de-Marsan présent dans la cabine de la grande échelle lors de l'explosion du camion qui s'était écrasé au sol, ni les deux civils emportés par la déflagration. Un troisième était dans le coma. Le préfet de police allait exiger des comptes, et Édouard devrait s'en expliquer.

Une petite Volkswagen Polo bleue vint se garer entre deux voitures de police et Édouard, grinçant des dents en reconnaissant de suite la propriétaire du véhicule, demanda à Éric et Cyrielle de le laisser s'occuper de tout et de rentrer au commissariat prendre une douche et se changer. Tous deux ne comprirent pas de suite en voyant leur supérieur descendre lentement vers le trottoir, mais avant de disparaître dans le bâtiment, ils réalisèrent alors, quand ils reconnurent la femme qui s'extirpa de son coupé allemand pour venir chercher son époux qui finissait à dix heures du matin, que les quinze prochaines minutes seraient les pires que le commissaire vivrait.

Comment expliquerait-il à Pamela Esteves, la fiancée de Jérôme, qu'elle ne le reverrait jamais ?

***

Bérénice était bel et bien la fille de l'homme qui avait offert le gîte à Suzanne et aux autres par l'intermédiaire des parents de Sabine. Marine, née Delorme et devenue l'épouse Guy Barnier, avait péri dans un crash d'avion en 1968, alors que Bérénice n'allait avoir que quatre ans. Vingt ans plus tard, lorsque elle avait disparu à son tour sans laisser la moindre trace, son père n'avait eu de cesse d'attendre son retour alors que son entourage, après des semaines sans nouvelles d'elle, n'y croyait déjà plus. Pour eux, bien que Guy n'ait reçu aucune demande de rançon, Bérénice avait été kidnappée : elle serait alors retrouvée quelques semaines plus tard lorsqu'elle aurait fini par devenir un fardeau pour ses ravisseurs qui l'auraient laissée partir ou, dans le pire des cas, l'auraient supprimée avant de s'en débarrasser dans un fleuve.

Remuant d'abord ciel et terre pendant deux mois, Guy s'était, par la force des choses et sur les conseils d'Ingrid et de Célestin Faure, résolu à reconnaître qu'elle se serait manifestée si elle avait encore été en vie ; statistiquement, seule une infime éventualité qu'elle ne soit pas décédée avait subsisté. Et la police avait fini par le dissuader de nourrir quelque espoir de la retrouver. Ainsi, la disparition de sa fille n'était finalement plus qu'un dossier sans suite que les autorités avaient rangé dans un casier où il croupissait sur une pile d'autres affaires non élucidées.

S'en était alors suivie une laborieuse période à noyer sa dépression dans l'alcool pour être bien moins que l'ombre de lui-même. Cela lui permettait, en un sens, de ne plus penser aux deux femmes qui avaient le plus compté dans sa vie et qui n'étaient plus. Guy s'était lui-même battu contre les démons qui l'assaillaient parfois dans ses rêves : il n'avait pu se recueillir sur le corps de son épouse, disparu dans les débris du Vickers qui s'était écrasé en République Fédérale Allemande, et avait dû l'enterrer sans pouvoir porter un dernier regard sur celle qui l'avait toujours aimé et lui avait donné une fille. Et cette même fille, comme si la vie faisait un pied de nez à son père, n'était elle aussi jamais réapparue auprès de lui. Il avait dû, une nouvelle fois, faire des adieux sans avoir pu commencer à porter son deuil devant sa dépouille mortelle.

L'homme, ne supportant plus de vivre dans cet appartement de Dax où la porte de la chambre de Bérénice lui en rappelait l'absence, avait considéré qu'il devenait primordial pour lui de s'en aller, de refaire sa vie ailleurs, pour son équilibre et parce que son prochain domicile serait salvateur et constructif, contrairement à ce lieu où trop de souvenirs le tiraient en arrière, l'attirant sans vergogne vers une époque douce mais révolue. Douce comme une couverture chaude sur laquelle sa fille et lui auraient représenté une bande-dessinée dont chaque case serait devenue un souvenir, une réminiscence fondamentalement heureuse pour lui. Un rappel d'une époque lui inspirant la certitude que le meilleur était derrière lui. Rien ne serait jamais plus comme avant.

C'est la raison pour laquelle, à l'automne 1988, ayant entendu parler d'une ville nouvelle qui sortait progressivement de terre sur le littoral et dont les premiers habitants pourraient y emménager au printemps suivant, il s'y était intéressé de plus près. Pour Guy, c'était l'occasion ou jamais de recommencer une nouvelle vie : il vivrait sans s'attacher à qui que ce soit et profiterait de plaisirs simples. C'est ainsi qu'il avait signé un contrat préliminaire qui faisait office de réservation de l'une des plus grandes propriétés situées au nord de la ville, laquelle n'avait pas encore de nom.

Un bien immobilier intéressant : 368,64 m² de surface habitable sur trois niveaux avec un étage et un comble aménagé, dix pièces, un grand jardin avec terrasse et piscine enterrée, bosquet, garage pour deux voitures, voire trois... Guy ferait de cette belle propriété une grande colocation destinée à de jeunes étudiants et dans laquelle il ajouterait une salle de bain privative et un WC supplémentaire au second. Lui prendrait la chambre unique du rez-de-chaussée et laisserait les étages à ses colocataires pour préserver leur intimité, mais surtout la sienne.

Bien qu'il ne soit pas parvenu à vendre son appartement de Dax à temps, il avait pu acquérir ce qui serait la Résidence du Coucher de

Soleil avec des conditions de crédit immobilier exceptionnelles et y avait emménagé sans tarder en ramenant toutes ses affaires ainsi que quelques-unes de celles qu'il avait gardées de sa défunte épouse. Il avait bien sûr pris le temps de trier les effets personnels de Bérénice. Qu'en restait-il ?

Le soir de la disparition de sa fille à Dax, Guy s'était rendu dans sa chambre pour lui souhaiter une bonne nuit, comme tous les soirs, et n'avait trouvé que l'IBM [91] allumé avec une disquette à l'intérieur et un long texte descriptif en caractères verts à l'écran. Curieusement, le pyjama de la femme se trouvait négligemment posé sur la chaise, le pantalon reposant sur l'assise et retombant vers le sol.

Il avait tout gardé et avait stocké le micro-ordinateur avec son moniteur, son clavier et ses câbles dans le cabanon du fond du jardin. La disquette ne contenait *a priori* que du texte et ne représentait donc rien de bien particulier, mais en fin de compte, ces lignes tapées par sa fille étaient les dernières qu'elle avait saisies au clavier, l'ultime preuve de son existence ici-bas, et il avait été au-dessus de ses forces de la jeter. Il l'avait conservée dans une enveloppe en papier kraft et placée dans ce même cabanon à l'intérieur d'une bouteille de cinq litres d'Evian qu'il avait décapitée.

En définitive, Guy n'avait pas réussi à recommencer une nouvelle vie : ses blessures étaient ancrées en lui, et non dans son appartement à Dax qu'il avait vendu trois mois plus tard. Il avait été incapable de vivre correctement dans cette grande propriété tout autant qu'il l'avait été concernant la location des chambres de l'étage : personne d'autre que lui n'avait jamais séjourné dans cette immense maison. Jamais il n'en avait parlé autour de lui ; d'ailleurs, le voisinage trouvait étrange cet homme qui ne leur parlait pas et restait seul chez lui, dans cette grande demeure. Guy y avait vécu pendant près d'un an, en vis-à-vis avec cette grande dame qui semblait vouloir le garder pour elle : la solitude, dans toute la splendeur de ses qualités, dans toute l'horreur de ses défauts. Une amie intime que Guy n'avait pas choisie mais avec laquelle il avait appris à cohabiter quotidiennement. C'était elle, sa colocataire, sa nouvelle épouse, celle qui lui faisait amoureusement de la place dans le grand lit de la chambre du rez-de-chaussée. Dame Solitude.

Peut-être par facilité, il avait conclu que la vie en France, que ce soit à Dax ou à Sanlys-sur-Mer, ne lui réussissait pas. Jamais il ne s'était senti aussi heureux qu'à l'époque où il avait vécu à Harlingen, ville des Pays-Bas qui avait été le théâtre de sa rencontre avec Marine dans les années soixante. C'était également là qu'il l'avait épousée et lui avait donné une enfant qui aurait d'ailleurs pu devenir une amie de Sabine si cette dernière n'avait pas toujours été collée aux basques de Jack. C'est la raison pour laquelle Guy avait décidé d'accepter la proposition d'Ingrid et de Célestin Faure avec qui il avait gardé des contacts réguliers.

Les choses s'étaient faites d'elles-mêmes : Ingrid et Célestin avaient dépeint à Guy le problème qu'ils rencontraient avec Sabine, renfermée, casanière et solitaire ; naturellement, il avait compris que la jeune femme risquait effectivement de finir vieille fille si ses parents ne parvenaient pas à la soustraire au schéma atavique qui risquait de lui être fatal. Par voie de conséquence, il avait de suite accepté d'accueillir Sabine et ses amis dans sa grande maison en échange d'un hébergement à Harlingen : il déménagerait dès que possible une fois que Célestin, plus proche de sa fille que son épouse, serait parvenu à trouver les mots pour présenter la chose à Sabine, et qu'elle aurait terminé son année d'études d'histoire de l'art. Tout collait.

Guy allait fêter ses cinquante-et-un ans le 2 septembre à venir et pour son plus grand bonheur, il allait vivre cette journée aux Pays-Bas. Pour ce père brisé et cet époux transi, l'offre de ses amis néerlandais constituait une porte de sortie qui lui promettait d'être prolifique, bien que la ville de Harlingen lui rappellerait forcément Marine et Bérénice : rien que le fait d'être en vie lui avait semblé être comme une cause sans conséquence, une existence sans effets ni objectifs, mais son avenir dans la province de Frise le ramènerait sur une terre fertile qui le tiendrait à l'écart des tentatives de suicide qu'il avait déjà envisagées sans avoir eu la force de passer aux actes.

Ainsi, Bérénice ne savait rien de ce qu'avait dû traverser son père suite à sa disparition. En l'occurrence, ce qui l'intéressait, c'était de savoir ce que Suzanne avait fait pour se retrouver sur Diadem 13 et la jeune colocataire lui expliqua l'essai qu'elle avait effectué avec Sidonie et l'expérience qu'elle avait poursuivie avec Antoine.

Cela n'expliquait, ni à l'une, ni à l'autre, d'où venait cet écran permettant de choisir l'un des trois mondes de BKX 9352, ni la voix synthétique féminine, ni la fumée bleue, ni la fonte du tube cathodique du moniteur, pas plus que cela ne leur donnait les raisons pour lesquelles Crépusculaire s'était réellement matérialisé, ni pourquoi, elles par contre, elles s'étaient retrouvées dans ce monde qui, tout au plus, devait être virtuel.

Après cette longue conversation, Suzanne et Bérénice continuèrent à marcher sans piper mot, instaurant un silence qui leur laissait assez d'intimité et de temps pour mettre de l'ordre dans leurs pensées.

Mais Sleipnir n'était pas loin.

***

À midi trente tapantes, le commissaire Morgane abandonna les paperasses dont il devait pourtant rapidement s'occuper, refusa d'entendre la sonnerie du téléphone qui retentit aussitôt qu'il se leva de son vieux fauteuil en cuir et sortit de son bureau sans prendre la peine de refermer la porte derrière lui. En allant dans la grande salle de conférence où l'attendaient en principe tous ses subordonnés qu'il avait conviés pour une réunion plénière pendant laquelle ils en profiteraient pour déjeuner, il dénoua sa cravate, la balança négligemment sur un meuble à tiroirs dans lequel de vieilles affaires non résolues pourrissaient lamentablement, défit les trois premiers boutons de sa chemise et en écarta les pans, non dans le but d'exhiber le léger pelage grisonnant qui couvrait sa poitrine, mais surtout pour faire bénéficier sa peau de l'air frais qu'une dizaine de ventilateurs tournant à plein régime depuis le matin même dispensaient ici-et-là dans les locaux du commissariat. D'ailleurs, Alain Gillot-Pétré l'avait souligné sur TF1, récemment : cette semaine serait résolument chaude, et ce mardi 12 juin battrait tous les suffrages entre Lacanau et Biarritz. Le département des Landes ne serait donc assurément pas épargné et l'air frais de l'océan n'y changerait rien.

Lorsqu'il entra dans la pièce, Édouard remarqua de suite que deux personnes manquaient à l'appel : Géraldine Piron, en congé exceptionnel en raison de sa fragilité psychologique due au meurtre de son coéquipier Ernest au cours de la nuit, n'était pas encore revenue de chez elle, et Marc, ne décrochant pas son téléphone, ne pouvait pas savoir qu'il était convoqué, comme ses collègues, à ce rassemblement de toutes les forces de l'ordre municipales. *Tant pis*, se dit Morgane, *on fera sans lui*.

Quelques instants plus tard, F009 arriva enfin, en tenue civile, et s'installa sur l'une des deux chaises vacantes, entre Francis Decherneau et Thomas Lagritte. Elle fut suivie de près par le livreur du restaurant Vert Galant qui apporta à tout le monde un repas complet à base de crudités et de fruits frais, le tout offert par le commissaire lui-même.

Au cours de cette réunion, il annonça à Éric et Géraldine qu'ils

344

feraient désormais équipe ensemble, Matthieu et Ernest, leurs coéquipiers, ayant été décimés. Les deux intéressés se jetèrent un regard et hochèrent discrètement la tête en un geste approbateur sans toutefois décrocher un sourire. Boris, l'équipier de Jérôme, lequel venait d'être lui aussi supprimé par Max, resterait avec Morgane jusqu'à ce que la situation s'arrange. Mais ce n'était pas encore gagné et chacun des agents était tendu et nerveux. Édouard demanda également à tous, une fois de plus, de ne pas s'opposer à Max et Wilfried afin d'éviter de nouvelles pertes. Cependant, John Sparkman, qui était le plus fervent contestataire face aux décisions de son supérieur, maugréa encore quelques réticences qu'il tenta de défendre bec et ongle, mais la décision du commissaire était ferme et elle le resterait jusqu'à ce que les dieux soient tous deux retournés d'où ils venaient.

Ou morts.

Sept mètres plus haut, confortablement installé sur le toit, Max, torse nu, prenait le soleil, son manteau maculé de sang roulé en boule sous la nuque et son tee-shirt poisseux posé sur son visage. Mais s'il en était volontairement aveuglé pour ne pas se brûler les rétines, il n'en était pas moins que les propos échangés lors de cette réunion n'avaient pas échappé à son ouïe particulièrement affûtée.

En d'autres circonstances, il aurait jubilé de voir qu'aucune résistance ne leur serait opposée, ni à Wilfried, ni à lui. Mais il était ailleurs : il s'imaginait à présent que les monts de Sheeba étaient les seins de Suzanne.

Pourtant, si Max avait évité de fantasmer sur elle et s'était plutôt occupé de surveiller les environs comme il le devait, il n'aurait pu ignorer que son ennemi, au sommet de l'hôpital La Samaritaine, le surveillait discrètement.

— C'est ça, ricana Silène. Prends du bon temps. Moi, j'ai autre chose à faire...

L'homme se détourna du blond qui paressait comme un fainéant, bondit jusqu'à la place du Parc, s'arrêtant à pieds joints sur l'une des deux statues qui y avaient été dressées, et effectua un nouveau saut pour revenir au niveau du sol entre les marronniers et les arbres sénescents du parc Alexandre Square où demeuraient encore les bandes de ruban de balisage délimitant le périmètre au centre duquel avait été massacrée madame Pignon la nuit dernière. Enfin, il poursuivit sa course en direction du nord-est de la ville, vers le quatre de l'avenue du Ruisseau Céleste.

***

Malgré l'intervention de Max qui avait précipité la mort de Polyphème en le ramenant dans les murs de son manoir, grièvement blessé, inconscient et à la merci de Suzanne, cette dernière estimait qu'elle n'avait pas eu beaucoup de chance depuis son arrivée à Diadem 13, et même bien avant. Pourtant, par caractère mais aussi par habitude, elle ne se plaignait que très rarement, estimant que cela ne servait à rien de se perdre dans des réactions négatives et stériles. Elle savait que les heureux hasards n'existaient que dans les films et les romans ; la réalité était toute autre.

D'ailleurs, elle n'avait jamais cru au hasard : pour elle, tout était provoqué par des choses rationnelles, absolues et logiques. Elle considérait qu'un dé ne s'arrêtait sur un bon ou mauvais chiffre que parce que son poids, soumis à la force du mouvement et influencé par ses angles et ses arêtes, par la nature de la surface sur laquelle il roule, par la hauteur de lancer et bien d'autres facteurs clairement scientifiques, interfère sur lui-même. La chance ou l'ironie du sort, diraient d'autres. Mais Suzanne ne s'estimait pas assez naïve pour croire à la Providence ou à la poisse : les superstitions étaient pour les faibles d'esprit. Et Antoine, comme elle, priorisait ce genre de choses rationnelles. En définitive, elle était d'ailleurs bien plus proche de lui qu'elle se l'était imaginé, et cela faisait écho à la conversation qu'elle avait eue avec lui lorsqu'ils avaient tous deux attendu le moment de se lancer dans l'expérience qui les avait conduits dans une autre dimension.

Une autre dimension... Elle n'y aurait jamais cru non plus si on lui avait parlé de mondes parallèles. Objectivement, se disait-elle, elle ne croyait ni en Dieu, ni au diable, ni même aux morts-vivants ou aux vampires. Le hasard ou la bonne fortune étaient des notions qu'elle avait bannies de son vocabulaire. La chance ne lui avait jamais souri.

C'est pour cela qu'elle ne put cacher son étonnement quand, enfin, Bérénice et elle tombèrent sur Pirène : elles n'auraient pas à le chercher pendant d'interminables heures.

Le cheval ailé s'était allongé sur le flanc dans les herbes les plus hautes et se séchait l'aile qu'il avait dépliée de tout son long, rendant la blancheur de la tache qu'il formait dans l'obscurité plus grande encore, et son corps plus distinct de loin. Mais les deux femmes s'étaient prudemment avancées en cherchant à ne pas l'effrayer par des bruits trop élevés ou des gestes brusques.

Il les avait pourtant repérées bien avant qu'elles ne l'aient vu elles-mêmes et il ne pouvait plus guère être surpris. Toutefois, il avait décidé de ne pas s'en aller à l'écart : après avoir été se baigner sur les rives du lac du Mercator, à l'ouest de l'autre côté de la tour de Falken, bien au-delà des monts de Sheeba, il y était revenu vingt minutes auparavant pour se trouver un coin tranquille et n'avait nullement l'intention d'aller chercher la solitude ailleurs. Il se contentait de regarder les deux femmes s'approcher prudemment et détournait parfois la tête en chauvissant des oreilles : elles avaient l'air si ridicule qu'elles ne méritaient pas que l'on s'attarde sur elles.

— Vous croyez qu'il a peur ? demanda Bérénice.

— Allons allons. Tutoie-moi, c'est plus simple ! Et pour répondre à ta question, je crois qu'il essaie de cacher son effroi. Il n'a sans doute pas l'habitude de voir des humains dans le secteur.

— Ce n'est que la deuxième fois que je le vois : il est magnifique.

Cette beauté sauta bien plus efficacement et explicitement aux yeux de Suzanne et Bérénice lorsque Pirène, comme pour exhiber la beauté fabuleuse des frisons auxquels il s'apparentait, se dressa sur ses quatre pattes pour replier son aile séchée par la caresse du vent et déplier l'autre, encore bien humide. La magnificence de la bête dégageait une aura de bienveillance et de sérénité qui n'avait d'égal que la pureté de la blancheur virginale et luminescente de son corps, lequel semblait taillé avec brio, sculpté avec précision par la nature qui lui aurait conféré les proportions et les courbes les plus à même de rivaliser avec la perfection faite animale. L'éclat qui irradiait de l'équidé en était si intense que les lignes de sa silhouette s'en trouvaient difficiles à distinguer. Néanmoins, les mouvements qu'il effectuait pour se mettre à son aise permettaient d'en deviner les contours sans que la netteté soit suffisante pour s'assurer de ses formes et de sa taille.

— Tu devrais essayer de l'approcher plus près encore et de le caresser, murmura Bérénice, accroupie à côté de Suzanne. Il ne hennira pour toi que si tu parviens à instaurer un climat de confiance entre vous deux.

La jeune caissière d'Euromarché, qui n'avait d'ailleurs même pas eu le temps de prendre ses fonctions et ne les prendrait peut-être jamais au vu de son absence injustifiée, se redressa sur ses jambes en gardant le dos courbé et commença à avancer lentement vers Pirène qui, à présent, ne détachait plus ses yeux d'elle, gardant la tête bien dressée et les oreilles pointées vers l'avant en signe d'attention. Arrivée à moins de dix mètres de lui, elle se releva complètement et ouvrit grand les bras, peu à peu, pour lui signifier qu'elle ne lui voulait pas le moindre mal. Ses yeux s'habituant rapidement à la lumière blanche que dégageait l'animal, elle parvint à voir très clairement, à présent, qu'il hochait la tête de manière répétée avant de stopper son geste. Ses nasaux frémirent tout bas en un son léger que Suzanne, qui sentait qu'il approuvait sa présence, perçut sans le moindre problème.

Alors elle fit un pas supplémentaire : aussitôt, le cheval ailé se releva sur ses sabots en repliant complètement son aile contre son flanc, et alors qu'elle cessa tout mouvement pour voir ce qu'il allait faire, craignant d'avoir été trop loin, Pirène s'approcha d'elle et s'arrêta en baissant la tête pour l'inviter à lui caresser le chanfrein. Elle se retourna vers Bérénice qui sembla lui faire un sourire d'encouragement et reporta à nouveau son attention sur le quadrupède qu'elle cajola délicatement entre les deux yeux qui, sous de très longs et nombreux cils, la regardaient. Apparemment, le courant passait plutôt bien entre Pirène et Suzanne.

— Il a l'air enclin à aller plus loin avec toi, souffla Bérénice. Essaie de monter sur son dos : tu pourras peut-être le chevaucher en t'agrippant à sa crinière.

— Je ne sais pas si je vais y arriver... Et je n'ai jamais quitté la terre ferme.

Pirène souffla énergiquement par les nasaux.

— Tu dois croire en toi si tu veux avoir une chance de détenir la doloire ! Monte sur son dos et laisse-toi guider. Il te comprend plus que tu ne le crois !

Obéissant aux injonctions de la jeune romancière, Suzanne vint sur le côté gauche de la bête, posa ses deux mains sur le garrot et les reins, et d'une brève détente, sauta à plat ventre sur son dos. Dans cette position inconfortable, elle dut battre des cuisses et prendre appui sur ce qu'elle pouvait pour rétablir un meilleur équilibre que celui qu'elle avait, et essaya de lever son genou droit sur la croupe de l'animal en se mettant plus en avant de l'autre côté. Pirène, particulièrement intrigué et curieux, ne bougeait aucunement, refusant de déranger la jeune femme.

C'est ainsi que cette dernière parvint enfin à se mettre à califourchon sur lui. L'animal ne sembla pas s'affaisser d'un seul centimètre : au contraire, il se dressa bien campé sur ses quatre sabots et se retourna vers elle pour voir comment elle s'en sortait. Mais Suzanne se sentait très inconfortablement assise car elle ne supportait pas l'idée d'avoir l'entrecuisse directement sur le dos de l'équidé sans qu'un sous-vêtement ne s'interpose entre elle et lui. En outre, elle n'osait pas passer ses pieds entre les flancs et les ailes qui étaient repliées dessus.

Pourtant, comme mû par un réel contact télépathique entre Suzanne et lui, Pirène déploya alors ses ailes en créant un léger souffle autour de sa cavalière, et elle put laisser retomber naturellement ses jambes sur les côtés. Lorsqu'il les replia par-dessus, elle sentit très distinctement la douceur des plumes blanches qui lui tinrent chaud aux jambes et aux pieds, et profita de ce confort pour prendre une grosse poignée de crin entre ses deux mains, comprenant bien que l'animal se sentait prêt pour faire un peu d'exercice. Il se cabra alors pour mettre à l'épreuve celle qui le montait et réalisa qu'elle s'était bien couchée en avant et se tenait fermement à sa crinière. Le mouvement brusque avait surpris Suzanne, mais ses réflexes avaient été plus forts que tout et elle avait puissamment bloqué ses jambes contre les flancs de la bête.

Elle n'eut que le temps d'entendre Bérénice lui souhaiter bon courage avant que le son du battement des grandes ailes qui permettaient à Pirène d'atteindre une envergure de sept mètres ne l'empêche de lui répondre avec l'assurance d'être entendue. Le cheval monta ainsi dans les airs, élevant la femme qui se sentit puissamment soulevée, et elle fut brièvement saisie d'un profond vertige avant que l'obscurité qui régnait dans toutes les régions de Diadem 13 en contrebas ne lui fasse perdre toute notion d'altitude. Malgré cela, en jetant un coup d'œil par-dessous, Suzanne constata que Pirène avait replié ses quatre pattes comme s'il était assis, les jarrets relevés plaqués contre son ventre. Naïvement, elle s'était figuré qu'il galoperait dans les airs, imprimant le mouvement de ses membres comme s'il était au sol : elle se sentit bien seule dans sa bêtise. Étrécissant les yeux pour ne pas être incommodée par l'air qu'elle pourfendait comme s'il ventait, elle fit brièvement rouler sa tête sur ses épaules pour se débarrasser des longues mèches qui la gênaient.

Suzanne retrouva des fragrances familières qui la ramenèrent à sa prime adolescence, lorsqu'elle n'avait que onze ans et qu'elle s'était essayée à l'équitation pour la première fois en colonie de vacances dans le Loir-et-Cher.

Sentant des tensions entre son époux et sa fille qui haïssait son père pour les rossées qu'il lui infligeait, sa mère avait insisté auprès de lui pour l'envoyer pendant le mois de juillet passer trois semaines loin de son bourreau. Certes, Ophélie Labille ne se doutait guère que Dominique asservissait régulièrement leur fille, mais elle n'ignorait pas qu'il lui mettait des gifles lorsqu'il estimait qu'elle avait fait quelque chose de répréhensible ou, tout simplement, qu'elle le méritait à ses yeux.

Ainsi, les relations entre Suzanne et son père, en cette année 1978, culminaient au summum de la discorde, vivant l'un et l'autre de longues secondes d'esclandres qui s'enchaînaient sur des minutes à s'insulter, des heures de hurlements qui donnaient lieu à de pénibles journées de larmes, de pléthoriques disputes chaque semaine qui finissaient plus souvent dans la haine et la rancœur qui s'accumulaient tous les mois que dans la conciliation et l'absolution qui auraient salutairement nettoyé l'ardoise.

Peu à peu, au fin fond de son cœur et de son âme, Suzanne nourrissait l'exécrable et honteuse haine de cet homme qui, responsable comme sa mère de sa venue au monde, portait aussi, sans qu'il le sache lui-même, le poids de cette mort qu'il avait introduite en elle pendant des années. C'est pourquoi il avait été urgent, pour la mère, de permettre à son enfant malmenée par un père qui, estimait-il lui-même, l'aimait à sa manière, de quitter un moment le domicile familial de Lacanau pour qu'elle puisse s'épanouir autrement qu'en servant de *punching-ball*.

Comment avait-elle seulement pu ne pas se douter que sa fille servait également d'esclave sexuelle à son mari ?

Mais les heures de joie que Suzanne avait connues sur le dos d'un poulain d'abord, puis d'une jument ensuite, n'avaient été qu'une agréable diversion qui avait rendu son retour en Gironde bien plus pénible encore. Cela partait toutefois d'un bon sentiment de la part de sa mère, elle le savait et ne lui en avait jamais voulu : au contraire, la jeune fille traumatisée reportait sur elle tout l'amour qu'elle ne donnait pas à son géniteur. En outre, Ophélie, que Dominique avait connue au lycée, avait toujours été taciturne et passive : la vraie femme au foyer, soumise et conforme aux règles de son éducation arriérée, morcelée d'atavismes qu'elle était trop aveugle pour voir. Et si Suzanne avait longtemps été martyre de son père, Ophélie, elle, n'avait été, par sa passivité et son immobilisme exacerbé, que sa propre tortionnaire.

Bientôt, une tâche lumineuse très scintillante émergea de l'obscurité : Sleipnir. Pour l'heure, il ne ressemblait qu'à une étoile très vive qui semblait bouger comme un esprit éthéré sur le fond sombre de la noirceur opaque à l'horizon : une lueur difforme qui, dans le lointain, paraissait amorphe et diaphane, aussi intouchable qu'irréelle. Mais il s'agissait bel et bien du cheval de feu qui, manifestement, s'activait continuellement, bougeant dans tous les sens, incapable de tenir en place. Frénétique.

Suzanne réprima un frisson : Sleipnir était tout là-bas, au loin, et sans distinctement le voir, elle savait qu'il inoculait en elle le poison de l'intimidation et de la terreur. Et si Polyphème n'avait pu que l'impressionner avec ses sept mètres de hauteur et ses muscles saillants, jamais il ne l'avait effrayée, se disait-elle. Mais elle avait la mémoire courte. Elle considéra qu'il en était tout autre pour Sleipnir : ce cheval diabolique dégageait des ondes si malsaines qu'elles en étaient palpables.

Au loin, le cheval à huit pattes qui consumait naturellement l'air autour de lui continuait de s'agiter sans cesse. Il demeurait toujours flou et scintillant, mais à présent, les teintes chaudes qui irradiaient de son corps se démarquaient très visiblement les unes des autres : tout n'était que couleurs brûlantes, à base de orange, avec une amplitude allant du rouge écarlate au jaune de cobalt.

C'est alors que Pirène entama une vertigineuse chute qui souleva l'estomac de Suzanne à la seconde même où il perdit en altitude : elle hurla de surprise. Battant des ailes bien moins fréquemment, il se laissait entraîner par sa portance à laquelle s'ajoutait le poids de la femme, favorisant un atterrissage en douceur comme un planeur porté par le vent qui caresserait l'herbe avant de s'y poser.

Le grondement des sabots de Pirène sur le sol de la plaine de Chronopolis confirmèrent l'impression que venait d'avoir Suzanne en sentant de légers chocs sous sa monture : ils venaient de se poser et progressaient à présent droit vers Sleipnir. Jamais elle n'avait connu le galop lorsqu'elle avait été en colonie de vacances à Suèvres douze ans plus tôt, mais intuitivement, elle se courba en avant et releva en même temps le postérieur pour se soustraire aux balancements réguliers de la croupe de sa monture. Imprimant un mouvement lancinant qui allait de pair avec celui de Pirène, elle se laissa porter par la vitesse à mesure que la température environnante augmentait et se retrouva très vite au diapason pour mieux faire corps avec lui lorsqu'elle entra dans une zone où l'air devenait exagérément chaud.

— Un bon quarante-trois degrés Celsius, là, bafouilla-t-elle après une grossière estimation entre deux halètements.

Sous son regard, Sleipnir devenait de plus en plus distinct à mesure qu'ils s'en approchaient, et elle se sentit encore plus appréhensive à l'idée de se retrouver dans un proche périmètre de ce deuxième adversaire qui, par sa simple présence, entravait la réalisation de son objectif. Ne pensant pourtant plus à Antoine ni à Sidonie, ni même à Bérénice qui méritait de retrouver son père, elle eut envie de tirer des deux mains sur la crinière qu'elle tenait fermement pour intimer à l'animal l'ordre de s'arrêter et de faire machine arrière.

Et si elle abandonnait cette mission qu'elle n'avait pas choisie ?

Mais à peine envisagea-t-elle cette éventualité qu'elle sut que c'était peine perdue : Monocerüs devait déjà être quelque part dans les environs à guetter les instruments de la mort prochaine de son pire ennemi, ce cheval incandescent dont la virulence exigeait un remède qu'il constituait lui-même par sa nature.

Bérénice, la génitrice de cet univers parallèle qu'était l'espace-temps Crépusculaire BKX 9352 et des trois mondes qui s'y trouvaient, Yf-6, Voyelle 9½ et Diadem 13, semblait ignorer quelle était l'origine de tous les êtres, assimilables à des humains ou à des animaux, qui y demeuraient.

Mais ce qui était sûr, c'est que si Sleipnir brûlait du feu le plus ardent, consumant son corps comme un combustible sans qu'il ne soit altéré par ses propres flammes, Monocerüs était doté de la corne la plus solide qui soit, capable de rester indemne aux températures les plus élevées.

***

Les clients du Salon des Petits Pains ne donnaient l'impression d'entrer dans le décorum parfumé du commerce que Stéphane tenait que pour profiter des bienfaits de la climatisation qui, pourtant, créait un choc thermique des plus violents dès que l'on passait à l'intérieur. Preuves en étaient les fréquentes ventes de boissons extirpées du réfrigérateur qui les conservait à une température sensiblement plus basse que celle que le respect des saveurs et de la santé préconisaient : les bouteilles d'eau minérale défilaient tout aussi abondamment que les jus et les sodas proposés en canettes, bien que ces derniers assoiffassent plus encore qu'ils ne désaltéraient, du fait de leur forte teneur en sucres. Mais les clients n'en avaient que faire, et très fréquemment depuis son arrivée en matinée, Stéphane avait dû puiser dans les stocks entreposés à l'entrée du fournil pour rapidement mettre au frais les boissons afin qu'elles soient assez froides pour les clients soucieux de se rafraîchir.

Au cours de l'un de ces réapprovisionnements, il lorgna le sac plastique à l'effigie de la mercerie des Cailloux Gris située au quatre-vingt-quinze de la rue éponyme. Sous ce mélange de deux couleurs de bleu et de rose vifs formé de losanges imbriqués les uns dans les autres se trouvait l'enveloppe en papier kraft que Stéphane avait mise dedans avant de quitter la résidence.

Aucun client ne se trouvant dans la boulangerie-pâtisserie, il posa le carton de canettes de Fanta qu'il portait dans ses bras tout près des marches de l'escalier qui remontait derrière le comptoir et prit le temps de glisser une main dans le sac plastique pour en extirper son contenu. Dépliant l'enveloppe, il passa ensuite ses doigts à l'intérieur et en sortit la disquette d'un geste mal assuré qui ne s'expliquait pas par sa fatigue : Stéphane était tendu et angoissé car cette simple disquette, carrée, rouge, légère et immaculée, à la surface de laquelle se reflétaient diffusément les lumières de la pièce sous forme des taches étincelantes, était peut-être la seule et unique porte de sortie qui garantissait le retour possible de Sidonie, Antoine et Suzanne.

Observant plus précisément la fenêtre de lecture-écriture, il zieuta de près le sillon qui parcourait la surface même du disque magnétique souple. Stéphane appréciait énormément de jouer à des jeux vidéo sur micro-ordinateurs, mais curieusement, il n'avait jamais pris la peine de détailler les disquettes cinq pouces un quart sur lesquelles étaient enregistrés les programmes. C'est ainsi qu'il constata que le disque rotatif était brillant alors que la surface carrée de la disquette, elle, était d'un écarlate mat et plus rugueux que ce que le support magnétique circulaire engoncé dans son quadrilatère régulier de plus de treize centimètres de côté laissait transparaître.

Bien qu'il fût épris de Sabine et s'entendait très bien avec Jack, Stéphane avait l'impression de ressembler bien plus à Antoine et Sidonie qu'à eux : tandis qu'il appréciait l'homme pour sa maturité qui l'enveloppait dans une sagesse exemplaire, il ressentait une étrange tendresse pour la blonde qui évoquait pour lui l'appartement de ses parents et le sentiment d'être bien chez soi. Pendant l'année qu'il avait passée aux Colombes, il avait souvent croisé Sidonie dans le couloir de l'étage, dans l'ascenseur ou dans le hall lorsque l'un ou l'autre allait jeter les poubelles ou descendait prendre son courrier, et si aucun des deux n'avait jamais franchi le cap des timides salutations cordiales, il n'en était pas moins qu'un jeu implicite s'était instauré sans qu'un seul d'entre eux ne se doute que l'autre s'y complaisait bien volontiers.

Ainsi, il sembla paradoxal à Stéphane que leur déménagement à tous les deux pour s'installer aux Bégonias dans la résidence de Guy

Barnier soit la raison pour laquelle ils étaient devenus plus proches.

Et soudain, pris dans le tourbillon d'une ardente nostalgie, il eut envie de pouvoir revenir en arrière pour ne jamais partir de chez ses parents. Son regard absent qui semblait passer à travers le *roll* de baguettes de pain revint sur la disquette qu'il fixa en fronçant les sourcils.

C'est alors que la clochette de la porte d'entrée du Salon des Petits Pains, en retentissant, dissout le tumulte du vortex de pensées qui l'assaillaient violemment. Stéphane posa l'enveloppe et la disquette sur le sac plastique qui ornait le bureau et remonta les marches en toute hâte.

La jeune fille qui venait de refermer la porte en souriant à Stéphane faisait partie des clientes fidèles qui passaient quotidiennement acheter la même chose à des heures presque systématiquement fixes : il la reconnut immédiatement, et ce bien qu'il ne travaillât ici que depuis quelques jours seulement. Vêtue de deux tee-shirts superposés, l'un ample, sans manches et estampillé de bandes horizontales bleu clair et parme, l'autre à larges manches courtes se présentant dans un rose flashy uni, cette petite adolescente, coupée au carré et affublée d'un regard mélancolique malgré son sourire, portait un sac à dos qui sembla bien lourd à Stéphane quand elle pivota sur sa taille pour chercher Jack du regard.

— Salut ! s'exclama-t-il.

— Bonjour, répondit-elle en s'arrêtant devant la caisse au-delà de laquelle se tenait le jeune homme. Votre patron n'est pas là ?

— Non, répondit fièrement Stéphane. Aujourd'hui, je suis le maître des lieux, et comme tu peux le voir, il n'y a personne d'autre que nous. Je suis donc tout à toi...

La jeune fille, gênée, passa une mèche de cheveux d'un noir corbeau derrière son oreille et détourna ses grands yeux noisette.

— Je ne vous en demande pas tant, fit-elle avec un embarras qu'elle ne prit pas la peine de dissimuler.

— C'était bien sûr une façon de parler... Alors pour toi, comme d'habitude, ce seront deux éclairs au café et une baguette pas trop cuite ? supposa vivement Stéphane en allant chercher une boîte en carton.

— Non, attendez !

Il arrêta son geste et se tourna vers elle d'un air qui voulait dire *aujourd'hui serait-il un jour différent ?*

— Je vais vous prendre un Banga, s'il-vous-plaît.

Ôtant son sac à dos qu'elle alla poser au pied de l'une des hautes tables circulaires, elle s'installa sur une chaise, posa un coude sur la froideur de la surface métallique, cala sa joue dans la paume de sa main pour soutenir sa tête et laissa son regard se perdre à travers les vitres à l'extérieur de la boulangerie-pâtisserie dans la circulation effervescente de ce début d'après-midi. Visiblement, le sourire qui avait mis en relief le visage de la jeune fille en entrant dans le commerce avait laissé place à un faciès d'inquiétude, ou peut-être plus de lassitude : quelque chose la préoccupait et le minois avenant qu'elle avait eu en s'adressant à lui avait été, d'après Stéphane, un masque qui avait vainement mis en retrait des préoccupations bien réelles. L'adolescente n'allait pas bien.

En s'approchant d'elle pour déposer la canette glaciale et le verre en plastique devant elle, il se demanda s'il pouvait faire quelque chose pour elle, mais estima qu'il avait déjà suffisamment matière à penser en ce moment sans avoir à s'enquérir des ennuis d'autrui. Cette jeune fille devait avoir seize ou dix-sept ans et ses tracas étaient sans doute des problèmes d'adolescente : manque de confiance en soi, recherche d'identité sexuelle, prises de position contestataires, rivalités au lycée et autres soucis auxquels il avait dû faire face à cet âge, lui aussi.

Déjà, se dit-il, *si elle s'habillait un peu mieux, elle aurait peut-être plus de facilité à ne pas passer pour une fille bizarre.* Son mini-shirt semblait lui serrer les aines et collait tellement à sa peau qu'il n'en était plus moulant, mais paraissait plutôt moulé dans son corps, fusionné avec ses fesses, ses hanches et son bas-ventre. De plus, l'une de ses chaussettes blanches était marquée d'une tache de graisse noire et le lacet de l'une de ses baskets était défait. Stéphane grimaça et revint derrière son comptoir.

— Est-ce que tout va bien ?

La question était spontanément sortie de sa bouche ; un geste totalement irréfléchi qu'il ne s'expliquait pas lui-même. La jeune fille ouvrit sa canette, remplit le verre et se tourna vers lui, le considérant silencieusement pendant quelques secondes avant de lui demander :

— Vous avez quel âge ?

Répondre à une question par une autre n'avait jamais été une méthode de communication qui avait plu à Stéphane, mais la surprise le poussa spontanément à y répondre.

— Vingt-trois le mois prochain.

— Le combien ?

— Le 11 juillet. Je suis de 1967. Et toi ?

Elle porta le verre à ses lèvres pour boire quelques gorgées de boisson, comme si ce laps de temps lui était nécessaire pour se souvenir de son âge et de sa date de naissance, et le reposa doucement.

— Je suis née le 23 juin 1973. J'aurai 17 ans dans onze jours. Nous sommes tous les deux cancer.

— C'est vrai ! Tu vas fêter ton anniversaire, je suppose. Tu sais, si tu le désires, nous avons d'excellentes forêts noires, pas écœurantes et avec de succulentes cerises amarena.

— Non, je ne pense pas le fêter... Je n'ai pas la tête à ça...

Le créneau qui devait permettre d'entrer dans les sphères d'une conversation plus personnelle venait d'être dégagé, et Stéphane savait qu'il ne pourrait en rester là, pas plus qu'elle ne le souhaitait elle-même, visiblement. Cette jeune cliente exprimait clairement un besoin de parler de ses soucis à quelqu'un. Et inconsciemment, elle s'attendait à la question qui, trop brûlante pour les lèvres de Stéphane, dut être lestée.

— Qu'est-ce qu'il se passe, dis-moi ? demanda-t-il en soulevant le battant du comptoir pour venir auprès d'elle et s'installer sur une chaise voisine.

— Vous êtes plus âgé que moi, mais nous n'avons que six ans d'écart. Votre adolescence n'est pas si loin que ça. Vous avez des frères et sœurs ?

— Non, je suis fils unique. Et ça me va très bien. Mais toi, je te verrais bien avec un frère aîné...

Jusque là, la jeune fille n'avait pas quitté des yeux son verre qu'elle maintenait sur la table à deux mains en le faisant glisser ici-et-là. Mais la violence par laquelle elle plongea ses yeux dans ceux de Stéphane aussitôt qu'il eût fini de parler le déconcerta. Avant qu'il ait pu dire quoi que ce soit, elle trancha net les ailes de l'ange qui passait.

— C'est précisément ce que j'aurais souhaité, ce qui n'est donc pas le cas.

— Ces deux éclairs que tu achètes tous les jours, c'est pour tes parents ?

— Non.

Stéphane roula des yeux.

— Alors tu manges les deux ?

— Je n'en mange qu'un seul ; le second est pour ma sœur aînée. Nos parents ne vivent pas avec nous.

— Alors plutôt que d'avoir l'air de te lamenter sur le fait que tu n'aies pas de frère aîné, rassure-toi en te réjouissant d'avoir une sœur. Moi, je n'ai personne alors que toi, tu peux te confier à elle.

Stéphane estimait qu'il se débrouillait beaucoup mieux seul qu'avec qui que ce soit d'autre pour l'épauler dans ses soucis, mais pour rassurer la jeune fille, il considéra qu'elle devait sentir qu'elle n'était pas si mal lotie que cela avec une présence familiale qui pouvait l'écouter et la conseiller à chaque instant. Toutefois, elle ne le voyait pas de cet œil.

— Ma sœur est immature !

— Ce n'est pas très gentil de parler d'elle comme ça, dis donc !

— Dites ! Vous n'allez pas vous faire réprimander par votre patron si vous parlez avec une cliente, hein ?

— Non, ne t'inquiète pas ! Tu t'appelles comment ?

— Stéphanie. Et vous ?

— Stéphane...

Il leur sembla que le chérubin aux ailes brisées qui avait chuté au sol avait appelé l'un de ses pairs ; un nouvel ange passa. Ce séraphin resta six secondes et s'en alla quand le jeune homme dit :

— Stéphanie et Stéphane, deux cancers esseulés en cette après-midi de juin, résuma-t-il avec force gestes et emphase, se retrouvent dans la douceur de la climatisation d'une boulangerie-pâtisserie du quartier du Centre-Commercial de Sanlys-sur-Mer, pour faire plus ample connaissance devant un Banga. Ça pourrait être le point de départ d'un roman, remarqua-t-il. Ou d'un film de Brian De Palma [92] !

— Ce roman serait merveilleux si j'y avais un frère aîné.

Stéphane se leva de sa chaise et retourna derrière le comptoir en demandant d'une voix plus haute que la normale pour être sûr d'être entendu :

— Pourquoi aurais-tu voulu avoir un frère aîné à tout prix ?

Il descendit devant le bureau du fournil et, tout en rangeant précautionneusement la disquette dans son enveloppe qu'il remit dans le sac, il entendit Stéphanie lui répondre de loin :

— Parce que je trouve ça rassurant d'avoir un homme plus vieux et expérimenté que soi quand on est une adolescente, et parce que ma sœur, si elle est tendre et protectrice avec moi, n'en est pas moins une fille dont le regard sur moi ne peut pas m'apporter toute l'assurance dont j'ai besoin. En plus, elle est complètement délurée, expansive, toujours dans l'extrême, dans l'action. Une vraie sanguine, pire qu'un électron libre ! Au contraire, je trouve – et vous me le confirmez aujourd'hui même – qu'un homme est souvent plus posé, plus sage et plus empathique à âges identiques.

Stéphane revint auprès de la jeune fille en lui disant :

— Tous les hommes ne sont pas les mêmes et je suis moi-même loin d'être un exemple à suivre : casanier, solitaire, pas vraiment réaliste...

— Oui mais vous êtes là pour m'écouter. Et vous me regardez !

Stéphane eut bien envie de lui conseiller de changer de short avant d'espérer qu'on la regarde plus attentivement, mais il sut de suite qu'il ne céderait jamais à cette tentation qui, d'ailleurs, n'en avait pas la prétention.

— Je te regarde avant tout comme une cliente.

— C'est faux ! cracha-t-elle avec une réelle véhémence. Vous me tutoyez, contrairement aux autres clientes, j'en suis sûre !

— C'est parce que tu es jeune que je me suis permis de...

— Vous ne voudriez pas être mon grand-frère, Stéphane ?

Il resta bouche bée quelques instants, le temps pour elle de verser dans son verre le reste de sa canette.

— Si je peux porter un jugement sur toi, commença-t-il avant de la voir hocher la tête pour l'encourager à poursuivre, tu es une fille qui fait son âge, mais en parlant avec toi, on découvre une personnalité un peu plus mature que les autres jeunes de ta génération. En tout cas, comparé à l'idée que je me fais des adolescentes d'aujourd'hui. Mais là, tu viens de me sortir quelque chose de si incongru que je me demande si tu ne te moques pas de moi comme une fillette trop juvénile pour avoir les pieds sur terre.

— Je plaisante, Stéphane.

Il ne put se l'expliquer, mais il aimait quand elle prononçait son prénom.

— Mais pensez-vous qu'il soit possible d'adopter quelqu'un ? Un adulte.

— Comment ça ?

Stéphanie se mit à faire passer le bout de son index à la surface du cylindre d'aluminium de sa canette vide, laissant des traces lisses et humides dans la pellicule de buée due à la condensation qui la recouvrait.

— Ma sœur affirme *mordicus* qu'il n'est pas possible, en France, de recueillir chez soi, par exemple, un Sans Domicile Fixe et d'effectuer les procédures en règle pour l'adopter.

— Je pense au contraire que c'est possible, mais ça doit être la croix et la bannière en termes de démarches, tu sais !?

— En êtes-vous sûr, Stéphane ?

— Pour être franc avec toi, non, je n'en suis pas sûr. Mais tu imagines ? Il faudrait faire une enquête des deux côtés pour contrôler l'éligibilité de la famille d'accueil, vérifier que l'homme adopté n'ait pas de casier judiciaire. Vous êtes deux filles qui vivez ensemble sans vos parents et vous prendriez chez vous un inconnu, un homme. Rends-toi compte des risques que vous pourriez encourir. Sans compter que même si ce n'était pas si fastidieux que ça, cela ne se ferait pas avant des mois, voire des années pour être en règle. Et puis tu le trouverais où, ton grand-frère ? Dans les orphelinats ? Dans la rue ? Les terrains vagues ? Sous les ponts ? Tu te vois arpenter les lieux publics en demandant aux S.D.F. *Excusez-moi ! Bonjour! Je m'appelle Stéphanie, et ma sœur et moi, on aimerait vous adopter ? Vous voulez bien venir avec nous ?* Tu visualises ?

Stéphanie se renfrogna et engloutit le restant de son verre avant de demander :

— Mais se pourrait-il qu'il y ait une chance, aussi infime soit-elle, que ça marche ?

Il soupira.

— Écoute Stéphanie. Après tout, je n'en sais rien. Mais pourquoi n'essaierais-tu pas d'en reparler avec ta sœur et de lui demander de se renseigner auprès des organismes compétents ?

— Elle n'en a ni le temps, ni l'envie ; c'est ça, le problème.

— Débrouille-toi avec tes parents.

— Ils sont à Biarritz et n'ont pas le temps non plus. Ils travaillent beaucoup !

— Stéphanie... Un adulte de ta famille, ta grande sœur, ton père ou ta mère, devrait forcément s'investir dans les démarches et accorder du temps et de l'énergie à ce projet. Cela va de soi. Enfin, d'après moi... Tes parents endosseraient cette nouvelle responsabilité, je pense. Toi, tu es mineure et n'as donc pas la possibilité de faire quoi que ce soit auprès du Tribunal de Grande Instance. Tout ce que tu peux faire, c'est convaincre ta famille.

Elle se leva et se baissa pour prendre son sac à dos dont elle enfila un passant sur l'épaule. Stéphane se redressa lui aussi et revint derrière le comptoir après avoir débarrassé la canette, l'opercule métallique complètement courbé et le verre vide en plastique.

— Vous voudriez bien faire les démarches pour moi ?

— Quoi ? s'exclama-t-il en riant nerveusement alors qu'il jetait à la poubelle ce qu'il avait dans les mains. Comment ça ?

— Je vous demande juste de vous renseigner à ma place, dit-elle en sortant de son sac son porte-monnaie. Moi, je suis mineure et je ne serais jamais crédible dans ma pêche aux renseignements. Vous, avec vos *presque* vingt-trois ans, vous serez bien davantage pris au sérieux auprès des administrations et services concernés.

— Attends, Stéphanie. Qu'est-ce que tu veux savoir, au juste ?

— Je vais vous prendre deux éclairs au café et une baguette pas trop cuite, s'il-vous-plaît, fit-elle en souriant d'une oreille à l'autre pour se moquer de lui.

— Stéphanie... Je suis sérieux...

— Mais moi aussi, je vous assure.

— Alors réponds-moi.

— J'aimerais que vous vous renseigniez sur les démarches à effectuer pour deux adultes, parents et salariés, qui veulent adopter un homme adulte qui, à la rue, serait aussi désireux d'avoir une famille d'accueil.

Stéphane soupira, bien qu'il sût pertinemment qu'il allait accepter. C'était d'ailleurs sans doute ça, la raison de son soupir : il ne savait pas dire non.

— Si j'accepte, auras-tu la tête à fêter ton anniversaire ?

Elle ne s'était pas attendu à ce qu'il lui pose cette question, mais elle répondit du tac au tac :

— Sans problème ! Je vais même vous commander dès maintenant une forêt noire, pas trop écœurante et avec de succulentes cerises amarena, ajouta-t-elle avec un sourire franc qui ravit Stéphane bien plus que la commande qu'elle lui passait.

— Il me faut ton nom de famille pour valider la commande.

— Genyôsai. Ça s'écrit G - E - N - Y - O circonflexe - S - A - I, mais ça se prononce « gueniohsaï ». On peut aussi mettre un U derrière le O sans accent. Genyousai.

— Ça sonne japonais, souligna Stéphane en notant sur un Post-it jaune la commande à la suite du nom.

— Normal, mon père est japonais et ma mère française. Je suis née à Kushirô au nord du Japon.

— Et il n'y a pas de tréma sur le I ?

— Non. Il n'y a qu'ici en France que les gens mettent des trémas sur le I pour accentuer la prononciation nippone, mais nous, au Japon, nous n'en avons pas besoin, même lorsque nous écrivons en lettres romaines.

— Je l'ignorais... En tout cas, tu auras ta forêt noire pour le 23, aucun souci.

— Ça veut dire que vous acceptez ? demanda Stéphanie, excitée comme une puce.

— J'ai beaucoup à faire et pas mal de soucis aussi. Tu me laisses combien de temps pour me renseigner ?

— Disons que je vous laisse l'été. Jusqu'à la rentrée scolaire, en fait.

— Tu n'as plus cours, actuellement ?

— Si, mais mon conseil de classe est passé et je n'y vais plus que pour quelques cours seulement ; tous ne sont plus assurés par nos profs.

— Tu passes en quelle classe ?

— En première littéraire au lycée Henri Poincaré. Alors, vous êtes d'accord, Stéphane ? Je vous rappelle que vous êtes tout à moi, ajouta-t-elle avec amusement. C'est vous-même qui me l'avez dit !

Il pouffa de rire avant de réaliser qu'elle avait une sacrée bonne mémoire. Et répondit :

— Oui, l'affaire est entendue.

Quelques instants plus tard, Stéphanie quitta le Salon des Petits Pains avec sa baguette sous le bras, ses deux éclairs au café dans son sac à dos et quelques langues de guimauve en plus dans un petit sac en papier qu'elle garda à la main. Stéphane voulut l'avertir avant qu'elle ne parte que son lacet était défait, mais il s'y prit trop tard et elle n'entendit rien quand elle fit tinter la clochette en refermant la porte, retournant dans le brouhaha envahissant de la circulation au cœur de la jungle urbaine.

Il lui avait vu un sourire bien différent, finalement, de celui qu'elle avait eu sur le visage en entrant : cette fois-ci, il avait été plus large et plus franc. Il était venu du cœur par voie express, s'était dit Stéphane. Mais il l'avait sentie émue par un indicible bonheur, non seulement quand elle lui avait fait une bise sur la joue pour le remercier de tout ce qu'il allait faire pour elle, mais également quand elle s'était retournée pour s'en aller vers la sortie. Il lui semblait même avoir aperçu une larme couler au moment où elle avait détourné son visage.

Intuitivement, il baissa les yeux au-dessus des cannelés et des financiers ; son regard aurait pu s'arrêter sur le carrelage d'un orange éclatant, mais il fit directement la mise au point sur la goutte qui, dans la transparence de la vitrine, semblait glisser sur le sol.

***

L'absence de Stéphane, occupé au Salon des Petits Pains à assurer l'intérim pendant le repos forcé de son patron qui, cruellement épuisé, se trouvait outrageusement vautré dans un profond sommeil, ainsi que le déballage de son addictive collection de boutons de mercerie auquel s'affairait consciencieusement Sabine dans sa chambre, plongeaient la Résidence du Coucher de Soleil dans un silence religieux qui déplaisait fortement à Émmanuelle. Jack, loin d'être conscient de cette tranquillité, se trouvait entortillé dans les draps de son lit tandis que la Néerlandaise demeurait concentrée sur le rangement.

Le récent départ d'Angélique pour l'hôpital La Samaritaine venait de mettre plus encore en lumière le curieux malaise que ressentait la rousse : quelque chose la dérangeait, et sans qu'elle puisse s'imaginer quelle en était la cause, elle décida de ne pas y prêter attention et de s'apprêter pour son entretien qui, avec une peu de chance, serait suivi par une première séance de photos. La nouvelle de l'expérience de la disquette rouge réitérée par Sidonie, lorsque Sabine la leur avait annoncée quelques instants plus tôt, était un nouveau coup porté au moral des colocataires et Émmanuelle – à l'instar d'Angélique la veille – se sentait horriblement mal entre les murs de la propriété où se passaient une pléthore d'évènements insolites depuis plusieurs jours.

Quelques instants plus tard, lorsqu'elle quitta les lieux en arpentant l'allée de dalles qui menait au portail blanc, elle ne se sentait pas beaucoup mieux, surtout avec la chaleur étouffante qui régnait sur toute l'Aquitaine et malgré la légère brise qui faisait voler au vent les longues mèches de sa chevelure d'un orange éclatant. Sensuelle comme si elle eût incarné Aphrodite, s'en allant d'une démarche féminine qui rivalisait avec les mannequins du monde entier auxquelles elle s'impatientait d'appartenir, Émmanuelle brillait d'une lumineuse beauté que ni Rodin [93] ni Tuby [94] n'aurait pu faire naître à travers les statues qui prenaient vie sous leurs mains. Elle s'engagea dans l'avenue des Myosotis à gauche au carrefour afin de rallier la station de bus qui devait l'emmener au centre-ville.

Perché sur le faîte de l'un des deux chiens assis du côté ouest du toit, Wilfried ne perdit pas une miette du spectacle, profondément déchiré entre son désir d'éliminer de suite cette gêneuse pour éviter une éventuelle quatrième intrusion dans l'espace-temps Crépusculaire et la fascination qu'il ressentait pour l'incommensurable beauté que dégageait Émmanuelle avec un naturel qui frisait la provocation. Comme son complice, le dieu taciturne assagi par ses expériences et sa personnalité se sentait morcelé, déchiré entre son cœur et sa raison, et conclut que, décidément, les humains n'étaient pas si pathétiques ni inintéressants qu'il se l'était figuré, en fin de compte. Max et lui avaient eu un exemple flagrant de ce que la nature humaine pouvait offrir de mieux en étant témoins de l'indéfectible lien qui avait poussé Jack à s'opposer à leur chasse à l'homme dont Sabine avait été le gibier, et ils discernaient beaucoup mieux à présent quelle était la valeur ajoutée que les sentiments généraient sans que l'esprit n'y puisse quoi que ce soit, et qui justifiait de tels actes.

La fidélité de Wilfried et son allégeance envers Capella lui semblèrent soudain s'effriter progressivement au rythme cadencé des hauts talons aiguille d'Émmanuelle qui frappaient le trottoir, comme si le bien qu'il avait toujours perçu dans l'esprit de son seigneur se fissurait sous les assauts d'un burin qui révélait sa perfidie sous la croûte émiettée. Commençant à douter de Capella, il monta sur le faîte du toit en se laissant gagner par une curieuse expression qui passa sur son visage sans que ses yeux ne quittent la femme qui s'éloignait. Il réalisa alors à quel point il détestait la position délicate dans laquelle il se trouvait et qui l'obligeait à supprimer des êtres humains qui, peut-être, auraient pu lui en apprendre bien davantage sur lui-même, plus encore qu'il ne se l'était imaginé. Il maudit sa condition de dieu, sa pétulance, son Destin.

Il se maudit lui-même.

***

Ce n'est que parce que l'acidité des gouttes de sueur qui perlaient sur son front lui brûlait les yeux que Suzanne ne la vit pas de suite, mais la licorne galopait joyeusement à une centaine de mètres sur sa droite. L'animal au poil gris qui, à la lumière de l'éclat que dégageait Sleipnir, ressortait distinctement sur le fond obscur que sa silhouette élancée transperçait de part en part à chaque nouvelle enjambée, galopait à grande vitesse dans les herbes de la plaine, semblant venir de nulle part, mû par une irrépressible force qui le propulsait énergiquement vers son pire ennemi. Suzanne l'entendit se rapprocher progressivement de Pirène et elle, et elle put enfin l'observer ; Monocerüs courait à une allure similaire, allant droit devant comme si sa corne la tirait inexorablement. La femme considéra tant bien que mal, malgré les mouvements parfois brutaux de sa monture et les mèches humides de transpiration qui tombaient dans ses yeux, cette corne rectiligne faite d'une torsade qui tournait sur elle-même à mesure qu'elle s'affinait jusqu'à finir en pointe. Elle l'imaginait bien s'enfoncer profondément dans le poitrail du cheval de feu comme une baguette de bois dans un morceau de guimauve destiné à être fondu au-dessus d'un feu de camp.

Pirène ralentit brusquement quand il arriva à une trentaine de mètres de Sleipnir, s'arrêta tout à fait en biais et Suzanne put l'observer en mettant sa main en visière pour bloquer la sueur dégoulinante, étrécissant les yeux afin de mieux supporter de regarder l'équidé incandescent. Mais elle eut à peine le temps de l'observer qu'elle aperçut dans son champ de vision Monocerüs qui poursuivait sa cavalcade, la corne acérée en avant.

— Mais elle est dingue ! s'exclama-t-elle.

Le temps lui parut se figer en un soudain arrêt sur image lorsque la pointe de la licorne vint violemment se planter dans le flanc de Sleipnir après avoir opposé une légère pression qui céda aussitôt que la résistance de la peau et des chairs de la bête fut anéantie par la force de l'impact. Le sang bouillant qui jaillit de la blessure éclata en de magnifiques gerbes vaporeuses qui brillèrent à la lumière des flammes qui dansaient et irradiaient d'un éblouissant éclat. Sleipnir poussa un hennissement strident qui faisait montre d'une irrésistible douleur qui l'obligea à se cabrer alors que la licorne reculait pour se mettre hors de portée de sa cible, extirpant par là même la pointe tachée d'une couche liquide écarlate.

Ce qu'il se passait sous le regard de Suzanne semblait tout droit venu d'un conte fabuleux, comme une scène irréelle issue des confins d'un rêve, mais la fournaise dans laquelle elle baignait commençait à devenir insupportable, virant au cauchemar. Pirène n'avait l'air ni de vouloir reculer pour s'éloigner du périmètre soumis aux températures caniculaires, ni être enclin à pousser son redoutable hennissement. Elle le talonna violemment pour lui intimer l'ordre de faire quelque chose, mais il resta effrontément immobile, se refusant d'ailleurs à témoigner quelque attention à celle qu'il avait sur le dos. Suzanne s'énerva :

— Hennis, quoi !!

Sleipnir, lui par contre, pris dans un état d'excitation impulsive, crachait des langues de flammes qui ne trouvaient désormais plus rien à consumer, tant les herbes alentour avaient déjà rôti et s'étaient noircies comme de la paille cramoisie. Curieusement, il ne semblait guère rancunier par rapport au coup que venait de lui asséner la licorne et paraissait plus en proie à une inextinguible folie animale qui faisait de lui une créature primitive, impulsive et irréfléchie.

Un cheval résolument fou.

Suzanne n'aurait pu s'en assurer, mais il lui sembla que le trou de sa blessure avait disparu. S'était-il reformé ? Avait-elle rêvé ? Ou tout simplement mal regardé ? Elle n'aurait pu le dire, mais elle ne parvenait de toutes manières plus à avoir les idées claires tant elle suffoquait. Et le carré de tissu troué qu'elle portait commençait à lui donner plus chaud encore que ce qu'elle était en mesure de supporter. Sans attendre un geste complaisant du cheval ailé qu'elle avait au moins pu chevaucher jusque là, elle bascula sa jambe de l'autre côté et sauta au sol à pieds joints. L'animal ne bougea pas davantage lorsqu'elle s'éloigna à une vingtaine de mètres. La licorne, elle, revint une nouvelle fois à la charge, grattant le sol de ses sabots avant de s'élancer vers Sleipnir.

Quelque chose n'allait pas : Pirène était totalement silencieux et il semblait ne pas tenir compte de ce qu'il se passait sous ses yeux au moment où Monocerüs plantait à nouveau son dard vrillé, cette fois-ci dans l'encolure du cheval de feu.

En réfléchissant à ce qu'elle devait faire, Suzanne décida – après tout, elle était seule avec trois chevaux légendaires – de retirer son ersatz de vêtement pour être plus à l'aise et se sentir moins poisseuse, bien que la sueur qui avait séché sur son corps formât une fine pellicule collante et malodorante. Intégralement dévêtue et considérant qu'elle n'était désormais plus à cela près, elle analysa la situation.

L'objectif était de faire hennir Pirène : cette seule priorité semblait être la dernière entrave à la mort du cheval de feu, la licorne se jetant continuellement sur son adversaire. Mais finalement, aussi vindicative et obstinée soit-elle, Monocerüs parviendrait-elle, au moment opportun, c'est-à-dire lorsque Pirène hennirait le plus fort possible, à ne pas manquer le poitrail de la bête ?

C'est alors que Suzanne perçut dans son esprit les bribes d'une idée qui finit par faire son chemin à mesure qu'elle s'approchait à nouveau de Pirène. Mais cette idée la répugnait au plus haut point. Devrait-elle en arriver *là* ?

Le cheval ailé sembla d'ailleurs lui porter une soudaine et particulière attention lorsqu'il se tourna vers elle en dressant ses oreilles. Suzanne, qui l'avait enfin rejoint, posa une main délicate sur sa croupe avant de la faire glisser silencieusement sur son dos.

— Pirène, murmura-t-elle comme si elle se parlait à elle-même. Faut-il en arriver à cette extrémité pour te faire hennir ?

L'animal fabuleux tourna sur lui-même pour avancer son encolure au-dessus de l'épaule droite de Suzanne, et intuitivement, elle fit passer son bras par-dessous pour le caresser de l'autre côté.

— Je n'en veux pas personnellement à Sleipnir, tu sais ? Mais il est une sérieuse entrave à l'accomplissement de la mission qui m'incombe, et par là même, en devient mon ennemi. Pourtant, cela me pèse de devoir l'éliminer, mais je n'ai pas le choix. Alors comment pourrais-je seulement porter la main sur toi, toi qui n'es là que pour servir mes intérêts, contrairement à lui ?

Elle n'aurait su dire s'il comprenait ce qu'elle lui disait tout bas, et elle en arriva même à se demander si elle avait bel et bien parlé. À vrai dire, elle avait réellement l'impression d'être dans un rêve, ou plutôt un cauchemar. Mais elle avait effectivement prononcé ces mots. Simplement, le combat acharné qui opposait Monocerüs à Sleipnir battait son plein et le lourd bruit des sabots et des hennissements répétés des deux équidés avait couvert sans peine ses paroles.

Suzanne, qui ne portait plus aucun regard au duel, se contenta de laisser hasardeusement dériver ses yeux sur le sol clair-obscur en appréciant la chaleureuse douceur de l'encolure de Pirène. Elle se sentait en communion avec lui.

— Dois-je te frapper à mort pour que tu hennisses enfin ?

Comme une réponse, il la repoussa en soufflant par ses nasaux. Une première fois d'abord, la faisant reculer de deux pas. Puis une nouvelle fois, plus brusquement. Alors elle se dégagea du devant de la bête et passa sur le côté. Il pivota sur ses quatre pattes pour lui faire face une nouvelle fois, se courba en avant, colla ainsi son chanfrein contre le torse de Suzanne et releva brutalement la tête : la jeune femme fut projetée en arrière comme un fétu de paille et s'écroula complètement sur le dos. Se redressant d'un coup pour s'asseoir sur les fesses, elle voulut aussitôt se relever, mais réalisa bien vite que Pirène était venu se placer au-dessus d'elle : le sabot postérieur gauche était entre ses jambes, le droit à côté de sa cuisse, et ses pattes antérieures derrière elle. Découvrant entre les longues plumes blanches de ses ailes repliées le lourd ventre serti de veines turgescentes, effrayée à la simple idée de se faire écraser par une masse de près de mille-deux-cents kilos, Suzanne chercha à s'extirper de ce mauvais pas. Mais l'animal se déplaçait en conséquence pour être toujours au-dessus d'elle.

— Qu'est-ce que tu me fais, là ?

Pour la première fois, Pirène lui répondit en hennissant brièvement.

— Allez, quoi !? s'énerva-t-elle. Ne m'oblige pas à te frapper !

Pour toute réaction, il déplia ses grandes ailes semblables à celles d'une colombe mais dont la taille lui faisait davantage atteindre l'envergure d'un ptéranodon de la pointe d'une aile à l'autre que de tout autre volatile. La pénombre dans laquelle elle s'en trouvait plongée lui aurait procuré le plus grand bien en d'autres circonstances, mais elle devait sortir de cette nouvelle prison dans laquelle son destrier la tenait enfermée.

Et soudainement, les souvenirs de sa captivité dans les cellules du manoir de Cardonthöl lui vrillèrent le cerveau et la poussèrent à bout. Des confins de son être, elle sentit monter en elle la puissance tumultueuse d'une invraisemblable énergie qui la surprit elle-même et elle s'élança d'un coup entre les pattes antérieures de Pirène qui n'eut pas le temps de réagir. Effectuant un roulé-boulé dans l'herbe courbée ou brûlée par les hautes températures qui sévissaient continuellement à plusieurs dizaines de mètres à la ronde autour de Sleipnir, Suzanne bondit ensuite sur ses jambes dans la continuité du mouvement qu'elle avait accompli avec une étrange souplesse et retomba enfin sur ses pieds à six mètres de Pirène qui réalisa qu'elle s'était soustrait à son emprise.

— Jamais plus je ne serai emprisonnée ! hurla Suzanne. Tu m'entends ??

Gagnée par la hargne, galvanisée par un épuisement psychologique qui tendait à la rendre de plus en plus sensible, transportée par la pétulance qu'elle ressentait en elle comme jamais elle n'avait senti sa présence dans ses veines, la jeune femme était dans une colère noire. Devant elle, la silhouette de Pirène, en contre-jour, masquait le combat qui, dans son dos, opposait la licorne au cheval fou. Présenté devant elle dans un halo de lumière orange, marqué par des bordures jaunes dont la couleur irradiait du brasier qui se consumait là où les deux équidés s'affrontaient sans cesse, le cheval ailé se présentait à elle comme une sombre croix nimbée de lumière dont les ailes tendues sur les côtés marquaient les bras du Christ.

— Arrête ça, je ne crois en aucun dieu !

Mais à peine eut-elle fini sa phrase qu'elle comprit.

— Non... soupira-t-elle. Tu n'as que faire de former une croix...

Elle s'approcha lentement de lui.

— Tout ce que tu veux, c'est m'offrir ton corps pour cible...

Malgré l'offrande sacrificielle que Pirène lui accordait sous ses yeux, la colère de Suzanne ne faiblissait pas : elle se sentait complètement effervescente. Hors de ses gonds.

— Qu'il en soit ainsi, conclut-elle en créant dans sa main gauche une boule incandescente d'un orange qui brillait d'une lumière qui aurait pu tenir tête à celles de Sleipnir.

Le projectile fut d'une surprenante rapidité et Suzanne elle-même en fut stupéfaite quand elle le vit brièvement s'éloigner à une vitesse fulgurante. Pourtant, il aurait été dans les moyens de Pirène de l'éviter, mais il n'en avait absolument aucune envie et elle l'avait bien compris. Pour l'équidé, rien ne fut plus simple que de subir ce qu'il s'était résigné à accepter depuis toujours : en effet, son hennissement ne devait pas être poussé comme tout autre et s'élever naturellement dans le périmètre dont il était le centre. Au contraire, il devait être des plus singuliers, provoqué par une indicible douleur ; un hennissement comme jamais il n'en avait fait.

Et comme jamais il ne devait en refaire.

Mais celui qu'il poussa lorsque la boule d'énergie frappa son aile gauche, réduisant en charpie la structure osseuse, les cartilages recouverts de chair et la peau matelassée de plumes blanches, ne fut guère suffisant, apparemment, pour inquiéter Sleipnir qui n'avait guère de considération envers des sons aussi futiles. En revanche, le cheval ailé s'écroula lourdement au sol sous l'impact qui l'avait repoussé sur son côté droit et l'éblouissante couleur qui irradiait de son corps fut corrompue par de nombreuses taches écarlates formées d'une kyrielle d'éclaboussures de sang.

Dans l'esprit de la femme, les images et les sensations de réclusion qu'avait rappelé en elle Pirène ne la quittaient plus, lui faisant perdre toute lucidité, l'ayant faite basculer dans un état d'esprit qui l'avait métamorphosée en une victime hors d'elle-même, incapable de réaliser vraiment ce qu'elle faisait, ou tout du moins, n'agissant que dans la cécité de la tourmente qui chamboulait le système limbique de son cerveau et la privait de tout recul.

Traumatisée par la liberté que Polyphème lui avait momentanément dérobée et complètement désarmée face aux conséquences du sillon que cette épreuve avait creusé en elle, Suzanne ne prenait plus ses décisions que compulsivement. Elle ne pesait ni le pour ni le contre, mais se laissait gagner par le tumulte psychologique qui sévissait en elle et mettait sous pression le sang qui lui prodiguait des sensations de bouillonnements dans les veines. Ses émotions étaient aussi brutes que son corps était nu.

Et elle s'acharna sur la bête qui reçut de copieuses salves de pétulance, laquelle explosait à chaque fois en une myriade d'étincelles orange qui s'accompagnaient du grondement de la déflagration. Celle-ci, s'élevant dans toute la plaine de Chronopolis, était à chaque fois précédée d'un vagissement strident qui aurait fait monter les larmes aux yeux du quidam le plus insensible qui soit. Souffrant mille morts dans le noble espoir de parvenir à émettre le hennissement parfait qui aiderait Suzanne et Monocerüs à occire l'équidé incandescent, Pirène ignorait lui-même combien de temps il tiendrait sous le joug des incessantes attaques de la femme. Naturellement, il espérait sans nul doute qu'il résisterait jusqu'au coup de corne fatal couplé au hennissement ultime.

Le vacarme infernal qui s'était élevé pendant de nombreuses et interminables minutes laissa place à un environnement sonore plus léger lorsque Suzanne, constatant que Pirène poussait des hennissements qui ressemblaient bien davantage à des halètements, arrêta ses attaques répétées et observa la bête en s'approchant timidement d'elle, comme si elle avait peur de voir l'ampleur des dégâts qu'elle avait causés. L'animal gisait au sol, et elle se dit qu'elle l'aurait cru trépassé si elle n'avait pas remarqué les lents soulèvements du ventre ensanglanté à chaque nouvelle inspiration.

Lorsqu'elle s'agenouilla auprès de lui et lui caressa le flanc crevé dont la plaie béante exhibait sous l'aile cassée relevée une cage thoracique blanchâtre et luisante de sang, Suzanne sentit à son grand désarroi que la vie semblait quitter la bête à mesure que le précieux liquide vital ruisselait hors du corps chaud immobilisé par les douleurs qui le taraudaient çà et là et dont elle était seule responsable.

Étrangement, elle ne se serait pas attendue à ce qu'il agonise de la sorte : elle avait perdu l'esprit. Redescendue en pression, elle mesura l'ampleur de ce qu'elle avait fait.

Le cœur de Pirène, lui, pompait ses derniers litres de sang avant son inéluctable trépas.

***

Le regard noyé par les vapeurs d'alcool qui embrumaient son esprit, affalé sur le canapé de son salon comme un paresseux à peine capable de se rendre compte de son état lamentable et baignant dans la sueur qui rendait humide le tissu de ses vêtements qu'il n'avait pas changés depuis deux jours, Marc se laissait aller à l'exacerbation d'un côté négligé certain que son cerveau aviné faisait perdurer en contemplant les taches de moisissure qui maculaient l'un des angles du plafond. De plus, les températures au-dessus des saisonnières depuis plus de quatre jours déjà lui donnaient l'impression de peser trois ou quatre quintaux, si tant est qu'il ait une idée objective de ce que cela pouvait représenter. L'après-midi était déjà bien entamée à présent et il n'avait rien fait de la journée, bien qu'il fût censé être de service, conformément à ce que les nombreuses sonneries de téléphone auxquelles il n'avait pas daigné prêter attention lui avaient rappelé. Il n'en avait plus rien à faire : sa vie ne pouvait être pire que cela.

Sur son téléviseur Continental Edison, le magnétoscope Brandt VK-38 [95] diffusait en continu des vidéo-clips qu'il avait enregistrés sur TV6 [96] dès 1986 à la naissance de cette chaîne qu'il avait beaucoup aimée avant qu'elle ne disparaisse un an plus tard. Ces dernières années, avant qu'il ne se reprenne enfin par instinct de survie, il avait passé de nombreuses nuits d'insomnie à visionner ces nombreuses cassettes VHS qu'il avait accumulées et les vidéos qui s'étaient succédé sur son écran de télévision lui avaient permis de passer agréablement le temps en attendant des jours meilleurs. Les bandes en avaient été tellement usées que certaines ne lui permettaient plus d'avoir une bonne image. Incidemment, cela ne le dérangeait pas plus que cela : il connaissait ces vidéo-clips par cœur et, en un sens, la musique suffisait à le transporter.

Le profil droit de Roland Orzabal [97] s'exhiba sur l'écran qui le montrait sur fond de désert rocheux et il commença de suite à chanter : *Shout ! Shout ! Let it all out ! These are the things I can do without ! Come on... I'm talking to you. Come on !* Marc avait toujours apprécié ce single *new-wave* du groupe britannique Tears for Fears, mais il sentit pourtant qu'il n'était pas réceptif à la musique.

Il se redressa lentement, faisant hurler le cuir des coussins qu'il avait écrasés à de nombreuses reprises, à chaque fois qu'il avait été trop éméché pour se traîner jusqu'à sa chambre, et se sentit partir sur la gauche sans qu'il puisse rétablir son centre de gravité. Il s'effondra lourdement sur l'imperméable gris qu'il avait négligemment jeté sur la moquette avant de s'écrouler sur le canapé quelques instants plus tôt et fit rouler une bouteille vide de gewürztraminer [98] avec son épaule, l'envoyant vers la table basse sur laquelle il avait posé son arme de service.

Les douleurs qu'il avait ressenties en chutant dans l'escalier de la Résidence du Coucher de Soleil la veille au matin le rappelèrent à l'ordre tandis que la bouteille cogna contre le pied métallique pour finalement s'arrêter à côté d'une balle de revolver qui traînait au sol à proximité d'un cendrier renversé. L'odeur des mégots incommoda l'homme qui mit un temps fou à se relever sur ses jambes, et c'est pesamment qu'il rampa jusqu'au téléphone dont il avait fini par décrocher le combiné pour ne plus être dérangé. D'un geste imprécis, Marc s'en saisit avant d'appuyer longuement sur l'un des deux boutons transparents de l'appareil pour réinitialiser la tonalité. Puis il composa un numéro qu'il connaissait par cœur et ne fut pas surpris d'entendre la voix et l'accent de l'homme qui lui répondit.

— Résidence Crocus, bonjour.

Marc se racla la gorge avant de déglutir et dit :

— Bonjour Angelo. C'est Swift...

— Tiens, Marc ! s'exclama l'homme avec un ton caustique qui ne plut pas au policier. Je suis surpris de votre appel à cette heure-ci. D'habitude, j'ai le plaisir de prendre vos demandes de rendez-vous avec Nathalie le mardi soir. Comment se fait-il que vous n'ayez pu attendre quelques heures supplémentaires ?

— Épargnez-moi vos sarcasmes, Angelo, ou je ferai en sorte de faire faire un contrôle fiscal express dans votre comptabilité. Je sais que les résidences privées de votre famille dissimulent des trafics qui rendent vos exactions plus nombreuses encore que le simple proxénétisme, et je me doute que nous pourrions en trouver quelques traces en passant toute cette paperasse au peigne fin. Je crois que vous savez de quoi je parle !

L'interlocuteur émit un léger grognement que Marc entendit sans peine et s'éclaircit la voix avant de prendre des intonations mielleuses.

— Allons allons, monsieur Swift. Veuillez avoir la bonté de m'excuser. Je ne voulais pas vous offenser.

— Angelo ! Je veux la voir maintenant.

— Quoi ? Nathalie ? Vous devriez savoir que nos succubes ont un autre travail en journée, et je ne suis pas tenu de vous en dire davantage. Secret professionnel. Je suis certain qu'en tant que représentant des forces de l'ordre, vous comprenez ce qu'est la déontologie.

— Je devrais peut-être passer dès maintenant aux Crocus pour vous faire comprendre que je ne vous laisse pas le choix ! menaça Marc.

Angelo soupira sans aucune discrétion pour montrer sa lassitude et laissa passer un silence de quelques secondes pendant lesquelles K912 aperçut à travers le rideau de son salon un homme qui lui était inconnu et qui, dans l'allée, s'approchait de la porte de sa maison.

— Très bien, grimaça Angelo. Nathalie travaille au Sunset, au 211 de l'av...

Marc balança le combiné à l'instant même où la sonnerie de la porte retentit. Avec une vivacité qui semblait indiquer que l'alcool n'avait plus prise sur lui, il se courba et saisit son Colt Python sur la table basse avant d'en tirer le chien et d'aller vers la porte d'entrée, écrasant au passage les mégots et piétinant son imperméable.

— Qui êtes-vous ? demanda-t-il en ayant l'air de s'adresser à la porte.

— Ouvrez, Marc, ou je le ferai moi-même !

— Deux hommes accoutrés dans votre genre ont massacré plus d'une dizaine de personnes, et mon côté superstitieux me pousse à me méfier des longs manteaux sombres à capuche. On se demande pourquoi, ironisa-t-il.

— Je n'ai plus rien à voir avec Max et Wilfried, avoua la voix de l'autre côté de la porte.

Marc recula d'un pas et l'ouvrit brutalement d'une main avant de la ramener sous la crosse de son arme qu'il pointa de l'autre vers l'inconnu. Gardant la porte ouverte en la bloquant du pied gauche contre le butoir, il demanda :

— Je ne vous poserai pas la question trois fois ! Qui êtes-vous ?

L'homme qui se tenait devant Marc Swift portait effectivement des vêtements identiques à ceux des deux dieux : manteau noir avec capuche, vêtements sombres et bottes en cuir à talons. Mais les traits de son visage étaient bien plus doux que ceux de Max, bien qu'une expression de gravité ait pris possession du faciès de cet inconnu. Quel âge pouvait-il avoir ? Vingt-cinq ou vingt-six ans, peut-être vingt-huit ? Sa peau ne souffrait aucune ride sur ce visage centré d'un regard vert clair si vif qu'il en était presque irréel. Les cheveux courts dont le bleu lumineux comme les atolls du Pacifique semblait luire à la lumière du jour exhibaient sous de petites mèches courbes un front volontaire. L'homme sortit la main droite de la poche de son manteau d'un noir profond et la tendit dans l'espoir de serrer celle de Marc.

— C'est ainsi que vous vous saluez, non ?

— Vous êtes un dieu vous aussi, c'est ça ?

La main resta tendue.

— Oui. Je viens de Diadem 13 et je suis là pour vous aider. Je suis l'homme que Max et Wilfried recherchent.

Marc la saisit d'une bonne poigne pour la serrer dans la sienne. L'homme dit enfin :

— Je m'appelle Silène Dorthos.

Le froid.

La faiblesse physique.

L'incapacité de se mouvoir.

Et les doutes aussi privaient Antoine de toute réflexion ; c'est ce qui le frappa à son réveil. Il ne parvenait plus à se concentrer sur quoi que ce soit d'autre que cette torpeur envoûtante dans laquelle il baignait totalement.

Cérébral depuis toujours, il détestait cette infirmité que l'alcool avait provoqué en lui lors des trop rares soirées arrosées qu'il avait connues avec ses camarades de classe de l'université niçoise dont les bancs et les salles d'amphithéâtre lui avaient quelquefois servi de domicile pendant son D.E.U.G. d'analyste-programmeur. L'infirmité mentale qu'avaient favorisé les vins de Bourgogne et les verres de porto l'avaient mis mal à l'aise à chaque fois qu'il avait passé des soirées bien festives et conviviales, mais il avait heureusement toujours su arrêter de boire avant de perdre le contrôle total de lui-même.

Mais là, il ne parvenait plus à analyser grand-chose. Il avait d'ailleurs la sensation de mourir de froid alors qu'il se serait plaint de se sentir comme dans un fournil s'il avait été plus lucide.

— Tu es déjà plus tendre que précédemment, fit une voix à sa gauche.

Il sentit qu'on lui souleva la nuque pour redresser sa tête gourde et perçut la mollesse de ce qui avait de grandes chances d'être un oreiller derrière lui. Immédiatement, ses yeux se posèrent sur Clotho qui, allongée nue à côté de lui, le dévorait du regard.

— Vous...

Les lèvres de l'homme, ses mâchoires et sa langue, comme anesthésiées, avaient du mal à se mouvoir correctement.

— Vous me maintenez encore sous votre emprise... ?

— Tu fais erreur ; je n'exerce pas le moindre pouvoir sur toi. Le fait que tu ne ressentes que peu de sensations n'est dû qu'à la profonde léthargie dans laquelle mes soins t'ont immergé. Tu es loin d'être perclus. D'ici peu, tu seras à nouveau en pleine possession de tes moyens.

— Allez-vous enfin me laisser partir ?

— Doux rêveur... Le fait que je te libère de mon emprise ne signifie pas que tu vas retrouver ta liberté. J'ai simplement scellé la porte de cette demeure. Tu n'en sortiras jamais vivant.

Clotho se redressa en équerre sur la paillasse qui les accueillait tous les deux et ses seins opulents jaillirent dans le champ de vision d'Antoine comme deux obus prêts à lui exploser au visage. Il marqua un léger geste de recul en se détournant aussitôt de ces tétons roses et visiblement durs comme de la pierre, et plongea de suite son regard dans les yeux noirs dont la peur qu'ils lui faisaient ressentir lui paraissait bien préférable à l'impudence de cette poitrine aussi provocante qu'elle était effrontément attirante. L'effroi qui s'empara d'Antoine lui sembla pourtant bien davantage venir des derniers mots qu'elle venait de prononcer que de ses pupilles noires qui ne laissaient transparaître aucune émotion.

— Tu te détournes de ce qui te fait envie et soutiens courageusement mon regard. Mais épargne-toi ces efforts : tu as cédé aux charmes de mon corps et à la douceur de mes caresses plus d'une fois depuis que tu es ici. Et si tu es mon prisonnier et esclave jusqu'à ta mort prochaine, tu t'es au moins libéré de nombreuses fois entre mes cuisses et dans ma gorge. C'est un peu de liberté que je t'ai donnée.

— Vous êtes une ignoble nymphomane ! Si vous désirez me dévorer, alors qu'on en finisse ! éructa Antoine. Mais épargnez-moi la mort en épectase ! Tuez-moi rapidement et tapez-vous une *putain* d'indigestion !

— Calme-toi... murmura-t-elle pour détendre l'atmosphère. Ce n'est pas maintenant que je vais me précipiter pour te cuisiner comme une vorace, sois-en certain. Surtout maintenant que tu as gagné quelques heures, voire quelques jours de répit qui ne sauraient pourtant te soustraire à ton inéluctable trépas.

— Comment ça ?

— C'est bien simple : une prophétie stipule que la naissance du dieu ultime provoquera dans les semaines suivantes la mort de tous les autres, hommes et femmes de Diadem 13 dotés de pétulance, ce pouvoir qui fait de nous des êtres supérieurs. Les dignitaires de Capella sont également concernés. D'aussi loin que je me souvienne, j'ai toujours entendu parler de cette prétendue prophétie, mais je n'y ai jamais cru qu'à moitié. J'y aurais peut-être porté davantage de crédit si notre souverain Capella courait le risque de mourir, mais il est heureusement pour nous toujours en vie et ne souffre aucune menace, pas même celle de cette femme qui est arrivée ici tout récemment et a abattu le premier des sept dignitaires de nos régions.

— Je ne comprends pas. Vous disiez que je serais bientôt votre dernier repas. Que s'est-il passé pour que votre mort ne vous semble plus aussi envisageable qu'avant ?

— Cette étrangère qui a tué notre cyclope vient de massacrer la seule chance qu'elle avait de se débarrasser de Sleipnir, le deuxième de nos dignitaires. Pirène, le cheval ailé qui représentait une menace pour lui, et donc pour Capella et moi, vient tout juste de rendre son dernier soupir.

*

*

*

TABLE DES MATIÈRES

§ Scène n°91 - page 375 :   Prophétie douteuse

*

ANNEXES

La reddition des références

Loin de n'être que des noms d'entreprises qui évoquent de suite un slogan, une publicité, une chanson ou un logo, les références demeurent également une formidable source de richesses capables d'immerger le lecteur dans un univers – familier ou non – qui aura au moins le mérite de le faire baigner dans un monde bien plus proche de la réalité qu'une fiction où pas un seul mot ne ferait écho à des notions qui lui parlent. Ce sont des passerelles entre l'imaginaire et l'effectif. De l'abstrait naît le concret. Le but n'est donc pas ici de faire la promotion de telle ou telle marque : je ne suis d'ailleurs ni salarié, ni partenaire d'aucune d'entre elles, d'autant plus que certaines de ces enseignes qui existaient en 1990 ont périclité et n'évoquent désormais plus qu'un vague souvenir, plus ou moins diffus en fonction de la portée qu'elles ont eue dans notre passé.

Vous l'avez remarqué, ce premier tome de Crépusculaire, comme le seront les deux autres, est figé dans son temps avec de nombreux clins d'œil aux années quatre-vingt, ne serait-ce que par la musique ou par des éléments somme toute emblématiques comme la Télécarte ou la disquette, à titre d'exemples. Mais, pour moi qui en suis l'auteur, il n'en demeure pas moins intemporel, paradoxalement : ce caractère se définit principalement par BKX 9352 qui n'a pas grand-chose à voir avec la France de l'époque et est complètement désolidarisé de notre frise chronologique où le temps semble s'écouler différemment.

Mon choix d'une référence plutôt qu'une autre, lui, est très personnel. Je vous en dis quelques mots ci-après.

Elles se livrent à vous, se soumettent à votre soif de connaissance, apparaissent sous vos yeux sans pudibonderie aucune et s'en remettent dans les pages qui vont suivre à votre bon vouloir, à vos caprices. Elles s'abandonnent, se donnent.

Elles capitulent.

C'est la reddition des références.

(1) Page 15 : si vous ne vous en êtes pas encore rendu compte, vous constaterez que la trilogie *Crépusculaire* regorge de nombre de références à la mythologie grecque, laquelle se devait d'avoir une place de choix dans le roman. Charybde et Scylla sont deux monstres marins de la Mer Méditerranée que l'on retrouve d'ailleurs dans *l'Odyssée* d'Homère. La juxtaposition qui renforce la complémentarité de ces deux figures de proue me semblait tout à fait indiquée pour les tours jumelles des Colombes.

(2) Page 18 : Alan Michael Sugar, homme d'affaires britannique plus connu pour être le fondateur et PDG de la firme Amstrad, ne s'est pas limité à ne commercialiser que des micro-ordinateurs familiaux et professionnels clef en main, ni même une console de jeu : en effet, dans la seconde moitié des années quatre-vingt, on trouvait dans le magazine *Tilt microloisirs* une publicité Amstrad pour un modèle de chaîne hi-fi : la Midi CD-1000 à 4490,00 frs. Stéphane ne s'était pas fait prier : il se l'était faite offrir par ses parents.

(3) Page 18 : *Violator*, l'album de Depeche Mode sorti en France le 5 février 1990 (fin 1989 au Royaume-Uni), est porté en lumière par le titre *Enjoy the Silence* qui fut amplement diffusé sur les ondes FM au cours de cette année dont il devint l'un des plus gros succès.

(4) Page 20 : Leucosie, elle aussi, se retrouve dans les récits homériques : il s'agit de l'une des sirènes qui, avec ses sœurs, tourmenta Ulysse de sa voix enchanteresse. La beauté des sirènes, légendaire au sens propre comme au figuré et dont la mémoire collective ne tarit pas d'éloges, inspira largement les artistes comme les peintres, à titre exemplaire, qui en firent une épithète des plus éloquentes.

(5) Page 20 : cette information fut donnée en direct ce jour-là par Élise Lucet, alors présentatrice sur la chaîne de service publique du troisième canal. Il semblerait qu'à l'époque, les statistiques de l'INSEE mettaient en relief la création de près de 460.000 emplois entre 1987 et 1989, principalement dans le secteur tertiaire, et que la plupart d'entre eux étaient localisés dans les départements situés au nord d'une ligne virtuelle reliant La Rochelle à Genève, avec une petite exception pour la région Rhône-Alpes.

(6) Page 22 : à l'instar de la mythologie, on retrouve de nombreuses références aux végétaux dans *Crépusculaire*. Vous remarquerez que, conformément au Code International de la Nomenclature Botanique, les genres et espèces sont orthographiés en italique et en latin avec une capitale au niveau de l'initiale du terme générique de la plante. Autrement, les noms vernaculaires, comme pour les fusains d'Europe de la forêt de l'Âme Blanche par exemple, évoqués en page 10, demeurent rédigés avec une typographie standard (à savoir, du Book Antiqua de taille 10,5 pour *Crépusculaire*). Ici, le *Yucca elephantipes* est une plante qu'on appelle aussi « yucca pied d'éléphant ».

(7) Page 22 : le *Dracaena marginata*, autrement nommé « dragonnier de Madagascar », est lui aussi une plante d'intérieur. Ce végétal, tout comme le yucca, présente l'avantage d'apporter une touche très exotique dans un intérieur sobre et vous fera bénéficier de la belle couleur verte du limbe de ses feuilles longues et lancéolées, marginées de pourpre. Un plaisir à entretenir.

(8) Page 25 : Chris Lecce est l'identité d'un agent de police interprété par Richard Dreyfuss dans le film *Étroite Surveillance* (*Stakeout* en VO, 1987), aux côtés d'Emilio Estevez qui campe l'agent Bill Reimers. Tous deux doivent surveiller la maison de l'ex-compagne d'un truand qui vient de s'évader de prison et, installés dans la bicoque d'en face, utilisent tout l'attirail du voyeur pour ne rien rater : jumelles, magnétophone, micros, longue-vue...

(9) Page 26 : on ne présente plus Balthazar Picsou (« Scrooge McDuck » en VO), l'une des figures de proue des personnages de Walt Disney (1901-1966), né en 1947 et canard le plus pingre de toute l'Histoire.

(10) Page 28 : *La Petite Maison dans la prairie*, série télévisée américaine à succès et qui date de 1974, a très largement été diffusée en France depuis 1976 ; ses personnages nous sont devenus familiers tant nous les connaissons. Parmi eux, citons l'un des plus importants, à savoir Charles Ingalls, père de l'héroïne du feuilleton, interprété par Michael Landon (1936-1991) et dont les sermons, admonestations, homélies et autres leçons de morale à outrance ont laissé une empreinte indélébile dans l'esprit des téléspectateurs que nous étions. Jack, ainsi que son frère Émeric, devaient sans doute être devant leur écran de télévision le dimanche après-midi pendant que leurs parents, Rijkaard et Deidre, étaient occupés ailleurs.

(11) Page 29 : légende du rock aux influences et aux sonorités plus éclectiques que ce que ce courant musical induit dans son tissu, Pink Floyd est sans nul doute une référence incontournable pour des millions de fans à travers le monde. Conceptuel, *The Wall* (1979) me semble être l'un des albums les plus intemporels et atypiques qui soient. Et les concerts demeurent inoubliables.

(12) Page 31 : si la plupart des trentenaires d'aujourd'hui et les générations antérieures se souviennent du téléphone à cadran Socotel 63 (cf. référence n°87), c'est certainement parce qu'il fut le plus emblématique et commun de son époque. Néanmoins, le Digitel 2000 dont le début de la commercialisation eut lieu au mois d'octobre 1980 n'est pas en reste et jouit lui aussi d'un belle réputation. Celui que je possède moi-même dans ma collection « eighties » est d'un bel orange, la couleur qui m'inspire le plus.

(13) (14) Page 32 : je découvris Iron Maiden en cette année 1990, alors que j'allais sur mes 17 ans, et ce fut l'album *Killers* (1981) qui m'introduisit dans les hautes sphères célestes de ce groupe britannique de heavy metal dont il demeure l'un des incontournables. J'ai choisi de donner au personnage de Suzanne une valeur autobiographique puisque ce fut, moi aussi, par le truchement de *Motorbreath* (1982) de Metallica, un groupe américain, qu'Iron Maiden se révéla à moi. Comme elle, les piles usées de mon *walkman* ne me permettant plus d'écouter la cassette, je dus basculer sur le mode radio, moins énergivore, et tombai sur *Motorbreath*. De retour chez moi, j'étais dans un état presque frénétique tellement les orchestrations, la lourdeur des sonorités et les mélodies m'avaient conquis. Et sans attendre, je sollicitai le compagnon de l'une de mes sœurs, hardos – comme on disait à l'époque, pour qu'il me prête une ou deux cassettes de ses groupes préférés. Comme il n'en avait aucune de Metallica sous la main, c'est le second album d'Iron Maiden qu'il me remit et que je fis tourner en boucle pendant des semaines dans mon radio-cassette. C'est pourquoi *Killers* revêt pour moi une dimension particulièrement nostalgique, désormais. Il m'arrive encore de l'écouter, de temps à autres.

(15) Page 33 : tous hardos que nous étions en 1990, nous respecions certains codes vestimentaires, par intégration et cohésion. Ces baskets montantes Adidas noires aux bandes blanches et à la langue plus importante que la normale en faisaient partie. Malheureusement, ils n'avaient plus que la pointure 43 et non du 45 dans mon point de vente et comme je les voulais à tout prix, je les achetai quand même. J'eus bien du mal à m'y faire, mais j'étais fier de respecter ces codes qui correspondaient aussi à mes goûts.

(16) Page 40 : Giorgetto Giugiaro est un designer italien travaillant dans le milieu de l'automobile. Il est celui qui dessina la DeLorean DMC-12 (1981) utilisée dans la trilogie de *Retour vers le futur* (*Back to the Future* en VO, 1985), mais également l'Alfa Romeo Alfasud (1972), la Lotus Esprit (1973), la Volkswagen Golf I (1974), la Fiat Panda (1980), la Renault 19 (1988) et, donc, la Seat Ibiza I (1984) dont Suzanne possède un exemplaire.

(17) Page 42 : ce match de Roland Garros connut la victoire d'André Agassi face à Henri Lecomte, mais ce fut Andrés Gómez qui s'avéra être le vainqueur du tournoi face à Agassi avec un résultat de 6/3, 2/6, 6/4 et 6/4. L'après-midi de ce mercredi 6 juin 1990, pendant qu'Émmanuelle et Suzanne se doraient la pilule sur la plage de nudistes, le Français Thierry Champion se faisait battre par Gómez en trois sets (6/3, 6/3 et 6/4).

(18) Page 50 : Frankie Goes To Hollywood, raccourci en sigle « FGTH » pour les intimes, fut un groupe de musique britannique qui excellait dans les années quatre-vingt avec un son *new wave* qui donna naissance à de nombreux tubes. Citons *Relax* (1983), bien sûr, mais également *The Power of Love* (1984), *Two Tribes* (1984) et *Rage Hard* (1986). Son compositeur et chanteur, Holly Johnson, fut l'un des premiers artistes à avoir publiquement révélé son homosexualité : cette orientation sexuelle devint, à travers les médias de l'époque qui relayèrent copieusement l'information, l'une des caractéristiques principales du groupe.

(19) Page 50 : plus connue dans les années quatre-vingt sous le nom unique de Sandra, Sandra Ann Lauer est une chanteuse franco-allemande que les deux *singles* issus de son premier album sorti en 1985, titré *The Long Play*, propulsèrent au sommet des hit parades : *Maria Magdalena* pour le morceau le plus culte et *In the Heat of the Night*, à mon sens bien plus intéressant. Michael Cretu, son époux entre 1988 et 2007, les lui composa. Je précise ici que le choix du prénom de mon personnage de Magdalena n'est dû qu'à ses consonances qui, à mon sens, lui confèrent une beauté propre : le *single* sus-cité n'en est pas la cause.

(20) Page 51 : la sempiternelle habitude de Jack d'appeler ses interlocuteurs par des noms, des prénoms ou des pseudonymes de personnages la plupart du temps fictifs est proche du trouble obsessionnel compulsif : c'est plus fort que lui. Cela le force à fouiller dans toutes les sources possibles le sobriquet qui correspond le mieux à la personne en temps normal ou dans une situation donnée. Ceci dit, si mes souvenirs sont bons, le schtroumpf à lunettes avait la fâcheuse habitude de sortir sa science à tout bout de champ, laquelle était le plus souvent rébarbative et forçait ceux à qui il parlait à l'envoyer voir ailleurs s'ils y étaient. De mémoire, il finissait sur la tête, les lunettes cassées à la fin de certains épisodes du dessin-animé. Cette notion de sciences, très présente également chez Antoine, les rend peut-être tous deux, effectivement, plus semblables qu'il n'y paraît. On retrouvera plus loin cette allusion aux schtroumpfs (cf. référence n°51).

(21) Page 59 : je pense pouvoir dire avec certitude que bon nombre d'adolescents des années quatre-vingt nourrirent comme moi un intérêt tout particulier pour Samantha Fox, une chanteuse américaine dont la plastique en fit rêver plus d'un. Car outre son talent pour le chant et la danse, elle jouait énormément de ses charmes dans ses clips vidéo qui ne laissaient guère indifférent. D'ailleurs, on notera qu'elle donna lieu à un jeu vidéo nommé *Samantha Fox Strip Poker* (1986), sorti sur Amstrad CPC (cf. référence n°2), entre autres machines. En termes de titres phares, on citera *Touch Me* (1986), *Do Ya Do Ya (Wanna Please Me)* (1986), *I Surrender* (1987) et *Nothing's Gonna Stop Me Now* (1987).

(22) Pages 60 et 171 : Cruella d'Enfer me semble être l'un des personnages de Walt Disney les plus réussis et revêt pour moi l'attrait d'une figure machiavélique haute en couleurs : venue tout droit du long-métrage *Les 101 Dalmatiens* (1961), elle en éclipse complètement les autres protagonistes par une personnalité cohérente très stéréotypée et par une désinvolture outrageuse qui la rendent intéressante. La juxtaposition qui la met à un même niveau que Suzanne vient plus de leurs travers qui font d'elles des femmes sombres qui ne savent pas vivre en société que d'autre chose. Pourtant, Suzanne est bien loin d'aimer les manteaux de fourrure et de sentir la négativité ; elle répugne à maltraiter les animaux. Jack a tort de l'appeler ainsi, ne se fiant qu'à ce qu'il perçoit sans chercher à comprendre de quoi peut découler ce côté mystérieux derrière lequel elle se retranche depuis son enfance.

(23) Page 70 : il ne s'agit ni plus ni moins que d'une Citroën 2cv AZL de 1956, laquelle est équipée d'un moteur de 425cm^3. Cette « Deudeuche » se présente donc avec sa calandre originelle estampillée des deux chevrons superposés et de portes avant inversées dont l'ouverture est orientée vers le devant. C'est la version « luxe » de l'AZ, d'où le L ajouté en fin du nom de modèle.

(24) Page 70 : diffusée pour la première fois en France en 1965, la série américaine nommée *La Quatrième Dimension* sous nos latitudes (*The Twilight Zone* en VO, passée sur CBS à partir de 1959) brillait par son originalité mais aussi et surtout à travers les thèmes fantastiques et mystérieux qui y étaient abordés. Ni le temps, ni l'espace ne se vivaient de la même manière de l'autre côté du rideau qui se déchirait devant les téléspectateurs. À noter que le fait que l'espace-temps BKX 9352 se nomme Crépusculaire n'est pas anodin et a de loin un rapport avec cette série.

(25) Page 75 : le groupe néerlandais VOF de Kunst sortit cette chanson dans sa langue originelle en 1983, mais ils se rebaptisèrent The Art Company l'année suivante et l'enregistrèrent en anglais. C'est ainsi que le titre *Suzanne* devint *Susanna* en 1984. Cette même année, Adriano Celentano la reprit en italien.

(26) (27) Page 76 : magazine destiné aux hommes, *Max* (1988-2006) était tout juste érotique (un érotisme plus suggéré que montré) et bien loin d'être sulfureux, malgré des modèles qui répondaient systématiquement aux canons du physiquement correct. Pourtant, une analogie de taille avec le magazine *Playboy* le tirait ostensiblement vers le rang des revues de charme : le *centerfold*. Comprenez « poster central de trois pages se dépliant ». Les amateurs de la firme au lapin de Hugh Marston Hefner (1926-2017) savent précisément de quoi il s'agit. Je me souviens en avoir eu un sur la porte de ma chambre en 1990. Un joli *centerfold* de *Max*.

(28) Page 81 : si Sabine a le statut de femme la plus cultivée parmi les résidents, avec Antoine comme alter-ego masculin, c'est parce qu'elle lit beaucoup. Sachant qu'elle avait pour habitude de très peu sortir de chez ses parents à Harlingen, elle se noyait pendant des heures dans des manuels pédagogiques et dans la littérature et absorbait une quantité inestimable d'informations. Même les dictionnaires et le

Bescherelle lui faisaient office de lecture de chevet. Malgré cela, elle se perdait parfois dans les romans en revisitant les classiques qui apportent leur patrimoine au lecteur et se plaisait, entre autres, à jouer les enquêteuses comme si elle faisait partie intégrante de l'histoire. *Le Crime de l'Orient-Express* (1934) fait partie de ses œuvres d'Agatha Christie préférées.

(29) Page 85 : je ne suis pas personnellement fan des « guitar hero », ces guitaristes faisant autant preuve de virtuosité dans leur art que d'approche empathique de la mélodie, donnant aux sons qu'ils font s'élever des émotions bien particulières. Mais je dois admettre que j'en ai écouté quelques-uns à une époque, notamment Joe Satriani et son album *Surfing with the Alien* (1987). *Crushing Day* en fait partie.

(30) Page 93 : les Télécartes, principalement vendues dans les années quatre-vingt dans les librairies et les bureaux de tabac, contenaient généralement 50 ou 120 unités et servaient de mode de paiement dans les publiphones disséminés un peu partout dans les lieux publics. Elles donnèrent même lieu à de grandes collections, toutes étant illustrées d'une publicité de marque, *a minima* d'un message. D'un format de carte de crédit pour être plus pratiques, elles permettaient d'éviter d'avoir sur soi de la monnaie et leur crédit d'unités était débité directement lors de la communication : un petit écran à cristaux liquides sur l'appareil de la cabine téléphonique indiquait à chaque instant le solde restant. J'en détiens moi-même une petite collection.

(31) Page 95 : la *basisschool* est aux Pays-Bas l'équivalent de l'école primaire. Contrairement à la France où cette période qui englobe la maternelle et l'enseignement élémentaire commence à 3 ans et se termine à 11, la *basisschool* va de 4 à 12 ans. Celle de Harlingen, la 't Wad, est située au Midlumerlaan 13, dans le nord de la ville ; c'est là que Jack et Sabine allèrent à l'école entre 1971 et 1973.

(32) Page 95 : il s'agissait d'un pot de colle blanche avec spatule centrale intégrée au couvercle orange ou bleu. Un dessin du profil droit de Cléopâtre était deux fois répété sur le contour du pot et indiquait « la reine des colles ». De nombreux enfants, si je me souviens bien de ce qu'il se disait à l'époque et de ce que nous faisions, s'amusaient à en manger en classe. Cette colle existe encore aujourd'hui en 2019, mais son visuel a changé.

(33) Page 96 : Lisa Gherardini (1479-1542) est une Italienne de Florence, mariée et mère, qui servit de modèle à Léonard de Vinci (1452-1519) pour peindre son tableau le plus célèbre : *La Joconde*. Son identité a longtemps été remise en question jusqu'en 2005, date à laquelle elle fut bel et bien certifiée.

(34) Page 100 : troisième modèle de la famille des Macintosh, commercialisé en 1984 par Apple, le Macintosh Plus (souvent abrégé « Mac Plus »), comme ses aïeux, les Macintosh 128 et 512, se présentait comme une machine monobloc (unité centrale et moniteur intégrés dans un seul coffrage) dotée, pour la première fois dans l'histoire de cette gamme de machines, d'un clavier avec pavé numérique séparé et d'un port SCSI. J'en possède un exemplaire.

(35) Page 100 : les cahiers Clairefontaine, petits à grands carreaux de 96 pages sans spirales, sont également ceux que j'utilisai moi-même pour travailler sur mon roman lorsque je commençai à écrire : j'y répertoriai la fiche d'identité des personnages, le plan de la ville et bien d'autres informations. C'est donc très naturellement que Sidonie a choisi ce support pour y écrire ses rêves. Cela explique aussi que j'ai souhaité représenter cette société par son enseigne au sommet de l'une des tours de la Cité Métallique : Sanlys-sur-Mer et Crépusculaire sont nés sur du papier Clairefontaine.

(36) Page 100 : il s'agit de *Bons baisers d'ici* (1983), tirée de l'album *Secrets glacés*. Si la musique fut signée par son interprète, les paroles, elles, étaient de Philippe Bourgoin, déjà auteur de celles de *Chacun fait (c'qui lui plaît)* de Chagrin d'Amour (1981).

(37) Page 100 : une description plus détaillée de cette disquette vous attend plus loin dans ce tome. Tandon, une société américaine, était la firme qui fut à l'origine de la technologie des lecteurs pouvant lire ces mémoires de masse de 360 kilo-octets de données, bien que les premières disquettes 5,25 pouces vissent le jour à partir de 1976 : elles ne stockaient à l'époque que 110 kilo-octets.

(38) Page 101 : si Thomson, Matra-Hachette et Exelvision furent des marques françaises qui percèrent en leur temps dans la micro-informatique des années quatre-vingt, une autre société originaire de l'Hexagone proposait des machines bien plus professionnelles que celles des marques sus-citées. SMT, sigle de « Société de Micro-informatique et des Télécommunications », estampillée de son logo noir avec une tête de goupil rouge au centre, reprit lors de sa création en 1979 le nom de cet animal pour compléter sa raison sociale. Ainsi naquit SMT Goupil. Durant les douze ans de son existence jusqu'à sa liquidation en 1991, nous vîmes débarquer plusieurs modèles de micro-ordinateurs, très souvent sombres, bénéficiant d'un design agréable et d'une prise en main ergonomique, à défaut de caractéristiques techniques élevées et de prix compétitifs. Le Goupil G4 en fit partie. Sorti en 1985, ce micro-ordinateur professionnel ne tint jamais la route face à ses concurrents d'IBM, d'Apple, d'Olivetti, de Bull et de Compaq et ses faibles ventes le condamnèrent précocement à un arrêt de sa fabrication. Et ce bien que les parents d'Angélique en aient acquis un.

(39) Page 112 : l'AMRO Bank fut une banque néerlandaise qui, en 1991, fusionna avec ABN pour devenir ABN AMRO, la première banque des Pays-Bas. Le nom AMRO venait des premières lettres des deux plus grandes villes du territoire, Amsterdam et Rotterdam.

(40) Page 115 : il s'agit d'une allusion au *Petit Larousse illustré* de 1985 que mes parents m'avaient offert lors de sa sortie. Je m'en suis systématiquement servi dès que nécessaire, si bien qu'il fut rapidement usé à un point tel qu'il ne put que finir en plusieurs morceaux. Assez lourd pour l'adolescent que j'étais à l'époque, et ce malgré la petitesse que son nom induit, je l'emmenais avec moi dans nombre de déplacements dès que possible.

(41) Page 115 : *Mirror Man* est une chanson de The Human League qui ne fait partie d'aucun album studio. En effet, elle ne figura à l'époque que sur l'EP *Fascination* sorti en 1983 (1982 au Royaume-Uni).

(42) Page 116 : Giacomo Girolamo Casanova (1725-1798), en-dehors de ses talents de séducteur, était aussi l'auteur de mémoires érotiques des plus libertins.

(43) Page 117 : les fans de new wave et de synth pop connaissent certainement Midge Ure pour avoir œuvré dans le monde musical britannique au sein de nombreux groupes : Thin Lizzy et Visage, entre autres. Mais on se souviendra surtout de lui en tant que compositeur, guitariste et chanteur à la tête d'Ultravox dont le tube le plus notable fut sans conteste *Dancing with Tears in my Eyes*, lequel porta l'album *Lament* (1984) dans les hit parades de l'époque.

(44) Page 122 : il s'agit du radio-cassette Brandt RK 754S.

(45) Page 122 : Sonolor était une marque française de postes TSF, fondée en 1935 et rachetée ensuite en 1947 par André Bazin (1918-1958) qui intégra l'utilisation de transistors sur les circuits imprimés. Ces composants électroniques moins chers remplacèrent progressivement les tubes et permirent à de nouveaux produits, tels que le tourne-disques, de compléter efficacement la gamme de la marque. Néanmoins, ce fut avec ses téléviseurs du milieu des années soixante que Sonolor se fit considérablement connaître du grand public : elle les fabriqua alors jusqu'à la fin des années quatre-vingt. Rachetée par Nokia en 1987, elle disparut deux ans plus tard.

(46) Page 125 : Antoine, suffisamment chauvin pour ne faire confiance qu'à la technologie japonaise, a fait l'acquisition en 1986 d'un MSX2 Sony HB-F700F. Les MSX, lancés en 1983, formaient un ensemble d'ordinateurs nippons créant un standard qui les rendait compatibles entre eux malgré les différents constructeurs qui en faisaient partie. On y trouvait des marques telles que Toshiba, Sanyo, Canon, Mitsubishi, Panasonic, Victor et bien sûr Sony, pour ne citer que les principales. En 1985 naquit le standard MSX2 qui impliquait une amélioration des capacités techniques des machines afin de faire tourner des logiciels de plus en plus gourmands. Parmi celles-ci, le Sony Hit-Bit modèle F700F.

(47) Page 125 : bien que la terminaison en ÉE lui donne un petit côté féminin certain, Morphée est une divinité de sexe masculin. La mythologie grecque le présente souvent comme étant affilié aux rêves prophétiques, du fait qu'il soit le fils de Nyx, déesse de la nuit, et d'Hypnos, le dieu du sommeil. Curieusement, la notion du rêve reste encore très présente de nos jours alors que celle des songes prophétiques, elle, semble être tombée dans l'oubli lorsque l'on évoque Morphée.

(48) Page 128 : c'est aux environs de 1490 que Léonard de Vinci réalisa le dessin d'un homme nu au sein d'un carré et d'un cercle superposés et permettant de représenter les proportions idéales du corps humain en respectant le contenu d'un traité sur l'architecture rédigé par Vitruve. D'où son nom : *l'homme de Vitruve*. Ce dessin fut utilisé par l'entreprise Manpower pour mettre son logo en image entre 1965 et 2006.

(49) Page 133 : Peter Falk (1927-2011) n'interpréta pas seulement le lieutenant Frank Columbo entre 1971 et 2003 ; il le sublima, conférant à son personnage une sincérité qui rendait encore plus crédible son approche du meurtre et ses raisonnements toujours plus pertinents et adaptés. *Columbo* fut une série qui brilla par un travail de mise en scène délicat et inspiré, et surtout par des épisodes qui, d'entrée de jeu, nous révélaient le coupable : tout était alors question pour le lieutenant de comprendre comment l'assassin s'y était pris. Un travail de fin limier... qui a inspiré Jack.

(50) Page 138 : donnant lieu à un vidéo-clip qui faisait sans nul doute partie des meilleurs de l'année 1984, le tube *Wouldn't it be good* de Nik Kershaw demeure encore dans les esprits par sa singularité liée à la combinaison du chanteur britannique sur laquelle des séquences vidéos s'enchaînaient naturellement malgré ses mouvements. Ce vidéo-clip fut très largement diffusé sur les chaînes nationales tout autant que la chanson sur les ondes hertziennes de la bande FM.

(51) Pages 140 et 141 : nouvelles références aux schtroumpfs que Marc se serait sans nul doute bien passé d'entendre. Ce trait d'humour de Sidonie, bien mal placé pour lui, fait montre d'une certaine désinvolture dans laquelle elle bascule dès que la situation ne lui semble plus gérable. Prendre les choses comme elles viennent, sans paranoïa d'aucune sorte, lui permet d'être détachée et de garder son objectivité. Cela n'a pas toujours fonctionné mais, dans l'ensemble, elle s'en est bien sortie. En écrivant cette scène, je n'avais pas idée de ce que Sidonie allait répondre à K912, bien que je savais où je voulais en venir. Les schtroumpfs me sont très naturellement revenus en tête et vu que ça collait parfaitement bien avec l'odeur de grillé et la fumée bleue, je me suis dit « pourquoi pas ? ».

(52) Page 145 : c'est en 1986 que sortit le *single* de Françoise Hardy intitulé *V.I.P.*, atmosphérique à souhait, et qui ne figure sur aucun de ses albums. Il fut commercialisé sous forme d'un 45 tours en deux versions différentes chez Flarenasch / WEA.

(53) Page 146 : il s'agit du modèle avec le canon de quatre pouces de longueur. Conçu en 1955 par la compagnie américaine Colt, il utilise six balles de calibre .357 Magnum. Marc a toujours renoncé à se servir des armes de poing conventionnelles utilisées par la Police municipale, et bien que ce revolver soit plus lourd que les pistolets des agents de l'époque, il préfère largement avoir à supporter les 1200 grammes du Python Elite que d'utiliser une autre arme telle que le Glock 17.

(54) Page 149 : Dave Small, un informaticien américain à l'origine d'un émulateur Macintosh développé pour Atari ST, *Spectre GCR*, fut longtemps publié dans un magazine du nom de *ST Mag* où il écrivait une chronique sur l'informatique et sur ses propres travaux à partir du numéro 53 de juillet-août 1991. Néanmoins, bien que *Crépusculaire* se passe en 1990, il n'y a ici aucun anachronisme : Antoine a lu des articles rédigés par Dave dans des publications étrangères, notamment japonaises et américaines.

(55) Page 151 : le *Ficus longifolia*, plus connu sous le nom vernaculaire de « figuier à feuilles de sabre » ou « figuier Alii », est une plante d'intérieur de la famille des moracées, caractérisée par de longues feuilles (expliquant le latin « longifolia »).

(56) Page 151 : c'est à la hauteur de l'épée d'Orion, dans la constellation à laquelle ce chasseur donne son nom, que se situe M42 (ou NGC 1976), la fameuse nébuleuse d'Orion. Sa forme caractéristique d'oiseau dont la tête est orientée vers le sud fait écho à une autre nébuleuse très célèbre, également dans la constellation d'Orion : Barnard 33 (ou IC 434), plus évocatrice sous son appellation « nébuleuse de la tête de Cheval » située à l'est d'Alnitak, le soleil de Diadem 13.

(57) Page 153 : le 26 août 1789, les quatre derniers articles du texte de la Déclaration des droits de l'homme et du citoyen, précédemment rédigés comme les treize autres articles qui la constituent, furent adoptés.

(58) Page 170 : issu de l'album *The Unforgettable Fire* de U2 sorti en 1984, *Pride (in the Name of Love)* eut la particularité d'avoir trois vidéo-clips tournés et montés. On y retrouve encore aujourd'hui tous les ingrédients qui font le succès du groupe.

(59) Page 170 : en effet, le ping-pong a beau être couramment appelé « tennis de table », il y a de fortes chances que Mats Wilander ne soit pas aussi performant devant une table Cornilleau que sur un court. Ce joueur de tennis sacré numéro un mondial en 1988 était déjà sur le déclin en cette année 1990.

(60) Page 171 : Deborah Harry, chanteuse du groupe Blondie né en 1975, transforma sa couleur naturelle de cheveux en nom de groupe suite aux nombreuses fois où elle se faisait interpeller de cette manière-là : « Hey, Blondie ! ».

(61) Page 174 : si Michael McDonald, principalement chanteur et claviériste, travailla avec de nombreux artistes parmi lesquels Elton John, Aretha Franklin (1942-2018), Diana Ross et Christopher Cross, on ne peut oublier sa participation sur l'album *It's Your Night* de James Ingram (1952-2019) sorti en 1983 et sur lequel figure ce titre, *Ya mo B there*.

(62) Page 181 : c'est en 1985 que Grace Jones sortit son septième album dont le single, *Slave to the Rhythm*, lui donna son nom. Titre éponyme par voie de conséquence, il fut interprété par celle qui, loin de n'être qu'une chanteuse, fut également une compositrice, une actrice et une mannequin ainsi que l'égérie de Jean-Paul Goude. Elle inspira nombre de personnalités de la mode, tels qu'Issey Miyake et Kenzo Takada. On la retrouva aussi cette même année dans le spot publicitaire de la Citroën CX2. Et en référence n°77.

(63) Page 181 : cette référence fait allusion à un célèbre livre de René Barjavel (1911-1985), un grand écrivain de science-fiction auteur d'un roman intitulé *Ravage* (1943), mais surtout de *La Nuit des temps* (1968), une œuvre primée en son temps. Élea est le personnage central d'une histoire fabuleuse, mais Païkan, qu'elle connaît depuis toujours, et Simon, un scientifique contemporain, sont tous deux épris d'elle et se disputent le second rôle. Un triangle amoureux se noue sur fond de recherches et de découvertes conséquentes, faisant le lien entre deux univers dans lesquels le seul point commun est la difficile recherche d'un équilibre.

(64) Page 185 : injustement appelée « la vague », l'estampe japonaise *La Grande Vague de Kanagawa* (神奈川沖浪裏) fut réalisée en 1830 sous la main et le regard de Katsushika Hokusai (葛飾・北斎) (1760-1849), peintre, graveur et dessinateur japonais. On y voit le mont Fuji, appelé à tort « Fuji-yama », situé en arrière-plan à la base de la vague, se confondant mirifiquement bien avec l'écume des flots de l'Océan Pacifique.

(65) Page 185 : les sentô – orthographiés 銭湯 en japonais (en lettres romaines, l'accent circonflexe sur le O prolonge le son de la voyelle) – sont les bains publics traditionnels japonais qui m'ont d'ailleurs inspiré les Bains Publics dans lesquels Angélique se rend. On en trouve de moins en moins dans l'archipel nippon.

(66) Page 192 : encore une figure de la mythologie grecque : fils de l'architecte Dédale, Icare, enfermé par Minos dans le labyrinthe du Minotaure que son père avait bâti, fabriqua avec lui, également prisonnier, des ailes après avoir tué deux aigles qui volaient au-dessus d'eux. S'envolant ensemble à l'aube, forts d'avoir construit des armatures en bois auxquelles les plumes étaient fixées avec de la cire, ils filèrent dans le ciel comme des oiseaux, au grand dam de Minos. Malheureusement, grisé par les sensations de liberté qui le gagnèrent, Icare, en dépit des recommandations de son père, vola si haut que le soleil fit fondre la cire. Payant le prix de son inconscience, il finit par tomber, délesté de l'efficacité de ses ailes à mesure que les plumes s'en détachaient par poignées, et mourut dans les eaux de la mer Égée sous les yeux de son père.

(67) Page 201 : en juin 1986 apparut *A Kind of Magic* dans les bacs des disquaires de l'Hexagone. Cet album de Queen contient une pléthore d'excellents morceaux dont le titre éponyme. On retiendra la participation exceptionnelle de Freddie Mercury (1946-1991) à la composition de cette chanson dont il signa la ligne de basse, bien que Roger Taylor ait été celui auquel on octroie la paternité de ce titre.

(68) Page 204 : la phalangère est ce que les botanistes appellent le *Chlorophytum comosum*, une plante d'intérieur vivace originaire d'Afrique du Sud et qui est reconnaissable à ses longues feuilles d'un jaune sable et dont les bordures et l'extrémité en pointe sont revêtues d'une belle couleur verte.

(69) Page 204 : pour ce qui est du *Philodendron pertusum*, cette majestueuse plante d'intérieur se démarque par ses grandes feuilles cordiformes ou trouées. Parfois appelée « Monstera » tant elle peut être imposante, elle n'exige que très peu d'entretien et convient donc parfaitement bien pour les personnes qui veulent une plante décorative sans avoir à lui apporter des soins fréquents.

(70) Page 204 : pour ce qui est du *Ficus benjamina*, c'est l'une des plantes vertes les plus répandues. Arbustif, celui que l'on appelle le « figuier pleureur » vient d'Inde et fait partie de la famille des moracées.

(71) Page 204 : enfin, si le nom vernaculaire de l'*Asparagus densiflorus* l'assimile à une asperge, il n'en est pas moins que cet asparagus à feuilles denses, dont certains sont qualifiés par le cultivar « Sprengerii », n'offre aucun légume de quelque sorte que ce soit. En tout cas, pas les asperges qui partagent avec lui la même famille des liliacées.

(72) Page 214 : la marque Marshall propose depuis 1962 un ensemble de produits liés au son en sortie : casque, enceintes et amplificateurs, principalement. Les musiciens connaissent très bien cette entreprise britannique qui jouit d'une excellente réputation pour la qualité de ses produits. On imagine donc qu'une expression telle que « faire péter les Marshall » implique un volume sonore si élevé qu'il serait capable d'altérer le fonctionnement et la durabilité du matériel.

(73) Page 214 : si vous étiez, fin 1981, devant votre écran de télévision sur TF1 en début de soirée, vous n'avez pu manquer l'émission présentée par Pierre Bellemare (1929-2018) et intitulée *Vous pouvez compter sur nous*. Son générique n'était ni plus ni moins que la chanson *Flash in the Night* de Secret Service, tout juste sortie en 45 tours en décembre de cette année-là et figurant sur l'album *Cutting Corners* de 1982.

(74) Page 217 : le Musée National Néerlandais, appelé Rijksmuseum aux Pays-Bas, situé à Amsterdam, offre tant aux visiteurs qu'aux passants la beauté d'un édifice aux nombreuses influences architecturales stylistiques, construit entre 1876 et 1885, année de son inauguration.

(75) Page 233 : le titre complet de ce livre est *New Look to Now : French Haute Couture - 1947-1987*, effectivement sorti aux États-Unis le 27 août 1989. Édité par Rizzoli (New York) et publié par Fine Arts Museum (San Francisco), il est l'œuvre de Stephen de Pietri et de Melissa Leventon. Son ISBN-13 est 978-0-84-781139-7 tandis que l'ISBN-10 est 0847811395.

(76) (77) Page 241 : John Barry, un grand compositeur britannique, travailla avec Duran Duran sur *A View to a Kill*, tube utilisé en tant que chanson du générique du film de James Bond éponyme, titré *Dangereusement Vôtre* en France et sorti en 1985. On y trouve effectivement une magnifique brochette d'acteurs d'Hollywood, dont Grace Jones (cf. référence n°62).

(78) Page 258 : redevenue une marque à part entière en 2013 depuis son abandon par le groupe Nissan en 1983, Datsun, constructeur automobile japonais, lança une série de véhicules sportifs en 1969 dont la carrosserie mettant en retrait ses feux avant fut l'une des principales caractéristiques visuelles : la 240Z, la 260Z et la 280Z. La Nissan Fairlady Z sortie en 2003 est l'une de leurs descendantes.

(79) Page 260 : la *Papaver rhoeas* est la plante annuelle aux magnifiques fleurs rouges que l'on appelle « coquelicot » ou « pavot sauvage » aux boutons floraux si particuliers.

(80) Page 260 : vivace se dressant de toute sa hauteur dans les prairies, l'achillée mille-feuille fait partie de ces plantes héliophiles qui se repaissent d'une lumière franche. Les inflorescences de celles que l'on appelle les *Achillea millefolium* présentent des capitules aux bractées blanches.

(81) Page 260 : particulièrement magnifiques lorsqu'elles sont colorées de bleu, de violet et de rose, les *Osteospermum* forment un genre de vivaces dont les espèces sont pléthoriques. Ces marguerites d'Afrique s'avèrent faire partie des plantes les plus florifères, donnant naissance à des kyrielles de somptueux organes floraux qui ravissent les horticulteurs.

(82) Page 260 : les potentilles sont des plantes arbustives dont les fleurs globalement jaunes ou blanches sont principalement utilisées en massifs. Elles ont une forte résistance au froid puisqu'elles peuvent supporter des températures allant jusqu'à plus de -20°C.

(83) Page 266 : nuage de haute altitude, le *Cirrus fibratus* se présente sous la forme d'une couche fibreuse déchirée, d'où son nom, qui annonce la présence d'un front chaud.

(84) Page 278 : le Steracord KR 650 est un radio-cassette à compartiment unique de lecture et d'enregistrement sur bande se présentant dans une belle robe d'un marron foncé lui conférant un visuel résolument *vintage*.

(85) Page 278 : les trois Norvégiens de a-ha, Morten Harket, Magne Furuholmen et Pål Waaktaar-Savoy sont les instigateurs de nombre de chansons qui inondèrent les ondes hertziennes dans les années quatre-vingt et quatre-vingt-dix, particulièrement *The Sun Always Shines On T.V.* (1985), *Hunting High and Low* (1985), *Train of Thought* (1985), *Cry Wolf* (1986), *Manhattan Skyline* (1986) et *Early Morning* (1990), mais surtout *Take on me* qui les révéla au public en 1985. *I've been losing you* fut intégré à l'album *Scoundrel Days* de 1986.

(86) Page 279 : interprète de *The Goonies 'R' good enough*, une chanson écrite pour le film *Les Goonies* (1985), Cyndi Lauper sortit aussi nombre de chansons vivement diffusées à la radio telles que *Time after Time* (1983), *Change of Heart* (1986), *True Colors* (1986) et *Girls just wanna have fun* (1983), sans oublier *She bop* (1983).

(87) Page 279 : s'il est un téléphone qui marqua les années soixante à quatre-vingt, il est indéniable que l'on ne peut faire d'autre choix que de citer le Socotel 63, un appareil de la SOciété des COnstructeurs de TELéphones sorti en 1963. Mural ou à poser, avec ou sans écouteur, à cadran rotatif ou à touches, ce téléphone filaire se déclinait en de nombreuses couleurs, réussissant d'ailleurs, depuis les années deux-mille, à trouver un public de passionnés par son design particulier et son effet rétro.

(88) Page 285 : il s'agit d'une lampe-torche électrique très répandue dans le monde, produite en 1978 et encore commercialisée à l'heure actuelle.

(89) Page 311 : apparemment édifié aux environs du xiie siècle, le château du Haut-Kœnigsbourg se situe dans la commune d'Orschwiller au sein du Haut-Rhin (68). S'élevant à 757 mètres d'altitude, cette construction médiévale mesure jusqu'à 62 mètres de hauteur et fait partie du fleuron du patrimoine historique alsacien.

(90) Page 326 : Billy Idol coécrivit avec son guitariste Steve Stevens cette chanson aux allures de ballade sur les couplets, titrée *Eyes Without a Face* en référence au film français *Les Yeux sans visage* (1959) et présente sur l'album *Rebel Yell*. La phrase *I'm out of all hope* (...) est la première de la chanson tandis que la seconde citation, *It's easy to deceive* (...) en est la troisième. Les chœurs du refrain qui scandent « Les yeux sans visage... », loin d'être ceux de Suzanne, sont une touche féminine instituée par Perri Lister avec laquelle le rockeur britannique fut en couple pendant neuf ans.

(91) Page 342 : l'IBM PC-XT 5160, sorti aux États-Unis le 8 mars 1983, fut clairement l'une des machines qui démocratisa le standard PC à une époque où les seuls ordinateurs professionnels qui existaient étaient hors de prix et n'étaient pas destinés au grand public. Si Steve Jobs (1955-2011) et Steve Wozniak avaient déjà largement conquis leur clientèle avec l'Apple II et les modèles suivants, la corporation International Business Machines se présenta comme une concurrente sérieuse qui développa sa gamme de PC.

(92) Page 357 : Brian De Palma, réalisateur de talent, est un maître incontesté des intrigues amoureuses tragiques et de personnages obsédés par quelque chose ou par quelqu'un, et psychologiquement torturés en conséquence. Dans ses œuvres les plus notables, citons *Carrie au bal du diable* (1976), *Pulsions* (1980), *Scarface* (1983), *Body Double* (1984) et *Le Dahlia noir* (2006), mais surtout *Blow Out* (1981) avec John Travolta et Nancy Allen.

(93) Page 362 : René François Auguste Rodin (1840-1917) fut un sculpteur dont l'œuvre la plus connue est sans conteste *Le Penseur*.

(94) Page 362 : Giambattista Tubi de son vrai nom mais plus connu sous l'identité de Jean-Baptiste Tuby (1630-1700) fut lui aussi sculpteur, lequel travailla en grande partie à Versailles pour les besoins du domaine du château sous Louis XIV dont il était le sculpteur favori. On lui doit, à titre d'exemple, la statue de *Galatée* présente dans le bosquet des Dômes.

(95) Page 370 : le magnétoscope Brandt VK-38 est l'un des tout premiers lecteurs-enregistreurs sur bande VHS à avoir été commercialisé en France. Sa particularité vient du fait que l'insertion de la cassette vidéo se faisait par le dessus. Il était déjà largement dépassé en 1990.

(96) Page 370 : TV6 fut effectivement la première chaîne de télévision à émettre sur le sixième canal et ne vécut qu'une seule année avant que sa consœur, M6, ne prenne le relais. On lui doit la diffusion de nombreux vidéo-clips, notamment *Take on me* de a-ha (cf. référence n°85).

(97) Page 370 : Roland Orzabal et Curt Smith forment depuis 1981 le groupe Tears for Fears dont le plus grand succès s'avère être *Shout*, sorti en *single* en 1984 et l'année suivante sur l'album *Songs from the Big Chair*. Ils sortirent également *Sowing the Seeds of Love* (1989), *Everybody Wants to Rule the World* (1985) et leur premier tube, *Mad World* (1983).

(98) Page 370 : le gewürztraminer est un vin blanc d'Alsace particulièrement goûteux qui s'exporte dans les autres régions de France. Le tréma sur le U du nom de ce vin officiellement né en 1971 sous cette appellation n'est pas obligatoire.

*

Bande originale
< Disque 1/3 >

21 pistes

< 1 > DEPECHE MODE – *Enjoy the Silence*
(Mute Records, Sire Records Company & Reprise Records) © 1990

< 2 > IRON MAIDEN – *Genghis Khan*
(EMI Records) © 1981

< 3 > FRANKIE GOES TO HOLLYWOOD – *Relax*
(ZTT Records & Island Records) © 1983

< 4 > SANDRA – *In the Heat of the Night*
(Virgin Records) © 1985

< 5 > THE ART COMPANY – *Susanna*
(CBS Records) © 1983

< 6 > JOE SATRIANI – *Crushing Day*
(Relativity Records) © 1987

< 7 > ALAIN CHAMFORT – *Bons baisers*
(CBS Disques) © 1983

< 8 > THE HUMAN LEAGUE – *Mirror Man*
(Virgin Records) © 1982

< 9 > **ULTRAVOX** – *Dancing with Tears in my Eyes*
(Chrysalis Records) © 1984

< 10 > **NIK KERSHAW** – *Wouldn't it be good*
(MCA Records) © 1984

< 11 > **FRANÇOISE HARDY** – *V.I.P.*
(Flarenasch & WEA) © 1986

< 12 > **U2** – *Pride (in the Name of Love)*
(Island Records) © 1984

< 13 > **JAMES INGRAM (w/ MICHAEL McDONALD)** – *Ya mo B there*
(Quest Records & Warner Bros Records) © 1983

< 14 > **GRACE JONES** – *Slave to the Rhythm*
(Island Records) © 1985

< 15 > **QUEEN** – *A Kind of Magic*
(EMI Records & Capitol Records) © 1986

< 16 > **SECRET SERVICE** – *Flash in the Night*
(Sonnet Grammofon) © 1982

< 17 > **DURAN DURAN** – *A View to a Kill*
(EMI Records & Capitol Records) © 1986

< 18 > **A-HA** – *I've been losing You*
(Warner Bros Records) © 1986

< 19 > **CYNDI LAUPER** – *She bop*
(Portrait Records) © 1983

< 20 > **BILLY IDOL** – *Eyes without a Face*
(Chrysalis Records) © 1983

< 21 > **TEARS FOR FEARS** – *Shout*
(Phonogram Inc. & Mercury Records) © 1985

Le préambule des personnages
Les âges sont indiqués au 5 juin 1990

Ils sont pléthoriques pour bien montrer à quel point Sanlys-sur-Mer fourmille de gens, en comparaison avec Diadem 13 où l'on sait qu'il y a quatre-cent-soixante-quatre âmes, ce qui jure avec le fait qu'en-dehors des dieux et des dignitaires, la population, jusqu'à présent, semble absente. Certains personnages ne sont pas évoqués ci-dessous car ils sont trop abstraits et superflus pour être nommés, comme certaines femmes présentes dans les Bains Publics que je n'ai pas incluses dans la liste des figurants et résidents. D'autres, comme Valérie, Stéphanie, les dieux, les sept dignitaires, Capella et les succubes, ne seront listés que dans les deux prochains tomes.

LES RÉSIDENTS

Sabine (Yvette) FAURE
Née le lundi 5 juin 1967 à 7 h 25 à Harlingen (PAYS-BAS)
Gémeaux – 23 ans – 1,69 m – 59 kg
Réside au 19 avenue Leclerc, 40560 SANLYS-SUR-MER
Assistante de conservation du patrimoine et des bibliothèques au Musée des Beaux-Arts
Personnage créé en 1990

Angélique (Marie-Catherine) VANIL
Née le mardi 10 janvier 1967 à 14 h 17 à Bordeaux (Gironde, 33)
Capricorne – 23 ans – 1,70 m – 61 kg
Réside au 19 avenue Leclerc, 40560 SANLYS-SUR-MER
Infirmière à l'hôpital La Samaritaine
Personnage créé en 1990

Sidonie (Arielle, Raymonde) MESTER
Née le jeudi 25 avril 1968 à 16 h 10 à Nice (Alpes-Maritimes, 06)
Taureau – 22 ans – 1,72 m – 63 kg
Réside au 19 avenue Leclerc, 40560 SANLYS-SUR-MER
Auxiliaire de puériculture à la garderie Casimir
Personnage créé en 1990

Suzanne (Geneviève) LABILLE-DUBOIS
Née le jeudi 9 février 1967 à 5 h 04 à Vieux-Boucau-les-Bains (Landes, 40)
Verseau – 23 ans – 1,61 m – 51 kg
Réside au 19 avenue Leclerc, 40560 SANLYS-SUR-MER
Hôtesse de caisse à Euromarché
Personnage créé en 1990

Émmanuelle (Cécile, Maryline) HORMEAUX
Née le mercredi 15 mars 1967 à 11 h 24 à Aix-en-Provence (Bouches-du-Rhône, 13)
Poisson – 23 ans – 1,75 m – 65 kg
Réside au 19 avenue Leclerc, 40560 SANLYS-SUR-MER
Mannequin pour les 3 Suisses
Personnage créé en 1990

Stéphane (Arnaud) LUCAS
Né le mardi 11 juillet 1967 à 3 h 38 à Morcenx (Landes, 40)
Cancer – 22 ans – 1,72 m – 63 kg
Réside au 19 avenue Leclerc, 40560 SANLYS-SUR-MER
Assistant boulanger-pâtissier au Salon des Petits Pains
Personnage créé en 1990

Jack (Ralph) SAÏYES (prononciation « Saïz »)
Né le mardi 23 mai 1967 à 11 h 42 à Harlingen (PAYS-BAS)
Gémeaux – 23 ans – 1,76 m – 68 kg
Réside au 19 avenue Leclerc, 40560 SANLYS-SUR-MER
Responsable boulanger-pâtissier au Salon des Petits Pains
Personnage créé en 1990

Antoine (アントワーヌ) Tetsuya (哲也) Amano (天野) SENDAI (線題)
(prononciation « Sèndaï »)
Né le lundi 3 janvier 1966 à 8 h 25 à Nice (Alpes-Maritimes, 06)
Capricorne – 24 ans – 1,81 m – 71 kg
Réside au 19 avenue Leclerc, 40560 SANLYS-SUR-MER
Libraire à la Librairie Hippolyte

Personnage créé en 1990

LES POLICIERS

Boris LASCERPE (matricule B707)
Né le vendredi 21 décembre 1956 à 19 h 06 à Argenteuil (Val-d'Oise, 95)
Sagittaire – 33 ans
Réside au 1 place de Poncelet, 40560 SANLYS-SUR-MER
Équipier de Jérôme LEGALL – équipe n°4
Personnage créé en 1990

Cyrielle NORMAN (matricule V108)
Née le samedi 12 juin 1965 à 9 h 11 à Montpellier (Hérault, 34)
Gémeaux – 24 ans
Réside au 73 rue Martin Luther King, 40560 SANLYS-SUR-MER
Équipière de Francis DECHERNEAU – équipe n°2
Personnage créé en 1990

Édouard MORGANE
Né le lundi 18 septembre 1939 à 17 h 34 à Antibes (Alpes-Maritimes, 06)
Vierge – 50 ans
Réside au 55 avenue Jean Jaurès, 40560 SANLYS-SUR-MER
Commissaire de police
Personnage créé en 1990

Éric SANDERS (matricule H626)
Né le mercredi 1er avril 1959 à 17 h 42 à Seignosse (Landes, 40)
Bélier – 31 ans
Réside au 4 allée du Chèvrefeuille, 40560 SANLYS-SUR-MER
Équipier de Matthieu PACHARD – équipe n°3
Personnage créé en 1990

Ernest DUPUIS (matricule D904)
Né le dimanche 2 mars 1952 à 4 h 05 à Soorts-Hossegor (Landes, 40)
Poisson – 38 ans
Réside au 76 avenue Félix Faure, 40560 SANLYS-SUR-MER
Équipier de Géraldine PIRON – équipe n°6
Personnage créé en 1990

Francis DECHERNEAU (matricule G593)
Né le vendredi 11 octobre 1957 à 8 h 23 à Morillon (Haute-Savoie, 74)
Balance – 32 ans
Réside au 3 chemin des Bœufs, 40560 SANLYS-SUR-MER
Équipier de Cyrielle NORMAN – équipe n°2
Personnage créé en 1990

Géraldine PIRON (matricule F009)
Née le mardi 17 mai 1960 à 7 h 39 à Montpellier (Hérault, 34)
Taureau – 30 ans
Réside au 23 boulevard des Effluves, 40560 SANLYS-SUR-MER
Équipière d'Ernest DUPUIS – équipe n°6
Personnage créé en 1990

Jérôme LEGALL (matricule L885)
Né le samedi 2 mars 1963 à 11 h 08 à Sartrouville (Yvelines, 78)
Poisson – 27 ans
Réside au 66 rue de Chantepuits, 40560 SANLYS-SUR-MER
Équipier de Boris LASCERPE – équipe n°4
Personnage créé en 1990

John SPARKMAN (matricule A316)
Né le jeudi 11 septembre 1958 à 17 h 31 à Saint-Wendel (ALLEMAGNE)
Vierge – 31 ans
Réside au 17 avenue du Ruisseau Céleste, 40560 SANLYS-SUR-MER
Équipier de Thomas LAGRITTE – équipe n°1
Personnage créé en 1990

Marc (Henryk, Viktor) SWIFT KARPEVKOFF (matricule K912)
Né le mardi 2 avril 1957 à 9 h 36 à Moscou (U.R.S.S.)
Bélier – 33 ans
Réside au 4 avenue du Ruisseau Céleste, 40560 SANLYS-SUR-MER
Lieutenant de police
Personnage créé en 1990

Matthieu PACHARD (matricule P413)
Né le samedi 21 octobre 1961 à 1 h 14 à Biarritz (Pyrénées-Atlantiques, 64)
Balance – 28 ans
Réside au 89 rue de Paris, 40560 SANLYS-SUR-MER
Équipier d'Éric SANDERS – équipe n°3
Personnage créé en 1990

Thomas LAGRITTE (matricule R247)
Né le vendredi 12 août 1966 à 15 h 46 à Herblay (Val-d'Oise, 95)
Lion – 23 ans
Réside au 7B rue Jules Vincent, 40560 SANLYS-SUR-MER
Équipier de John SPARKMAN – équipe n°1
Personnage créé en 1990

LES FAMILLES

Ingrid et Célestin FAURE
Résident à Harlingen (PAYS-BAS)
Pas d'autre enfant
Personnages créés en 1990

Rachel et Hugues VANIL
Résident à Saint-Médard-en-Jalles (Gironde, 33)
Également parents de Jeanne (14 ans) et Hector (27 ans)
Personnages créés en 2018

Soizic et Ralph MESTER (avec Jecky)
Résident à Nice (Alpes-Maritimes, 06)
Également parents d'Arthur (16 ans)
Personnages créés en 2018

Ophélie et Dominique LABILLE
Résident à Lacanau (Gironde, 33)
Pas d'autre enfant
Personnages créés en 2015

Monique et Jean-Jacques HORMEAUX
Résident à Sanlys-sur-Mer et Soorts-Hossegor (Landes, 40)
Également parents de Sophie
Personnages créés en 1990

Bénédicte et Jacques LUCAS
Résident à Sanlys-sur-Mer (Landes, 40)
Pas d'autre enfant
Personnages créés en 1990

Deidre et Rijkaard SAÏYES (prononciation « Saïz »)
Résident à Sanlys-sur-Mer (Landes, 40)
Également parents d'Émeric (17 ans)
Personnages créés en 2015

Kyôko (響子) **et Tadeshi** (禎) **SENDAI** (線題)
(prononciation « Sèndaï »)
Résident à Antibes (Alpes-Maritimes, 06) et Osaka (Japon)
Également parents de Marjorie (15 ans) et Laurent (19 ans)
Personnages créés en 2015

LES FIGURANTS & INTERVENANTS

Vincent GUIDEZ
Ex de Suzanne LABILLE

Benjamin TRISTAN
Recruteur des 3 Suisses

Marielle IGOR
Amie d'enfance de Sabine FAURE

Guy BARNIER
Propriétaire de la résidence

Stanislas VORG
L'homme bourru bizarre

Samuel PICTOCHON
Jeune nudiste de la plage

Caroline ANSE
Première petite amie de Jack SAÏYES

Nadia LESSER
Une des deux superbes créatures dans le hall de la gare, la mère

Carine LESSER
Une des deux superbes créatures dans le hall de la gare, la fille

Émilie COURIVEAUX
Femme du couple présent dans la même cabine que Sabine FAURE
dans le train pour Paris

Michael COURIVEAUX
Homme du couple présent dans la même cabine que Sabine FAURE
dans le train pour Paris

Christophe PERRIN
Homme seul présent dans la même cabine que Sabine FAURE
dans le train pour Paris

Simon LEGRAND
Chauffeur de taxi parisien

Luc MARION
Ex de Sidonie MESTER

Adeline CORD
Une des créatures longilignes aux formes généreuses
sur la plage *Sunbeach 36*

Agnès SEPALE
Une des créatures longilignes aux formes généreuses
sur la plage *Sunbeach 36*

Cora KATSURA (桂)
Une des créatures longilignes aux formes généreuses
sur la plage *Sunbeach 36*

Aristide LAMOTTE
Peintre des Rochers de la Morte

Olivia LAMOTTE
Femme d'Aristide LAMOTTE

Manureva CORDAY
Noyée du 31 janvier 1979

Sandra LYS
Épouse décédée de Marc SWIFT

Basile PATARD
Meurtrier de Sandra LYS

Gilles MALOT
Patient de l'hôpital La Samaritaine

Juliette VAN DER VEER
Femme du guichet des Bains Publics

Margaux CHALAND
Femme parlant anglais dans les Bains Publics

Irène ZARANE
Femme parlant anglais dans les Bains Publics

Cécile TOURDEMAIN
Femme allant chercher un membre du personnel des Bains Publics

Éloïse TRAVIS
Femme allant chercher un membre du personnel des Bains Publics

Sandrine CESTAS
Femme allant chercher un membre du personnel des Bains Publics

Lola BYORN
Victime de Max TEGAI

Gregor VALRAS
Sapeur-pompier de Mont-de-Marsan

Nicolas DUGAS
Propriétaire du Nick'Ys

Alice RAYNAUD
Guichetière de la Blue Light

Gaspard ROSENBAUM
Videur de la Blue Light

Magali DABOURS
Plantureuse et svelte créature aux formes aguicheuses
croisée par Marc SWIFT

Alfred DUPRÉ
Madman, le disc-jockey de la Blue Light

William GORKY
Propriétaire de l'appartement occupé
par Max TEGAI et Wilfried DE LAVAL

Gertrude PIGNON
Vieille dame qui promène son chien

Loulou
Caniche de Gertrude PIGNON

David JECKER
Propriétaire de la Librairie Hippolyte

Joseph LAVERGNE
Responsable d'une petite boutique d'articles de sport

Victor DUVAL
Passant survivant de l'attaque de Max TEGAI

Marcus TATENCLOUX
Victime de Max TEGAI sur le passage piéton

Astrid STOELTH
Sous-responsable de la garderie Casimir

Albert PALLIEZ
Passant qui revient du commissariat avec trois policiers

Lionel DUQUEYROY
Livreur du restaurant Vert Galant

*

Remerciements

Je tiens à vous remercier, vous, lectrices et lecteurs qui, plus qu'avoir fait l'expérience de la disquette rouge pour vous retrouver dans les sphères parallèles de BKX 9352, avez osé faire celle de ce livre. Je vous le dédie. Merci pour votre confiance.

À toutes celles et ceux qui m'ont encouragé depuis mon enfance à faire les choses avec le cœur, à suivre ma voie, à solliciter mes propensions aux Arts : camarades de classe ou de colonie de vacances, collègues de travail, clients, voisins, copains de l'armée en Allemagne, élèves des cours de français que j'ai dispensés au Japon, femmes avec lesquelles j'ai partagé une époque de ma vie. Merci.

Merci aussi à mes parents, à mes sœurs aînées et à ma famille dans son ensemble pour avoir su me laisser assez de solitude et d'espace pour me permettre d'aller vers les nouveaux horizons littéraires qui m'attiraient inexorablement ; j'ai pu atteindre cette multitude de nitescences dont j'avais besoin pour m'éclairer sur moi-même grâce à vous.

Merci également à mes proches, passés et présents : Laurent M., Nicolas L., Lilia P., Valérie P., Valérian P., Caroline G., Sébastien G., Christophe S., Armelle L., Yann P., Laurent L., Gilles D., Bruno K., Audrey V., Thomas M., Christophe L., Catherine B., Ilona P., Céline B., Catherine R., Solange C., Keiko K., Maki Y., Magali B., Benjamin B., Carine S., Marie R., Franck B., Jérémy M., Noémie S., Cécilia R., Yoann D. et Monique R.

Une pensée particulière pour Ronan K., le premier à avoir prêté son oreille à l'histoire fabuleuse de *Crépusculaire*. Merci pour ton intérêt, fort encourageant, et ta patience.

Et également une pensée particulière pour Émeric T., mon premier fan, sans nul doute le premier à croire en mon roman, au succès d'une telle histoire, et en moi. Merci à toi, vieux.

Le plus grand soin a été apporté à cet ouvrage
que j'ai écrit et réalisé seul.
S'il arrivait que, malgré toute mon attention,
j'aie commis une erreur,
je m'en excuse auprès de vous, lectrices et lecteurs,
et vous remercie de m'en informer afin que je puisse la rectifier.